HEYNE BÜCHER

Das Buch

Als der junge Pharaonensohn Cheops auf dem Deck der Galeere steht, die ihn nach Phönizien bringen soll, beginnen seine Gedanken zu schweifen. Er träumt von der Pyramide, die er eines Tages als Pharao bauen wird, von der Macht, die ihm zuteil werden soll. Doch zunächst hat er die Aufgabe, Material für das Bauwerk seines Vaters zu beschaffen. Durch fremde Königreiche führt ihn seine Reise, und zu unbekannten Kulturen. In Byblos lernt Cheops die schöne Phönizierin Cherschet kennen, eine stolze, selbstbewußte Frau. Sie wird seine dritte Gemahlin. In der Hochzeitsnacht läßt sie ihn schwören, ihren gemeinsamen Sohn dereinst zum Pharao Ägyptens zu bestimmen.

Doch bevor Cheops dieses Versprechen wahr machen und mit dem Bau seiner Pyramide beginnen kann, überstürzen sich die Ereignisse in seiner Heimat Ägypten: Snofru, sein Vater, ist einer mysteriösen Krankheit erlegen, und sein Bruder Rahotep hat die Macht an sich gerissen. Zwar gelingt es Cheops, den ihm zustehenden Thron zurückzuerobern, doch damit sind seine Schwierigkeiten noch lange nicht ausgestanden. Während die große Pyramide langsam in den Himmel wächst, eskaliert der Streit um die Thronfolge: Auch die Söhne seiner ersten beiden Frauen haben Anspruch auf die Doppelkrone …

Der Autor

Guy Rachet interessierte sich schon von klein an für das Altertum. Der über die Grenzen Frankreichs hinaus anerkannte Historiker und Archäologe hat zahlreiche Werke über altägyptische Geschichte veröffentlicht. Im Wilhelm Heyne Verlag erscheint auch der erste Band dieser Romanserie: *Die Sonnenpyramide* (01/13118).

GUY RACHET

TRAUM AUS STEIN

Roman

Aus dem Französischen
von Annette Lallemand

WILHELM HEYNE VERLAG
MÜNCHEN

HEYNE ALLGEMEINE REIHE
Band-Nr. 01/13267

Die Originalausgabe
LE RÈVE DE PIERRE DE KHÉOPS
erschien 1997 bei Éditions du Rocher, Paris

Umwelthinweis:
Dieses Buch wurde auf
chlor- und säurefreiem Papier gedruckt.

Taschenbucherstausgabe 3/2001

Printed in Germany 2001
Umschlagillustration: Hansmann Kulturgeschichtliches Bildarchiv
Umschlaggestaltung: Nele Schütz Design, München
Satz: Leingärtner, Nabburg
Druck und Bindung: Elsnerdruck, Berlin

ISBN 3-453-17815-7

http://www.heyne.de

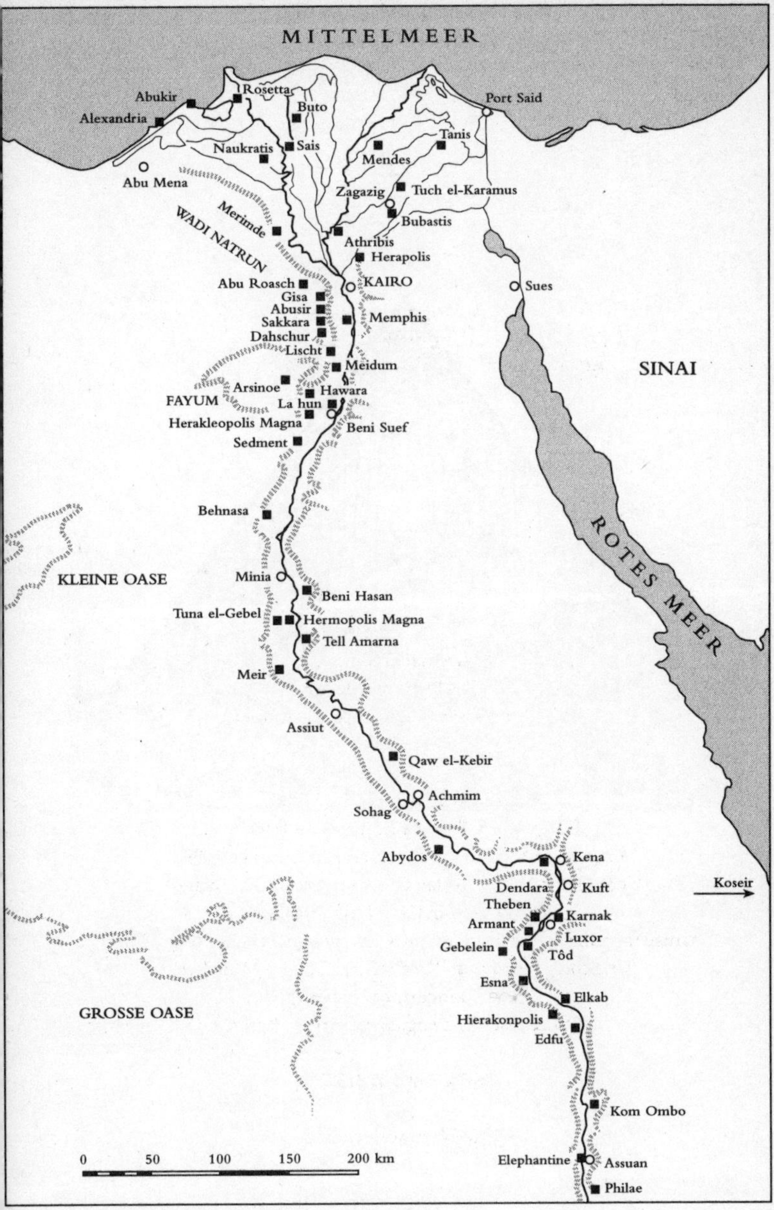
MITTELMEER
Abukir
Rosetta
Buto
Alexandria
Naukratis
Sais
Mendes
Tanis
Port Said
Abu Mena
Zagazig
Tuch el-Karamus
Merimde
WADI NATRUN
Bubastis
Athribis
Herapolis
Abu Roasch
KAIRO
Sues
Gisa
Abusir
Sakkara
Memphis
Dahschur
Lischt
Meidum
SINAI
Arsinoe
Hawara
FAYUM
La hun
Herakleopolis Magna
Beni Suef
Sedment
Behnasa
ROTES MEER
KLEINE OASE
Minia
Beni Hasan
Tuna el-Gebel
Hermopolis Magna
Tell Amarna
Meir
Assiut
Qaw el-Kebir
Achmim
Sohag
Abydos
Kena
Dendara
Kuft
Koseir
Theben
Karnak
Armant
Luxor
Gebelein
Tôd
Esna
Elkab
GROSSE OASE
Hierakonpolis
Edfu
Kom Ombo
0
50
100
150
200 km
Elephantine
Assuan
Philae

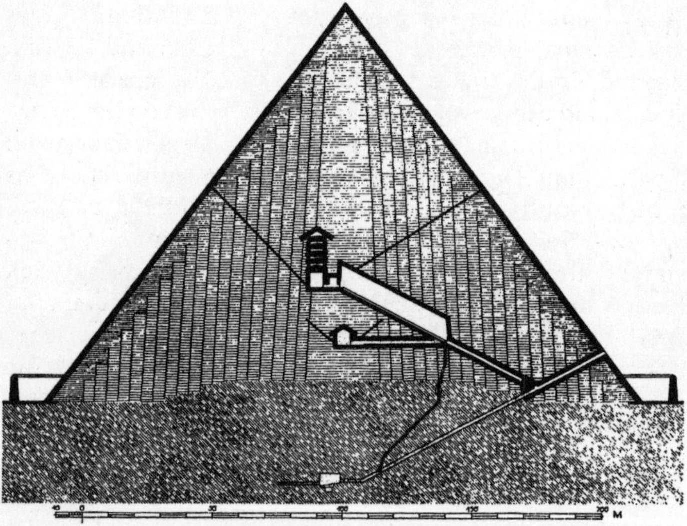

EINS

Mit jeder Welle hob das stürmische Meer den Bug des schmalen, langen Schiffes in die Höhe und ließ ihn wieder hinunterfallen, gischtbespritzt. Das große, rechteckige und dunkelrot eingefärbte Segel war von der Spitze des Masts bis zur unteren Rahe an unzähligen Tauen voll ausgespannt. Der Nordwestwind blähte es und schob das Schiff so kraftvoll vor sich her, daß die Ruderer, zwanzig auf jeder Seite, sich ein wenig ausruhen konnten. Cheops stand aufrecht an einer doppelten Reling am hinteren Deck, ganz nahe bei den Männern, die die Steuerruder betätigten, drei auf jeder Seite. Vor nunmehr sieben Tagen hatten sie im Hafen von Memphis abgelegt und die Führung von vierzig *Kebenit*, prachtvollen, hochseetüchtigen Seglern, übernommen, mit denen die Ägypter Holz und Handelswaren aus Charu, aber auch Elfenbein, Gold, Duftharze und Leoparden aus dem fernen und geheimnisumwobenen Punt zu holen pflegten. *Kebenit* oder *Byblos*-Schiffe hießen sie nach *Kebenj*, dem ägyptischen Namen der phönizischen Stadt Byblos.* Die Schiffe mit dem em-

---

* Charu nannten die Ägypter eine Region im südlichen Syrien und nördlichen Palästina, einschließlich der Küsten. Byblos nenne ich hier den heutigen libanesischen Hafen Dschebel, dessen phönizischer Name Gubla war und den die Griechen Byblos nannten. Und mit »Phöniziern« bezeichne ich all die semitischen Volksstämme an den Küsten Palästinas und der heutigen Staaten Israel und Libanon, obwohl dieser Name erst im 1. Jahrtausend vor unserer Zeitrechnung schriftlich belegt ist. Doch die »Kanaanäer«, die die Handelshäfen der Levante be-

porgeschwungenen Vorder- und Hintersteven wurden in den Werften jener östlichen Häfen der Großen Grünen* gebaut, und dort hatten die Ägypter, die Männer des großen, friedlichen Nil, sie auch gekauft, bei bewährten Zimmerleuten und Seefahrern. Im oberen Winkel von Bug und Heck hatten sie das Lebenszeichen *anch*, das Henkelkreuz, und am Vordersteven *udjat*, das Auge des Osiris, aufgemalt.

Bis Sebennytos war die Flotte gemächlich den östlichen Nilarm hinuntergesegelt. Dort war ein längerer Aufenthalt nötig gewesen, um Säcke voller Korn und Flachs zum Spinnen und Weben an Bord zu nehmen, obwohl die Schiffe schon voll beladen waren mit Waren. Diese sollten in Byblos eingetauscht werden gegen Lapislazuli, Blei und vor allem Zedernholz, das für den Schiffbau, für Tür- und Fensterrahmen, Balken, Stützen und Auskleidung der im Bau befindlichen Pyramidenkammern gebraucht wurde. Das war auch der Grund, warum Cheops, der als zweiter Mann neben Anchaf, dem Architekten, die königlichen Bauvorhaben zu verantworten hatte, von seinem Vater, dem Pharao, zum Leiter dieser Expedition ernannt worden war.

»Ich übertrage dir die Leitung und den Oberbefehl«, hatte Snofru zum Kronprinzen gesagt, »nicht nur, weil ich dir am ehesten zutraue, eine solche Mission zu einem guten Ende zu führen, sondern auch, weil es wichtig ist, daß der zukünftige König Ägyptens die fremden Herrscher kennt, zu denen wir enge Beziehungen unterhalten. So

---

herrschten, waren ganz sicher die Vorfahren der Phönizier. Das Land »Punt«, aus dem die Ägypter Weihrauch und die verschiedensten Duftharze holten, dürfte am Küstenstrich zwischen dem heutigen Jemen und dem Horn von Afrika, also an der somalischen Küste gelegen haben. Und die Annalen auf dem sogenannten »Palermostein« belegen für die Regierungszeit Snofrus eine Expedition mit vierzig Schiffen nach Byblos, um Holz zu holen.

* Die »Große Grüne« war die Bezeichnung der Ägypter für das Mittelmeer.

kannst du dir unmittelbar und persönlich Kenntnis verschaffen von den reichen Städten Charus, und die Könige dieser Städte können ihrerseits denjenigen willkommen heißen und ehren, dem es bestimmt ist, über das größte und mächtigste Königreich unter der Sonne zu herrschen.«

Cheops hatte zwar der Form halber eingewandt, er könne seine Ämter und – was noch weniger überzeugend klang – seine beiden jungen Gemahlinnen, die ihm schon mehrfach Vaterfreuden geschenkt hatten, doch nicht einfach im Stich lassen, aber im Grunde mißfiel es ihm keineswegs, einen solchen Auftrag zu übernehmen und sich für ein Weilchen vom Geliebten Land zu entfernen. Er freute sich darauf, diese Seehäfen kennenzulernen, die gleichzeitig Hauptstädte von zwar kleinen, aber wohlhabenden Handelskönigreichen waren. Er würde deren Herrscher treffen und sich selbst ein Bild machen von ihrem tatsächlichen Reichtum und ihrer Macht, aber auch von ihrer Einstellung gegenüber Ägypten. Gleichzeitig bot seine Reise Gelegenheit, sich bei ihnen ins rechte Licht zu rücken als rechtmäßiger Thronerbe, und das konnte schließlich nicht schaden, auch wenn er jetzt, da sein Vater ihn offiziell ernannt hatte, keinen Rivalen mehr zu fürchten brauchte, der ihm die Doppelkrone streitig machen könnte, zumal der einzige ernstzunehmende Gegner, der Anspruch darauf erhob, noch immer unter Hausarrest stand, weit weg von Memphis.

Dies alles ging Cheops an diesem Tag wieder durch den Kopf. Während der ganzen Fahrt auf dem östlichen Arm des Nil hatte ihn der Anblick der Ufer gefesselt. Dort drängten sich die Menschen, um die Flotte zu bestaunen, die in ferne Länder auslief, aber auch, um den Mannschaften und dem Prinzen Getränke, Nahrung und Geschenke der jeweiligen Statthalter zu übergeben, die damit ihren Beitrag leisteten zu dem großen Handelsunternehmen ihres Königs. In Sebennytos war er mit allen einem Kronprinzen gebührenden Ehren empfangen worden, wie auch als Anführer einer auf Befehl Seiner Majestät durchzuführenden

Expedition über die Meere. Jeden Tag vor Sonnenuntergang hatte die Flotte angelegt in einer der zahlreichen Städte auf dem rechten oder linken Ufer des Flusses. Der erste Halt war in Athribis gewesen, wo Cheops als Sohn des Königs dem Großen Schwarzen gehuldigt hatte, dem heiligen Stier mit dem nachtdunklen Fell, und dem Falkengott Chentechtai. Dann hatten sie in der Nähe des verehrungswürdigen Isis-Tempels festgemacht, dort, wo der Volksglaube den Rastplatz der Göttin vermutete auf ihrer Heimkehr von der Seereise nach Byblos, von wo sie dem Mythos nach die Kiste mit dem Leichnam des Osiris geholt hatte. Cheops hatte vor aller Augen der Göttin ein Opfer dargebracht, obwohl er seit seiner Einweihung in Abydos genau wußte, daß die Göttin, das Symbol der Seele des Alls, keiner Kult- oder Opferhandlung bedurfte, keiner Bestärkung durch den Zauber einer Zeremonie, wie sie den Uneingeweihten in den Tempelschulen beigebracht wurde. Sie war schließlich Quelle allen Lebens, sie bewegte das Weltall, von ihr kam alles, was göttlich und unsterblich war in jedem Lebewesen, in der gesamten Schöpfung, in allem, was existierte in der menschlichen, tierischen, pflanzlichen Welt, in allem, was unbeseelt schien und doch ein geheimes Leben besaß, kurzum alles, was zur Natur gehörte.

Nun, da die Schiffe die Flußmündung hinter sich gelassen hatten und ins Meer hinaus zogen, war Cheops von diesen Pflichten befreit. Er hatte Muße, die bewegten, tiefblauen Weiten zu bestaunen, die am Horizont mit dem Himmel verschmolzen, und das war etwas ganz Neues für seine Augen. Aufmerksam hatte er beobachtet, wie die Schiffe in angemessener Entfernung die flache und öde Küste entlang gefahren waren, um nicht vom Wind auf Sandbänke abgetrieben zu werden. Doch bald schon war er sie leid, diese eintönige sandige Flachküste, die einen gelben Strich zog zwischen Meer und Himmel mit ihren verschiedenen Blautönen, und als dann unerwartet in unbestimmbarer Entfernung der Kegel des Berges Cassius im strahlenden Himmel auftauchte, fesselte dieses Schauspiel ihn einen Augenblick lang. Bald schon überließ er sich jedoch erneut seinen Gedanken, die immer wieder zurückkehrten zu seinen Brüdern, vor allem zu Neferu.

Drei Jahre war es nun her, daß Neferu verbannt worden war und im königlichen Gut »Snofrus Wege« unter strengster Bewachung lebte. Sein Vater hatte alles getan, um einen Prozeß abzuwenden. Er hielt ihn zwar für schuldig, da ja auch alles gegen ihn sprach, doch verurteilen lassen wollte er ihn nicht. Er konnte nicht vergessen, daß Neferu der Sohn derjenigen war, die er so geliebt hatte und immer noch liebte, der Sohn seiner Herzensgemahlin Neithhotep, und sein Lieblingssohn über so lange Jahre. Außerdem hatte Neithhotep sich an ihn gewandt, hatte geweint und geschworen, Neferu sei unschuldig, habe solch grauenvolle Missetaten nicht begangen. Das hatte Snofru in seinen Überzeugungen zwar erschüttert, ihn aber nicht bewegen können, seinen Sohn freizusprechen. Er hatte ihn unter strengste Bewachung gestellt, ihm aber innerhalb des Gutes jegliche Annehmlichkeit und Freizügigkeit zugestanden. So hielt er ihn in einem Gefängnis, um ihm den Tod zu ersparen, denn jeder unabhängige Richter hätte ihn verurteilt, selbst Neferus Schwiegervater und Onkel, der Wesir Nefermaat. Etwas so Schwerwiegendes, das eine Person von so hohem Rang betraf, konnte nur vom obersten Gericht unter dem Vorsitz des Wesirs beurteilt werden. Cheops seinerseits hatte Mühe zu glauben, daß Neferu all der Verbrechen schuldig sei, die ihm zur Last gelegt wurden. Die Tatsache, daß seit seiner Zwangsverwahrung kein Mordversuch mehr geschehen war, sprach allerdings gegen Neferu, und jedermann lastete ihm den Tod des Bettlers, die Ermordung Benus, die Mordanschläge auf Seine Majestät höchstpersönlich und auch auf Cheops und seinen Bruder Rahotep an.*

---

* Diese Ereignisse wurden in Band I »Die Sonnenpyramide« geschildert.

Cheops beruhigte das alles nicht. Er hielt eine kleine Papyrusrolle in der Hand, die er in seiner Kabine gefunden hatte. Eine unbekannte Hand hatte sie dort auf seiner Schlafmatte niedergelegt, womöglich die gleiche Hand, die die Warnung darauf geschrieben hatte: »Hüte dich vor Rahotep, vor allem, wenn du dich von Memphis entfernst.«

Cheops hatte den Kommandanten, der mit ihm an der Spitze der Flotte auf »Snofrus Sonne« fuhr, befragt, doch niemand hatte zu sagen vermocht, wie diese geheimnisvolle Warnung in seine Kabine gelangt war. Und der Kapitän versicherte ihm, die Tür zu seiner Kabine sei bewacht gewesen und jede Begleitperson des Prinzen sei vorsorglich abgewiesen worden, mit Ausnahme der Frauen seiner Familie, die von ihm Abschied nehmen wollten: Hetep-heres, seine Mutter, Meritites und Henutsen, seine Gemahlinnen. Weshalb warnte man ihn vor seinem geliebten Bruder, vor Rahotep, dem er vertraute wie seinem Vater Snofru? Rahotep hatte ihm doch immer seine Freundschaft, seine Treue bekundet. Seine Ämter als Befehlshaber der königlichen Heere und als Großer Schauender des Re und somit Vorsteher der Priester- und Sippschaft in und um Heliopolis verliehen ihm weitreichende Machtbefugnisse, eine Macht, ohne deren Unterstützung Cheops schwerlich den Thron der Beiden Länder zu besteigen vermochte. Aber wieso sollte Rahotep sich je seinem älteren Bruder in den Weg stellen? Für Cheops war dies schlichtweg undenkbar. Doch wer hatte ihm diese Botschaft geschickt? Vermutlich einer aus Neferus Umkreis, oder eine hochgestellte Persönlichkeit aus der memphitischen Sippschaft, wenn nicht gar ein Priester des Ptah-Tempels. Welche Absicht verbarg sich hinter dem Versuch, seinen Argwohn auf den geliebten Bruder zu lenken? Die Schuld von Neferu abzuwälzen? Die Botschaft riet ihm, sich vor Rahotep in acht zu nehmen, bezeichnete ihn aber nicht direkt als Schuldigen. Wie hätte er denn auch schuldig sein können, da er doch selbst beinahe ein Opfer von Mordplänen geworden war! Je länger Cheops darüber nachdachte, um so eindeutiger wurde es für ihn, daß es sich hier um einen Schachzug von Neferus Anhängern handeln mußte, die Rahotep in Mißkredit zu bringen versuchten und ihn, Cheops, mißtrauisch machen wollten gegen den, der seine größte Stütze war. Wenn es gelänge, sie beide zu entzweien, gegeneinander aufzuwiegeln, konnten ihre gemeinsamen Feinde nur Nutzen daraus ziehen.

Den einzigen gefährlichen Gegner sah Cheops in der Priesterschaft des Ptah-Tempels mit ihrem Oberhaupt Ptahuser, der auch noch der memphitischen Sippschaft vorstand. Er war sein einziger Feind, den es mit all seinen Anhängern zu schlagen galt. Nur von diesem Tempel konnte die Warnung stammen! Abgesehen von dieser Sippschaft hatte er niemanden mehr zu fürchten. Nicht einmal mehr den elenden Abedu mit seinen Rachegelüsten. In den vergangenen Jahren waren dessen Wuchergeschäfte aufgedeckt worden, hatte man herausgefunden, daß er in Ober- und Unterägypten zahlreiche und ausgedehnte Ländereien besaß, was Snofru tief getroffen hatte. Allzu viele Stimmen bei Hofe hatten sich gegen Abedu erhoben, und Seine Majestät war gezwungen gewesen, die Angelegenheit dem obersten Richter des Königreiches, seinem Bruder und Wesir Nefermaat, zu übergeben, nachdem etliche Richter aus den Provinzen Klage erhoben hatten. Sie alle belasteten Abedu schwer, den ehemaligen Baumeister des Königs, und so mußte Snofru ihn letztlich fallenlassen, den einstigen Schulkameraden, den Freund aus Kindertagen, der seine Vorteile so schamlos ausgenutzt hatte. So war Abedu verurteilt worden. Der Großteil der Güter, die er erworben hatte, indem er den Arbeitern an den Pyramiden den ihnen zustehenden Unterhalt und den Bauten das Material vorenthielt, war von Amts wegen eingezogen worden. Daraufhin blieb auch dem König nichts anderes mehr übrig, als ihn seines Postens als beigeordneter Vorsteher der königlichen Sendboten zu entheben, wenn er ihn auch vor der vom Gericht ausgesprochenen Prügel- und Gefängnisstrafe hatte bewahren können. Seitdem war Abedu nur noch ein einfacher Bürger, der allerdings nicht am Hungertuch zu nagen schien, da er nach wie vor sein Haus in Memphis, ein zweites bei Athribis und wohl auch Einkünfte besaß. Deren Herkunft war nicht genau auszumachen, sie ermöglichten ihm aber ein anständiges, wenn auch bescheideneres Leben. Immerhin hatte ihn seine Gemahlin nicht verlassen. Dennoch mußte er sich in Bescheidenheit üben und vor allem sein Ansinnen aufgeben, sich für die Demütigungen an Snofru, Cheops und Anchaf zu rächen, zumal Anchaf ja gar nicht darum ersucht hatte, seinen Posten als Pyramidenbaumeister zu bekommen. Henutsen hatte ihrem Gatten nicht verraten, was sie durch ihre Gefährtinnen und ihre Besuche bei Sabi, dem Magier, über ihn in Erfahrung gebracht hatte, und als Abedu ihm seine Dienste nicht mehr bezahlen konnte, hatte der Meister der Magie sich ohnehin von ihm abgewandt.

Cheops' Gedanken wanderten zurück zu seiner Familie. Er konnte sich nur beglückwünschen, sich immer wieder sagen, die Sieben Hathors hatten es gut mit ihm gemeint. Meritites hatte ihm ein viertes Kind geschenkt, eine Tochter, die den Namen Meresanch erhalten hatte. Und von Henutsen hatte er einen zweiten Sohn bekommen, Chephren, und im Jahr darauf ein drittes Kind, die Tochter Chamernebti. Nun war er schon Vater von fünf Söhnen und zwei Töchtern! Die Zukunft seines Stammes war gesichert und damit auch die Thronfolge, was in seinen Augen eine schöne Lebensversicherung war. Er selbst war dabei immer noch jung und seine Gemahlinnen waren noch jünger, wenn man Meritites auch die vierfache Mutterschaft ansah. Vielleicht fühlte sie sich außerdem von ihrem Gemahl vernachlässigt und aß deshalb mehr und mehr Datteln und Honiggebäck und trank immer mehr Bier. Henutsen dagegen wirkte nach wie vor wie ein blutjunges Mädchen und war, obgleich ebenfalls schon dreifache Mutter, anmutig und hinreißend wie eh und je. Cheops konnte wirklich stolz sein, die Götter hatten ihn überreich beschenkt, ihm so viele Vorzüge gewährt, zumal jetzt ja auch feststand, daß er eines Tages der Herrscher Ägyptens sein würde.

Bevor er sich von den geliebten Ufern des Nil trennte, hatte er den königlichen Pyramidenbaustellen noch einen letzten Besuch abgestattet. Anchaf bewährte sich dort eindrucksvoll: Die von Abedu übernommene Südliche hatte er geschickt zu Ende gebaut, wenn sie auch mit den notgedrungen geknickten Kanten und der geringeren Neigung der vier oberen Seitenflächen ein wenig merkwürdig aussah. Durch diesen Kunstgriff bewahrte er das Bauwerk immerhin vor dem Einsturz, der einst Hunis Pyramide vernichtet hatte. Als die stützenden Erdrampen abgetragen waren, hatte Snofru höchstpersönlich das fertige Bauwerk besichtigt und sich äußerst zufrieden gezeigt.

»Majestät«, hatte Anchaf bei dieser Gelegenheit gefragt, »welche Bestimmung ist diesem Bau für die Ewigkeit nun zugedacht? Wenn Deine Majestät beschließt, den gerechtfertigten Gott Huni, den Vater Deiner Majestät, der inzwischen bei seinem Vater Osiris weilt, darin zu bestatten, muß man ihm einen neuen Sarg anpassen, um ihn durch die schmalen Gänge bis zur unteren Kammer zu bringen, denn ihn in die obere Kammer hinaufzuhieven ist unmöglich.«

Der König hatte seine Entscheidung längst getroffen: »Die Mumie meines Vaters, des Gottes Huni, ruht nun schon seit so vielen Überschwemmungen in seinem schönen Sarg aus rosenfarbenem Granit. Wir wollen ihn nicht stören. Möge er in Frieden ruhen, denn jetzt kann er sich nicht mehr beklagen, keine erdrückende Pyramide sein eigen zu nennen. Dieses Bauwerk, das du so gekonnt zu Ende geführt hast, gedenkt Meine Majestät zum Hort unserer Schätze zu machen. Wir besitzen viel Gold aus Nubien, aus den königlichen Werkstätten kommen schöne Dinge, kostbare Möbel, Truhen, Schmuck, Prunkwaffen – lauter Dinge, die mein Haus für die Ewigkeit zieren, aber vor allem den

Wohlstand des Landes gewährleisten sollen. Aus einem üppigen Thronschatz werden ja auch verdienstvolle Beamte entlohnt und all jene geehrt, die sich in den Augen Meiner Majestät ausgezeichnet haben. Dies alles werden wir in der oberen Kammer dieser Pyramide verschließen. In die unteren Säle stellen wir die weniger kostbaren Dinge und all das, was aufgrund seines Gewichts und seiner sperrigen Ausmaße schwerer zu entwenden ist. Dies wird also die Bestimmung deines schönen Bauwerks sein. Und sollte es mir bestimmt sein, noch vor Fertigstellung der Nördlichen Pyramide die Welt der Lebenden zu verlassen, um zu meinem Vater Re in seiner Himmelsbarke emporzufahren, dann« – und nun wandte er sich an Cheops – »ersuche ich dich, meinen geliebten Sohn und würdigen Nachfolger, meine Mumie hier in der unteren Kammer zu bestatten, in einem Sarg von geeigneter Größe für diese engen Gänge. Und dann wirst du die schöne Nördliche für dich selbst verwenden können, an der Anchaf schon so fleißig arbeitet.«

Cheops hatte zustimmend genickt, sich aber vorgenommen, den Bau der nördlichen Pyramide voranzutreiben, damit sie das Haus der Ewigkeit seines Vaters werde, selbst wenn der König sich noch ein Weilchen würde gedulden müssen. Für sich selbst hatte er ganz andere Pläne: ein völlig neuartiges Bauwerk, am Standort seiner Wahl, eine Pyramide, die die Welt verblüffen sollte, wegen ihrer Ausmaße, ihrer Schönheit, ihrer Kraft – Abglanz seiner königlichen Würde. Dieser Bau sollte aber auch viele und unterschiedliche Räume erhalten, denn er hatte das All zu symbolisieren. Nach dem, was von der Nördlichen bisher zu sehen war, ging Anchaf zu vorsichtig ans Werk, nicht kühn genug, vermutlich aus Furcht, das gleiche Schicksal zu erleiden wie Abedu. Auch er hatte seiner Pyramide einen zu spitzen Winkel gegeben, und jetzt wirkte sie ein wenig gedrungen, zu niedrig im Verhältnis zu den Ausmaßen des Unterbaus. Aber es war schließlich auch erst der zweite Bau dieser Art, den man in einem Stück zu erstellen versucht hatte. Denn Imhotep hatte die Stufenpyramide für König Djoser erst nach Abänderung und Übereinanderschichtung etlicher Mastabas hochgezogen. Und der Pechvogel Abedu hatte durch Verwegenheit gesündigt, als er versuchte, die Seiten der zweiten Stufenpyramide durch Zuspitzung einander anzugleichen. Die erste stufenlose Pyramide war die Südliche, die Abedu nach dem Vorbild der eingestürzten zu bauen begonnen hatte. Daher war diese immer noch Anchafs erster Versuch. Ein Probebau. Sein Meisterstück sollte die von Cheops geplante werden, anhand von gemeinsam erstellten Plänen, sobald Cheops die Doppelkrone tragen würde.

Während Cheops seinen Gedanken nachhing, war der Wind allmählich abgeflaut, so daß der Kapitän nun den Befehl zum Rudern geben mußte. Die Männer legten sich in die Riemen, die Ruder durchfurchten im Gleichklang die Fluten, die plötzlich so friedlich lagen, eine schier endlose ebene Fläche vor dem Bug der Schiffe, reglos wie der träge Spiegel des Nil. Cheops beobachtete ein Weilchen die kräftigen Ruderer, die mit gestreckten Beinen sich aufrichteten, von den Bänken abhoben, beim Niedersetzen das Ruder fest an die Brust zogen und im gleichen Rhythmus dazu sangen. Plötzlich gewann seine Natur die Oberhand: Er sprang hinunter, bat einen der Männer, ihm seinen Platz zu überlassen, packte mit sinnlichem Vergnügen das Ruder und fügte sich ein in den Rhythmus der anderen. Seine Muskeln spannten und entspannten sich, wölbten sich unter der Haut vor Anstrengung, und er spürte, wie an der Spitze des Ruderblatts das Wasser nachgab unter dem unwiderstehlichen Druck. Die Anwesenheit des Prinzen in ihrer Mitte stachelte die Ruderer an, sie wetteiferten an Kraft und Ehrgeiz unter den mißbilligenden Blicken der Offiziere, die plötzlich den Sohn des Gottes, der eines Tages den Thron der Beiden Länder besteigen sollte, entdeckten, wie er da ruderte, einem Schiffsjungen gleich, wie der niedrigste seiner Untertanen.

ZWEI

Die ägyptische Flotte fuhr nun schon mehrere Tage an den öden Küsten des Beduinenlandes entlang – »die Sieben Bögen« nannten die Ägypter diese Nomaden. Endlich kamen die zwar sandigen, aber heiteren Ufer des grünenden Landes Qedem in Sicht. Jeden Abend warfen die Schiffe, wenn es keinen Hafen gab, in Ufernähe Anker. Da ihre Route nun entlang der mit Häfen gespickten kanaanäischen Küste verlief, konnten sie an Stegen festmachen. Ein schmales Schnellboot mit beidseitig je zwanzig Ruderern fuhr dem Flottenverband voraus und meldete den Fürsten oder Statthaltern der Hafenstädte die baldige Ankunft der Flotte des Königs von Ägypten, unter dem Oberbefehl des Kronprinzen, der Geschenke und Tauschwaren mitbrachte. So wurde Cheops in jedem Hafen ein großartiger Empfang zuteil, da die Fürsten mit Ägypten Handel treiben und sich die Freundschaft, wenn nicht gar den Schutz des mächtigsten und reichsten Königreichs der Welt sichern wollten. Die Flotte legte in Gaza an, in Askalon und nach einem strammen Rudertag in Joppe. Je weiter er gen Norden kam, desto merkwürdiger schienen Cheops die Gepflogenheiten dieser Leute an den Küstenstrichen, die die Ägypter unter dem Sammelnamen Qedem zusammenzufassen pflegten. Niemand hier trug eine Perücke. Die Männer hatten eine hohe, spitze Filzhaube auf dem Kopf, die sie vor der Sonne schützte. Auch Backen- und Lippenbart wurden offensichtlich nicht abgeschabt, sondern geschickt gekräuselt und in Form geschnitten, und wer keine Kopfbedeckung trug, ordnete sich sorgfältig das lockige Haar. Nur das einfache Volk trug einen kurzen Schurz. Reiche und Edle waren an ihren Gewändern zu erkennen: lange Schurze, die bis zu den Knöcheln reichten und in der Taille von einem über dem Bauch geknoteten dicken Stoffgürtel gehalten wurden. Wenn sie aus ihren Häusern traten, schlüpften sie in einen schweren, ärmellosen, vorne gekreuzten Mantel, unter dem sie sichtlich schwitzten in dieser Jahreszeit, in der Nachüberschwemmungszeit, wie die Ägypter sagten. Der einheimische Führer, der Cheops seit Memphis als Dolmetscher diente, erklärte ihm, derartige Gewandung sei bei den Kanaanäern ein Zeichen für Würde. Wie heiß es auch sein mochte, es war eine Schande, im Schurz oder gar nackt herumzulaufen wie die Armen oder die auf den Feldern arbeitenden Sklaven. Für sie wiederum war es erstaunlich, daß die Edlen des Landes Ägypten und sogar ihr Prinz sich öffentlich zeigten in einem engen Schurz über den Hüften. Widersprüchlich sei allerdings, daß die Gottheiten dieser Städte nur im Lendenschurz dargestellt würden, der dem der Ägypter glich, und die Göttinnen sogar völlig nackt.

»Ein komisches Völkchen«, hatte Cheops eingeworfen. »Unter dem Vorwand der Würde leiden sie also lieber unter der Hitze und schwitzen unter den schweren Mänteln. Wie froh bin ich doch, Ägypter zu sein, leicht bekleidet und frei in meinen Bewegungen! Aber daß sie ihre Götter nach unserem Vorbild kleiden, wundert mich noch mehr.«

»Wie man mir erzählte«, erwiderte der Kapitän auf diese Bemerkung des Prinzen, »hatten diese Menschen ursprünglich keine Gottheiten. Sie haben die unsrigen übernommen und bilden sie daher ab wie wir.«

»Das muß wohl stimmen«, räumte Cheops ein. »Der Gott hat sich den Ägyptern durch Vermittlung seiner Eingeweihten gezeigt, und letztere dienten als Modell für die verschiedensten Bildnisse. Denn der Gott selbst kann ja nicht in eine menschliche oder tierische Gestalt gepreßt und darin begrenzt werden.«

Gäste bei den von den Fürsten gegebenen Empfängen waren auch die Priester der Schutzgottheiten, da Cheops seit seiner dreifachen Einweihung als großer Weiser galt. Er wunderte sich, daß dieser Ruf über die Grenzen Ägyptens hinausgelangt war, bis in die Städte des Ostens. Er wußte ja nicht, daß der Kapitän des Vorhutschiffs, der die Landessprache beherrschte, seinen Prinzen ob seiner großen Weisheit gerühmt hatte, und Namen wie Heliopolis, Hermopolis und Abydos, wo der Prinz in die Mysterien der Götter eingeweiht worden war, wie jener stolz erzählte, waren den Menschen in Qedem natürlich nicht unbekannt. Und so konnte Cheops mit Hilfe seines Dolmetschers mit den Landesfürsten über Politik und Geschäfte reden, mit den Hohepriestern über Religion und Kult. Ziel dieser Gespräche über die Götter war nicht, die Überlegenheit eines Kults über den anderen nachzuweisen, sondern nach Gemeinsamkeiten zu suchen. Doch erst in Byblos sollte er gewisse Übereinstimmungen entdecken zwischen einigen Gottheiten dieser Stadt und denen des Niltals.

In Gaza und Askalon verehrte man Atargatis, eine Fischfrau, die in einem geheimnisvollen See lebte, von dem niemand zu sagen vermochte, wo er lag. In Joppe und Tyros zeigte sich ein Meergott in Gestalt eines Meerungeheuers, dem alljährlich eine Jungfrau geopfert wurde, um seine Wut zu besänftigen, damit er das Land nicht verwüstete. So hatte man es Cheops erzählt. Das unglückliche Opfer wurde zu Füßen der Stadtmauer an einen Felsen gekettet, wo der reizbare Gott es sich dann holte. Den Felsen zeigte man dem Kronprinzen. An der Opferfeier konnte er jedoch nicht teilnehmen, da sie zu Frühlingsbeginn, zu Anfang des neuen Jahres, stattfand, was ihm nur recht war, denn wie alle Bewohner des Schwarzen Landes verabscheute auch er Menschenopfer. In Tyros erzählte man, dieser Meergott habe sich einmal in Gestalt eines Stieres gezeigt und die Königstochter, eine Prinzessin von großer Schönheit und mit dem Namen Europa, über die Große Grüne entführt. Was aus ihr geworden war, hatte man nie erfahren. Einige behaupteten, der Gott habe sie in die Meerestiefen hinabgezogen, wo sie nun mit ihm herrschte über allerlei Fische und geheimnisvolle Wesen, andere waren der Ansicht, er habe sie mitgenommen zu einer fernen Insel, um sie zu seiner Gemahlin und Mutter des königlichen Herrscherstammes jenes Landes zu machen. Diese ferne Insel irgendwo gen Sonnenuntergang ging Cheops noch lange im Kopf herum. Wo mochte ein solches Land liegen? Am Ende der Welt, vermutlich. Wie sahen die Menschen dort aus, und wie lebten sie? Wieviel Macht besaß dieses Land? Am liebsten hätte er seine Flotte wenden und stetig gen Westen segeln lassen, immer der Sonne nach, wie seine Ahnen im Himmel es taten, in der Barke des Re, dem Geheimnis, anderen noch unbekannten, noch unerahnten Welten entgegen … Trotz seiner jetzigen und zukünftigen Macht auf dem Thron der Beiden Länder vermochte er nun zu ermessen, wie unbedeutend er doch war gegenüber der Riesenhaftigkeit der Welt und daß er eigentlich gar nichts wußte von der Erde, von ihren Ausmaßen, von ihrer Form, jenseits der Horizonte Ägyptens.

Bevor der Hafen Byblos in Sicht kam, legte die Flotte noch in Sarepta, Sidon und Berytos an. Cheops bestaunte und bewunderte sie schon nicht mehr, diese Ufer, an deren Saum jetzt sogar Berge standen, die ihre dunklen Umrisse hoch in den hellen Himmel reckten. Sie waren von Wäldern mit unregelmäßigen und sich deutlich abzeichnenden Baumwipfeln bedeckt, und sie hatten nichts mehr gemein mit den flachen, niedrigen und öden Felsplateaus über dem grünen Niltal. Rings um Byblos badeten die Berge ihre Füße im Meer, waren Vorhut jenes hohen Gebirges, in dem die Zedern wuchsen, einer der Reichtümer dieser Küstenstädte, vor allem von Byblos. Am Fuß der Berge bedeckten Pinienwälder die Landzunge, und darin gab es kleine, nicht sehr tiefe Buchten, die von Sandstränden gesäumt waren. Die Stadt Byblos lag auf einem niedrigen Plateau, das in eine breite, abgerundete Landzunge auslief, und diese beherrschte im Süden eine Sandbucht und im Norden die Hafenanlagen. Welche Rolle der Handel hier spielte, war abzulesen an der Menge der Schiffe, die man in der südlichen Bucht auf den Sandstrand gezogen hatte. Viele schwere Überseekähne hatten festgemacht an den Kais im Hafen, der fast zu eng schien für ein derart übermäßiges geschäftiges Treiben. In diesem Hafen hatte der König von Byblos auch die Liegeplätze für die ägyptische Flotte vorbereiten lassen, nachdem ihm deren Ankunft gemeldet worden war.

Da Cheops vorerst noch Prinz war, empfing ihn im Hafen nicht der König persönlich, sondern sein Sohn Elibaal in Begleitung einiger Würden- und Waffenträger. Abgesehen von Ineki, der mit dem Meldeboot schon drei Tage früher angekommen war, stand noch ein weiterer Dolmetscher bereit. Elibaal und sein Gefolge blickten unter einem ausladenden Baldachin, der sie vor der Sonne schützte, den ägyptischen Schiffen entgegen, die an den Landestegen anlegten und festgezurrt wurden. Über einen Laufsteg schritten Cheops und einige seiner Offiziere dem Prinzen entgegen. Dieser erhob sich von seinem Stuhl, um den Gast willkommen zu heißen. Es folgten ausgiebige Begrüßungsformeln und schier endlose Höflichkeitsbekundungen, die in zahllose Fragen nach dem jeweiligen Befinden mündeten. Der Dolmetscher des kanaanäischen Prinzen trug zwar den phönizischen Namen Ibdadi, war aber in Wirklichkeit der Sohn einer Ägypterin und eines Mannes aus Sumer, östlich von Qedem. Er war weit gereist, bis hinauf in die fernen Länder des Nordens und zu den mitten im Meer liegenden Inseln. Er kannte alle Sprachen dieser Menschen, aber auch ihre Sitten und Gebräuche sowie ihre Göttersagen. Die Sprache von Cheops beherrschte er wie ein gebildeter Ägypter, wie ein echter Schreiber, und wie der Prinz später noch erfuhr, war ihm auch die geheiligte Schrift, die Thot und Seschat den Menschen gegeben hatten, geläufig. Ebenso fließend drückte er sich in Sprache und Schrift der Sumerer aus, deren Städte sich jenseits weiter Wüsten in einem üppigen, von zwei dem Nil vergleichbaren mächtigen Flüssen bewässerten Tal entfaltet hatten.

»Mein Vater Abischemu, der König unserer Stadt«, sagte Elibaal schließlich zu Cheops, »wird sich geehrt fühlen, das Wort an den Kronprinzen des Königs von Ägypten richten zu dürfen. Er hält sich in seinem Palast bereit, um dich mit seinem Hofstaat zu empfangen.«

Elibaal forderte seinen Gast und dessen Gefolge auf, mit ihm zum Palast zu kommen. Der Hafen war außerhalb der Stadtmauern, außerhalb dieser mächtigen steinernen, zinnenbewehrten Bollwerke angelegt worden, auf deren Höhe die Königsstadt lag, von wo sie auf das Meer oder gen Norden auf einen schönen Sandstrand hinaus blickte. Da ein starker Staat Sicherheit gewährte, hatte die Stadt sich Vororte leisten können, in denen die Handels- und Hafengeschäfte getätigt wurden. Bald schon sah Cheops mit eigenen Augen, daß die Stadtmauern die Tempel, den Königspalast und die Wohnhäuser der Großen des Reiches umschlossen und im Norden überragt wurden von einer mächtigen Festung, in der die königliche Garde untergebracht war. Der große Palast, in dem der König residierte, lag am Fuß der Zitadelle, in der Nähe eines heiligen Sees, zwischen dem Tempel der göttlichen Herrin von Byblos, die das Volk »Ba'alat von Gebal« nannte, und dem Tempel des großen Gottes Baal. Der Palast war ein mächtiges und einladendes Gebäude mit Säulenhallen. Die auf Steinsockeln ruhenden Säulen waren schlanke, behauene Baumstämme, in den schillerndsten Farben bemalt.

Im Gegensatz zum Hofstaat des Königs von Ägypten bestand der des Herrschers von Byblos aus einer auffallend geringen Anzahl von Würdenträgern. Rings um Abischemu waren nur ein paar hohe Beamte versammelt, da der König persönlich die verschiedensten Ämter ausübte, die in der weitverzweigten Verwaltung des Staates Ägypten aufgeteilt waren unter verschiedene hohe Amtsinhaber. Das Königreich Byblos war – wie Cheops leicht sehen konnte – kaum größer als ein Gau des ägyptischen Reiches mit seinen zwanzig Gauen im Delta und den zweiundzwanzig in Oberägypten. Weit hinten im Audienzsaal saß Abischemu auf einem Thron, in dessen Seitenflächen Sphingen, Fabelwesen mit Menschenhäuptern, eingeschnitzt waren, deren Körper Löwen zu gehören schienen. Die hohe Lehne des Throns war wie ein Nachen geformt. Abischemu, ein Mann mit ausgeprägten Gesichtszügen, einer kräftigen, leicht gebogenen Nase und einem mit Brenneisen gelockten schwarzen Bart blickte ihm liebenswürdig und lächelnd entgegen. Er wirkte so ganz anders als der ägyptische König, der, wenn er Seine Majestät verkörperte, stets ernst und starr dreinsah. Er trug ein dickes, mit Fransen besetztes Gewand, das ihm bis über die Knöchel auf die Füße hinab reichte, die wiederum in leichten Lederstiefeln steckten und auf einem kleinen, mit einem Kissen bestückten Schemel ruhten. Was in seiner linken Faust wohl als Zepter gelten sollte, war nichts anderes als ein Seerosenstengel mit einer voll entfalteten gelben Blüte. Obwohl dies ein offizieller Empfang war, war neben ihm ein Holztisch mit gebogenen Füßen und einem runden Tablett aufgebaut, auf dem Körbe mit Obst, allerlei Gebäck und ziselierte goldene Becher angerichtet waren. Neben ihm stand nur ein Mann, ebenfalls in knöchellangem Gewand, doch entlang der Seiten des Saales saßen auf Schemeln etwa ein Dutzend Männer, die – wie Cheops später erfuhr – den Rat der Weisen darstellten.

Schnellen und entschlossenen Schrittes ging Cheops – wie er es immer tat, ungeachtet der Anlässe – auf den König zu und grüßte ihn mit einer leichten Neigung des Körpers. Abischemu erhob sich, faßte Cheops an beiden Armen und sagte in ägyptischer Sprache: »Willkommen, sei mir willkommen! Ich grüße den Sohn des großen Königs der Beiden Länder, den Kronprinzen von Ägypten. Abischemu, der König von Byblos, grüßt seinen Gast.«

Doch dann fuhr er in der eigenen Sprache fort, eine ganze Weile lang, ohne jedoch Cheops' Arme loszulassen. Der Dolmetscher übersetzte: König Abischemu bittet dich, Herr, ihn zu entschuldigen, daß er nicht weiter in deiner Sprache zu dir spricht, denn er beherrscht sie nicht gut genug. Er begrüßt dich abermals, heißt dich abermals willkommen. Er ist glücklich, dich in seinem Haus, das auch das deine ist, zu empfangen. Er ersucht dich, neben ihm Platz zu nehmen.«

Cheops gab sich Mühe, seinem Gastgeber mit gleicher Höflichkeit zu antworten. Er dankte für den Empfang und befahl dann seinen Dienern, die Geschenke zu bringen, die Seine Majestät, der König der Beiden Länder, dem König von Byblos sandte.

Während die ägyptischen Träger mit den Gastgeschenken näher traten, hatten zwei byblitische Diener einen Sessel herangeschoben, der etwas weniger hoch und breit war als der Königsthron. Sie stellten ihn auf die andere Seite des Tisches neben den Thron, auf dem Abischemu wieder Platz genommen hatte. Nachdem auch Cheops saß, ließ Ineki, der Kommandant des ägyptischen Meldeschiffes, die Geschenke auspacken. Alles war in Holztruhen verschiedener Größe verstaut: fein geschnitzte und mit Goldplättchen geschmückte Alabasterschalen, Tafelgeschirr aus Silber und Halbedelsteinen wie Malachit, Amethyst, Beryll und Türkis; gerollte Papyrusblätter, Schreibergerät aus Ebenholz von den oberen Nilgauen, silberne Diademe, Halsketten und Armbänder aus ziseliertem Gold und bunt schillernden Steinen, kostbare Holzspazierstöcke, mit Silber eingelegt, Amulette aus seltenen Steinen ... Abischemu bewunderte diese Geschenke, bedankte sich wieder und wieder, huldigte Seiner Majestät Snofru ob seiner unermeßlichen Großzügigkeit, erklärte dann aber, damit es seinem Gast nun nicht langweilig werde, wolle er erst in den folgenden Tagen, von früh bis spät, jeden Gegenstand einzeln betrachten, ihm die verdiente Bewunderung zuteil werden lassen. Als er dann in die Hände klatschte, trugen Diener die Geschenke davon, während zwei andere mit elegant geschwungenen Krügen und Deckelgefäßen aus Ton herbeikamen. In die auf dem Tisch bereitgestellten Becher gossen sie Getränke: golden, rosa, purpurrot, weiß. Sie rückten die gefüllten Becher dem König und seinem Gast in Reichweite, anschließend boten sie den Edlen von Byblos und Ägypten, die inzwischen auch Sitzgelegenheiten bekommen hatten, die verschiedenen Getränke an. Abischemu ergriff einen Becher, hob ihn hoch und ersuchte seinen Gast, ein Getränk seiner Wahl zu versuchen. Ibdadi, der königliche Dolmetscher, erklärte Cheops, es handele sich um Bier, Weine aus den phönizischenWeinbergen, um Mandelmilch und Erfrischungsgetränke mit Blüten, Honig und Pistazien. Cheops ergriff den erstbesten Becher, trank einen Schluck und war höchst erstaunt, wie kalt sein Mund wurde. Er hatte zwar im Winter schon im Nordwind gekühlte Biere getrunken, aber so kalt wie dieses Getränk waren sie nie gewesen. Auf seine Frage erwiderte der Dolmetscher, auf den Gipfeln der Zedernberge erstarre das Regenwasser bei Kälteeinbruch zu Eis, weswegen das ganze Jahr über Eselskarawanen in die Berge zogen, um diese wundervolle Masse zu holen, die man dann eine Zeitlang in hohen, fest verschlossenen, mit Stroh und feuchten Tüchern umwickelten Gefäßen aufbewahren konnte, da sie nicht mit warmer Luft in Berührung kommen dürfe, weil sie sonst schnell schmelzen und zu Wasser würde. Getränke wurden entweder mit Eiswasser zubereitet oder in Gefäßen, die Eis enthielten, gekühlt. In den Deckelgefäßen, die die Diener gebracht hatten, war ebenfalls kältestarres, geformtes Fruchtfleisch, das man schnell essen mußte, bevor es schmolz.

Cheops ließ seinen königlichen Gastgeber wissen, wie entzückt er sei, und erklärte sogleich mit Hilfe des Dolmetschers, er würde sich gerne in diese Berge hinauf begeben, wo sich solch eine bemerkenswerte Masse von selbst bildete. Das mußte er an Ort und Stelle sehen!

»Man wird dich hinaufgeleiten«, versprach ihm Abischemu, »doch dazu müssen wir dir zuerst ein warmes Gewand geben, denn in deinem dünnen Schurz könntest du vor Kälte umkommen. Das Leben des Sohnes des Königs von Ägypten ist für mich kostbarer als meine Augen, gar kostbarer als das meines eigenen Sohnes.«

Cheops dankte, versicherte, er sei zu allen Opfern bereit, ja, er würde selbst ein so lästiges Gewand anlegen, um in diese Silberberge, wie man sie nannte, hinaufzusteigen, um die weiße und kalte Masse, die ihre Gipfel überzog, mit eigenen Augen zu sehen.

Sie sprachen nicht über das Ziel der ägyptischen Expedition, über den Grund der Ankunft des Kronprinzen an der Spitze einer so beeindruckenden Flotte. Der König von Byblos beauftragte seinen Sohn, dem Gast alle Ehre zu erweisen und für sein Wohlbefinden zu sorgen. So führte Elibaal nun Cheops und sein Gefolge zu dem ihnen bestimmten Palast, der sich als ein geräumiges Gebäude mitten in der Stadt, mit Garten, Höfen und Säulengängen entpuppte. Ibdadi sollte bei Cheops bleiben, ihm bei allem behilflich sein, über sein Wohl wachen und Abischemu all seine Wünsche melden. Cheops wählte ein weitläufiges Gemach, auch jeder seiner Offiziere bekam einen eigenen Raum, während die Mannschaften der Schiffsbesatzungen in Hafennähe untergebracht wurden.

Elibaal hatte die Dienstboten des Gästehauses zusammengerufen: Köche, Gärtner, Kammerdiener, Zimmermädchen, Wäschebeschließerinnen. Einige auffallend junge und zuvorkommende Mädchen stellte er ihm vor: »Dies sind Tänzerinnen und Musikerinnen vom Tempel der Herrin von Byblos, Ba'laat Gebal. Tempeldienerinnen, geheiligte Freudenmädchen. Jeden Abend kannst du dir eine oder mehrere aussuchen, sie mit in dein Gemach nehmen, damit sie dir während der Nacht Gesellschaft leisten und über deinen Schlaf wachen. Das gleiche gilt für dein Gefolge, deine Diener und deine Offiziere. Der Mädchen sind genug.«

Cheops war hocherfreut. Es war schon über einen Monat her, daß er seine beiden Gemahlinnen verlassen hatte, und immer häufiger befielen ihn Gelüste, die ungestillt blieben. In den Zeiten der Vorbereitung auf die Einweihung in den Tempeln von Heliopolis, Hermopolis und Abydos hatte er, wenn auch mit größter Mühe, Enthaltsamkeit gewahrt, doch im täglichen Leben war ihm ein solcher Zustand schier unerträglich, stand er doch im Gegensatz zur Natur und den von Hathor selbst im Körper geweckten Gelüsten.

Erst am nächsten Tag bat der König Cheops an seine Tafel, und danach fand eine Besprechung statt mit den Ratgebern des Königs und Cheops' Offizieren, um die Abwicklung der Tauschgeschäfte, deretwegen die Ägypter gekommen waren, in groben Zügen festzulegen. Es bedurfte mehrerer Tage, bis beide Seiten sich einig wurden über die Anzahl der Pinien- und Zedernstämme, die gegen die in den Schiffsbäuchen verstauten Güter eingetauscht werden sollten. Dann mußten die Mannschaften zusammengestellt werden, die die Bäume fällen, von Ästen befreien, auf das gewünschte Maß zuschneiden und in den Hafen von Byblos befördern sollten, was etliche Monate in Anspruch nehmen würde. Sobald die Verhandlungen beendet waren, gedachte Cheops nach Ägypten zurückzukehren. Er wollte nur noch abwarten, bis die Handelsverträge unterschrieben, die Zahl der zu liefernden Baumstämme festgesetzt, die angeforderten Arbeitskräfte und Waren mit Gold und Gütern bezahlt und die Kostbarkeiten, unter anderem etliche Barren Blei und Lapislazuli, die sumerische Händler von geheimnisvollen und fernen Gegenden unter dem Horizont der aufgehenden Sonne herbeigeschafft hatten, übergeben waren. Dann wollte er seinen Offizieren das Verladen und den Transport des Holzes nach Memphis überlassen. Er selbst würde mit dem schnellen Aufklärerschiff schnurstracks heimkehren. Gleich nach einem Besuch auf den Pässen der Silberberge, wo der Schnee bereits zu fallen begann, sollte das Schiff ablegen.

»Du solltest auch noch unser Stadtfest abwarten«, empfahl ihm der König. »Baal herrscht über unsere Stadt, manche sagen auch Adonis, was in unserer Sprache gleichbedeutend ist. Um diese Jahreszeit feiern wir seine Liebe zur Göttin, der Herrin von Byblos, und dann tragen wir Trauer um ihn, denn ein aus der Erde emporgestiegener Eber tötete ihn und verschleppte ihn in die Unterwelt, wo die Seelen der Toten leben. Während der ganzen Wintermonate bleibt er in der unterirdischen Welt, im Reich Mots, des Todes, aber im Frühling kommt er wieder herauf, kehrt er ins Leben zurück.«

Ibdadi fügte ergänzend zu den Worten des Königs noch hinzu: »Herr, das kannst du nicht abschlagen, du würdest den König beleidigen, wenn du vor diesem Fest die Stadt verließest. Es ist außerdem ein schönes Fest, an dem die ganze Stadt teilnimmt. Jeder begibt sich nach Apheca, zu den Quellen des Adonisflusses, der bei Byblos ins Meer stürzt. Dort wird das Fest gefeiert, dort singt man ihm Hymnen, dort werden Liebe und Tod Baals Jahr für Jahr aufgeführt.«

Cheops spürte, daß er sich dem nicht entziehen durfte. Er war auch schon neugierig geworden auf dieses Fest.

»Wenn du es auch noch so eilig hast, nach Ägypten zurückzukehren, um wieder bei deinen Eltern, deinem königlichen Vater, deinen Gemahlinnen und Kindern zu sein«, gab ihm Ibdadi zu bedenken, »wirst du dich nur ein klein wenig verspäten, denn für die Besteigung der Silberberge bis hinauf zu den Schneefeldern brauchst du ein paar Tage, und kurz danach beginnt auch schon das Adonisfest. Für Ungeduld wird dir gar keine Zeit bleiben. Wie du sehen wirst, ähnelt unser Adonis eurem Osiris: Auch er wird von einem finsteren Feind getötet, auch er gelangt hinab in die Unterwelt, in die Hölle, wo er die ganze düstere Zeit über bleiben muß und erst im Frühling ins Leben zurückkehren darf.«

»Es sei, wie mein Gastgeber, der König von Byblos, es wünscht«, stimmte Cheops schließlich zu. Er war gespannt auf den Kult eines Gottes, der Osiris ähneln sollte, zumal Osiris, wie er ja nun wußte, nichts weiter war als ein einem Menschen nachgebildetes göttliches Modell.

DREI

Früh am Morgen verließ die Karawane Byblos. Cheops hatte einen dicken Wollmantel an, ein Geschenk von Abischemu, und Lederstiefel an den Füßen. Anfangs fiel ihm das Gehen schwer in diesen Folterwerkzeugen, die die Füße einzwängten, doch allmählich gewöhnte er sich daran. An einem um die Taille geknoteten Lederriemen trug er ein Kurzschwert, eine Art langen Dolch, aus einem ihm unbekannten Metall, das so hart war, daß er mit einem Hieb einen Holzblock spalten oder eine Kupferwaffe verbiegen konnte. Das Schwert war ein Geschenk von Prinz Elibaal, der ihm auch erklärt hatte, dieses Metall, das Bronze heiße, würde aus einer Mischung von Zinn und Kupfer gewonnen. »Dieses Zinn findet man nur in weit entfernten Gegenden. Seefahrer bringen es her von den Inseln und Landstrichen im Norden«, hatte Elibaal gesagt. Auch die Spitze der Lanze, die Cheops mitführte, war aus Bronze, wie die Schneide des Beils an seinem Gürtel. Diese Waffen hatte ihm der König geschenkt.

»Für derlei Expeditionen muß man bewaffnet sein«, hatte Ibdadi ihm erläutert. »Nicht, weil man Überfälle von Räubern zu befürchten hätte, die – wenn es sie überhaupt gäbe – niemals zahlreich genug wären, um es zu wagen, eine königliche Karawane anzugreifen, aber in diesen Bergen stößt man manchmal auf gefährliche wilde Tiere, vor allem Wildschweine und Wölfe. Mit diesen Bronzewaffen jedoch wirst du dich gegen jeden Angriff verteidigen können.«

»Auch in unseren Wüsten gibt es gefährliche Tiere, vielleicht noch gefährlichere als hier«, wandte Cheops ein. »Löwen und wilde Stiere.«

»Ich weiß«, erwiderte Ibdadi. »Aber wenn du es nicht darauf anlegst, ihn herauszufordern, wird der wilde Stier dich nicht angreifen, ebensowenig wie der Löwe. Die Wölfe aber leben in Rudeln, und wenn der Hunger sie plagt, sind sie äußerst angriffslustig.«.

Cheops hatte ein Dutzend seiner Offiziere bei sich, und die mit Lebensmitteln und Zelten beladenen Esel wurden von rund zwanzig königlichen Gardesoldaten bewacht. Elibaal, der seinen Gast bei dieser Expedition unbedingt begleiten wollte, hatte auch noch ein paar Offiziere und die Dolmetscher mitgebracht. Die Schar der Diener führte noch eigene Esel mit. Diese trugen leere Körbe und Gefäße, die sie, mit Schnee und Eis gefüllt, in den Palast zurückbringen sollten.

Bald ließ die Karawane die schmale Ebene an der Seeseite hinter sich, um über felsige Pfade zum Gipfel hinaufzusteigen. Für Cheops war dies alles neu und ungewohnt. Je höher sie kamen, desto feuchter wurde die Kälte, eisige Sturzbäche mußten durchwatet werden, vom schmalen Bergpfad aus blickte man in tiefe grüne Täler, der Wald wurde immer dichter, die Landschaft immer dunkler und unheimlicher. Schwarze Wolken ballten sich am Himmel, der über dem Meer doch so blau war!

»Jetzt dringen wir vor ins Reich des Riesen Chumbaba«, verkündete Ineki, der weniger als Dolmetscher denn als Leibwache des Prinzen zu dessen Gefolge gehörte.

»Was ist denn das für ein König?« frage Cheops verwundert.

»Das ist kein König, sondern ein riesenhaftes Geschöpf, das der Gott Wêr als Hüter dieser Berge eingesetzt hat. Es heißt, seine Stimme sei schrecklich wie der Donner, und aus seinem Blick blitze Feuer, tödliches Feuer. Aus seinem Kopf kämen die sieben Strahlen, jene Macht, die nur den

Göttern eignet, jene unbesiegbare Kraft, die alle Feinde der Götter, die Drachen, Nachtdämonen und hoffärtige Menschen, vergeblich sich anzueignen versuchten.«

»Was erzählst du mir denn da, Ineki! Wer hat ein solches Geschöpf denn je gesehen?«

»Die es aus der Nähe gesehen haben, können es nicht mehr bezeugen, sie sind nicht mehr da, denn ihm zu begegnen bedeutet den Tod.«

»Und was halten die Männer aus Byblos, die in die Berge ziehen, um das eisige Wasser zu holen und Zedern zu fällen, von dieser Geschichte?«

»In ihren Augen ist das alles eine Erfindung der Leute aus Sumer, denn ein Mann, der von dort kam, hat davon erzählt, als ich noch Kind war und bei meinem Vater, der den Gott Huni in Byblos vertrat, wohnte. Die Leute hier behaupten, so zeige sich eben ihr Wettergott Hadad, der im Zorn am Himmel grollt und seine Blitze herabschleudert. Daher fürchten sie sich nur vor Gewittern. Aber sie wissen auch, daß sie außer Gefahr sind, wenn sie in einer Felsnische oder in einer der zahlreichen Holzhütten der Zimmerleute und Holzfäller Unterschlupf finden.«

»Dann haben wir ja nichts zu fürchten«, befand Cheops. »Und sollten wir diesem Chumbaba zufällig begegnen, brauchen wir uns mit unseren Bronzewaffen ja ohnehin nicht zu ängstigen.«

Ineki warf Cheops einen fragenden Blick zu, weil er nicht sicher war, ob dieser im Ernst oder Scherz gesprochen hatte. »Herr, gegen einen Gott oder ein Ungeheuer aus dem Leib der Erde vermag auch eine Bronzewaffe nichts!«

»Ineki«, ließ sich nun Ibdadi vernehmen, »dieser Riese, von dem du sprichst, wütet, wenn es ihn denn je gegeben hat, schon lange nicht mehr in diesen Bergen. Vor Jahren begegnete ich in Ebla, einer Stadt jenseits dieser Berge, einem Mann, der aus Uruk kam. Das ist eine der reichsten Städte im Land Sumer. Er versicherte mir, der König dieser

Stadt sei vor nunmehr etlichen Jahrzehnten mit einem Begleiter in diese Berge gezogen und zu zweit hätten sie Chumbaba getötet, ihn wie eine hohe Zeder umgehauen und ihm den Kopf abgeschlagen.«

»Wer ist denn dieser König, der so stark und listig sein soll, daß er sich in die Zedernberge vorgewagt und diesen Riesen umgebracht hat?« fragte Ineki.

»Sein Name ist Gilgamesch, und sein Gefährte hieß Enkidu. Ich weiß, daß letzterer schon lange tot ist, und auch Gilgamesch folgte ihm in das Land, aus dem man nicht so schnell zurückkehrt. Über Uruk, die Große, herrscht jetzt sein Enkel Utulkalamma.«

»Ibdadi«, fragte nun Cheops, »was ist das für eine Stadt, Uruk, und was sind das für Leute aus Sumer die ihr beide erwähnt habt?«

»Das ist ein reiches und mächtiges Volk, Herr, das etliche Städte besitzt, fern, gen Sonnenaufgang. Uruk ist eine der reichsten. Doch jede dieser Städte ist unabhängig, jede hat ihren eigenen König, ebenso wie die Städte Phöniziens.«

»Und wie kommt man dorthin, in dieses ferne Land?«

»Tage um Tage muß man wandern, Herr. Morgen oder am Tag darauf werden wir den höchsten Gipfel dieses Berges erreichen; von dort gelangt man auf eine Hochebene, voller Felder und Weingärten. Von dieser Hochebene aus kommt man in ein tiefer gelegenes Tal, vom ersten durch weitere Berge getrennt und bewässert von einem schönen Fluß namens Oronto. In dieser Gegend gibt es viele Ortschaften, Hauptstädte kleiner Königreiche, die wichtigsten heißen Damaskos, Hama und Aleppo. Diese ist die südlichste. Von dort muß man weiter wandern gen Osten, bis zu einem großen, sehr großen Fluß, fast so groß wie der Nil, der aber in entgegengesetzter Richtung fließt. Auf diesen Fluß muß man sich einschiffen, Tage um Tage fährt man dann flußabwärts. Nach grünen Tälern kommen weite Wüsten, ähnlich wie im Schwarzen Land mit seinen roten, von Seth beherrschten Gegenden. Entlang dieses Flusses begegnet man vielen Ansiedlungen und Städten. Endlich wirst du ins Land der Sumerer gelangen. Und dort liegt Uruk mit seinen gewaltigen Stadtmauern.«

»Und wie du sagtest, ist jede Stadt dieses Landes unabhängig und hat ihren eigenen König?«

»So ist es, Herr, einen König und einen Ältestenrat, der außerhalb der Stadttore zusammentritt, um über alles zu beraten, was die innere Stadt betrifft.«

»Wenn das so ist, müßte es doch ein leichtes ein, diese kleinen Königreiche zu erobern, eines nach dem anderen«, überlegte Cheops.

»Mag sein, Herr, aber erst müßte man einmal dorthin gelangen, und bis ein schlagkräftiges Heer solch abgelegene Landstriche erreicht ... Dafür wären sehr viele Krieger nötig, die ja alle ernährt werden müßten auf dem langen Feldzug. Für Reisende und Händler ist es schon ein harter und mühseliger Weg, aber sie werden wenigstens freundlich aufgenommen von den jeweiligen Landesbewohnern. Ein Heer müßte unzählige Städte bekämpfen, sich Nahrung besorgen, ständig auf der Hut sein. Ich glaube, Herr, es wäre ein tollkühnes Unterfangen, die Städte Sumers erobern zu wollen. Es ist nicht einmal sicher, daß ein Heer, selbst wenn es von unseren Küsten aus loszieht, die Städte des von mir erwähnten Flusses, der übrigens Purartu heißt, je erreicht: Hunger, Erschöpfung, Krankheiten und zu bekämpfende Gegner dürften ihm bis dahin arg zugesetzt haben.«

»Du hast mich falsch verstanden, Ibdadi«, erwiderte Cheops. »Ich habe nie daran gedacht, mit einem ägyptischen Heer so entfernt liegende Länder zu erobern. Keineswegs. Ich wundere mich nur, daß keine der von dir genannten Städte, vor allem dieses Uruk, bisher versucht hat, sich seine Nachbarn einzuverleiben, um ein großes, vereintes Königreich zu schaffen, wie es mein Urahn Narmer mit den Städten des Niltals gemacht hat.«

»Der Tag könnte kommen, da sich in einer dieser Städte ein Eroberer erhebt, ein nach Ruhm und Macht gierender

Mann, ein großer Krieger obendrein, der all die Städte Sumers unter seiner Herrschaft vereint. Doch bis heute ist jede noch Herrin ihrer selbst.«

»Und aus diesem Grund, Herr«, mischte sich nun wieder Ineki ein, »ist Ägypten mit seinem Herrscher Snofru, dem Gott, deinem Vater, das einzige wirklich große Königreich auf Erden, das einzige Großreich unter der Sonne.«

Jeder Tag in Qedem bestärkte Cheops in seinem Gefühl, daß sein Land, das Königreich, das er erben würde, unvergleichlich mächtig war. Gleichzeitig empfand er aber auch Freude, neue Welten zu entdecken, die manchmal so merkwürdigen Sitten und Gebräuche fremder Länder. Er ahnte nicht, daß diese Reise noch längst nicht zu Ende war und sein Leben, in gewisser Weise sogar das Schicksal Ägyptens spürbar verändern würde.

Lange bevor sie den Paß erreichten, von wo aus man in die von Ibdadi erwähnte Hochebene gelangte, entdeckte Cheops den Schnee. Die Luft war kalt, aber die Sonne brannte mit voller Kraft. Die Anstrengung des Aufstiegs hatte Brust und Glieder gewärmt, so daß nun Eseltreiber und Soldaten ihre Kleidung abwarfen, um sich im Pulverschnee zu wälzen. Cheops konnte es sich nicht versagen, es ihnen gleichzutun. Er wunderte sich, wie belebend dieser weiche, strahlendweiße Teppich war. Von seinen Begleitern dazu angeregt, nahm er eine Handvoll davon und führte sie zum Mund. Dort schmolzen die Schneekristalle und verwandelten sich in eisiges Wasser!

Während die Eseltreiber den festgepreßten Schnee in Gefäße stopften, die sie dann dicht verschlossen und in Körben stapelten, bewunderte Cheops die gewaltige Landschaft, die sich vor seinen Augen erstreckte, die grünen Ebenen jenseits des Passes, die sich in der Weite verloren. Es hätte ihn gereizt, den Weg fortzusetzen, immer gen Sonnenaufgang, um neue Täler, große Flüsse, reiche Städte zu entdecken, von denen Ibdadi erzählt hatte. Doch er mußte zurück, mit der Karawane, die den kostbaren Schnee geladen hatte, welcher sich so schnell wieder verflüssigte.

Drei Tage später waren sie wieder in Byblos, während neue Karawanen mit Holzfällern in die Berge hinauf zogen, um die Bestellungen der Ägypter auszuführen.

Abischemu, der König von Byblos, hatte Platz genommen auf einer von einem Eselsgespann getragenen Sänfte. Die Jahre begannen allmählich auf ihm zu lasten, und seine Gelenke verhärteten sich, trotz der Bemühungen seiner Ärzte. Auch die Königin hatte Anrecht auf einen solchen Tragesitz, aber das königliche Gefolge, sein Sohn und die ägyptischen Gäste gingen zu Fuß. Aus reiner Höflichkeit hatte man Cheops einen Tragstuhl angeboten, wohl wissend, daß dieser kräftige junge Mann, der soeben frisch und munter von seiner Expedition in die Zedernberge zurückgekehrt war, ein solches Transportmittel ablehnen würde. Denn sofern man nicht ein Greis oder eine Frau war, wirkte man darin unweigerlich eitel, schwach auf der Brust oder hoffärtig. Daher schritt Cheops, in Begleitung von Prinz Elibaal, Ineki und Ibdadi, dicht hinter der königlichen Sänfte. Langsam ging es den schmalen, steinigen Pfad am Hang entlang. Man folgte dem Flußlauf, und da Adonis der Herr von Byblos war, hatten die Einheimischen ihn Adonisfluß getauft.

»Adonis ist der andere Name von Baal«, erklärte Ibdadi als Sprecher Elibaals. »Wie die Priester erzählen, entsprang er der Rinde eines Myrrhenbaumes, in den seine Mutter, dank der Güte der Götter, ihn verwandelt hatte, um ihn vor dem Zorn seines Vaters zu bewahren, der nämlich auch ihr Vater war, mit dem sie sich unter Zuhilfenahme einer List vereint hatte. Euch Ägypter dürfte das wundern, da ihr euch ja mit den eigenen Schwestern und Töchtern vereint.«

»Es stimmt zwar, daß es bei uns in der königlichen Familie üblich ist, daß Brüder und Vettern ihre Schwestern und Basen heiraten, doch daß ein Vater seine Tochter zur Frau nimmt, ist kaum je vorgekommen«, entgegnete Cheops. »Aber ich verstehe nicht recht: Worüber sollten wir uns wundern? Daß ein Gott einem Baum entspringt?«

»Nein, nein. Daß ein Vater aus Wut seine Tochter umzubringen bereit ist, weil sie ihn ohne sein Wissen zur Blutschande verführt hat. Wenn du mich fragst, dann ist die Deutung dieser uralten Göttersage durch die Priester doch eher kindisch. Dieser Adonis ist ganz einfach der Genius des Baumes und der Vegetation, wie euer Osiris, dessen Sarg sich ja auch in einem Heidekrautstrauch verfangen hatte, nachdem die Winde und Fluten des Meeres ihn an die Küste von Byblos geschwemmt hatten.«

»Osiris hat auf Erden gelebt und über Ägypten geherrscht, bis sein Bruder Seth ihn umbrachte«, bemerkte Cheops.

»Auch Adonis hat auf Erden gelebt, bis ein Ungeheuer ihn umbrachte, ein Eber oder ein dem Meer entstiegener Drache, der ihn zerstückelte wie euren Osiris. Doch seitdem herrscht euer Osiris über die Welt der Toten, wohingegen Adonis dort nur ein Drittel des Jahres verweilt, den Winter über, wenn die Sonne sich gen Süden entfernt und Pflanzenwuchs und Natur in Winterschlaf fallen. Mit dem Frühling steht auch er wieder auf und kehrt auf die Erde zurück, um dort unter dem Blick der Sonnengöttin Schapasch zu leben. Und dann findet er auch seine Geliebte wieder, die Herrin von Byblos, die wir auch Anat nennen. In den nun folgenden Tagen werden wir also das Adonisfest feiern, die Geschichte seiner Liebe zur Göttin Anat, und ihn dann im Tode betrauern.«

So erklärte Ibdadi Cheops die Bedeutung dieses Festes, zu dem sich zweimal jährlich ganz Byblos zusammenfand an der Quelle des Adonisflüßchens.

Zwei Tage waren sie nun schon unterwegs, immer den Sturzbach entlang. So knapp vor der Wintersonnenwende waren die Tage kurz, daher ließ der König das Lager aufschlagen, bevor es Nacht wurde. Zelte, Möbelstücke, Betten und Lebensmittel für so viele Menschen waren auf den Rücken von Lasteseln mitgebracht worden, so daß die Diener in einer Schlucht unterhalb einer dichtbewachsenen Hochebene ein bequemes Lager errichten konnten. Obwohl der Winter nahte, war es noch mild, tagsüber, wenn die Sonne schien, sogar richtig warm, und auch nachts noch nicht spürbar kühl. Am späteren Vormittag ging es dann wieder weiter; der König stand nicht gerne im Morgengrauen auf. Doch bevor der Tag zur Neige ging, hatte der königliche Troß sein Ziel erreicht. Erstaunt sah Cheops die vielen Menschen, die sich schon am Festplatz versammelt hatten. Die Wohlhabenderen hatten bereits Zelte oder gar Hütten bauen lassen, andere lagen oder saßen auf Matten oder Decken rings um lodernde Feuer. Für das königliche Lager war unterhalb eines hohen Felsens, in dem eine Grotte erkennbar war, ein weiter Platz freigehalten worden. Im ganzen Tal herrschte Betriebsamkeit, ständig kamen neue Adonisverehrer. Überall wurde gelacht, gesungen, gerufen.

»Heute und morgen«, sagte Ibdadi, »dürfen die Leute fröhlich sein, jede Freizügigkeit ist ihnen erlaubt, daher sollten Mädchen, die sich ihre Jungfräulichkeit bewahren sollen, aber auch Frauen, die zwar verheiratet sind, aber keusch bleiben wollen, lieber nicht allein im Tal spazierengehen. Denn nicht einmal ihr Ehemann dürfte sie oder einen Verführer, dem sie vielleicht doch verfallen oder unwillig zu Diensten sein könnten, des Ehebruchs bezichtigen. Später dann, wenn der Gott tot ist, wird allgemein Trauer getragen, und dann herrscht auch wieder Ordnung.«

»Dieser Gott«, warf Cheops ein, »ist also wirklich unserem Osiris ähnlich. Nach dem Tod wird er zum Herrscher über die Unterwelt. Aber wie stellt ihr euch diese Welt der Toten vor? Wo liegt sie?«

»Angeblich unter der Erde, und dieser Gott soll ja auch die Kraft haben, den Pflanzenwuchs neu zu erwecken, jedes Jahr, wenn die Sonne zurückkehrt und es Frühling wird. Hier hängt das Pflanzenwachstum ja nicht von der Überschwemmung eines großen Flusses ab, der die Erde bewässert. Vielmehr ist es die Rückkehr der Sonne, der Göttin Schapasch, die jedes Jahr, wenn sie gen Süden zieht, Winterkälte hereinläßt. Warum das so ist, wissen wir nicht. Nach dreimonatigem Exil kehrt die Sonne jedoch immer wieder zurück, um der Erde ihre belebende Wärme zu schenken. Aber was du über Adonis sagtest, stimmt nicht ganz: Er ist nicht wie Osiris Herr der Unterwelt, er ist dort der Geliebte der Göttin, die über die Welt der Toten herrscht. Sie hatte sich in seine Schönheit verliebt, und es gelang ihr, den Göttern des Alls jenes Gesetz aufzuzwingen, das Adonis verpflichtet, die Wintermonate bei ihr und mit ihr zu verbringen. Das soll auch der Grund sein, warum Schapasch sich zurückzieht: Sie trauert mit Anat, ihrer Freundin, der Verkörperung der Liebe und der Schönheit. Und diese Liebe bewegt das gesamte Weltall, aber auch die Schönheit, die wiederum Liebe weckt. Wenn die Wintermonate vorbei sind, kehrt Adonis auf die Erde zurück und lebt mit Anat. Dann haben die Bybliter wieder einen Grund für ein Fest. Sie versammeln sich erneut hier, doch dann ist der Ritus umgekehrt: Man beweint und bejammert zuerst noch das Verschwinden des Gottes, um drei Tage später seine Auferstehung, seine Rückkehr ins Leben, seinen Aufstieg in den Götterhimmel zu feiern.«

So plauderten Cheops und Ibdadi, während sie am Ufer des Flusses entlangschlenderten, zwischen all den Zelten, Schilfhütten und Lagerfeuern, auf denen Geflügel und Fleischbällchen brutzelten, während Männer und Frauen im Kreis saßen und auf das Abendessen warteten. Es begegneten ihnen aber auch etliche Männer, die offensichtlich getrunken hatten, und zwar mehr als gewöhnlich, denn sie torkelten und grölten anzügliche Lieder.

»Heute und auch noch den ganzen morgigen Tag«, erklärte Ibdadi, »werden Wein und Bier so reichlich fließen, daß du immer wieder Betrunkene sehen wirst. Man sagt, sie seien vom Gott besessen, er schicke ihnen den Weingeist, der diese ungezügelte Begeisterung in den Körpern auslöst. Vor allem vor diesen Männern müssen die Frauen sich hüten, es sei denn, es gelüste auch sie nach Liebeshändeln. Dann dürfen sie in dieser und auch der folgenden Nacht alles tun, was sie wollen, um ihre Leidenschaft zu stillen.«

Ibdadi hatte nicht bemerkt, daß sein Gast ihm schon seit einer Weile nicht mehr zuhörte. Im sanften Schein des Mondlichts und der Feuer war Cheops plötzlich wie geblendet, vermeinte eine Gottheit zu sehen. Es war eine Frau, die sich von all den anderen abhob: Ihr schönes Antlitz leuchtete, aber das Auffallendste war die Farbe ihres wallenden Haars. Bisher hatte er immer nur schwarzes Haar gesehen, schwarz wie sein eigenes, sowohl am Nil als auch in all den Städten entlang der östlichen Küste. Doch dieses Haar hatte die Farbe von Gold! Zuerst glaubte er, die Frau trage eine Perücke aus Goldfäden, aber als sie näher kam, schien es ihm doch ihr eigenes Haar zu sein, das diese Farbe von Natur aus hatte, sofern es nicht gefärbt war. Viele Frauen in Qedem färbten sich ja die Haare mit Henna. Doch davon wurde es bräunlich oder rötlich, niemals so strahlend goldfarben wie dieses hier. Aufrecht, stolz war sie an ihm vorbeigegangen, als habe sie ihn gar nicht bemerkt. Neben ihr schritt ein junger Mann, fast noch ein Jüngling. Während sie eine Fremde zu sein schien, war dieser Junge jedoch ganz offensichtlich ein Kind aus Byblos: Er hatte dunkles und gewelltes Haar, das lockig in den Nacken fiel, eine leicht gebogene Nase, einen sonnengebräunten Körper und trug nur einen dicken Schurz aus Ziegenfell.

Cheops dreht sich um, blickte der jungen Frau nach, bis ihre Gestalt in dem langen, fransenbesetzten Mantel mit der Nacht verschmolz. Wäre er allein gewesen, hätte er dem Paar folgen können. Die bemerkenswerte und ungewöhnliche Schönheit der Frau hatte ihn gefesselt. Doch als er ihr schon nachlaufen wollte, hielt ihn Ibdadis Anwesenheit zurück. Er setzte seinen Weg mit ihm fort, hörte aber nicht mehr zu. Nur noch das Antlitz der Unbekannten stand ihm vor Augen, das goldene Rieseln ihres Haars. Eine solche Haarfarbe konnte doch nicht natürlich sein, er mußte sich getäuscht haben – es war bestimmt eine Perücke aus Goldfäden. So etwas könnte er eigentlich auch für seine Gemahlinnen anfertigen lassen, dachte er bei sich. Henutsen müßte noch schöner aussehen mit solch einem goldenen Vlies, denn auch ihre Haut schimmerte golden. Sie liebte es, splitternackt im Garten herumzulaufen und sich von der Sonne bestrahlen zu lassen. Daher hatte ihre Haut diesen Kupferton angenommen, der typisch war für die nackt auf den Feldern und in den Sümpfen arbeitenden Männer.

Ibdadi redete immer noch. Es fiel ihm gar nicht auf, daß Cheops stumm blieb, in seine Gedanken verloren. Beinahe hätte Cheops ihn allerdings gefragt, wer diese Frau sei, doch dann verzichtete er darauf, da der Dolmetscher sie gar nicht wahrgenommen zu haben schien. Er hätte sie ihm zwar beschreiben können, war sich aber nicht sicher, daß Ibdadi sie kannte. Es wäre ihm auch irgendwie schamlos vorgekommen, sein Interesse an einer Passantin zu bekunden. Wenn sie in Byblos wohnte, brauchte er ja eigentlich nur durch die Straßen und über die Märkte zu laufen, dabei würde er sie schon wiederfinden. Doch dann verscheuchte er auch diesen Gedanken: Er hatte sich doch geschworen, gleich nach dem Fest nach Ägypten zurückzukehren.

VIER

Cheops schlief schlecht in dieser Nacht. Immer wieder fing ihn das Bild der jungen Frau mit dem goldenen Haar ein.

Trotz des nahenden Winters war es warm am nächsten Tag, und Cheops begnügte sich mit einem Schurz, den er um die Hüften schlang. Er verließ das ihm zugewiesene Zelt, um sich bei seinem königlichen Gastgeber einzufinden, der bereits Platz genommen hatte in seinem Tragstuhl. Die Esel setzten sich in Bewegung, die Menschenmenge beklatschte ihren König und sein Gefolge, man verneigte sich, doch anders als in Ägypten warf sich hier niemand zu Boden vor dem Herrscher. Er war – wie auch Cheops jetzt wußte – nicht etwa ein Gott, Sohn des Baal, sondern nur ein Mensch, der den Gott auf Erden zu vertreten hatte. Man zog den Adonisfluß hinauf, der immer schmaler und reißender wurde in seiner Klamm. Der steinige Weg hingegen weitete sich und bot immer mehr Menschen Platz, so daß trotz des Geschiebes und Gedränges niemand Gefahr lief, hinuntergestürzt zu werden in das tief eingegrabene Flußbett. Cheops, der an den breiten, trägen und majestätischen Nil gewöhnt war, bestaunte und bewunderte dieses Wildwasser, das die Felsen hinabrauschte.

Bald schon kam die Quelle in Sicht. Kaskaden stürzten aus einer Grotte hoch oben im Fels. Ein paar Sträucher und Bäume, vorwiegend Pinien, setzten grüne Tupfer in das Grau des Gesteins, und weiße Kiesel sprenkelten die Hänge. In der Nähe der Grotte hatte die Natur Flächen ausgespart, wo sich bereits dicht an dicht die Menschenmenge drängte. Der König und sein Gefolge machten Halt auf einer felsigen Anhöhe, die von den Wachen freigehalten worden war. In der Mitte stand bereits ein ausladender Baldachin, der einen dicken Teppich mit vier Stühlen und Kissen rundherum beschattete. Der höchste davon war für den König vorgesehen, die drei anderen waren für die Königin, den Kronprinzen und Cheops, während sich das Gefolge auf den Kissen niederließ oder stehenblieb, wie Ineki und Ibdadi hinter Cheops' Stuhl. Die bisher lärmende Menge versank in tiefes Schweigen, als ein Priester in weitem, weißem Gewand und mit efeubekränztem Haupt aus der Grotte trat, hinter ihm sieben junge Mädchen in dünneren, reich gefältelten Leinengewändern und mit Kränzen von purpurroten Rosen und Anemonen im dunklen Haar. Diese Blumen waren im Frühling gesetzt und sorgfältig gehegt worden, um im Spätherbst zu blühen, wie man Cheops erklärte: Es waren die Adonisröschen, aus seinen Blutstropfen entsprungen.

Der Priester und die jungen Mädchen begrüßten das königliche Paar, wobei der König seinen Gast wissen ließ, die Mädchen seien Töchter der Edlen des Landes und Jungfrauen. Dann nahm die Gruppe Aufstellung am Rand der Anhöhe, wo ein in den Fels gehauenes Becken ständig mit frischem Wasser gespeist wurde, das, durch einen schmalen Kanal von der Quelle hergeleitet, auf der anderen Seite durch die Rinne abfloß in den Sturzbach. Nun stimmte der Chor der Jungfrauen einen Hymnus zum Ruhme des göttlichen Hirten Adonis an, und im Anschluß daran sang der Priester die Geschichte des jungen Gottes. Seine Stimme war kraftvoll, und der steile, glatte Fels warf sie so laut zurück, daß jedermann sie hören konnte. Als er von der Blutschande der Jungfrau, der Geburt und Kindheit des Adonis sang, trat ein Jüngling aus der Grotte, bekleidet mit einem Schurz aus Ziegenfell, einen Efeukranz im lockigen Haar. Das Volk sah in ihm offenbar die Verkörperung des

Gottes, denn es jubelte ihm begeistert zu. Auch der Priester erklärte ihn mit einer Handbewegung zu Adonis, der Jungfrauenchor stimmte ein Loblied an, und der Knabe begann, zu den Worten des Vorsängers die Taten des Gottes zu mimen.

Cheops konnte dies alles nur aus den Gebärden entnehmen, da er nicht verstand, was hier gesungen wurde in der so abgehackt klingenden Landessprache. So wußte er auch nicht, daß soeben das Erscheinen der Göttin Anat verkündet worden war, und sah nun mit Erstaunen, wie aus der Grotte mit dem dröhnenden Sturzbach eine Frau trat, die er – wenn sie sich nicht bewegt hätte – für ein goldenes Standbild gehalten hätte. Der völlig nackte und wohlgestaltete Körper wie auch das Gesicht waren mit glänzender goldener Farbe bemalt. Aus Gold schien auch ihr langes Haar zu sein, das ihr in lockigen Wellen bis auf die Schultern hinabfiel. War dies nicht die Unbekannte von gestern? Die zarten Gesichtszüge traten unter der Farbe nicht erkennbar hervor. Aber der Knabe, der Adonis darstellte – das war doch derselbe, den er in Begleitung der blonden Spaziergängerin gesehen hatte! Natürlich war es diese junge Frau, von der er die ganze Nacht geträumt hatte, die hier nun die Göttin darstellte! Es gab keinen Zweifel mehr: Hathor selbst hatte ihm abermals ein Geschöpf zugeführt, dessen Anblick ihn traf wie der Blitz Hadads, des Wettergottes, den er in den Zedernbergen hatte grollen hören.

Die beiden Darsteller des Götterdramas schwiegen noch immer, doch ihre sprechenden Gebärden versinnbildlichten den Bericht des Priesters, wie Ibdadi Cheops zuraunte. Der Prinz hatte nur noch Augen für die goldene Göttin, die jetzt mit ihrem Adonis zu tanzen begann, wodurch die Schönheit ihres Körpers und die Anmut ihrer Bewegungen nur noch augenfälliger wurden. Cheops war sprachlos vor Bewunderung. Ibdadi, der ihm ab und zu ein paar Erklärungen ins Ohr flüsterte, verwies auf die ägyptischen Gottheiten, die man ja auch mit Gold bemalte, denn Gold war Fleisch der Götter. Adonis war ungeschminkt, weil er noch Mensch war und erst bei seiner Auferstehung aus der Unterwelt Gott wurde. Unsterblichkeit erlangte man ja erst nach dem Tod, der die Pforten zum ewigen Leben öffnete.

Die Wiedergabe der göttlichen Abenteuer zog sich endlos in die Länge, die beiden Darsteller schienen unermüdlich. Cheops verstand zwar nicht, was dort gesungen, gespielt oder getanzt wurde, empfand aber keinerlei Langeweile oder Ermüdung, da seine Augen sich an dem Schauspiel labten, das die Verkörperung der Göttin Anat ihm darbot. Eine bessere Darstellerin für die Göttin der Schönheit und Liebe hätte man wirklich nicht finden können! Als die beiden schließlich in der Grotte verschwanden und der Priester mit dem Jungmädchenchor zur anderen Seite hin abtrat, hallten Freudenschreie aus der Zuschauermenge.

Cheops bat um eine Erklärung und erfuhr von Ibdadi, daß die beiden, die bisher nur die Begegnung zwischen Gott und Göttin dargestellt hatten, sich nun in die Grotte zurückziehen mußten, um sich zu vereinen, um ihre Liebe durch eine heilige Heirat zu krönen. Am Nachmittag würde es dann weitergehen mit Adonis' Tod. Dann erfolge sein Abstieg in die Unterwelt, wo er bis zum Frühling zu bleiben habe, bis die Natur sich, nach seiner Rückkehr auf die Erde, also nach seiner Auferstehung, erneuere.

»Und vollzieht sich diese geheiligte Vereinigung tatsächlich in jener Grotte?« fragte Cheops.

»Aber nein«, versicherte Ibdadi zu seiner großen Erleichterung. »Der Knabe gilt offiziell als der Bruder dieses jungen Mädchens.«

»Was meinst du damit?« fragte Cheops verwundert. Er hoffte, durch diese arglos wirkende Frage mehr zu erfahren über die junge Frau, die ihn ohne eigenes Zutun eingefangen und betört hatte.

»Ayinel, so heißt der Junge, entstammt einer der reichsten Familien von Byblos«, erklärte Ibdadi bereitwillig.

»Wie in allen Königreichen dieser Küste gelangt man auch in Byblos zu Reichtum, wenn man Handel treibt, Tauschgeschäfte abwickelt mit anderen Städten, vor allem aber, wenn man kostbare Güter von fernen Ländern holt und über die Meere fährt von Ost bis Süd, nach Ägypten also, aber auch von Nord bis West. Reyen, Ayinels Vater, wurde reich durch allerlei Handelsgeschäfte, vor allem durch die Einfuhr von Zinn, das er von jenseits der Nebelmeere, wo unsere Kaufleute sich nicht hintrauten, mit seinen eigenen Schiffen holte. So war er häufig Gast bei einem Fürsten dieser fernen Länder und wurde sein Vertrauter. Eines Tages – es ist schon etliche Jahre her – kehrte er plötzlich mit diesem goldhaarigen Mädchen zurück. Sie war noch ein Kind. Er erklärte, von nun an sei sie seine Tochter, in Wirklichkeit war sie aber die Tochter jenes Fürsten, dessen Königreich von feindlichen Kriegern überfallen worden war, als Reyen sich dort aufhielt. Angesichts der Gefahr hatte der Fürst ihm seine Tochter anvertraut. Er starb kurz darauf im Kampf, und seine Hauptstadt ging in Flammen auf. Reyen konnte mit der kleinen Waise, die ihre Mutter schon bei der Geburt verloren hatte, in letzter Minute auf seinem Schiff entkommen. Und so fand sie in Byblos einen neuen Vater, eine Mutter und mit Ayinel sogar einen Bruder.«

Cheops konnte sich die Bemerkung, er fände sie ungewöhnlich schön, nicht verkneifen und fragte nach ihrem Namen.

»Ich weiß nicht, wie sie in ihrem Heimatland hieß. Wir kennen nur den Namen, den ihr Ziehvater ihr gab: Cherschet, was ›die Goldene‹ bedeutet. So nennt ihr Ägypter doch auch eure Göttin Hathor! Ist ihr Kosename nicht Nubet? Wegen ihrer natürlichen Haarfarbe darf sie seit drei Jahren beim Adonisfest die Göttin Anet darstellen. Wie bei euch glaubt das Volk nämlich auch hier, das Fleisch der Götter sei aus Gold und die Göttin trage goldenes Haar. In unseren Breiten ist das etwas so Seltenes, daß blondes

Haar als Zeichen für Schönheit gilt und folglich die das Ideal der Schönheit verkörpernde Göttin blond sein muß.«

»Wenn du mich fragst«, warf Cheops ein, »hängt Schönheit nicht von der Haar- oder Hautfarbe ab. Dennoch finde auch ich dieses Mädchen einzigartig schön, und selbst wenn sie das dunkle Haar meiner Gemahlinnen hätte, wäre sie nicht minder schön.«

»Da gibt es viele, die so denken wie du – sie hat schon ein ganzes Heer von Verehrern und Bewerbern. Man kann sie gar nicht mehr zählen, all die Söhne der Edlen, die bei Reyen angeklopft haben, um ihn um ihre Hand zu bitten. Aber bis heute hat sie alle Freier, die ihr Vater ihr vorgeführt hat, zurückgewiesen. Denn sie darf selbst wählen, und Reyen ist so stolz auf sie und so froh, sie bei sich zu haben, daß er sie nicht drängt, einen Gatten zu nehmen. Man munkelt sogar, er hätte sie selbst zur Frau genommen, wenn er nicht schon in Ayinels Mutter eine treue Gattin besäße. Du wirst verstehen, daß er sein Mündel nicht gerade ermuntert, einen Gemahl zu wählen, der sie ihm entführen würde.«

Cheops schwieg, nachdenklich und offenbar ein wenig beunruhigt nach Erwähnung all der Freier, der Weigerung des jungen Mädchens, einen Gatten zu wählen, und der geheimen Wünsche Reyens. Ibdadi hakte nach: »Mir scheint, Herr, daß auch du nicht unempfänglich bist für die Reize dieser jungen Person.«

Cheops nickte bestätigend, und Ibdadi fuhr fort: »Sie spricht übrigens deine Sprache recht gut. Ayinels Mutter ist Ägypterin; ihr Vater, ein Kaufmann, hatte sich in Byblos niedergelassen. Und da auch Reyen zunächst nur mit Ägypten Handel trieb und dafür die Sprache erlernte, wurde in seinem Haus ganz selbstverständlich Ägyptisch gesprochen, zumal seine Frau das Byblitische nie richtig gelernt hat. Wissen muß du allerdings, daß du dieses Mädchen – auch wenn du Thronerbe eines so mächtigen Königreiches bist – niemals zu einer bloßen Bettgespielin machen kannst. Sie wird nur dem ihre Zustimmung geben, der sie auch heiratet. Ihr Ziehvater ist in unseren Breiten ein reicher und mächtiger Mann. Du hattest noch keine Gelegenheit, ihn hier bei Hof zu sehen, da er an der Spitze seiner Handelsflotte zu einer Insel namens Kaptar unterwegs ist, weit, weit gen Westen, gen Sonnenuntergang. Zum Adonisfest wurde er zurückerwartet, aber vermutlich gab es Schwierigkeiten bei der Überfahrt. Er wird diese Tochter nur einem Edlen geben, der sie – wie man bei euch sagt – zur »Herrin seiner Güter« macht. Und auch sie wird sich nur einem hingeben, der sie liebt und achtet, wie sie es verdient, und sie zu seiner rechtmäßigen Gemahlin macht.«

Diese Warnung vermochte Cheops nicht abzuschrecken, ganz im Gegenteil. Es hätte ihm eher mißfallen, wenn dieses junge Mädchen sich dem Erstbesten hingegeben, ja überhaupt schon die Liebe eines Mannes erfahren hätte. Das jedoch verschwieg er Ibdadi, war er sich ja selbst noch nicht sicher, ob er sich auf ein Liebesabenteuer einlassen wollte. »Es ist nett von dir, Ibdadi«, erwiderte er deshalb, »daß du mir soviel von diesem jungen Mädchen erzählst, aber ich habe dir ja nur gesagt, wie schön und bewundernswert ich ihr Haar und ihr Gesicht finde. Und beides habe ich bisher nur aus der Entfernung gesehen und unter dieser goldenen Maske, so daß ich mir von ihrer wirklichen Schönheit noch gar kein Bild zu machen vermag.«

Das Gespräch bekam eine andere Wendung, da Ibdadi nun für Abischemu zu übersetzen hatte: »Der König fordert dich auf, zu ihm in den Schatten jener großen Bäume zu kommen, wo Teppiche und Kissen ausgebreitet sind und die für diesen Tag bestimmte Mahlzeit angerichtet ist: ein siebenmal in Milch getauchtes Zicklein, in Ziegenmilch gegart, das man mit Ziegenkäse ißt.«

Wie der König, seine Höflinge und Gäste aß auch das Volk Zickleinbraten, Brot und Käse. Bis die Zeremonie wieder anfing, herrschte im ganzen Tal geschäftiges Treiben. Die Familien saßen beisammen und hielten ihr Mahl unweit der königlichen Tafel, an der aus Tonschalen bedient wurde.

Während des Essens wandte Abischemu sich immer wieder an Cheops und fragte mit Unterstützung beider Dolmetscher, ob er zufrieden sei mit seinem Aufenthalt hier, ob es ihm Freude bereite, an diesem Adonisfest teilzunehmen, ob das Essen ihm munde. All diese Fragen konnte der Prinz höflich und freimütig bejahen, da er das Gefühl hatte, sein Aufenthalt in Byblos, vor allem aber die Begegnung, die dieses Fest ihm beschert hatte, würde seinem Schicksal eine völlig unerwartete Wendung geben. Er machte allerdings keinerlei Anspielung auf jene, die schon jetzt all sein Denken beherrschte und die er in seiner Sprache Nubet nennen würde, was in ihm das Bild Hathors weckte, der Göttin der Schönheit, der Freude und der Liebe.

Als die Mahlzeit beendet und die großen Schalen mit Wein geleert waren, begab sich jeder wieder an seinen Platz vom Vormittag, um dem neuerlichen Einzug des Chores und des Priesters beizuwohnen. Jetzt war ein Flötenspieler dabei, der klagende Weisen blies, wähend der Priester erzählte, wie Adonis auf der Jagd im Gebirge von einem gewaltigen Eber getötet und von dessen spitzen Hauern zerfetzt wurde. Nun trat aus der Grotte die goldschimmernde Göttin Anat, einen Köcher mit Pfeilen an der Hüfte und in der einen Hand einen Bogen, in der anderen einen Speer mit bronzener Spitze. Das war nicht mehr die verliebte, das war die kriegerische Göttin, die auszog, um ihren jungen Geliebten zu suchen. Zum Klang der Flöte und zum Gesang des Priesters zeigte sie das Suchen und den Zorn der Göttin auf Menschen, Naturgewalten und Götter. Sie stach die Spitze der Lanze in den Boden, nahm einen Pfeil aus dem Köcher, begann herumzuwirbeln, wobei sie den Bogen spannte, die Sehne losließ und den Pfeil in einen Baumstamm neben der Grotte jagte.

Cheops bewunderte die Geschicklichkeit der jungen Frau, die Eleganz ihrer Bewegungen, die Anmut ihres Körpers. Wie leicht, dachte er bei sich, hätte die Tänzerin ihr Ziel verfehlen, ja sogar den König treffen können. Nachdem sie alle Pfeile aus ihrem Köcher in Baumstämme geschossen hatte, ergriff sie die Lanze und zielte damit auf unsichtbare Feinde.

»Der Priester erzählt jetzt«, erklärte Ibdadi, »wie die Göttin im ganzen Tal kämpft, bei Sonnenaufgang die Menschen köpft, ihnen die Hand abhaut und wie diese abgeschlagenen Hände dann wie Heuschrecken auffliegen, wie sie ihre Füße im Blut der geschlagenen Krieger badet. Aber diese Gegner sind die Dämonen des Winters, die den Eber begleiteten, als er Adonis anfiel.«

Nun trugen vier Männer den Leichnam des Jünglings herbei, blutüberströmt. Es war das Blut eines Zickleins, das man ihm zu Ehren geopfert und mit dessen Blut man ihn besprengt hatte. Der Knabe ließ sich regungslos tragen, als wäre er tatsächlich tot. In der Nähe des Beckens mit dem eingeleiteten Quellwasser legten sie ihn nieder. Anat kniete sich neben ihn, begann zu klagen, zerkratzte sich vor Schmerz Gesicht und Brust, während der Chor der jungen Mädchen einen Trauergesang anstimmte. Die vier Träger begannen den Leichnam mit dem Quellwasser zu waschen, und hüllten ihn dann in ein Leichentuch. Die Klagegesänge brachen ab. Anat stieg in das Becken und wusch sich Gesicht und Leib. Das Wasser nahm den Goldstaub auf, und sie stieg heraus, prachtvoll in ihrer Nacktheit mit dem triefenden Haar und der hellen Haut, auf der die Wassertropfen funkelten. So schritt sie auf die Grotte zu, hinter ihr die vier Männer mit dem Leichnam des Adonis in seinem Leichentuch, während die untergehende Sonne den Himmel im Westen purpurn färbte.

Nun stürzte sich die Menge auf die breite Rinne, durch die das goldgepuderte Wasser in den Flußlauf hinabfloß. Jeder schöpfte mit der hohlen Hand von dem durch das Bad der Göttin geheiligten Wasser, um davon zu trinken. Wer zuletzt kam, dem blieb immerhin noch das Flußwasser.

Cheops hatte nun diejenige, die er Nubet nannte, in voller Schönheit gesehen. Sie mußte die Seine werden, selbst wenn er dafür seine Rückkehr ins Geliebte Land verschieben, sich womöglich den Zorn seines Vaters, seiner Mutter und seiner beiden Gemahlinnen zuziehen sollte. Kein Preis war ihm zu hoch!

FÜNF

In der Grotte stand eine Hütte aus Blattwerk für die beiden Darsteller bereit, denn nach Ende der Aufführung wäre es unschicklich gewesen, Cherschet und Ayinel den Zudringlichkeiten der Menschenmenge aus Byblos und dem Umland auszusetzen. Wächter standen am Eingang, um vor allem die »Göttin« vor allzu stürmischen Huldigungen zu schützen. Die beiden durften sich erst am nächsten Morgen wieder zeigen, zur letzten Kulthandlung und wenn die Anhänger des Gottes wieder nach Hause zurückkehrten.

Es war schon tiefe Nacht, Lampen brannten rings um die Hütte, die beiden jungen Leute saßen vor einem Holzfeuer und aßen, was eine alte Dienerin aus dem Elternhaus ihnen darreichte.

»Heute hast du wieder einmal bewiesen, was für eine begabte Schauspielerin du bist«, sagte Ayinel zu seiner Schwester. »Auch mit dem Bogen wirst du immer geschickter. Diesmal hat der Pfeil seinen Baum schnurstracks getroffen. Weißt du noch, daß du voriges Jahr zweimal danebengeschossen hast?«

»Da habe ich mich zu schnell gedreht und hätte um ein Haar dem Priester einen Pfeil in den Po gejagt. Erinnerst du dich? Wenn er mich den Bogen spannen sah, schlotterte er am ganzen Leib.«

Sie mußten lachen, doch dann seufzte der Junge. »Zu schade, daß unser Vater nicht dabeisein konnte – und Mutter auch nicht.«

»Mutter wird sicher bald wieder völlig gesund sein, der Arzt hat es versichert.«

»Ich hoffe es, aber um Vater mache ich mir große Sorgen. Jetzt warten wir schon etliche Tage – noch nie ist er mit solcher Verspätung von Kaptar zurückgekommen. Er sagt es doch immer wieder: Das Meer ist die beste Freundin des Seemanns, aber auch seine schlimmste Feindin. Gastfreundlich, zuvorkommend, wie Schapaschs Spiegel, wenn ruhige See herrscht, erschreckend und fürchterlich, wenn Zorn es schwarz färbt und es sich aufbäumt in gewaltigen und schäumenden Wellen. Und jetzt haben wir doch bald schon Winter, und Vaters Schiffe sind noch nicht einmal in Sicht. Keiner der Fischer, die weit über den Horizont hinausfahren, hat sie gesehen, keines der Frachtschiffe, die aus den Nachbarhäfen, aus Ugarit und anderswo zurückkehrten, ist ihnen begegnet, niemand hat überhaupt nur von ihnen gehört, nicht einmal Seeleute, die auch von jenen fernen Inseln kommen.«

»Aber, Ayinel, das ist doch noch lange kein Grund, dir solche Sorgen zu machen! Vater ist ein kühner Seefahrer. Um Zeit zu gewinnen, hat er doch in letzter Zeit schon mehrmals Kaptar direkt angesteuert, nur mit einem kurzen Halt an der Kupferinsel, während die anderen an den Küsten entlang fahren. Daher kann ihn ja niemand in den Nachbarhäfen gesehen haben.«

»Deswegen mache ich mir ja solche Sorgen. Wenn Sturm droht und man ist in Küstennähe, dann bleibt immer noch Zeit, einen Hafen oder eine Bucht zu finden, und sollte das Schiff gegen die Felsküste abgetrieben werden, kann man schwimmend das Ufer erreichen. Aber mitten im Meer – da ist man doch dem Zorn der Götter ausgesetzt, und wenn die See das Schiff verschlingt, was macht dann der einsame Schiffbrüchige in diesen Weiten, fern jeder Küste?«

Nun seufzte auch Cherschet, denn insgeheim glaubte sie, daß ihr Bruder recht hatte. Aber sie wollte ihm nicht zeigen, daß sie genauso bangte um den Mann, der ihr über alles geliebter Ziehvater war. Sie wußte keine Antwort, wollte den Jungen dennoch aufmuntern, ihm nicht die Hoffnung nehmen und ihn noch mehr betrüben. Da erschien Ibdadi, der Vertraute des Königs, aber auch des Hauses Reyen, weshalb ihn die Wachen hereingelassen hatten.

»Ibdadi! Du kommst gerade zur rechten Zeit!« rief Cherschet. »Ayinel ängstigt sich so um unseren Vater. Du hast doch auch alle Länder bereist und die Inseln, die Vater so oft aufsucht. Sag Ayinel, daß Vater keine Gefahr droht, daß er das Meer und seine Launen gut kennt, daß er von ihm nichts zu befürchten hat, zumal er fromm ist und den Gottheiten seine Opfer darbringt.«

»Was du sagst, ist völlig richtig«, erwiderte Ibdadi, als er sich zwischen die beiden setzte. »Aber gegen die Launen und die Kraft der Winde ist selbst der beste Seefahrer nicht gefeit. Und was die Götter betrifft: Da kann es immer einen geben, den man vergessen hat und der darauf sinnt, den Sterblichen zu vernichten, der ihn angeblich geschmäht hat.«

»Das mag ja sein, aber Reyen ist viel zu gewissenhaft, um in seinen Gebeten und Opferhandlungen auch nur einen der Götter zu vergessen«, antwortete Cherschet schlagfertig.

»Da hast du recht«, gestand Ibdadi ihr zu, »und deshalb braucht ihr euch auch nicht zu beunruhigen. Mach dir keine Sorgen, Ayinel. Wenn die Götter beabsichtigt hätten, deinen Vater zu töten, wäre schon oft genug Gelegenheit dazu gewesen. Wie oft hat der Tod ihn nicht schon gestreift? Wie oft schon befand er sich in so hoffnungsloser Lage, daß jeder andere sein letztes Gebet gesprochen und sich dem Schicksal anheimgegeben hätte? Nein, Reyen ist ein starker und unerschrockener Mann. Ich frage mich gar, ob Alter und Krankheit ihm je etwas werden anhaben können.«

»Das klingt schon besser!« rief Cherschet frohen Herzens. »Nun sag aber, Ibdadi, wie fand der König uns in unseren Rollen? Wir haben nämlich lange dafür geübt.«

»Ihr wart beide wundervoll, und unser Herr schien sehr zufrieden. Er hatte noch keine Gelegenheit, es mir oder euch selbst zu sagen, aber ich habe keinerlei Zweifel daran und bin gekommen, um euch zu beglückwünschen. Du, Cherschet, wirst von Jahr zu Jahr schöner, und deine Sicherheit in der Verkörperung der Göttin läßt vergessen, daß du sie nur spielst. Du bist die geborene Königin.«

Das junge Mädchen lächelte, errötete und sagte dann allerdings seufzend: »Königin wird man doch nur, wenn man einen König heiratet...«

»Stimmt, dein Vater galt zwar als König in seiner Stadt, doch ihn und sein Königreich gibt es nicht mehr. Aber es war ohnehin viel zu klein für ein Mädchen von deinem Adel, deinem Wert.«

»Mir hätte es genügt, und wäre es noch so klein gewesen.«

»Hast du mir nicht einmal erzählt, man habe bei deiner Geburt die Sterne befragt und deinem Vater verkündet, du würdest eines Tages Königin über ein schönes Reich?«

»So hat man es mir erzählt, aber dabei dachten wohl alle an das Königreich meines Vaters. Wer würde mich denn jetzt heiraten wollen wegen eines Reiches, das es gar nicht mehr gibt?«

»Jemand, der dich um deinetwillen, um deiner Schönheit willen für sich haben möchte.«

»Wie viele Anwärter haben bereits an Reyens Tür geklopft! Auch er, dieser liebevolle Vater, sähe es gern, wenn mein Schicksal sich erfüllte und ich einen mächtigen Mann heiraten könnte, der mir gefällt. Aber bis heute hat mir noch keiner wirklich gefallen, und auch Reyen konnte zu keinem seine Zustimmung geben. Es gibt ja schon keine Familie von Stande mehr hier in Byblos, die nicht abgewiesen worden wäre.«

»Dennoch wäre es möglich, daß du denjenigen findest, den die Götter dir bestimmt haben, und vielleicht früher als du denkst. Hast du heute den jungen Mann neben dem König bemerkt?«

»Meinst du den, der wie ein Ägypter aussieht?«

»Ja, den meine ich.«

»Ist es gar der, der an der Spitze der ägyptischen Flotte gekommen ist, um von unserem König Holz zu kaufen?«

»Ja. Wie gefällt er dir?«

Cherschet verzog den Mund, dachte ein Weilchen nach und räumte dann ein: »Übel sieht er nicht aus. Wer ist er denn eigentlich? Wenn der König ihn neben sich hat sitzen lassen, ist er vermutlich ein mächtiger Mann in seinem Land.«

»Das gestattet der König reichen Reedern aus fremden Ländern genauso wie königlichen Abgesandten anderer Reiche oder deren Königen selbst«, warf Ayinel dazwischen.

»Gewiß«, pflichtete Ibdadi ihm bei. »Dieser Ägypter ist eine einflußreiche Persönlichkeit. Dir, Cherschet, kann ich aber noch zusätzlich sagen, daß deine Schönheit ihn nicht unberührt gelassen hat.«

Diese Bemerkung ließ sie aufhorchen. »Aha«, sagte sie, ohne ihr Interesse allerdings allzu sehr zu zeigen. »Woher weißt du das?«

»Der König hat mich ihm als Dolmetscher zur Seite gestellt, da er nur seine eigene Sprache spricht. So bin ich sozusagen seine Vertrauensperson für alle hiesigen Belange. Und dabei ließ er durchblicken, daß er glücklich wäre, im Hause deines Vaters eingeführt zu werden, um mit dir zu sprechen. Du könntest ihn ja einmal unverbindlich treffen …«

»Solange Mutter krank und Vater noch nicht zurück ist, kann ich ihn schwerlich in unser Haus einladen«, entgegnete Cherschet.

»Selbstverständlich ist so etwas ausgeschlossen während Reyens Abwesenheit«, bekräftigte Ibdadi. »Und ebenso unschicklich wäre ein Besuch deinerseits im Haus unserer Gäste. Aber ihr könntet euch beispielsweise bei Prinz Elibaal treffen, der sich mit diesem Ägypter, der übrigens

Cheops heißt, angefreundet hat. Er empfängt ihn häufig in seinen Privatgemächern. In Anbetracht der guten Beziehungen zwischen Reyen und dem Prinzen könnte dieser dich und deinen Bruder durchaus einladen.«

»Mag sein. Aber seit Reyen fort ist, gehen wir, Ayinel und ich, niemals aus. Wir steigen höchstens in die Berge hinauf oder schlendern am Strand entlang. Noch nie sind wir ohne Vaters Erlaubnis einer Einladung gefolgt. Ich weiß auch nicht, ob Elibaal sich auf so etwas einlassen würde.«

»Cherschet hat recht«, bestätigte Ayinel. »Wenn Vater fort ist, wissen wir gar nicht mehr, was sich in der Stadt tut, wir bleiben daheim. So haben wir nicht einmal gerüchteweise von diesem Fremden gehört. Höchstens, daß er diese ägyptische Flotte befehligt.«

»Dann versichere eben ich euch jetzt, daß er ein reicher und mächtiger Mann ist«, sagte Ibdadi mit Nachdruck.

»Dann muß man ihn um so mehr fürchten«, befand Cherschet. »Er könnte es ja darauf angelegt haben, mich zu mißbrauchen, ohne Gefahr für sich selbst, oder mich zu entführen, um mich zu seiner Sklavin zu machen, denn wenn er so mächtig ist, wie du behauptest, könnten sein Wille und seine Wünsche in den Augen unseres Königs mehr Gewicht haben als meine Person.«

»Ich glaube aber nicht, daß er solche Absichten hegt, Cherschet.«

»Was weißt du denn schon? Kennst du ihn etwa so gut? Nein, solange unser Vater nicht da ist, müssen wir auf der Hut sein. Ich verbiete dir sogar, ihm zu sagen, wo wir wohnen.«

»Cherschet! Er hat mich gebeten, mich bei dir zu verwenden, damit er dich treffen kann. Eine solche Zurückweisung wird er niemals verstehen. Du mußt damit rechnen, daß er kurzerhand abreist oder mit allen Mitteln danach trachtet, dich zu finden.«

»Du mußt ihm ja nicht sagen, daß ich mich weigere, ihn zu treffen. Du erklärst ihm einfach, daß es vor Reyens

Rückkehr und ohne dessen Zustimmung nicht möglich ist. Sollte er nicht sofort abreisen und morgen früh noch dasein, kann ich ihn ja sehen, ohne mit ihm zu sprechen. Der König wird mich und Ayinel nämlich rufen lassen, um uns zu beglückwünschen, nach dem Schlußzeremoniell des Adonisfestes. Dann soll der Fremde neben meinem König stehen, neben meinem Herrn, damit ich ihn und er mich ein wenig genauer ansehen kann. Wenn er dann immer noch mit mir sprechen will, muß er eben die Rückkehr und die Zustimmung meines Vaters abwarten.«

Ibdadi, den Cheops als Vermittler eingeschaltet hatte, bedrängte sie nicht länger. Er verriet auch nicht, daß Cheops der Prinz von Ägypten war. Er hatte nämlich schwören müssen, es nicht zu sagen, falls sie es nicht wüßte, um ihre Entscheidung nicht zu beeinflussen. Cheops gehörte offensichtlich zu jenen, die um ihrer selbst willen geliebt werden wollten, und nicht aufgrund ihres hohen Standes.

Nachdem er die beiden verlassen hatte, lief Ibdadi eiligst zum Zelt des Prinzen. Cheops wollte seine Ungeduld zwar nicht zeigen, stand aber schon draußen vor dem Zelt.

»Mir scheint, daß auch du sie nicht gleichgültig gelassen hast«, versicherte Ibdadi, »sie hat dich nämlich durchaus bemerkt als Gast des Königs. Doch sie achtet den Willen ihres Vaters und die Gepflogenheiten ihres Landes. Daher will sie dich nicht treffen, bevor Reyen nicht zurück ist.«

»Was sagst du da?« empörte sich Cheops. »Ist ihr Vater nicht schon seit Monaten auf hoher See? Hätte er nicht schon längst zurück sein sollen? Vielleicht kommt er ja nie mehr zurück. Er kann doch Schiffbruch erlitten haben …«

»Das ist schon möglich, aber wenn es so wäre, dann hätten ihr Bruder und der König über sie zu befinden. Du brauchst dir deshalb keine Sorgen zu machen, denn wenn du bei unserem Herrn um ihre Hand anhältst, mit der Versicherung, sie zu deiner Gemahlin zu machen, dann wird er sie dir mit Freuden geben, und sie wäre, wie ich vermute, wohl auch nicht verstimmt. Und daß ihr Bruder sich dem Willen des Königs widersetzt, kann ich mir kaum vorstellen.«

»Wenn das so ist, bin ich bereit, so lange zu warten wie nötig. Sofern es nicht länger dauert als das Schlagen und Verladen der Zedern.«

»Das dürfte drei Monate in Anspruch nehmen. Zeit genug, um Reyens Rückkehr zu feiern oder zumindest zu erfahren, ob er tatsächlich Schiffbruch erlitten hat und niemals mehr heimkehren wird. In diesem Fall steht es dir frei, dich an meinen Herrn, unseren König Abischemu, zu wenden.«

Als Cheops am nächsten Morgen auf demselben Platz wie tags zuvor neben dem König saß, um der Schlußzeremonie des Adonisfestes beizuwohnen, war er fast schon versucht, ihm die Leidenschaft zu bekennen, die ihn beim ersten Anblick von Cherschet vor weniger als zwei Tagen gepackt hatte. Doch im Augenblick war es sicherlich klüger, wenn er das Geheimnis dieser Liebe, die so unerwartet sein Herz entflammt hatte, für sich behielt.

Ein Lamm wurde geopfert, und der Chor der jungen Mädchen sang das Loblied auf die Herrin von Byblos und den Gott Baal. Dann traten Ayinel und seine Adoptivschwester vor den König. Jetzt trug sie den Schurz der jungen Mädchen, eine Mode, die man angeblich den Bäuerinnen des Niltals abgeschaut hatte. Er wurde mit einem dicken Band über den Hüften geknotet, verlief schräg über den Bauch und endete mitten auf dem Oberschenkel, so daß Beine und Oberkörper frei blieben. Ihr Haar hatte sie unter ein Band gezwängt, das die hohe Stirn einschnürte, am Hinterkopf geknotet war und in zwei Zipfeln in den Nacken fiel. Sie näherte sich dem König, den Bruder an der Hand. Cheops hatte Muße genug, sie aus der Nähe zu betrachten. Selbst die außergewöhnliche Schönheit Henutsens verblaßte angesichts des strahlenden Glanzes dieses Mädchens mit dem blonden Haar, das sogar den Augen einen besonderen Reiz verlieh. Alles an ihrem Körper und in ihrem Gesicht schien ihm makellos, so vollkommen, aber auch so überaus sinnlich. Er vermochte seinen Blick nicht abzuwenden, während sie da vor dem König stand, der sie zu ihrer vollendeten Darstellung in der Leidensgeschichte des Gottes beglückwünschte und dann noch lange mit ihr sprach. Als der König sich Ayinel zuwandte, blickte sie endlich zu Cheops hinüber. Die Intensität dieses Blickes hielt ihn gefangen. Er wollte lächeln, konnte es aber nicht, denn sie blieb ernst. Schnell wandte sie sich ab, was bedeuten konnte, daß niemand ihre Seitenblicke auf den Gast des Königs bemerken sollte, aber auch, daß er sie kalt ließ. Er wählte den ersten Grund als Erklärung, war sich allerdings nicht sicher, recht zu haben.

Als der König schwieg und die beiden jungen Leute entließ, gingen sie, ohne sich umzuwenden, auf zwei Esel zu, die ein Diener weiter hinten bereithielt. Jeder schwang sich auf den Rücken eines Tieres, und dann kehrten sie zurück nach Byblos, im Geleitschutz von Lanzenträgern, die neben den Eseln herliefen.

»Ibdadi«, sagte Cheops, als er mit seinem Dolmetscher und Vertrauensmann wieder allein war, »ich werde warten, so lange wie nötig, um die Zustimmung ihres Vaters oder des Königs zu erlangen. Du sollst aber jetzt schon wissen, daß ich im Fall einer Verweigerung bereit bin, sie zu entführen, ja sogar dem König von Byblos den Krieg zu erklären. Was dich anbetrifft, so ist mir deine Gesellschaft und Verschwiegenheit mittlerweile so lieb geworden, daß ich dich bei mir behalten möchte. Wenn du einverstanden bist, mache ich dich zu einem Großen Ägyptens und beschenke dich mit Gütern aller Art. Gern hätte ich dich als Lehrmeister meiner Kinder, damit du ihnen alles beibringst, was du weißt, ihnen von deinen Reisen und den Ländern erzählst, die du bereist hast, und sie die Sprachen lehrst, die du kennst.«

»Herr, ich bin in der Tat ein freier Mann und niemandem verpflichtet. Aber ich weiß nicht, ob König Abischemu mich gerne ziehen lassen würde, denn er schätzt an mir die gleichen Fähigkeiten wie du.«

»Ich werde ihn mit großzügigen Geschenken für diesen Verlust entschädigen, denn mir wirst du nützlicher sein als ihm.«

»Wenn das so ist, würde ich mich glücklich preisen, dir dienen zu dürfen. Doch meine Freiheit möchte ich mir bewahren und Ägypten jederzeit verlassen können, wenn mir plötzlich der Sinn danach steht.«

»Ich schwöre dir hiermit, daß du volle Bewegungsfreiheit haben wirst, und wenn dein neues Amt, das zwar höher sein wird als das hiesige, dir nicht gefällt, dann nimmst du dir deine Freiheit und wirst von mir reichlich belohnt für die in meinen Diensten verbrachte Zeit. Und wenn du mir jetzt noch hilfst, diese Nubet zu erobern, dann werde ich dich mit so vielen Gütern überschütten, daß du das Geliebte Land niemals mehr wirst verlassen wollen.«

»Es sei, wie mein Herr es sagt.«

Jeder Tag, der verging, machte Cheops unruhiger. Seinem Wunsch gemäß fand Ibdadi sich allmorgendlich an seiner Schlafstatt ein, und immer stellte der Prinz die gleiche Frage: »Ist Reyen endlich zurück?«

Aber man hatte immer noch keine Nachricht von ihm und seinen Schiffen.

Cheops verbrachte seine Tage mit Besuchen im Königspalast, Spaziergängen in der Stadt, auf der Suche nach »Nubet«, und mit Kampfspielen am Strand südlich der Stadt, wo er und die Männer seines Gefolges sich im Laufen, Bogenschießen und im Umgang mit den vom König geschenkten Bronzewaffen übten. Abischemu war erstaunt gewesen, daß Cheops seinen ursprünglichen Plan, so schnell wie möglich heimzukehren, da dringende Geschäfte ihn erwarteten, nun doch nicht in die Tat umzusetzen schien. Cheops hatte ihm erklärt, nach reiflicher Überlegung sei ihm doch klargeworden, daß das Verladen einer so gewaltigen Menge von Holz und Metall seine Anwesenheit erfordere, daß er seinen Untergebenen eine solche Verantwortung nicht aufbürden könne und daß sein Vater ihm ja schließlich die Verantwortung übertragen habe. Nur Ineki, in den er volles Vertrauen setzte, hatte er den wahren Grund dieses Aufschubs verraten. Der Kapitän des Aufklärungsschiffes war erstaunt gewesen, hatte aber keine weiteren Fragen gestellt.

»Diese junge Frau gedenke ich zu meiner dritten Gemahlin zu machen«, hatte Cheops ihm schließlich anvertraut. »Sollten ihr Vater oder der König mir ihre Hand verweigern, zähle ich auf dich, Ineki, daß du mir hilfst, sie zu entführen und auf dein Schiff zu bringen.«

»Herr, wie du weißt, bin ich dir restlos ergeben. Ich verstehe auch, daß der Anblick dieses wunderschönen jungen Mädchens dich entflammt hat. Du brauchst also nur zu befehlen, und ich werde sie entführen und auf meinem Schiff bis zu deinem Palast bringen.«

»Ich weiß deine Ergebenheit zu schätzen, Ineki. Sei gewiß, daß du deine treuen Dienste nicht zu bereuen haben wirst.«

Mehr als zwei Monate vergingen, ohne daß es Cheops gelang, seine Herzenskönigin wiederzusehen. Anfangs hatte er Ibdadi bedrängt, ihm doch zu verraten, wo sie wohne. Doch dieser beharrte, das könne er nicht, er habe es ihr geschworen, und sollte es Cheops dennoch gelingen, Reyens Haus ausfindig zu machen und dort vorzusprechen, würde sie sich nicht zeigen und sich sogar weigern, ihn zu empfangen. Daher mußte Cheops sich wohl oder übel mit Geduld wappnen.

SECHS

Bestürzung herrschte im Palast von Memphis: Seine Majestät war schwer krank. Wieder einmal litt Snofru an Leibschmerzen, und diesmal erfüllte Furcht die Herzen seiner Getreuen. Die Ärzte hatten befunden: Schmerzen im Leib, heiße Stirn, ein böser Geist in den Gedärmen, die sich übermäßig stark entleeren, Stuhl flüssig und voller Blut. Wir werden ihn heilen, den Sohn des Gottes. Doch davon waren sie weit entfernt, denn Fasten, Absud, magische Formeln, Amulette – nichts hatte dem Blutverlust Einhalt zu gebieten vermocht, so daß man schon fürchtete, der König entleere sich nach und nach all seiner Körpersäfte. Am meisten betroffen waren natürlich Hetep-heres, die Große Königliche Gemahlin, sowie Meritites und Henutsen, die beiden Gattinnen von Cheops. Kaum war die Krankheit des Königs ausgebrochen, befiel Meritites große Sorge, weil Cheops noch immer nicht zurück war.

»Jetzt ist es schon fast drei Monate her, daß mein Gemahl fort ist, und wir haben noch immer keine Nachricht von ihm«, klagte sie der Mutter, die zu ihr gekommen war.

»Glaub mir, mein Kind«, hatte Hetep-heres erwidert, »daß ich genauso beunruhigt bin wie du. Ich habe mit meinem Bruder Nefermaat darüber gesprochen. Er kennt solche Reisen und hat mir versichert, daß man immer sechs Monate veranschlagen muß, weil Byblos so weit entfernt ist. Und dann müssen ja auch noch Abkommen getroffen werden mit den Großen des dortigen Landes, bevor in den Bergen das Holz geschlagen, von den Ästen befreit, aufs rechte Maß beschnitten und zum Hafen geschleppt werden kann. Das wird die meiste Mühe kosten. Und schließlich braucht es noch Zeit, die gewaltigen Stämme auf die Schiffe zu verladen und die schwere Fracht heimzubringen.«

Einige Tage später rief die Große Königliche Gemahlin ihre Kinder zu sich: Meritites und Neferkau, Henutsen als Cheops' Gattin, Rahotep und seine Gemahlin Neferet.

»Meine Kinder, es steht ernst um Seine Majestät. Mein vielgeliebter Gemahl, euer göttlicher Vater, wird immer schwächer. Er hatte einen Traum. Wie er erklärte, erschien ihm letzte Nacht der Gott Thot in Gestalt eines Pavians und sagte zu ihm, er sei ungerecht gewesen zu Neferu, der die Verbrechen, die man ihm anlaste, nicht begangen habe. Sofort gab er Befehl, seinen jüngeren Sohn freizulassen, damit er so schnell wie möglich nach Memphis zurückkehre, wo er ihm seine Ansprüche und seine Rechte als Prinz wieder zugestehen wolle. Da Cheops nicht da ist, fürchte ich, daß er Neferu öffentlich zum Thronerben der Beiden Länder ernennen wird.«

»Mutter, warum eilst du nicht ans Krankenbett unseres Vaters, um seine Absichten auszuloten und die Geheimnisse seines Herzens zu erforschen?« schlug Rahotep vor, der eben erst von einer Expedition in die Wüste zurückgekehrt war und von der Erkrankung Seiner Majestät erfahren hatte. »Du könntest ihn doch beeinflussen, ihn daran hindern, gegen unser aller Wohl zu handeln und – falls er es denn wirklich beabsichtigen sollte – meinen vielgeliebten Bruder zu enterben.«

»Glaubst du, daran hätte ich nicht auch schon gedacht und noch nichts unternommen? Der König ist reizbar geworden durch all die Leiden, die er zu erdulden hat. Nur Neithhotep, Neferus Mutter, die er so geliebt hat, darf bei ihm sein. Ich vermute, daß sie ihn dazu überredet hat, ihren Sohn zurückzurufen. Darum fleht sie schon so lange, sie schwört, er könne es nicht gewesen sein, und nun hat euer Vater endlich nachgegeben! Dieser angebliche Traum dürfte die Rechtfertigung für diese so unerwartete und allen Grundsätzen zuwiderlaufende Entscheidung sein. Ich erfahre nur noch durch meinen Bruder Nefermaat, was im Palast vor sich geht. Daher habe ich mich entschlossen, einen Boten zu Cheops zu senden, um ihn wissen zu lassen, was hier geschieht, damit er schleunigst heimkehrt.«

»Wie kann man bei einer solchen Entfernung einen Boten schicken, Mutter?« fragte Rahotep. »All unsere seetüchtigen Schiffe, sämtliche *kebenit,* sind doch mit der von Cheops befehligten Flotte unterwegs. Wir verfügen über kein einziges Schiff mehr, das dem hohen Seegang trotzen könnte. Ein Nilkahn würde sofort kentern oder zumindest ans Ufer geschleudert und auf Sandbänken oder Felsen zerschellen, lange bevor er Byblos erreichen könnte.«

»Das alles weiß ich, mein Sohn. Daher habe ich aus meiner Garde Männer ausgewählt, denen ich voll vertrauen kann. Es sind erfahrene Läufer, die sich schon morgen auf den Weg machen werden. Ihr, meine Töchter, könnt ihnen eine Botschaft mitgeben für euren Gemahl, damit er auch erfährt, wie sehr ihr euch nach ihm sehnt. Aber schreibt in drei Ausfertigungen, gebt jedem Boten nur eine, denn sie werden nicht zusammen losziehen. Cheops dürfte genau so ungeduldig sein, euch wiederzusehen.«

»Das bezweifle ich«, warf Meritites ein. »Sonst hätte er die Abkommen mit dem König von Byblos doch schnell erledigt und wäre gleich wieder umgekehrt. Wieso muß er denn abwarten, bis alles verladen ist und mit der Flotte heimkehren? Hat er dafür nicht zuverlässige Offiziere? Mit dem Schnellboot, dem Aufklärungsschiff, könnte er doch schon seit Tagen wieder hier sein.«

»Du scheinst mir recht verbittert, mein liebes Kind«, entgegnete Hetep-heres. »Du weißt aber doch, welchen Wert dein Bruder auf gute Leistung legt und daß er alles selbst aus der Nähe sehen, am liebsten alles selber machen möchte. Daher mußt du doch auch verstehen, daß er eine solche Verantwortung, diese vielen mit kostbarer Ware beladenen Schiffe, nicht einfach Untergebenen überlassen will.«

Als Antwort begnügte Meritites sich mit einem Seufzer und ihrem üblichen Schmollmund, während Rahotep sogleich wieder das Wort ergriff: »Glaubst du nicht, Mutter, daß diese Boten Geleitschutz benötigen, wenn sie durch die Wüste und all die fremden Städte ziehen sollen?«

»Geleitschutz würde sie nur behindern. Außerdem ist ein größerer Trupp doch leichter auszuspähen, während drei einzeln durchs Land ziehende Männer nicht so schnell auffallen. Du, mein Sohn, solltest möglichst viele gut ausgebildete Krieger um dich scharen. Du könntest sie brauchen, um im Falle eines Unglücks den Thron deines Bruders zu verteidigen. Da du noch immer über kein stehendes Heer verfügst, bist du kaum mächtiger als die Provinzstatthalter oder die großen Sippschaften, deren Ehrgeiz wir zu fürchten haben. Und auch mit Neferu werden wir rechnen müssen, falls der Gott, euer Vater, zur Himmelsbarke Re's emporsteigen sollte.«

Nach diesem Zusammentreffen bei der Königin wartete Henutsen noch drei Tage. Dann setzte sie ihre seit langem ausgereifte Entscheidung in die Tat um. Das Für und Wider sowie die möglichen Folgen hatte sie wohl bedacht. Sie füllte einen Korb mit ein paar Kostbarkeiten und Obst und begab sich dann unbemerkt zu Sabi, dem Magier. Der Zwerg, der ihr die Tür öffnete, fragte gar nicht erst, was sie wollte, als sei sie bereits eine Freundin des Hausherrn. Er ließ sie kurz allein, kam aber gleich mit dem nubischen Diener zurück, der ihr durch eine Handbewegung zu verstehen gab, ihm zu folgen.

»Willkommen, junge Frau«, sagte der Magier, als sie den Raum betrat. »Sabi ist glücklich und fühlt sich geehrt durch deinen Besuch.«

Er wies ihr ein Kissen an, das mitten im Raum auf einer dicken Matte lag. Als sie Platz genommen hatte, sprach er weiter: »Du kommst wegen der Erkrankung des Königs.«

Sie blickte ihn erstaunt an.

»Woher weißt du das?«

»Hast du vergessen, daß ich in den Herzen zu lesen vermag? Du fragst dich doch, ob meine magische Kraft nicht vielleicht das an Seiner Majestät Leib zehrende Übel ausgelöst haben könnte.«

»Genau diese Frage wollte ich dir stellen.«

»Wisse also, daß ich damit nichts zu tun habe. Das Unheil kommt von andernorts.«

»Von einem Mann?«

»Mag sein.«

»Hat Abedu sich etwa an einen anderen Hexenmeister gewandt?«

»Abedu hat nicht mehr die Mittel, den Tod des Königs in Auftrag zu geben. Damit hat er sich wohl abfinden müssen.«

»Sollte es sich um den Mann handeln, der dem Königshaus sehr nahesteht und vor dem ich mich hüten sollte, wie du mir bei meinem letzten Besuch vor mehr als drei Monaten sagtest?«

»Von wem sprichst du? Ich habe doch keinen Mann genannt.«

»Das müßtest du dir eigentlich denken können. Hast du mir nicht gesagt, ich sollte mich in acht nehmen vor denen, die in meiner Nähe leben und denen ich vertraue, und nicht jene fürchten, die mir Furcht einflößen?«

»Das sagte ich. Aber die Schlußfolgerungen hast du gezogen.«

»Ich habe dir diesen Korb mit schönen Früchten mitgebracht. Darunter verbirgt sich eine Schlange, aber eine goldene Schlange mit Augen aus geschliffenen Türkisen. Da du zu ahnen vorgibst, wer der Schuldige der auch dir bekannten Verbrechen ist, solltest du dich jetzt entschließen, mir seinen Namen zu verraten.«

»Du urteilst zu voreilig, Henutsen. Ich sagte dir, daß ich nicht eine, sondern mehrere Personen verdächtige, die an den Verbrechen und Anschlägen, von denen du mir erzählt hast, beteiligt sein könnten. Namen kann ich dir allerdings nicht nennen. Es sind ja nur Vermutungen. Du mußt selbst in diese Richtung forschen, um meine Ahnungen zu bestätigen. Du mußt wachsam sein und andere überwachen. Sieh auch beim Ptah-Tempel nach – ich glaube, du könntest dort merkwürdige Entdeckungen machen.«

»Wenn du bereit wärest, mir die Namen der Schuldigen zu nennen, würde mein Gemahl dich mit Wohltaten überhäufen.«

»Was brauche ich denn schon? Ich bin vielleicht sogar reicher als der König, wenn ich auch, wie du siehst, von nichts leben kann.«

»Dennoch nimmst du die Körbe, die ich dir bringe, und diesen hier mit dem Goldarmreif wirst du auch nehmen.«

»Das ist doch natürlich. Jede Mühe verdient ihren Lohn. Aber ich wiederhole es nochmals: Namen bekommst du nur, wenn ich dich bekomme. Sei mein, und ich liefere dir alle Schuldigen aus, lasse sie sogar von Tjazi umbringen, wenn du es verlangst. Ich werde dich zur Geisterkönigin machen, zur Herrin über alle *achu*, während dein Mann dich bestenfalls zur Königin Ägyptens machen wird. Und diesen Titel, der keinerlei Macht birgt, wirst du auch noch mit Meritites oder gar mit einer oder mehreren anderen Frauen teilen müssen, wenn er überhaupt je auf den Thron seines Vaters gelangt, was ja noch immer nicht sicher ist. Der Tod rückt dem König immer näher auf den Leib, das spüre ich, und Cheops ist noch längst nicht zurück von seiner langen Reise.«

Henutsen saß eine Weile schweigend da. Sie hütete sich, ihm zu verraten, daß die Königin drei Boten gen Byblos gesandt hatte. Doch eine Frage brannte ihr auf den Lippen: »Was soll deine Andeutung bezüglich einer weiteren Gemahlin des Kronprinzen? Was behauptest du da zu wissen?«

»Du scheinst zu vergessen, daß ich mit den Geistern in ständiger Verbindung stehe und aus meinem Leib fahren kann, um in meiner zweiten Natur alles Geschehen, und wenn es noch so weit entfernt ist, zu beobachten.«

»Wer könnte sie sein? Wo könnte er sie finden?« Vor lauter Unruhe schien Henutsen keinen Augenblick lang an den seherischen Fähigkeiten Sabis zu zweifeln.

»Ein schlichter Goldreif ist nicht Lohn genug, dir all mein Wissen preiszugeben. Komm nochmals wieder. Ich werde sehen, was ich dir dann verraten kann. Aber vergiß nicht: Was ich von dir erwarte, ist nicht Gold, sondern deine Schönheit.«

Empört sprang Henutsen auf und verließ das Zimmer. Sabi lächelte befriedigt. Kaum war die junge Frau draußen, schlüpfte der Zwerg herein. Er hielt ein Papyrusröllchen in der Hand.

»Ist das schon eine neue Botschaft, Bes?« fragte Sabi.

»Jetzt gerade kam eine Taube in den Schlag zurück. Ich fürchtete schon, die junge Frau hätte sie bemerkt, weil sie so jäh in deinem Garten gelandet ist.«

Sabi erhob sich, nahm das Röllchen, das kaum länger war als der Fuß einer Brieftaube, entrollte es, stellte sich ans Licht des schmalen Fensters, entschlüsselte die Zeichen und zerriß es dann sogleich in lauter kleine Fetzen.

»Schade, daß ich das nicht früher gehabt habe. Aber so schlimm ist es nun auch wieder nicht. Die junge Frau brennt darauf, zu erfahren, was ihr Gemahl treibt. Sie wird bald wiederkommen, und dann werde ich ihr enthüllen, was ich bereits angedeutet habe.«

Sabi täuschte sich nicht. Ein paar Tage später stand Henutsen erneut vor seiner Tür.

»Ich fühle mich geehrt, daß du einem bescheidenen Magier so schnell einen neuerlichen Besuch abstattest«, sagte er, gleich nachdem sie sich gesetzt und ihren Korb vor sich abgestellt hatte.

»Wisse, Sabi, daß der Zustand Seiner Majestät sich weiter verschlechtert. Jeder fürchtet um sein Leben, denn er wird von Tag zu Tag schwächer. Was kannst du für den König tun?«

»Ich sagte es bereits, Henutsen: Ich bin nicht schuld an seiner Krankheit. Niemand vermag etwas gegen den Willen des Gottes. Wenn die besten Ärzte des Königreiches ihn nicht heilen konnten, wie sollte ich elender Magier es dann besser machen?«

»Weil ich gesehen habe, daß du ein mächtiger Zauberer bist!«

»Mag sein, das habe ich dir ja bewiesen, doch wenn die Götter beschlossen haben, einen Lebenden zu sich zu rufen, dann vermag keine Magie ihren Willen zu brechen. Doch sag, junge Frau, liebst du den König so innig, daß du dich derart sorgst um seine Gesundheit? Müßte dir nicht viel eher daran gelegen sein, daß er so bald wie möglich zu seinen Ahnen und den Göttern heimkehrt? Ist es denn nicht dein Gemahl, der ihm nachzufolgen bestimmt ist? Und wirst du dann nicht Königin werden, die zweite Frau im Reich, oder besser gesagt, die dritte, denn die Königinmutter dürfen wir ja nicht vergessen? Du könntest natürlich auch die vierte werden, nach jener, die Cheops jetzt zu heiraten gedenkt.«

Bei dieser Bemerkung fuhr Henutsen hoch. Die Krankheit des Königs war vergessen. »Was sagst du da? Was soll das heißen?«

»Ich sagte nur, daß Cheops entschlossen ist, sich eine dritte Frau zu nehmen, die allerdings seine Lieblingsfrau werden wird, weil er verrückt nach ihr ist.«

»Wo hast du denn diese Geschichte her?« Henutsen reckte sich.

»Beruhige dich, junge Frau! Glaub nur nicht, daß ich Unsinn schwätze oder dich gar herausfordern will. Ich sage dir nur die Wahrheit. Vertraue darauf: Maat sitzt mir auf der Zunge.«

»Drück dich deutlicher aus!« Henutsen setzte sich wieder.

»So wisse also, daß Cheops sich in Byblos in eine junge Frau verliebt hat. Ich deutete es bereits an bei deinem letzten Besuch, aber du gewährtest mir kaum Gehör. Sie ist in der Tat sehr schön, und ihr Haar ist wie Gold, und das vor allem hat deinen Gemahl verhext.«

»Wie kannst du das alles wissen?«

»Sagte ich dir nicht schon neulich, daß ich mich spalten und meinen Geist überallhin schicken kann? Ich wollte dir ja dienlich sein, dir Klarheit verschaffen über deinen untreuen Geliebten. So begab ich mich in Gedanken nach Byblos und sah, wie es um ihn steht. Sollte ich lügen, magst du mir das Kostbarste abschneiden, was ich besitze, das in deine Schönheit so unsäglich verliebt ist. Doch sollte ich wahr sprechen, dann befriedige doch endlich meine Sehnsucht.«

»Wieso sollte ich? Ich habe doch keinen Pakt geschlossen mit dir. Ich habe dich nicht gebeten, über meinen Gemahl zu sprechen, mir seine Untreue zu verraten. Wer sagt mir außerdem, daß du dies alles nicht erfindest, selbst wenn du Maats Namen erwähnst?«

»Du wirst dich dem Augenschein beugen müssen. An dem Tag wirst du mir Gerechtigkeit widerfahren lassen und meine Macht bewundern. Denn wer hier in Memphis vermöchte wohl zu sagen, was in diesem Augenblick in Byblos geschieht? Du hast mit eigenen Augen gesehen, daß ich diesen Raum hier nie verlasse. Tatsächlich ist es aber nur mein Körper, der ihn nie verläßt. Mein Geist fliegt durch Raum und Zeit, wohin es ihm beliebt.«

»Durch die Zeit, sagtest du? Kannst du mir dann auch meine Zukunft voraussagen, mich wissen lassen, was mit mir geschehen wird?«

»Wenn ich es dir sagte, würdest du mir nicht glauben, mich beschimpfen und davonrennen, ohne mich anzuhören, ohne mich ausreden zu lassen.«

»Woher weißt du das?«

»Du wagst der Zukunft nicht ins Antlitz zu blicken und willst nur hören, was dir genehm ist.«

»Nein, ich will die Wahrheit hören. Sprich!«

»Ich werde nicht sprechen, bevor du nicht versprichst, mir schweigend und ohne aufzubrausen zuzuhören.«

»Ich verspreche es. Ich werde ruhig bleiben und dich nicht unterbrechen.«

»Ich will dir ja gern vertrauen. Was ist übrigens in dem Korb?«

»Die Früchte, die du liebst, Gebäck, Gold und Edelsteine, kostbare Amulette.«

»Nun, so höre. Dein Gemahl hat sich in diese Frau, in diese Fremde aus den nördlichen Breiten, verliebt. Das sagte ich dir bereits.«

Er senkte den Kopf, legte die Finger an die Schläfen, schien sich in tiefe Meditation zu versenken und fuhr dann fort: »Dein Gemahl wird so bald nicht heimkehren. Mir scheint, der König wird schon tot sein, wenn Cheops sich anschickt, mit dieser Frau aus Byblos abzureisen.«

»Ich glaube dir nicht! Er wird schon bald zurück sein. Du dürftest nicht gesehen haben, daß die Große Königliche Gemahlin Boten zu ihm gesandt hat, die ihn zu eiliger Rückkehr bewegen werden.«

»Wieso soll ich das nicht gesehen haben? Glaubst du, ich wüßte nichts von diesen drei Männern aus ihrer Garde, denen sie vertraut und die dem Prinzen von den Geschehnissen hier berichten sollen? Die ihm auch mitteilen sollen, daß der König seinen jüngeren Sohn, Prinz Neferu, rufen ließ, um ihn wieder in seine Rechte einzusetzen?«

Diese Antwort verblüffte Henutsen. Über seine Wirkung erfreut, ließ Sabi ein Weilchen Schweigen einkehren, bevor er wieder anhob, als entschlüssele er nach und nach das große Buch der Zukunft: »Voraussetzung wäre allerdings, daß die Boten auch bis nach Byblos gelangen.«

»Das werden sie! Wieso sollten sie nicht hingelangen?«

»Der Weg dorthin ist weit und voller Fallstricke.«

»Es sind erfahrene Läufer. Jeder nimmt einen eigenen Weg. Einer zumindest wird bis zu Cheops gelangen.«

»Ich sehe aber, daß keiner der drei Byblos erreicht. Sie werden alle unterwegs ermordet werden. Das glaube ich dir versichern zu können.«

»Ermordet, sagst du? Aber von wem denn? Von Beduinen?«

»Ich glaube nicht. Ich sah ihre Leichen zwar in der Wüste liegen, weiß aber nicht, wer der Schuldige ist. Ich könnte es vielleicht herausfinden, aber warum sollte ich es dir sagen? Es sei denn, du bezahlst den Preis, den du kennst.«

»Lassen wir es. Ich werde mich damit abfinden, ihre Mörder nicht zu kennen. Sprich weiter.«

»Weiterhin mußt du befürchten, deinen Gemahl nie mehr wiederzusehen, denn auch er könnte ermordet werden.«

»Was sagst du da? Wer könnte ihn denn dort ermorden? Und weshalb? Alle Männer in seinem Gefolge sind ihm treu ergeben.«

»Sagte ich dir nicht schon, Vorsicht sei angebracht bei denen, die uns am nächsten stehen, denen wir blind vertrauen? Vermutlich gibt es eben doch einen in seiner Umgebung, der seinen Tod wünscht.«

»Nenn mir die Feinde meines Gemahls, ich bitte dich darum! Wenn du die Wahrheit richtig vorhergesagt hast und er tatsächlich mit dieser Frau zurückkehrt, dann werde ich, das schwöre ich dir, deinem Begehren entsprechen.«

»Schwörst du das ehrlichen Herzens?«

»Maat soll Zeugin meines Schwurs sein.«

»So wisse, daß Cheops Feinde hat unter den Großen des Landes, gewissen Heerführern, die an der Spitze der Sippschaften von Buto und Memphis stehen. Auch unter den Priestern des Ptah gibt es welche, aber das weiß der Prinz. Und der dem König nahestehende Sohn …«

»Du sprichst von Neferu?«

Sabi schloß die Augenlider und senkte den Kopf.

»Und der König hat ihn zurückgerufen!« schrie Henutsen auf. »Noch vor Neumond wird er hier sein! Wem kann ich denn jetzt noch vertrauen? Wer vermag uns zu retten?«

»Es könnte den Anschein haben, als sei der einzige, der dir noch verbleibt, dein Schwager Rahotep.«

»Ja, Rahotep ist seinem Bruder und seinem Vater treu ergeben. Ich muß ihn wissen lassen, in welcher Gefahr Cheops schwebt.«

Bei diesen Worten war Henutsen aufgesprungen, so eilig hatte sie es, zu Rahotep zu laufen.

»Warte!« herrschte Sabi sie an. »Kannst du überhaupt auf eines Menschen Treue bauen?«

»Du hast recht mit deiner Warnung, aber bei Rahotep habe ich keinerlei Befürchtungen.«

»Du bist selbst verantwortlich für das, was du tust. Aber was willst du deinem Schwager sagen?«

»Was du mir gerade mitgeteilt hast.«

»Und wenn er dich fragt, woher du das alles weißt, was wirst du dann antworten? Du darfst meinen Namen nicht nennen. Niemand darfst du je mitteilen, was ich dir prophezeit habe. Sonst käme Unheil über dich, und auch ich würde dich verfluchen. Alles, was ich dir hier sage, muß unter uns bleiben. Nutze dein Wissen nach eigenem Gutdünken, aber verrate niemandem, von wem du es hast.«

»Sei beruhigt, Sabi, das vergesse ich schon nicht. Aber ich kann doch meinen Gemahl nicht ermorden lassen und den Thron anderen feilbieten! Rahotep ist unsere einzige Rettung.«

SIEBEN

Die Nachricht von seiner Begnadigung und der Erlaubnis zur Rückkehr nach Memphis hatte Neferu offensichtlich Flügel verliehen. Schon wenige Tage nachdem der Bote des Königs zu dem Gut, das sein Gefängnis war, aufgebrochen war, landete der Prinz bereits im Hafen von Memphis. Das Boot, das den Abgesandten des Königs hin und Neferu zurück brachte, jagte allerdings unter zügigem Ruderschlag den Nil hinauf und wieder hinunter. Kaum hatte es in Memphis angelegt, lief Neferu zum Palast seines Vaters, der so mager geworden war, daß der Sohn die vertrauten Gesichtszüge in den eingefallenen Wangen und der dunkelbraunen Haut, die ihn schon jetzt einer Mumie gleichen ließ, nur mit Mühe ausmachen konnte. Doch der König erkannte seinen Jüngsten und winkte ihn heran. Neferu kniete nieder und neigte den Kopf zu ihm hin. Mühsam drangen ein paar Worte über die schmalen und blutleeren Lippen, kaum verständliche Worte, aus denen Neferu herauszuhören glaubte, Snofru bitte ihn um Verzeihung, weil er an ihm gezweifelt hatte, und gebe ihm sämtliche Rechte und Ansprüche zurück. Neferu sah dies als Bestätigung seiner Thronfolge an, da Cheops ja nicht mehr da war. Dies wollte er auch Nefermaat glauben machen, seinen Onkel und Schwiegervater, der sich, zusammen mit anderen Großen des Reiches, ebenfalls im Schlafgemach des Königs befand. Er hatte sich ein wenig von dessen Lager entfernt, da Snofru in eine Art Geistesabwesenheit gefallen schien, aus der er aber – wie man Neferu berichtete – immer wieder durch göttliche Fügung auftauchte.

»Freunde!« hatte Neferu ausgerufen. »Habt ihr vernommen, was Seine Majestät gesagt hat? Wurde ich nicht soeben zum Thronfolger, zum Kronprinzen ernannt?«

»Neferu«, erwiderte nun Nefermaat, »du bist der einzige, der solches vernommen hat. Noch hat Seine Majestät niemandem den Brustschmuck mit den beiden Göttinnen übergeben!«

»Mein lieber Onkel«, entgegnete der Prinz, »wieso unterstützt du mich nicht? Weshalb sprichst du gegen mich?«

»Neferu, ich habe niemanden zu unterstützen, höchstens den rechtmäßigen Erben. Cheops ist nicht da, ist aber unbestreitbar lebendig – er reist an der Spitze einer mächtigen Flotte und verkörpert nach wie vor als Ältester die Rechtmäßigkeit. Rahotep ist Befehlshaber der königlichen Truppenverbände, und ihm kommt es zu, das Nachfolgerecht zu sichern. Solltest du es wagen, dich eigenmächtig zum Nachfolger des Gottes auszurufen, würdest du einen Aufstand im Reich heraufbeschwören. Du magst viele Anhänger haben, aber deine Brüder nicht minder. Und vorerst ist Seine Majestät noch am Leben, wenn auch geschwächt. Der König kann wieder gesund und kräftig werden und wie eh und je auf seinem Thron Platz nehmen. Wir wünschen nämlich alle, daß das Übel, das ihn von innen her auszehrt, von ihm weichen und er zu seiner gewohnten Kraft zurückfinden möge.«

Den entschiedenen Worten des Wesirs wagte Neferu nicht zu widersprechen. Es war, so dachte er bei sich, in der Tat höchste Zeit, sich seiner Anhängerschaft zu vergewissern, sie zu zählen und darauf vorzubereiten, ihn mit allen Mitteln zu unterstützen. Es stimmte ja leider, daß er nach all den Jahren der Verbannung nicht mehr recht wußte, auf wen er sich verlassen konnte. Seine Feinde dürften in der Zwischenzeit alles unternommen haben, um ihm in den Rücken zu fallen. Daher begab er sich, noch bevor er in sein eigenes Haus ging, schnurstracks zum Tempel des Gottes Ptah.

Als er sich an der Pforte meldete, begrüßte ihn der Priester freudig, beglückwünschte ihn zu seiner Begnadigung, zu seiner Rückkehr und zur Wiedererlangung der Liebe seines göttlichen Vaters. Jeder im Tempel wünsche seine Rückkehr, denn niemand schenke der Beschuldigung Glauben, die zu seiner Verbannung geführt hatte. All dies sagte er, während er den Prinzen zum Großen Vorsteher der Künste geleitete, der ihn auch nicht warten ließ. Er schien sogar mit seinem Besuch gerechnet zu haben, was allerdings nicht weiter verwunderlich war, da Neferus Eintreffen in Memphis sich natürlich herumgesprochen hatte.

»Prinz Neferu«, begann Ptahuser, als der junge Mann nun vor ihm stand, »ich selbst und alle Priester des Gottes freuen sich über deine Rückkehr in unseren Kreis!«

»Ich nicht minder, Ptahuser. Ich komme geradewegs vom Palast, wo ich meinen Vater gesehen habe. Das Sprechen fällt ihm schwer, aber ich kann versichern, daß er mich zum Nachfolger ernannt hat.«

»Gibt es dafür Zeugen?«

»Ein paar Freunde des Königs und meinen Onkel Nefermaat.«

»Das ist gut. Sind sie auch bereit, es zu bezeugen?«

»Ich weiß nicht. Sie konnten die Worte meines Vaters nicht deutlich verstehen. Aber du könntest diese Wahl doch bestätigen.«

»Neferu, mein Sohn, ohne einen Meineid zu leisten, kann ich doch schwerlich bestätigen, aus dem Munde Seiner Majestät vernommen zu haben, daß er dich zum Nachfolger ernannt hat. Ich glaube, ich habe dich nicht richtig verstanden ...«

»Da hast du recht! Ich wollte dir nur vorschlagen, meine Partei zu ergreifen und mich aufgrund dessen, was ich dir soeben mit den Worten meines Vaters berichtet habe, als

Nachfolger zu benennen. Vergiß unseren Pakt nicht, Ptahuser! Ich weiß, daß ich in dir den besten Baumeister für meine Pyramide hätte, der auch die meines Vaters vollenden würde.«

»Die ist inzwischen fast fertig. Anchaf hat sich derartig ins Zeug gelegt, ganze Mannschaften ausgebildet und eingesetzt, daß er jetzt schon bei der Verkleidung angelangt ist. Um die Innenräume fertigzustellen, wartet er nur noch auf das Holz aus Byblos, das Cheops herbeischaffen wird. Mit einem so niedrigen Amt kann ich mich demnach nicht zufriedengeben. Ich strebe nach dem des Wesirs.«

Da er sich die Unterstützung der memphitischen Priesterschaft unbedingt bewahren wollte, zögerte Neferu keinen Augenblick, seine Zustimmung zu geben: »Du wirst es bekommen.« Und noch während er dies sagte, dachte er bei sich, man kann ein Amt ja verleihen und wieder zurücknehmen. Sitze ich erst einmal auf dem Throne Ägyptens, werde ich die Ämter an Männer verteilen, die mir nützlich scheinen, und nicht an solche, die mich nur benützen wollen, um ihren eigenen Ehrgeiz zu befriedigen.

Kaum hatte Henutsen Sabis Haus verlassen, wollte sie eigentlich auf schnellstem Weg zu Rahotep gehen, um ihm ihre Befürchtungen mitzuteilen. Doch unterwegs besann sie sich, bedachte die Folgen, wenn sie sich Rahotep anvertraute. Ihr Schwager würde sie bestimmt fragen, woher sie das alles wußte. Und da sie das nicht preisgeben durfte, würde er ihr nicht glauben und alles als Hirngespinste abtun, hervorgerufen durch Cheops' lange Abwesenheit, vielleicht auch durch einen die Sinne verwirrenden bösen Geist. Oder er würde sie verdächtigen, ihm etwas zu verschweigen, und ihr deshalb sogar eher mißtrauen. Außerdem konnte sie nicht sicher sein, daß Sabi all diese Geschichten nicht nur erfunden hatte, um Eindruck zu schinden bei ihr. Was wußte er tatsächlich von diesen

Morden? Nicht mehr, als jeder sich ausdenken konnte. Wie konnte er behaupten, den oder die Schuldigen zu kennen? Wollte er nicht nur Verdacht in ihr wecken, um Zwietracht in der königlichen Familie zu säen? Als er ihr vor einiger Zeit schon einmal zu verstehen gegeben hatte, sie müsse sich vor allen hüten, denen sie bedingungslos vertraute, da hatte sie an Rahotep gedacht, dies aber Cheops nicht zu sagen gewagt, allein schon, weil sie ihre Besuche bei dem Magier geheimhalten wollte. Als Ausweg war ihr das anonyme Schreiben eingefallen, das sie in seine Kabine geschmuggelt hatte und das ihn warnen sollte vor diesem Bruder. Jetzt bedauerte sie es, um so mehr, als Sabi Rahotep nicht gemeint zu haben schien, was in ihrem letzten Gespräch ja deutlich geworden war. Es sei denn, er hatte die Kühnheit besessen, zu hoffen, daß sie sich ihm aus geweckter Neugierde hingeben würde, um ihm seine falschen Anschuldigungen zu entlocken. Sabis Bemerkung, sie solle auch beim Ptah-Tempel nachsehen, verstörte sie viel mehr. Was war da nachzusehen? Wen sollte sie sehen? In ihrem ganzen Leben war sie erst einmal im Tempel des Gottes der Handwerker gewesen, und auch da nur im großen Hof und in dem für die gewöhnlichen Gläubigen zugänglichen ersten Saal. Die anderen geheimnisvollen Säle waren dem Kult vorbehalten und den Priestern, dem König und ein paar Auserwählten. Wollte er ihr durch diese Anspielung etwa zu verstehen geben, die Verschwörung, die Cheops und seinen Bruder aus dem Felde schlagen sollte, würde vom Tempel gesteuert? Nach langem Grübeln entschloß sie sich zu einem Besuch. Sie war ja nun einmal die Gemahlin des Kronprinzen, vielleicht konnte sie aufgrund dessen um ein Gespräch mit Ptahuser ersuchen? Aber was sollte sie ihn fragen? Immerhin könnte sie seine Einstellung Cheops gegenüber herauszufinden suchen.

Sie eilte über den weiten, sonnenbestrahlten Vorplatz, gelangte bis zum großen, der Öffentlichkeit zugänglichen

Saal und stieß plötzlich mit Neferu zusammen, der von seinem Gespräch mit Ptahuser kam.

»Das ist aber wahrlich eine Überraschung!« rief er mit breitem Lächeln. »Meine entzückende Schwägerin auf Besuch im Tempel des Ptah! Wolltest du mich treffen?«

»Neferu! Ich dachte, du wärst noch weit von hier, auf den staubigen Wegen zurück zu uns!«

»Wie du siehst, bin ich auf Horus' Flügeln gekommen und war schon da, als noch niemand mich erwartete.«

Sie begaben sich in den lauen Schatten des Tempels.

»Wie ich vermute«, sagte sie dann, »galt dein erster Besuch Ptahuser, um dich bei ihm einzuschmeicheln.«

»Nein, ich wollte mir die Entscheidung meines Vaters, des Königs, bestätigen lassen. Denn unserem vielgeliebten Herrscher galt mein erster Besuch. Leider ist der König sehr schwach, und wie lange er noch unter uns weilt, steht in den Sternen.«

»Ich weiß, daß es sehr schlecht steht um Seine Majestät. Aber tu doch nicht so heuchlerisch, Neferu! Obwohl er dein Vater ist, dürftest du dich darüber eher freuen, denn du hoffst doch sicher, Cheops' Abwesenheit ausnutzen zu können, um dich eines Thrones zu bemächtigen, der schon nicht mehr besetzt ist.«

»Bemächtigen ist kein klug gewähltes Wort. Ich bereite mich vor, den Thron der Beiden Länder zu besteigen, der mir von Rechts wegen zukommt, da mein Vater mich soeben zum Thronerben ernannt hat.«

»Das hast du dir aber fein ausgedacht! Wer wird dir das wohl glauben?«

»Alle, die die Doppelkrone auf meinem Haupt sehen wollen, und das sind viele; dazu kommen all die anderen, die im Grunde ihres Herzens längst wissen, daß ich am besten dazu geeignet bin, dieses Land zu regieren.«

»Neferu, hör doch endlich auf, in Traumwelten zu leben! Sehr wenige haben ihr Vertrauen in dich gesetzt, und du machst dir doch selbst etwas vor, wenn du denkst, man würde dir glauben, daß Seine Majestät dich an Stelle von Cheops ernannt hat und daß du mehr Anhänger hast als er. Würdiger wäre es, wenn du dich hinter Cheops stellen und während seiner Abwesenheit seinen Thron verteidigen würdest. Dafür wäre er dir dankbar und würde es dir mit Wohltaten beweisen.«

»Wohltaten erwarte ich nur von mir selbst, ich wage sogar zu sagen, die allerhöchste Wohltat, das Königreich selbst.«

»Neferu, einen Kampf gegen Cheops kannst du nur verlieren! Nichts mehr würde dir bleiben, weil du nach dem Höchsten gestrebt hast.«

»Erst einmal müßte dein Gemahl vor mir stehen. Im Augenblick ist er noch recht fern von hier, und nichts beweist dir, daß er lebend und siegreich nach Ägypten zurückkehrt.«

Nach diesen besorgniserregenden Anspielungen ging er von dannen. Henutsen versuchte nicht, ihn zurückzuhalten. Der alte Verdacht war wieder da: Und wenn er doch der Mörder wäre? Denn schließlich hatte es die ganze Zeit über, da er weit weg von Memphis unter Arrest gelebt hatte, keinen Anschlag mehr gegeben. Und nun, kaum zurück, diese Drohung gegen Cheops! Henutsen ging auf und ab, bis ein Priester sie ansprach:

»Junges Mädchen, willst du dem Gott eine Gabe darbringen?«

»Unter anderem. Aber ich möchte auch den Obersten Leiter der Handwerkskünste sprechen.«

»Eine solch hochgestellte Persönlichkeit belästigt man doch nicht wegen unbedeutender persönlicher Angelegenheiten oder gar aus Neugier!«

»Es geht nicht um Persönliches. Mein Name ist Henutsen, und ich bin die Gemahlin von Cheops, dem Kronprinzen. Ich bin in Vertretung meines Gatten hier, der womöglich morgen schon auf dem Thron der Beiden Länder sitzt.«

Das tat seine Wirkung. Der Priester verneigte sich, hob die Arme und sagte: »Sei so gut und gedulde dich einen Augenblick. Ich will nachsehen, ob unser hoher Herr Ptahuser da ist.«

»Er ist bestimmt da, denn mein Schwager Neferu kam gerade von ihm.«

Der Priester neigte demütig schweigend den Kopf und ging. Bald war er wieder da und bat die junge Frau, ihm zu folgen. Durch mehrere dunkle oder von schmalen Fenstern hoch oben in der Wand spärlich erhellte Säle gelangten sie in einen schönen Raum mit bemalten Wänden, dessen Boden mit Pantherfellen ausgelegt war. Ptahuser stand vor einem kleinen Altar, auf dem Weihrauch brannte, und wandte der Tür den Rücken zu. Alles Theater, dachte Henutsen. Nach einer Weile drehte er sich zu ihr um und hob die Arme zum Gruß. Auch sie grüßte und ging mit ihrem behenden Wildkatzenschritt, dessen verführerische Wirkung sie kannte, auf ihn zu. Ohne ihn um Erlaubnis zu fragen, nahm sie in einem Sessel ihm gegenüber Platz. Er deutete ein Lächeln an und überließ ihr das Wort.

»Ich komme im Namen meines Gatten Cheops, des Kronprinzen. Du weißt ja wohl, daß Seine Majestät ihn vor nunmehr gut drei Jahren zu seinem einzigen und rechtmäßigen Erben ernannt hat.«

»Wie könnte ich das nicht wissen?« Ironie schwang in seinen Worten mit, aber er hielt sich offensichtlich in Verteidigungsstellung.

»So weißt du sicher auch, daß der Prinz seit einiger Zeit an der Spitze einer mächtigen Flotte in Byblos weilt, um im Auftrag seines Vaters, des Königs, Zedernholz zu holen.«

Diesmal nickte der Priester nur.

»Du weißt ebenfalls, daß seit geraumer Zeit eine Krankheit an Seiner Majestät Kräften zehrt und man um des Königs Leben fürchten muß.«

»Man berichtete mir, der König sei sehr geschwächt.«

»Das hat dir gewiß mein lieber Schwager Neferu eben noch bestätigt.«

»Damit sagte er mir nichts Neues.«

»Vermutlich, denn der Gesundheitszustand des Königs ist für niemanden mehr ein Geheimnis. Ich vermute ebenfalls, daß Neferu deine Unterstützung erbeten hat, denn er behauptet, vom König als Nachfolger ernannt zu sein, und hofft, sich auf diesem Weg, unter Mißachtung meines Gemahls, der Doppelkrone zu bemächtigen.«

»Ich bewundere deinen Scharfsinn.«

»Ich vermute ferner, daß du Umsicht hast walten lassen und nicht den Fehler begangen hast, dich mit ihm auf ein Abenteuer einzulassen, das nur zu seinen Ungunsten ausgehen kann.«

»Man kann dir wirklich nichts verheimlichen. Aber da du in Vertretung des Kronprinzen hier bist, könnten wir doch vielleicht einen Pakt schließen.«

»Ich höre.«

»Wäre Cheops bereit, die Priester- und Sippschaft des Ptah zu begünstigen, wie wir auch bereit sein könnten, ihn bei der Besteigung des Throns der Beiden Länder zu unterstützen? Wäre er bereit, dafür seinem Diener das Amt seines Wesirs und Baumeisters zu übertragen?«

»In diesem Punkt kann ich nicht für ihn sprechen, zumal er sehr zufrieden scheint mit Anchafs Diensten. Er hat mit großem Fleiß die nördliche Pyramide vollendet, die der König sich als Haus für die Ewigkeit erkoren hat.«

»Wenn ich dich recht verstehe, bist du zwar Cheops' Gesandte, kannst aber keinerlei Abkommen treffen in seinem Namen.«

»Derartige Entscheidungen trifft nur er allein.«

»Somit können wir nur hoffen, daß er bald wieder unter uns weilt. Und dann sag ihm, ich sei bereit, ihn zu treffen.«

»Darauf kannst du dich verlassen. Doch vorher möchte ich noch hören, wie du eine Angelegenheit einschätzt, die uns alle besorgt stimmt.«

»Ich bin ganz Ohr.«

»Du weißt ja, daß man versucht hat, den König und zwei seiner Söhne zu ermorden, und daß man auch die Leichen von Verdächtigen gefunden hat.«

»Das ist schon eine Weile her, und seitdem herrscht wieder Ordnung.«

»Aber der Mörder läuft immer noch frei herum und kann wieder zuschlagen. Was hältst du davon? Hättest du irgendeinen Verdacht? Denn es fällt schwer zu glauben, der gute Neferu hätte solch finstere Pläne geschmiedet. Weißt du, daß man dich verdächtigt hat, die Fäden gezogen zu haben?«

»Ich kenne das Gerücht – man hat es mir eiligst zugetragen. Aber wo sind die Beweise? Wo die Beweggründe?«

»Beweggründe? Die Absicht des Königs, die Macht deiner Priesterschaft zu schmälern, nichts weiter. Es stand auch zu befürchten, mein Gemahl würde diese Politik noch verschärfen. Ist das kein hinreichendes Motiv?«

»Das wurde zwar gemunkelt, aber was Cheops wirklich vorhat, weiß niemand außer ihm selbst. Du darfst auch nicht vergessen, daß diese Anschläge geschahen, als er noch gar nicht zum Thronfolger ernannt worden war. Danach haben sie merkwürdigerweise aufgehört. Das läßt ja auch die Annahme zu, dein Gemahl habe diese angeblichen Mordversuche erfunden, um seinen Vater in Unruhe zu versetzen, damit er ihn schleunigst ernennt. Denn schließlich schlugen all diese Anschläge fehl, ein Hinweis auf recht ungeschickte Mörder.«

»Es hat Tote gegeben.«

»Ja, Männer, die daran beteiligt waren – als hätte man lästige Zeugen beseitigen wollen.«

»Und was ist mit Benu?«

»Damit sollte abgelenkt und glauben gemacht werden, daß alle, die bereit schienen, Cheops zu unterstützen, der Reihe nach aus dem Weg geräumt werden würden.«

»Was? Willst du vielleicht andeuten, mein Gemahl hätte den Großen Schauenden des Re, seinen Freund, seinen Lehrer, der ihn in die Geheimnisse des Phönix eingeweiht hat, umgebracht?«

»Ich beschuldige niemanden. Ich suche lediglich nach Erklärungen für Vorfälle, die sich nur durch wahnsinnigen Ehrgeiz erklären lassen, einen Ehrgeiz, der zu jedem Verbrechen bereit wäre, um ans Ziel, auf den Thron Ägyptens, zu gelangen.«

Dieser Gedankengang erschütterte Henutsen in ihren Gewißheiten. Erst als sie wieder auf der Straße war, sagte sie sich, daß eine derartige Anschuldigung jeder Grundlage entbehre, da Cheops, als der Mord an Benu geschah, gerade erst allmählich von einer Krankheit genas, die ihn lange ans Bett fesselte. In dieser Zeit hatte sie ihn Tag um Tag, Nacht um Nacht vor Augen gehabt. Sollte er einen Strohmann eingeschaltet haben? Der Mörder hatte Komplizen gehabt, das war klar, denn Snofru befand sich, als der Anschlag auf ihn verübt wurde, in Nubien. Und tatsächlich hatten die Mordversuche aufgehört, nachdem Cheops zum Thronfolger ernannt worden war. Sie zuckte mit den Achseln und eilte auf ihr Haus zu. Solche Überlegungen sind einfach dumm und ungeheuerlich, dachte sie. Ich kenne Cheops viel zu gut, als daß ich ihn für den Drahtzieher solcher Verbrechen halten könnte. Sie schämte sich, diesem Verdacht auch nur einen Augenblick lang Gehör geschenkt zu haben.

Ein paar Tage später begab Rahotep sich zum Palast seiner Mutter. Die Krankheit ihres Gemahls, der immer noch nicht sterben konnte, hatte die Königin in tiefe Trauer gestürzt, von der sie sich jedoch nicht einnehmen lassen wollte. Ihre Kinder wollte sie dennoch um sich haben, ihre Töchter und Schwiegertöchter, auch Rahotep, wenn er sich nicht gerade in Heliopolis oder an der Spitze seiner Soldaten in der Wüste befand. Mit ernster Miene trat er vor Hetep-heres hin, so daß seine Schwestern und seine Mutter schon glaubten, er sei gekommen, um den Tod des Vaters zu melden.

»Nein, unser Vater lebt noch. Manchmal findet er sogar ins Leben zurück und will aufstehen, doch bald schon versinkt er erneut in tiefste Mattigkeit. Ich bin gekommen, um dir, Mutter, eine andere betrübliche Nachricht zu überbringen. Meine Männer sind von einer Expedition in die Wüste zurückgekehrt und brachten die Leichen der drei Boten mit, die du zu Cheops gesandt hattest. Sie fanden sie, tot und von Geiern und anderen Aasfressern der Wüste zerfetzt, auf dem Weg gen Norden. Es ist nicht zu erkennen, wie und von wem sie getötet wurden, aber als man sie mir zeigte, wußte ich sofort, daß es diejenigen waren, die du höchstselbst in meiner Gegenwart ausgesandt hattest.«

Diese Nachricht erschütterte ganz besonders Henutsen. Sabi hatte also nicht nur geprahlt, als er behauptete, sie würden Byblos nicht erreichen. Doch diese Überlegungen behielt sie für sich. Ohne erkennbare Rührung ergriff die Große Königliche Gemahlin das Wort: »Daß sie nach so kurzer Wegstrecke schon ermordet werden würden, hatte ich nicht erwartet. Daß sie unterwegs aufgehalten würden, hatte ich eingeplant. Denn wisse, mein Sohn, ich habe einen getreuen Diener, einen erfahrenen Seemann, der alle Schiffe des Königreiches kennt. Noch am selben Tag, als ich diese drei Boten aussuchte, habe ich mich auch an ihn gewandt. Er hatte schnell ein schlankes, seetüchtiges Schiff bereit, mit einer zuverlässigen Besatzung. Zwei Tage später ließ Gebi, so heißt der Mann, die Segel setzen. Ich weiß nicht, ob er länger braucht bis Byblos als unsere Läufer, aber er wird hinkommen, dessen bin ich gewiß. Mittlerweile dürfte er das Mündungsgebiet erreicht haben, wenn er nicht schon auf der Großen Grünen dahinsegelt. In wenigen, höchstens vierzehn Tagen wird er in Byblos sein und Cheops die Lage hier schildern.«

»Das ist aber eine gute Nachricht, Mutter!« freute sich Meritites. »Das hättest du uns schon früher verraten können, dann hätten wir uns weniger Sorgen gemacht.«

»Ich hielt es für ratsamer, mein Kind, abzuwarten, bis unser Schiff auch tatsächlich abgelegt hatte und schon weit fort war.«

»Vertraust du uns denn nicht? Glaubtest du, wir würden es ausplaudern?«

»Ihr nicht, meine Kinder, aber wenn es einem unserer Diener zu Ohren gekommen wäre ... Wir wissen ja nicht, wer unsere Feinde sind, wo sie stecken, wie weit das Spinnennetz reicht, das sie über die ganze Stadt und darüber hinaus gespannt haben. Seht, ich habe keinen Zweifel daran, daß unsere Sendboten ermordet wurden. Erklärlich wäre, wenn einer von ihnen von Beduinen überfallen worden wäre, wenngleich die Beduinen, wie unser lieber Rahotep berichtet, entweder unterworfen und zu Verbündeten gemacht oder bis ans äußerste Ende der Wüste vertrieben wurden. Ein zweiter hätte vielleicht von einem Tier angefallen werden können. Aber daß alle drei vor den Pforten Ägyptens rein zufällig den Tod fanden, das kann ich einfach nicht glauben. Jemandem mußte daran gelegen sein, daß sie Byblos nie erreichten. Glaubt mir: In solchen Fällen ist Verschwiegenheit der beste Schutz.«

Die Königin hatte klug gehandelt, dachte Henutsen, und auch sie hatte wohl daran getan, nichts von dem, was sie bei Sabi erfahren hatte, preiszugeben. Dieses Familientreffen schien ihr allerdings geeignet, von ihrem Besuch im Ptah-Tempel und ihrem Zusammentreffen mit Neferu zu erzählen. Als sie die wesentlichen Punkte der Gespräche berichtet hatte, betonte sie nochmals: »Wie man sieht, ist Neferu nicht zur Besinnung gekommen in der Zeit seiner Verbannung. Er zeigt ganz offen seinen Ehrgeiz, die Doppelkrone an sich zu reißen. Aber ich bin sicher, daß Seine Majestät ihn nicht zum rechtmäßigen Erben erklärt hat.«

»Mein Bruder Nefermaat hat mir von diesem Besuch Neferus beim König berichtet. Kein einziger der Freunde

Seiner Majestät würde Zeugnis ablegen für Neferu«, versicherte Hetep-heres.

»Schon möglich«, warf Rahotep ein, »aber er kann das Gerücht ausstreuen.«

»Das fürchte ich auch«, pflichtete Henutsen bei. »Hat er es nicht schon Ptahuser eingeredet?«

»Aber hast du nicht selbst eben gesagt, Ptahuser habe es ihm nicht geglaubt?« fragte Meritites.

»Der Oberste Leiter der Handwerkskünste wird nur glauben, was ihm nützlich ist«, erklärte die Königin. »Seine Vorliebe gilt Neferu, der ihm ja sicherlich das Wesirat und dazu noch das Amt, das Anchaf ausübt, versprochen hat. Ich glaube allerdings nicht, daß wir Machenschaften von seiten Neferus zu befürchten haben. Er hat jede Glaubwürdigkeit verloren, und der Mordverdacht lastet nach wie vor auf ihm. Selbst Nefermaat, der früher geneigt war, ihn zu unterstützen, hat sich völlig von ihm abgewandt, und so haben es viele der Großen getan. Der arme Neferu hat kaum mehr Anhänger und bläht sich nur auf wie ein eitler Frosch.«

»Mag sein«, sagte Rahotep nachdenklich. »Aber man soll sich immer vor denen hüten, die man für entwaffnet oder beseitigt hält.«

Am Tag, nachdem Hetep-heres von dem grausamen Geschick ihrer drei Sendboten erfahren hatte, brachte Sabis Zwerg Bes seinem Herrn eine Botschaft, die auf eine Tonscherbe gekritzelt war. Da stand schlicht und einfach: »Horus möge sich entfalten und seine Beute schlagen.«

»Hat er etwas gesagt?« fragte Sabi.

»Du weißt doch, Herr, daß er nie etwas sagt und mich nur nachts treffen will, so daß ich sein Gesicht noch nie gesehen habe«, beteuerte Bes.

Diese Antwort schien Sabi zu genügen. Er ergriff sein Schreibgerät, zerschnitt ein dünnes Papyrusblatt, schrieb den Satz von der Scherbe ab und ging in den Garten hinaus. Der Zwerg folgte ihm mit einer Fackel, denn inzwischen war die Nacht hereingebrochen. Eine mit Löchern gespickte Lehmhütte beherbergte mehrere Tauben, die vor Behagen gurrten. Sorgfältig wählte er eine aus, die sich ohne aufzuflattern fassen ließ. Er rollte ihr das Papyrusblatt um den Fuß, wickelte mit ein paar Halmen ein Stückchen Rinde als Schutz darüber, streichelte den Vogel, zeigte ihm die Richtung, in die er fliegen sollte, und entließ ihn dann in den Himmel, wo die Taube sich schnell verlor.

Ein paar Tage später wurde verkündet, der vollkommene Gott Snofru sei zu seinem Horizont gegangen und emporgestiegen zur Sonne Re's, damit der, der ihn geschaffen hatte, ihn in sich aufnehme.

ACHT

Von Norden her kam ein Schiff in den Hafen von Byblos. Seit Ugarit war es die Küste entlang gefahren. Es verging kein Tag, ohne daß mehrere große Handelsschiffe hier anlegten, und man hätte auch dieses nicht weiter beachtet, hätte es nicht einen Mann gebracht, der sofort nach der Landung auf den Königspalast zulief. Er war auffallend mager, trug nur einen schlichten Schurz, und man fragte sich, ob der König ihn überhaupt empfangen würde und was er ihm wohl so Dringliches zu sagen haben mochte. Nach längerem Wortwechsel mit den Palastwachen wurde er zu Elibaal geleitet, der ihn kurz anhörte und sofort zu seinem Vater brachte. Auf Befehl Abischemus ließ Elibaal dann Ibdadi rufen und verließ mit ihm den Palast. Zusammen durchquerten sie die Stadt, gingen zum nördlichen Tor hinaus, an den Hafenbecken entlang und schlugen dann einen Pfad oberhalb des Strandes ein. Hier standen herrschaftliche Häuser der reichen Kaufleute und Reeder, die Ruhe suchten nach ihren Arbeitstagen im Hafenbezirk, wo sie ihre Geschäfte abwickelten und manchmal auch noch eine zusätzliche Unterkunft besaßen.

Vor einem schönen, weißgekalkten Haus mit einem offenen Garten ringsum machten sie halt. Ein Diener kam ihnen entgegen, der die Besucher offenbar kannte, denn er verneigte sich zum Gruß.

»Hohe Herrschaften«, sagte er, »Stille herrscht in diesem Haus, große Trauer brach soeben über seine Bewohner herein. Die Hausherrin, die Gemahlin unseres Herrn Reyen, stieg heute nacht hinab in die unterirdische Welt. Die Krankheit hat sie besiegt, der Tod hat sie geholt. In Bälde werden wir die Klageweiber und die Leichenwäscher rufen und den Trauerzug vorbereiten.«

Elibaal und Ibdadi wechselten einen flüchtigen Blick und seufzten vernehmlich.

»Führe uns zu deinem jungen Herrn und zu Cherschet.«

»Sie sind beide am Totenbett ihrer Mutter. Folgt mir und seid willkommen an diesem Tag des Elends.«

Reyens Gemahlin lag auf ihrem Bett. Hier hatte sie auch den letzten Atemzug getan. Rechts und links neben dem Kopfende standen die Kinder und weinten stumm.

»Elibaal! Ibdadi!« rief Cherschet verwundert aus. »Wie habt ihr es erfahren? Wie nett von euch, daß ihr so schnell gekommen seid … Hat euch einer unserer Diener gerufen, ohne es uns zu sagen?«

»Nein, Cherschet«, erwiderte der Prinz. »Wir wußten nichts vom Tod eurer Mutter. Unser Kommen hat einen anderen Grund, aber …«

»Nachrichten von unserem Vater?« fragte sie bang.

Er nickte.

»Ist er zurück?« fragte Ayinel hoffnungsvoll.

Elibaal schüttelte den Kopf und blieb stumm. Dann wandte er sich ab und verließ den Raum. Er wollte nicht vor der Toten sprechen.

»Wir warten im Garten«, sagte Ibdadi, bevor er dem Prinzen folgte.

Kurz danach kam Cherschet. Allein.

»Ayinel fürchtet sich vor euren Worten«, erklärte sie. »Er ist so traurig über den Tod unserer Mutter! Auch ich habe sie geliebt, und sie hat mich immer wie ihre eigene Tochter behandelt, aber meine leibliche Mutter war sie ja nicht. Vielleicht ist mein Herz auch schon verhärtet durch den frühen Verlust meines Vaters. Sprecht also.«

»Cherschet«, hub Elibaal an, »vorhin kam ein Mann in den Palast. Ein Schiff aus Ugarit hat ihn mitgebracht. Er hatte auf einem der Frachter von Reyen angeheuert. Und jetzt berichtete er, alle Schiffe seien in einem schrecklichen Sturm vor der Insel Kaptar gesunken, und er sei der einzige Überlebende. Mehrere Tage sei er geschwommen, bevor er die Ufer der Insel erreichte, wo man ihn fand. Mehrere Monate mußte er dort warten, bis ein Schiff aus Ugarit kam, einer dieser Segler, die mit ihren Handelswaren die Küsten und die Inseln abfahren. Dieses Schiff nahm ihn mit, und so gelangte er, nach vielen, vielen Aufenthalten, zu uns zurück, um uns die schreckliche Nachricht zu überbringen.«

Cherschet blieb stumm, als hätte diese zweite Unglücksbotschaft des Tages sie erstarren lassen. Nach kurzer Pause sprach der Prinz weiter: »Du mußt ferner erfahren, daß dein Vater sich erheblich verschuldet hatte, um seine Schiffe auszurüsten und die Ware anzukaufen, die er tauschen wollte. Wenn dieses Unternehmen gelungen wäre, hätte er sein Vermögen verdoppelt. Da es aber fehlschlug, bleibt nur ein Scherbenhaufen. Alle seine Gläubiger und Warenlieferanten werden ihren Anteil verlangen, auch den Verkauf der euch noch verbleibenden Güter, wie dieses schöne Haus. Doch du mußt dir keine Sorgen machen. Mein Vater und ich sind bereit, dich und deinen Bruder unter unseren Schutz zu nehmen. Für dich werden wir einen guten Gatten finden, und Ayinel kann in den Dienst des Königs treten. Du darfst sicher sein, daß sich unter den vielen Freiern, die dein Vater zurückwies, bestimmt einer findet, der dich auch ohne Mitgift nimmt.«

Das junge Mädchen hob den Kopf, ihr Gesicht war tränenüberströmt.

»Ich danke dir, Elibaal«, sagte sie. »Verzeih mir …«

Ohne den Satz zu vollenden, lief sie davon, geradewegs in ihr Zimmer hinauf.

»Ibdadi«, sagte der Prinz, »ich muß jetzt gehen. Vielleicht wäre es gut, wenn du noch hierbleiben würdest, um den beiden deine und unsere Unterstützung zu zeigen.

Dich kennen sie gut, dich schätzen sie, du kannst ihnen eine große Hilfe sein. Du mußt ja auch noch Ayinel den Tod seines Vaters mitteilen.«

In den folgenden Tagen gab es im Hause Reyen nur Trauer und Tränen, bis die Tote bestattet war. Die Lieferanten warteten keinen Tag länger, um Ayinel ihre Forderungen vorzutragen, dabei hatte er die schlimme Nachricht gerade erst erfahren, und sie hatte ihn völlig aus dem Gleichgewicht gebracht.

»Ibdadi, was soll nur aus uns werden?« fragte Cherschet matt. »Jetzt haben wir nicht nur unsere Eltern, sondern auch noch all unser Hab und Gut verloren. Die Gläubiger werden uns das Haus wegnehmen, und wir müssen von des Königs Gnade leben. Zu allem Überfluß soll ich mich soweit erniedrigen, daß ich einen Mann nehme, den ich zu Vaters Lebzeiten verschmäht hätte, nur weil er gnädig einwilligt, mich ohne Mitgift zu nehmen, wie ein herrenloses, elendes Geschöpf.«

»Cherschet«, sagte darauf Ibdadi, »vergiß nicht, daß es einen Mann gibt, der zu allem bereit ist, nur damit du ihm gehörst, und den du auch noch nicht durch Ablehnung gedemütigt hast.« In Ibdadis Augen kam das Unglück des jungen Mädchens Cheops' Plänen nur entgegen. Daher sprach er gleich weiter: »Du selbst gabst mir doch zu verstehen, du wärest nicht abgeneigt, ihn zu treffen, sobald Reyen zurück wäre.«

»Du meinst diesen Ägypter, den ich beim Adonisfest neben dem König habe sitzen sehen?«

»Solltest du ihn schon vergessen haben? Ich hatte eher den Eindruck, daß er dir nicht gleichgültig war.«

»Das leugne ich nicht. Aber in all meinem Unglück hatte ich ihn tatsächlich vergessen. Ist er denn noch immer in Byblos? Schon seit Monaten?«

»Da er es leid war, sich ständig in der Stadt aufzuhalten und dich doch nicht zu treffen, ist er vor einigen Tagen in die Zedernwälder hinaufgestiegen, um sich das Schlagen des Holzes anzusehen. Aber er wird wohl bald zurückkommen, vielleicht mit den ersten Fuhren.«

»Dann würde ich ihn gerne treffen. Aber wenn er erfährt, was uns widerfahren ist, wird er mich dann noch wollen, ein Mädchen ohne Besitz, ohne Mitgift? Wird er nicht denken, ich willige jetzt ein, weil kein anderer mich will, weil ich mittellos und verwaist bin?«

»Wie ich ihn kenne, wird er sich solche Fragen nicht stellen. Wir brauchen ihm ja auch nicht zu sagen, daß all euer Hab und Gut beschlagnahmt werden wird. Bis Reyens Gläubiger zum Zug kommen, werden Monate vergehen. Noch wohnt ihr in diesem Haus, noch kannst du ihn hier empfangen.«

»Dann sag mir doch: Wer ist er wirklich? Da er eine ganze Flotte befehligt, muß er in seinem Land eine Persönlichkeit sein – aber was sonst noch?«

Die Frage war Ibdadi peinlich, da Cheops ihm verboten hatte, darüber zu sprechen. Er wollte um seiner selbst willen geliebt werden. Ibdadi hatte schwören müssen und konnte diesen Schwur jetzt nicht brechen. Also suchte er Ausflüchte: »Er ist tatsächlich eine nicht unbedeutende Persönlichkeit in seinem Land«, beeilte er sich zu sagen. »Was er wirklich ist, wüßte ich dir nicht genau zu erklären. Doch du kannst sicher sein, eine gute Partie zu machen.«

»Kannst du das wirklich mit solcher Bestimmtheit sagen?« fragte jetzt Ayinel, der die ganze Zeit schweigend dagesessen hatte. »Du mußt nämlich wissen, Ibdadi, daß du mich neugierig gemacht hast, als du uns beim Adonisfest zum ersten Mal von diesem Mann erzähltest. Obwohl wir normalerweise bei Abwesenheit unseres Vaters so gut wie nie in die Stadt gehen, war ich doch mehrmals dort, um mir diesen Ägypter anzuschauen. Ich sah, wie er am südlichen Strand sich im Umgang mit Waffen und im Ringkampf übte, wie man es wohl in seiner Heimat tut. Ich bin ihm auch ein Stück gefolgt, als er zur Jagd ins Gebirge zog. Er geht immer allein, ohne Geleitschutz, trägt immer nur seinen Schurz und läuft barfuß. Und genauso ist er neulich wieder losgezogen in die Berge. Ich wußte nicht, wo er hinging, aber du hast es ja gerade gesagt. Ich jedenfalls wundere mich, daß ein Mann, den du reich und mächtig nennst, der eine so schöne Flotte befehligt, immer allein herumläuft und immer denselben Schurz anhat, als wäre er ein armer Bauer.«

»Wie ich sehe, schaust du dir die möglichen Bewerber deiner Schwester sehr genau an, Ayinel«, entgegnete Ibdadi belustigt.

»Das muß ich doch, ich liebe sie viel zu sehr, als daß ich zulassen könnte, daß sie den Erstbesten nimmt. Dieser Mann jedenfalls scheint mir nicht so reich und mächtig, wie du uns glauben machen willst. Ist er wirklich der Befehlshaber der ägyptischen Flotte? Ich habe den Eindruck, das ist eher ein anderer, einer, der jeden Tag vom Gästehaus zum Hafen geht und dort Befehle erteilt. Wir haben ihn auch schon mit diesem Cheops zusammen gesehen. Dieser Mann heißt Ineki.«

»Solltest du einen der Ägypter ausgefragt haben?« fragte Ibdadi.

»Nein, ich wollte ja nicht auffallen. Ich habe mich immer im Hintergrund gehalten und mich sorgfältig bemüht, unbemerkt zu bleiben.«

»Das war auch gut so.« Ibdadi hatte schon befürchtet, Ayinel würde die Wahrheit herausfinden und sie seiner Schwester verraten. Dann hätte der Prinz nämlich ihn beschuldigt, seinen Eid gebrochen zu haben. Zu Cherschet gewandt, sagte er nun: »Cheops wird bald aus den Zedernbergen zurück sein. Ich rate dir, auf dem Weg dorthin zu jagen. Er kommt bestimmt auf dich zu und spricht dich an. Dann kannst du ihn besser kennenlernen und dir eine Meinung bilden.«

»Ich werde tun, was du empfiehlst«, erklärte sie.

Und als Ibdadi gegangen war, sagte sie zu ihrem Bruder: »Ibdadis Rat ist gut. Ich werde in den Wald gehen und mit diesem Ägypter reden. Dann werden wir ja sehen, was er wirklich im Sinn hat. Denn niemals könnte ich mich soweit erniedrigen, einen meiner abgewiesenen Freier zu heiraten, der mich jetzt aus Mitleid in sein Haus aufnähme. Wir waren doch bisher angesehene Leute in dieser Stadt. Wie können wir dann noch länger hierbleiben, arm und abhängig von des Königs Mitleid?«

Bei diesem Satz brach der Junge in lautes Schluchzen aus.

»Du hast ja nur allzu recht«, seufzte er dann. »Auch ich werde mich nicht mehr unter die Leute trauen, wenn man uns erst einmal alles weggenommen hat, sogar unser schönes Haus. Welche Gottheit haben wir denn beleidigt, daß alles Unheil dieser Welt jetzt über uns hereinbricht? Adonis und die Herrin von Byblos müßten doch eher zufrieden mit uns sein, so wie wir ihrer beider Mißgeschick dargestellt haben.«

»Es sei denn, daß es ihnen im Grund mißfällt, wenn armselige Sterbliche ihre Lebenszeit auf Erden nachspielen«, gab Cherschet zu bedenken.

»Glaubst du das wirklich?«

»Bei einem Gott weiß man nie so recht, woran man ist. Mit einem Menschen, sogar mit einem König, kann man reden, selbst wenn sie verärgert sind. Sie können sich herablassen, uns den Grund ihres Zornes zu verraten, aber die Götter sprechen nicht mit den Menschen, oder zumindest nicht mit jedem beliebigen. Sie teilen sich nur Propheten oder Priestern huldvoll mit... Das behaupten diese zumindest.«

Gleich am nächsten Tag folgte Cherschet dem Rat von Ibdadi. Der Schönheit und der Reize ihres Körpers bewußt, schlang sie sich den Jungmädchenschurz um die Hüften, denselben, den sie am letzten Tag des Adonisfestes getragen hatte, als sie vor den König trat. Ihr üppiges Haar hatte sie mit einem festen Band umwickelt, so daß es wie ein langer, goldener Pferdeschwanz den Rücken hinabfiel, während ein besticktes Stoffband um die Stirn lief. Um den Hals legte sie eine breite Kette aus bunten Steinen, um Handgelenke und Arme goldene Reifen. An der Taille hatte sie ein langes Messer mit ziseliertem Elfenbeingriff und bronzener Klinge festgemacht, einen Köcher voller Pfeile umgebunden und war dann, mit Bogen und Kurzspeer bewaffnet, zu den bewaldeten Hügeln hin aufgebrochen, die den schneebedeckten Gipfeln einen grünen Sockel zu geben schienen. Der Winter ging zu Ende, und die baldige Ankunft des Frühlings wurde allmählich spürbar, denn die Luft war mild. Ihre Geschicklichkeit im Bogenschießen verlieh ihr große Selbstsicherheit und ließ Furcht vor dem Angriff wilder Tiere oder vor Wegelagerern gar nicht erst aufkommen.

Den größten Teil des Tages hielt sie sich auf einem Weg, der sich durch den dichten Wald schlängelte. Er führte zu anderen, manchmal recht steilen Pfaden, auf denen man hinauf in die Zedernberge gelangte. Ihr Ziehvater hatte ihr das Jagen und Bogenschießen beigebracht, als er sie, auf ihre Bitten hin, schon in jungen Jahren mitnahm zu größeren Ausflügen in die Berge. Daher besaß sie auch den Jägerinstinkt, der auf Umsicht und List beruhte. Sie ging ohne Hast, die Ohren gespitzt, aufmerksam auf alle Geräusche des Waldes lauschend, immer bereit, ins Dickicht unterzutauchen, wenn es notwendig schien. Mit dieser Vorsicht blieb man unsichtbar für das Wild, das man erlegen wollte, aber auch für angriffslustige Raubtiere. Das wildeste und gefährlichste aller Tiere, hatte Reyen sie gelehrt, war jedoch der Mann, woran sie keinen Zweifel hatte.

Heute dachte sie allerdings weniger an die Jagd als vielmehr an den Mann, den sie hier zu treffen hoffte. Sie hatte ihn ganz und gar nicht vergessen seit dem Tag, da sie ihn neben Abischemu hatte sitzen sehen. Sein Auftreten, sein scharfer Blick, die Kraft, die von seiner ganzen Person ausging, hatten sie tief beeindruckt. Es stimmte, daß die Unruhe und Angst um den Vater das Bild des Fremden ein wenig in den Hintergrund gedrängt hatten. Aber jetzt, da das Befürchtete eingetroffen war, sie nur noch um die eigene Zukunft zu bangen hatte und Ibdadi sie wieder erinnert hatte an den Mann, der sie unbedingt heiraten wollte, war all ihr Sinnen und Trachten auf ihn gerichtet. Sie schenkte dem Wild keinerlei Beachtung. Als die Sonne schließlich zum Horizont hinabstieg und ihr baldiges Verschwinden ankündigte, lenkte sie ihre Schritte heimwärts, enttäuscht, den, den sie gesucht hatte, nicht getroffen zu haben.

Auf dem Pfad, der zu ihrem Haus führte, lief ihr der Bruder entgegen. »Bin ich froh, dich zu sehen«, keuchte er, als er vor ihr stand.

»Warum rennst du denn so?« fragte sie verwundert. »Und wieso kommst du mir entgegen? Hast du vielleicht Angst um mich, weil es Abend wird?«

»Nein, Cherschet, ich habe nie Angst um dich, schon gar nicht, wenn du mit all deinen Waffen losziehst. Ich bin dir entgegengelaufen, weil ich dir unbedingt etwas sagen muß.«

»Was hast du mir denn so Wichtiges zu sagen, daß du dich schier überkugelst?«

Er atmete tief durch und berichtete dann: »Ich war heute nachmittag in der Stadt, Cherschet. Was ich bisher nicht gewagt hatte, wollte ich heute tun: die Ägypter auf den Schiffen ausfragen. Ich tat so, als wüßte ich von nichts. Mit zweien von ihnen habe ich geplaudert, denn sie wurden gleich freundlich, als ich sie in ihrer Sprache anredete. Und als ich ihnen erzählte, meine Mutter sei Ägypterin gewesen, luden sie mich auf ihr Schiff ein. So erfuhr ich, daß sie aus der großen Stadt Memphis kommen, und manch anderes, was ich schon wußte. Schließlich entschloß ich mich, sie zu fragen, wer ihr Befehlshaber sei und wie er heiße. Unser Befehlshaber heißt Cheops, sagten sie darauf. Da ich nicht lockerließ und fragte, ob er bei ihnen daheim als reicher Mann gelte, gar ein hoher Würdenträger sei, da fingen sie laut an zu lachen. Und weißt du, was sie mir geantwortet haben?«

Da seine Schwester ihm nur einen fragenden Blick zuwarf, aber den Mund nicht aufmachte, fuhr er fort: »Jetzt halt die Luft an und freue dich! Dieser Mann ist niemand anders als der Sohn des ägyptischen Königs, der Kronprinz.«

»Was?« rief sie ungläubig. »Die haben dir einen Bären aufgebunden!«

»Ganz und gar nicht. Das habe ich ihnen auch zuerst gesagt, doch sie schworen felsenfest, Cheops sei der Thronerbe der Beiden Länder – so nennen sie ihr Land. Aber sie sagten auch noch, er habe schon zwei Gemahlinnen.«

»Zwei Gemahlinnen?«

»Ja, das finde ich ja auch lästig, weil er dann ja schon verheiratet ist.«

»Lassen wir ihm seine zwei Frauen. Er kann ja noch eine dritte haben, vor allem, wenn er König ist.«

»Das kann er zwar, aber du wirst nicht die erste sein.«

»Wenn man es geschickt genug anstellt, kann man die erste werden. Außerdem ist auch die dritte Gemahlin eines Königs immer noch Königin. Hat man mir nicht schon bei meiner Geburt geweissagt, ich würde eines Tages Königin? Dieser Cheops scheint mir wahrlich ein sehr verführerischer Prinz zu sein.«

»Fraglich bleibt aber, ob ein zukünftiger König eine Fremde zu ehelichen gewillt ist.«

»Könige heiraten häufig Prinzessinnen anderer Länder, allein schon um Bündnisse zu schließen.«

»Mag sein, aber benötigt ein König von Ägypten ein Bündnis mit einem nicht mehr bestehenden Königreich? Zumal er von diesem nicht einmal je gehört haben dürfte...«

Cherschet zuckte mit den Schultern, antwortete aber nicht. Sie zweifelte nicht an Cheops' Gefühlen, die er Ibdadi offenbart hatte. Und sie würde ihn einfangen.

Im Morgengrauen des nächsten Tages brach sie erneut in die Wälder auf, diesmal jedoch zielgerichtet und schnellen Schrittes. Ayinel hatte sie unbedingt begleiten wollen, aber dann doch nachgegeben, als sie ihm erklärte: »Wenn du dabei bist, wird er nicht frei sprechen, und ich auch nicht. Dann könnte alles schiefgehen und unser Plan sogar scheitern. Wenn er mich wirklich allein zu sehen wünscht, könnte deine Anwesenheit alles verderben.«

Sie schritt schon eine ganze Weile durch den immer dichter werdenden Wald, als Stimmen an ihr Ohr drangen. Männerstimmen, allerdings noch recht weit entfernt. Sie blieb stehen und setzte dann sehr vorsichtig Fuß vor Fuß, um nicht bemerkt zu werden. Lautlos, wie ein Schatten, huschte sie von Baum zu Baum. Mitten auf dem Weg, der sich zwischen dichtbelaubten und besonders dicken Bäumen dahinschlängelte, entdeckte sie drei Männer. Sie schlich sich noch näher heran und verbarg sich dann im Dickicht, um das Treiben der Männer zu beobachten. Es waren eindeutig Ägypter, denn sie trugen Schurze und schwarze Lockenperücken. Auf dem Boden breiteten sie ein großes, viereckiges Netz aus. Zwei von ihnen packten je einen Zipfel, kletterten auf zwei Bäume rechts und links des Weges, während der dritte von unten her Anweisungen gab. Er ging ein paar Schritte vorwärts und wieder zurück und rief den beiden dann zu: »Laßt los!«

Das Netz fiel herunter, genau hinter dem Mann, der wieder ein paar Schritte vorwärts getan hatte.

»In den Säumen ist nicht genug Blei«, stellte er fest, während er sich umwandte zu den beiden, die wieder heruntergeklettert waren. Aus einem Beutel zogen sie Bleigewichte hervor, die sie in den Maschen des Netzes befestigten.

»Macht es nicht zu schwer, sonst plumpst es herunter«, sagte der dritte, der ihr Anführer zu sein schien.

Als Cherschet sich diesen etwas genauer anschaute, erkannte sie in ihm den Kapitän des Aufklärungsschiffes. Nun fühlte sie sich wieder sicherer und wollte schon aus ihrem Unterschlupf hervortreten, weil sie dachte, die Männer spannten das Netz aus, um Großwild zu fangen. Doch als sie den Kapitän sagen hörte: »Es darf auf keinen Fall schiefgehen! Ihr kennt die Kraft und die Schnelligkeit des Prinzen. Wenn er sich noch frei bewegen kann, werde ich ihn nicht bändigen können, nicht einmal mit dem Speer!«, da hielt sie sofort wieder inne, ihren Ohren kaum trauend. Sprachen die von Cheops? Wollten sie ihn in diesem Netz fangen, um ihn zu töten?

Abermals kletterten die beiden auf die Bäume und hielten das Netz gespannt, hoch über dem Weg. Wieder setzte sich der dritte in Bewegung, und als er den Schritt verhielt und unter den beiden Bäumen ankam, fiel das Netz herunter, umhüllte ihn und machte ihn bewegungsunfähig. Während er sich daraus befreite, kletterten die beiden anderen wieder herunter.

»Besser könnte es gar nicht gehen! Ich muß ihn nur ein wenig aufhalten, wenn wir an diese Stelle kommen«, sagte der Kapitän. »Geht jetzt schnell auf eure Plätze! Ich muß dem Prinzen entgegenlaufen. Wie ich ihn kenne, dürfte er nicht mehr weit sein.« Bevor er loslief, wartete er ab, bis die beiden wieder oben im Geäst saßen. »Schlingt euch ein paar Zweige um, damit man euch nicht schon von weitem sieht!«

Cherschet wagte keine Bewegung, damit die beiden sie nicht erspähen konnten.

»Was meinst du, ob Ineki Wort halten wird?« hörte sie jetzt von oben.

»Wir müssen ihm wohl oder übel vertrauen. Einen schönen Batzen Gold haben wir ja schon bekommen, und den Rest wird er ja nicht einfach unterschlagen können.«

»Und wenn es schiefgeht?«

»Mit dem Gold, das wir schon haben, können wir uns immer noch hier in Byblos niederlassen. Es lebt sich ja nicht schlecht hier, und im Tempel ihrer schönen Göttin findet man leicht sein Vergnügen.«

Eine göttliche Hand hatte sie hergeführt, sagte sich Cherschet. Sie sollte die Verschwörung aufdecken und denjenigen, auf den sie wartete, vor dem Tod bewahren. Sie richtete ein Gebet an die Herrin von Byblos und an Schapasch, die Sonnengöttin, die Herrin der Gerechtigkeit, die jedes Verbrechen sieht.

NEUN

Bevor Cheops die Stadt verließ, um selbst nachzusehen, wieweit das Fällen und Zurichten von Zedern und Tannen gediehen war, hatte er Ineki die Verantwortung für die im Hafen verbliebenen Männer übertragen und ihm auch den Tag seiner Rückkehr genannt. Daher wunderte er sich nicht sonderlich, als der Offizier ihm entgegenkam.

»Ineki! Hast du eine Nachricht für mich, weil du mir entgegenläufst?«

»Herr, deine Anwesenheit ist für uns wie die Sonne, deine Abwesenheit können wir schwer ertragen. Wir sind immer etwas unruhig, wenn du so allein losziehst, nur mit deinem langen Bronzedolch bewaffnet.«

»Das ist eine gute Waffe, sie gefällt mir. Ich fühle mich in Sicherheit, wenn ich sie dabeihabe. Aber sag, woher wußtest du, daß ich heute morgen zurückkommen würde?»

»Hast du mir vor deinem Fortgehen nicht selbst gesagt, du würdest zehn Tage bleiben? Und ist heute nicht der zehnte Tag? Und bist du nicht pünktlich wie immer?«

»Du bist wirklich ein guter Offizier, Ineki, dem nichts entgeht.«

Schweigend gingen sie ein Weilchen bergab. Es drängte Cheops zu erfahren, ob man Nachricht habe von Reyen, aber das konnte er wohl kaum seinen Kapitän fragen. Wenn doch bloß Ibdadi ihm mit einer guten Nachricht entgegengekommen wäre! Also ließ er sich nur erzählen, was sich während der zehn Tage in der Stadt ereignet hatte: Belanglosigkeiten, die keine Beachtung verdienten.

»Herr«, fragte nun Ineki, »wann werden wir das Holz endlich verladen können?«

»Die ersten Stämme werden schon morgen herunterbefördert. Alles ist gefällt und zu Bündeln geschnürt. In ein paar Tagen werden wir die Schiffe beladen können. Noch zwei, höchstens drei Monate, und wir werden wieder im Geliebten Land sein.«

»Da freut sich meine Seele, Herr.«

Cheops ging zu schnell, und Ineki verlangsamte seinen Schritt, da sie sich der Stelle näherten, wo die beiden Kumpane lauerten. Er täuschte ein Humpeln vor, und Cheops wandte sich um.

»Herr, ich muß mir den Knöchel verstaucht haben ... Ich weiß nicht, wie das geschehen konnte ...«

Cheops ging langsamer, doch sein Begleiter schleifte jetzt schon das ganze Bein hinter sich her.

»Hast du solch arge Schmerzen?« fragte Cheops. »Werde ich dich bis in die Stadt hinunter tragen müssen?«

»Nein, Herr, ich werd's schon schaffen ...«

Die Falle war jetzt ganz nah. Cheops tat noch ein paar Schritte, doch Ineki flehte: »Warte einen Augenblick, Herr!«

Cheops blieb stehen und drehte sich um. Im gleichen Augenblick sauste das Netz herunter, fiel ihm über den Kopf, umfing seinen Leib und seine Glieder, während er Ineki mit erhobenem Speer auf sich zustürmen sah. Ein Mordkomplott! Vergeblich suchte er sich aus den Maschen zu befreien, die seine Bewegungen lähmten. Da stiegen ja noch zwei Kerle von den Bäumen herunter! Als Ineki sich nun auf ihn stürzen wollte, um ihn mit der scharfen Speerspitze zu treffen, schrie er ihn an: »Was tust du da, Ineki? Wer schickt dich, um mich zu ermorden?«

Ineki antwortete nicht. Er war ihm ganz nahe, konnte Cheops nicht verfehlen. Als der Kronprinz schon den Todesstoß erwartete, immer noch sprungbereit, um ihm zu entkommen, da pfiff ein Pfeil an seinem Ohr vorbei und traf Ineki in den Hals. Blut quoll aus dem aufgerissenen Mund, die Augen waren starr vor Entsetzen. Ineki schwankte, tat noch zwei Schritte, der Speer fiel zu Boden, dann brach der Mann zusammen, Cheops zu Füßen. Da schwang einer der Männer, die von den Bäumen gesprungen waren, sein Beil über Cheops' Kopf, aber auch er strauchelte und schlug der Länge nach hin, denn ein Wurfspeer steckte ihm im Leib. In diesem Moment erblickte Cheops Cherschet, die aus dem Gestrüpp trat und gerade erneut den Bogen spannte.

Als er das Schicksal seiner Mitverschwörer sah, ergriff der dritte lieber die Flucht, anstatt Cheops den Garaus zu machen. In Windeseile machte er sich aus dem Staub, bis eines seiner Beine versagte. Ein Pfeil steckte darin. Brüllend fiel er nieder, rappelte sich wieder auf, um hinkend zu entkommen, aber ein zweiter Pfeil fuhr ihm in die andere Wade, er schlug hin, kam nicht mehr hoch und konnte nur noch wimmern.

Inzwischen hatte Cheops sich mit seinem Dolch aus dem Netz befreit. Stolz und erhaben stand Cherschet vor ihm. Dann kniete sie neben Ineki nieder, drehte ihn um und sah Cheops an.

»Der ist mausetot«, stellte sie erstaunlich heiter fest. »Ich hätte ihn lieber nur verwundet, aber ich stand nicht richtig, und du nahmst mir fast völlig die Sicht, so daß ich nur auf Kopf und Hals zielen konnte. Ich hatte keine andere Wahl, wollte ich dich vor seinem Lanzenhieb bewahren.«

»Cherschet!« Endlich erwachte Cheops aus seiner Sprachlosigkeit. »Ein Gott, ja, ein Gott hat dich auf meinen Weg geschickt, um mir das Leben zu retten!«

»Das glaube ich auch«, erwiderte sie, während sie sich über den zweiten Übeltäter beugte. Sie legte ihm die Hand auf die Brust, tastete nach dem Herzen und erklärte: »Der ist auch tot. Ich habe den Speer zu heftig geschleudert – aber besser er als du, meinst du nicht auch?«

»Ich kann dir schwerlich widersprechen. Aber einer lebt noch, ist nur verletzt. Und der wird jetzt reden.«

Der Mann hockte auf dem Boden und versuchte, die Pfeile aus seinen Beinen zu ziehen.

»Ich weiß nicht, wie du heißt«, sagte Cheops, als er auf ihn zuging, »aber daß du zur Schiffsbesatzung gehörst, das weiß ich. Ich werde dich heilen und am Leben lassen, wenn du mir sagst, wer dich zu dieser Verschwörung angestachelt hat.«

»Herr, es war Ineki, unser Kapitän. Seit Jahren waren wir ihm unterstellt, zwischen uns herrschte großes Vertrauen. Vor ein paar Tagen sprach er uns an, schenkte uns Gold in Mengen und fragte, ob wir nicht noch mehr davon haben wollten. Wer würde denn Gold zurückweisen? Wir fragten ihn, wieso er uns solche Geschenke machen wollte ...«

Er stieß einen Schrei aus, denn Cherschet hatte den Schaft eines der Pfeile gekürzt und ihn mit einem Ruck aus dem Bein gezogen. Sie befreite ihn auch noch von dem anderen, bevor sie sich daranmachte, den beiden Toten die Schurze aufzuknoten, um ihm damit die blutenden Wunden zu verbinden.

Nun beichtete er weiter: »Daraufhin erklärte uns Ineki, Seine Majestät habe soeben seinen rechtmäßigen Erben ernannt, und er, Ineki, habe von dem Gott höchstpersönlich den Befehl erhalten, den Kronprinzen zu töten, damit er sich gegen Seiner Majestät Entscheidung nicht erheben und nicht Unruhe und Zwietracht im Königreich säen könne. Für diese Tat bekämen wir nicht nur noch mehr Gold, sondern hohe Ämter in Memphis und auch noch eine schöne, große Grabstätte. Und da die Befehle von dem Gott kamen, gehorchten wir.«

»Was«, schrie Cheops, der neben ihm niedergekniet war, »du hast den Worten Inekis Glauben geschenkt und seinem absurden Befehl gehorcht?«

»Wieso hätte ich nicht gehorchen sollen, Herr? Wer hätte mir denn sonst einen solchen Befehl erteilen sollen? Er sprach doch im Namen Seiner Majestät!«

»Wie konntest du eine solche Lüge glauben? Wer hätte denn diesen Befehl überbringen können? Es ist doch niemand aus Ägypten gekommen, um ihn zu überbringen!«

»Was weiß ich denn schon, Herr? Ich bin nur ein einfacher Soldat und gehorche. Hat man mir nicht beigebracht, als ich in Seiner Majestät Dienste trat, Gehorsam sei die oberste Tugend und ich hätte niemals Rechenschaft zu verlangen für Befehle meiner Vorgesetzten?«

Cheops mußte sich damit abfinden, daß der Mann alles gesagt hatte, was er wußte, und das war recht wenig. Ineki war viel zu klug gewesen, um Befehlsempfänger einzuweihen. Daß der Befehl von seinem Vater gekommen sein sollte, das konnte er nicht glauben. Es war immer die gleiche Hand, die ihn beseitigen wollte, vor allem, wenn er weit weg war und der Weg zum Thron frei schien.

Er richtete sich wieder auf. Cherschet, den Blick auf den Verwundeten geheftet, stand ihm gegenüber. Nun hob sie den Kopf.

»Cherschet, was ist hier vorgefallen, wieso warst du hier und konntest diesen Anschlag verhindern?«

»Ich gehe häufig hier auf die Jagd, entweder allein, oder früher mit meinem Vater, wenn er da war. Und dabei überraschte ich diese Männer, die gerade dabei waren, die Falle zu bauen, in die du hineinlaufen solltest. Ich hatte mich im Gebüsch versteckt, wo sie mich nicht sehen konnten. Sie glaubten sich allein und redeten von ihrem Vorhaben, und da habe ich gewartet, um im richtigen Augenblick einzugreifen. Etwas Besseres konnte ich nicht tun.«

»Du hättest diesen verfluchten Ineki verfehlen können!«

»Ich verfehle nie mein Ziel. Außerdem hatte ich gar keine andere Wahl. Wenn ich mich gezeigt hätte, hätte ich sie ja nicht mehr überrumpeln können und wäre womöglich gar umgebracht worden.«

»Du hast ebenso klug wie geschickt gehandelt«, räumte Cheops ein. Nach kurzem Schweigen fuhr er dann fort: »Cherschet, Hathor, die Goldene, hat dich zu mir geführt.

Kehre mit mir nach Ägypten zurück, werde mein, ich werde dich lieben, wie du es dir wünschen darfst.«

»Cheops«, erwiderte sie, »Ibdadi hat mir von deiner Liebe gesprochen und dir wohl auch meine Antwort überbracht. Wisse nun, daß mein Vater tot, von seiner großen Expedition zu den Inseln nicht mehr zurückgekehrt ist. Eine schlimme Krankheit hat auch unsere Mutter dahingerafft. Jetzt bin ich also frei in meinen Entscheidungen, aber du mußt wissen, daß ich mich nur dem Mann hingebe, der mich zu seiner Gemahlin macht.«

»Bildest du dir denn ein, ich könnte dich in mein Haus aufnehmen, ohne dich gleichzeitig zur Herrin meiner Güter zu machen? Das ist doch unvorstellbar!«

»Aber hast du nicht vielleicht schon eine Gemahlin?«

»Ich will dich nicht belügen: sogar zwei. Aber ich bin ein Prinz von Geblüt, und bei uns ist es üblich, daß wir unsere Schwestern zu Großen Königlichen Gemahlinnen machen. Dann aber können wir diejenige wählen, die unser Herz begehrt, die in unserem Herzen die Liebesflamme der Goldenen entfacht hat.«

»Wie viele andere Frauen hast du denn?«

»Nur eine, aber wisse schon jetzt: Du wirst meine Lieblingsgemahlin sein, diejenige, die ich am innigsten lieben werde, denn das ist schon jetzt so, und nachdem ich nun auch noch gesehen habe, wie du mir mutig das Leben gerettet hast, liege ich dir dienend zu Füßen und weiß, daß du würdig bist, meine große Geliebte zu sein.«

»Ich will dir ja gern glauben, Cheops, aber bilde dir nicht ein, ich würde für bloße Versprechungen alles aufgeben, was mich mit meiner Kindheit und allem, was ich hier liebe, verbindet. Hier mußt du mich ehelichen, vor König Abischemu, der Zeuge deiner Schwüre sein wird. Außerdem mußt du wissen, daß ich mich von meinem Bruder Ayinel nicht trennen werde. Wenn ich mit dir nach Ägypten gehe, muß er mitkommen und dort ein schönes Haus und ein hohes Amt erhalten.«

»Das alles gestehe ich dir zu, und mehr. Was wünschst du dir noch?«

»Das ist alles. Du mußt mir nur noch bei den Göttern dieses Landes und deiner Heimat schwören, daß du mich niemals im Stich lassen, mich immer lieben und ehren wirst, bis ans Ende unserer Tage, denn ich werde ja allein, fern der Meinen, in einem fremden Land leben.«

»Das Land, in das ich dich mitnehmen will, Cherschet, wird dir bald nicht mehr fremd sein. Ich bin der Kronprinz jenes Landes, dessen Königin du eines Tages sein wirst, denn ich bin bestimmt, den Thron der Beiden Länder zu besteigen und die Krone des mächtigsten und größten Königreiches der ganzen Welt zu tragen.«

Während sie so sprachen, hatte der verwundete Soldat das Bewußtsein verloren. Cheops sah ihn an und griff nach seinem langen Messer.

»Was willst du tun?« fragte Cherschet.

»Ist es nicht besser für ihn, ohnmächtig und schmerzlos aus dem Leben zu scheiden?«

»Du hast ihm aber versprochen, ihn am Leben zu lassen. Wenn du ihn jetzt tötest, wie soll ich dann deinen Schwüren Glauben schenken? Dieser Mann glaubte richtig zu handeln, glaubte einen Befehl seines Königs auszuführen. Wenn du dein Wort hältst, wird er dir dankbar sein und treu bleiben. Und du bleibst rein vor der Maat.«

»Mag sein, aber glaubst du, daß er mit diesen beiden Verwundungen überleben kann? Sieh doch, er verliert immer noch Blut, und mit dem Blut schwindet das Leben.«

»Es gibt geschickte Ärzte in Byblos. Du mußt nur ein paar Männer holen und ihn in die Stadt bringen lassen. Ich werde bei ihm bleiben, um ihm beizustehen, wenn er das Bewußtsein wiedererlangt.«

Sie hatte mit solcher Selbstsicherheit gesprochen, daß Cheops nach kurzem Zögern loslief in Richtung Stadt. Sein Herz war voller Freude.

Cherschet hatte seinen Wünschen entsprochen! Aber dieser Anschlag... Nur ihrem unverhofften Eingreifen verdankte er sein Leben. Er lief geradewegs zum Hafen, rief ein paar Männer zusammen, die den Verwundeten und die beiden Toten holen sollten, und ging dann an Bord des bisher von Ineki befehligten Schiffes, um die Kabine des Mannes in Augenschein zu nehmen, dem er all sein Vertrauen geschenkt und der ihn dennoch zu ermorden versucht hatte. Dort fand er ein Papyrusröllchen, auf dem zu lesen war: »Möge Horus sich entfalten und seine Beute schlagen!« Woher mochte Ineki das haben? fragte er sich. Niemand von der Schiffsbesatzung vermochte ihm eine Antwort zu geben. Den vielen Tauben in einem Käfig schenkte er kaum Beachtung. Man erzählte ihm, der Kapitän sei versessen gewesen auf gebratene Tauben. Viele Ägypter züchteten ja Tauben, um sie zu essen. Für ihn war das kein Grund, sich zu wundern. Aber es wäre doch möglich, daß Ineki bei der Besatzung noch mehr Mitverschwörer gehabt hatte, die sich jetzt vornehmen könnten, das Werk zu vollenden, überlegte er weiter. Der Verwundete wurde gebracht, hatte das Bewußtsein aber noch nicht wiedererlangt. Cheops ließ ihn in Inekis leere Kabine bringen, alle in Byblos herumstreunenden Besatzungsmitglieder zusammentrommeln, berichtete ihnen von dem Anschlag und erklärte dann laut und vernehmlich: »Die Götter waren so gnädig, einen dieser Verbrecher verwundet am Leben zu lassen. Im Augenblick ist er bewußtlos, aber bevor er in Ohnmacht fiel, bekannte er mir, Ineki habe nicht allein gehandelt, es gebe Mitverschwörer. Sobald er wieder bei Sinnen ist, wird er sie unweigerlich benennen, damit ihr, die getreuen Diener Seiner Majestät, diese Verbrecher richten und verurteilen könnt.«

Nach diesen Worten teilte er nur noch mit, er begebe sich jetzt zu König Abischemu, um gute Ärzte für den Verwundeten zu erbitten. Wenn es in der Mannschaft tatsächlich Mitverschwörer gibt, so dachte er, werden sie solch einen gefährlichen Zeugen bestimmt schleunigst beseitigen. Wenn aber niemand versucht, diesen Mann zu töten, dann habe ich auch keine weiteren Verschwörer um mich. Er bestellte zwei willkürlich ausgesuchte Männer zu Krankenwachen und ging dann zum Palast, wo Abischemu ihn unverzüglich empfing, da das Gerücht von dem Anschlag ihm schon zu Ohren gekommen war.

»Cheops!« rief ihm der König entgegen. »Ich bin verantwortlich für deine Sicherheit, bin deinem königlichen Vater Rechenschaft schuldig! Daher sehe ich mich von nun an gezwungen, dir eine Leibwache mitzugeben. Es sind alles meine Leute, erprobte Krieger, denen ich voll vertraue.«

»Ich danke dir, Majestät, für dieses Entgegenkommen, aber ich kann doch nicht auf Schritt und Tritt bewaffnete Männer um mich haben! Ich werde mich jetzt einfach mehr in acht nehmen und glaube auch nicht, daß ich noch Weiteres zu befürchten habe. Ich bitte dich hingegen, einen Arzt zu dem Verwundeten zu schicken. Denn er hat vermutlich noch mehr zu beichten, als er bisher preisgab. Wisse auch, daß ich von Reyens und seiner Gemahlin Tod erfuhr. Daher bitte ich nun dich um die Hand seiner Tochter Cherschet, wie ich dich auch ersuche, die Verbindung zu bezeugen, die ich hier, nach den Riten deines und meines Landes, zu vollziehen gedenke.«

»Dein Antrag, Cheops, schmeichelt uns, Cherschet und mir, da ich nach Reyens Wunsch zu ihrem Vormund geworden bin. Dennoch kann ich nicht in ihrem Namen sprechen, zuerst mußt du ihre Zustimmung einholen.«

»Ich traue mir zu, sie dir schon sehr bald zu überbringen«, beteuerte der Prinz.

Als er auf Inekis Schiff zurückkehrte, fand er Cherschet dort vor. Sie hatte zuerst abgewartet, bis die Helfer den verletzten Verschwörer holten. Dann war sie nach Hause gelaufen, um ihre Waffen abzulegen und ihrem Bruder zu erzählen, was vorgefallen war, und danach vor lauter Ungeduld, Cheops wiederzusehen, sofort zum Hafen geeilt.

Da die Männer, die den Verwundeten und die Toten geholt hatten, sie kannten, ließ man sie gleich vor zu dem Bewußtlosen. Sie stöberte in der Kabine herum und besah sich dann die Tauben aus der Nähe.

»Cheops«, sagte sie nun, »ich habe diesen Papyrus gelesen, der, wie man mir sagte, in Inekis Kabine gefunden wurde. Hast du bemerkt, wie klein das Röllchen ist?«

»Was willst du daraus schließen?« fragte er verwundert.

Sie nahm das Röllchen und forderte Cheops auf, mit ihr zum Taubenschlag zu kommen. Sie holte ein Tier heraus, rollte ihm den Papyrus um das Füßchen – es paßte genau! Cheops warf ihr einen fragenden Blick zu.

»Sollte es stimmen, daß man in deinem Land eine der kostbarsten Fähigkeiten der Taube nicht kennt?«

»Ihre kostbarste Fähigkeit ist für uns, daß sie den Gaumen verwöhnt, wenn sie erst einmal gerupft, ausgenommen und gebraten ist.«

»Wir hier kämen nie auf den Gedanken, einen so wertvollen Vogel zu essen. Wir züchten sie sorgfältig und richten sie ab als Sendboten für ferne, sehr ferne Ziele. Sie überbringen Botschaften wie diese. Ich schwöre dir, daß es auch in Ägypten Personen gibt, die diese besondere Fähigkeit gewisser Taubenarten kennen, und dazu gehören diese hier in diesem Käfig. Eine von ihnen hat die Botschaft überbracht, die Ineki zum Handeln bewegen sollte. Schau, ich brauche sie nur hochzuwerfen und ihr die Richtung gen Ägypten zu weisen. Schon fliegt sie davon und kehrt zu dem zurück, der sie aufgezogen und dazu abgerichtet hat, loszufliegen und zurückzukehren in den heimatlichen Taubenschlag.«

»Willst du damit sagen, diese Taube flöge – wenn du sie losließest – schnurstracks nach Memphis?«

»Ich kenne die genaue Entfernung zwischen Byblos und Memphis nicht, aber du kannst sicher sein, daß sie nur wenige Tage brauchen und in den Käfig zurückkehren würde, wo man sie aufgezogen hat.«

»Dann müßte es doch leicht sein, diesen Taubenschlag ausfindig zu machen.«

»Ja, wenn du mit dem Vogel fliegen könntest! Du kannst sicher sein, daß der Befehl, dich zu töten, aus Memphis kam und von einer dieser Tauben überbracht wurde. Es dürfte erst vor kurzem gewesen sein, sonst hätte Ineki es ja schon früher einmal versucht. Wahrscheinlich in den letzten Tagen, als du in den Bergen warst.«

»Wenn das so ist, dann muß ich befürchten, daß in Memphis etwas Schwerwiegendes vorgefallen ist.«

Cheops schwieg eine Weile und wandte sich dann wieder an die junge Frau: »Cherschet, ich kann nicht noch länger hierbleiben. Mit Abischemu habe ich bereits gesprochen, er hat nichts einzuwenden gegen unsere Heirat, du brauchst nur einzuwilligen. Wenn es dir recht ist, kannst du schon morgen meine Gemahlin sein, und in längstens fünf oder sechs Tagen nehme ich dich auf diesem Schnellboot mit nach Ägypten und überlasse meinem obersten Offizier die Verantwortung für die Flotte mit ihrer Ladung.«

Ohne zu zögern erwiderte sie: »Dann werde ich jetzt den König aufsuchen und ihn von meiner Zustimmung in Kenntnis setzen.«

Tags darauf trat Cheops mit Cherschet vor den König. Er hatte ein paar Offiziere mitgebracht und sie ihren Bruder Ayinel und Ibdadi. Vor diesen Zeugen sprach er nun: »Ich nehme dich, hier ist der Schleier«, wie es üblich war in diesem Land. Dann schlang er ihr einen langen Schleier um Haar und Schultern. Anschließend begaben sich alle zum Gästehaus, wo bis spät in die Nacht ein großes Festmahl stattfand. Doch lange bevor die Lustbarkeiten zu Ende waren, nahm Cheops Cherschet mit in das Zimmer, das er seit Monaten hier bewohnte. Als er in sie eindrang, wartete sie, bis die Lust ihn allmählich überkam und raunte ihm dann, seinem Ungestüm wehrend, ins Ohr: »Cheops, Geliebter meines Herzens, schwöre mir bei allen Göttern deines und meines Landes, bei unserer Sonnengöttin Schapasch und deinem Sonnengott Re, daß der Sohn, den ich dir womöglich schenken werde, dein Nachfolger sein wird auf dem Thron der Beiden Länder. Denn dieses Kind darf nicht zum Gespött deiner anderen Söhne werden. Solltest du diesen Eid nicht leisten wollen, werde ich dich zwar nicht weniger lieben, dich aber bitten müssen, dich zurückzuziehen, bevor du deinen Samen in mich ergießt, denn lieber will ich gar kein Kind als eines, das in der Reihe deiner Erben hintansteht.«

In der aufwallenden Lust schwor Cheops, der Sohn, den sie ihm schenken würde, solle der rechtmäßige Erbe des Throns der Beiden Länder sein.

Noch drei Tage lang wurde gefeiert, und was an Kostbarkeiten noch in den Bäuchen der Schiffe war, ließ Cheops unter den Byblitern verteilen, damit jedermann hier das Fest genieße und sich freue über die Heirat des Mündels Abischemus mit dem Kronprinzen von Ägypten. Dann wurden genügend Wasser und Nahrungsmittel an Bord genommen, um nicht unterwegs in einem Hafen haltmachen zu müssen. Cheops war überglücklich, zumal niemand versucht hatte, den verwundeten und wieder zum Leben erweckten Soldaten umzubringen. Somit konnte er es als erwiesen ansehen, daß es keine weiteren Mitverschwörer gegeben hatte. Er brauchte um seine Sicherheit nicht zu bangen und konnte sich über die Treue seiner Männer nur freuen. Nach weiterer Befragung hatte der Soldat ihm allerdings den in Cheops' Augen gewichtigsten Grund für Inekis Verrat offenbart. Es hatte Ineki offenbar nicht gereicht, sein Vertrauensmann und – wenn Cheops erst einmal König wäre – sein Günstling zu sein. Wie der Soldat gebeichtet hatte, sollten sie erst Cheops ermorden und dann Cherschet entführen und schleunigst nach Memphis zurückkehren. Ineki hatte erklärt, er sei verliebt in Cherschet und wolle sie, mit oder ohne ihre Zustimmung, zu seiner Frau machen. Daraus hatte Cheops gefolgert, die Leidenschaft habe Ineki blind gemacht und ihm den Sinn verwirrt.

Am vierten Tag lief ein schmales ägyptisches Schnellboot im Hafen von Byblos ein. Man führte den Kapitän zu Cheops, der sich mit Cherschet, die er nur noch Nubet nannte, im Garten des Gästehauses aufhielt.

Der Offizier warf sich nieder und sagte: »Herr, mein Name ist Gebi. Deine hochverehrte Mutter, die Königin Hetep-heres, schickt mich. Auch auf dem Landweg hat sie dir Boten gesandt, aber wie ich sehe, sind sie noch nicht angekommen.«

»Niemand kam bisher im Auftrag meiner Mutter«, erwiderte Cheops. »Steh auf und laß mich ihre Botschaft hören.«

Gebi richtete nur den Oberkörper auf, hockte sich auf die Fersen und sprach: »Die Große Königliche Gemahlin hat mir den Befehl über ein Schnellboot erteilt, damit ich dir ausrichte, du sollest so bald wie möglich nach Ägypten zurückkehren und nicht länger in diesem fremden Land verweilen. Deine Offiziere können das Holz und die Waren auch ohne dich zurückbringen. Der König, dein Vater, ist schwer krank, und man weiß nicht, ob er das Ende dieses Monats noch erleben wird. Komm schleunigst zurück und nimm dir die Doppelkrone, die dir von Rechts wegen zusteht, denn zahlreich sind diejenigen, die nach ihr schielen, und noch zahlreicher sind deine Feinde. Die Königin betonte, sie werde alles in ihrer Macht Stehende tun, um dir den Thron zu sichern, wisse aber nicht, ob sie so viel Gier abwenden könne. Sie fürchtet die Macht der Priester des Ptah und der memphitischen Sippschaft, von denen man weiß, daß sie einen anderen Bewerber unterstützen. Niemand kann voraussehen, was geschieht, wenn Seine Majestät zu seinem Horizont gehen sollte. Und da der König schon seit geraumer Zeit krank darniederliegt, konnten deine Feinde sich in aller Muße darauf vorbereiten, die

Macht an sich zu reißen. Das war's, was ich dir zu sagen hatte, Herr. Womöglich hat die Seele Seiner Majestät inzwischen den Leib schon verlassen … Dann haben deine Feinde sicherlich Vorkehrungen getroffen, um den Anwärter ihrer Wahl auf den Thron zu heben.«

»Gebi, du wirst belohnt werden dafür, daß du so treu zu uns stehst und so schnell zu mir gekommen bist. Gönne deiner Mannschaft heute Ruhe, jeder von ihnen soll ebenfalls eine Belohnung erhalten und heute hier mitfeiern, denn wisse, diese junge Frau hier neben mir ist meine geliebte Gemahlin und wird bald auch deine Königin sein, mit meinen beiden anderen Gemahlinnen. Ich werde Befehl erteilen, unser schnellstes Schiff startklar zu machen, damit wir gleich morgen in See stechen und nach Ägypten zurückkehren können.«

Die beiden Schiffe fuhren Tag und Nacht im Licht des Vollmondes. In der Ferne waren die Küsten noch klar zu erkennen. Cheops hatte dafür gesorgt, daß auf jedem Schiff zwei Mannschaften sich an Ruder und Segel ablösen konnten. Er selbst blieb an Deck und gönnte sich nur wenige Stunden Schlaf.

Als die Küsten Ägyptens und die Nilmündung in Sicht kamen, rief er den Schreiber zu sich, schnitt eigenhändig einen schmalen Papyrusstreifen zurecht und schrieb mit Tinte und Schreibbinse darauf: »Horus hat seine Beute geschlagen.« Er wußte zwar nicht, ob Ineki mit seinem geheimnisvollen Briefpartner ein Zeichen vereinbart hatte, aber diese verschlüsselte Antwort würde sicherlich verstanden werden, dachte er. Denn der Absender des Mordbefehls stand bestimmt in Verbindung mit jenem von Ehrgeiz zerfressenen Halunken, der im Hintergrund die Fäden gezogen hatte für alle Morde und Verschwörungen, wenn es nicht gar der Mörder selbst gewesen war, der diese Zeilen geschrieben hatte. Wenn er also den Kronprinzen tot glaubte, würde er sich jetzt zu erkennen geben, um den Horusthron für sich zu fordern. Um ihn dazu zu zwingen, sandte Cheops die Botschaft an ihn ab. Mit Hilfe von Cherschet befestigte er sie am Fuß einer Taube und wies ihr die Richtung nach Memphis. Der Vogel entfaltete seine Schwingen und stieg in den Himmel empor.

»Hoffentlich fängt ihn kein Falke ab«, seufzte Cheops.

Er hatte absichtlich bis kurz vor Memphis damit gewartet. Denn wenn der König wirklich schon gestorben war, könnte der Anstifter der Mörderbande bereits nach dem Thron gegriffen oder denjenigen, für den er gehandelt hatte, hinaufgehievt haben, bevor Cheops, wohlbehalten an Leib und Seele, in Memphis auftauchen konnte. Und dieser Kampf um die Doppelkrone hätte unweigerlich einen Krieg zwischen den Sippschaften ausgelöst. Wäre sein Tod erst einmal verkündet, könnte nicht einmal seine Mutter, die Große Königliche Gemahlin, seine Rechte mehr verteidigen. Doch gekrönt werden würde Snofrus Nachfolger erst nach Einzug des verstorbenen und einbalsamierten Königs in dessen Haus für die Ewigkeit, in die Pyramide, die zwar noch nicht vollendet, aber doch soweit fertig war, um die Schätze und den Leib des zum Gott gewordenen Königs aufzunehmen. Cheops war sich allerdings auch bewußt, daß jemand, der es so eilig hatte, den Horusthron an sich zu reißen, womöglich nicht einmal die Riten respektieren würde.

ZEHN

Rahotep befand sich in Heliopolis, als ihn die Nachricht vom Tod seines Vaters erreichte. Eilig kehrte er nach Memphis zurück, um dem Leichnam des verstorbenen Königs, der nun endgültig ein Gott werden würde, die letzte Ehre zu erweisen. Anschließend begab er sich zum Palast seiner Mutter, wo die Königin mit ihren Töchtern und Schwiegertöchtern trauerte.

Er grüßte sie alle, brachte dann aber recht schnell seine größte Sorge zum Ausdruck: »Welche Verfügungen wollen wir treffen, da mein Bruder Cheops noch immer und wer weiß wie lange nicht zurück ist? Man muß doch befürchten, daß die Sippschaften jetzt Partei ergreifen und sich gegen den Kronprinzen wenden. Wir wissen ferner, daß Neferu seit seiner Rückkehr unablässig seine Fäden spinnt und offensichtlich nicht gewillt ist, auf den Thron zu verzichten.«

»Von Neferu ist nichts zu befürchten«, entgegnete Hetepheres. »Nefermaat hat ihn unglaubwürdig gemacht. Als Große Königliche Gemahlin habe ich jemanden zu benennen, der während der Abwesenheit deines Bruders die Geschäfte führt. Und das tat ich bereits: Dein Onkel Nefermaat hat mir seinen Eid geleistet.«

»Das, Mutter, war klug gehandelt, aber können wir ihm wirklich voll vertrauen? Vergessen wir doch nicht, daß er lange Zeit Neferu unterstützt hat!«

Diese Bemerkung empörte Neferet. »Wie kannst du es wagen, das Wort meines Vaters in Zweifel zu ziehen? Ist er nicht dein Schwiegervater und Onkel?«

Noch bevor ihr Sohn seiner Gemahlin antworten konnte, hob Hetep-heres die Hand, um einem möglichen Ehezwist vorzubeugen: »Es stimmt leider«, sagte sie schlichtend, »daß ein Eid dem, der ihn empfängt, mehr bedeutet als dem, der ihn spricht, doch im Augenblick zumindest wird Nefermaat nicht wortbrüchig werden. Solange der Gott Snofru noch nicht einbalsamiert ist und die Mund- und Augenöffnungsriten nicht stattgefunden haben, so lange wird seine Seele noch anwesend sein in der irdischen Welt und niemand es wagen, seine Krone zu fordern. Wisse also, daß ich bereits gestern abend den Leichnam des Königs zu den Einbalsamierern begleitet habe. Ich sprach auch mit den Priestern, die den Leichnam des Gottes für die große Reise vorbereiten werden. Sie versicherten mir, alles so lange hinauszuzögern, bis Cheops zurück sei. Sobald er wieder da ist, wird ihm niemand sein Recht auf die Nachfolge seines Vaters streitig machen.«

»Dann wollen wir mal hoffen, daß der von dir entsandte Bote sicher angekommen ist und unseren geliebten Bruder schleunigst zurückbringt«, sagte Rahotep. »Ich werde jetzt erst einmal unsere Getreuen zählen und bewaffnen, um für jeden Zwischenfall gerüstet zu sein.«

»Tu das, mein Sohn«, sprach die Königin. »Aber sag mir erst noch: Bist du der Unterstützung derer von Heliopolis sicher?«

»Ich glaube, daß man sich auf sie verlassen kann.«

»Du glaubst es, aber so ganz sicher scheinst du nicht zu sein. Die Soldaten, die Seine Majestät dir unterstellt hat, sind uns aber doch wohl treu ergeben. Die meisten wurden in den Unterkünften der Festung Memphis zusammengezogen. Sie sollen dort bleiben, aber bereit sein, zu handeln. Du kehrst jetzt besser nach Heliopolis zurück und kümmerst dich um die Unterstützung der dortigen Priesterschaft. Als Großer Schauender des Re mußt du Cheops vor aller Augen Treue bekunden und ihn öffentlich als Thronerben ausrufen.«

Rahotep wandte zögernd ein, er habe keinen Einfluß auf die Entscheidungen, da er Cheops' Bruder sei und jedermann ihre engen Bindungen kenne. Aber wenigstens die Zustimmung der führenden Köpfe der Priesterschaft von Heliopolis hoffe er gewinnen zu können.

»Deine Überlegung ist richtig«, räumte Hetep-heres ein. »Kehre also nach Heliopolis zurück, und sichere uns ihre Zustimmung. Dann kannst du sprechen im Namen der Sippschaft der Stadt des Re.«

»Diesmal komme ich aber mit«, rief Neferet. »Du bist schon viel zu lange fort von deinem Haus und von deiner Gemahlin.«

»Meine Ämter nehmen mich voll und ganz in Anspruch«, entgegnete Rahotep. »Viel zu viele Aufgaben lasten auf mir, als daß ich noch Zeit hätte für Haus und Familie. Aber ich bin überzeugt, daß ich dir in naher Zukunft wieder mehr Muße werde widmen können. Im Augenblick muß ich dich leider bitten, in Memphis zu bleiben, wo du deinen Vater, deine Schwester und auch meine Mutter und deine Schwägerinnen hast.«

Sein entschiedener Ton machte Neferet deutlich, daß sie ihn nicht weiter bedrängen durfte. Aber ihn begleiten bis nach Haus, wo er sich für die neuerliche Abreise vorbereiten wollte, das wenigstens gestattete sie sich.

Als das Paar gegangen war, wandte sich Hetep-heres an Meritites und Henutsen: »Nun, meine Töchter, könnt ihr sicher sein. Gebi, unser Vertrauensmann, ist mittlerweile bestimmt in Byblos gelandet. Bald schon wird mein Ältester, euer geliebter Gemahl, wieder unter uns sein, und dann wird niemand wagen, ihm seine Rechte streitig zu machen. Ihr könnt also beruhigt nach Hause gehen.«

Als sie wieder allein war, klatschte Hetep-heres in die Hände, und herein trat ein hochgewachsener Mann, dessen dunkle Gesichtsfarbe auf nubische Abstammung schließen ließ. Ihm unterstanden die *medjaj*, die in der Stadt für Ordnung sorgten.

Nachdem er sich tief verneigt hatte, sprach sie: »Suhor, wie du mir sagtest, kannst du dich für die Treue unserer *medjaj* verbürgen.«

»Meine Königin, ich schwöre dir, daß sie fest in meiner Faust sind wie eine Handvoll guter Nilerde und mir blind gehorchen, was immer ich ihnen auch befehle, wenn sie nur wissen, daß du den Befehl gabst.«

»Das hoffte ich zu hören. Und du hast meine Befehle auch richtig verstanden, wie ich hoffe.«

»Ich habe sie verstanden, Herrin.«

»Dann darfst du jetzt handeln und die Rechte unseres Herrn verteidigen.«

Suhor verneigte sich und verließ ohne ein weiteres Wort den Raum.

Henutsen schien die einzige in der königlichen Familie, die sich Sorgen machte. Sie konnte Sabis Worte nicht vergessen. Alles, was er vorhergesagt hatte, war eingetroffen. Zwei seiner Andeutungen gingen ihr immer wieder im Kopf herum: Cheops könnte in der Fremde ermordet werden, und der Drahtzieher der Verschwörung sei beim Ptah-Tempel zu suchen. Um aus dieser Zwickmühle herauszufinden, begab sie sich erst einmal in ihr Gemach.

Sollte sie noch einmal zu Sabi gehen? Das war ihr peinlich. Was konnte er ihr denn jetzt Neues sagen? Daß sie den Tempel im Auge behalten sollte? Ob Ptahuser, der Leiter der Handwerkskünste, nun der Drahtzieher war oder nicht, er wäre der erste Nutznießer, wenn nach Snofrus Tod andere als Cheops die Doppelkrone an sich rissen. Und da war zunächst einmal Rahotep, aber den hatte man ja auch schon zu beseitigen versucht. Also wieder Neferu: War er wirklich so unschuldig, wie er vorgab, oder so geschwächt, wie er seiner Mutter eingeredet hatte? Mit Nefermaat, dem Wesir, schien er allerdings einen mächtigen Fürsprecher eingebüßt zu haben, was seinen Ehrgeiz aber nicht minderte. Abgesehen von Cheops' Söhnen, die ja noch Kinder waren, gab es darüber hinaus keine weiteren Thronerben außer Nefermaat und dessen jüngerem Bruder Kanefer, den Henutsen nicht kannte. Er hatte Snofru auf dem letzten Feldzug nach Nubien begleitet, und dort hatte dieser – weil er eiligst heimkehren mußte – ihn zum Provinzstatthalter ernannt, damit er dieses weiträumige Gebiet nördlich des ersten Katarakts, das die Ägypter Ta-Seti nannten, endgültig befriede. Die ständigen Bedrohungen dieses erst kürzlich eroberten Gebiets durch die Nubier hatten Kanefer dort festgehalten, und seitdem wohnte er mit seiner Gemahlin und seinem Sohn Hemiunu, dem der Oberbefehl über die Truppe zur Verteidigung dieser Provinzen übertragen worden war, in Elephantine. Ihn konnte man wohl beruhigt außer acht lassen. Oder hatte er womöglich aus der Ferne die Fäden gezogen? Nein, Henutsen verwarf diesen Gedanken. Einen Monat brauchte ein Schiff von dort bis Memphis, wie sollten da enge Beziehungen zur Priesterschaft des Ptah zustandekommen?

Ihre Überlegungen führten zu nichts. Es war besser, zu handeln. Unbemerkt verließ sie das Haus und lief schnurstracks zu Ptahmaau. Inzwischen lernten auch seine beiden herangewachsenen Söhne bei ihm das Schreinerhandwerk, wenn auch mit unterschiedlichem Eifer. In einem Korb, den sie auf dem Kopf trug, brachte sie Obst und Gebäck sowie Schmuckstücke aus Gold, die sie Ptahmaau als Anzahlung für eine längliche Holztruhe übergab, ein Geschenk für ihre Schwiegermutter Hetep-heres, wie sie erklärte. Dünne, durchsichtige Vorhänge sollten darin aufbewahrt werden, denn die Königin schützte sich, wenn sie in ihrem Lieblingssessel saß, oder auch nachts, wenn sie schlief, gegen Stechmücken und andere Insekten, indem sie solche Netze über einen vergoldeten Holzrahmen spannen ließ. Nach dieser Bestellung hatte Ptahmaau natürlich nichts einzuwenden, als Henutsen ihn um die Hilfe seiner Söhne bat bei einem Vorhaben, das die Sicherheit des Königreichs betraf, die sie persönlich aber nicht erledigen konnte.

»Wenn es um die Sicherheit des Königreiches geht«, meinte er ein wenig ironisch, »dann muß ich meine Söhne ja wohl opfern.«

Besagte Söhne waren froh über den Vorwand, unter dem sie die väterliche Werkstatt gegen die Straße tauschen konnten. Henutsen nahm sie mit bis zum Ptah-Tempel und trug ihnen auf, jeden, der hineinging und herauskam und ihnen irgendwie wichtig schien, zu beobachten.

»Ihr behauptet ja, alle Großen dieser Stadt zu kennen. Merkt euch also jeden, der den Tempel betritt, wann er ihn betritt, ob bei Tag oder Nacht, und wie lange er bleibt! Und merkt euch vor allem, wer auffallend oft kommt.«

»Was«, fragte Chedi, »du verlangst, daß wir hier Tag und Nacht Wache schieben?«

»Zumindest noch bei Einbruch der Nacht.«

»Aber nach Sonnenuntergang schließt der Tempel seine Pforten, und dann sehen auch wir nicht mehr die Hand vor den Augen.«

»Wenn ihr jemanden mit einer Fackel kommen seht, müßt ihr euch heranpirschen, damit ihr sein Gesicht sehen könnt. Jeden Morgen werdet ihr mir Bericht erstatten über den vorigen Abend, ist das klar?«

»Und wieviel gibst du uns dafür?« fragte Inkaf.

»Was ihr verlangt. Obst, Gebäck, Bier, Wein, was ihr wollt.«

»Auch Küsse?«

»Küsse? Von wem?«

»Von dir natürlich.«

»Einverstanden.«

»Und mehr noch?«

»Nein, abgelehnt! Seid wachsam!«

Fünf Tage lang ließ Henutsen sich jeden Morgen Bericht erstatten von den beiden Jungen. Doch nur Personen, die sie für wichtig hielt, merkte sie sich. Neferu war dreimal gekommen, einmal nach Einbruch der Nacht, der Wesir Nefermaat nur einmal, und auch Abedu einmal, aber nur kurz.

»Merk dir«, betonte Chedi, »als Neferu beim dritten Mal nachts hineinging, kam er nicht mehr heraus.«

»Ehrlich gesagt, wir haben ihn nicht herauskommen sehen«, verbesserte sein Bruder. »Wir sind gegen Mitternacht heimgegangen – er kann ja auch noch später herausgekommen sein.«

Das nahm Henutsen auch an. Viel mehr beunruhigte sie der abendliche Besuch von Sabis nubischem Diener Tjazi.

»Seid ihr sicher, daß er es war?« fragte sie abermals.

»Henutsen!« empörte sich Chedi. »Wie könnten wir uns denn täuschen? Diesen großen Nubier kennen wir doch nun wirklich. In ganz Memphis gibt es keinen, der ihm gleicht!«

Was Tjazi hier wohl zu suchen hatte? Erst recht nach Schließung des Tempels?

Die nächtlichen Besucher hatten nicht an die kupferbeschlagenen mächtigen Zedernholztüren geklopft, sondern an eine kleine seitliche Pforte, hinter der ein Pförtner gestanden haben mußte, der schon beim ersten Klopfen aufmachte.

Anfangs dachte Henutsen, viel klüger als vorher sei sie jetzt auch nicht. Doch da fiel ihr der Besuch des Wesirs Nefermaat wieder ein. Wenn er wirklich zu Cheops hielt, wie Hetep-heres behauptet hatte, aus welchem Grund besuchte er dann nachts den Tempel des Ptah, von dem die Verschwörung offensichtlich ausging? Um herauszufinden, was die Besucher hier – und vor allem nachts – im Tempel taten, mußte sie sich selbst Zugang verschaffen! Bei ihrem Besuch neulich waren ihr die verwinkelten Gassen innerhalb des Tempelbezirks aufgefallen: Wohnviertel für die Priester, Schlachthäuser für die Opfertiere, der Stall des Apis-Stiers und seiner Kühe, Werkstätten und Gebäude, deren Bestimmung ihr unklar waren. Am meisten beeindruckt hatte sie jedoch das gewaltige Heiligtum des Gottes Ptah, das nach all den Vergrößerungen im Lauf der Jahrhunderte gewaltige Ausmaße angenommen hatte. In einem der vielen Winkel dieses verschachtelten Bauwerks brauchte sie sich nur bei Tage zu verstecken, um das nächtliche, aller Augen verborgene Treiben zu beobachten. Dies wollte sie gleich morgen tun! Besonders gefährlich schien ihr das nicht; ihr hoher Rang bot ihr schließlich Schutz, selbst wenn man sie überraschte oder entdeckte. Sie würde schon eine Ausrede finden, etwa, daß sie nach langem Warten, um dem Gott auch ihre Opfergabe darzubringen, eingeschlafen sei... Eine alberne und nicht sehr stichhaltige Erklärung, aber die Priester kämen nicht umhin, so zu tun, als glaubten sie ihr.

ELF

Henutsen wartete den späteren Nachmittag ab und begab sich dann zum Tempel. Wie die Bäuerinnen trug sie einen Korb auf dem Kopf, mit Datteln und Brot, den üblichen Opfergaben für die Priester, die Stellvertreter des Gottes. Dem Türhüter fiel sie nicht auf in der Menge der Gläubigen und Besucher, der weite Vorplatz war schwarz von Menschen. Hastig setzte sie ihren Korb auf dem Opfertisch ab, ging auf eine Häusergruppe zu und fand eine auf eine Terrasse führende Außentreppe. Oben legte sie sich auf den von der Sonne noch warmen Boden und wartete den Einbruch der Nacht ab. Sie gab sich keine Mühe, sich wach zu halten, und so sank sie bald schon in tiefen Schlaf. Als sie die Augen wieder aufschlug, umhüllte der von Sternen gesprenkelte Nachthimmel sie mit seinen Schatten. Der Mond, der im letzten Viertel stand, stieg allmählich in den Himmel auf und warf sein Licht auf die stummen, weißgekalkten Gebäude. Nun erhob sie sich und betrachtete die friedliche Nacht. Sie ärgerte sich, weil sie eingeschlafen war, fragte sich, wieweit die Nacht wohl schon fortgeschritten sei, und beglückwünschte sich dann, daß man sie nicht entdeckt hatte. Allerdings fürchtete sie, daß alle Gäste des Tempels längst schliefen und sie umsonst gekommen war.

Sie beschloß, ihren Wachposten zu verlassen, und ging auf den Tempel zu. Jetzt würde sie sich ja wohl nicht mehr hineinschleichen können. Als sie ihren Schatten erblickte, den der Mond aufs Pflaster warf, erschrak sie. Jeder zufällig vorbeikommende Priester mußte ihr langes, weißes, im Mondlicht fast schillerndes Kleid bemerken! Aber vielleicht verschmolz dieses Weiß ja auch mit dem der Gebäude. Und offensichtlich schliefen die Priester ebenfalls. Wenn nicht welche auf dem Dach standen, um den Nachthimmel zu beobachten … Das hatte Cheops ihr vom Tempel des Re in Heliopolis erzählt, aber das traf vielleicht nicht zu für den des Ptah. Sie steuerte die große Freitreppe zwischen dem hohen Eingangsportal des Heiligtums und dem eigentlichen Tempel an, dessen dunkle Masse alle anderen Gebäude überragte, die sich in dem umfriedeten, geheiligten Bezirk eng aneinanderdrängten. Jetzt brauchte sie nur noch einen Ausgang zu finden – an eine unliebsame Begegnung war wohl nicht mehr zu denken. Das große Tor kam nicht in Frage, aber vielleicht die kleine Pforte, an der die beiden Jungen die nächtlichen Besucher ausgespäht hatten. Sie wollte schon den großen Platz überqueren, als die Pforte plötzlich aufsprang und sie den Pförtner erkennen konnte, der sich wohl im Schatten gehalten hatte, sonst hätte sie ihn vorher schon sehen müssen. Und nun kam noch ein Besucher quer über den Vorplatz, lief auf den Tempel zu und schlüpfte hinein!

Auf die Gefahr hin, vom Pförtner entdeckt zu werden, schlich Henutsen ihm nach. Eine Tür stand einen Spaltbreit offen. Henutsen drückte behutsam dagegen und befand sich kurz darauf in einem nur von einer einzigen Fackel schwach erleuchteten großen Saal. Im Halbdunkel schlich sie die Wände entlang, mußte nicht einmal tasten, gelangte in einen ebenfalls von einer Fackel beleuchteten langen Gang und entdeckte an dessen Ende den nächtlichen Tempelbesucher, dessen Gestalt allerdings plötzlich im dunklen Schlund einer weiteren Tür verschwand. Sie begann zu laufen, ihre Füße glitten lautlos über den glatten Steinboden. Abermals sah sie die Gestalt des Unbekannten, der in die Finsternis eines weiteren dunklen Saales eintauchte. Nun mußte sie sich vorwärtstasten, die Augen auf ein schwaches Licht geheftet, das eine nicht ganz geschlossene Tür umrahmte, hinter der der Mann verschwunden war. Sie machte halt, schob die Tür dann vorsichtig auf und schlüpfte in den Saal.

Ein großer Raum, in der Mitte unterteilt von einer Reihe steinerner Pfeiler, lag vor ihr. Tief drinnen, ganz hinten, erleuchteten zahllose Öllampen eine Gruppe von Männern, die ihr den Rücken zuwandten. Sie standen vor jemandem, der auf einem steinernen Stuhl saß. Henutsen erschrak: Dieser kräftige, wie alle anderen nur mit einem Schurz bekleidete Mann trug eine Ibiskopfmaske! Cheops, Rahotep und Benu waren doch auch von einem so Maskierten überfallen worden. Und neben Benus Leichnam hatte man die Ibismaske gefunden! Der Mann, dem Henutsen gefolgt war, hatte sich zu den anderen gesellt. Sie zählte neun Männer. Nun sprach der mit der Ibismaske, und Henutsen erschauerte von neuem: Diese Stimme kannte sie doch! Die Maske verzerrte sie aber, so daß sie sie nicht genau erkennen konnte.

»Willkommen, Kahif, wir haben nur noch auf dich gewartet«, sagte der Maskierte gerade zu dem Neuankömmling. »Was hast du uns über deine Leute zu berichten?«

»Herr, ich versichere dich der Treue der Soldaten von Memphis. Ich habe mit meinen Offizieren gesprochen. Sie sind bereit, dich zu unterstützen, und die Mannschaften werden gehorchen.«

»Gut. Was dich anbetrifft, Ptahuser, so weiß ich, daß du zu mir stehst, wie auch die Priesterschaft des Ptah.«

»Wir sind dir zutiefst ergeben«, bestätigte der Oberste Leiter der Handwerkskünste, der neben dem memphitischen Truppenführer stand und nun seinerseits fragte: »Hast du dich der Treue der Priesterschaft von Heliopolis vergewissert?«

»Auf die sollten wir uns lieber nicht verlassen. Aber wir brauchen ihre Mitwirkung ja auch nicht. Sie werden sich schon beugen müssen, wenn ich erst einmal die Doppelkrone trage.«

»Gewiß, Herr«, erwiderte einer der Verschwörer, »die Priester von Heliopolis sind keine Bedrohung für uns, aber die Truppen dieser Stadt! Glaubst du dich auf sie verlassen zu können?«

»Ihr Anführer Rawer steht zu mir«, antwortete die Maske. »Bleibt noch der Wesir. Der hat dich doch kürzlich besucht, Ptahuser. Wie ist seine Einstellung?«

»Er versicherte mich seiner Treue zum Kronprinzen, Herr. Da ich deinen Namen nicht erwähnen konnte, weiß ich nicht genau, wie er sich verhalten wird, wenn du dich zu erkennen gibst.«

»Dann wird er nicht mehr zu fürchten sein, das kann ich heute schon versichern, zumal er keine Truppen besitzt und seine Macht nur auf der Macht des Königs beruht.«

»Wenn das so ist, haben wir ja wohl nur noch Zezis Truppen aus Hierakonpolis zu fürchten. Der ist Seiner Majestät und ihren Entscheidungen immer treu geblieben.«

»Wisse«, belehrte die Maske, »daß er das Königreich nicht betrügen muß, wenn er sich uns anschließt, wozu er gezwungen sein wird. Ich kann euch nämlich eine gute Nachricht übermitteln, die ich soeben von unserem letzten Gast erfuhr und der die Ehre haben soll, sie euch mitzuteilen.«

Ein Mann trat aus der Runde und stellte sich neben den Maskierten. Nun erkannte Henutsen ihn: Es war Sabis Diener Tjazi!

»Ein Bote kam vor kurzem aus dem Lande Qedem«, verkündete die Maske, auf Tjazi weisend. »Er teilt uns mit, daß Cheops, der von dem Gott Snofru ernannte Kronprinz, tot ist. Er wurde in Byblos getötet, von wo er, wie ihr alle wißt, im Auftrag Seiner Majestät Holz holen sollte.«

Als sie das hörte, entfuhr Henutsen ein gellender Schrei, der von den steinernen Wänden widerhallte. Die Verschwörer fuhren herum. Schemenhaft erkannten sie ihre Gestalt in dem weißen Kleid. Sie wollte fliehen, aber ihre Beine versagten, als sei sie gelähmt. Schon sah sie die Ibismaske auf sich zustürzen, doch da rief Ptahuser, eine Fackel in der

Hand: »Was macht die denn da? Das ist doch Henutsen, Cheops' Gemahlin!«

Es gelang ihr, die Schwäche abzuschütteln, die sie befallen hatte, und zur Tür hin zu rennen, doch da schnitt ihr die Maske den Weg ab, eine Hand packte sie, eine andere schwang ein Beil. Henutsen kreischte, versuchte sich zu befreien, den Blick auf die bedrohliche Waffe geheftet. Der Arm ging nicht nieder. Tjazi hatte ihn aufgehalten und schüttelte jetzt tadelnd den Kopf.

»Was soll das?« fragte die Maske. »Willst du mich vielleicht hindern, diese gefährliche Schlange zu töten? Du hast doch schließlich, ohne zu zögern, die drei Sendboten der Königin umgebracht.«

Zu Henutsens Verblüffung antwortete Tjazi, den sie stumm geglaubt hatte. Recht unbeholfen allerdings – er beherrschte die Sprache der Ägypter nicht besonders gut: »Du nicht töten ... Sie heilig ... Mein Herr verboten ...«

Seine gewaltige Faust umklammerte immer noch den Unterarm des Maskierten, der sich ihm nicht zu entwinden vermochte und schließlich Henutsen losließ, um den Nubier wegzustoßen. Es kam zu einem kurzen Kampf, der Maskierte rammte seinem Gegner das Knie in den Bauch, woraufhin dieser losließ und er ihm mit dem Beil den Schädel zertrümmerte. Angst lähmte Henutsen, doch dann sprang sie zur Seite, um ihrem Angreifer auszuweichen, und als sie ihren Verteidiger zusammenbrechen sah, rannte sie durch die Tür, von Angst getrieben, aber von neuen Kräften beseelt. Der Maskierte ließ den Nubier in einer Blutlache liegen und jagte hinter der jungen Frau her. Sie hatte bereits den großen gepflasterten Hof erreicht. Der Pförtner war eingeschlafen und hockte ein wenig abseits. Hastig öffnete sie den Holzbalken, der die Tür verriegelte, sie mußte ihn hochstemmen, zu Boden werfen, und als ihr das endlich gelungen war, hatte ihr Verfolger mit der tödlichen Waffe sie fast eingeholt. Sie riß das Tor auf, stürzte auf die Straße, fast wahnsinnig vor Entsetzen. So schnell ihre Beine sie zu tragen vermochten, rannte sie in Richtung Palast. Aber würde sie dort Hilfe finden? In ihrem und Cheops' Haus gab es nur ein paar Diener, die ihren Verfolger nicht abwehren könnten. Also lief sie besser zu Hetepheres. Und da in diesen dunklen und wie ausgestorbenen Straßen alles schlief, begann sie erst kurz vor dem Palast um Hilfe zu schreien, damit die Wachen sie hörten. Doch die schreckliche Maske schien auch das nicht zu fürchten, sie kam immer näher, ihr Herz wollte schier zerspringen, die Beine versagten ihr nach all der Anstrengung, diesen schnellen Läufer abzuhängen, beinahe den Dienst.

Schreiend stürzte sie in den Garten, geradewegs in den dunklen und stillen Palast der Königin. In den unbeleuchteten Sälen hoffte sie ihrem Verfolger zu entkommen. Aber jetzt war er schon so nahe, daß sie seinen Atem unter der Maske rasseln hörte. Sie sah ein Licht, kurz vor dem Gemach der Königin. Wie ein von einer Flamme angezogener Schmetterling rannte sie darauf zu. Dort würde ihr jemand helfen! In der Tat: Trotz der nächtlichen Stunde stand im hinteren Teil des hell erleuchteten Raumes Hetep-heres, die Große Königliche Gemahlin. Sie warf sich ihr zu Füßen und weinte hemmungslos. Beim Anblick der Königin hielt auch der Maskierte keuchend inne und stand jetzt unbeweglich.

»Mutter«, wimmerte Henutsen, »dieser Mann ist der Mörder …«

Mit erstaunlicher Ruhe, doch auffallend dumpfer und trauriger Stimme erwiderte Hetep-heres: »Ich weiß, meine Tochter. Doch daß er es wagen würde, bis hierher vorzudringen, das Gesicht unter seiner Verbrechermaske, hatte ich allerdings nicht geglaubt.«

»Ich habe Angst, Mutter – er will mich umbringen, er wird auch dich noch ermorden!«

»Ich glaube nicht, Rahotep, daß du es wagen würdest, deine eigene Mutter umzubringen. Denn bei deinem Versuch, deinen Vater zu beseitigen, hast du ja auch Soldaten, die in deinen Diensten standen, als Mittelsmänner benützt.«

Als Henutsen diese Worte hörte, richtete sie sich auf und fragte ungläubig: »Rahotep?«

»Ja«, sagte die Königin. »Nimm diese Maske ab, Rahotep!«

Er gehorchte, und abermals seufzte Henutsen seinen Namen.

»Mutter«, ließ sich nun Rahotep vernehmen, »ich werde dich nicht töten, genausowenig wie diese neugierige Gans, diese Henutsen. Nun bin ich demaskiert, aber das ist letztlich unwichtig. Jetzt wißt ihr eben, wer sich unter der Ibismaske verbarg. Wichtig ist nur, daß ich soeben von Cheops' Tod erfuhr ... Neferu kann auch nichts mehr anrichten. Wir haben ihn eingemauert im Tempel des Ptah. Ich brauche es nur zu befehlen, und er wird erwürgt.«

»Diesen Befehl wirst du nicht geben, Rahotep!«

»Ich werde ihn geben, sobald ich es für nötig erachte. Jetzt bin ich der einzige rechtmäßige Erbe des Throns von Ägypten!«

»Sollte es stimmen, daß Cheops tot ist, dann wäre der rechtmäßige Erbe sein ältester Sohn Kawab, und nicht ein Verbrecher wie du, ein Mann, den ich geboren habe und für den ich mich jetzt schämen muß und den ich bei seiner Geburt getötet hätte, wenn ich gewußt hätte, daß es ihm bestimmt sei, den Thron der Beiden Länder mit Blut zu besudeln.«

»Mutter ...«

»Nenne mich nicht Mutter, ich bin deine Mutter nicht mehr.«

»Dann eben nicht. Doch wisse: Ich bin der Herr von Memphis! Kahif, der Oberste der memphitischen Sippschaft, hat mir Treue geschworen, und auch die Priesterschaft des Ptah unterstützt mich. Die von Heliopolis habe ich zwar nicht hinter mir, dafür aber Rawer, den Anführer der dortigen Truppen. Wer könnte mich also zurückhalten? Und da meine beiden älteren Brüder nur mehr hohle Schatten sind, bin ich in den Augen der Menschen dieses Landes der einzige rechtmäßige Thronerbe. Ich werde allerdings gezwungen sein, euch beide im Tempel des Ptah in einem Gefängnisgemäuer verschwinden zu lassen, wo man eure Stimmen nicht mehr hört, da es mir mißfallen würde, als Anstifter all dieser Morde gebrandmarkt zu werden.«

»Das würdest du wirklich wagen?« fragte die Königin.

»Du läßt mir keine andere Wahl. Es sei denn, der Tod wäre dir lieber. Dann müßte ich aber auch Henutsen, dieses kleine Biest, umbringen, die es für schlau befand, sich in den Tempel einzuschleichen und unsere Gespräche zu belauschen. Ich wüßte nur noch gern, wie dein Verdacht auf mich fallen konnte.«

»Du hast dich überschätzt, Rahotep, dich für viel zu schlau, für viel zu geschickt gehalten, das war dein Pech«, erwiderte die Königin mit vollendeter Selbstsicherheit, als hätte ihr Sohn sie nicht soeben mit dem Tod bedroht. »Als ich mir klar war, daß dieser armselige Neferu in all seiner Eitelkeit und Selbstüberschätzung nicht der Mörder sein konnte, weil er sich niemals auf ein so gefährliches Unterfangen eingelassen hätte, blieben mir nicht mehr viele, die ich verdächtigen konnte. Meine ersten Zweifel kamen auf, als Cheops mir erzählte, wie er angegriffen worden war. Er hatte ja niemandem gesagt, daß er sich nach Heliopolis begeben würde, nur mir und seinen beiden Gemahlinnen. Auf Neferus Fest hast du mich aber gefragt, wo Cheops sei, und ich habe es dir gesagt. Als er uns dann von diesem Anschlag erzählte, fragte ich meine Töchter, ob sie es ausgeplaudert, irgend jemandem den Aufenthaltsort ihres Gemahls verraten hätten. Keine hatte geredet. Du warst der einzige, der es wußte. Außerdem hast du deine Treue zu deinem Bruder immer zu deutlich bekundet, immer wieder deine Bereitschaft betont, seine Rechte zu verteidigen, als seien es deine eigenen. Solch hochtrabende Beteuerungen sind immer verdächtig. Meine Überzeugung festigte sich, als meine drei Boten ermordet wurden, denn damit hatte ich dir bewußt eine Falle gestellt. Es tat mir leid, daß ich diese drei Männer opfern mußte, obgleich es anfangs nicht sicher war, daß sie ihr Leben auf dem Weg nach Byblos verlieren würden. Wären sie unbeschadet bis nach Byblos gelangt, hätte ich dich teilweise reinwaschen müssen von dem Verdacht, der auf dir lastete, denn ich hatte dich absichtlich von meinem Auftrag wissen lassen. Aber sie wurden ja schon ermordet, bevor sie ägyptischen Boden verlassen hatten, und du selbst hast es mir gemeldet.«

»Mutter«, rief jetzt Henutsen dazwischen, »ich kenne ihren Mörder. Er war auch im Tempel, und er hat Rahoteps Hand zurückgehalten, als er mich mit dem Beil erschlagen wollte.«

»Der hat für sein Verbrechen bezahlt«, entgegnete Rahotep giftig. »Ich habe ihm den Schädel zertrümmert.«

»Wahrlich ein guter Rechtsprecher, der alle, die Befehle getreulich ausführen, zum Tode befördert! Doch eines hattest du nicht geahnt, Rahotep, nämlich daß ich noch einen Boten, einen zuverlässigen Mann, auf dem Seeweg nach Byblos senden würde. Auch da kam dein Einwand viel zu hastig, wir besäßen doch keine seetauglichen Schiffe mehr! Ich wußte, daß es noch eines gab, und mein getreuer Gebi hatte es schnell besorgt. Erinnere dich, daß ich es dir erst sagte, als ich sicher war, daß du ihn nicht mehr abfangen konntest.«

»Meinen Glückwunsch für diese Umsicht! Aber all deine klugen Schlußfolgerungen nützen dir nichts. Sie sind höchstens ein Grund mehr für mich, etwas zu tun, was mir eigentlich mißfällt, ich dir aber wohl nicht ersparen kann.«

»Glaubst du?« fragte Hetep-heres.

Sie klatschte in die Hände. Sofort sprangen die Türen auf, und herein stürmten ein Dutzend mit Beilen und Lanzen bewaffnete Männer: die *medjaj*. Noch bevor Rahotep auch nur eine Bewegung machen konnte, hatten sie ihn umzingelt, gepackt und entwaffnet.

»Das reicht, Suhor«, sagte die Königin zu ihrem Anführer, der als erster Rahotep gepackt hatte.

»Was erhoffst du dir eigentlich noch, Mutter? Was soll das, diese Handvoll Männer, die mich hier festnehmen?« fragte Rahotep selbstsicher und ohne Anstalten zu machen, sich zu befreien. »Ich sagte dir doch schon, daß ich unzählige Männer hinter mir habe, die mich unterstützen. Und wen gedenkst du denn jetzt, da Cheops tot ist, auf den Thron Ägyptens zu setzen?«

»Das stimmt leider«, seufzte Henutsen. »Ich habe die Verschwörer gesehen im Tempel des Ptah, und auch gehört, wie Rahotep ihnen den Tod meines geliebten Gemahls verkündet hat.«

»Quäle dich nicht unnötig, mein Kind. Außerdem warst du viel zu waghalsig und, was noch schlimmer ist, ohne Not leichtsinnig mit deinem Versuch, diese Verschwörerbande zu belauern. Denn wisse, daß ich längst von dieser Verschwörung wußte ... ja, Rahotep, und zwar von Rawer, den du hinter dir glaubtest. Er hat dir das alles nur vorgespielt, um dir auf die Schliche zu kommen und mich zu unterrichten. Sendjemib, der zweite Prophet im Tempel des Re, der dich gleich verdächtigte, als Snofru dir das hohe Amt übertrug, das du durch Benus Ermordung zu erlangen beabsichtigtest, ist nämlich – was du vielleicht vergessen oder gar nicht gewußt hast – Rawers Bruder. Erfahre nun auch, daß Zezi, den ich heimlich gleich nach dem Hinscheiden des Gottes Snofru verständigen ließ, mit seiner Truppe nach Memphis unterwegs ist, wie übrigens auch Udji, der mit seinen Männern aus Buto kommt. Auch er hat dir zum Schein Unterstützung zugesagt, um dich noch tiefer in den Sumpf zu ziehen. So hast du also vergeblich die wortbrüchigen Soldaten töten lassen, die den ersten Anschlag auf deinen Vater in Nubien versucht hatten, und auch den zweiten auf deinen Bruder, als er in der westlichen Wüste arglos unter freiem Himmel schlief. Vergebens hast du mit eigener Hand Cheops zu ermorden versucht und den Zeugen beseitigt, den du mit einem albernen Brief zu deinem Bruder schicktest, um herauszufinden, wo er in Hermopolis untergebracht war. Und dann hast du auch noch meine Boten auf dem Gewissen. Geschickt hast du dich allerdings angestellt, als du von dem angeblichen Überfall auf dich in der Wüste erzähltest. Vielleicht zu geschickt, denn mich hatte es gleich gewundert, daß du dich ganz allein in der östlichen Wüste befandest und Cheops gleichzeitig in Hermopolis war. Noch seltsamer schien mir, daß der angeblich maskierte Mann dich so leicht wiedergefunden haben sollte, in derselben Wüste, und abermals – und wieder vergeblich – versucht haben sollte, dich umzubringen.«

Die Königin machte eine kurze Pause, und sprach dann weiter: »Unnütz war es auch, Ineki zu bestechen. Er ist jetzt tot, und nicht dein Bruder. Wisse, daß einer der Läufer, die unsere Botschaften über Land tragen und einander ablösen, gerade heute abend hier bei mir eingetroffen ist. Er hatte eine Nachricht von Cheops zu überbringen, der mit zwei Schiffen, die Tag und Nacht fahren, bereits den Nil heraufkommt und wohl morgen schon, spätestens aber übermorgen, in Memphis eintreffen wird.«

Wieder hielt die Königin inne. »Du kannst dir denken«, fuhr sie fort, »daß mein Mutterherz schier zu zerreißen drohte, als ich mir eine Wahrheit eingestehen mußte, die ich anfangs schaudernd vor Entsetzen weit von mir gewiesen hatte. Aber die Beweise häuften sich. Sie alle sprachen gegen dich. Und du selbst liefertest mir erst kürzlich noch einen weiteren, als du es für klug hieltest, meine Empfehlung, öffentlich für deinen Bruder Partei zu ergreifen, öffentlich zu erklären, du stündest voll und ganz hinter ihm, dem rechtmäßigen Erben, in den Wind zu schlagen. Und am gleichen Tag verdächtigtest du hier vor uns meinen Bruder Nefermaat der Untreue, um einen zu mächtigen Verbündeten von uns fernzuhalten, der sich geweigert hatte, einen anderen Thronfolger als Cheops zu unterstützen. Doch eines verstehe ich immer noch nicht: Wie konntest du dir die eigenen Hände mit all diesem Blut besudeln?«

»Wenn die anderen nicht alle solche Versager gewesen wären, hätte ich nie selbst eingreifen müssen«, erklärte Rahotep. »Die Soldaten, die ich auf mich eingeschworen hatte, erwiesen sich als untauglich. Wie du richtig sagtest, war es sinnlos, sie auf Cheops anzusetzen, um ihn zu überrumpeln und sauber ins Jenseits zu befördern. Es mißlang nicht nur, sie waren auch noch verletzt, weswegen ich diese gefährlichen Zeugen dann eigenhändig beseitigen mußte. Zum Glück wurden die, die den Anschlag auf den König versucht hatten, beide getötet, bevor sie reden konnten. Dann erst beschloß ich, allein und eigenhändig, ohne jemanden einzuweihen, vorzugehen. Aber wie kannst du mir eigentlich solche Vorhaltungen machen, da du mir und Cheops doch selbst erzählt hast, du hättest gewisse Zweifel an der Art und Weise, wie dein Vater Huni, mein Großvater, auf den Horusthron gelangt war, als letzter Sprößling der Familie, der nicht zum Regieren bestimmt war und das Schicksal zu seinen Gunsten gewendet hat? Wieso sollte ich, weil die Götter mich zum dritten Sohn Snofrus und zum zweiten rechtmäßigen Thronerben gemacht hatten, weiterhin der Benachteiligte bleiben und auf die Doppelkrone verzichten? Durch diese Taten wollte ich nur eine Ungerechtigkeit des Schicksals ausmerzen. Es ist mir mißlungen, das bedaure ich, denn verdient hätte ich es genausogut wie meine Brüder, über das Volk Ägyptens zu herrschen.«

»Hättest du für den Mord an Benu eine ebenso ausgeklügelte Rechtfertigung?«

»Gewiß. Ich begann ihn schon zu hassen, als wir beide, mein Bruder und ich, noch Kinder waren und im Tempel lernten. Mit mir war er immer streng und hart und ließ mich seine Vorliebe für Cheops ständig spüren. Dann weihte er ihn dort in die Geheimnisse ein, während man nicht einmal daran dachte, auch mir dieses Wissen zugänglich zu machen. Der dumme Neferu wurde dann aber hingeschickt! Als ich von meinem Vater erfuhr, daß du ihn dazu bewogen hattest, deine Söhne an die Spitze der Priesterschaften zu stellen, da hatte ich Gründe genug, Benu zu beseitigen und mich gleichzeitig zu rächen für all die Schmach, die ich seinetwegen erduldet hatte. So wurde dieses hohe Amt frei, was meinen Absichten nur förderlich sein konnte, denn mir war klar, daß man Neferu verdächtigen würde, den ich damit gleichzeitig aus dem Felde schlug. Meine Rechnung ging auf. Daher müßtest du, Mutter, trotz der Gewalttaten, zu denen ich gezwungen war, eigentlich mein Geschick und meine Schläue bewundern, darin die Fähigkeiten eines echten Staatsmannes entdecken wie auch die eines klugen Prinzen, und folglich diesen Männern hier befehlen, sich mir zu unterstellen. Im Gegenzug würde ich dir deine Ansprüche als Mutter des Königs belassen und vor Maat schwören, diese dumme Gans Henutsen in Frieden zu lassen.«

»An Dreistigkeit fehlt es dir wahrlich nicht, Rahotep!« entgegnete Hetep-heres. »Wisse indes, daß ich dich trotz deiner unverschämten und vermessenen Verteidigungsrede und trotz all der Liebe, die ich dir angedeihen ließ, bevor du dich mit all diesen Verbrechen besudeltest, nicht am Leben lassen kann. Ich will dir die Schmach ersparen, vor dem Gericht des Wesirs zu erscheinen. Er würde dich zweifach zum Tode verurteilen, denn wie du weißt, werden derartige Verbrechen mit dem Tod von Leib und Seele geahndet, was bedeutet, daß dein Leichnam verbrannt und dein Name gelöscht werden wird. Diesen zweiten Tod will ich dir ersparen und das Wiegen deines Herzens sowie den Urteilsspruch dem göttlichen Gericht überlassen. Dein Grab ist bereit, unweit der Sonnenpyramide, ganz in der Nähe der eingestürzten, die damit für dich zum schrecklichen Bild deiner Machenschaften wird. Ich ließ mir berichten, du habest die vor drei Jahren gefertigten Standbilder von dir und deiner Gemahlin ohnehin schon dort aufstellen lassen. Es hängt nur von dir ab, daß es zu keinem Prozeß kommt und du ein Begräbnis erhältst mit allen Riten. Nur wir, die in diesem Raum hier Versammelten, kennen deine Verschlagenheit und deine Verbrechen. Wir werden es zu verhindern wissen, daß der Name des Mörders an die Öffentlichkeit gelangt. Suhor wird dich zu deinem Haus begleiten. Die Todesart darfst du selbst wählen. Doch hoffe nicht, ihm zu entgehen oder Zuflucht zu finden im Tempel des Ptah. Mittlerweile dürften nämlich Rawer mit den Truppen von Heliopolis und mein Bruder Nefermaat, der Wesir, den Tempel besetzt und die Anführer des geplanten Aufstands festgenommen haben. Ich erwarte ihren Bericht jeden Augenblick. Daher siehst du mich zu dieser Stunde hier noch wach und im Kreise meiner getreuen *medjaj*. Als ich vorhin Henutsens Schreie vernahm, wußte ich sofort, daß sie im Tempel erwischt worden und in Gefahr war. Sofort schickte ich Wachen zu ihrem Haus, für den Fall, daß sie dort Unterschlupf gesucht hätte. Wahrscheinlicher schien mir allerdings, daß sie zu mir kommen würde, was sie ja auch getan hat. Daraufhin rief ich Suhor in den Nebenraum, weil ich sehen wollte, wie weit deine Wut und Niedertracht reichen würde, angesichts zweier wehrloser Frauen. Blindwütig bist du in diese Falle gerannt, wie ein wildes und blutrünstiges Tier.«

Sie wandte sich abschließend an Henutsen, die das alles noch nicht fassen konnte: »Du siehst, meine Tochter, wie unnötig es war, dein Leben aufs Spiel zu setzen mit diesem nächtlichen Besuch im Tempel. Daß du kühn bist, wußte ich, aber so unbesonnen? Als ich von Meritites erfuhr, du seist nicht zu Haus, ahnte ich gleich, daß du im Ptah-Tempel warst. Durch sofortiges Eingreifen hätten wir aber all unsere Pläne gefährdet. Ich hatte große Angst um dich, aber mein Vertrauen in deine Klugheit war größer. Ich hatte recht. Doch jetzt ist es wirklich Zeit für dich, schlafen zu gehen.«

ZWÖLF

Das Heulen und Wehklagen schriller Frauenstimmen kündigte das Nahen des Trauerzugs an. Snofrus sorgfältig einbalsamierter und mit Leinenbinden umwickelter Leichnam lag in einem verschlossenen, mit Blattgold überzogenen Holzsarg auf einer eigens für diesen Anlaß gefertigten Barke aus Zedernholz, das Cheops' Flotte erst kürzlich aus den Silberbergen herbeigeschafft hatte. Die Barke wiederum war auf einem großen Schlitten festgezurrt, den drei Paar gefleckte Ochsen zogen. Vier Große des Reiches, Freunde des verstorbenen Königs, hielten symbolisch Stricke, die an dem Schlitten festgemacht waren, in den Händen, um den Eindruck zu vermitteln, sie zögen den königlichen Leichnam in seiner von einem großen Baldachin gekrönten Prunkbarke. Gleich hinter ihnen schritten all die Großen des Reiches; Nefermaat, der Wesir und Bruder des Verstorbenen, führte sie an. Danach kamen vier Männer, die auf einem weiteren Schlitten die Kanopenkrüge mit den Eingeweiden – Leber, Lunge, Magen, Darm – in einer geschnitzten, mit Henkelkreuzen als Lebenssymbol und dem Djed-Pfeiler geschmückten Holztruhe zogen. In langer Reihe folgten Träger mit Opfergaben, Getränken und Nahrung, die der inzwischen zu Osiris gewordene Gott für sein Weiterleben jenseits des Grabes benötigen würde. Auch die Verwalter von Snofrus Gütern hatten Frauen mit Geschenken abgesandt. Der Sarg selbst wurde eingerahmt von den königlichen Gemahlinnen Hetep-heres und Neithhotep auf der einen, den beiden Töchtern

Meritites und Neferkau auf der anderen Seite. Vor dem Schlitten ging, rückwärts schreitend, der mit einem Leopardenfall bekleidete Sem-Priester, der aus einem goldenen Gefäß duftende Rauchschwaden zu dem Verstorbenen hin lenkte. Die Spitze des Zuges bildeten paarweise die hohen Würdenträger des Reiches, die Palastschreiber. Sie trugen den Thronschatz, der den König begleiten sollte auf seinem langen Weg ins Jenseits: Truhen und Schatullen voller Schmuckstücke, Amulette, kostbare Vasen, Salbgefäße, Krüge aus Gold und Silber, Betten und Stühle verschiedenster Form, gefertigt aus kostbaren Hölzern und eingelegt mit Perlmutt aus den östlichen Meeren oder mit Lapislazuli und Türkisen aus dem Sinai oder Elfenbein aus Nubien. Vor diesen Beamten kündigten die Klageweiber, drei Reihen von je neun Frauen, die – wie der Ritus es gebot – klagend die Arme hochrissen, sich die nackte Brust zerkratzten und schrille Schreie ausstießen, vom Nahen des Trauerzuges.

Ganz vorne schritt Cheops, gleich hinter Neteraperef, dem ehemaligen Oberverwalter des fünften, sechsten und siebten Gaus Oberägyptens, den Snofru noch kurz vor seinem Tode persönlich zum Oberpriester seiner von Anchaf bald fertiggestellten Pyramide ernannt hatte. Für Cheops war all diese Prachtentfaltung ohne Bedeutung. Er wußte seit seiner Einweihung in die Riten und ihre Geheimnisse, daß dieses ganze Zeremoniell nur den Sterblichen etwas bedeutete und der verstorbene König längst zu einem *ach* geworden war, der vielleicht noch in dieser oder einer anderen geheimnisvollen Welt nach einem zu beseelenden Leib suchte, wenn er nicht schon in das große All eingegangen war. Cheops hatte einsehen müssen, daß in der Welt des Augenscheins, vor allem wenn es sich um einen König handelte, alles auf den schönen Schein ankam, weswegen der Ritus einen so herausragenden Stellenwert hatte in allen Bereichen, die das Königreich betrafen. Daher wurde ja auch er, der seit mehr als drei Monaten aus

Byblos zurück war und die Regierung mit straffer Hand führte, noch immer nicht als göttlicher König angesehen. Noch war der Krönungsritus nicht vollzogen, bei dem er in einer ersten Feierstunde eine hohe weiße Haube, die Königskrone des Südens, und den Titel *nesu*, »der aus dem Schilf«, erhielt und anschließend den roten Mörser mit abgeflachtem Kamm, die Krone des Nordens, und den Titel *biti*, »der von der Biene«. Das Schilf stand dabei für Oberägypten und die Biene für Unterägypten. Diese Krönung würde erst nach den Begräbnisfeierlichkeiten stattfinden. Die Schreiber des Königshauses hatten die Krönungsnamen schon festgelegt. In der ersten Kartusche würden sein vollständiger Name Chnum-Chufui und der Titel »großer Gott« stehen. Sein Horusname würde Medjedu sein, »der mit dem starken Arm«, König des Südens und des Nordens, *nebty*, der beiden Herrinnen, womit Nechbet, die Geiergöttin von Hierakonpolis, Schutzgöttin von Oberägypten, und Wadjet, Kobragöttin von Buto, Herrin von Unterägypten, gemeint waren. Dem folgte schließlich noch der Zusatz *Bikui-nebu*, »Goldener Doppelfalke«.

Wie eitel war doch alles in der menschlichen Welt... Diese Überlegungen führten ihn zwangsläufig zu seinem Bruder Rahotep. Wie verblüfft, wie wütend, wie traurig war er gewesen, als er aus dem Mund seiner Mutter erfahren hatte, daß der Mann, der ihm nach dem Leben getrachtet, der Mann, der mit eigenen Händen ihren gemeinsamen Lehrmeister Benu umgebracht, der Mann, der im Schatten die Fäden gezogen hatte, um den Thron der Beiden Länder an sich zu reißen, kein anderer gewesen war als sein eigener Bruder, den er geliebt und geachtet hatte wie keinen zweiten. Um nicht eigenhändig sein Blut zu vergießen, hatte Rahotep sich von seinen Wachen erwürgen lassen. Um den Versprechen seiner Mutter nicht zuwiderzuhandeln, hatte Cheops bei all seinem Zorn doch zugestanden, daß der Leichnam einbalsamiert bestattet wurde in dem Grab, das der Prinz sich hatte bauen lassen und wo sein »Standbild«, auf dem er und seine Gemahlin nebeneinander saßen, ihn schon erwartete, ganz in der Nähe der Sonnenpyramide. Cheops konnte den Bitten seiner Mutter um so leichter entsprechen, da er wußte, daß die fleischliche Hülle keinerlei Wert besaß und der Geist – ungeachtet der Schmach, die dem Leib widerfahren war – ihn überlebte. Doch am Begräbnis dieses schurkischen Bruders würde er nicht teilnehmen! Es sollte einen Monat nach Snofrus Bestattung vollzogen werden. Seine junge Gemahlin Neferet würde mit ihm bestattet werden. Nachdem sie von den Verbrechen ihres Mannes erfahren hatte, schämte sie sich, weiterzuleben. Ohne ihrem Vater oder der Großen Königlichen Gemahlin auch nur etwas anzudeuten, hatte sie sich erhängt, bevor man ihr die finsteren Gedanken und die unbegründete Scham ausreden konnte. Ihr Schicksal hatte Cheops zutiefst erschüttert.

»Wenn Rahotep nicht schon vor meiner Rückkehr tot gewesen wäre und Neferet mir angedeutet hätte, sie würde sich umbringen, wenn man ihm das Leben nähme, dann hätte ich ihm vermutlich verziehen und den Göttern das Urteil überlassen«, hatte er zu seiner Mutter gesagt. »Eine derartige Liebe bis in den Tod verdient Hochachtung und Milde.«

Neferu war gerettet worden, als die Gefolgsmänner der Königin den Tempel stürmten und die Verschwörer festnahmen. Sie hatten ihn, in einem dunklen Loch eingemauert, entdeckt, wo er nach Rahoteps Plan entweder erwürgt werden, verdursten oder vor Verzweiflung hätte sterben sollen. Seine Schreie waren kaum zu hören gewesen hinter der Mauer, die sein Verlies verschloß, daher hätten die Soldaten ihn beinahe nicht gefunden. Chedi und Inkaf hatten sich nicht getäuscht und waren auch nicht nachlässig gewesen, als sie Henutsen berichtet hatten, Neferu sei zwar in den Tempel hineingegangen, aber nicht mehr herausgekommen.

Als Neferu wieder zu Kräften gelangt war, teilte Cheops ihm seine Entscheidung mit: »Früher einmal sagtest du, wenn du erst einmal auf dem Thron der Beiden Länder säßest, dann würdest du so gnädig sein, mich zu den Viehhirten zu verbannen, da es mir ja Vergnügen mache, unter ihnen zu leben. Da ich weiß, daß dir ein solches Schicksal mißfallen würde und mir tatsächlich nicht unerträglich gewesen wäre, habe ich mir gedacht, damit wir uns nicht allzu häufig sehen, wäre es angemessen, dich als Provinzstatthalter nach Elephantine zu schicken. Dort wirst du die von unserem Vater unterworfenen Stämme Nubiens, die unser Onkel Kanefer bisher bewacht hat, in Schach halten. Kanefer und sein Sohn Hemjunu werden nämlich nach Memphis zurückkehren. So bist du Fürst in deiner Provinz und kannst schalten und walten, wie dir beliebt, zum Wohle des Reiches, das unsere Vorfahren uns hinterlassen haben.«

Neferu, der so viel Großmut nicht erwartet, ja sogar eher mit Rache für all seine Schmähreden gegen Cheops gerechnet hatte, war der Länge nach vor ihm niedergefallen vor lauter Dankbarkeit, wenngleich niemand seine Gedanken zu erraten vermochte, nicht einmal Meretptah, seine Gemahlin, die mehr als glücklich war über ein so hohes Amt für ihren Gemahl. Und da der Freitod ihrer Schwester ihr sehr zu Herzen gegangen war, verließ sie Memphis nicht ungern, um unter einem anderen Stern zu leben, fern der belastenden Erinnerungen.

Inzwischen war der Trauerzug vor dem Taltempel angelangt. Die Priester standen bereit, um den ersten Teil des Ritus, die Mund- und Augenöffnung, zu vollziehen, die dem Toten wieder Leben verlieh. Am Eingang des Tempels aus poliertem grauem Stein wurde der Schlitten angehalten. Ein überdachter Gang, mit Sälen zu beiden Seiten, führte zu einem großen rechteckigen Hof, an dessen Ende sechs Kapellen hinter einer doppelten Säulenreihe von je fünf Pfeilern lagen. Der königliche Leichnam, die Kiste mit den Kanopen und die Schatullen mit den Kronen wurden in den Hof getragen, die vier Gefäße und die zwei Kronen auf die sechs Kapellen verteilt. Nun konnten die Begräbnisriten beginnen. Die ersten, von den Priestern ausgeführt, galten den in den Kapellen niedergelegten heiligen Dingen. Dann wurde der königliche Leichnam aufgerichtet, Cheops trat vor ihn hin, in der Hand einen Dechsel, den ein Priester ihm gereicht hatte. Er berührte Lippen und Augen des Toten und sprach mit lauter Stimme: »O König, ich bin zu dir gekommen, denn ich bin Horus. Ich schlug gegen deinen Mund, denn ich bin dein geliebter Sohn. Ich öffnete deine Lippen mit dem Meißel des Gottes Upuaut, ich öffne deine Lippen mit dem goldenen Dechsel, um – wie es sich gebührt – die Lippen der Götter zu spreizen. Horus, öffne den Mund dieses Königs! Horus hat den Mund dieses Königs geöffnet, Horus hat den Mund dieses Königs gespalten. Er öffnet den Mund seines Vaters. Mit geöffnetem Mund spricht er mit der Großen Neunheit im Haus des Fürsten, der in Heliopolis weilt, er trägt die Krone zu Horus, dem Herrn der Götter. O König Osiris, ich spalte für dich deinen geöffneten Mund mit dem Horusauge.«

Nun trat der von Snofru zum Oberpriester seiner Pyramide ernannte Neteraperef vor. In einer Hand hielt er das Horusauge, das in Gold gefaßte magische Auge aus kostbaren Edelsteinen, und in der anderen trug er, an einem langem Hohlstiel, eine Schale, in der Weihrauch brannte. Er hob das Horusauge hoch und sprach: »O König, ich trete vor dich hin und bringe dir das Horusauge. Möge es dein Antlitz schützen und reinigen.«

Er blies in das Rohr, so daß der Weihrauch dem Toten ins Gesicht wehte, und fuhr dann fort: »Dieser Duft ist für dich. Der Duft des Horusauges überströmt den König, umhüllt ihn mit seinem Hauch und schützt ihn vor den Übergriffen Seths. O König Osiris, möge das Horusauge dich schützen, es ist rein, rein ist das Horusauge, rein! O Horus, der du Osiris der König bist, du bist geschützt vom Horusauge!«

Der Leichnam wurde wieder in die Barke gelegt, und dann setzte sich der Zug erneut in Bewegung. Es ging die lange Straße hinauf, bis hoch zum Pyramidentempel. Es war die von Abedu begonnene und von Anchaf vollendete Südliche Pyramide. Nur diese verfügte bisher über einen eigenen Empfangstempel, eine Zufahrtsstraße und den dicht an die Pyramide angebauten Grabestempel. Die zweite, die nördliche Pyramide, an der Anchaf noch arbeitete, war noch nicht restlos fertig. Sie besaß noch keinen Taltempel, weil dieser das Hinaufziehen der Steine behindert hätte, auch noch keinen Grabestempel, und auf der Zufahrtsstraße lagen noch haufenweise Steine und standen Schlitten herum, mit denen die Arbeiter das Baumaterial hinaufbeförderten. Das war der Grund gewesen, warum der Ritus in den Außengebäuden der südlichen Pyramide vollzogen werden mußte, obgleich der verstorbene König in der nördlichen beigesetzt werden wollte. Nun hatte der Zug das kleine Heiligtum an der Ostseite der Pyramide erreicht, wo der letzte Teil des Begräbniszeremoniells stattfinden sollte. Abermals wurde der Leichnam aus seiner Barke gehoben und vor einer der beiden hohen Stelen niedergelegt, die kunstvoll behauen waren und beide auf ihrer Spitze das in Stein gemeißelte Antlitz des gekrönten Horus trugen. Der Hof war recht eng, daher durften nur die Angehörigen, die Priester und ein paar von den Freunden herein. Nun stimmte der Sem-Priester die Aufzählung der mannigfachen Gestalten des verstorbenen Königs an:

»Der König ist der Große, der Einzige, der aus der göttlichen Neunheit Geborene. Empfangen wurde der König von der Löwengöttin Sachmet, der Mächtigen von Rehenu, und Schesemtet hat den König ausgetragen, einem in der Ferne kreisenden strahlenden Stern gleich. Der König ist auf seinen Thron gelangt und sitzt oberhalb der beiden Göttinnen Nechbet und Uto, der König hat sich als Stern gezeigt.«

Danach erhob ein anderer Priester seine Stimme: »Ihr, die beiden Hüter der himmlischen Pforten, ich bin die Sonnenblume, die aus der Erde hervorsprießt. Meine Hand ist gereinigt von dem, der mir meinen Thron bereitet, ich bin der Odem des Allmächtigen. Ich bin auf die Insel der Feuersbrunst gekommen, habe mich als Gerechtfertigter auf ihr niedergelassen, wo sonst das Böse sitzt. Ich zeige mich wie Nefertem, wie die Lotosblüte, die der Odem des Re ist. Jeden Tag erhebt er sich am Horizont und reinigt die Götter durch seinen Anblick.«

Da rief ein dritter Priester: »O König, hüte dich vor dem See des Feindes!«

Und viermal wiederholten alle Anwesenden diese Warnung vor den Fallen Seths. Dann hob wieder ein Priester an, um mit seinem Gesang die Seele des Königs bei ihrem Aufstieg in den Himmel zu begleiten: »Die Boten deines Ka kommen zu dir, die Boten deines Vaters kommen deinetwegen, Res Boten kommen zu dir. Folge also deiner Sonne und reinige dich selbst, denn deine Knochen sind die des Göttlichen Falken, der im Himmel ist. Mögest du dich halten können neben dem Gott, mögest du, Osiris, aufsteigen können zu deinem Sohn Horus. Du wirst baden im bestirnten Firmament, das Volk der Sonne, die Henmemet, werden dich zu ihm rufen, denn dort oben sind die unsterblichen Sterne aufgegangen. Schwing dich empor zum Ort, wo dein Vater residiert, dem Ort, wo Geb sich befindet, er, der dir geben wird, was auf Horus' Stirn ist: Dort wirst du deine Seele haben, dort wirst du Macht genießen, dort wirst du der Erste der Westlichen werden.«

Nun hoben die Anwesenden ihre Gesichter gen Himmel, wo die Sonne herabstieg. Dann sangen sie gemeinsam: »Der König ist eine Flamme, die der Wind ans Ende des Himmels trägt, ans Ende der Erde. Durch die Wolke hindurch läuft der König an der Erde entlang, er ist das Licht, das am Firmament strahlt. Jetzt hat der König seine Residenz am äußersten östlichen Rand des Himmelsgewölbes, von dort aus folgt er dem zum Himmel aufsteigenden Weg, der ihn bis zu den wandelnden Gestirnen hinaufbringt.«

Noch einmal wurde der Tote in Weihrauchschwaden gehüllt und dann den Händen der Priester überlassen, während der Trauerzug den Rückweg antrat. Außer Cheops und den Priestern wußte niemand, daß Snofrus Leichnam nicht in der südlichen Pyramide bestattet, sondern zur nördlichen gebracht werden würde, obwohl deren oberer Teil noch nicht fertig war. In seinem schlichten Holzsarg würde man ihn den schmalen Gang hinunter tragen, bis zu einem der Säle im Sockel des Bauwerks, und nicht tief hinunter in unberührtes Erdreich. Der Sarg würde in einen großen Steinsarg gesetzt werden, auf dessen Seiten Bildhauer eine Palastfassade gemeißelt hatten. Anchaf hatte ihn vorsorglich schon beim Bau dieses Saales, als er noch unter freiem Himmel lag, herbringen lassen. Nur ein Teil der Schätze, die den König in sein ewiges Haus begleiten sollten – vor allem die Nahrung, die Snofrus Gutsverwalter gespendet hatten –, wurde in den dunklen Sälen untergebracht, die keinen Zugang nach außen hatten. Der eigentliche Schatz, die Kostbarkeiten, kam in die Schatzkammer der Südlichen Pyramide. Cheops hatte dies angeordnet, da an der nördlichen ja noch gebaut wurde und er fürchtete, daß es den Arbeitern gelingen könnte, mit Hilfe ihres Bauwerkzeugs in die Grabkammern einzudringen und wertvolle Grabbeigaben zu entwenden.

Der weitverbreitete Glaube, der Tote führe auch im Jenseits weiterhin ein irdisches Leben inmitten seiner Habe und seiner Schätze, war in Cheops' Augen ein Hirngespinst. Er hielt es für sinnvoller, diese Reichtümer für die Bedürfnisse des Landes zu verwenden, vor allem für das große Vorhaben, von dem er träumte, seit er den Bau der Sonnenpyramide beobachtet hatte. Die obere Kammer der Südlichen Pyramide schien ihm daher sicherer: Da waren die Schätze gut aufgehoben, bis man sie benötigen würde.

Diese Kammer war eine uneinnehmbare Festung. Schon Snofru hatte sie zu seiner Schatzkammer bestimmt, daher lagerte dort bereits eine beeindruckende Menge von Kostbarkeiten, großartigen Möbelstücken, Schmuck, Goldbarren und Goldpulver.

Mit solchen Schätzen wurden zwar Staatsdiener für ihre Treue belohnt, auch Holz für Bauvorhaben und Metalle aus fremden Ländern konnten damit bezahlt werden, doch Menschen ernährte man damit nicht. Und weil Cheops sich dessen bewußt war, hatte er schon vor seiner Krönung beschlossen, im ganzen Tal große Kornspeicher anlegen zu lassen, um in fetten Jahren, wenn die Überschwemmung weder zu niedrig noch zu hoch war, das überschüssige Getreide als Vorrat für magere Zeiten einzulagern. Vor Jahren, als er noch ein Kind gewesen war, hatte es einmal durch Nachlässigkeit seines Vaters eine Hungersnot gegeben. Diese Geißel sollte nicht noch einmal sein Volk heimsuchen und womöglich all seinen Vorhaben ein vorzeitiges Ende setzen!

DREIZEHN

Nach Beendigung der Begräbnisfeierlichkeiten überließ Cheops den Priestern und Anchaf die Beisetzung des Sargs in der Nördlichen Pyramide und das Zumauern des Eingangs. Er selbst begab sich in den Palast seines Vaters, wo auch er zu residieren gedachte, bis seine eigene Residenz gebaut war. Das sollte ebenfalls außerhalb von Memphis sein, in der Nähe des Ortes, wo er sich sein Haus für die Ewigkeit errichten lassen wollte. Ein schon lange gehegter Traum! Meritites und Henutsen hatte er im Palast in Memphis gelassen, nur Nubet und deren Bruder Ayinel begleiteten ihn. Meritites hatte ihren Gleichmut gewahrt, als die neue Gemahlin in die Familie eingeführt wurde, aber Henutsen konnte es kaum ertragen, im Herzen ihres Gemahls eine Rivalin zu haben.

Sabi hat also wieder einmal die Zukunft richtig vorausgesehen! sagte sie sich. Er hatte mich ja gewarnt vor Cheops' Liebe zu einer Frau mit goldenem Haar. Er ist wirklich ein Magier und Seher!

Diese Überzeugung war auch der Grund, warum sie niemandem von ihren Besuchen bei ihm erzählt und nie verraten hatte, daß Tjazi sein Diener gewesen war. Diesem gegenüber empfand sie Mitleid und Dankbarkeit zugleich. Um ihr das Leben zu retten, hatte er das seine in Gefahr gebracht. Sie hatte gesehen, wie Rahotep ihm mit dem Beil den Schädel spaltete. Merkwürdig war nur, daß bei Erstürmung des Tempels seine Leiche offenbar nicht gefunden worden war. Sie hatte sich bei Hetep-heres erkundigt, doch diese wußte ihr nichts zu sagen, denn Rawer und seine Männer hatten überhaupt keine Leiche gefunden, nicht einmal Blutspuren.

Als Cheops Nubet als neue Gemahlin vorstellte, hatte Henutsen ihr die kalte Schulter gezeigt, ihren Gemahl aber nicht direkt anzugreifen gewagt.

»Dies ist Nubet«, hatte er zu seinen beiden Gemahlinnen gesagt. »Ich bitte euch, sie wie eine Schwester zu lieben, aber auch wie jemanden, dem ihr es zu verdanken habt, daß ich wieder bei euch bin.«

Dann hatte er ihnen erzählt, wie sie ihm das Leben gerettet hatte, als Ineki und seine Kumpanen ihn im Wald überfielen. Für Henutsen war das noch lange kein Grund, sie gleich zu heiraten und sie ihnen gleichzustellen als künftige Königin Ägyptens. Doch Hetep-heres hatte diese dritte Gemahlin mit Wohlwollen aufgenommen: »Ich wünsche dir Gesundheit, Gesundheit, mein Kind. Da mein Sohn dich erwählt hat, dich liebt und für würdig erachtet, seine Frau zu werden, heiße auch ich dich willkommen und werde dich von nun an wie meine eigenen Töchter und Schwiegertöchter ansehen, die auch meine Kinder geworden sind.«

Henutsen hatte sich zwar bei ihr über Cheops' Unbeständigkeit und Launenhaftigkeit beklagt, worauf sie jedoch nur zur Antwort bekam: »Mein liebes Kind, in meinen Mutteraugen ist das Wohlbehagen meines Sohnes das Wichtigste. Als er mir von seiner leidenschaftlichen Liebe zu dir erzählte, habe ich dich unverzüglich zu ihm geschickt, und als er dich dann unbedingt heiraten wollte, habe ich mich bei dem König dafür verwendet, daß er keinen Einspruch erhebe gegen diese Heirat, die meine eigene Tochter Meritites doch in den Schatten stellte. Aber ich wußte, daß er Meritites nur wie eine Schwester lieben konnte, nicht wie eine Geliebte begehrte. Dich liebte er, dich brauchte er, und so war es für mich selbstverständlich, seinem Wunsch zu entsprechen. Jetzt liebt er diese

Frau aus fremdem Land, und nun ist es an dir, ihn zu verstehen. Zumal ich sicher bin, daß seine Gefühle dir gegenüber sich nicht verändert haben und er dir immer noch die gleiche Liebe entgegenbringt wie früher. Es ist gut, daß ein Mann die Freiheit besitzt, sich mit denen, die er begehrt, zu vereinen. Ich bin sogar versucht, zu sagen, das gleiche müsse auch für die Frauen gelten, ohne daß eine Ehe daran zerbricht, eine Familie dadurch zerstört wird. Meritites hat dich doch auch wie eine Schwester aufgenommen, liebt dich und hat dich gerne um sich. So solltest du dich nun gegenüber Nubet verhalten, sie lieben wie eine Schwester und eine Frau, die deinen Gemahl glücklich macht und ihm jede erdenkliche Lust schenkt.«

Seufzend hatte Henutsen genickt, ja sogar versprochen, sie wolle versuchen, die neue Gemahlin – die sie insgeheim Rivalin nannte - zu lieben, dabei wollte sie eigentlich noch immer Cheops' ganze Liebe für sich behalten. Für Frauen und Kinder würde er jetzt ohnehin nur mehr wenig Zeit haben, da das Königtum ihm Last und Sorgen aufbürdete.

Cheops hatte Henutsens Feindseligkeit gegenüber Nubet gleich gespürt und daher die räumliche Trennung beschlossen: Henutsen sollte in ihrem vertrauten Rahmen bleiben, bei Meritites und seiner Mutter, und Nubet mit ihm kommen in Snofrus großen Palast, damit er sich ihr, ohne Henutsen herauszufordern, ungeteilt widmen könnte.

Auf seinen Wunsch hin hatte Nubet nicht an den Trauerfeierlichkeiten teilgenommen. Sie hatte mit dem verstorbenen König ja nichts zu tun gehabt. Auch von seinen beiden Gemahlinnen sollte sie sich, zumindest in der ersten Zeit, eher fernhalten, damit es nicht zu Reibereien kam, denn ihm lag an Harmonie und gutem Einvernehmen. Als Herrscher hätte er sich ein in völliger Eintracht lebendes Volk gewünscht, eine Gesellschaft wie die Pyramide, in der sein Vater ruhte, wo jeder Stein seinen Platz hatte und jeder zum Zusammenhalt des Gesamtbauwerks beitrug. Der

König wäre der Schlußstein ganz hoch oben, um die Ausgewogenheit des Ganzen strahlend zu bezeugen. Doch der Palast der Millionen Jahre, der dem König als Haus für die Ewigkeit diente, schien ihm kein hinreichendes Symbol zu sein, denn in den Augen der Sterblichen war er ein Totendenkmal, während er das Volk Ägyptens und den Zusammenhalt aller Teile versinnbildlichen wollte in einem Lebenssymbol, einem Bauwerk, das zur Sonne hin strebte. Denn sie war das sichtbare Zeichen des Gottes der Ewigkeit, von dem alle anderen Götter ausgingen, die wiederum tausenderlei Schattierungen der Welt versinnbildlichten, welche selbst ein lebendes Wesen war, in ständigem Werden begriffen. Der Entwurf des Denkmals, das er bauen wollte, nahm allmählich Gestalt an. Es sollte nicht nur seine sterbliche Hülle aufnehmen, sondern die versteinerte Form der vergangenen und zukünftigen Menschheit sein.

Vorerst hatte er sich allerdings erst einmal den eingeführten Regeln beugen und sich in einer von zwölf Männern getragenen und von Wedelträgern begleiteten Baldachinsänfte in seinen Palast bringen lassen müssen, während seiner Mutter nur acht und seinen Gemahlinnen und seiner Schwester Neferkau nur jeweils vier Sänftenträger zustanden.

Der Wesir, ein ganzer Zug Freunde des ehemaligen Königs, hohe Staatsdiener und eine Hundertschaft Soldaten gaben seiner Baldachinsänfte Geleit. Im Zug der Königin und der Prinzessinnen schritten die Gemahlinnen der Großen des Reiches, unter denen auch die Klageweiber und die Palastbediensteten ausgewählt worden waren. Eine solche Aufteilung bewirkte, daß Cheops weder an seine Mutter noch an seine Gemahlinnen das Wort richten konnte, was ihm allerdings nicht unlieb war, da er ohnehin nicht recht wußte, was bei solchen Anlässen zu sagen war.

Als der Zug mit dem Prinzen in den sonnenbeschienenen, weitläufigen Hof von Snofrus Palast einzog und

Cheops wieder auf seinen Füßen stand, kam Setribi, den Cheops auf Bitten von dessen Tochter Henutsen zum Oberhofmeister gemacht hatte, auf ihn zu, verneigte sich tief und ersuchte ihn, im großen Audienzsaal den Vorsitz zu übernehmen.

»Ich werde nicht im Thronsaal Platz nehmen, Setribi! Solange ich nicht gekrönt bin, bin ich nicht König. Vorläufig regiert noch immer mein Onkel Nefermaat, und er ist noch immer der Wesir des Königs. Er soll im großen Saal Platz nehmen und die Geschäfte des Reiches führen. Wenn ich erst einmal die Doppelkrone trage, bleibt mir noch Zeit genug, mich darin zu üben.«

»Herr, das bist du deinen Untergebenen schuldig«, drängte Setribi. »Auch deiner Regierung. Wichtige Fragen sind zu besprechen, selbst heute. Ich glaube zu wissen ...«

Cheops fuhr ihm über den Mund: »Heute wird getrauert, da werden keine Staatsgeschäfte erledigt. Überbring meine Entscheidung Nefermaat! Er soll im großen Saal den Vorsitz führen, denn für mich gibt es jetzt nur eines: den Rückzug in meine Gemächer, in Gesellschaft derjenigen, zu der alles mich hinzieht.«

Mit einer Handbewegung wies er die Diener ab, die ihm schon nachlaufen wollten, und eilte auf das königliche Gemach zu, das sein Vater sich am Rand eines Gartens hatte bauen lassen, wo Bäume verschiedenster Art standen und die Luft mit Düften erfüllten, wo Wasserbecken rauschten und Blumen blühten.

Voller Ungeduld wartete Nubet dort schon auf ihn, und als er unter den Bäumen hervortrat, lief sie ihm entgegen und warf sich ihm in die Arme. Der alte Chenu, Cheops' getreuer Diener, den er mitgenommen und zum Haushofmeister gemacht hatte, sah gerührt zu.

»Cheops, mein Geliebter«, empfing sie ihn, »diesmal habe ich mich nicht getäuscht! Während deiner Abwesenheit war Peseschet bei mir, die Oberste der Ärztinnen, und die Hebamme vom Palast deiner Mutter hatte sie auch gleich mitgebracht. Ich bin schwanger, das haben beide bestätigt! Ich werde dir ein Kind schenken, und wenn Isis und Thoëris mir gewogen sind, wird es ein Knabe werden!«

Cheops legte ihr den Arm um die Schultern, beglückwünschte sie, wünschte sich aber insgeheim, es möge ein Mädchen werden. Daß er ihr im Liebesüberschwang geschworen hatte, ihr Sohn würde sein Erbe werden und ihm auf den Thron Ägyptens nachfolgen, lastete auf ihm. Denn seit er wieder in Memphis war und seine Söhne wiedergesehen hatte, hielt er es für eine große Ungerechtigkeit ihnen und ihren Müttern gegenüber, wenn er den Nachgeborenen, den Sohn einer Fremden, zum Erben machte. Dies stand von Rechts wegen seinem Ältesten Kawab, dem Sohn von Meritites, zu. Und sollte diesem Kind etwas zustoßen, müßte Baefre, der Bruder, die Krone bekommen. Und zwischen diesem und Nubets verheißenem Sohn war noch Djedefhor, der dritte Sohn von Meritites, der zwar erst vier Jahre alt, aber der hübscheste und aufgeweckteste all seiner Söhne war. Und sollte keiner dieser Jungen Nachkommen haben, wären die rechtmäßigen Nachfolger Chufukaf und Chephren, Henutsens Söhne. Seiner blonden Gemahlin wagte er nicht zu sagen, daß vor dem Sohn, den sie ihm zu schenken hoffte, die Hürde all dieser rechtmäßigen Nachfolger stand. Sie mußte es zwar eigentlich wissen, da sie seit ihrer Ankunft in Ägypten all diese Prinzen schon mehrmals gesehen hatte. Aber da er nicht wußte, was ihm die Götter bescheren würden, hatte er keinen Grund, schon jetzt wortbrüchig zu werden.

»Wie du mir gefehlt hast den ganzen Tag!« Nubet schmiegte sich an ihn.

Während sie eng umschlungen dahinschlenderten, erklärte er ihr: »Dabei bin ich schleunigst zu dir gekommen und habe es Setribi abgeschlagen, im großen Ratssaal den Vorsitz zu übernehmen. Diese lästige Mühe habe ich meinem Onkel Nefermaat überlassen. Ich weiß, daß die ersehnte Doppelkrone in vielerlei Hinsicht eine Last sein wird, denn der König der Beiden Länder muß sich – ob es ihm gefällt oder nicht – zahlreichen Verpflichtungen beugen, fern seiner Untertanen leben und sich wie ein Gott in seinem Tempel anbeten lassen. All das weiß ich und werde es tun müssen, selbst wenn es meiner Natur widerspricht.«

»Wenn man König ist, Cheops, dann ist man allmächtig, dein Wille geschehe, dein sei das Gesetz!«

»Da irrst du dich. Die Macht des Königs ist begrenzt und immer gefährdet, abhängig vom Glauben seiner Untertanen an seine Göttlichkeit, wie auch von der freiwilligen Unterwerfung seiner höchsten Staatsdiener unter seine Herrschaft. All diese Menschen, Minister, Hofbeamte, Priester, Verwalter, Provinzfürsten, Truppenführer, königliche Schreiber, sind zwar von ihm abhängig, er aber auch von ihnen.«

»Wenn ich dich recht verstehe«, seufzte sie, »ist auch ein König nicht Herr seiner selbst!«

»Das ist nur allzu wahr. Sieh, meine Geliebte: Wie du weißt, unterscheiden wir in Sprache und Schrift kaum zwischen König und Diener: Beide heißen *hem*. Und das hat seinen Grund, denn der König ist auch der Diener seines Volkes und der Sklave des Gesetzes, der Untergebene der Maat, sie ist die Verkörperung der Gerechtigkeit, sie sieht alles, sie kann man nicht betrügen.«

Während er noch redete, kam Nefermaat gelaufen.

»Herr, mein Sohn, mein Neffe, nicht ohne Grund hat Setribi dich gebeten, den Ratsvorsitz zu übernehmen! Du hast ihm nicht einmal Zeit gelassen, es dir zu erklären. Die Angelegenheit, um die es geht, kann nicht leichtfertig abgetan, sie muß beraten werden, und dafür reicht meine Befugnis nicht aus.«

Cheops sah ihn fragend an. »Was kann denn so wichtig sein, daß du, der du doch jahrelang der Wesir meines Vaters warst und so viele Zwistigkeiten so geschickt aus der Welt geräumt, ja eigentlich das Reich regiert hast, dich nicht in der Lage siehst, diese Angelegenheit zu regeln?«

»Es ist die heikelste überhaupt, das heißeste Eisen, das selbst mein Bruder bei all seiner Weisheit nicht angefaßt hat: Ptahuser, der Oberste Leiter der Handwerkskünste, den Ihre Majestät, die Große Königliche Gemahlin, mit allen Oberpriestern des Ptah hatte festnehmen lassen, hat den Augenblick des Abzugs der Provinztruppen und das Begräbnis des Gottes Snofru, da Hof und Volk für nichts anderes Augen hatten, zur Flucht genutzt! Die niederen Priester, die wir nicht festgenommen hatten, haben ihn befreit, die wenigen Wachposten hatten sie schnell überrumpelt. Es heißt sogar, sie hätten einige von ihnen getötet, die Widerstand leisten wollten. Und jetzt hat sich Ptahuser mit seinen Oberpriestern und deren Anhängern im Tempel verschanzt! Hoch oben, vom heiligen Pfeiler aus, soll er das Volk aufgewiegelt haben: Du seist ein Betrüger, habest deinen Bruder Rahotep ermorden lassen, deinen Bruder Neferu, den der Gott Snofru zu seinem Nachfolger ernannt habe, in die Verbannung geschickt, der Gott Ptah sei voller Zorn gegen dich und deine Gefolgsleute und werde das Volk Ägyptens mit Unheil überschütten, wenn du es wagen solltest, dir die Doppelkrone aufs Haupt zu setzen. Das ist der Inhalt der Botschaft, die uns vorhin überbracht wurde und über die du nun befinden mußt. Wir verfügen nur mehr über Suhors *medjaj*, und die können das Volk, das sich auf dem Tempelvorplatz zusammengerottet hat, nicht in Schach halten. Kahif können wir nicht zu Hilfe rufen: Auf Druck der Großen Königlichen Gemahlin hat er sich persönlich zwar hinter dich gestellt, aber seiner Truppe ist er sich nicht sicher, denn die huldigt Ptah und ist dessen Priesterschaft eindeutig gewogen. Im Augenblick hat er sie zwar noch in der Hand, noch sind die Männer in den Kasernen. Aber er vermag nicht abzuschätzen, was geschehen wird, wenn er ihnen befiehlt, zum Tempel zu marschieren und ihn zu stürmen. Sollte es Ptahuser gelingen, sie gegen dich aufzuhetzen, dann sind die *medjaj* machtlos, und bald darauf werden wir umzingelt und belagert sein hier im Palast.«

Cheops runzelte die Brauen, sein Gesichtsausdruck wurde streng, als er dann sprach: »Auf die Truppen von Heliopolis können wir uns verlassen – ich weiß, daß Sendjemib, der Hohepriester des Re, uns völlig ergeben ist. Schick schleunigst einen Boten nach Heliopolis, Rawer soll uns mit seinen Leuten zu Hilfe kommen. Vorerst müssen wir Zeit gewinnen, zumindest bis morgen.«

»Gewiß, aber wie?«

»Indem wir nichts tun. Ließen wir den Tempel von den *medjaj* erstürmen, wäre das Gewaltanwendung, und das mißfällt dem Volk und würde es nur aufbringen gegen uns. Mich erniedrigen und mit Ptahuser verhandeln kann ich aber auch nicht, das wäre ein Zeichen von Schwäche. Das einzige, was wir meines Erachtens tun können, bis Rawer mit seinen Kriegern eintrifft, ist, einen Schulterschluß zwischen den memphitischen Truppen und den Anhängern des Tempels zu verhindern. Kahif soll seine Männer in den Kasernen lassen, aber die *medjaj* sollen in der Nähe in Gefechtsstellung gehen, damit sie im Fall eines Aufruhrs eingreifen können. Du, in deiner Eigenschaft als Wesir, mußt mit Kahif bei seinen Leuten sein, um Gelassenheit zu verbreiten, falls jemand sich auflehnen oder Kundschafter zum Tempel schicken sollte, um herauszufinden, was sich dort inzwischen tut. Wir müssen ja auch befürchten, daß diese Halunken von Priestern das Volk auf den Palast hetzen. Und da ich noch nicht gekrönt wurde, bin ich in ihren Augen nichts weiter als ein Prinz, ohne die göttliche Aura der königlichen Majestät. Im Augenblick jedenfalls wäre es nicht sinnvoll, daß ich mit dir gemeinsam vor die memphitische Truppe hintrete. Geh du, mein Onkel. Mich möge man auf dem laufenden halten, falls etwas Schwerwiegendes geschieht. Dann werde ich entscheiden, ob ich persönlich eingreifen muß. Laß den Palast meiner Mutter und meiner Gemahlinnen mit Wachen umstellen, denn man weiß nie, wie das Volk reagiert. Plünderer könnten die allgemeine Verwirrung nutzen, um uns unserer

Habe zu berauben. Ptahuser sollten wir weiter geifern lassen. Um ihn und die Priester werden wir uns morgen kümmern. Bald wird es Nacht, dann geht jeder nach Haus, denn die alltäglichen Bedürfnisse sind dem Volk wichtiger als politische Redeschlachten, die, wie jeder weiß, an seiner Lage nichts ändern werden und sich nur für die Redner selbst günstig auswirken können. Solange ich die Doppelkrone nicht trage, kann ich gegen die Priester des Ptah nicht vorgehen, wie ich es möchte, auch nicht gegen all die anderen, die mich schon vor den Stufen zum Thron meines Vaters zu Fall bringen wollen.«

Cheops hatte recht gehabt: Im Lauf der Nacht geschah gar nichts. Schon bei Einbruch der Nacht hatte sich das Volk zerstreut, die Frauen hatten ihre schaulustigen Männer gebieterisch nach Hause gerufen. Suhor stellte ringsum seine *medjaj* auf, so daß es für die Priester keinen Ausgang gab. Schon früh am Morgen war die Truppe aus Heliopolis da und nahm Aufstellung rund um den Tempel, um ihn zu belagern. Der Grund für Rahoteps Tod war dem Volk bisher verschwiegen worden, weil Hetep-heres es so gewünscht hatte. Doch jetzt machte Nefermaat ihn öffentlich bekannt, damit die Priester des Ptah diesen Vorfall nicht nutzen konnten, um das Volk glauben zu machen, er sei die Folge von Cheops' Grausamkeit gewesen, der jeden Mitbewerber um die Krone beseitigen lassen wollte. Das alles erläuterte der Wesir dem Hofstaat und den Offizieren der memphitischen Truppe, erinnerte sie nochmals an all die Vorfälle, an die Mordanschläge, die die meisten schon fast vergessen hatten. Er sagte ihnen sogar, die Große Königliche Gemahlin persönlich sei es gewesen, die die Verschwörung aufgedeckt und ihrem schuldigen Sohn die Möglichkeit des Freitods zugestanden hatte. Er hob Cheops' Großmut hervor, der mit alledem nichts zu tun gehabt hatte und einverstanden gewesen war, daß Rahotep trotz seiner Verbrechen ein Prinzengrab bekommen hatte, wie er ja auch den anderen Bruder, der ihm die

Krone eindeutig hatte entreißen wollen, zum Statthalter einer der wichtigsten Provinzen des Reiches ernannt hatte. Nefermaat gelang es, sie zu überzeugen. Die Kahif unterstellte Truppe von Memphis meldete sich freiwillig zur Belagerung des Tempels und forderte eine beispielhafte Bestrafung der Priester, die den Aufruhr geschürt hatten.

VIERZEHN

Mit den Ptahpriestern wollte Cheops erst abrechnen, wenn er zum König gekrönt war. Aus der Tempelumfriedung konnten sie nicht ausbrechen. Sie schickten sich sogar in die Belagerung, da die Soldaten nicht zum Sturm ansetzten, sie nur von der Außenwelt abschnitten. Das konnten sie noch lange aushalten: Der Tempel verfügte über Kornspeicher und Lebensmittelvorräte, die Ställe waren voller Vieh, wenn dies auch als heilig galt, Trinkwasser bezogen sie direkt aus dem Grundwasser unterhalb des Flußbetts. Auch Cheops hatte es nicht eilig. Die Krönung sollte zu Beginn der Überschwemmungszeit stattfinden, kurz bevor Sothis sich zeigte, und zwar bei Sonnenaufgang, der das Ansteigen der Wasser verkündete. So würde das Volk die Krönung des neuen Königs mit dem Himmelsgeschenk des Hochwassers in Zusammenhang bringen und im neuen Herrscher wieder einen Gott sehen.

Nun war er da, der langersehnte Tag der Krönung und Inthronisation. Cheops lief um die Weiße Mauer herum, Narmers ursprüngliche Festung an der Spitze des Deltas, die mittlerweile in die Stadtmauern von Memphis eingegliedert war. Das gab ihm Gelegenheit, dem Volk seinen wohlgestalteten nackten Körper, seine Kraft und Schnelligkeit im Laufen zu zeigen. Danach erhielt er die weiße Krone des Südens und die rote Krone des Nordens, und dann die Doppelkrone, die Vereinigung beider, die *pschent*. Auf einer hohen, von sechzehn Würdenträgern gestützten Baldachinsänfte, begleitet von Wedelträgern und den Großen des Reiches, kehrte er, die *pschent* auf dem Kopf, hinter einer beeindruckenden Mannschaft von Kriegern in Snofrus Palast zurück, wo er dann im großen Thronsaal die Huldigung der Provinzstatthalter, der Freunde des Königs und aller Großen des Reiches entgegennahm.

Am Tag darauf empfing er die Gesandten fremder Länder, die ihren Tribut entrichteten: Libyer mit dem dichten dunklen Haar, in dem als Schmuck Knochen steckten, nackt wie immer, nur mit dem harten, angriffslustig hochgereckten Penisschutz, obgleich sie im Namen ihres Gottes Ach, des Herrschers von Tjehenu, gekommen waren, und Südlibyer mit hellerem Haar, hellen Augen und Schurzen, wie sie die Ägypter trugen: Männer aus Decher und Baket mit ganzen Herden von Ziegen, Schafen, Eseln, Rindern, Gazellen, Antilopen, Löwen, aber auch Säcken voller Datteln und Gewürzkräuter aus ihren Wüsten; dunkelhäutige, schmalgesichtige Nubier, nackt auch sie, an der Hand als Geschenk kleinwüchsige Menschen, die sie tief im Süden ihres Landes fingen, wo die Sümpfe lagen, aus denen die Fluten des Nils hervorzuquellen schienen. Sie brachten aber auch noch anderes, vor allem feinstes Gold, Elfenbein, Wildtierfelle, Geparden an der Leine, langschwänzige Affen und prachtvoll gefiederte Straußenvögel. Dunkelhäutige Puntiter schleppten Elefantenzähne herbei, vor allem aber duftende Harze, Myrrhe, Weihrauch und Sennesblätter. Die Beduinen der östlichen Wüste brachten farbenprächtige Stoffe zum Schmuck der Häuser, Esel- und Ziegenherden, Kupfer, Malachit und Türkis. Die Kanaanäer aus den Küstenstädten Charus, leicht erkennbar an den langen Bärten und den schweren bestickten Gewändern, brachten ganze Fuhren schön geformter Vasen, Gegenstände aus Metall, verschlossene Krüge mit aromatisiertem Wein, Schatullen voller Salbgefäße, Truhen voller Schmuck aus Silber, Gold und Lapislazuli, aber auch allerlei andere seltene Edelsteine, die die memphitischen Schmuckhersteller besonders schätzten, und Fläschchen voller Duftwasser aus einer Oase am Ufer des Salzmeers.

Sie alle huldigten dem neuen Herrn der Beiden Länder, sie alle versicherten ihn der Freundschaft ihrer Herrscher, ihrer Stammesführer.

Bei all diesen Empfängen und Feierlichkeiten, die mehrere Tage dauerten, thronte die Große Königliche Gemahlin und Königinmutter neben Cheops, wenn auch ein wenig abgerückt, während seine drei Gemahlinnen hinter ihm saßen. Alle drei hatten ihre schönen Körper in ein schmales, langes, wie ein Pantherfell geflecktes Kleid gehüllt, das die Schulter und den linken Arm bedeckte, den rechten aber frei ließ. Auf dem Haupt trugen sie eine schwere Perücke und eine eng anliegende Kappe mit seitwärts herabfallenden Flügeln, so daß sie wie die dreifache Verkörperung der Geiergöttin des Südens aussahen.

Nacht für Nacht beehrte der neue König jede seiner drei Gemahlinnen.

»Cheops, Chufu, mein Herr, mein König, mein Geliebter«, seufzte Henutsen, als er zu ihr kam und sie sich auf ihrem Bett umfingen. »Ich spüre, daß du mich verschmähst, und fürchte, daß du mich nicht mehr liebst. Deine ganze Liebe gilt dieser Fremden aus so fernem Land, die du zu deiner Gemahlin gemacht hast, die du uns gleichgestellt hast, die jetzt Königin der Beiden Länder ist.«

»Königin der Beiden Länder bist du jetzt auch, Henutsen. Es stimmt zwar, daß Hathors Flamme in mir für sie glüht, aber deswegen liebe ich dich nicht weniger …«

»Wie soll ich das glauben? Seit du mit ihr zurückgekehrt bist von dieser Unglücksreise, und das ist nun bald schon Monate her, hast du dich mir kaum je genähert, mich nie mehr gebeten, für dich zu tanzen und zu singen. Ich fühle mich einsam und verlassen.«

»Was redest du denn da? Deine Kinder, unsere Söhne und die kleine, niedliche und aufgeweckte Chamernebti sind doch bei dir. Auch Meritites, die dich wie eine Schwester liebt und deren Kinder in dir eine zweite Mutter sehen, leisten dir Gesellschaft. Dienstboten sind um dich, täglich besuchen dich deine Freundinnen von früher, und in Haus und Garten herrscht Wohlstand.«

»Was soll mir das alles, wenn du nicht bei mir bist? Lieber würde ich in einer Hütte, ohne Diener, ohne Freundinnen, ohne Garten leben, aber dich bei mir haben, den ganzen Tag, die ganze Nacht, jeden Tag, jede Nacht.«

»Das geht doch nicht, und das weißt du auch. Ich bin jetzt König, und du bist Königin. Die Götter haben es so aufgeteilt, und wir müssen uns fügen.«

»Das würde ich ja gerne tun, wenn du nicht eine andere liebtest, wenn du nicht ihr deine Nächte und einen Teil des Tages schenktest, wenn du mich nicht so vernachlässigen würdest, wie du es getan hast all die letzten Monate ...«

»Henutsen, verscheuche die Gedanken der Eifersucht aus deiner Seele, den Mißmut, der an der Seele nagt. Benimm dich, wie Meritites es dir gegenüber tut, die Tochter meiner Mutter, von der ich das göttliche Horusblut bekam. Jahrelang wurden dir meine Gunstbezeugungen zuteil, verbrachte ich meine Nächte fast ausschließlich mit dir, wenn ich nicht gezwungen war, außer Haus zu weilen. Nun mußt du ein wenig zurückstecken, einer anderen wegen. Ihr gilt jetzt all mein Sehnen, sie ist im Augenblick meine Lieblingsfrau. An diesen Gedanken mußt du dich gewöhnen. Und anstatt Klagen und bittere Vorwürfe zu äußern, wenn ich wie heute abend bei dir bin, solltest du alles, außer unserer Liebe, vergessen und dem Augenblick leben, ohne bittere Hintergedanken, ihn genießen, ohne an gestern oder morgen zu denken. Diese Weisheit solltest du dir zu eigen machen, um unser beider Herzen mit Freude zu erfüllen und deinem Gemahl und Herrscher zu gefallen.«

Henutsen wandte den Kopf ab und murmelte: »Da mein Herr und Geliebter es so wünscht, werde ich es so machen, zu seiner Zufriedenheit.«

Doch das leidenschaftliche Wesen Henutsens konnte sich nicht mit Worten und Unterwürfigkeit begnügen. Selbst die Lust dieser Nacht hatte ihren Groll nicht zu dämpfen vermocht. Als sie wieder allein war in ihrem Haus, fern von Cheops in seinem Palast mit seiner dritten Gemahlin, ließ sie die vielen Nächte, die sie früher mit ihm verbracht hatte, vor ihrem inneren Auge nochmals vorüberziehen, und da schienen sie ihr doch schon endlos weit zurückzuliegen, in den Hintergrund gedrängt von Cheops' langer Abwesenheit, dem Aufenthalt in Byblos, der Heimkehr mit der neuen Liebe... Was sie immer wieder aufgeschoben hatte, wollte sie nun tun: Sabi besuchen, herausfinden, was in jener denkwürdigen Nacht tatsächlich mit Tjazi geschehen war, ob er wirklich tot war – ein großartiger Vorwand für diesen Besuch. Damit verbarg sie gleichzeitig noch einen anderen Gedanken: Mehrmals in dieser Nacht – war's im Schlaf, war's im Wachen? – hatte sie ihn gesehen, wie er sie umschlang und sich mit ihr zu vereinen suchte, doch die erwartete Lust war ausgeblieben. Er war ja auch nicht wirklich dagewesen... Daß er jedoch eine starke Anziehungskraft auf sie und vermutlich noch viele andere Frauen ausübte, vermochte sie sich nicht länger zu verhehlen. Sie verscheuchte den Gedanken an seine Zärtlichkeiten, sehnte sich aber im Grunde danach, wenn sie es auch nicht auszusprechen wagte. Wohl aus Furcht, ihr Herz könne ihr etwas entdecken, was sie nicht zugeben wollte, hatte sie diesen Besuch gescheut.

Eines Morgens packte sie nun die üblichen Geschenke in einen Korb und stahl sich aus dem Haus; keiner der Diener hatte sie gesehen. Denn seit sie königliche Gemahlin war, durfte sie eigentlich nur in der Sänfte und mit Geleitschutz in die Stadt. Diesmal machte sie auch nicht bei Ptahmaau halt, denn ein Besuch in der Schreinerwerkstatt hätte sicherlich allerlei Neugierige angezogen, die der neuen Königin ihre Aufwartung hätten machen wollen. So unauffällig wie möglich lief sie geradewegs zu Sabis Haus. Sie trug keinerlei Schmuck, auch nicht das weiße Leinenkleid, sondern sah aus wie eine der Bäuerinnen auf den Feldern, mit knappem Schurz, bloßer Brust, im Nacken verknotet ein grobes Band, das die dichten Haare zurückhielt.

Als die Tür aufging, stutzte Henutsen. Vor ihr stand nicht der Zwerg, sondern Tjazi höchstpersönlich. Sprachlos blieb sie auf der Schwelle stehen, während der Nubier die Tür weit aufmachte und sie hereinwinkte. Prüfend sah sie ihn an: das krause Haar, die Stirn – aber nirgends eine Spur von einer Narbe! Dabei hatte sie doch gesehen, wie Rahoteps Beil ihm den Schädel entzweihieb! Sollte sie sich das alles nur eingebildet haben in ihrer Todesangst? Zwar war nach Suhors Aussage bei der Erstürmung des Tempels und Festnahme der Verschwörer keine Blutspur entdeckt worden, aber es war stockdunkel gewesen in diesen tiefen Sälen mit den paar Fackeln, da konnten die Männer die braunen Blutflecken auf dem grauen Steinboden leicht übersehen haben.

Sie betrat das Haus, und kaum hatte der Diener die Tür geschlossen, sagte sie: »Tjazi, als erstes will ich dir für dein mutiges Handeln im Tempel danken, denn du hast mir allem Anschein nach das Leben gerettet. Ich habe dich bis heute noch nicht wiedergesehen und konnte es daher nicht tun. Wisse aber, daß ich oft an dich gedacht und sogar befürchtet habe, Rahotep hätte dich umgebracht!«

Schweigend sah der Nubier sie an. Ob er nicht verstanden hatte?

»Vermutlich habe ich zu schnell geredet«, fuhr sie fort. »Du hast sicher Mühe, unsere Sprache zu verstehen, wenn du auch, wie ich ja selber hörte, ein paar Brocken sagen kannst. Aber taubstumm bist du nicht, wie ich geglaubt hatte. Hier, das ist für dich, ein kleines Geschenk als Dank.«

Sie reichte ihm den Korb, er verneigte sich knapp, bedeutete ihr, zu warten, und zog sich zurück. Henutsen dankte dem Gott, Thot oder eher Ptah? Sie wußte selbst nicht so recht, welcher von beiden diesen Mann beschützt hatte, dem sie ihr Leben verdankte. Dabei dachte sie nicht daran, daß Rahotep Tjazi des Mordes an den drei Sendboten von Hetep-heres beschuldigt hatte.

Bald schon war der Nubier wieder da und bedeutete ihr, ihm zu folgen. Sabi hockte wie immer im Schneidersitz auf seiner gemauerten Schlafstatt mit der dicken Schilfmatte, vor ihm stand der Korb, und als der Nubier gegangen war und sie vor ihm saß, ergriff er das Wort: »Gesundheit und Schönheit, das wünsche ich dir. Ich habe dich schon erwartet, aber du hast lange gezögert, zu mir zu kommen.«

»Vergiß nicht, daß ich jetzt eine königliche Gemahlin bin.«

»Und um so freier, da dein Gemahl dich vernachlässigt und im Königspalast lebt mit jener neuen Gemahlin, die ich dir angekündigt hatte.«

»Das ist leider wahr, Sabi – all deine Voraussagen haben sich bewahrheitet. Mit einer Ausnahme: Mein Gemahl wurde nicht ermordet.«

»Sagte ich denn, er wäre tot? Ich sprach nur von Bedrohungen. Hat man denn etwa nicht versucht, ihn zu ermorden?«

»Doch. Du hast mich aber auch vor Neferu gewarnt, dabei war der unschuldig. Der Schuldige war Rahotep.«

»Schon wieder so leichtfertig! Du hast meine Warnungen falsch gedeutet. Ich habe nie Namen genannt. Ich habe dich vor dem Sohn des Königs gewarnt, du hast Neferu genannt. Ich hatte deutlich gesehen, daß einer der Prinzen hinter den Komplotten steckte, aber wer es war, konnte ich nicht genau erkennen. Da du Neferu zu verdächtigen schienst, konnte ich dir schwerlich widersprechen. Aber bei Rahotep Hilfe zu suchen, davon konnte ich dich abbringen. Erinnere dich daran! Und vergiß auch nicht, daß ich dir riet, im Umkreis des Tempels nachzuforschen. Und damit habe ich dich ja wohl auf den richtigen Weg geleitet.«

Das mußte Henutsen zugeben. Sie sah auf den Korb und sagte: »Diese Geschenke waren eigentlich für Tjazi, als Dank für seine Hilfe.«

»Er hatte von mir den Befehl erhalten, dich gegen jeden, der dir Böses tun wollte, zu verteidigen. Er hat ihn gut ausgeführt.«

Es rührte sie, daß Sabi sich um sie zu kümmern schien, doch ging sie nicht weiter darauf ein.

»Ich hätte schwören können, daß er tot war«, sagte sie dann. »Für mich sah es so aus, als habe Rahotep ihm den Schädel gespalten mit seinem Beil.«

»Da hast du dich nicht getäuscht. Sein Schädel war gespalten.«

»Ja, aber ... dann hat er sich aber schnell erholt von dem tödlichen Hieb und nicht einmal eine Narbe zurückbehalten ...«

»Das stimmt, du hast richtig gesehen. Du kannst seinen Schädel ruhig untersuchen – du wirst nichts finden, keine Spur. Ist das nicht ein neuerlicher Beweis meiner Macht? Denn als man ihn herbrachte, war er tot. Ich habe ihm neues Leben geschenkt und die Wunden beseitigt, die kein Sterblicher überlebt hätte. Nur ihm die Sprache wiederzugeben, ist mir leider nicht gelungen. Jetzt ist er für immer stumm.«

Henutsen schwieg eine Weile. Sabi schien wirklich allmächtig. Dann fiel ihr Rahoteps Beschuldigung ein: »Stimmt es, daß er die drei Sendboten der Königin umgebracht hat? Deren Tod du mir auch angekündigt hattest?«

»Wer hat dir denn das erzählt? Wie konnte Tjazi, den du bei jedem deiner Besuche hier gesehen hast, gleichzeitig hinter den Boten herjagen? Und aus welchem Grunde hätte ich ihn dazu veranlassen sollen?«

»Was machte Tjazi denn dann im Tempel des Ptah? Und wieso hat er Cheops' Tod verkündet, was doch gar nicht stimmte?«

»Henutsen, obgleich meine Macht, wie du selbst beurteilen konntest, gewaltig ist, gibt es Dinge, die ich nicht genau zu sehen vermag. Schemenhaft hatte ich in dem Mörder einen der Prinzen erkannt, wie ich schon sagte, aber um welchen es sich handelte, war mir nicht recht klar. Ich wollte dir aber helfen, dir mit Gewißheit seinen Namen nennen. Daher wandte ich mich durch meinen Diener an die Priester des Ptah, von denen ich wußte, daß sie zur Verschwörung gehörten. So erfuhr ich von der Versammlung mit dem Thronanwärter, der unter einer Ibismaske verborgen erscheinen würde. Und da kam mir der Gedanke, Tjazi mit der Meldung von Cheops' Tod hinzuschicken, um diesen Mann zu entlarven. Ich wußte, daß er gegen Cheops Umtriebe schürte und bei dieser Nachricht die Maske fallenlassen konnte. Ich wußte aber auch, daß der Anschlag auf Cheops fehlgeschlagen und Ineki tot war.«

»Wie konntest du das alles wissen?«

»Deine Frage verletzt mich. Sagte ich nicht schon mehrmals, daß ich mich zu spalten vermag und meine Seele, wenn ich schlafe, jedes von mir gewünschte Ziel anfliegen kann? So kam ich auch nachts schon zu dir ...«

»Warst du es also wirklich, der mich im Traum heimsuchte?«

»Wie könnte es anders sein?« Sabi lächelte befriedigt. Was er vermutet und gehofft hatte, war also eingetreten.

Einen Augenblick lang schwiegen beide, musterten sich mit einer gewissen Herausforderung. Sie wußte nicht so recht, wie sie sich entscheiden sollte, und versuchte, ihre Bewunderung für einen Mann, der so mächtig war, der die Zukunft, ja sogar das ganze Leben beherrschte und solch eine magische Ausstrahlung besaß, zu unterdrücken. Er hingegen wartete geduldig, seines Sieges gewiß.

Als das Schweigen bedrückend zu werden begann, wagte Sabi einen Vorstoß. »Und jetzt bist du zu mir gekommen, damit ich dir beistehe gegen diese Rivalin, gegen diese neue Gemahlin, deren Ankunft ich dir vorhergesagt hatte. Und dein Versprechen willst du jetzt auch einlösen.«

»Welches Versprechen?« Sie wußte sehr wohl, worauf er anspielte.

»Solltest du ein so kurzes Gedächtnis haben? Fragtest du mich nicht beim letzten Mal, wer die Feinde deines Mannes seien, und schworst du mir nicht bei der Maat, meine Wünsche zu erfüllen, falls er mit jener Frau heimkehre? Nannte ich dir nicht seine Feinde, und schützte ich dich nicht vor dem Mann, der dir nach dem Leben trachtete, indem ich ohne dein Wissen meinen getreuesten Diener neben dich stellte? Und setzte er nicht, um dich zu retten, sein Leben ein, erhielt er nicht den tödlichen Schlag, den nur meine Zauberkraft zu heilen vermochte? Jetzt bist du Königin von Ägypten, aber was hast du davon? Hast du jetzt mehr? Dein Gatte hat sich doch von dir abgewandt, er hat dich zwar zur Königin gemacht – ein hohler Titel, den du noch dazu mit zwei anderen teilst –, dich aber doch in deinem Haus allein gelassen. Habe ich dir nicht versprochen, dich zur Königin der Geister zu machen, zu einer echten Königin, mächtiger als der König der Beiden Länder? Schwor ich dir nicht auch, einen besseren Mann als mich würdest du niemals finden, meine ganze Leidenschaft gelte nur dir, ich sei wie der wilde Stier, wie der Widder von Mendes?«

»Es stimmt, das alles hast du mir gesagt, und ich habe dir diesen Eid geschworen.«

»Worauf wartest du dann noch? Löse dein Versprechen ein! Steig herauf zu mir, auf dieses steinerne Lager, meinen glorreichen Thron, und empfange das Siegel meiner Liebe, damit ich dich zu meiner Herrin machen kann und du mich als deinen Herrn erkennst.«

Henutsen ließ sich nicht länger bitten. Sie stand auf, löste das Band, ließ ihr Haar über die Schultern fallen, knotete den Schurz auf, der auf den Boden glitt, und legte sich zu dem, der sie völlig behext hatte.

FÜNFZEHN

Cheops' erste Amtshandlung als König war die Beseitigung der Ptah-Priesterschaft. Durch Sendboten bekamen die Memphiter erklärt, diese Priester seien Verräter und Anstifter von Verschwörungen, sie hätten den Tod des Gottes Snofru zu verantworten wie auch die Anschläge auf Cheops, den rechtmäßigen Erben, was viele hochgestellte Persönlichkeiten bezeugen könnten. Bis ins ferne Byblos hätten sie ihn verfolgt, seine Offiziere bestochen, um ihn wie eine jener Zedern fällen zu lassen! Das empörte Volk forderte den Tod der Verschwörer, dieser Mörder, und leistete den Soldaten, den *medjaj* und den Truppen aus Heliopolis tatkräftige Hilfe beim Sturm auf den Tempel und der Gefangennahme der Priester. Cheops beschränkte sich darauf, Ptahuser hinrichten zu lassen, der sich selbst als Verbrecher entlarvte, als er zugab, von Rahoteps schändlichen Taten gewußt und den Befehl gegeben zu haben, Neferu einzumauern. Die anderen Oberpriester büßten nur ihre Habe ein und wurden verurteilt zur Arbeit in den Steinbrüchen von Hatnub in Mittelägypten und Rohanu in Oberägypten, während die niederen Priester, jeweils einzeln, anderen Tempeln im Königreich zugeteilt wurden. Anschließend wurden der Ptah-Tempel von Memphis geschlossen, die heiligen Viehbestände auf die Weiden geführt, die leicht verderblichen Nahrungsvorräte unters Volk verteilt und das in den Kornkammern gehortete Getreide in die königlichen Kornspeicher gebracht. Nachdem die Tore versiegelt waren, wurden Wachen aufgestellt, um

Zerstörung und Plünderung zu verhindern. Die Felder und Herden des Gottes Ptah wurden aufgeteilt: Die königliche Güterverwaltung bekam den einen, die Priesterschaft des Re in Heliopolis den anderen Teil.

Eine solche Entscheidung löste Unmut aus im Volk. Welchen Gott sollte man denn nun verehren? In welchen Tempel seine Opfergaben bringen? Da zeigte sich Cheops im Fenster oberhalb des Palastportals und erklärte, er werde einen Tempel errichten lassen, einen einzigen, zum Ruhme des Herrschers über die Welt, des göttlichen Geistes, der sich zeige in Re, der Sonne, der Lebensspenderin, der Quelle des Lichts, die jenseits des bloßen Augenscheins ihre Bestimmungen treffe über das Weltall. Opfergaben könnten niedergelegt werden am Heiligtum des Gottes Snofru, am Fuße seiner Pyramide, oder am Tempel des Re in Heliopolis.

Seine zweite Amtshandlung war die Ernennung eines neuen Wesirs. Nefermaat war vor ihn hingetreten und hatte erklärt: »Cheops, mein Herr, mein Neffe und König, ich ersuche Deine Majestät, mich von meinem Amt als Wesir zu entbinden. Sieh, ich fühle mich alt. Jahre um Jahre habe ich mich der Angelegenheiten des Königreiches angenommen, war ich Auge und Arm deines Vaters, des Gottes, meines älteren Bruders, des Königs der Beiden Länder. Ich bin der Macht überdrüssig, und mein Herz ist gebrochen, verlor ich doch innerhalb weniger Tage einen Bruder, den ich liebte und verehrte, eine Tochter, die meine Sonne war, und einen Schwiegersohn und Neffen, in den ich große Hoffnungen gesetzt hatte und dem meine ganze Liebe galt, da ich in ihm meinen Nachfolger als Wesir sah, sobald du den Thron Ägyptens innehättest. Denn jeder soll den Platz einnehmen, der seiner Seele, seinen Kräften und Fähigkeiten angemessen ist, und wenn das Alter naht, die Zeit der Weisheit, dann soll er diesen Platz Jüngeren und Fähigeren überlassen. Ich möchte mich jetzt aus dem Berufsleben zurückziehen und friedlich mein Alter genießen. Mein göttlicher Vater, aber auch mein göttlicher Bruder haben mir schöne Güter, einen Palast und Gärten vererbt, für die ich bisher noch nie wirklich Muße hatte, da die laufenden Geschäfte mich vollauf in Anspruch nahmen. Jetzt ist die Zeit gekommen, mich daran zu erfreuen und jeden Tag zu einem Festtag zu machen. Das gleiche gilt für meinen Bruder Kanefer, deinen anderen Onkel, auch er möchte den Vorteil der Jahre genießen. Gemeinsam wollen wir jagen und fischen in den Papyruswäldern, uns am Schlangenspiel ergötzen, uns am Anblick der schönen Tänze unserer Gefährtinnen erfreuen. Und da dein Bruder Neferu durch Deine Majestät zum Statthalter der Provinz des Südens ernannt wurde, schlagen dein Onkel und ich dir gemeinsam deinen Vetter Hemjunu als neuen Wesir vor. Er hat die ersten Tempelweihen erhalten, hat in mehreren Tempeln studiert und neben seinem Vater Erfahrungen sammeln können in Menschenkenntnis und Menschenführung. Er weiß, wie man eine Provinz verwaltet, wie man mit Schätzen umgeht. Und als dein göttlicher Vater ein Heer aushob, um das nubische Grenzland zu verteidigen, hat Hemjunu es glorreich geführt. Wir glauben, daß keiner fähiger ist als er, meine Nachfolge als Wesir anzutreten.«

»Nefermaat, mein Herr, mein lieber Onkel, wisse, daß ich dich ungern und nur mit Bedauern ziehen lasse«, erwiderte Cheops. »So lange und soviel besser als irgend jemand zuvor hast du das Amt des Wesirs ausgeübt. Aber ich verstehe deine Gründe, und es ist in der Tat richtig, daß die Alten den Jüngeren Platz machen und in Frieden die letzten Lebensjahre unter der Sonne, in den Obsthainen des Osiris genießen sollen. Daher entbinde ich dich auf deinen Wunsch hin von den Ämtern des Wesirs und ernenne an deiner Stelle meinen Vetter Hemjunu. Ich kenne ihn zwar kaum, da ich bisher weit weg von ihm gelebt habe, aber ich bin überzeugt, daß er alle Fähigkeiten besitzt, um ein guter Wesir zu sein, da du für ihn bürgst und dein Wort in mein Herz fließt wie die Wasser der Maat.«

Cheops betrat den weiträumigen Audienzsaal des großen Palastes und nahm Platz auf dem Thron, der ein Armstuhl aus kunstvoll geschnitztem, vergoldetem Holz war. Auf dem Haupt trug er die *pschent*, in den Händen Geißel und Krummstab, die er über der Brust gekreuzt hielt. Nun führte Setribi, der neue Zeremonienmeister, Hemjunu bis vor den Thron. Er trug bereits das hoch über die Brust und hinab bis zu den Knien reichende Gewand des Wesirs. Er warf sich zu Boden, richtete dann den Oberkörper wieder auf, hockte sich auf die Fersen, legte beide Hände auf die Schenkel und lauschte den Worten des Königs, der ihm die Aufgaben des Wesirs erläuterte: Er hatte Gerechtigkeit walten zu lassen, das Gesetz anzuwenden, für Ordnung im Reich zu sorgen, die Kornspeicher zu überwachen, um in schlechten Zeiten drohender Hungersnot vorzubeugen, Expeditionen in die Bergwerke, Arbeitertrupps für Tempelbau und Kanalaushebung zusammenzustellen, Steuern zu erheben und die Finanzen zu verwalten, Land zu verteilen und die Bewässerung der Felder sicherzustellen.

»Dein Handeln«, sagte Cheops abschließend, »muß stets in Einklang stehen mit der Maat, sie muß zufriedengestellt werden. Du wirst dem Schwachen beistehen gegen den Starken, dem Hungernden Brot, dem Dürstenden Wasser geben und auch den Nackten kleiden, denn der König ist der Vater seines Volkes. Den Übeltäter mußt du bestrafen, den Gierigen verjagen, den nach Vorteilen Strebenden, der dich dingen will, von dir fernhalten, Bestechlichkeit wie einen Schädling bekämpfen und alles daransetzen, daß Gerechtigkeit und Schönheit herrschen im ganzen Land, wohltuend wie die Brise aus dem Norden. Wisse, es ist eine mühselige Aufgabe, Wesir zu sein. Viele werden dich beneiden um dieses Amt, dabei ist es gallenbitter.«

Cheops' dritte Amtshandlung bestand darin, die großen Bauvorhaben, die er schon seit geraumer Zeit in seinem Herzen bewegte, in die Wege zu leiten.

Er begab sich zur Baustelle der Nördlichen Pyramide, an der Anchaf mit großem Eifer arbeitete. Als er dem Tragstuhl entstieg, den er anstandshalber hatte benutzen müssen, warf sich auch der Baumeister vor ihm nieder, den er jedoch schnell wieder aufhob.

Gemeinsam gingen sie zu den Arbeitern hinüber, die Steinblöcke über Erdrampen nach oben zogen. Diese Rampen waren nun schon auf allen Seiten sehr hoch. »Was schätzt du, Anchaf, wann wird das Haus für die Ewigkeit meines Vaters endlich fertig sein?«

»Sieh selbst, Herr! Ich habe die Zahl der Arbeiter vervielfacht, aber vergiß nicht, daß erst vor drei Jahren mit dem Bau begonnen wurde. Und bis der letzte Stein auf der Spitze gesetzt ist, und bis alle Seitenflächen verkleidet, glattgeschliffen und glänzend sind wie die unberührbaren Strahlen der Sonne, werden wohl noch einmal zwei oder drei Jahre vergehen. Dann muß der Zugangsweg freigelegt und gesäubert werden, und bis wir den Tempel des Gottes und den Empfangstempel fertigstellen, dürften wir noch einmal gut ein Jahr brauchen.«

»So lange kann ich nicht warten, Anchaf! Wir müssen doch das Sinnbild meiner Regierungszeit errichten, mein Denkmal für die Ewigkeit, eine Pyramide, die an Größe und Schönheit alle bisherigen übertreffen soll.«

»Ich weiß, Herr, wie ungeduldig du darauf wartest, denn du hast mir dein ehrgeiziges Vorhaben ja schon angedeutet. Es ist auch lobenswert, denn manchen Herrschern liegt ja nur daran, ihr Reich zu vergrößern und Reichtümer anzuhäufen, gar auf Kosten ihrer Nächsten, ja sogar der eigenen Untertanen, während du ein Denkmal errichten willst, das der Zeit trotzen, die Größe Ägyptens und die Schönheit des Gottes versinnbildlichen soll.«

»Du hast mich völlig richtig verstanden, Anchaf. Jetzt gilt es, den Ort für den Bau zu bestimmen.«

»Das ist in der Tat das erste – doch sag mir, Herr, wie soll ich das alles allein bewältigen? Du mußt mir mehrere Bauleiter zur Seite stellen, damit wir Entwürfe und Pläne gemeinsam erarbeiten können.«

»Du bekommst alles, was du brauchst. Die Pläne aber werden nur wir beide erstellen. Bauleiter kannst du dir jetzt schon aussuchen unter den Männern deiner Zunft, wenn du sie für fähig genug hältst, um dir tatkräftig zur Seite zu stehen. Und Arbeiter holst du dir, soviel du brauchst. Während der Überschwemmungszeit sind ja auch alle Bauern verfügbar, die in ihren Dörfern oberhalb des Flusses untätig herumsitzen, bis das Wasser wieder abfließt. Von nun an werden wir sie am Bau einsetzen, sie und ihre Familien ernähren und sie für ihre Mühe entlohnen. Und wenn sie erst erfahren, daß sie dieses unvergängliche Denkmal für einen Gott errichten, werden sie sich um so mehr ins Zeug legen. Und wenn dann die Wasser wieder gefallen sind und die Männer auf die Felder zurückkehren, dann wirst du immer noch genug Leute haben, um die Steine aufzurichten und einzufügen, während andere in den Steinbrüchen Nachschub herausschlagen und behauen. Sieh: Unsere Kornspeicher sind voll, unser Lebensmittelvorrat ist überreichlich, die Überschwemmung scheint besonders üppig auszufallen dieses Jahr, und dann werden unsere Vorräte so groß sein, daß wir neue Speicher werden bauen müssen. Mein Vater hat in seiner Weisheit Schätze an Gold, Silber und Kupfer gehortet, aber auch allerlei kostbare Gegenstände, um die treuen Diener Meiner Majestät zu entlohnen und in fernen Ländern all die Dinge zu bezahlen, die wir brauchen. Meine Regierung beginnt unter einem guten Stern, unter den wohlwollenden Blikken des Gottes. Möge es so bleiben all die Jahre, die zu leben mir vergönnt sind.«

Dann begab Cheops sich mit Anchaf zur Südlichen Pyramide. In angemessener Entfernung folgten ihnen die sogenannten »Einzigen Freunde« in großer Zahl, die Leibgarde und die Schreiber. In Lehmhäusern, ganz nah beim Totentempel, wohnten Priester, die den Kult des Gottes

Snofru zu pflegen hatten und Neteraperef unterstanden, der wiederum für die Bewachung und Wahrung der in den geheimen Sälen gelagerten Schätze zuständig war. Cheops hatte ihm rund zwanzig Bewaffnete zur Seite gestellt, die den Eingang der Pyramide zu bewachen hatten. Da Cheops sich jetzt die Lagerbestände einmal ansehen wollte, gingen Wachposten mit Fackeln, ein paar Schreiber und Neteraperef mit ihm den zum ersten unterirdischen Saal hin leicht abfallenden dunklen Gang hinunter. Die verschiedensten Gegenstände waren hier angehäuft, all die unverderblichen Güter aus den Tributleistungen anläßlich seiner Krönung, wie auch das beschlagnahmte Gut aus dem Ptah-Tempel. Nach einem flüchtigen Blick darauf stieg Cheops die Leiter zum oberen Saal hinauf, wo die Kostbarkeiten lagerten: Schmuck, Elefantenzähne, Möbel mit schönen Intarsien, Goldbarren, Goldpulver und vieles mehr. Mit einer Fackel in der Hand sah er sich die Schätze sehr genau an, hieß die Schreiber sorgfältig alles auflisten und ihm eine Abschrift aushändigen. Befriedigt über die bereits jetzt angehäuften Reichtümer in den geheimen Räumen der Pyramide, begab Seine Majestät sich wieder ans Tageslicht.

Trotz all seiner neuen Verpflichtungen hatte Cheops aber auch für jene gesorgt, die mit ihm aus Byblos gekommen waren. Ayinel hatte er Sendjemib, dem Großen Schauenden des Re, anvertraut, daß er aus ihm einen Schreiber mache.

»Nach seiner Ausbildung im Lebenshaus, wo er nicht nur die heiligen Schriftzeichen lernen wird, sondern auch so manches, was die Götter und ihre Geheimnisse betrifft, sowie die vielen Dinge, die unerläßlich sind für den großen Staatsdienst, werde ich ihm ein Haus, Ländereien und Dienstboten bewilligen und mit dir, Nubet, beraten, welch hohes Amt wir ihm übertragen können.«

Der Knabe war einverstanden mit diesen Plänen. Er hatte nur zu verstehen gegeben, am liebsten würde er später die Flotten befehligen, die aus den gen Sonnenaufgang gelegenen Städten Zedernholz und all die anderen kostbaren Handelswaren holten.

»Ayinel«, hatte Cheops zu ihm gesagt, »du stehst unter der Obhut deiner Schwester, meiner königlichen Gemahlin. Hast du dir im Hause des Phönix das notwendige Wissen erworben, wirst du mit ihr entscheiden, was deinen Fähigkeiten angemessen ist.«

Ibdadi hatte er, wie versprochen, mitten in Memphis, in unmittelbarer Nähe der Residenzen der Königinnen, ein großes Haus mit schönem Garten und Dienerschaft zur Verfügung gestellt. Er wollte diesen Mann, der soviel wußte, der so viele geheimnisvolle Landstriche bereist hatte, zum Erzieher seiner Kinder machen, damit er ihnen seine Weisheit und Kenntnisse vermittle, ihnen von fernen Ländern erzähle und sie eine oder gar mehrere Fremdsprachen lehre.

»Das Wissen um andere Völker, die unter Res Blick leben, die Kenntnis ihrer Sitten, ihres Glaubens, ihrer Sprache kann nur von Vorteil sein«, erklärte Cheops Ibdadi. »Wir Ägypter sind zu sehr auf uns selbst bedacht, hier in unserem riesigen Flußtal, wir kennen unsere Nachbarn nicht, führen höchstens Krieg gegen sie. Mit größtem Vergnügen entdeckte ich die Völker der Seestädte Charus und kann es nur bedauern, erst so spät von ihnen erfahren, nur so flüchtige Begegnungen gehabt zu haben, mit Ausnahme der Bewohner von Byblos. Meine Söhne, die bestimmt sind, über das Schwarze Land zu herrschen oder hohe Ämter zu bekleiden, sollen so früh wie möglich von diesen Völkern erfahren und dort eine andere Form der Weisheit finden, die sie wie Honigsucher nutzbringend verwenden können. Vor allem aber sollen ihnen die Augen geöffnet werden für die Weite der Welt.«

»Herr«, erwiderte Ibdadi, »von deinen Lippen fließt der Honig der Weisheit. Es ist in der Tat ratsam, die Menschen und Länder der Erde ein wenig zu kennen und das Gute von ihnen sich anzueignen. Das sollte jeder tun mit all seinen Nachbarn. Ich glaube, bei allen Menschen Perlen entdeckt zu haben, bis hinunter zu den einfachen Frauen, die das Korn auf glattem Stein zermahlen. Je nach Land und Volk sind diese Perlen unterschiedlich. Ich habe mir auf meinen Reisen durch die Länder, Wüsten und Berge unter den Strahlen Res eine ganze Kette aus vielfarbigen Perlen gewunden. Liebend gern würde ich den kleinen Prinzen meine Erfahrungen und Kenntnisse übermitteln. Eine schöne und gleichzeitig ehrenvolle Aufgabe!«

»Es wäre eine Ehre für die Kinder, Ibdadi«, verbesserte ihn Cheops. »Der weise Mann, der die Menschen und die Welt kennt, steht doch über dem König. Ich lasse dir jede Freiheit, ihren Köpfen all dein Wissen einzutrichtern, und sollten sie dir trotzen, darfst du sogar zum Stock greifen.«

»Herr! Mein Unterricht soll doch angenehm sein, reich an schönen Dingen, um ihrer kindlichen Seele zu gefallen. Aus eigenem Antrieb sollen sie mir mein Wissen entlokken, Begeisterung und Neugier will ich in ihnen wecken, Freude am Entdecken der Welt. Denn Deine Majestät weiß sehr wohl, daß ich ihnen Weisheit nicht vermitteln kann, nur Kenntnisse, Sprachen und Gepflogenheiten der Länder, in denen ich gelebt habe: Empfehlungen kann ich aussprechen, Ratschläge geben, wie man mit sich selbst und anderen umgeht, vor Augen führen kann ich ihnen, daß Mäßigung der beste Leitfaden ist, daß man sich vor großen Leidenschaften hüten sollte, weil sie zu gefährlichem Überschwang führen könnten, doch die Weisheit müssen sie selbst entdecken, durch eigenes Suchen und Erleben. Echte Weisheit besteht ja nicht aus hohlen Worten, aus schönen Reden, sie offenbart sich vielmehr im Leben, in Taten. Ich vermag ihnen zu zeigen, wie man seiner eigenen Weisheit entsprechend leben kann, ich vermag sie zu lehren, wie man durch Wissen zu geistiger Gelassenheit und Selbstsicherheit gelangen kann, aber was Weisheit ist, müssen sie selbst erfahren, wie sie ihr auch die Form geben müssen, die ihrer Seele entspricht. Ihnen das zu vermitteln steht nicht in meiner Macht, das kann man nicht lernen, das muß man in sich selbst und aus sich selbst finden, und das bedarf einer langen Suche und tiefen Nachdenkens. Denn jedes Wissen, jede persönliche Weisheit oder Erkenntnis hat ihre eigenen Grenzen, und die liegen in uns selbst und in unseren Fähigkeiten verankert. Jeder von uns muß sich seine eigene Weisheit verschaffen, diejenige, die passend ist für Geist und Charakter.«

»All diese Worte sind ein weiterer Beweis für deine große Weisheit, Ibdadi«, schloß Cheops das Gespräch ab.

Was Nubet anbetraf, so hatte er ihr in den ersten Monaten nach ihrem Einzug in den Großen Palast einen Großteil seiner Zeit gewidmet, da diese neue Liebe ihn völlig gefangennahm. Größtes Vergnügen bereitete es ihnen, wenn sie beide hinauszogen in die westliche Wüste, über die memphitische Totenstadt, die Sokars Reich war, noch hinaus, um mit Bogen und Speer Gazellen und manchmal sogar Löwen zu jagen. Für Cheops war aber nicht die Jagd das Wichtigste an derlei Ausflügen, sondern die Freude, mit ihr allein zu sein, sie gehen oder laufen zu sehen, wobei das blonde Haar im Wind wehte, den geschmeidigen Körper zu bewundern, wenn sie den Bogen spannte und den Pfeil abschoß, der selten sein Ziel verfehlte.

Doch seit er die Doppelkrone trug, war alles anders geworden. Plötzlich war er gefangen in den Zwängen des Hofes, wurde bedrängt von den Höflingen, den Schreibern, den Einzigen Freunden, die ihm nicht von den Fersen wichen, die Pflichten seines königlichen Amtes stürmten auf ihn ein und machten diese ungezwungenen Ausflüge in die Wüste schier unmöglich, da sie nur Mißbilligung fanden bei Hof, wo man ängstlich darauf bedacht war, das so kostbare Leben Seiner Majestät zu bewahren.

Außerdem begann die Schwangerschaft die junge Frau zu belasten, körperliche Anstrengung wurde allmählich gefährlich für sie. Und so war auch sie bald schon in ihrem Palast und Garten gefangen und konnte nicht einmal ihren

Bruder in Heliopolis besuchen, das eine Tagesreise entfernt lag. Nur Ibdadi und Hetep-heres kamen von Zeit zu Zeit. Seit Ibdadi die Erziehung der ältesten Kinder von Cheops übernommen hatte, blieb jedoch auch ihm nicht mehr viel Muße. Meritites bewunderte vorbehaltlos seine Beredsamkeit und seine kostbaren Ratschläge, Henutsen hingegen wahrte Abstand, war er doch ein Landsmann ihrer Rivalin. Hetep-heres bemühte sich um Ausgewogenheit in ihren Beziehungen zu den Schwiegertöchtern, obgleich eine von ihnen ihre eigene Tochter Meritites war. Sie sah keinerlei Grund, Nubet zu mißachten, in deren Gesellschaft ja auch sie neue Horizonte entdeckte. Und da Nubet ihren Ältesten eindeutig liebte, fand auch Hetep-heres seine Entscheidungen für sie richtig und sinnvoll. Sie empfand Zuneigung zu dieser Frau, die ihr eine neue Form von Glück schenkte.

Selbst auf die Gefahr hin, den Zorn ihres königlichen Gemahls zu erregen, weigerte Henutsen sich standhaft, auch nur einen Fuß in den großen Palast zu setzen. Es war ihr sogar gelungen, Meritites auf ihre Seite zu bringen, daher besuchten die beiden ersten Gemahlinnen Cheops nie in seiner Residenz. Er selbst hatte erst recht keine Zeit, die beiden zu besuchen, was Henutsen nur zupaß kam. Sie hatte in Sabi einen Liebhaber gefunden, der all ihre Bedürfnisse befriedigte und ihre Bewunderung wachhielt durch die Schilderung seiner Wundertaten, die seine übernatürlichen Fähigkeiten und Gaben in den Augen der jungen Frau nur noch mehr herausstrichen. Sie war ihm hörig geworden.

SECHZEHN

Jeden Morgen wurde Cheops, den Gepflogenheiten gemäß, vom Obersten Kammerdiener geweckt, von dessen Untergebenen gewaschen, rasiert und gekleidet, während musizierende Mädchen, sobald er die Augen aufschlug, ihm ein vollkommenes Bild der Schönheit darboten: Gesichter und Körper voll Anmut, Gesang und Instrumentalmusik voller Wohlklang, Räucherpfännchen voller Wohlgeruch, Körperöle voller Duft. Seiner Majestät wurden die Nägel poliert, der Körper wurde mit Duftöl eingerieben, und mochte das Ankleiden auch noch so simpel erscheinen, da König, Höflinge und Schreiber nichts weiter als einen Schurz trugen, so mußte doch um winziger Unterschiede willen sorgfältig ausgewählt werden. Wenn jedoch Seine Majestät den Schurz erst einmal um die Lenden verknotet hatte, dann sah dieser aus wie der vom Tag zuvor. War es danach nicht schon zu warm, dann nahm Seine Majestät im Schatten einer Weinlaube, in einem hohen Sessel seine erste Mahlzeit ein: Datteln, Brot, Fische und Bier, das aus einem Strohhalm getrunken wurde, damit Schaum und grobe Getreidereste von der Zubereitung nicht in Seiner Majestät Mund gelangten, das Beste vom Grund des Gefäßes aber angesaugt werden konnte. Nubet, deren Schlafgemach durch drei Säle von dem ihres königlichen Gemahls getrennt war, pflegte diese Morgenmahlzeit mit ihm zu teilen. Das war der einzige Augenblick des Tages für ein ungezwungenes Gespräch, da Cheops sich gleich danach in den Thronsaal begab, um den Bericht seines neuen Wesirs zu hören und die dringlichen Geschäfte des Tages mit ihm zu beraten. Erst abends sah Nubet ihn wieder, nach einem langen Tag, den sie sich mit allerlei häuslichen Arbeiten vertrieb.

Doch eines Morgens, als der Oberste Kammerdiener das Gemach seines Königs betrat, war der Raum leer. Verwundert eilte er in den Garten, aber auch da war Cheops nicht. Erregt lief er zu Chenu, der die Oberaufsicht über den Hausstand des Königs innehatte, um ihm diese unverständliche, allen Regeln zuwiderlaufende Begebenheit mitzuteilen. Man suchte Seine Majestät in den Räumen der Königin, in allen Sälen des Palastes, doch vergebens. Niemand hatte Seine Majestät gesehen, nicht einmal die Wachtposten vor den Toren des Palastes. Sie nickten gegen Ende der Nacht allerdings auch manchmal ein. Boten wurden nach Memphis gesandt, zum ehemaligen Palast, zu Hetepheres und den beiden königlichen Gemahlinnen, doch auch dort fand man ihn nicht, und alle drei beteuerten, ihn schon seit etlichen Tagen nicht mehr gesehen zu haben.

»Das ist doch kein Grund zur Aufregung«, erklärte Hetep-heres dem zu ihr geeilten Chenu. »Ich kenne meinen Sohn. Ich ahnte längst, daß er den Zwang der Gepflogenheiten bei Hof, die aus dem König einen Sklaven machen, nicht lange würde aushalten können. Ich war sogar schon erstaunt, daß er es so leicht hinzunehmen schien. Wahrscheinlich läuft er wieder irgendwo herum. Niemand soll sich beunruhigen. Kehre auch du in den großen Palast zurück und sag meinem Neffen, dem Wesir, er solle seines Amtes walten, als sei nichts geschehen, und vor allem keine Männer auf die Suche schicken. Wie ich meinen Sohn kenne, wäre er wütend, er würde sie abkanzeln, sofern sie ihn fänden. Und kein Wort zu den Höflingen und Freunden des Königs! Niemand außerhalb des Großen Palastes darf erfahren, daß Seine Majestät ausgerissen ist.«

Hetep-heres hatte sofort begriffen, was los war. Cheops war vor Sonnenaufgang aus dem Palast geschlichen, die

Wachen waren eingenickt, hatten ihn nicht bemerkt, und so war er losgezogen wie früher, nur den Gurt der Bauern und Viehhüter um die Hüften. Er hatte nämlich von Philitis geträumt, dem geheimnisvollen Hirten in seiner Einsiedelei am Saum der westlichen Wüste, bei dem er schon einmal eine Nacht verbracht hatte. In diesem Traum hatte Philitis ihn zu sich gerufen. Er habe ihm etwas zu enthüllen und es sei von höchster Bedeutung. Was war es bloß gewesen? Cheops vermochte sich nicht zu erinnern. War es wieder dieses geheimnisvolle Buch des Thot, von dem er so oft träumte, als wären in ihm die gesamte Weisheit der Götter und das höchste Wissen beschlossen? Wo war es bloß verborgen? Dieser Traum lieferte ihm jedenfalls einen Grund, den Zwängen seines neuen Amtes zu entfliehen, das er schon jetzt als belastend empfand, da er doch die Freiheit brauchte, die er in den letzten Jahren hatte genießen dürfen. Die Annehmlichkeiten der Macht waren ihm nicht zuwider, doch die Zwänge konnte er nur schwer ertragen. Er wollte am liebsten nur den Teil der Macht, der ihm Handlungsfreiheit schenkte, vor allem für das große Lebenswerk, dem er sich voll und ganz zu widmen gedachte. Gab es für alles übrige, für die Verwaltung des Reiches, nicht genügend erfahrene Schreiber, und war ein Wesir nicht dafür da, sie alle richtig einzusetzen und nach den vom König vorgegebenen Richtlinien das Land zu regieren?

Er war gen Norden gezogen, nah am Fluß entlang, dessen Pegel den höchsten Wasserstand anzeigten. Fast bis zum Fuß der felsigen Anhöhe, wo die Wüste endete und die Welt der Toten begann, reichten die Fluten. Die Sonne lugte gerade erst über den vom grauen Felsplateau der östlichen Wüste gezogenen Strich des Horizonts hinweg. Es war schon recht heiß, doch er atmete kräftig durch, fühlte sich frei, so herrlich leicht in der kühlenden Brise von Norden.

Als er Philitis' Reich betrat, stieg die Sonne am lichtblauen Himmel in vollem Glanz empor.

Der Hund des einsamen Hirten hatte sein Kommen wohl bemerkt, denn er lief heftig wedelnd auf ihn zu. Cheops kniete sich hin, ließ sich ablecken und begrüßte ihn: »Abutiu! Wie schön, daß du mich wiedererkannt hast, dabei war ich doch so lange nicht mehr bei euch, bei dir und deinem Herrn.«

Er stand auf und ging weiter, neben ihm der Hund, der immer wieder an ihm hochsprang, um gestreichelt zu werden.

Philitis hockte am Rande des Plateaus, von wo aus er seine Herde bewachte, die das vertrocknete Gras, das der Fluß nicht überschwemmt hatte, abrupfte. Cheops setzte sich neben ihn – er wunderte sich, daß Philitis nicht einmal den Kopf gehoben hatte, so sehr schien er versunken zu sein in die Betrachtung von etwas, das Cheops jetzt auch entdeckte. Ein Mistkäfer, ein Skarabäus, schob eine Kugel vor sich her, die aus Erde und Kot bestand und ihm immer wieder entglitt und abwärtsrollte. Mit unendlicher Geduld kroch der Käfer ihr nach und schob sie wieder aufwärts, auf seine Höhle zu. Auch Cheops betrachtete jetzt schweigend die mühevolle Arbeit des Käfers, bis Philitis aus seiner Versunkenheit auftauchte, den Mund öffnete und sagte: »Da erkennst du die ewige Bewegung der Welt: Unser All gleicht einer riesigen Kugel, die ständig im Werden begriffen ist, niemals vollendet, niemals fertig, weil sie die Ewigkeit für sich hat.«

»Willst du damit sagen, das Weltall habe die Form einer Kugel?«

»In gewisser Weise.« Jetzt wandte Philitis sich seinem Gast zu. »In der Natur gibt es keine gerade Linie. Unsere Landvermesser haben unsere Felder in Vierecke oder Rechtecke eingeteilt, und unsere Bauern ziehen mit ihrem Pflug gerade Furchen. Aber sämtliche natürlichen Formen neigen eher zur Biegung. Die Kugel ist die vollkommene geometrische Form, sie hat weder Anfang noch Ende, und der Kreis ist ihre Ausprägung im Flachen. Was formt denn ein

Stein, wenn du ihn in stilles Wasser wirfst? Kreise, die sich ausweiten und vom Mittelpunkt entfernen, von dem die Bewegung ausging. In bewegtem Wasser entstehen Wirbel, weil natürliche Bewegung zur Kreis- oder Kugelform neigt. So ist es auch mit den Gestirnen, der Sonne und dem Mond, was man leicht erkennen kann, aber dies gilt auch, allem Augenschein zum Trotz, für unsere Erde, denn Augenschein ist Verblendung, ist Verkennung der tieferen Wahrheit.«

Cheops staunte nur noch. »Ich weiß nicht, welcher Zufall oder welcher Gott mich zu dir geführt hat, Philitis, ich weiß auch nicht, warum es geschah an jenem Tag, da ich dich am Chetyt-Heiligtum traf und dir in dein ›Reich‹ folgte, wie du damals sagtest. Ich weiß nicht einmal, welche göttliche Hand mich bis zu jener Totenstadt geführt hat, wo ich dir dann begegnete, denn für gewöhnlich führen meine Schritte mich gen Süden, zur Sonnenpyramide und zur großen grünenden Oase südlich von Memphis.«

»Mein Gast, ich bewundere dein Gedächtnis, denn seit dem Tag, da du auf mich zukamst, sind Jahre vergangen.«

»Sieh, so manch alltägliches Tun, so manches Ereignis, das erst wenige Tage zurückliegt, entschwindet unserem Gedächtnis, weil es keinen Eindruck hinterlassen hat, weil es alltäglich ist, wohingegen gewisse Ereignisse, gewisse Begegnungen, auch wenn sie Jahre zurückliegen, in uns eingeprägt sind. Unsere Begegnung muß etwas Außerordentliches gewesen sein.«

»Das siehst du richtig. Unser Zusammentreffen ist ein außergewöhnliches, vom Gott gewolltes Ereignis.«

Das hielt Cheops zwar für leicht übertrieben, ließ es aber nicht durchblicken und fuhr fort: »Auch deine Worte von damals habe ich nicht vergessen: Dein Leben verlaufe im heiteren Frieden des Gottes, alle Menschen seien Götter, und Unsterblichkeit sei nicht Vorrecht des Königs und der ihn umgebenden Großen. Und jetzt spüre ich mehr denn je, was du meintest, als du sagtest, es gebe keinen tiefgreifenden Unterschied zwischen dem König, seinen Höflingen und dem einfachen Mann aus dem Volk, es scheine nur so, weil der eine mehr Macht habe als der andere.«

»Es ist schön, daß du jetzt, da du den Thron der Beiden Länder innehast, die Wahrheit meiner Worte noch besser erkennst«, sagte Philitis scheinbar beiläufig, wobei er jedoch Cheops fest in die Augen blickte.

Cheops zuckte zusammen. »Philitis, woher weißt du, wer ich bin? Woher weißt du, daß ich der Herrscher Ägyptens bin? Ich habe dir doch nicht einmal meinen Namen genannt, und bei unserer ersten Begegnung schienst du doch zu glauben, ich sei ein armer Tropf und irrte hungernd und obdachlos durchs Land. Du botest mir deine Gastfreundschaft an, du sagtest, du benötigtest Hilfe beim Hüten deiner immer größer werdenden Herde, und schlugst mir vor, dein Gehilfe zu werden.«

Philitis deutete ein schelmisches Lächeln an und erwiderte: »Ich wußte schon am ersten Tag, da ich dich sah, wer du warst, aber ich wollte es dich nicht spüren lassen, damit wir völlig frei sprechen konnten. Auch jetzt bist du noch, selbst wenn du anderes glaubst, ein armer Tropf, trotz all deiner Reichtümer. Wie du weißt, ist alles, was du im Palast oder den Pyramiden hortest, von geringem Wert, da es auf einen ganz anderen Reichtum ankommt, weshalb die Armen häufig reich und die Reichen fast immer arm sind. Du mußt auch erst noch lernen, das Volk Ägyptens, die heilige Herde des Gottes, zu hüten. Du benötigst immer noch meine Hilfe, sonst hättest du ja nicht von mir geträumt und wärest nicht zu mir gekommen.«

Cheops war hin und her gerissen zwischen Bewunderung und Erstaunen über diesen Mann, der wußte, daß er der Herrscher der Beiden Länder war, und dennoch völlig ungezwungen wie von gleich zu gleich mit ihm redete.

»Hör mal, Philitis, woher weißt du denn, daß ein Traum mich bewogen hat, wieder hierher, zu dir zu kommen?«

»Ich weiß vielleicht noch mehr, als du zu ahnen vermagst. Hattest du nicht auch von mir geträumt, als du rechtzeitig aufwachtest, um dich gegen den Überfall des Mannes mit dem Ibiskopf zu verteidigen, damals im Heiligtum des Thot in Hermopolis?«

»Sollte ich es dir zu verdanken haben, noch am Leben zu sein?«

»Nicht mir, aber dem Gott, der dich schützt, deinem eigenen *ka*, diesem Doppelgänger, der unser göttlicher Teil ist, unsere unsterbliche Form.«

»Wirst du mich noch länger in Erstaunen versetzen, Philitis? Du weißt also, daß ich die dreifache Einweihung erhielt, von Re, von Thot und von Osiris?«

»Ich weiß es. Aber was du noch nicht weißt, ist die Tatsache, daß du dadurch erst die Voraussetzungen zur Weisheit erhieltst. Daher sagte ich vorhin, du seist auch jetzt noch ein armer Tropf, wenn auch weniger als am Tag unserer ersten Begegnung. Du bist die Wege der Erkenntnis gegangen, aber das Ziel des Weges hast du nicht gesehen. Du bist durch viele Pforten des Wissens geschritten, aber es bleiben noch ebenso viele, die zu öffnen sind.«

»Hast du mir nicht damals erzählt, du seist in keinem Lebenshaus gewesen und habest dir daher einen unverdorbenen, freien Geist bewahrt?«

»Das sagte ich, und das ist richtig. Ich sagte aber nicht, daß ich nicht die Wege der Weisheit durch Einweihung in die Geheimnisse des Alls und der Götter gegangen bin.«

»Sind das innere Wege oder die Straßen der Welt?«

»Beides. Erst wenn man die Straßen der Welt gegangen und zum Land des Gottes gelangt ist, wo das Licht entsteht, dann kann man mit Gewißheit die Wege des eigenen Geistes gehen, die zu unserer inneren Sonne führen. Doch das ist eine Erkenntnis, die man nicht vermitteln kann, eine Erfahrung, die in jedem von uns angelegt, aber nicht jedem vergönnt ist im Verlauf eines einzigen Lebens.«

Nachdenklich verharrte Cheops. Was bedeuteten diese Worte? Dem Skarabäus war es inzwischen gelungen, die Kugel auf ein flaches Stück Boden zu befördern, von wo aus er sie nun eilfertig weiterrollte zu einem Ort, der für ihn vermutlich sehr weit weg war, den er – im Gegensatz zu Cheops – aber offenbar kannte. Cheops schwieg, beobachtete und dachte bei sich, der Skarabäus sei doch, wie die Weisen Ägyptens sagten, der *cheper*, Sinnbild allen Werdens, Sinnbild der Welt in ihrer zeitlichen Ausdehnung, der noch nicht vollendeten Welt, der handelnden Natur, des Weltalls in ständiger Bewegung. Das alles schoß ihm durch den Kopf, bevor er wieder sprach: »Philitis, du erwähntest damals noch so manches, das in meinem Kopf widerhallt: Du habest viele Welten kennengelernt und dich schließlich, von einem Gott geführt, hier niedergelassen.«

»Das ist richtig, und ich betonte sogar, an diesem Ort hier residiere der Gott.«

»Wenn ich dich so sehe, kann ich nur staunen über deine Weisheit und bekomme den Eindruck, du habest schon mehrere Leben gelebt und seist aus den Tiefen der Jahre gekommen, dabei wirkst du kaum älter als ich und strahlst Jugendlichkeit aus.«

»Auch das ist trügerischer Schein. Ich habe tatsächlich mehrere Leben gelebt, und mein Aussehen entspricht nicht meinem tatsächlichen Alter.«

»An wen denkst du, Philitis, wenn du mir sagst, der Gott residiere hier, an diesem Ort? Sollte es sich nicht vielleicht um dich handeln?«

»Du irrst dich, um mich handelt es sich nicht.«

»Hat dieser Gott sich also gezeigt?«

»Er wird sich durch dich zeigen. Aus diesem Grund bist du auch heute hier, da die Überschwemmung ihren höchsten Stand erreicht hat. Such nicht mehr länger nach dem geheiligten Ort, an dem du das göttliche Bauwerk errichten wirst, dessen Pläne du in deinem Herzen entworfen hast.«

»Was sagst du da? Will der Gott, daß ich an diesem Ort hier meine Pyramide errichten lasse, den Tempel der Millionen Jahre, Sinnbild der Ewigkeit der Welt und des Gottes?«

»An diesem Ort hier. Daher fandest du mich hier, daher erwartete ich dich hier. Und jetzt hör gut zu: Im geheimen Buch des Thot stehen folgende geheimnisvollen Worte geschrieben: Der Himmel ist vollendet, die Erde ist vollendet, die Höhle ist vollendet, und vollendet ist, was sich dort vor den vier Göttern bei ihrem Erscheinen befindet.«

»Wäre es also wahr, daß es dieses geheime Buch des Thot gibt und Sterbliche davon Kenntnis erhalten? In Hermopolis durfte ich nämlich das erste Buch des Thot lesen, das von der Entstehung der Welt und der Götter handelt und in dem auch der Phönix erwähnt wird sowie das Land des Gottes, in dem er ein halbes Jahrtausend lang residiert; auch das zweite Buch durfte ich lesen, darf aber nicht darüber sprechen. Und was nun das dritte anbetrifft, in dem das große Geheimnis enthüllt wird, durch das man die magische Kraft des Geistes erlangt, die Dinge und die Menschen zu beherrschen, dazu sagte mir Ibebi, der Hohepriester des Thot, das darin beschlossene Wissen könne kein Sterblicher erwerben, auch kein König. Dabei heißt es, es liege in einem goldenen Schrein in einem geheimen Versteck eben dieses Thot-Tempels, in dem ich meine zweite Einweihung erfuhr.«

»Daß es dieses Buch gibt, ist gewiß«, erklärte Philitis, »doch liegt es wirklich eingeschlossen in einen goldenen Schrein in einem Geheimversteck im Tempel des Thot? Auch das ist ein Rätsel, das du noch nicht zu lösen vermagst. Es heißt auch, es sei in mehreren Schreinen eingeschlossen und liege irgendwo im Meer von Koptos. Bisher vermag, wer nicht eingeweiht ist, den tatsächlichen Sinn all der Zeichen auf den vielen Blättern nicht zu enträtseln. Für den Uneingeweihten ist es nur ein Bilderbuch. Aber Ibebi hat dich nicht belogen, als er sagte, ein Sterblicher könne die hinter den heiligen Zeichen verborgene Weisheit nicht erwerben. Mit dem ›Sterblichen‹ ist allerdings ein Mensch gemeint, der noch nicht unsterblicher Gott geworden ist durch Einweihung und Kenntnis der Geheimnisse des Großen Gottes. Wisse, Cheops, daß du bestimmt bist, eines Tages unsterblicher Gott zu werden, ein lichtvoller *ach*. Und jener Tag wird der letzte deiner Regierungszeit sein, der letzte deines Lebens als König und deiner irdischen Existenz.«

»Sag, wann wird dieser Tag kommen?«

»In jedem Fall früh genug.«

»Was du mir alles verheimlicht hast bei unserem ersten Zusammentreffen!« seufzte Cheops.

»Ich habe dir nichts verheimlicht. Wir haben gesagt, was damals zu sagen war, und ich habe dir enthüllt, was ich dir enthüllen konnte.«

»Dann erklär mir jetzt, was diese in der Tat recht geheimnisvollen Worte aus dem dritten Buch des Thot bedeuten.«

»Es geht um die Welt in ihrer Gesamtheit, um die in Raum und Zeit vollendete Welt, deren Sinnbild die Höhle ist. Die vier Götter? Das kannst du sein und deine Nachfolger auf dem Thron Beider Länder, oder auch die Gottheiten bei Osiris, wenn nicht gar ganz andere. Das zu entscheiden überlasse ich dir. Jetzt sei so gut und steh auf und komm mit mir.«

Cheops folgte seinem Gastgeber bis zu einer Anhöhe, die vom Rand der Klippe, wo sie gesessen hatten, ein Stück entfernt war, aber nahe bei der Hütte lag, die dem Weisen als Behausung diente. Am Rand eines runden, vier Ellen breiten und in halber Mannshöhe von einem Steinmäuerchen eingefaßten Schachtes blieb Philitis stehen. Cheops beugte sich vornüber und blickte in einen dunklen Schlund.

»Ist das vielleicht ein Brunnen?« fragte er.

»Hatte ich nicht am Tag unserer ersten Begegnung aus dem Brunnen des Chetyt-Tempels klares Wasser geholt? Als die göttliche Hand mich einst hierher führte, habe ich versucht, einen Brunnen zu graben, um an klares Wasser zu kommen. Aber ich fand das Grundwasser nicht. Auch dabei dürfte der Gott meine Hand geführt haben, denn ich entdeckte etwas Unerwartetes.«

Nachdem er dies gesagt hatte, ging Philitis zu seiner Hütte und kam mit einem langen Seil und brennenden Harzfackeln zurück, die er an der Glut in der irdenen Feuerstelle vor seiner Hütte entzündet hatte. Er drückte Cheops die beiden Fackeln in die Hand und machte sich daran, das eine Ende des Hanfseils an einem Baumstamm neben der Schachteinfassung zu verknoten, band dann die beiden Fackeln ans andere Ende und ließ sie behutsam hinab in den Schacht. Cheops, über den engen Schlund gebeugt, erkannte im Fackelschein die Wandungen, die aber in der Tiefe plötzlich verschwanden, wo die Fackeln auf den Boden eines unterirdischen Gangs gesunken waren.

»Sieh«, sagte nun Philitis, »als ich nach dem Brunnen grub, entdeckte ich diese Höhle, ein wahres Labyrinth unter dem Fels, aber ohne Zugang.«

Er forderte Cheops auf, sich am Seil hinunterzulassen. Und dieser tat es auch vertrauensvoll. Daß Philitis etwas Böses im Schilde führen, das Seil hochziehen und ihn dort unten stehen lassen könnte, kam ihm gar nicht in den Sinn. Kaum war er unten angekommen, ließ auch Philitis sich herab und machte die Fackeln los, die dank der Pechmasse auch liegend immer noch brannten.

»Wir befinden uns in der vollendeten Höhle, in den Gängen, die zu Osiris' Reich führen«, sagte jetzt der seltsame Hirte, der seine Fackel am ausgestreckten Arm vor sich her trug, um das Licht so weit wie möglich leuchten zu lassen.

Cheops musterte die Wände zu beiden Seiten der schlauchförmigen Höhle. Etwa dreißig Schritt waren sie voneinander entfernt, doch ihre Höhe schwankte.

»Vermutlich haben die Wasser des Nils diese unterirdischen Gänge gegraben, als sie noch viel höher standen als heute«, erklärte Philitis.

Er schien sich hier auszukennen, ging entschlossenen Schrittes voran, und wie Cheops nach Lage des Schachtes zu berechnen versuchte, schien die Höhle, in der sie sich befanden, Richtung Osten zu verlaufen. Cheops folgte ihm langsamer, betrachtete mit prüfendem Blick die Wände und hob immer wieder die Fackel, um die Höhe zu erkennen. Schließlich gelangten sie vor einen Wall aus Erde und Steinen, der den Weg versperrte.

»Sieh dir das an«, sagte nun Philitis. »Ich habe hier Messungen vorgenommen. Dieser Erdrutsch ist nur ein paar Ellen dick. Man könnte leicht eine breite Öffnung hineinschlagen, und dann würdest du sehen, daß sich der Zugang zu diesem unterirdischen Gang in Flußhöhe befindet, wenn das Wasser so hoch steht wie jetzt oder nur um weniges niedriger. Würden wir diese Sperre zerstören, hätten die Wasser des Nils aus dieser Höhle schnell einen langgestreckten unterirdischen See gemacht.«

Cheops begriff allmählich, worauf Philitis hinauswollte, und nickte nur schweigend. »Und wohin führt das entgegengesetzte Ende des Gangs?« fragte er schließlich.

»Tief in den Felsen hinein. Aber er teilt sich auf in mehrere Schläuche, die zu einem regelrechten Irrgarten werden, teilweise höher und breiter, wie Säle, als habe diese Höhle in früheren Zeiten einem Herrscher über eine unterirdische Welt als Behausung gedient.«

»Sprachst du nicht vorhin von Osiris' Haus?«

»Cheops, die *duat* ist keine unterirdische Welt wie diese hier. Die Toten besitzen keinen Körper mehr, ihr Geist wohnt nicht in Behausungen wie diesen. Doch diese Höhle ist das greifbare Haus des Osiris, sein Abbild in der irdischen Welt. Erinnere dich doch an deine Einweihung in Abydos und den unterirdischen Tempel mit seinem symbolischen See und der Insel mit dem Sarg des Gottes. Hier muß ein ähnlicher See angelegt werden, mit seiner Insel der Feuersbrunst: Das muß dein Werk sein, denn du bist der Erbe und der Sohn von Osiris.«

Stillschweigend machten sie kehrt. Cheops musterte nach wie vor die Wände und entdeckte überall Öffnungen, meist breite Säle, aber auch kurze Schläuche, bald schon Sackgassen. Die ebenso verworrenen unterirdischen Säle im Re-Tempel von Heliopolis fielen ihm ein, und als er Philitis diesen Vergleich mitteilte, erhielt er zur Antwort: »Die unterirdischen Räume des Re-Tempels versinnbildlichen die Unterwelt, die die Sonne auf ihrer nächtlichen Bahn durchläuft. Das hier ist etwas anderes, denn diese Gänge hier, die ins Herz der Erde führen, wurden nicht von Menschenhand gegraben. Menschen könnten sie jedoch herrichten, die Säle vergrößern, die Wände glätten, damit sie zu unterirdischen Gemächern eines Gottes werden.«

Sie gelangten in einen Saal, der viel weiträumiger war als alle zuvor erspähten, und in seiner Mitte erhob sich ein unregelmäßig geformter Hügel.

»Hier muß die Insel der Feuersbrunst hin«, erklärte Philitis.

Ein paar Schritte bergan, und schon stand Cheops oben auf der Kuppe. Er hob den Arm und reckte die Fackel, um den unterirdischen Saal auszuleuchten.

»Hier wird die geheimnisvolle Insel vom Westen der Welt sein«, rief er laut, und die Wände warfen das Echo zurück.

»Nur das Symbol dieser Insel, ihr Ausdruck in der Welt des Scheins«, verbesserte Philitis.

Bis die Fackeln zu flackern und die Flammen ihr baldiges Erlöschen anzuzeigen begannen, wanderten sie durch die dunklen Gänge. Dann mußten sie wieder hinauf ans Tageslicht, und als sie oben waren, zog Philitis Cheops an den Rand des Felsens und wies auf einen Punkt tief unten, wo die Strömung sich in den Hang gefressen hatte.

»Siehst du, ungefähr da liegt das Ende der Höhle, aber viel tiefer als der jetzige Wasserspiegel. Zerstört man die Sperre im Inneren des Gangs, strömt die Flut herein, und stiege jemand hinunter, stünde ihm das Wasser mindestens bis zur Brust.«

»Wenn ich dich recht verstehe, müßte man den Gang verbreitern und eine Verbindung herstellen zum Fluß und auch den Brunnen vergrößern. Oder aber noch mehrere Öffnungen graben, damit die Steinblöcke nicht mühsam den Hang hinauf geschleppt werden müssen. Man könnte sie ja schon in den Steinbrüchen oder unweit von diesen auf Flöße verfrachten und von dort unten an Land ziehen, was nicht viel Mühe und nicht viele Arme erfordern würde.«

»Du hast mich völlig richtig verstanden. Es würde genügen, die Blöcke bei Hochwasser auf Flößen zu den Öffnungen zu bringen und sie dann hereinzuheben.«

»Philitis, dir habe ich es zu verdanken, daß ich den heiligen Ort für das Bauwerk gefunden habe, mit dem ich meine Regierungszeit krönen und die Größe Ägyptens versinnbildlichen möchte.«

»Es wird auch der Tempel des Großen Gottes sein, dessen leuchtendes Sinnbild die Sonne ist, des in den Augen deines Volkes in dir verkörperten Großen Gottes«, ergänzte Philitis.

SIEBZEHN

Sabi hätte mehr als zufrieden sein können. Mit seinem Geschick und auch etwas Glück war ihm alles gelungen, vor allem die Verführung Henutsens, des wohl schönsten Mädchens an den Ufern des Nils. Doch ein Mißerfolg nagte an ihm, und er dachte auch immer wieder an zwei unerwartete Folgeerscheinungen, die er im Geist und vor allem im Körper der jungen Frau ausgelöst hatte.

Er hatte große Hoffnungen in Rahoteps Erfolg gesetzt, doch in das Komplott war er eher auf Umwegen geraten. Abedus vertrauliche Andeutungen hatten seine Neugierde geweckt, seinen Ehrgeiz angestachelt und seinen Spaß an Intrigen. Er hatte ihm nachspüren lassen und herausgefunden, daß Snofrus ehemaliger Baumeister in enger Verbindung mit den Ptah-Priestern zu stehen schien. Nach Abedus Sturz reizte es ihn dann, auf eigene Rechnung weiterzumachen. Daher hatte er sich mit Ptahuser in Verbindung gesetzt, ihm verraten, woher Abedu seine Macht bezog, und dann vorgeschlagen, er könne sein Wissen und sein Geschick dem von der memphitischen Priesterschaft unterstützten Prinzen oder Thronanwärter durchaus zur Verfügung stellen. Ein solcher Vorschlag wurde natürlich nicht von der Hand gewiesen, vor allem nicht, da er von einem Mann wie Sabi kam, dessen Ruf man kannte. Doch volles Vertrauen schenkte man ihm nicht, denn keiner wußte so recht, wer dieser Sabi eigentlich war. Vor ein paar Jahren hatte er sich in Memphis niedergelassen. Niemand wußte Genaues, doch Berichten zufolge war er eines Tages auf einem großen Segelschiff den Nil heruntergekommen, ein paar merkwürdige Dienstboten im Schlepptau, die er angeblich aus Nubien mitgebracht hatte. Ursprünglich hatte Ptahuser seine Verbindung zu dem Magier geheimhalten wollen. Er hatte ihn mehrfach besucht, um ihn auszuhorchen, besser kennenzulernen und sich ein Bild zu machen, inwiefern er ihnen nützlich sein könnte. So hatte er erfahren, zu welchem Zwecke sein neuer Verbündeter im Hof seines Hauses Tauben züchtete.

»Das sind die schnellsten Boten der Welt«, hatte Sabi ihm erklärt. »Für gewöhnlich setze ich mehrere gleichzeitig ein, für den Fall, daß eine von ihnen einem Falken zum Opfer fällt oder aus irgendeinem unvorhersehbaren Grund nicht zum Empfänger gelangt.«

Mit geheuchelter Arglosigkeit fragte Ptahuser daraufhin: »Wie hast du diese Vögel denn so abrichten können? Wir Ägypter züchten sie doch nur für Gaumenfreuden.«

Sabi hatte begriffen, daß ihm mit der Frage sein Geheimnis entlockt werden sollte und Ptahuser es nutzen, ihn aber umgehen wollte. So hütete er sich, ihm mitzuteilen, daß die Völker Qedems und Sumers seit Jahrhunderten diese Art der Nachrichtenübermittlung pflegten und er sie dort gelernt und die Tauben auch dort gekauft hatte.

»Man muß schon ein Magier sein wie ich, damit so etwas gelingt«, antwortete er Ptahuser. »Aber wie ich schon anbot, kannst du über mich und mein Wissen verfügen und mit Personen Verbindung aufnehmen, wie es selbst ein Gott nicht schneller zuwege brächte.«

So hatte Ptahuser dann Rahotep wissen lassen, er verfüge über eine Möglichkeit, mit Zaubergeschwindigkeit Dritten eine Nachricht zukommen zu lassen und auf gleichem Weg die Antwort zu erhalten. Als Rahotep dann Ineki bestach und Ptahuser fragte, ob er dank seiner Zauberformel schleunigst Kontakt mit seinem Mittelsmann aufnehmen könne, bat der Priester Sabi um ein paar Tauben.

»Sie kommen nur hierher zurück, wo sie aufgezogen wurden«, erwiderte Sabi ihm. »Ich kann dir welche leihen, aber dann muß der, der sie mitnimmt, seine Botschaft zuerst hierher schicken. Dieselben Tauben werden ihm die Antwort bringen, sofern es eine gibt.«

Sabi war so geschickt gewesen, für seine Dienste keinen Lohn zu fordern. Er hatte nur zu wiederholten Malen betont, er sei glücklich, dem echten Thronerben dienen zu können, was Ptahuser natürlich gefiel, so hatte er seinem Helfershelfer nicht aus eigener Tasche Lohn zu zahlen.

Ptahuser hatte aber noch ein Geheimnis: Er wußte als einziger, daß Rahotep sich unter der Ibismaske des Thot verbarg. Als Rahotep plötzlich zu ihm kam und fragte, ob er nicht schleunigst ein paar Männer auftreiben könne, um drei Sendboten der Großen Königlichen Gemahlin auf dem Weg nach Byblos zu beseitigen, waren ihm sogleich Sabi und dessen nubischer Diener eingefallen, wenn er auch zuerst einmal verwundert gefragt hatte: »Was, du hast nicht einmal ein paar Männer zur Hand, die derlei Dienste für dich erledigen?«

»Ich kann niemandem vertrauen«, hatte Rahotep geantwortet. »Die Männer, die mir unterstehen, sind nicht zuverlässig. Ich kenne keinen, dem ich befehlen könnte, die Boten der Königin in der Wüste oder anderswo aufzuspüren und umzubringen. Ich kann es aber auch nicht selbst tun, das wäre zu gefährlich für mich. Diese Läufer dürfen keinesfalls nach Byblos gelangen, denn sonst kehrt Cheops sofort zurück, was all unsere Pläne zum Scheitern brächte.«

Dieses Argument war so überzeugend, daß Ptahuser sich entschließen mußte, den Prinzen und den Magier zusammenzubringen. Maskiert trug Rahotep sein Anliegen vor, doch Sabi stellte noch eine Bedingung: »Ich habe einen Mann dafür, aber er muß die drei erst einmal gesehen haben, um sie wiederzuerkennen und ihre Spur aufzunehmen.«

»Sie brechen morgen früh vor Sonnenaufgang auf. Ich werde sie dir zeigen, wenn sie die Unterkunft der Wachen am Palast der Königin verlassen.«

»Du wirst dich über deinen Diener nicht zu beklagen haben, Herr«, erwiderte Sabi, fragte aber gleich darauf: »Und welchen Lohn gedenkst du deinem Diener zukommen zu lassen, sobald die Götter dich auf den Thron der Beiden Länder gesetzt haben werden?«

»Ich versichere dir vor der Maat, daß du es nicht mit einem Undankbaren zu tun haben wirst. Als erstes bekommst du ein schönes Haus und Felder sowie Helfer, um sie zu bewirtschaften. Dich selbst werde ich zu einem Ratgeber Meiner Majestät machen, zu einem Einzigen Freund des Königs.«

Sabi hatte sich vor dem Prinzen verneigt. Er ahnte, daß es Rahotep war. Der Priester hingegen, der nach den Sabi gemachten Versprechungen in ihm nun keinen Rivalen beim Kampf um einen Posten, den er selbst anstrebte, mehr sah, hatte dem Prinzen verraten, daß Sabi der Herr der Brieftauben war.

Nach dem Scheitern des Komplotts und Cheops' Sieg waren nun Sabis sämtliche Hoffnungen in sich zusammengefallen. Um wenigstens in irgendeiner Form Rache zu nehmen, hatte er alles darangesetzt, die zweite Gemahlin des neuen Königs zu verführen und sich hörig zu machen.

Aber die Folgeerscheinungen hatte er nicht bedacht. Henutsen, die von ihrem Gemahl vernachlässigte junge Frau, bestürmte ihren Liebhaber, gierte nach Sinnenlust, laugte ihn aus und schien nie genug zu bekommen. Gleichzeitig sann sie jedoch auf Rache, hatte nicht vergessen, daß sie Königin war und es weniger gefährlich und einfacher wäre, ihre Lust mit ihrem rechtmäßigen Gemahl zu stillen, anstatt mit einem Mann, den sie nur heimlich aufsuchen konnte. Daher forderte sie immer wieder, er solle seine magische Kraft für sie einsetzen, den König von seiner Liebe zu der blonden Fremden abbringen und diese anmaßende

Person aus Cheops' Leben und aus dem Königreich verbannen. Er könne sie auch ruhig ihrem verstorbenen Vater hinterherschicken.

Durch diese Forderung sah Sabi sich nun in die Enge getrieben: Natürlich konnte er abermals ein Dienstmädchen in den Palast schmuggeln und sie das langsam wirkende Gift, das er von einer seiner Reisen mitgebracht hatte, der Fremden ins Essen träufeln lassen. Aber dann würde Cheops vermutlich Henutsen wieder zu sich nehmen, und daran lag ihm, Sabi, eigentlich auch nichts. Anstrengend war sie für ihn, aber gleichzeitig spürte er, daß er nicht mehr würde verzichten können auf die lustvollen Stunden mit der schönen und leidenschaftlichen Frau. Er hoffte zwar, ihr stürmisches Temperament ein wenig zügeln zu können, aber loswerden wollte er sie nicht. Selbst wenn er ihrer eines Tages überdrüssig würde, bliebe doch immer noch die Genugtuung, dem Herrscher der Beiden Länder Hörner aufzusetzen, indem er sich mit der königlichen Gemahlin vereinte. Auf ein solches Privileg, das ihn über so manche Enttäuschung hinwegtröstete, würde er doch nicht leichtfertig verzichten! Außerdem brachte sie ihm nach wie vor des öfteren einen Korb voll schöner Dinge und Nahrungsmittel mit, womit er seinen gewohnten Lebensstil aufrechterhalten konnte. Daher war er jedes Mal, wenn sie ihn bedrängte, er solle seine magischen Kräfte doch endlich einsetzen und sie von der Rivalin, die eine ständige Beleidigung war, endlich befreien, zu fadenscheinigen Ausflüchten gezwungen.

»Wenn es nichts weiter ist, als eine Scherbe mit magischen Zeichen im Palastgarten zu vergraben, dann kannst du auf mich zählen«, sagte sie eines Tages.

»Das ist in der Tat einer der Riten, durch die meine Magie zur Wirkung gelangt«, räumte er ein. »Aber es genügt nicht. Ich brauche noch allerlei anderes, das ich nicht habe und mir erst von sehr weit her beschaffen müßte.«

»Was ist es denn, und woher willst du es holen, dieses geheimnisvolle Zeug?« fragte sie gereizt.

»Es sind Pflanzen, aber auch das Gift einer Schlangenart, die es nur bei den Libyern gibt. Ab und zu bringen mir Reisende von dort etwas mit, aber im Augenblick erwarte ich niemanden, der mir so etwas liefern könnte.«

»Wie lange soll ich denn noch warten?«

»Das weiß niemand …«

»Was?« schrie sie und reckte sich auf dem gemeinsamen Lager empor, »nicht einmal du kannst so etwas voraussehen? Hast du denn nicht immer behauptet, du könntest dich spalten und deinen *ka* auf Reisen schicken? Kannst du denn nicht auf diese Weise einen Reisenden finden, der dir das, was du brauchst, von dort mitbringt?«

Sabi war zu schlau und zu einfallsreich, um sich davon überrumpeln zu lassen. Ihm fiel sofort etwas ein: »Das ist zwar richtig, aber es gelingt nur mit Personen, deren Namen ich kenne und deren genauen Aufenthaltsort ich weiß. Die Männer, die mir diese Mittel liefern, sind aber Nomaden, und bei denen weiß man nie, wo sie sich gerade befinden, wenn sie durch die riesigen Wüsten streifen. So würde mein *ka* große Strecken durcheilen und doch nicht finden, was er sucht. Und wenn diese Suche zu lange dauert, könnte er sich verirren und nicht mehr zurückfinden, und dann hätte ich meine Seele und all meine Macht eingebüßt. Du wirst verstehen, daß ich mich auf ein so gefahrvolles Unternehmen nicht einlassen kann. Wir müssen Geduld walten lassen.«

Da sie ihm vor lauter Unzufriedenheit und Ungeduld den Rücken zukehrte, beeilte er sich, sie von neuem zu umfangen und sie ihren Zorn vergessen zu machen.

Doch eines Tages war noch etwas vorgefallen: Henutsen war abermals schwanger, daran bestand kein Zweifel. Sie hatte es bereits vermutet, aber immer noch gehofft, die Monatsblutung möge einsetzen. Nach mehr als einem Monat mußte sie sich die Wahrheit eingestehen. Mit ihrem Gemahl hatte sie jedoch nach seiner Rückkehr nur ein einziges Mal geschlafen, am Tage seiner Krönung, und das war nach ihren Berechnungen nun fast schon drei Monate her.

Für gewöhnlich lief sie gegen Mitternacht zu Sabi, wenn in ihrem Haus und auch bei Meritites alles schlief und sie sicher sein konnte, nicht mehr gestört und auch nicht mehr gerufen zu werden. Bei diesen nächtlichen Ausflügen schlang sie sich nur einen kurzen Schurz aus feinem braunen Leder um die Hüften, damit ihr gebräunter Körper und ihr dunkles Haar mit der Nacht eins wurden. Um diese Zeit waren die Straßen von Memphis wie ausgestorben. Ein paar *sau-peru*, die für die Sicherheit in der Stadt zu sorgen hatten, machten zwar ihre Runde, aus den wenigen nachts offenen Spelunken torkelte auch schon mal ein Betrunkener, doch jeder von ihnen hatte eine Fackel dabei, so daß Henutsen sie schon aus der Ferne sah und Zeit genug hatte, sich in einer Nebenstraße oder einem Hauseingang zu verstecken. Sabi hatte ihr eine Maueröffnung hinten im Garten gezeigt, durch die sie zu ihm ins Haus schlüpfen konnte. An diesem Tag nun, da sie sich ihres Zustands bewußt geworden war, lief sie, von Angst getrieben, noch vor Einbruch der Nacht und auf diesem geheimen Weg zu ihm. Sie hastete an der Stadtmauer entlang, die die Bewohner vor Hochwasser schützte, über den für gewöhnlich leeren Platz, auf dem manchmal Kinder spielten, aber meist nur Abfall lag, der regelmäßig abgeholt wurde, und dann kam Sabis Garten, von dem aus sie direkt in sein Zimmer gelangte. Die Tür stand offen, um das Tageslicht hereinzulassen, aber auch den Duft der Blumen, die Tjazi mit Hingabe pflegte. Keiner der beiden Diener hatte sie bemerkt, denn sie bewegte sich lautlos und stutzte nun plötzlich kurz vor der Tür, da Stimmen an ihr Ohr drangen. Die eine war die ihres Liebhabers, aber die andere kannte sie nicht. Beruhigt stellte sie fest, daß es ebenfalls eine Männerstimme war. Ihre Eifersucht hätte es nicht ertragen, wenn er eine weitere Bettgespielin genommen hätte. Dicht neben der

Tür lehnte sie sich an die Mauer, um Gesprächsfetzen zu erhaschen.

»Wie glaubst du mir einen solchen Dienst bezahlen zu können?« hörte sie Sabi fragen.

»Du hast doch gesehen, was ich deinem Diener übergab, um überhaupt hereingelassen zu werden«, antwortete der Besucher.

»Ja, schönes Gold, grünes Gold aus Nubien.«

»Mit diesem Gold werde ich dich bezahlen, und kostbare Möbel, wie du sie liebst, werde ich dir auch noch beschaffen.«

Sie schwiegen eine Weile, dann hörte sie wieder Sabis Stimme: »Diesmal werde ich mich aber nicht auf dich verlassen beim Vergraben der Zauberformeln.«

Henutsen spitzte die Ohren und beugte sich ein wenig vor, um den Besucher zu sehen. Sie wußte nicht, daß Sabi, der mit dem Gesicht zur Tür saß, ihr flüchtiges Erscheinen wahrgenommen hatte, und er war klug genug, keinerlei Erstaunen erkennen zu lassen.

»Ich bin bereit, alles zu wagen, damit es gelingt«, versicherte der andere.

Sabi erinnerte sich daran, was er Henutsen erklärt hatte, um Aufschub zu gewinnen, und erwiderte daher: »Das mag schon sein, aber es ist höchst gefährlich. Und im Augenblick fehlt mir so allerlei, das ich erst aus Nubien beschaffen müßte. Aber man könnte es mit anderen Mitteln versuchen.«

»Sprich! Ich zahle alles, was du verlangst.«

»Bist du wirklich reich genug?« fragte Sabi verwundert.

»Ich bin es. Du kannst dich davon überzeugen.«

»Ich will dir ja gern glauben, aber wie ich vorgehen werde, kann ich dir jetzt auf Anhieb noch nicht sagen. Ich muß erst noch nachdenken. Laß mir Zeit und komm morgen wieder, dann können wir es besprechen.«

Henutsen wartete, bis der Mann gegangen war. Dann erst zeigte sie sich.

»Ach! Du? Bist du schon lange da?« Sabi heuchelte Erstaunen.

»Nein, ich bin gerade gekommen. Wer war der Mann, der dir Gold geschenkt hat, und was wollte er?«

»Ein Kunde, ein Bittsteller. Er heißt Abedu, ich soll ihm helfen und jemandem, den er offenbar nicht liebt, eine tödliche Krankheit schicken.«

»Um wen geht es? Ich kenne ihn nämlich, diesen Abedu. Er war der Baumeister des verstorbenen Königs, meines Schwiegervaters.«

»Genau der ist es. Wir hatten geglaubt, er habe all sein Vermögen verloren, und nun brachte er mir diesen schönen Armreif und versprach, mich fürstlich zu entlohnen. Ich vermute, daß er in Ausübung seines damaligen Amtes tief in die Schatztruhen des Königs gegriffen hat.«

»Auf wen hat er es denn jetzt abgesehen?«

»Auf Anchaf, dem er es nicht verzeiht, sein Nachfolger im Amt geworden zu sein und die zwei Pyramiden fertiggestellt zu haben.«

»Anchaf ist ein großer und weiser Mann. Den Forderungen dieses Kerls darfst du nicht nachgeben.«

»Ich habe ihm die Wahrheit gesagt: Im Augenblick verfüge ich nicht über die Mittel, eine Krankheit auszulösen.«

»Hast du ihn nicht für morgen abermals herbestellt?«

»Um den Armreif behalten zu können. Nimm ihn, er ist für dich!«

Sie hatte sich neben ihn auf das Bett gesetzt, nahm den schweren, fein ziselierten Armreif und gab ihn dann aber zurück. »Ich werde ihn hier bei dir tragen – mitnehmen kann ich ihn nicht. Sabi, ich bin so unerwartet hier aufgetaucht, weil ich eine erschreckende Gewißheit erlangt habe. Ich bin schwanger, ich erwarte ein Kind, und du bist der Vater, daran besteht kein Zweifel.«

Ganz anders als sie erwartet hatte, lächelte und strahlte Sabi. So war sie also noch enger an ihn gebunden.

»Kind«, rief er aus, »was für eine schöne Nachricht! Und daß du gleich gekommen bist, um sie mir mitzuteilen!«

»Wie? Du machst dir gar keine Sorgen? Hast du vergessen, wer mein Gemahl ist?«

»Wie könnte ich das vergessen? Aber hast du mir nicht erzählt, er sei am Tag nach seiner Krönung zu dir gekommen?«

»Das ist drei Monate her. Gibt es viele Frauen, die nach zehn oder elf Monaten gebären?«

»Die gibt es, vor allem, wenn es sich um einen Gott handelt, denn unser Kind besteigt ja vielleicht eines Tages den Thron der Beiden Länder.«

Das verschlug ihr die Sprache. Sie war zu ihm gekommen in der Hoffnung, ein Abtreibungsmittel von ihm zu erhalten, doch jetzt, als sie sah, wie er die Nachricht aufnahm, mußte sie ihm fast recht geben: Cheops würde sich vielleicht gar nicht wundern über eine verspätete Geburt, außerdem konnte das Kind ja auch vorzeitig kommen, rechtzeitig für alle, die die Wahrheit nicht kannten.

Sabi freute sich außerdem, weil der Zustand der jungen Frau ihm bald etwas mehr Ruhe verschaffen würde. Wenn sie erst einmal zu rundlich wäre, und auch in den Tagen nach der Geburt, könnte sie nicht mehr so leicht zu ihm laufen. Es ärgerte ihn, daß sie ihn heute am hellichten Tag bei seinem Gespräch mit Abedu ertappt hatte, es mißfiel ihm, daß seine ungestüme Geliebte sich in seine Intrigen einmischen und seine Machenschaften womöglich durchschauen könnte. Er wußte nicht so recht, seit wann sie das Gespräch belauscht hatte, und konnte nur hoffen, daß sie nicht gelogen hatte, als sie beteuerte, sie sei gerade erst gekommen, denn Abedu hatte es nicht nur auf Anchaf, sondern auch auf Cheops abgesehen. Er beabsichtigte, alle Gegner des Königs zu sammeln, angefangen bei den ehemaligen und all ihrer Pfründe beraubten Priestern des Ptah, und sie um Neferu zu scharen, den er in Elephantine aufsuchen wollte, um ihn in die Verschwörung einzuweihen und ihm gleichzeitig Cheops' Tod und die Doppelkrone zum Geschenk zu machen. Dem klugen Sabi erschien dieses Vorhaben irrwitzig, irrsinnig. Als Abedu bei ihm aufgetaucht war und erklärte, er habe den zukünftigen Wesir Ägyptens vor sich, da hatte er zwar gelächelt, um sein Erstaunen zu kaschieren, doch dieses höchste aller Ämter gedachte Abedu tatsächlich von Neferu zu verlangen, und zwar als Dank dafür, daß er ihm den Weg zum Thron freigemacht hatte.

Völlig ablehnend stand Sabi diesem Ansinnen allerdings nicht gegenüber, sofern er keine Risiken einzugehen hätte. Anchaf könnte er von seinem Diener unschwer umbringen lassen, notfalls auch Cheops, doch das Ganze war ein gewagtes Spiel. Wenn Tjazi geschnappt würde, könnte er zwar nicht reden, weil er stumm war, aber seinen Arbeitgeber würde man ausfindig machen, womit er in die Angelegenheit verwickelt wäre. Daher hatte er gezögert, sich darauf einzulassen. Abgesehen von dem versprochenen Gold und den Möbeln wußte er ja nicht, was dieses gefahrvolle Unternehmen ihm einbringen würde. Daher beschloß er, abzuwarten, Zeit zu gewinnen, die Sache an sich herankommen zu lassen.

Dennoch erklärte er Abedu am nächsten Tag, er könne ihm vermutlich doch behilflich sein, seinen Traum zu verwirklichen. Henutsen war nicht mehr da, um sie auszuspähen, aus Sicherheitsgründen hatte er Tjazi in den Garten geschickt, um den Eingang seines Zimmers zu bewachen, und nun sagte er zu Abedu, er wolle sehen, ob es machbar sei, die betreffenden Personen zu beseitigen.

»Doch um sicherzustellen, daß der Zauber auch wirkt, den ich anzuwenden gedenke, muß ich erst noch verschiedene Mittel aus Libyen kommen lassen oder einen Diener hinschicken, der sie mir besorgt. Aber das wird sehr viel kosten.«

Abedu verstand die Andeutung und kam schon am nächsten Tag mit verschiedenen kostbaren Stücken wieder. Sabi musterte sie eingehend und sagte dann: »Das wäre ein Vorschuß für die Reisekosten meines Dieners und die Auslagen für besagte Mittel. Komm morgen nochmals und bring mir meinen Lohnvorschuß in Form von Gold. Dann müssen wir allerdings drei Monate warten, bis mein Diener mit den wertvollen Zaubermitteln zurück ist. Danach werde ich dich rufen lassen und mit dir besprechen, wie mit der Scherbe zu verfahren ist.«

ACHTZEHN

Als Cheops das nächste Mal zurückkehrte in »Philitis' Reich«, nahm er Anchaf und Ibdadi mit. Fast täglich kam Ibdadi, wie sein König ihm befohlen, zum Palast, um sich mit Seiner Majestät zu besprechen. Seinen Wesir, seine »Freunde«, seine hohen Beamten pflegte Cheops, auf dem Thron sitzend, im Audienzsaal des großen Palastes zu empfangen, doch den Lehrer seiner Kinder ließ er in Snofrus Garten kommen, der während der verhängnisvollen Krankheit des verstorbenen Königs ein wenig verwildert war. Cheops hatte ihn jedoch wiederaufleben und verschönern lassen durch vorgezüchtete hohe Bäume aus den verschiedensten Gegenden des Königreichs, durch üppige Blumenbeete, Vögel und gefangene Wüstentiere – zum Entzücken von Nubet. Dort also berichtete Ibdadi ihm von den Fortschritten der kleinen Prinzen und dem Lehrstoff, den er für sie ausgesucht hatte, obgleich Cheops ihn viel lieber von Ländern und Gepflogenheiten erzählen hörte, die Ibdadi bereist hatte und kannte. Als Cheops dann eines Tages von Philitis erzählte, bat Ibdadi Seine Majestät, diesen außergewöhnlichen Mann kennenlernen zu dürfen.

»Nach allem, was du mir von ihm erzählst, muß es sich um einen wahrhaft weisen Mann handeln, der das höchste Wissen erlangt hat, das man im Land des Gottes erwerben kann, in diesem geheimnisumwobenen Land im Osten der Welt, das ihr Ägypter *Ta-Netjer* nennt.«

»Ibdadi«, hatte Cheops geantwortet, »Meine Majestät ist auch überzeugt, daß dieser Mann ein großer Weiser ist, und deine Worte erfreuen meine Seele, denn bisher konnte noch niemand mir sagen, wo dieses göttliche Land wirklich liegt. Es scheint mir dasselbe zu sein, wo der Phönix residiert und von wo er sich alle fünfhundert Jahre in die Lüfte erhebt, um in Heliopolis zu erscheinen.«

»Hast du ihn nicht danach gefragt?« wunderte sich Ibdadi.

»Ich hatte keinen Grund dazu, denn ich spürte ja, daß ich einen Weisen neben mir hatte, und ahnte nicht, daß er in jenem geheimnisvollen Land die höchste Einweihung erfahren hat.«

»Es ist dasselbe Land, das man in Sumer ›das Land des Lebendigen‹ nennt, wo ein Mann namens Ziusudra residiert. Wisse, daß dieser Ziusudra die Unsterblichkeit erlangt hat.«

»Welche Art Unsterblichkeit meinst du? Sind wir denn nicht alle, die wir in diese Welt geboren wurden, unsterblich?«

»Schon möglich, aber erst nach dem Tod, in der Welt, in der alles nur mehr Geist ist. Ihr Ägypter nennt es die Welt der *achu*. Aber die Unsterblichkeit dieses Ziusudra ist etwas anderes, denn er lebt in weiter Ferne, auf jenen Horizont zu, wo die Sonne aufgeht, an einem verborgenen Ort, von dem es heißt, er sei ein unterirdischer Palast im Herzen hoher Berge, vielleicht ist es der, den ihr hier die *duat* nennt.«

Gern hätte Cheops noch mehr erfahren über diesen geheimnisvollen Ziusudra, denn er dachte häufig über seine eigene Unsterblichkeit nach. Und diese unterirdischen Gänge unter Philitis' Reich – waren sie vielleicht die westliche Entsprechung der Höhle des Weisen in den Bergen bei Sonnenaufgang? Doch Ibdadi konnte oder wollte nicht mehr dazu sagen, denn er kenne diesen Ziusudra ja auch nur aus Erzählungen der Weisen aus den Städten Sumers.

Am Tag ihres Besuches saß Philitis wie gewöhnlich am Rand des Felssturzes, stand aber sofort auf, als die drei Männer auf ihn zukamen. Der Hund war ihnen wieder entgegengelaufen, hatte Cheops stürmisch begrüßt, die beiden anderen beschnuppert und sich dann zu Cheops' Erstaunen Ibdadi vor die Füße gelegt, als dieser stehengeblieben war. Philitis war daraufhin zu ihnen gekommen, die Hände wie zum Gebet gefaltet, hob dann die Arme und neigte den Oberkörper zum Gruß, den die drei Besucher ebenso erwiderten.

»Philitis«, sagte nun Cheops, »ich habe meinen Bauleiter Anchaf mitgebracht, damit er sich dein Reich einmal ansieht und die zur Verwirklichung meines Vorhabens notwendigen Überlegungen anstellt, vor allem, was die Aufteilung der einzelnen Bauten betrifft. Dir überlasse ich Ibdadi, er ist ein Freund Meiner Majestät, aber vor allem ein Weiser aus dem Morgenland, der mich ersucht hat, dich kennenlernen zu dürfen.«

»Er sei mir willkommen«, betonte Philitis, »desgleichen Anchaf, dessen Ruf als weiser Mann sogar bis zu mir gedrungen ist. Man spricht viel von ihm und seinen Bauten im Umkreis des Chetyt-Tempels.«

Anchaf verneigte sich in Bescheidenheit bei diesem Kompliment.

Nun führte Philitis die Gäste zu seiner Hütte und übergab Cheops und Anchaf die Fackeln zum Abstieg in die unterirdischen Gänge. Es dauerte eine Weile, bis sie wieder heraufkamen, und dann maß auch Anchaf mit Hilfe des Seils nochmals die Tiefe vom Brunnenrand aus.

»In der Nähe dieses Schachts muß der Baugrund für die Pyramide liegen, aber nicht über einem der Gänge. Ich habe mir deine Pläne angesehen. Noch nie hat man so hoch und so breit gebaut. Schon den Sockel hast du viel höher und viel breiter angelegt als bei den großen Pyramiden deiner Vorfahren, wie der von Djoser, die mein Vater Imhotep erbaute, aber auch der drei anderen für den Gott Huni oder Snofru. Das Gewicht der Steinmassen wird gewaltig sein, und wenn wir einen Einsturz vermeiden wollen, müssen wir den Grund und Boden unbedingt auf seine Tragfähigkeit prüfen.«

»Zumal ich«, fügte Cheops hinzu, »die drei übereinanderliegenden Säle in der gleichen Achse gezeichnet habe! Wie du bemerkt haben dürftest, soll der unterste Raum, der die Unterwelt darstellt, in den Felsen gegraben werden, fast auf der Höhe dieser unterirdischen Gänge, mit denen er durch einen geheimen Korridor verbunden sein soll.«

»Wenn es Deiner Majestät recht ist, sollten wir den Wasserstand messen, wenn er im Tal am höchsten ist, wenn die Überschwemmung ihren Höhepunkt erreicht. Mir scheint, daß wir schon jetzt den Höchststand haben, aber ich werde ihn für alle Fälle anzeichnen.«

Philitis und Ibdadi gesellten sich zu ihnen, und gemeinsam schritten sie das Plateau ab, immer am Rand entlang, bis Anchaf stehenblieb und tief unten, an der Ostseite, einen Punkt bezeichnete.

»Meiner Ansicht nach müssen wir ungefähr da den Berg anbohren, da dürfte der unterirdische Gang enden. Das Wasser steht jetzt zwar höher, aber wenn der Fluß erst wieder seinen normalen Pegelstand erreicht, dann wird dieser Punkt frei liegen. Bei steigender Flut wird das Wasser also hereinströmen, bei sinkender schnell wieder abfließen.«

»Folglich müssen wir als erstes einen langen Kanal bauen, und dann auf der jetzigen Höhe, oberhalb des normalen Wasserstands, ein großes Auffangbecken anlegen.«

»Ich vermute, daß Deine Majestät auch gesehen hat, daß die Mündung des Kanals in das Flußbett weit weg von hier liegen muß, dort etwa, wo der parallel zum Nil verlaufende Flußarm eine Biegung macht und in den großen westlichen See hineinfließt.«

»In der Tat, dort muß der Kanal beginnen und auf einer Höhe oberhalb des Flußbettes verlaufen, damit er das Becken auch ständig speist, und dieses müssen wir mit den unterirdischen Gängen, die wir zu einem See ausbauen werden, verbinden.«

»Das allein schon ist ein gigantisches Vorhaben«, warf Anchaf ein.

»Das kann ich mir denken. Wir werden eben die nötigen Arbeitskräfte anheuern. Ich habe mir die Listen der eingesetzten Arbeiter, die mein Vater Snofru, wenige Jahre bevor er zu seinem Vater Re emporfuhr, erstellen ließ, noch einmal angesehen. Rund hunderttausend Mann haben wir zur Verfügung, ohne daß der Ackerbau im Schwarzen Land darunter zu leiden hätte. Sobald der Pegel sinkt, werden wir die Mehrzahl bei der Aushebung des Kanals einsetzen. Die anderen werden das Handwerkerdorf bauen, die Behausungen, die Lagerräume, die Kornspeicher und auch den Palast, in dem ich mich am liebsten jetzt schon niederlassen würde. Das wird der erste Bauabschnitt sein. Wieviel Zeit würdest du dafür ansetzen?«

»Nicht weniger als drei Jahre«, erwiderte Anchaf.

»Das geht.«

»Wir müssen aber auch Unvorhergesehenes mit einplanen. Ich habe zum Beispiel beobachtet, daß der häufig ausgetrocknete Fluß aus dem östlichen Berg südlich von Memphis mit den Winterregen anschwillt und in den Nil stürzt wie ein Wildwasser. Er könnte die Kanalarbeiter gefährden, alle Mühen zunichte machen, wenn er plötzlich über die Ufer tritt und sich nicht mehr eindämmen läßt. Die Schutzwälle vor Memphis wurden schon einmal sein Opfer – er hat sie ausgehöhlt in seiner Wut. Also müßten wir vorsorglich als erstes eine Sperrmauer bauen, um die Wassermassen aufzuhalten und in geregelte Bahnen zu leiten.«

»Es ist deine Aufgabe, all diese Gefahren zu bedenken und Abhilfe zu schaffen«, erwiderte Cheops. »Ich denke im Zusammenhang mit diesem Kanalbau auch an richtige Hafenanlagen mit Docks für den Raum Memphis. Bislang legen die Schiffe an den schlammigen Nilufern an, was den Männern das Entladen der Waren erschwert und für die Ware selbst Gefahren birgt. Hafenbecken, verbunden mit einem im Süden in den parallelen Flußarm mündenden Kanal, der in den westlichen Arm des Deltas führt, würden außerdem vor Flutschäden schützen. Wir müßten leicht zugängliche, witterungsbeständige Landestege aus Stein bauen, so wie im Handelshafen von Byblos.«

»Ich sehe, daß du diese Frage sorgfältig erwogen hast, Herr, aber wenn das alles in drei Jahren geschafft sein soll, dann sind deine hunderttausend Mann wahrhaftig nicht zuviel. Denn auch während des Kanalbaus müssen Erdaufschüttungen vorgenommen werden, damit bei Hochwasser nicht alles zerstört wird, was bei Niedrigwasser gebaut wurde, und die Männer am Kanal weiterbauen können.«

»Glaub mir, Anchaf, auch das habe ich bedacht, und das muß sogar als allererstes gemacht werden. Man wird parallel zum Kanal einen Graben ausheben, und zwar beidseitig, und mit dieser Erde einen Damm aufschütten, gleich im ersten Jahr. Der Graben nimmt dann die Schwemmerde auf und dämmt die Erosion ein, die die Kraft der Flut bei höchstem Wasserstand bewirkt. Es wäre gut für uns, wenn sie nächstes Jahr niedriger ausfiele als diesmal.«

»Verlassen wir uns nicht auf Dinge, die nicht von uns abhängen«, erwiderte Anchaf, »sie könnte ja auch noch höher steigen, und dann wäre selbst dein Schutzwall gefährdet und ein Jahr mühseliger Arbeit zunichte gemacht.«

»Auch das weiß ich. Daher müssen wir sofort beginnen, sobald der Wasserstand es zuläßt, damit die Erdaufschüttungen so hoch wie möglich gezogen werden können. Ich habe bereits angeordnet, daß im ganzen Tal Männer in geplanter Zahl angeheuert werden, daß sämtliche erforderlichen Gerätschaften bereitgestellt und in den königlichen Kornspeichern sowie auf den Gütern der Tempel Getreide, Gemüse und Fleisch bereitgehalten werden, um all diese Männer zu ernähren. Du, Anchaf, mußt dir nun die Vorarbeiter aussuchen, die diese gewaltigen Vorhaben leiten und überwachen sollen.«

»Deine Majestät darf überzeugt sein, daß auch ich mir das schon überlegt habe. Aber darf ich dich daran erinnern, daß der Verlauf des Kanals erst noch festgelegt werden muß, und das ist nicht in ein paar Tagen erledigt.«

»Ich weiß, du mußt unsere besten Landvermesser einsetzen und die Oberaufsicht führen. Gleichzeitig werden unsere Schreiber die zum Kanalbau nötigen Männer anwerben. Jetzt sag mir, an wen du denkst, wer dir bei diesen Aufgaben zur Seite stehen könnte.«

»Der erste muß Hemjunu sein, dein Wesir. Mein erster Mitarbeiter, der mich bei den Arbeiten, die Deine Majestät mir übertragen hat, vertreten wird, soll, sofern Deine Majestät keine Einwände hat, Chaesnofru sein, aus unserer Baumeister- und Maurermeisterzunft.«

»Du meinst den Vater von Uta, der Freundin meiner Gemahlin Henutsen?«

»Ja, ihn meine ich.«

»Darin lasse ich dir freie Hand«, sagte Cheops und wandte sich dann Philitis zu: »Du, Philitis, hast mir diesen Ort gewiesen für das großartigste Bauwerk, das je erdacht wurde. Doch du dürftest, wie ich befürchte, als erster darunter zu leiden haben, denn deine der Meditation so förderliche Einsamkeit wird schon bald derartig gestört werden, daß du es bedauern könntest, mir je begegnet zu sein.«

»Herr«, erwiderte der Hirte, »du brauchst keine Gewissensbisse zu haben, denn ich habe mich hier nur niedergelassen, um dir den Ort zu zeigen, wo nach dem Willen des Gottes diese Pyramide entstehen soll, dieses Bauwerk für die Ewigkeit.«

Cheops erstaunten diese Worte nicht, da der Hirte ihm ja schon früher von diesem geheimnisvollen Willen eines namenlosen Gottes gesprochen hatte, doch merkwürdigerweise schienen sie auch Ibdadi nicht zu verwundern, der jetzt längere Zeit mit Philitis geredet hatte und in ihm einen Kameraden aus wer weiß welcher geheimnisvollen Bruderschaft wiedergefunden zu haben schien.

Als Cheops wenige Tage später abermals herkam, diesmal in seiner Sänfte und begleitet von den Freunden des Königs, einem Trupp Handwerker und Vorarbeiter aus Anchafs Gefolge, unter ihnen Hemjunu und Chaesnofru, da wunderte er sich, daß Abutiu, der treue Hund, ihm nicht entgegenlief. Er stieg aus dem Tragstuhl, um selbst nach Philitis zu suchen, aber er fand ihn nirgend, auch die Hütte war leer. Sogar die Ziegen- und Schafherde war verschwunden. Ibdadi, der am Schluß des Zuges mit Anchaf gekommen war und sah, daß Cheops sich beunruhigte, trat zu ihm und sagte: »Deine Majestät wird vergebens nach Philitis suchen. Wisse, daß er nach erfüllter Mission keinen Grund mehr hatte, noch länger hier zu verweilen.«

»Er ist also weg?« fragte Cheops verwundert. »Aber er hatte mir doch versichert, ein Gott habe ihm diesen heiligen Ort gezeigt, damit er sich dort niederlasse und sein Leben beschließe.«

»Vielleicht hat er von diesem geheimnisvollen Gott jetzt einen anderen Auftrag erhalten und sich anderswo hinbegeben.«

»Wüßtest du, wohin?«

»Nein, Herr, ich weiß es nicht. Philitis ist einer jener geheimnisvollen Reisenden, die von fernen Horizonten kommen, durch die Welt ziehen, ohne eine Spur zu hinterlassen, und dennoch in ihr eine Mission erfüllen, deren Gründe oder Auswirkung man im ersten Augenblick nicht erkennt. Vielleicht ist er zu den Seinen zurückgekehrt, bevor er zu einer neuen Mission aufbricht, es sei denn, er habe sich auf einen erlösenden Tod vorbereitet.«

»Ibdadi, was du da sagst, klingt höchst seltsam, und man möchte meinen, du kenntest diesen Mann, den du nicht einmal einen ganzen Tag lang gesehen hast, besser als ich, der ich doch viel mehr Zeit in seiner Gesellschaft zugebracht habe.«

»Wenn man wie ich durch die Welt gezogen ist und in so mancherlei Geheimnisse eingeweiht wurde, dann trifft man Männer, die man kennt oder wiedererkennt, ohne ihnen je begegnet zu sein. So ist es auch mit diesem Philitis, dessen Name in einer dir unbekannten Sprache Liebe und Freundschaft bedeutet.«

NEUNZEHN

Der Fluß war allmählich in sein Bett zurückgekehrt, und die königlichen Landvermesser unter Leitung von Anchaf hatten den Verlauf des zukünftigen Kanals bald schon skizziert und festgelegt. Ein ganzes Heer von Schreibern hob in den Dörfern des Deltas und den nördlichen Landesteilen Oberägyptens Tausende von Arbeitskräften aus, die als erstes Hütten zu bauen hatten, Unterkünfte für all diese Männer, und zwar am Rand der Wüste, zwischen der Biegung des Flußarms, von wo aus er die große Oase der westlichen Wüste speist, und »Philitis' Reich«. Als feststand, wo der Kanal seinen Ausgangspunkt haben würde, mußte diese riesige Baustelle feierlich eröffnet werden. Tags zuvor war Cheops bereits dort eingetroffen, wo im mittlerweile schon getrockneten Erdreich der erste Spatenstich erfolgen sollte, weit im Süden von Memphis, ganz nah an der Biegung des Flußarms. Ein prunkvoller Zug war das gewesen, zuerst auf einem prachtvollen Schiff, dann in der Baldachinsänfte, neben der Wedelträger schritten, dahinter dann die Höflinge und Wappenträger der Provinzen unter Geleitschutz zahlreicher Wachen. Anchaf und Chaesnofru waren schon vor Ort. Sie hatten sich gleich, als das Wasser zurückging, dort eingefunden, um die Vermessungsarbeiten zu leiten.

Bevor die Sonne aufging, begaben sich der König und sein Gefolge an die Stelle, wo alle Arbeiten ihren Ausgang nehmen sollten. Auf der gesamten Länge des zukünftigen Kanals standen Seite an Seite, schier endlos gen Norden, die Männer mit Spitzhacken und Schaufeln, und ihnen gegenüber die mit großen geflochtenen Binsenkörben zum Abtransport des Aushubs. Als Cheops erschien, warfen sich alle, auch die Freunde des Königs, die Priester, die Schreiber, die Soldaten und die Bauern bäuchlings zu Boden und richteten sich erst wieder auf, als der König ein Handzeichen gab und Platz nahm auf einem Baldachinthron. Dann traten Anchaf und Chaesnofru vor und meldeten, die Schreiber hätten mit bewunderungswürdigem Eifer und in kürzester Zeit den Verlauf des Kanals festgelegt, und nun sei der Tag gekommen, um das größte Bauvorhaben, das ein Mensch je erdacht, zu beginnen.

Kurz danach rötete die Sonne den fahlen Horizont und stieg dann allmählich in voller Pracht empor, während die Priester, die alle aus Heliopolis stammten, einen Lobgesang zum Ruhme Res anstimmten und anschließend an Osiris und Thot Gebete richteten.

Cheops, auf dem Haupt die weiße Krone Oberägyptens, am Kinn den künstlichen Zeremonialbart und auf der Brust ein schweres Pektoral mit den beiden Göttinnen des Südens und des Nordens, erhob sich von seinem Thron. Diener knieten vor ihm nieder, entkleideten ihn des Schurzes und der Sandalen, die den Sandalenträgern übergeben wurden. Nur den unter dem Nabel verknoteten und in zwei Zipfeln zwischen die Beine fallenden Gurt der Bauern behielt er an. Nun kniete ein Bauer vor ihm nieder und überreichte ihm eine Hacke mit einer Kupferschneide am hölzernen Stiel. Cheops nahm sie entgegen und ging in Begleitung der Wedelträger und seiner beiden Bauleiter zu der Stelle, wo der Kanal seinen Ausgang nehmen sollte. Einen Augenblick lang verharrte er reglos, die Beine gespreizt, den Blick zur aufsteigenden Sonne gerichtet, dann hob er die Hacke, schlug sie dreimal kraftvoll in den Boden und spaltete unter dem Jubel der Bauern die Erde. Daraufhin rief Sendjemib, der Große Schauende des Re aus Heliopolis, der die Abordnung der Priester des Gottes hergeführt hatte: »Die Pforten des Himmels sind geöffnet, die Pforten des Firmaments sind geöffnet. Mögen sich öffnen die Pforten der Erde, mögen sich öffnen die Pforten der Wasser.«

Dann hoben alle Männer entlang des zukünftigen Kanals in schönem Gleichklang ihre Spitzhacken und hieben auf den Boden ein, öffneten die Erde. Die ihnen Gegenüberstehenden schaufelten sie in die Tragkörbe, trugen sie, sobald sie voll waren, fort und kippten sie dort, wo der Schutzwall gegen das Hochwasser entstehen sollte, wieder aus.

In seiner Freude, dieses Werk, das er schon so viele Jahre lang plante, endlich entstehen zu sehen, grub Cheops immer weiter, tat es den Bauern gleich, von denen er sich nur durch die Krone und seinen Schmuck unterschied. Die Höflinge waren verblüfft, und schließlich trat Anchaf auf ihn zu und sagte: »Herr, es ist nicht gut für das Ansehen Deiner Majestät, wenn du wie ein Arbeiter hier weitergräbst. Du hattest nur das Ritual zu vollziehen, die Furche zu spalten, doch du hast deine Aufgabe als Wegöffner nun erfüllt.«

Cheops richtete sich auf, wischte sich mit dem Handrücken den Schweiß vom Gesicht und erwiderte: »Es ist gut, wenn derjenige, der eine Arbeit anordnet, die erforderlichen Mühen am eigenen Leibe erfährt und ermißt.«

»Das stimmt wohl, Herr. Wenn alle, die Befehle erteilen, so handelten, dann wären sie weniger anspruchsvoll ihren Untergebenen gegenüber. Doch die Welt ist nun mal so: Wer Befehle erteilt, ist meist der Faulste und fordert von sich selbst die geringste Anstrengung.«

»Und du glaubst, man könne die Welt nicht ändern, Anchaf«, entgegnete Cheops mit belustigtem Lächeln.

»Allerdings. Wer etwas ändert, tut es meiner Erfahrung nach höchstens unmerklich und zum eigenen Vorteil. Nie sind es Leute aus dem Volk, die sich vielmehr betragen wie Schafe auf der Weide und willenlos erdulden, was man ihnen befiehlt. Bis die sich einmal beklagen, muß schon jedes Maß überschritten werden.«

»Und aus diesem Grund ersuche ich dich, Anchaf, als den Bauleiter Meiner Majestät, darauf zu achten, daß niemand je dieses Maß überschreite.«

Die nun folgende Zeitspanne erfüllte den König mit Glück. Nubet gebar ihm eine Tochter, und nicht, wie er befürchtet hatte, einen Sohn. Sie wurde Chentetenka genannt.

Henutsen teilte ihrem königlichen Gemahl schleunigst mit, daß sie erneut schwanger sei. Auf seine Bemerkung, er habe sie doch seit drei Monaten nicht mehr angerührt, und sie habe sich auffallend viel Zeit gelassen, ihn von seiner neuen Vaterschaft in Kenntnis zu setzen, hatte sie schnippisch geantwortet: »Deine Majestät vernachlässigt seine Gemahlinnen. Du kommst uns nie besuchen, lebst nur für die dritte Königin und deine Pläne. Du verachtest uns. Wieso sollte ich also zu dir rennen, um dir meine Schwangerschaft mitzuteilen? Ich dachte, das kümmerte dich nicht, da du ja nun Vater von so vielen Söhnen bist und Nubet, wie ich gehört habe, dir wohl noch einen weiteren schenken wird.«

»Henutsen, auch wenn meine königlichen Ämter mich voll in Anspruch nehmen, so verachte ich euch doch nicht, dich und meine Schwester Meritites. Sieh, ich habe den Baugrund für meinen großen Palast ausgesucht. Nach zwei, höchstens drei Überschwemmungszeiten wird er bewohnbar sein. Dann werdet ihr alle zu mir ziehen, du, meine Schwester, meine Mutter und all unsere Kinder. Und dann werde ich euch viel öfter sehen können.«

Henutsen bohrte nicht weiter. Sie hatte nicht die geringste Lust, aus ihrem Haus auszuziehen, es gefiel ihr dort, und von Sabi, den sie immer noch höchst anziehend fand, wollte sie sich auch nicht entfernen.

Gegen Ende der Zeit, da das Korn keimt, also mitten im Winter, wie man in anderen Ländern sagt, begab Hetep-heres sich in ihrer Baldachinsänfte zum großen Palast Snofrus, in dem jetzt ihr Sohn residierte. Sie hatte sich anmelden lassen, woraufhin Cheops die Hofbeamten fortschickte und sich in die Gärten zurückzog, um mit seiner Mutter allein zu sein. Er wußte, daß sie nicht öffentlich empfangen werden wollte, wenn sie ihm einen Besuch abstattete.

»Mein Sohn«, sagte sie, als sie auf dem von einem Diener bereitgestellten Stuhl Platz genommen hatte, »du hast offensichtlich auch nicht mehr Zeit als dein Vater. Du besuchst mich nicht, und daher mußte ich mich entschließen, zu dir zu kommen.«

Cheops ließ ihr Getränke, Datteln und Obst reichen, doch sie sprach gleich weiter: »Ich möchte mit Deiner Majestät über deine Schwester reden, über meine kleine Neferkau. Sieh, sie ist schon lange im heiratsfähigen Alter und beginnt zu welken wie eine Blume, die man nicht gießt. Es ist höchste Zeit, sie zu verheiraten. Sie braucht einen Gatten, der sie liebt, um wieder aufzublühen.«

Cheops konnte nur zustimmen: »Ich bin völlig deiner Meinung, Mutter. Ich denke auch manchmal an sie und kam zu dem Schluß, man müßte einen Gatten für sie finden. Doch der, der ihr von Natur aus bestimmt war, mein Bruder Rahotep, weilt nicht mehr unter uns. Und was Neferu anbetrifft, so halte ich es für gefährlich, ihm eine Gemahlin zu geben, die seine Thronansprüche wiederaufleben ließe.«

»Sie würde es auch ablehnen, so weit weg zu gehen von uns, bis an die Grenzen Nubiens.«

»Fällt dir denn, wenn das so ist, jemand ein, der eine Prinzessin königlichen Bluts heiraten könnte? Ich kenne niemanden.«

»Auch ich sehe unter den Freunden des Königs keinen, dem wir eine solche Ehre erweisen könnten, ohne gleichzeitig bei allen anderen Eifersucht zu wecken und Ehrgeiz und Eitelkeit beim Auserwählten zu schüren«, räumte die Große Königliche Gemahlin ein. »Doch einen gibt es, der deiner Schwester genehm und angemessen wäre. Er hat die große Flamme der Liebe in ihrem Herzen entzündet, und auch er ist, wie es scheint, nicht unempfänglich für ihre unverdorbene Schönheit.«

»Du machst mich neugierig, Mutter. Wen könntest du meinen?«

»Wisse, daß seit nun fast einem Jahr, da du Ibdadi als Erzieher deiner Kinder deinen Gemahlinnen zur Seite gestellt hast, auch Neferkau ihm mit Wonne zuhört und ihn gerne um sich hat. Nach und nach verliebte sie sich in ihn. Trotz aller Zurückhaltung und Bescheidenheit, wie es sich für ein wohlerzogenes Mädchen königlichen Geblüts geziemt, hat Ibdadi ihre Zuneigung gespürt und mehr und mehr Gefallen gefunden an ihrem wachen Geist, ihren schalkhaften und schlagfertigen Antworten wie auch an ihrem kecken Liebreiz. Vor einigen Tagen kam Neferkau nun zu mir, bekannte mir ihre Liebe und ihre Sehnsucht, Ibdadis Frau zu werden. Daraufhin ließ ich Ibdadi kommen, sprach mit ihm, vernahm aus seinem Munde, auch ihm bereite die Gesellschaft der Prinzessin höchstes Vergnügen, wenn er es sich auch versage, die Augen zu ihr zu erheben, da eine ägyptische Königstochter doch niemals einen Fremden heiraten könne, auch wenn dieser die Gunst des Königs genieße.«

»Eine kluge Antwort«, befand Cheops.

»Eine Zurückhaltung, die mir gefällt. Doch wisse, daß es mir noch mehr gefallen würde, wenn du einer solchen Heirat zustimmtest. Denn sieh: Gerade weil Ibdadi ein Fremder ist, die Hofintrigen ihn nicht betreffen, und vor allem, weil er ein Weiser im besten Mannesalter ist, wäre er der ideale Gemahl für meine Tochter. Niemals könnte er auch nur in Gedanken diese Heirat ins Feld führen, um Verschwörungen anzuzetteln oder deine Krone zu fordern.«

»Davon bin ich überzeugt«, sagte Cheops zustimmend.

»Wenn du also diesen Mann, den du selbst zu uns eingeladen und dem du die Erziehung deiner Kinder anvertraut hast, mit deiner Schwester verheiratest, dann machst du zwei Menschen glücklich, denn sie verzehren sich nach einander, und damit verhinderst du gleichzeitig, daß dein Halbbruder oder ein anderer Verwandter mit finsteren Hintergedanken um die Hand deiner Schwester anhält.«

»Neferkau ist deine Tochter, Mutter. Wenn du meinst, daß sie Ibdadi trotz seiner ausländischen Herkunft heiraten kann, dann werde ich mich deinen Plänen nicht widersetzen, denn du bist viel zu klug und umsichtig, um eine falsche Entscheidung zu treffen. Du wirst entscheiden. Du weißt doch, daß das geringste deiner Worte ein Befehl ist, der sofort ausgeführt wird, und du nur einen Wunsch zu äußern brauchst, damit er zu einer Willensbekundung wird, der man entspricht.«

»Solche Worte, mein Cheops, sind eines Sohnes würdig, der seine Mutter liebt und achtet. Ich danke dir und werde dieses Kind und unseren Gast zu mir rufen, um ihnen unseren Willen mitzuteilen.«

»Tu das, Mutter. Und diese Hochzeit muß besonders festlich gefeiert werden, damit jedermann sieht, welchen Rang Meine Majestät diesem Mann aus dem fernen Byblos zuerkennt.«

Im folgenden Monat heiratete Ibdadi Neferkau und wurde aufgenommen in die königliche Familie Ägyptens, was ihm aber keineswegs zu Kopf stieg. Er bezog mit seiner jungen Gemahlin das prachtvolle Haus, das Cheops ihm geschenkt hatte, und von diesem Tag an wurde sie freiwillig zu seiner Schülerin, neben den Kindern von Cheops, deren Ältester, Kawab, mittlerweile sieben Jahre alt war. Er und sein Bruder Baefre waren nun eigentlich alt genug, um ins Lebenshaus eines Tempels einzutreten, doch da der Ptah-Tempel geschlossen war, hatte Cheops einen geübten Schreiber beauftragt, ihnen das Schreiben und Lesen der heiligen Zeichen beizubringen. Sie sollten erst reifer werden, bevor er sie nach Heliopolis schicken würde. Vorerst erzählte Ibdadi ihnen noch Geschichten und schilderte ihnen ferne Völker, die er im Lauf seiner Reisen kennengelernt hatte.

Mit allgemeiner Begeisterung wurden die großen Bauvorhaben angepackt, die die friedvolle Regierungszeit von Cheops auszeichnen sollten. Um dem Volk und den Priestern zu zeigen, daß er den Ptah-Tempel wirklich nur geschlossen hatte, um politischen Umtrieben ein Ende zu setzen, und trotz seiner Neigung zum Sonnenkult, dem geistigen Lichtsymbol des verborgenen Gottes, die anderen Gottheiten nicht vernachlässigte, ordnete er den Bau eines Hathor-Tempels an. Sie war die Göttin, die die Welt zusammenhielt durch die innere Regung, die man Liebe nennt. In Dendera, wo sie seit Urväterzeiten verehrt wurde, sollte sie ihren Tempel erhalten, so wie andere Gottheiten ihre Tempel in Koptos und Bubastis bekamen.

Er war derartig damit beschäftigt, das Land gut zu regieren und all die Arbeiten zu überwachen, daß er nicht nachrechnete, als Henutsen rund zehn Monate nach seiner Krönungsnacht einen dritten Sohn gebar, der den Namen Minkaf erhielt.

ZWANZIG

Obgleich sie aufgrund ihrer gesellschaftlichen Stellung über eine ganze Schar von Dienerinnen verfügen konnte, legte Henutsen Wert darauf, sich selber um ihre Kinder zu kümmern. Sie hatte sie gestillt und mit sich herumgetragen, als sie noch klein waren, indem sie, wie die Frauen aus dem Volk, ein breites Stoffband um ihren Körper wickelte, so daß das Kind auf ihrer Hüfte sitzen konnte, und sie die Arme frei hatte. Sie genoß es, diesen niedlichen, nackten kleinen Körper an ihrem Leib zu spüren und an der Entfaltung des jungen Lebens teilzuhaben. Es wuchs gleichsam an ihr heran. Und wenn es sich vergaß, stieg sie einfach mit ihm in eines der Wasserbecken des Palastgartens, so daß Mutter und Kind schnell wieder sauber waren.

An diesem Morgen gesellte sie sich nach dem Bad zu den anderen, die artig im Kreis um Ibdadi saßen und seinen Worten lauschten: Meritites, Neferkau, Uta und Chery, ihre beiden Jugendgespielinnen, die mittlerweile Freunde Seiner Majestät geheiratet hatten. Meritites war eingerahmt von ihren beiden Lieblingssöhnen Kawab und Baefre, die sie mit Süßigkeiten wie Datteln und Honigkuchen vollstopfte, was man den beiden auch schon ansah. Sie waren dick und wohlbeleibt wie ihre Mutter. Djedefhor hingegen schien kein solches Leckermaul zu sein. Er hing an Ibdadis Lippen und aß nur wenig, trotz der tadelnden Worte seiner Mutter, er werde noch Hungers sterben. Er war rank und schlank, was Henutsen gefiel, die ja auch nicht wenig stolz war auf ihren schlanken Körper und schönen Busen, trotz der vier Schwangerschaften. Sie achtete auf ihr Gewicht, stählte ihren Körper, auch auf jene besondere Art, an der Sabi mitwirkte. Ebenso sorgfältig überwachte sie die Mahlzeiten ihrer Kinder. Was nötig war, sollten sie bekommen, aber nichts weiter, vor allem keine Süßigkeiten zu jeder beliebigen Tageszeit, denn daß sie nur dick machten und die Zähne schädigten, wußte man längst. Vielleicht war das der Grund, warum Djedefhor lieber mit ihnen zusammen war als mit seinen zwei Brüdern und Henutsen liebevoll seine »zweite Mutter« nannte. Meritites, die nach wie vor in der zweiten Gemahlin ihres Bruders eine Freundin sah, hatte nichts dagegen einzuwenden, war nicht im geringsten eifersüchtig. Sie bewunderte Henutsens Stärke, ihr unbeirrbares Wesen, ihre Sanftmut in Sprache und Benehmen, ihre Selbstbeherrschung, ihre Zurückhaltung, mit der sie sich jugendliche Anmut und Schönheit bewahrte. Sie sah viel jünger aus, als sie tatsächlich war, um vieles jünger als Meritites, die sich gar nicht bemühte, sie nachzuahmen, sondern sich lieber, als Ersatz für die Liebe eines Mannes, ihrer Liebe zu Speis und Trank hingab. Wenn Henutsen dies innerlich auch mißbilligte, war sie doch froh, daß Meritites sie gern hatte, das ersparte Streit und Groll. Der einzige Vorwurf, den sie ihr machte, war ihre Gleichgültigkeit gegenüber der Untreue ihres gemeinsamen Gemahls, der ja nicht nur eine dritte Gemahlin mitgebracht hatte, sondern sie beide völlig vernachlässigte, um sich in Snofrus Palast, seiner Residenz, ganz der anderen zu widmen. Doch bei längerem Nachdenken erschien ihr das Ganze eher belustigend: Meritites hatte sich mit Wein und Datteln getröstet, und sie, Henutsen, mit einem Liebhaber. Jede nach ihren Bedürfnissen und Neigungen!

Henutsen setzte sich auf den ihr bestimmten Sessel, hinter ihre beiden Ältesten, Chufukaf und Chephren, die wie die anderen Kinder auf Matten hockten. Ihre Tochter Chamernebti spielte mit Meritites' Töchterchen Meresanch ein wenig abseits unter Aufsicht der Ammen. Beide waren noch zu klein für diesen Unterricht im Familienkreis.

Ibdadi erzählte gerade die spannende Geschichte von Etana aus dem Lande Sumer, der vor Gründung der Städte, vor Einführung des Königtums auf Erden gelebt hatte und der einem göttlichen Adler aus einer tiefen Grube herausgeholfen hatte, in die die Götter ihn geworfen hatten, weil er das Vertrauen der Schlange, die seine Freundin gewesen war, mißbraucht und deren Junge gefressen hatte. Zum Dank hatte der Adler Etana dann mit hinauf zu den Himmeln genommen, bis zur Schwelle der Götterwelt, wo er die magische Pflanze finden würde, die unfruchtbaren Frauen zu einem Kind verhelfen sollte. Danach war Etana wieder auf die Erde zurückgekehrt, hatte eine Stadt namens Kisch gegründet und dort als König regiert.

»Von dort oben, vom Himmel aus, hat er dann ja wohl auch die Erde gesehen, mit all ihren Bewohnern, mit dem Fluß und den Bergen«, bemerkte Djedefhor pfiffig wie immer. Er war eindeutig der aufgeweckteste von all den Kindern.

»Das hat er alles gesehen, wie ein Vogel, der in die Wolke hinaufsteigt und sie spaltet so schnell wie der Wind. Aber nicht nur unseren Fluß, den Nil, hat er gesehen, sondern auch all die anderen Flüsse in den anderen Ländern, vor allem die zwei, die genauso breit sind wie der Nil und durch das Land der Sumerer fließen.«

»Wenn wir diesen Adler fänden, dann könnten wir doch auch auf seinen Rücken klettern und in Windeseile von einer Stadt zur anderen fliegen«, warf abermals Djedefhor ein. »Dann könnte Papa, Seine Majestät, von hier aus bis zum äußersten Zipfel des Königreiches fliegen, um dort nach dem Rechten zu sehen und seine Befehle zu erteilen. Er würde morgens losfliegen und abends wieder in seinem Palast sein.«

»Gewiß, doch niemand weiß, wo dieser Adler zu finden ist«, antwortete Ibdadi. »Er hat sich nie mehr gezeigt, seit er Etana zum Himmel hinauf geflogen hat.«

»Wenn ich groß bin, werde ich ihn suchen und ihn unserem Vater bringen, damit er in Windeseile durch sein Königreich fliegen kann, von einem Ende zum anderen.«

»Das wäre allerdings eine gute Tat.« Ibdadi lächelte belustigt. »Aber ich kann euch verraten, Kinder, daß die Leute von Sumer ein fast ebenso schnelles Mittel zur Verständigung gefunden haben.«

»Was für eins?« fragte jetzt Kawab.

»Tauben. Schlicht und einfach Tauben. Diese Leute wissen, wie man sie abrichtet, ihnen beibringt, in die Wolken hinein zu fliegen, die Teile von Himmel und Erde zu erkennen, die man Kardinalpunkte nennt, und Botschaften zu überbringen, über große Entfernungen hinweg.«

»Aber wie soll das denn gehen?« fragte Chufukaf verwundert. »Tauben können doch nicht sprechen.«

»Vor langer, langer Zeit konnten die Tiere angeblich sprechen, vor allem die Vögel, und ganz besonders die Tauben. Es soll sogar Menschen geben, die ihre Sprache beherrschen, denn auch die Vögel haben ihre Ausdrucksweise; sie sprechen zwar die Sprache der Menschen nicht, verstehen sie aber teilweise. Untereinander verständigen die Vögel sich mit ihrem Gesang, das dürft ihr nicht vergessen. Die meisten Menschen verstehen diesen Gesang allerdings nicht, aber sie verstehen ja auch nicht die Sprachen ihrer Nachbarn, die ihnen wie Vogelgezwitscher in den Ohren klingen. Die Tauben brauchen gar nicht sprechen zu können. Man schreibt eine Botschaft auf ein winziges Papyrusblatt und befestigt es an einem Taubenfüßchen. Ein oder zwei Tage später hat der, dem die Botschaft gilt, sie bereits in Händen, während ein Läufer acht, zehn oder noch mehr Tage brauchen würde, selbst wenn er sich keine Rast gönnte. Weder Flüsse noch Berge oder Meere halten die Tauben auf, weil sie ja quer durch die Himmel fliegen.«

»Wenn das, was du da erzählst, stimmt, Ibdadi«, ließ sich nun Meritites vernehmen, »dann frage ich mich, warum der König und seine Schreiber dieses Mittel nicht nutzen, um Befehle in die Provinzen zu schicken. Warum hast du das Seiner Majestät nicht längst erzählt?«

»Der König kennt die Fähigkeiten dieser Tauben. Es gab welche auf dem Schiff, das Ineki befehligte. Und dieser Schurke setzte sie auch ein, um Botschaften nach Ägypten zu senden und Befehle jener Verräter zu erhalten, die unserem Herrn, dem König, schaden wollten. Seine Majestät weiß mit Gewißheit, daß eine Taube Ineki den Befehl überbrachte, ihn noch während seines Aufenthaltes in Byblos zu töten. Auch dort versteht man es, die Tauben als Überbringer von Botschaften in weite Fernen zu nutzen. Ich weiß allerdings nicht, wie man sie abrichtet.«

Henutsen war hellhörig geworden. »Sag mal, Ibdadi, läßt sich jede Art Taube zu einem solchen Boten abrichten?«

»Ich glaube nicht, daß alle Arten dafür geeignet sind. Bei uns wurden sie sehr sorgfältig ausgewählt. Es war eine Art, die sich durch Schnelligkeit und Ausdauer auszeichnete und diesen erstaunlichen Orientierungssinn besitzen mußte, der sie den Zielort, aber auch den heimatlichen Taubenschlag schnell finden läßt, obwohl doch häufig große Entfernungen zwischen beiden liegen. So konnte Ineki mit Memphis Verbindung halten, obwohl es weit entfernt ist von Byblos.«

Henutsen ließ nicht locker. »Was sind das also für Tauben? Sind es andere als die hier bei uns, die man ja nur zum Essen züchtet?«

»Es sind andere, die man hier in Ägypten auch nicht findet. Daher kann Seine Majestät sie nicht nutzen. Anders als die hiesigen Arten haben sie eine Art Schopf, einen längeren Schnabel und auch längere Beine, als hätte ein Gott sie ihnen verlängert, damit sie größere Papyrusrollen tragen können. Sie bekommen Körnerfutter und werden auf Kraft, Schnelligkeit und Ausdauer trainiert.«

»Von diesen Tauben hat Seine Majestät mir noch nie etwas erzählt. Dir doch wohl auch nicht, Meritites?« fragte Henutsen.

»Mir erzählt er ja sowieso nichts, wie du weißt. Es wäre mir aber auch völlig gleichgültig.«

»Ich glaube eher«, warf Ibdadi ein, »daß Seine Majestät keinen besonderen Grund hatte, davon zu erzählen. Dennoch glaube ich zu wissen, daß der König den Ptah-Tempel durchsuchen ließ, man dort aber keine Taube fand. So weiß Seine Majestät bis heute noch nicht, wo der Taubenschlag steht, in dem die Brieftauben der Verschwörer gezüchtet wurden.«

Nach diesem Gespräch zog Henutsen sich in ihr Zimmer zurück und bettete den Säugling in einen breiten Korb mit hochgezogenen Rändern, aus dem er nicht herausfallen konnte, wenn er aufwachte. Sie wollte in Ruhe nachdenken, denn die Geschichte mit den Brieftauben hatte sie beunruhigt. Sie zitterte vor Erregung und fühlte sich ihrer Kraft beraubt, denn sie erinnerte sich, mit welchem Erstaunen sie die Tauben betrachtet hatte, die Sabi in seinem Garten züchtete. Sie sahen so ganz anders aus als die, die man in Ägypten kannte. Sie hatten den Schopf, den Ibdadi erwähnt hatte, und die auffallend langen Beine. Daß Sabi sie nicht aß, wußte sie auch. Und hatte nicht Sabis nubischer Diener den im Ptah-Tempel versammelten Verschwörern den angeblichen Tod von Cheops verkündet?

Keine ihrer Dienerinnen und Vertrauten wußte, daß sie so oft heimlich aus ihrer Residenz entfloh, tagsüber durch die Straßen der Stadt streifte und sich nachts Seitensprünge gönnte. Zwei Personen hatte sie allerdings selbst eingeweiht: Chery, die Freundin aus Kindertagen, der sie die Leitung ihres Hausstandes übertragen, und Uta, die andere Gefährtin, die sie zur Aufseherin der Ammen ihrer Kinder gemacht hatte. Als Uta, die der plötzliche Aufbruch Henutsens erstaunt hatte, weil das so gar nicht deren Art war, nun in ihr Zimmer trat, sprang Henutsen von ihrem

Bett auf und sagte: »Uta, bleib du hier bei Minkaf. Ich muß kurz weg. Aber sag niemandem etwas. Wenn man dich fragt, wo ich bin, oder wenn man mich sucht, dann antwortest du, ich hätte eine persönliche Besorgung zu machen, die kein anderer für mich erledigen kann.«

Und noch während die junge Frau neben dem schlafenden Säugling Platz nahm, lief sie schon in den Garten und an dessen Ende durch das geheime Pförtchen, das im dichten Pflanzenwuchs entlang der Umfriedungsmauer kaum zu erkennen war. Sie hastete zu Sabis Haus, wollte die Tauben abermals aus der Nähe sehen und ihrem Liebhaber die Fragen stellen, die sie umtrieben und beunruhigten. Könnte er sein angebliches Wissen um das Geschehen in Byblos nicht mit Hilfe der Tauben von Ineki bezogen haben? Dann hätte er sie ja schändlich an der Nase herumgeführt!

Allein schon der Gedanke, auf einen solchen Schwindel hereingefallen zu sein, machte sie rasend. Sie ging schnellen Schrittes, rannte sogar streckenweise, konnte es kaum erwarten, die Wahrheit herauszufinden. Sie sah Sabis Haus schon vor sich, als sie plötzlich wie angewurzelt stehenblieb: Das war doch Tjazi, der ihr den Rücken zukehrte und in entgegengesetzter Richtung ging, weg vom Haus seines Herrn! Sie wußte aber doch, daß Bes die Einkäufe zu machen pflegte und der Verbindungsmann war zwischen dem Magier und der Außenwelt. Was tat also der Nubier hier auf der Straße? Einer unbestimmbaren Ahnung folgend, ließ sie das Haus links liegen und folgte ihm unauffällig. Zu dieser Tageszeit wimmelte es von Menschen in den Straßen. Bauern und Ladeninhaber boten ihre Ware feil, Gemüse, Obst, Güter aller Art, aufgereiht auf Matten vor den Häusern oder Verkaufsständen in engen Winkeln. Auch die Barbiere betrieben ihr Handwerk auf den Straßen, man stand Schlange, um sich das Haar schneiden oder den Bart scheren zu lassen. Streunende Hunde und mit Säcken beladene Esel nahmen die Mitte der Straße ein, und wenn gar einer der Esel plötzlich stehenblieb und sich trotz der Schläge und Schreie des Treibers nicht mehr von der Stelle rührte und sämtliche Hunde bellend und angriffslustig zwischen den Beinen der Fußgänger hin und her jagten, dann war überhaupt kein Durchkommen mehr.

In diesem lärmenden Getümmel achtete niemand auf Henutsen. Jetzt betrat Tjazi den großen, weiten Platz vor dem geschlossenen Ptah-Tempel, ging aber um diesen herum und verschwand in dem Gäßchen, das am östlichen Flügel entlangführte. Im Gegensatz zu dem auffallend belebten Platz war dieses Gäßchen still und menschenleer, denn hier brütete die Sonnenhitze. Henutsen verharrte in einem Mauerwinkel des Tempels und warf nur einen kurzen Blick in die Gasse, der ihr zeigte, daß die Umfriedungsmauer am hintersten Ende stellenweise eingestürzt war, so daß Tjazi nur über die aufgetürmten Bruchziegel zu klettern brauchte, um hinter der Mauer zu verschwinden. Da sie sich diesen rätselhaften Besuch in dem ausgestorbenen und verbotenen Tempelbezirk noch immer nicht erklären konnte, lief nun auch Henutsen auf diese Bresche zu, kletterte über den Schuttberg und gelangte in den Hof des Tempels. Da sah sie, wie der Nubier ein niedriges Törchen am Heiligtum öffnete und hineinschlüpfte. Sie rannte über den menschenleeren Hof und erreichte durch das einen Spaltbreit offen gebliebene Törchen einen Säulensaal, in den durch Öffnungen hoch oben in den Wänden, fast auf der Höhe des Daches, Licht hereinfiel. Klopfenden Herzens lief sie durch diesen Saal. Sie wollte unbedingt herausfinden, was der Nubier in dem verlassenen Tempel zu suchen hatte.

Mit einer brennenden Fackel in der Hand – wo oder wie er die wohl entzündet hatte? – ging er einen dunklen Gang entlang, und an diesem Lichtschein, der Tjazis massige Gestalt als Riß in der Finsternis deutlich erkennen ließ, orientierte sich nun Henutsen. Vorsichtig schlich sie hinter ihm her. Trotz aller Kühnheit schwitzte sie, denn ihr letztes Abenteuer in diesem Tempellabyrinth stand ihr noch deutlich genug vor Augen. Die undurchdringliche Stille heute schnürte ihr die Luft ab, diese Dunkelheit und das flakkernde Licht des geheimnisvollen Besuchers machten sie unruhig. Nun betrat Tjazi einen Raum, während sie auf der Schwelle haltmachte.

Rings um einen großen steinernen Bottich, der wie ein Sarg aussah, standen auf hölzernen Dreifußschemeln sieben Öllämpchen. Der Nubier hatte die Fackel in eine Halterung im Mauerwerk gesteckt und goß jetzt aus einem großen Krug Öl in die Lämpchen, die durch langes Brennen schon fast am Erlöschen waren. Da sie sicher sein konnte, im Halbdunkel nicht entdeckt zu werden, verfolgte Henutsen mit den Augen alles, was Tjazi nun tat. Nachdem er die Flammen wiederbelebt hatte, warf er Weihrauch in irdene Gefäße, die auf dem Rand des Bottichs standen, und als das brennende Harz die Holzspäne zum Glimmen brachte und Tjazi kräftig hineinblies, stiegen Rauch- und Duftschwaden auf. Einen Augenblick lang verharrte er unbeweglich an einem Ende des Bottichs und trat dann, die Fackel hoch erhoben, den Rückweg an. Henutsen preßte sich in einen dunklen Winkel, und Tjazi ging an ihr vorbei, ohne sie zu bemerken, und verschwand wieder in den Gängen. Sie wartete, bis sie sicher sein konnte, daß er fort war, und ging dann auf den steinernen Trog zu: Sie wollte doch wissen, was darin war. Im Schein der sieben flackernden Lämpchen erkannte sie einen mumifizierten Leichnam. Nur der Kopf war nicht umwickelt. Entsetzt schrie sie auf. Dieses Gesicht, das bestimmt lange in Natronlauge und anderen Ingredienzien gelegen hatte, war so gut erhalten, daß es noch zu leben schien. Das war doch Tjazi mit der tiefen Narbe am Schädel, die von der Schläfe bis zur Wange herunter verlief!

Da sie es nicht glauben konnte, nahm sie eines der Lämpchen, um das Gesicht deutlicher zu beleuchten. Da war kein Zweifel möglich, es war Sabis nubischer Diener – dabei war der doch gerade lebend an ihr vorbeigegangen! Als sie nun eine Stimme hinter sich hörte, fuhr sie zusammen.

»Ja, Henutsen, es ist wirklich Tjazi, den du da im Sarg siehst.«

Sie richtete sich auf und sah sich Sabi gegenüber, der mit einer Fackel in der Hand den Raum betrat. Sie stellte das Lämpchen zurück auf den Ständer und preßte eine Hand auf ihr Herz, das so schnell schlug, als wollte es zerspringen. Doch Sabi wirkte ganz ruhig, schien weder zornig noch feindselig.

»Dieser Schurke von Rahotep hat ihn mit einem Beilhieb getötet.« Nun stand Sabi direkt vor ihr.

»Ja, aber …« Sie wurde wieder ruhiger; von ihrem Liebhaber hatte sie ja wohl nichts zu befürchten. »Wer war denn dann der Mann, der soeben hinausging?«

»Sein Zwillingsbruder. Ich habe sie beide gekauft damals, als sie noch Knaben waren, weit weg von hier, im Süden, jenseits des Katarakts. Aber der, den du gesehen hast und der noch am Leben ist, war damals schon stumm. Man hatte ihm die Zunge ausgerissen – wer oder warum habe ich nie herausgefunden. Ihm zuliebe habe ich diesen Sarg besorgt und Tjazi einbalsamiert, denn nach dem Glauben seines Volkes kann ein Zwillingsbruder nur überleben, wenn der Leib des Verstorbenen vor dem Zerfall bewahrt wird. Dieser zweite Tjazi glaubt also sterben zu müssen, wenn der Leib seines Bruders nicht bewahrt und von diesen Lichtern umstellt wird. Sie sind gleichsam seine sieben Seelen, und jede von ihnen verkörpert eines der Leben, die nach den Gesetzen des Schöpfergottes jedem Menschen zustehen. Deswegen kommt er täglich hierher, flößt den Lampen neues Leben ein und prüft, ob der Leib seines Bruders auch nicht zerfällt und sich das menschliche Antlitz bewahrt.«

»Damit hast du also ein gutes Werk getan, Sabi, und gleichzeitig deinem Diener zum Überleben verholfen. Aber warum hast du mich dann glauben gemacht, du hättest ihn geheilt, deine Zauberkraft sei so stark, daß du selbst derartige Wunder zu vollbringen vermöchtest?«

»Aus Liebe zur dir, um dir keinen Kummer zu machen, um keine Gewissensbisse in dir zu wecken, weil Tjazi ja schließlich gestorben war, um dir das Leben zu retten. Hätte ich dir das kaltblütig sagen sollen?«

Diese Antwort machte jeden Vorwurf zunichte. Mit seiner Lüge hatte er sie nicht zum Narren gehalten, sondern ihr Kummer erspart. Henutsen war so befangen, daß sie sogar vergaß, ihn nach den Tauben zu fragen. Doch da hörte sie ihn sagen: »Du warst auf dem Weg zu mir. Ich sah dich von meiner Terrasse aus. Dann bist du von deinem Weg abgewichen, um Tjazi zu folgen. Also nahm ich deine Spur auf und ging dir nach. Du bist wirklich zu neugierig, meine kleine Henutsen, dieses Herumschnüffeln wird dir eines Tages zum Verhängnis werden. Beim ersten Mal bist du nur um Haaresbreite dem Tod durch Rahotep entgangen, und diesmal hättest du ein Geheimnis entdecken können, das dir verborgen bleiben sollte.«

»Gäbe es denn ein Geheimnis, das ich nicht kennen dürfte?«

»Gewiß. Es gefällt mir schon nicht, daß du den Tod meines Dieners entdeckt hast, denn wenn ich ihn dir verschwiegen habe, dann wollte ich es so. Aber ich liebe dich nun einmal, und werde es dir nicht übelnehmen. Du könntest jedoch auf Männer stoßen, die dir weitaus weniger wohlgesonnen sind, auf einen Mann, der nicht der Vater deines Kindes ist und dich kaltblütig zum Tode befördern würde. Vergiß das nie, und sei in Zukunft vorsichtiger als bisher! Das wird dich vor mancher Gefahr bewahren.«

»Ein guter Rat, Sabi«, räumte sie ein. »Es stimmt schon, ich bin manchmal unvorsichtig und waghalsig, aber so ist nun einmal meine Natur.«

Die Antwort machte ihn lächeln, doch gleich darauf fragte er: »Was führte dich eigentlich bei hellichtem Tag zu mir? Warum tust du das, wenn nicht, um mir unseren Sohn zu zeigen? Du hast ihn mir erst einmal gebracht, bei Nacht, und da hast du nicht bleiben wollen, angeblich aus Angst, seine Amme könne ihn besuchen wollen, während er schläft, und ihn dann nicht in seinem Bett finden.«

Die schlaue Henutsen war um keine Antwort verlegen. »Das ist die Wahrheit«, beteuerte sie, wobei sie nicht einmal log. »Ich kann ihn dir nicht bei Tag bringen, denn da ist die Gefahr, daß Besuch kommt, viel zu groß, vor allem Königin Hetep-heres erscheint häufig unangemeldet bei ihren Enkeln. Daher bin ich gekommen, um dir vorzuschlagen, mich und den Kleinen heute nacht in meiner Residenz zu besuchen. Ich werde dich durch das versteckte Törchen hereinlassen, und dann kannst du ihn dir nach Herzenslust anschauen. Bei Nacht kommt niemand überraschend zu mir, mit Ausnahme meines Gemahls. Doch der ist seit seiner Rückkehr mit seiner neuen Liebe viel zu beschäftigt, als daß es ihm einfiele, sie mitten in der Nacht zu verlassen und zu mir zu laufen.«

»Wenn das so ist, werde ich kommen«, sagte Sabi. »Es würde mir schon Freude machen, das Kind in seiner Umgebung zu sehen und mir sagen zu können, daß er meines Fleisches ist und vielleicht eines Tages den Thron der Beiden Länder besteigt.«

Nicht erwähnt hatte Sabi, daß er sich ebenfalls im Tempel befunden hatte, als der Nubier ermordet wurde. Er hatte sich in einem Nebenraum versteckt, weil er miterleben wollte, wie Rahotep und die Ptah-Priester reagierten, wenn sein Bote ihnen Cheops' Tod mitteilte. Doch als Henutsen entdeckt wurde, Rahotep sich auf sie stürzte und schließlich Tjazi niederschlug, da hatte er nicht eingreifen können. Und während die reinen Priester hastig das Blut aufwischten – eine Besudelung des Tempels! –, hatten ihm auf Anordnung Ptahusers andere Priester geholfen, den Leichnam zu beseitigen. Mit knapper Not hatten sie gerade noch sein Haus erreicht, bevor die *medjaj* den Tempel stürmten und die hohe Priesterschaft festnahmen.

Aus Achtung vor dem Toten und Gefälligkeit für den Zwillingsbruder hatte er dann den Leichnam einbalsamiert. Wäre Henutsen nicht gewesen, hätte er ihn in einem abgelegenen Raum seines Hauses behalten. Als sie sich jedoch über den unversehrten Doppelgänger gewundert hatte und zu seiner Geliebten geworden war, konnte er die Mumie nicht länger im Haus behalten. Diese junge Frau war viel zu neugierig und hätte ihn eines schönen Tages entdeckt. Da war ihm der Gedanke dieser Grabstätte im verwaisten Tempel gekommen. In diesem Steintrog waren früher die Einweihungsriten in die Geheimnisse des Ptah vollzogen worden. Sabi verabscheute diese Riten zutiefst, denn ihm konnte man doch nicht einreden, daß ein wie auch immer gearteter Gott in menschliche Belange eingriff, und am Weiterleben der Seele in einer anderen Welt hatte er auch seine Zweifel. Mit Hilfe des zweiten Tjazi hatte er dann in dunkler Nacht die Mumie hierhergeschafft und dem Bruder das Ritual mit den Lampen und den täglichen Besuchen gestattet.

Henutsens Überlegungen führten sie zu dem Schluß, daß ihr Geliebter zwar keineswegs jene okkulten Kräfte besaß, die er zu haben behauptete, aber um so mehr Bewunderung verdiente. Denn wirkliche geheime Kräfte waren ja angeboren und daher nicht rühmenswert. Sie aber durch List, Schläue und Kenntnisse zu ersetzen, das war eine Leistung! Warum sollte sie also weiterbohren, um die Gewißheit zu erlangen, daß Sabi alles, was in weiter Ferner geschah, durch seine Brieftauben erfahren hatte? Mittlerweile war sie überzeugt, daß es so gewesen war. Man mußte schon sehr schlau sein, um die Menschen so zu täuschen! Ein Grund mehr, diesen Mann zu lieben, der ihr ja außerdem noch Lust und Wonnen bescherte – war das nicht höchste Zauberkunst?

EINUNDZWANZIG

Ermattet ließ sich Abedu in den Klappstuhl sinken, den sein Diener ihm aufgeschlagen hatte. Schon wieder dieser Schmerz in der Brust und das Ziehen im linken Arm! Der zweite Diener, der seine Sandalen, einen Schlauch mit abgeseihtem Bier und seinen Fächer trug, eilte herbei, fächelte ihm Luft zu und bot ihm zu trinken an, doch Abedu winkte ab.

»Es geht schon, ich bin nur etwas müde, nichts weiter.«

Vor ihm lag in voller Breite das sogenannte Reich des Hirten Philitis mit der Baustelle der Großen Pyramide, dem Tempel für die Ewigkeit. Zwölf Jahre lang ließ Cheops hier nun schon bauen an der Verwirklichung seines wahnwitzigen Traums! Zigmal hatte Abedu sich hier schon niedergelassen, anfangs fast jeden Tag. Er wollte es Cheops heimzahlen! Genauso hatte der doch als junger Mann stundenlang schweigend dagesessen und den Bau der Südlichen, der Sonnenpyramide beobachtet, die er, Abedu, hochzog und die dann eingestürzt war und ihn in Ungnade stürzte. Hätte nicht auch er der Baumeister dieses großartigen steinernen Zeugnisses der unbeugsamen Willenskraft von Snofrus Sohn sein können? Bitternis erfüllte ihn. Nur einmal, ein paar Monate lang, hatte Abedu seine Besuche hier eingestellt. Da war er das Niltal zwischen Sais und Buto im nördlichen Delta und Edfu und Elephantine im südlichen Oberägypten hinuntergefahren, um die ehemaligen Priester des Ptah, die Cheops auf die verschiedensten Tempel verstreut hatte, für sich zu gewinnen, für seine Vorhaben, für seine Abrechnung mit dem Thronerben. Alle waren sie verbittert gewesen wegen der Schließung des Tempels und ihrer Ausweisung, alle hatten sie versprochen, sich ihm anzuschließen, sobald ein Anführer für den Aufstand gegen den, der in seinen Augen die Krone an sich gerissen, gefunden sei. Doch keiner hatte sich erboten, den Tempel zu verlassen, wo es sich in Frieden und Überfluß leben ließ, keiner hatte ihn begleiten wollen, um mit ihm das Volk aufzuwiegeln! Seine größte Enttäuschung war Neferu gewesen. Der hatte ihm kaum zugehört, ihn unverblümt abblitzen lassen, ihm zum Stillhalten geraten, ja ihm sogar gedroht, ihn festnehmen zu lassen. Denn er, so hatte Neferu erklärt, sei entschlossen, diesem Bruder treu zu dienen, der ihn vor dem Gefängnis, wenn nicht gar vor dem Tod bewahrt und ihm sogar die Verwaltung einer der wichtigsten Provinzen des Reiches überantwortet hatte.

Um ihm zu verstehen zu geben, daß er nicht nur aus Dankbarkeit so sprach, sondern überzeugt war, daß jegliche Verschwörung fehlschlagen würde, hatte Neferu ihm, Abedu, empfohlen, jeden Gedanken an Rache oder Aufstand fallenzulassen. »Versteh doch, Abedu«, hatte er gesagt, »Seine Majestät ist allmächtig, die Krönung war völlig rechtens. Das Volk ist ihm ergeben, alle Statthalter, alle Schreiber sind uneingeschränkt auf seiner Seite. Das Heer hat er neu organisiert, er ist der Oberbefehlshaber, und ihm unmittelbar unterstellt sind Rawer und der ebenso getreue Suhor, der Oberste der *medjaj*, deren Mannschaftsstärke verdreifacht wurde, was eine schlagkräftige königliche Garde ergibt. Wer sollte wohl Truppen ausheben, um anzutreten gegen einen König, den nichts und niemand vom Sockel zu stoßen vermag? Begrabe deine Träume und kehre heim, um im Kreise der Deinen friedlich die Jahre zu leben, die der Gott dir noch vergönnt.«

Er hatte sich den Tatsachen beugen müssen: Cheops war der unbestrittene Herr über Ägypten, keine Macht der

Welt war in der Lage, ihn vom Thron zu stürzen. Mord wäre der einzige Ausweg gewesen. Aber als er von Sabis Lippen den ungeheuren Preis für eine Scherbe gehört hatte, war ihm nach der niederschmetternden Erfahrung mit den ehemaligen Widersachern des Königs tatsächlich nichts anderes mehr übriggeblieben, als sein Vorhaben zu begraben. Tote hätten jetzt nur noch sein Rachebedürfnis gestillt, und das war mit den Jahren bereits abgeflaut. Er hatte darauf verzichtet, was klug gewesen war. Denn dem falschen Magier konnte – was Abedu allerdings nicht wußte – gar nicht am Tod von Cheops gelegen sein. Er hätte ihn zwar unbedenklich geschröpft, ihm aber nie Genugtuung verschafft, denn seit neuestem träumte Sabi davon, seinen Sohn Minkaf auf dem Thron der Beiden Länder zu sehen. Das allerdings war erst möglich, wenn das Kind bei Cheops' Hinscheiden schon zum Mann geworden und von ihm, Sabi, darauf vorbereitet worden wäre, den Thron an sich zu reißen. Angesichts der Zahl von Thronanwärtern, die alle vor Henutsens Letztgeborenem an der Reihe waren, müßten sie und ihr Sohn schon über gewaltigen Einfluß auf Cheops verfügen, um ihn zu überreden, Minkaf zum Kronprinzen auszurufen. Sollte Cheops sterben, solange seine Abkömmlinge noch Kinder waren, würde Kawab die Nachfolge antreten, und Hemjunu, der Wesir, würde unter Aufsicht von Königin Hetep-heres die Regentschaft ausüben, und Hetep-heres hatte größten Einfluß auf sämtliche Mitglieder und Beamte des Hofes. Da hätte Minkaf keinerlei Chancen.

Abedu hatte sich also durchringen müssen, seine Träume von Ruhm und Rache zu begraben. Der einzige Trost, der ihm allerdings erst spät, viele Jahre später, zuteil wurde, war der plötzliche Tod von Anchaf, nach Fertigstellung der nördlichen Pyramide, in der Snofru ruhte. Doch an der Großen Pyramide hatte er noch ausgiebig mitgewirkt, mit Cheops gemeinsam die Pläne entworfen und eine Zeitlang alles überwacht. Seine zwei offiziell ernannten Bauleiter waren Hemjunu, der Wesir, und Chaesnofru gewesen, der nunmehr die Verantwortung für das Bauvorhaben trug.

Mit den Jahren war Abedu weniger nachtragend geworden. Er hatte sogar zu einem gewissen inneren Frieden gefunden, was zum Teil auf sein »Geheimnis« zurückzuführen war. Er hatte es stets für sich behalten, nicht einmal seiner Gattin verraten, jetzt aber würde er es wohl seinen Söhnen enthüllen müssen, da – wie er befürchtete – seine Tage gezählt sein dürften.

Inzwischen verhehlte er auch nicht mehr seine Bewunderung für die hier in all den Jahren geleistete Arbeit.

Ein langer Kanal, ausgehend von einem Flußarm, verlief parallel zum Nil und speiste ein tiefes, rechteckiges Bekken, welches das Wasser bis auf die Höhe der unterirdischen Gänge leitete. Aber das war Cheops noch nicht genug gewesen! Gleichzeitig hatte er zwischen Memphis und Sokars Totenstadt noch Hafenbecken und im Westen der Stadt steinerne Kais anlegen lassen, witterungsbeständiger und sicherer als die schlammigen Ufer des Nils im Osten der Stadt. Der Hafen hatte den Namen Peru-nefer erhalten. Später dann hatte man den Kanal Richtung Norden weitergeführt, damit er in den westlichen Nilarm einmündete und nördlich des großen Beckens ein weiteres speise, wo der Empfangstempel der Großen Pyramide geplant war. Mittlerweile war auch schon der steinerne Aufweg zwischen diesem Tortempel und dem der Pyramide fertig. Die Steinblöcke wurden bereits darauf transportiert, damit die Arbeiten schneller vonstatten gingen.

Die unterirdischen Gänge waren sorgfältig befestigt, die Wände vereinheitlicht worden, und das sich unterirdisch ausweitende Kanalnetz führte zu einem großen See, in dessen Mitte eine künstliche Insel angelegt worden war, die in der Form zwar jener glich, auf der Cheops in Abydos seine letzte Einweihung erhalten hatte, aber doch sehr viel größer war. Ein Palasttempel auf der Insel wurde allmählich fertig, der steinerne Sarg, der eines Tages die königliche Mumie aufnehmen sollte, war bereits eingefügt. Die unterirdischen Kanäle hatte Abedu allerdings nicht in Augenschein nehmen können, weil er die Aufmerksamkeit der Vorarbeiter und Mannschaftsführer, die sich bei der Arbeit ablösten, nicht unbedingt auf sich lenken wollte. Aber er hatte es geschafft, ein paar Handlanger zu bestechen, und die hatten ihm alles beschrieben.

Nun saß er also wieder hier am Rande des Plateaus, von wo er alles überblicken konnte. Am Fuße des Hügels, gen Osten, hatte man eine Arbeiterstadt errichtet, fast so groß wie Memphis. Sie grenzte an die dazugehörige Totenstadt, wo die Bauern und Handwerker beerdigt wurden, die während der Bauarbeiten starben. Auch ihre Angehörigen, die hier bei ihnen gewohnt hatten, bekamen dort ihre Grabstätte. Auf der anderen Seite des Wasserbeckens und der zum großen Kanal hin führenden Kanäle lag die Verwaltungsstadt, überragt vom gewaltigen Königspalast, in den nach nur vier Jahren Bauzeit Seine Majestät mit Familie hatte einziehen können. Gegenüber erhob sich der mächtige Sockel der Pyramide, eingezwängt in breite Erdrampen, die – anders als bei früheren Bauten – nicht rechtwinklig an den Seiten des Bauwerks verliefen, sondern allmählich ansteigend, wie Wendeltreppen, sich hochschraubten. Anfangs hatte man rechtwinklige Rampen benutzt, aber angesichts der Seitenlänge und der zu erreichenden Höhe mußte eine andere Lösung gefunden werden, denn die Rampen wären viel zu lang oder ihr Gefälle viel zu steil geworden. Ibdadi hatte Rat gewußt, und seinem Vorschlag war man gefolgt.

»Die sumerischen Architekten«, hatte er erklärt, »bauen so die pyramidalen Grundfesten ihrer Tempel. Für den Bau selbst verwenden sie Ziegel, was das Heranschleppen schwerer Steine erspart, aber der Kern des Bauwerks wird mit solchen geneigten, sich hochschraubenden Rampen errichtet, wodurch man ohne Unterbrechung bis zum obersten Teil gelangt, jedes Stockwerk ein wenig niedriger als das vorige – wie bei euren Pyramiden. Macht es doch genauso! Die Rampen werden in immer kleineren Schritten ansteigen, gemäß der Steinschichtung. Aber breit genug müssen sie sein, damit die Schlitten mit den festgezurrten Steinen in allen Biegungen mühelos drehen können.«

Eine wirkungsvolle Methode, das hatte Abedu anerkennen müssen. Ein Drittel der geplanten Höhe war fast erreicht. Die in den Steinbrüchen behauenen Blöcke waren auf dem Wasserweg bis zum großen Becken herunter geflößt worden und weiter in die unterirdischen Gänge bis zu den Schachtöffnungen. Dort wurden sie mit Hebeböcken aus kräftigen Zedernbalken hochgestemmt, auf die Schlitten gebunden und von Seilschaften die Rampen hinaufgezogen, bis zu der Stelle, wo sie eingefügt wurden.

Doch eines hatte Abedu nicht recht verstanden, da niemand ihm zu erklären vermocht hatte, warum der König, der noch in enger Zusammenarbeit mit seinem Architekten die Pläne und den Zuschnitt des Bauwerks entworfen hatte, tief unten im Boden – nach Abedus Meinung viel zu tief – eine Kammer hatte errichten lassen. Nach seinem Prinzip, das er in der mittlerweile eingestürzten Sonnenpyramide und der von Anchaf vollendeten Südlichen angewandt hatte, besaß diese Kammer keinen direkten Zugang durch einen vom Boden aus senkrecht gebohrten Schacht wie bei Imhoteps Djoser-Pyramide, sondern durch einen langen, langsam abfallenden Gang quer durch den Sockel, der sich dann im Mauerwerk fortsetzte bis zu einer hochgelegenen Öffnung auf der Nordseite. Diese unterirdische Kammer, die man für die einzige, zur Aufnahme der königlichen Mumie bestimmte hätte halten können, war verlängert worden durch einen nach Süden führenden Gang, der plötzlich, ohne erkennbaren Ausgang, abbrach, aber in Wirklichkeit doch wohl in Verbindung stand mit den unterirdischen Kanälen, auf deren Höhe er sich befand: ein direkter Zugang also zur Insel. Das jedoch hatte Abedu erst erfahren durch einen zur Geschwätzigkeit neigenden Mannschaftsführer.

Doch nach geheimnisvollem Ratschluß des Königs war im Gang nach unten ein Gang nach oben abgezweigt worden, und der verlief, Stufe um Stufe, im Mauerwerk. Von einer bestimmten Höhe an mündete er in einen weiteren, diesmal horizontalen Gang, der zu einem schönen Saal genau in der Mittelachse der Pyramide führte – lotrecht, an einer imaginären Linie entlang, von der Spitze bis zum Boden.

Gang und Saal waren Schicht um Schicht hochgemauert worden, und Abedu hatte ursprünglich gedacht, daß nach Fertigstellung des Saals im Inneren des Bauwerks nur noch die Steine bis zur Spitze zusammenzufügen wären, den geplanten Neigungswinkeln der Seiten gemäß. Doch mit Erstaunen mußte er feststellen, daß dort, wo der Zugang zur neuen Kammer horizontal verlief, wieder ein ansteigender Gang in Fortsetzung des anderen abzweigte, dessen Seiten aber durch leichte Auskragung ungewöhnlich hochgezogen waren, wodurch das Gewicht der steinernen Abdeckplatten, auf denen all die Steine des Baukerns aufgetürmt würden, verringert wurde.

Folglich sieht der Plan mindestens noch einen dritten Saal über den beiden anderen vor, sagte sich Abedu. Sonst hätte man ja nicht diesen hohen Zugang gebaut. Und da dieser Gang so auffallend hoch ist, dürfte der Saal, zu dem er führt, von ungeheurer Wichtigkeit sein. Ein Geheimnis, das ich nicht durchschaue! Wenn der König sich in diesem Raum beisetzen lassen will, der sich meiner Schätzung nach ungefähr auf einem Drittel der Höhe befindet, dann hätte er ja die zwei unteren Säle gar nicht gebraucht. Da man aber durch einen solch hohen Gang offensichtlich zu diesem obersten Saal gelangt, kann er doch keinem Dieb verborgen bleiben. Was sollen überhaupt die zwei unteren Kammern? Einen Grabräuber irreführen? Der müßte schon sehr dumm sein, und dann wären derartige Vorsichtsmaßnahmen ohnehin sinnlos. Der untere Raum, der nach meinem Ermessen rund sechzig Ellen tief sein dürfte, könnte durchaus als Grabkammer vorgesehen sein, aber meines

Wissens hat man keinen Sarg eingebaut, und der Gang ist viel zu eng, als daß man das nachholen könnte. Das gleiche gilt für den oberen Raum. Also soll der Leichnam des Königs in den obersten Saal. Und wozu wären die beiden anderen dann nütze? Meine Kammern in der Südlichen mit dem von mir ausgeklügelten Verbindungssystem waren doch weitaus praktischer und mit Bedacht geplant! Na ja, so schnell wird das Ganze hier ja noch nicht fertig sein. Das Ende werde ich wohl nicht mehr erleben. Auch Cheops dürfte sich fragen, ob es ihm vergönnt sein wird, noch vor seinem Tod Richtfest zu feiern.

Abedu seufzte, stand auf und gab seinem Diener ein Zeichen, den Klappstuhl zu nehmen und ihn nach Hause zu begleiten.

Die Entfernung zwischen der Baustelle und Memphis war zwar recht groß, doch für Abedu kein hinreichender Grund, um seine übermäßige Müdigkeit zu erklären. Kaum daheim, mußte er sich hinlegen.

»Was hast du?« fragte Irtj, seine Frau, besorgt. »Du bist so blaß und siehst ganz spitz aus!«

»Es ist nichts, ich bin nur müde, zu lange in der Sonne gesessen und zu viel gelaufen. Morgen wird's wieder besser sein.«

Nach einer erholsamen Nacht fühlte er sich gestärkt und wäre am liebsten gleich wieder zu Philitis' Reich gelaufen. Doch er war ein vorsichtiger und umsichtiger Mann. Seine beiden Söhne hatten die von Cheops gegründete Schreiberschule in Memphis besucht, nachdem diejenige, die zum Ptah-Tempel gehört hatte, geschlossen worden war. Länger als üblich hatten sie dort verweilt. Lernen war in ihren Augen auch nicht nötig, da man daheim ja im Überfluß lebte. Dem Beispiel des Vaters folgend, ließen sie sich einfach treiben, und als dieser so plötzlich seiner Ämter enthoben und vom Hof verjagt worden war, entwickelten sie regelrecht Abscheu vor jeglichem Amt bei Hof. Abedu hatte ihnen stets versichert, es würde ihnen nie auch nur das Geringste fehlen, er würde ihnen schon rechtzeitig verraten, wie man zu Reichtum gelange. Warum sollten sie sich dann im Dienst anderer plagen, anstatt in vollen Zügen das Müßiggängerleben zu genießen? Warum sollten sie sich über die Zukunft Gedanken machen? Ihr Vater hatte zwar auf diesem Studium bestanden, aber doch nur, damit sie in den Augen anderer nicht wie ungebildete Bauerntölpel dastanden. Eine Schreiberschule war ja immer eine gute Referenz und sorgte für gesellschaftlichen Aufstieg, aber eine berufliche Entscheidung hatte er nie von ihnen verlangt. Daher vertrieben sie sich die Zeit mit Jagd und Fischfang im sumpfigen Papyrusdickicht entlang des Nils, mit Mädchen, die sie verführten, mit Gesellschaftsspielen und Wirtshausbesuchen, wo sie, wie es im Volksmund hieß, »Bierhäuser bauten«.

Doch an diesem Morgen ließ Abedu sie von einem Diener aus dem Bett holen, und als sie vor ihm standen, setzte er feierlich an: »Anchi, mein Sohn, du bist jetzt gut fünfundzwanzig Jahre alt, und du, Djati, auch schon dreiundzwanzig. Euer sorgloses Leben habt ihr mir zu verdanken, weil ich für all eure Bedürfnisse sorge. Aber ich lebe nicht ewig, und der Tag wird kommen, vielleicht schon bald, da ich zu meiner Seele emporfahren muß.«

»Aber Vater!« rief Djati aus. »Möge Osiris uns vor einem solchen Unheil bewahren!«

»Auch mit Gottes Schutz sind wir sterblich, wir alle müssen eines Tages diese Welt verlassen. Ein Weiser aus früheren Zeiten gab den guten Rat, man solle aus dem Leben unter der Sonne ein Fest machen, denn aus dem Amenti ist noch niemand zurückgekehrt, um uns zu sagen, wie es dort aussieht. Daher habe ich euch im Gegensatz zu anderen Vätern nicht gezwungen, einen Beruf zu ergreifen, und ich rate euch auch nicht, einen Posten in der Verwaltung dieses Reiches anzustreben. Das Leben scheint mir zu kurz, um den größten Teil mit aufreibenden Pflichten zu vergeuden, zu denen man aber gezwungen ist, wenn man Nahrung und Lohn erwartet. Das alles braucht ihr nicht. Da euer jetziges Leben euch gefällt, sporne ich euch an, so weiterzumachen, wie es euch beliebt. Doch die Mittel dazu, die muß man haben, und die will ich euch jetzt übergeben.«

Nach diesen Worten winkte Abedu Anchi zu sich heran, zog ihn am Ohr bis zu seinen Lippen herunter und wisperte dann: »Schau erst einmal nach, ob uns auch niemand belauscht, auch nicht deine Mutter!«

Anchi lief durch alle Räume, fand niemanden und kehrte zum Vater zurück.

»Jetzt hört mir einmal aufmerksam zu, meine Söhne, denn ich will euch das Geheimnis unseres Wohlstands verraten.«

Nach diesem ausführlichen Gespräch mit seinen Söhnen ließ Abedu seinen Diener rufen, damit er ihm helfe, sich die Füße zu waschen und sich anzukleiden. Und nachdem das nächtliche Fasten gebrochen war, sagte er zu seiner Frau: »Ich fühle mich heute morgen sehr gut und werde nochmals zur Großen Pyramide wandern.«

»Du quälst dich doch nur unnötig, mein Gemahl, wenn du dir immer wieder anschaust, was die anderen machen und du selbst gern gemacht hättest. Gönne dir doch lieber Ruhe und Vergnügen, dort, wo es sich bietet, mach es wie unsere Söhne, die sich von nichts bekümmern lassen.«

»Genau das macht mir ja Vergnügen, wenn ich sehe, wie diese Pyramide höher und höher wird«, erwiderte Abedu. »Da kann ich mich begeistern wie in meiner Jugend und mir immer wieder wünschen, sie möge einstürzen wie die meinige.«

»In diesem Punkt dürftest du enttäuscht werden«, bemerkte sie bitter. »Die von dir begonnene und von Anchaf zu Ende geführte Pyramide scheint doch ebenso unerschütterlich wie die, die er gebaut hat, und dürfte nicht so bald einstürzen.«

»Mag sein, aber du hast mit eigenen Augen gesehen, wie unelegant sie sind. Die geknickte Südliche hat jeden Schwung eingebüßt und keinerlei Ähnlichkeit mehr mit steinernen Sonnenstrahlen, und die andere ist völlig gedrungen, weil Anchaf sich nicht traute, die Winkel anders zu bemessen. Die Große Pyramide aber hat Winkel, die denen der meinen ähneln. Und wenn meine eingestürzt ist, warum sollte es der von Cheops dann nicht genauso ergehen?«

»Ganz einfach: Weil deine Irrtümer Anchaf und Chaesnofru bestimmt eine Lehre waren. Sie haben doch mit Seiner Majestät die Pläne erstellt und sicher Vorkehrungen getroffen, damit ein solches Unheil nicht noch einmal vorkommt. Doch wenn es dir Vergnügen bereitet, all diesen keuchenden, Steine schleppenden Männern zuzusehen, dann kann ich dir das nicht verübeln. Ich bin es ja nun schon hinreichend gewohnt, daß mein Gemahl mich schändlich vernachlässigt, wie ja auch meine Söhne nichts anderes im Kopf haben, als Bierhäuser zu bauen.«

Nach diesen Worten verließ sie ihn, den Korb auf dem Kopf, als ginge sie auf den Markt, doch in Wirklichkeit führte ihr Weg sie zu ihrem Geliebten, und sie freute sich insgeheim dessen, worüber sie sich soeben beklagt hatte.

Abedu blickte ihr nach und rief dann seine beiden Söhne zu sich.

»Nehmt meinen Klappstuhl, meinen Fächer und meine Sandalen! Heute müßt ihr Diener spielen, denn ich führe euch zu dem Ort, wo mein Schatz verborgen ist. Denn niemand darf auch nur argwöhnisch werden. Bis heute habe nur ich, in der Stille der Nacht, aus diesem Schatz geschöpft. Doch jetzt fühle ich mich zu schwach, um allein für uns alle zu sorgen. Ihr werdet diese Aufgabe übernehmen müssen. Ihr werdet aber auch Maß halten müssen, damit der Vorrat nicht plötzlich erschöpft oder euch gar eines Tages versperrt ist. Davor kann euch nur Stillschweigen und Mäßigung bewahren.«

ZWEIUNDZWANZIG

Das elegante Schiff lag mit seiner Breitseite am Landungskai des königlichen Hafenbeckens in Peru-nefer, dem neuen Hafen von Memphis. Seine Majestät hatte es bauen lassen, um auf den Kanälen und Hafenbecken, die er gleich zu Beginn seiner Herrschaft hatte anlegen lassen, spazierenzufahren. Und heute wollte er seiner Familie, seinen Gemahlinnen und seinen Söhnen das Prunkstück seiner Herrschaft zeigen: seine Pyramide, die Kanäle und den unterirdischen See. Die Pyramide war zwar erst zu gut einem Drittel fertig, doch der Bau der obersten Kammer mit ihrem großartigen Aufgang war fast beendet – und das sollten seine Söhne sehen! Später durfte nämlich niemand mehr hinein, der nicht eingeweiht war in die Geheimnisse des Gottes, des unbegreiflichen Wesens, des Ursprungs der Dinge und dessen, was sie ausmachte.

Als Cheops in seinen neuen Palast eingezogen war, hatte er sich gewünscht, seine gesamte Familie – seine Gemahlinnen, seine Kinder, seine Mutter und Neferus Mutter – um sich zu haben. Doch Hetep-heres hatte abgewinkt, sie fühle sich wohl in ihrem Haus, sei daran gewöhnt und wolle nicht umziehen. Meritites ließ sich nicht lange bitten, sie war gern wieder in der Nähe des Bruders und war ja auch rechtmäßig die Große Königliche Gemahlin, die Königin. Henutsen hatte nicht ablehnen können und hoffte insgeheim, Nubets Einfluß schmälern, sie vielleicht sogar verbannen lassen zu können durch ihren Gemahl. Zu Sabi war es von hier aus allerdings weiter, doch dürfte die Entfernung seine Glut wohl eher steigern. Mit Segel- oder Ruderbooten gelangte man zudem auf den neuen Kanälen schnell vom großen Palast nach Memphis.

Doch das Zusammenleben ging nicht lange gut. Nubet und Henutsen mit ihrem unbeugsamen Charakter prallten immer wieder aufeinander. Anfangs hatte Nubet die zweite Gemahlin für sich zu gewinnen versucht, doch Henutsen zeigte ihr die kalte Schulter. Sie wollte nur Cheops zurückerobern. Und dieser hatte auch jetzt nicht mehr Zeit für seine beiden ersten Gemahlinnen. Nach wie vor bekundete er allzu auffällig seine Liebe zu Nubet.

Eine gerechte Verteilung seiner Freizeit und Zuneigung hätte Henutsen nachsichtiger stimmen können. Cheops aber lebte nur seinen Leidenschaften und ließ die Gefühle und Wünsche seiner Gemahlinnen außer acht. Seine glühende Liebe zu Nubet schien mit den Jahren noch größer geworden zu sein, und da er ihr alle Flausen gestattete, war sie die eigentliche Herrin im Palast. Inzwischen hatte sie ihm auch einen Sohn geboren, Djedefre, und im Jahr darauf eine zweite Tochter, die Hetep-heres genannt wurde. Nubet hatte diesen Namen ausgewählt, und man munkelte, dies habe sie nur getan, um der Mutter des Königs zu schmeicheln.

Ein bestimmter Vorfall hatte Henutsen geradezu in Rage versetzt und auch Meritites zutiefst bekümmert. Wohlmeinende Freunde hatten den beiden Gemahlinnen hinterbracht, daß Nubet gegenüber Gesandten des Königs von Byblos, bei dem Cheops neues Holz für seine Werften und Bauvorhaben bestellen wollte, lauthals erklärt habe: »Hier seht ihr den neuen Kronprinzen, den zukünftigen König Ägyptens!«, wobei sie den zweijährigen Djedefre triumphierend hochhob.

Nubet hatte nicht vergessen, was Cheops ihr in ihrer ersten Nacht geschworen, hatte ihn auch immer wieder daran erinnert, und der König hatte es auch immer wieder bestätigt. Er wollte schließlich nicht wortbrüchig werden.

Insgeheim sagte er sich jedoch, er habe ja noch Zeit genug, dann den Umständen entsprechend seine Entscheidung zu ändern.

Henutsen war in den Audienzsaal gestürmt, wo Cheops sich gerade mit Hemjunu besprach. Vergeblich hatten die Wachen sie aufzuhalten versucht.

»Horus Medjedu!« Zornig und herausfordernd schleuderte sie ihm seinen Herrschernamen entgegen. »Sollte es wahr sein, daß Deine Majestät unter Mißachtung des Rechts, unter Zurücksetzung deiner Großen Königlichen Gemahlin und ihrer Kinder, unter Zurücksetzung derer, die auch ich dir geschenkt habe, den Sohn einer Fremden, einen Bastard, zum Kronprinzen und Thronfolger ernannt hat?«

»Henutsen, was fällt dir ein?« Auf einen solchen Angriff war er nicht gefaßt gewesen. »Was meinst du eigentlich? Warum überfällst du mich so, in Gegenwart meines Wesirs?«

»Dein Wesir wie auch der ganze Hof Deiner Majestät sollen ruhig erfahren, daß du beabsichtigst, die rechtmäßigen Anwärter auf den Thron der Beiden Länder zu enterben! Um des Sohns einer Fremden willen, die sich nicht einmal unseren Sitten anpaßt, ein kurzes Hemd trägt, wie es in ihrem Land üblich ist, und die, sobald ihr Sohn erst auf dem Thron sitzt, Ägypten preisgeben wird allen Machenschaften der Fremden, der Habgier dieser Leute, die übers Meer kommen und dem Volk des Schwarzen Landes ihr Joch und ihren Hochmut aufzwingen werden.«

»Du bist von Sinnen, meine Gemahlin, in der Wut redest du Irrsinn!« Trotz seiner Königsmacht fühlte Cheops sich unbehaglich angesichts der Anschuldigungen der jungen Frau, die ihm drei Söhne geschenkt hatte, die von Rechts wegen natürlich vor Djedefre an der Reihe waren, abgesehen von den drei anderen der Großen Königlichen Gemahlin.

»Ich wiederhole nur, was mir zu Ohren gekommen ist, was diese Frau von sich gegeben hat, die du zu unser aller Unglück dir aus Byblos mitgebracht hast.«

»Henutsen, ich verbiete dir, so über Nubet, die Frau, die ich liebe, zu sprechen. Auch sie ist Gemahlin des Herrschers der Beiden Länder! Geh jetzt! Ich werde dir eine Audienz gewähren, sobald du dich wieder beruhigt hast.«

Henutsen verneigte sich ohne ein weiteres Wort. Doch kaum hatte sie den Audienzsaal verlassen, begab sie sich in ihre Gemächer, rief ihr Gesinde herbei und ordnete an, ihre Sachen zu packen, denn sie kehre mit ihren Kindern in ihre Residenz in Memphis zurück. Dann ging sie zu Meritites und erzählte ihr von dem Vorfall.

»Versteh doch, du bist Cheops' Schwester, durch dich haben eure Kinder göttliches Blut, sind sie Abkömmlinge von Osiris und Horus. Und nun bedenke, was diese Frau, diese Fremde, zu erklären gewagt hat! Hast du jemals von mir, deiner Schwester, deiner Freundin, gehört, mein Ältester, Chufukaf, würde ungeachtet deiner drei Söhne zum Kronprinzen ernannt? Denn von Rechts wegen gibt es nur einen einzigen Kronprinzen, und das ist dein Ältester, Kawab. Willst du dieser Frau gestatten, ihn seiner Rechte zu berauben? Du kannst auch sicher sein, daß in dem Fall, da unser Gemahl seinem *ka* nachfolgt und dieser Djedefre sich die Doppelkrone aufsetzt, seine Mutter uns schleunigst verjagen und unsere Kinder beseitigen wird, da sie ja immer noch eine Bedrohung wären für den Thron ihres Sohnes.«

»Ich habe den Eindruck, Henutsen«, beschwichtigte Meritites, »daß du zu aufbrausend bist. Nubet hat vielleicht nur ein bißchen prahlen wollen… Oder ihre Worte wurden falsch wiedergegeben. Wie sollte Seine Majestät denn die Erbrechte seiner sechs Söhne einfach hinwegfegen zugunsten des siebten?«

»Das siehst du doch, Merit! Jetzt leben wir schon über zwei Jahre in diesem großen Palast. Hat Cheops uns vielleicht mehr Beachtung geschenkt? Hat er dich öfter als früher beehrt? Nein, für ihn gibt es nur die Pyramide und diese Fremde, als wären wir gar nicht mehr da! Wir bedeuten ihm nichts mehr! Ich bleibe keinen Augenblick länger in diesem Palast. Ich kehre nach Memphis zurück und werde die Königin, deine Mutter, schleunigst wissen lassen, daß ihr Sohn sich anschickt, die direkten Abkömmlinge des Gottes Snofru, deine Kinder, zu enterben. Du kannst ja hierbleiben, wenn es dir gefällt, Beleidigungen stillschweigend hinzunehmen.«

Cheops hatte die Gespräche mit seinem Wesir abgebrochen und war zu Henutsens Gemächern geeilt, doch sie hatte ihn mit Kindern, Dienern und Dienerinnen bereits verlassen. Ihr Auszug hatte ihn zunächst wütend gemacht, denn es schien ihm unannehmbar, daß eine Frau sich so etwas anmaßte, ungeachtet seiner königlichen Macht. Er war um so wütender, als er sich im Grunde seines Herzens schuldig fühlte. Doch er war auch weise genug, sich einzugestehen, daß sie ja recht hatte, daß seine Beschlüsse Recht und Moral mit Füßen traten. Daher hatte er seine Wut bereits bezwungen, als wenig später seine Mutter erschien und ihn nach dem Vorgefallenen befragte, denn Henutsen hatte sich gleich nach ihrer Rückkehr nach Memphis bitter bei ihr beklagt.

»Sollte es wahr sein, daß du Nubet gesagt hast, ihr Sohn würde Kronprinz?« fragte sie streng.

»Ich schwor ihr so etwas Ähnliches im Augenblick höchster Liebeslust«, bekannte er kleinlaut.

»Ein solcher Schwur ist ohne Wert, mein Sohn. Es steht dir nicht zu, über die Doppelkrone zu bestimmen. Du könntest deine Vorliebe für einen von Meritites' Söhnen bekunden, notfalls auch für einen von Henutsen, aber die Versammlung der Großen des Reiches muß deinen Entschluß bestätigen. Sie werden es niemals hinnehmen, daß der Sohn einer Fremden den Thron der Beiden Länder besteigt, wenn vor ihm noch die Söhne deiner Großen Königlichen Gemahlin, meiner Tochter, an der Reihe sind.«

»Wer würde sich einer Entscheidung Meiner Majestät widersetzen?« fragte Cheops drohend.

»Sollte die Macht dich auf einmal trunken machen, mein Sohn? Hast du schon vergessen, was man dich bei den Einweihungen gelehrt hat? Oder die weisen Ratschläge von Philitis, die du mir doch selbst erzählt hast? Es würde wohl niemand wagen, gegen die Entscheidungen Deiner Majestät zu handeln, aber vergiß nicht, daß du sterblich bist und keinerlei Macht mehr auf Erden besitzt, sobald du zu einem *ach* geworden bist. Was wird deine Entscheidung dann noch wert sein? Und sollte derjenige, den du durch Verstoß gegen das Gesetz zum Nachfolger bestimmt hast, seine Ansprüche gewaltsam durchsetzen wollen, dann wird es zu einem echten Erbfolgekrieg kommen.«

Diese kluge Bemerkung stimmte Cheops nachdenklich. Ausweichend erwiderte er: »Trotz allem hat Henutsen mich durch ihr ungebührliches Verhalten im Beisein von Hemjunu beleidigt. Ohne meine Erlaubnis hat sie den großen Palast verlassen. Ich befehle ihr, mit ihren Kindern zurückzukommen.«

»Cheops, mein Sohn, geh in dich und bedenke, wie es um euch steht. Gewiß kannst du Henutsen zwingen, zurückzukehren, aber das wäre ein grober Fehler. Sie haßt deine dritte Frau, und du wirst sie nicht bewegen, sie zu lieben, wenn du sie zwingst, mit ihr zusammenzuleben. Wenn du das tust, verschlimmerst du nur die Spannungen zwischen den beiden. Laß Henutsen lieber wieder dort leben, wo sie früher war, denn in diesem Palast fühlt sie sich so unbehaglich, daß ständiger Groll an ihr nagt. Auch Merit und ihre Kinder solltest du vielleicht nach Memphis zurückkehren lassen. Du wolltest sie alle um dich haben, doch das konnte nicht gutgehen. Du hättest sie zumindest alle gleich behandeln müssen, hast aber nichts dergleichen getan, sondern sie trotz der räumlichen Nähe weiterhin von dir ferngehalten. Als deine Gemahlinnen noch in Memphis lebten, war die räumliche Entfernung ein guter Vorwand für die Vernachlässigung, aber so durftest du nicht handeln, als sie alle um dich waren. Der Anstand gebietet es, daß du sie in ihre Residenz zurückschickst. Solltest du darauf beharren, sie in diesem Palast zu behalten, dann mußt du sie auch behandeln wie Gemahlinnen, die sie nach wie vor sind, nicht aber wie Fremde.«

Cheops machte sich die Argumente seiner Mutter zu eigen. Er rief Henutsen nicht zurück und empfahl sogar Meritites, wieder nach Memphis zurückzukehren, falls sie nicht glücklich sei in seiner Nähe.

»Ich wäre ja glücklich, wenn du mich behandeln würdest wie eine geliebte Gemahlin«, erwiderte sie. »Aber was habe ich davon, mit dir unter einem Dach zu leben, wenn ich dich doch nie sehe? Solange deine Gefühle und dein Verhalten mir gegenüber sich nicht ändern, würde ich tatsächlich auch lieber wieder nach Memphis ziehen, zumal Henutsen, meine einzige Freundin, nun nicht mehr da ist.«

So kam es dann, daß nach einem kurzen Versuch des Zusammenlebens Cheops' erste Gemahlinnen mitsamt ihren Kindern in den Palastbezirk von Memphis zurückkehrten.

Die Jahre verstrichen gemächlich, alter Groll schien erloschen oder zumindest gemildert, und auch zwischen Cheops und Nubet hatte die Leidenschaft früherer Tage allmählich einer Liebe in Gelassenheit Platz gemacht. Djedefre, der unschuldige Anlaß für Henutsens Zorn, war inzwischen vierzehn Jahre alt, seine Schwester Chentetenka knappe zwei Jahre älter. Seine jüngere Schwester, Hetepheres, die zur Unterscheidung von ihrer Großmutter Tepi genannt wurde, war ein hübsches Mädchen von nunmehr dreizehn Jahren und hatte das blonde Haar ihrer Mutter wie auch deren makellose Schönheit geerbt. Durch die Trennung der Familien kannten Nubets Kinder ihre Geschwister kaum, obwohl sie doch denselben Vater hatten. Aber sie waren ihnen nur bei hohen Festlichkeiten flüchtig begegnet. So war es heute auf diesem Schiff eigentlich das erstemal, daß sie einander aus der Nähe sahen und miteinander sprechen konnten. Nubet hatte dieses Zusammentreffen in gewisser Weise gefürchet, obgleich sie ihre Macht über Cheops und die Höflinge kannte, die sie fast täglich sahen bei größeren oder kleineren Audienzen und Ratsversammlungen.

Henutsen war nicht minder selbstsicher, denn obgleich ihr Ältester, Chufukaf, inzwischen schon neunzehn und Chephren, sein jüngerer Bruder, schon achtzehn Jahre alt waren, war sie immer noch so schlank wie eh und je und durch ihre reiferen Züge eigentlich noch schöner geworden. Dabei war sie jetzt in dem Alter, da die Frauen des Tales Altersfalten zu fürchten begannen, sie aber wirkte erstaunlich jung. Allerdings versah Sabi, ihr fast nur noch von »milden Gaben« lebender gealteter Liebhaber, sie mit Salben und Ölen aller Art, die ihr, wie er versprach, längere, wenn auch nicht ewige Jugend verleihen würden. Meritites, die nach wie vor ihrer Liebe zu Speis und Trank frönte, hatte inzwischen ein Vollmondgesicht und ein üppiges Hinterteil, was aber zu ihr paßte und ihrer Schönheit keinen Abbruch tat. Die beiden königlichen Gemahlinnen nahmen Platz unter dem Baldachin zwischen den Ruderern, die aufrecht standen, um die schmalen, eleganten Stangen mit dem spießförmigen Ruderblatt und die im Heck angebrachten Steuerruder zu bedienen. In der Mitte unter dem Baldachin befand sich ein Sessel, der dem König als Thron dienen würde, während seine Gemahlinnen auf dicken Kissen rechts und links davon saßen.

Seit etlichen Tagen schon hatten die Königskinder sich damit vergnügt, unter Anleitung der Stammbesatzung das Schiff zu steuern, das sie jetzt zielsicher und in völligem Gleichklang auf den Kanal lenkten, der auf den Pyramidenhafen und die Landestellen unterhalb des großen Palastes zuführte.

Als man ihm das Nahen des königlichen Schiffes gemeldet hatte, war Cheops dorthin gekommen, Nubet zu seiner Rechten und ihre drei Kinder hinter ihm. Die dritte Gemahlin trug wieder nicht das eng anliegende, schmale Etuikleid der Frauen des Niltals, sondern das kurze, lockere Hemd der Frauen ihrer Heimat. Auch ihre Töchter waren so gekleidet, und wenn sie sich hastig bewegten, entblößte das weite Oberteil immer mal wieder ihre Brüste. Das schmale ägyptische Kleid hingegen lag an wie eine zweite Haut, die jede Rundung betonte, und wenn der Stoff dann noch so fein und hauchdünn war wie bei Henutsen, dann wirkte die Trägerin eigentlich fast nackt. Meritites hatte es sich, ihrer Figur entsprechend, üppig schneiden lassen, um nicht darin zu ersticken, und so flatterte es ihr um den Leib.

Das Schiff legte an, und die prinzliche Mannschaft warf den bereitstehenden Matrosen die Leinen zu. Ein breiter Landesteg wurde heruntergelassen, und während Cheops ihnen entgegenschritt, sangen seine Kinder und Gemahlinnen ihm ein Ruhmeslied zum Gruß. Nubet ging dicht hinter ihm und grüßte ihrerseits die beiden ersten Gemahlinnen, die ihren Gruß erwiderten. Cheops nahm auf dem Thron Platz, und seine drei Frauen setzten sich ihm zu Füßen: Meritites in der Mitte, zwischen Henutsen und Nubet, als wolle sie sie trennen. Dann grüßten Nubets drei Kinder die beiden ersten Gemahlinnen und anschließend ihre Geschwister. Da auf jeder Seite des Schiffes vier Ruder angebracht waren, bekamen Chentetenka und Djedefre je eines in die Hand gedrückt, während die kleine Tepi sich im Bug niederlassen durfte.

»Meine Kinder«, sagte nun Cheops, »Meine Majestät freut sich, euch alle vereint auf diesem Schiff zu sehen. Jetzt würde ich gerne ermessen, wie geschickt ihr seid, dieses Schiff zu seinem Bestimmungsort zu steuern. Denn wer ein Schiff zu steuern vermag, zeigt damit Fähigkeiten, die man auch braucht, um ein Land zu regieren. Beides erfordert Geschick, Beharrlichkeit und Zielstrebigkeit.«

Die Leinen wurden gelöst, der Steg wurde hochgezogen, und schon teilten harmonische Ruderschläge die ruhigen Wasser. Das elegante Schiff lief auf den dunklen Schlund der unterirdischen Gänge im Fels zu, weit hinten im künstlich angelegten Becken. Die Königskinder musterten die wiedergefundenen Geschwister prüfend, aber nicht feindselig, wenngleich Henutsens Söhne von der Mutter Verhaltensmaßregeln erhalten hatten. Kawab und Baefre hatten erstaunliche Ähnlichkeit mit ihrem Vater, doch weil die Mutter sie immer gut genährt hatte, waren sie trotz ihrer zwanzig und einundzwanzig Jahre schon recht beleibt. Kawabs Gesicht zeigte den Liebreiz der Mutter, während das des Bruders herber geschnitten war, wie das des Vaters. Djedefhor war größer als seine beiden älteren Brüder, sein Körper wirkte gestählt, und sein Gesicht hatte nichts Weichliches. Er war jetzt neunzehn Jahre alt, wie Chufukaf, Henutsens Ältester, der die Anmut seiner Mutter geerbt hatte, sich aber, wie man wußte, zu Frauen merkwürdigerweise nicht hingezogen fühlte. Er und Djedefhor waren die Besten gewesen in der Schreiberschule des Tempels von Heliopolis, und diesem Halbbruder, dessen Wissen und Körperkräfte er bewunderte, fühlte er sich zutiefst verbunden. Der ein Jahr jüngere Chephren hatte die gleiche Schule besucht, wirkte jedoch mannhafter und war größer als die beiden. Er war nach wie vor Henutsens Lieblingssohn, wenn sie ihre Gefühle und Vorliebe auch nicht zeigte, aber das hübsche Gesicht mit den ebenmäßigen, zarten, zugleich männlichen Zügen und der prachtvolle Körper waren eben doch ihr Erbe! Der dreizehnjährige Minkaf hatte am wenigsten Ähnlichkeit mit Cheops. Hager wie er war, glich er – das mußte Henutsen zugeben – seinem tatsächlichen Vater. Der zarte Knochenbau ließ ihn fast mager erscheinen, und auch das Gesicht mit der hohen Stirn wirkte langgezogen.

Meresanch, Meritites' Tochter, hatte sich Henutsen zum Vorbild genommen und hegte eine gewisse Verachtung für ihre Mutter, die sich – anstatt gegen das empörende Verhalten des Vaters aufzubegehren – ein so träges, behäbiges

Leben gönnte. Doch ihren Bruder Djedefhor bewunderte und liebte sie zärtlich und unverhohlen, und vermutlich um ihn zu verführen, pflegte sie sorgfältig ihr anmutiges Gesicht und stählte ihren Körper, um schlank zu bleiben, nicht aber um Muskeln aufzubauen wie ein Junge. Da sie mit ihrer um zwei Jahre jüngeren Halbschwester Chamernebti aufgezogen worden war, waren beide einander Freundinnen und Vertraute.

Neugierig betrachteten die Kinder der beiden ersten Gemahlinnen die ihnen kaum bekannten Schwestern und Brüder. Djedefre, der so anders aussah als sie alle mit seinem ernsten Gesicht, seinen vorspringenden Backenknochen und seinem rätselhaften, vielleicht auch ironischen Lächeln, wirkte auf sie nicht sonderlich anziehend, eher abstoßend, während die Schönheit der beiden Mädchen die Knaben entzückte. Vor allem Kawab ließ Tepi nicht aus den Augen, sie schien ihm, zumindest ihrem Aussehen nach, die ideale Gefährtin. Ob sie umgänglich war und welchen Charakter sie hatte, konnte er ja nicht beurteilen. Djedefre, den seine Mutter als Thronnachfolger aufgezogen hatte, gab sich, seines zukünftigen Ruhmes eingedenk, den Brüdern gegenüber geradezu überheblich und herablassend. Vor allem die beiden Ältesten, diese Fettwänste, dachte er, besaßen wirklich nicht die für einen König auf göttlichem Thron unbedingt erforderliche Erhabenheit und Ausstrahlung!

Da Cheops schweigend auf seinem Thronsessel saß, wagte niemand zu sprechen. Das schmale Boot glitt auf der spiegelnden Oberfläche des künstlichen Sees dahin, lautlos und unbehelligt. Jeglicher Bootsverkehr war untersagt worden, jegliche Arbeit eingestellt. Die am Bau der Pyramide beschäftigten Arbeiter durften faulenzen, mußten sich nur fernhalten vom großen Becken und der Baustelle. Daher lag alles wie ausgestorben da, obwohl sonst auf Becken und Kanälen unzählige Kähne, Boote und Flöße mit Steinblöcken fuhren. Kein Rufen, Schreien oder

Singen war zu hören, nur ein säuselnder Nordwind kräuselte die Wasseroberfläche, und hoch am Himmel flogen Vögel.

Geschickt steuerten die Königskinder das Schiff unter dem hohen Bogen des großen unterirdischen Kanals hindurch. Meisterlich waren die Wände geglättet und die oberen Teile zu einem Gewölbe geformt worden. Bis tief hinein in den weiträumigen Schlund fiel Tageslicht aus vielen Öffnungen in der Decke, durch die für gewöhnlich die Gesteinsblöcke hochgezogen wurden. Weiter ging es auf dem dunklen Spiegel des Kanals, von dem immer wieder Abzweigungen ausgingen, mit dunklen, geheimnisvollen Öffnungen. Alle im Boot rissen die Augen auf, um das Halbdunkel zu durchdringen, alle waren sprachlos vor Bewunderung, entdeckten sie doch voller Staunen eine unterirdische Welt, das Reich der ewigen Stille. Nur noch das gleichmäßige Eintauchen der Ruderblätter war zu hören.

Unversehens mündete der Kanal in einen großen See, dessen Ufer in der Finsternis jedoch nicht zu erkennen waren. Nur ein paar schwankende Lichter in nicht allzu großer Ferne spiegelten sich golden schimmernd auf der dunklen Wasserfläche.

»Haltet auf diese Lichter zu«, ließ sich jetzt Cheops vernehmen. »Dort hat Meine Majestät den unterirdischen Palast auf der Insel des Feuers errichtet, das Haus von Osiris, das mystische Abbild des Alls. Dort wird mein sterblicher Leib beigesetzt werden, wenn meine Seele ein lichtvolles *ach* geworden sein wird.«

DREIUNDZWANZIG

Das Schiff legte an einem Steg an, dessen Höhe so berechnet war, daß er mit der Bordwand auf einer Ebene lag. Die Prinzen sprangen an Land, machten die Leinen fest und bildeten ein Spalier für den Vater, seine Gemahlinnen und Töchter. Der Boden der Insel war geebnet und mit großen polierten Gipsplatten belegt worden. In der Mitte erhob sich eine rechteckige Mastaba, deren Wände behauen waren wie eine Palastfassade: vorkragende Steinblöcke mit breiten Hohlkehlen, Skulpturen in den oberen Nischen und in den Flächen zwischen den Vorsprüngen hohe Scheintüren mit darüberliegenden Scheinfenstern. Hoch oben im Mauerwerk lief ringsum ein mehrschichtiger Fries mit allerlei geometrischen Formen. Der Weg zwischen Landesteg und Mastaba war beidseitig begrenzt von Steinsockeln, auf denen in Augenhöhe aus ölgefüllten Schalen hohe und helle Flammen aufstiegen. Auch die Mastaba war von einem solchen Säulenkranz umgeben, nur niedriger, damit jede Seite beleuchtet wurde. Der von Cheops gewählte Name »Insel des Feuers« war wirklich berechtigt.

Die Eingangstür war schmal und hoch und von den Scheintüren ringsum kaum zu unterscheiden, zumal sie nicht in der Mitte, sondern im rechten Teil der Fassade lag. Sie öffnete sich auf einen breiten Gang, der durch ein wahres Labyrinth zu einem geräumigen Saal führte, einer Art Säulenhalle mit eckigen Pfeilern, die das Steindach stützten. In der Mitte stand auf steinernem Podest ein viereckiger Sarg aus Rosengranit von Syene, dessen Seiten genauso behauen waren wie die Fassade der Mastaba. Nachtblauer Himmel wölbte sich darüber, Fabeltiere symbolisierten die Sternzeichen. Alle Wände von Gängen und Sälen waren bemalt mit Szenen aus dem Leben der Bewohner des Schwarzen Landes, besonders häufig sah man Viehhirten und pflügende Bauern, bei denen Cheops in seiner Jugend so gerne verweilt hatte. Die Wandbemalungen des mittleren Saales mit den vielen Nischen zeigten die Gottheiten Ägyptens, Einweihungsriten und den König, einmal mit der weißen Krone des Südens, einmal mit der roten des Nordens, jeweils nackt und im Sedfestlauf, der noch gar nicht stattgefunden hatte. Dieses Jubiläumsfest wurde gewöhnlich dreißig Jahre nach der Thronbesteigung gefeiert, aber da Cheops ja nicht wußte, ob er so lange regieren würde, hatte er sein *heb sed*, sein Sedfest, nach zwanzig Jahren angesetzt. Dann könnte er seinem Volk noch seine ganze Kraft vorführen, seinen noch jugendlichen Körper.

Jede Nische barg das Standbild einer der großen Gottheiten, sichtbare Zeichen des verborgenen Gottes, aus dem die Welt entstanden war: Chnum mit dem Widderkopf, den gedrehten Hörnern, Abbild des Schöpfergottes, den Cheops sich als Paten erkoren hatte, Sobek mit dem Krokodilskopf, Sachmet, die Löwengöttin, Bastet, die Herrin von Bubastis, ebenfalls mit Löwenkopf, Hathor mit dem Kuhgehörn, Isis mit dem Königsthron, ihre Schwester Nephthys mit dem Schloß, Horus mit der *pschent* auf dem Falkenkopf, Anubis, der Wegeöffner, mit seinem Doppelgänger Upuaut mit schwarzem Hundekopf, Seth mit seiner Fabeltierschnauze, Neith, die Pfeilgöttin mit der roten Krone, Osiris, der Herr der Duat, in seinem Leichentuch, Min, der Fruchtbarkeitsgott mit dem stets aufgerichteten Glied, ja sogar Ptah hatte hier einen Platz im symbolischen All der Götterwelt, obwohl der König ihm seine irdische Priesterschaft genommen hatte. Da sah man auch Nut, die Himmelsgöttin, die sich über ihren Gatten Geb, die Erde, beugte, der auf dem Rücken lag, dieses Ur-Paar, das Schu, der Luftgott, indem er Nut hochhob, trennte: Er stand aufrecht mit erhobenen Armen und hielt die nackte Göttin inmitten all der Sternbilder am gemalten Himmelsgewölbe. Atum, der große Schöpfergott von Heliopolis, verherrlicht im Bild der Sonne als Quelle allen Lichts. Re, dargestellt von einem Mann auf einem Thron, ein Zepter und das Henkelkreuz, das Lebenszeichen, in Händen und auf dem Haupt die *pschent*, hatte eindeutig Cheops' Gesichtszüge. Seine Kolossalstatue, die ganz aus Gold war, stand hinten im Saal in der großen Mittelnische, umgeben von Isis, Hathor und Neith in ihren Nischen. Isis glich Meritites, Hathor Henutsen, und Neith schien Nubet zu sein.

Henutsen wunderte sich über die vielen Lampen und die Helligkeit in allen Gängen und Sälen. »Mein geliebter Herr«, sagte sie schließlich, »die Großartigkeit dieses unterirdischen Palastes kann man nur bewundern, aber am meisten erstaunt mich all dieses Licht. Wir sind doch die einzigen hier, nirgends ist ein Diener zu sehen – brennen diese Lampen aus sich allein, oder sind da unsichtbare Geister am Werk?«

»In völliger Ungestörtheit sollte die königliche Familie das Geheimnis der Insel entdecken, die die letzte Wohnstatt meiner sterblichen Hülle sein wird. So hat es Meine Majestät gewollt. Ihre mystischen Namen lauten ›Insel des Feuers‹ oder auch ›Insel des Ka‹. Doch einhundertzwanzig in Heliopolis ausgebildete Priester und eine Vielzahl von Dienerinnen vollziehen hier bereits Kulthandlungen für mich und pflegen diese unterirdische Insel.«

»Hörte ich nicht schon munkeln«, wagte jetzt auch Chephren zu fragen, »daß der große Kanal verschlossen wird, wenn Deine Majestät zur Barke Deines Vaters Re-Atum emporfährt, und jede Verbindung zum Außenbecken von einer unüberwindbaren Erd- und Gesteinsmasse versperrt werden wird, so daß niemand mehr Zugang hat zu dieser unterirdischen Welt?«

»So wird es geschehen, und auch die Schächte werden aufgefüllt und an der Erdoberfläche nicht mehr zu erkennen sein. Doch wie ihr sehen werdet, bleibt ein geheimer Zufluß zu diesem unterirdischen See bestehen, der stets frisches Wasser vom Nil erhält.«

Cheops ließ Frauen und Kinder vor den großen steinernen Sarg treten. Er hatte einen kunstvoll gewölbten Dekkel, und an den Wandungen waren heilige Zeichen zu sehen.

»Dies ist der Sarg, der Tod und Auferstehung symbolisiert. Der unseres Ahns Osiris war aus Holz, dieser hier ist aus schönem Syene-Granit und überdauert die Zeiten. Der Eingeweihte erfährt darin das Geheimnis von Leben und Tod, von Tod und Leben, einen Vorgeschmack der Ewigkeit. Wer von euch wird uns nun die heiligen Zeichen auf den Innenwänden deuten? Du, Djedefhor, der klügste meiner Söhne?«

»Vater«, sagte der Junge in aller Bescheidenheit, »steht diese Ehre nicht meinem älteren Bruder Kawab zu, der die heiligen Bücher ebenso gut kennt wie ich?«

»Dann lies, Kawab, wir hören«, entschied Cheops.

Kawab beugte sich über den Rand des Sargs und las:

»Du, der du in diesem Bottich gereinigt wurdest, wirst die Wonnen der Lust nicht mehr genießen. Doch statt Wasser, Luft und fleischliche Freuden wirst du Erleuchtung erlangen, und statt Brot und Wein ewige Heiterkeit. So sprach Atum. Jeder Gott hat seinen Platz in der Sonnenbarke, mit ihnen fährst du zur Ewigkeit empor. Dein Antlitz zu sehen, o Atum, ist ein Geschenk ewigen Lebens, deiner Gegenwart kann mich nur berauben, wer mich vernichtet. Der Gott sprach zu mir mit diesen Worten: ›Dein Platz gehört deinem Sohn Horus. Er wird die Großen aussenden. Dann wird er von seinem Thron aus herrschen, er wird den göttlichen Thron erben auf der Insel des Feuers.‹ Dann, heißt es, wird mein Gesicht das Antlitz meines Herrn Atum sehen. Für ewige Zeiten.«

Kawab schwieg, sah zu seinem Vater hoch und erwartete eine Bemerkung, eine Erklärung.

»Wer von euch, freiwillig wie Meine Majestät, sich einweihen läßt in den Tempeln von Heliopolis, Hermopolis und Abydos und dann um die Geheimnisse des Gottes weiß, der wird den verborgenen Sinn dieser vieldeutigen Worte verstehen«, erklärte Cheops lakonisch.

Dann nahm er auf einem Stuhl am Kopfende des Sargs Platz.

»Und nun, meine Frauen und Kinder, lauscht meinen Worten. Ich habe diesen Tag und diesen erhabenen Ort bewußt gewählt, um euch den Willen Meiner Majestät kundzutun. Du, Kawab, mein Ältester, kamst vor nunmehr einundzwanzig Jahren zur Welt, und du, Tepi, die jüngste der Familie, hast auch schon das heiratsfähige Alter erreicht. Noch keiner von euch ist verheiratet. Hört also, was Meine Majestät in seinem Herzen beschlossen hat. Es mißfällt mir, daß die Kinder meiner drei königlichen Gemahlinnen immer noch getrennt leben. Den Müttern will ich keine Beziehungen aufzwingen, die sie aus kleinlicher Eifersucht ablehnen. Aber für die Kinder gibt es keine vertretbaren Gründe, sich den Zwist ihrer Mütter zu eigen zu machen. Du, Kawab, wirst meine kleine Hetep-heres zur Frau nehmen. Es ist gut, daß der Älteste sich mit der Jüngsten verbindet, denn es ist mein Wille.«

Diese Entscheidung, auch wenn sie ungehörig scheinen mochte, stellte jedermann zufrieden: Kawab, den schon der erste Blick entflammt hatte, Meritites, die diese Schwiegertochter reizend fand, Nubet, der es nicht unlieb war, daß der älteste Sohn des Königs eine ihrer Töchter heiratete, für den Fall, daß trotz ihres Drängens er eines Tages den Thron bestiege, und Tepi, die sich schon in der Rolle der Großen Königlichen Gemahlin sah und diesen zwar etwas rundlichen Kawab mit dem liebreizenden und ansprechenden Gesicht eigentlich recht nett fand. Mißmutig war nur Djedefre, der seine kleine Schwester insgeheim liebte, weil sie alle Reize der Mutter in sich vereinte, die für ihn die schönste Frau aller Zeiten war.

»Du, Chufukaf, wirst Chentetenka ehelichen«, fuhr Cheops fort, »damit einer von Henutsens Söhnen das Bindeglied darstellt zu Nubets Familie. Und was nun dich, Djedefre, anbetrifft, so hat Meine Majestät beschlossen, dir Meresanch zur Frau zu geben.«

Diese unerwartete Entscheidung, den jüngsten Prinzen mit der ältesten Königstochter zu verbinden, löste Verblüffung aus, schienen sich die Befürchtungen der Familie, der König beabsichtige, Djedefre zum Kronprinzen zu machen, durch diese Verbindung mit Meritites' Tochter doch zu bewahrheiten! Eine solche Heirat öffnete ihm ja den Weg zu einem Thron, der in der mütterlichen Linie vererbt wurde. Nun erhob sogar die gleichmütige Meritites Einspruch: »Cheops, mein Bruder, mein Herr, schwerwiegend ist die Entscheidung, die du uns da verkündest, ohne unsere Mutter oder mich zu Rate gezogen zu haben. Denn mir als Tochter von Hetep-heres verdankst du doch deine Rechtmäßigkeit auf dem Horusthron.«

»Ich, Merit, sitze aber schon ein Weilchen auf diesem Thron, und nur ich entscheide über die Verbindungen meiner Kinder.«

»Der Gott, unser Vater, hat aber nie so gehandelt. Als er dich und mich verband, geschah das mit uneingeschränkter Zustimmung unserer Mutter, von der ich das Osiris- und Horusblut habe, aber auch das von Isis, dem Vorbild aller Mütter und Gottheiten.«

Er schnitt ihr das Wort ab: »Dann gib mir doch gnädig deine Zustimmung! Ihr anderen, hört jetzt weiter, was ich euch zu sagen habe: Chamernebti wird Baefres Gemahlin, doch ihr, meine anderen Söhne, Djedefhor, auf dessen Lippen trotz deiner Jugend Wissen und Weisheit erblüht, und du, Chephren, der du durch Aussehen und Vorlieben Meiner Majestät so nahestehst, und schließlich du, Minkaf, zu jung noch, um an Heirat zu denken, ihr alle, die ihr aufgrund der Rangordnung euch keinerlei Hoffnung auf den Thron der Beiden Länder machen dürft, ihr könnt euch eure Gemahlinnen selber wählen. Ob im Haus eines der Großen des Landes oder anderswo, ich werde keinen Einspruch erheben.«

Bedrücktes Schweigen legte sich auf die Familie, die Gesichter blieben verschlossen, obgleich die so unerwartet verkündeten Entscheidungen des Königs einige freuten. Andere aber grämten sie. Nur Djedefhor wagte nach einer Weile einen Vorstoß:

»Wir alle, mein Vater, haben die Worte, die Deiner Majestät Lippen sprachen, vernommen. Doch da du so gnädig warst, meine Klugheit zu erwähnen, die ich wohl von Deiner Majestät geerbt habe, erlaube ich mir, sofern Deine Majestät gestattet, eine schlichte Bemerkung, aufgrund besagter Klugheit.«

»Sprich, mein Sohn, Meine Majestät hört dir zu.«

»Was mich anbetrifft, so strebe ich wahrlich nicht nach königlicher Macht und preise mich glücklich, von der Thronfolge ausgeschlossen zu sein, wie Deine Majestät soeben erklärte, obgleich ich aufgrund der Blutsbande und des Familienrechts an dritter Stelle stehe. Aber greifst du nicht vor, wenn du heute schon versicherst, auch meine beiden Brüder wären ausgeschlossen? Und kündet die Tatsache, daß du meine leibliche Schwester Djedefre anvermählst, nicht vielleicht von deiner Absicht, den jüngsten deiner Söhne, das Kind, das in den Augen der Menschen des Schwarzen Landes ein Fremdling ist, gegen Recht und Gerechtigkeit zum eigentlichen Thronfolger zu machen? Du hast zwar die Macht, deinen Willen zu Lebzeiten durchzusetzen, auch wenn dadurch die Familientradition und das Gefühl deines Volkes verletzt werden. Fürchtest du aber nicht, daß nach deinem Ableben, wenn du in der Barke deines Vaters Re Platz genommen hast, die zur Familie des Gottes Gehörenden, aber auch die Großen des Reiches und alle, die Autorität verkörpern, sich auflehnen könnten gegen einen Herrscher, dem sie die Legitimität absprechen?«

Merititès und Henutsen rechneten mit einem Zornausbruch des Königs, doch der erwiderte völlig gelassen: »Wie du Meiner Majestät soeben zu bedenken gabst, kann tatsächlich niemand die Zukunft vorherbestimmen. Daher wollte ich jedem meiner Söhne eine meiner Töchter zur Frau geben. In dir und in deinen beiden älteren Brüdern fließt das Blut von Osiris als Vermächtnis eurer Mutter. Meine anderen Söhne werden es durch Heirat erlangen. So bleibt offen, wer Meiner Majestät auf dem Thron nachfolgt. Du greifst dem Willen Deiner Majestät vor, wenn du zu verstehen gibst, ich werde Djedefre auf den Thron der Beiden Länder erheben.«

Djedefhor neigte den Kopf und sagte: »Herr, weniger Weisheit konnten wir von Deiner Majestät in der Tat nicht erwarten, denn es wäre ein Zeichen von Unvernunft gewesen, tiefgreifende Unruhe im Reich auszulösen, als Folge einer unbedachten und unausgewogenen Entscheidung.«

Cheops, der sich bewußt war, daß er seine Söhne benachteiligte, indem er sich Nubets Willen unterwarf, überhörte die ungebührliche Ironie in Djedefhors beruhigenden Worten. Doch Djedefres Haß war diesem nun gewiß, sah er in ihm doch den einzigen, der kühn genug wäre, gegen die Beschlüsse des Vaters zu handeln und auch die Brüder aufzuwiegeln. Er mußte fürchten, daß Cheops aufgrund ausgeklügelter Vorhaltungen und sorgfältig abgestimmten Aufbegehrens seinen Plan, ihn zum Thronfolger zu bestimmen, fallenließ.

Der König erhob sich und ging gemessenen Schrittes, gefolgt von seinen Gemahlinnen und Kindern, zum Schiff zurück, wo er seinen Platz wieder einnahm. Als die Leinen gelöst waren, wies er den Ruderern einen Lichtpunkt am äußersten Ende des Sees an, den sie ansteuern sollten. Eine ganze Lichterkette wurde daraus, hohe, helle Flammen brannten in Ölschalen auf einer Säulenreihe. Sie beleuchteten einen Deich, zu dem unter Wasser beginnende Stufen hinaufführten. Auf Anordnung des Vaters steuerten die Ruderer das Boot genau vor diese Stufen. Der Deich war nicht lang. Er endete an der hintersten Wand des großen unterirdischen Saals vor einer niedrigen zweiflügeligen Tür, die aus zwei flachen Steinplatten, jede aus einem Stück, bestand. Aus einer Mauernische holte Cheops ein Muschelhorn hervor, blies hinein, und auf den hellen Ton hin öffneten sich die beiden Türflügel. Zwei Priester schoben sie von innen nach außen, warfen sich dann vor dem König nieder, richteten sich wieder auf und ergriffen jeder eine Fackel, die in einem im Fels verankerten Kupferring gesteckt hatte. Sie führten die Besucher einen Gang entlang, der, da er vor einer steinernen Wand endete, wie eine Sackgasse wirkte. Nun bliesen die Priester in ein kupfernes Horn, die Mauer öffnete sich, ein Mann schob den Stein, der den Gang verschlossen hatte, zur Seite, und wieder war da ein Gang, der, worauf Cheops hinwies, oben mit Steinplatten gedeckt war.

»Es gibt da eine Vorrichtung«, erklärte er, »um diese Blöcke herunterzulassen, einen nach dem anderen. Das über ihnen aufgehäufte Erdreich und Gestein wird diesen Schacht dann völlig ausfüllen und verschließen, so daß niemand mehr erkennen können wird, daß es ihn je gab.«

Auch dieser Gang war recht lang und schien wieder vor einer steinernen Wand zu enden. Doch abermals gab ein Verschlußstein den Weg frei zu einem weiteren kurzen Gang, durch den sie in einen großen Saal gelangten, dessen Boden aber uneben war, als habe man diesen Raum noch nicht fertiggebaut.

»Ihr befindet euch hier in der untersten Kammer der Pyramide«, sagte Cheops zu seinen Kindern. »Sie stellt die Unterwelt dar, die Welt des Todes, eine rauhe, dunkle, unvollendete Welt. Daher ist sie nicht vollendet und ihr Boden nicht geebnet. Es ist das Reich, wo Angst und Finsternis herrschen.«

Auf ein Zeichen hin führten die Priester mit den Fackeln die Besucher einen Gang empor, von dem ein abermals ansteigender abzweigte, der jedoch in entgegengesetzte Richtung ging, während der erste ans Tageslicht, aus der Pyramide hinausführte. Dieser hier stieg steil an, war aber viel kürzer, und bald schon zweigte ein weiterer ab, der breiter und höher wurde. Nur mit hochgehobenen Fackeln erkannte man die Umrisse der Abdeckplatten oben. Von hier ging wiederum ein horizontal verlaufender Gang ab, eng und niedrig führte auch er in die Finsternis. In diesen geleiteten die Priester ihr königliches Gefolge. Die Decke war so niedrig, daß man nur gebückt gehen konnte. Nach einer Weile jedoch fiel der Boden etwas ab, und man konnte aufrecht stehen. Endlich kamen sie wieder in einen Saal, der nicht sonderlich groß war, dessen Wände und Boden jedoch sorgfältig geglättet und poliert wirkten. Wie Fischgräten griffen die Deckenplatten ineinander, und auf den glatten Bodenfliesen lagen dicke Matten und Wildtierfelle. Die Wände schmückten Pantherfelle. Der ganze Raum war möbliert, als wohnte hier jemand. Stühle, Truhen, schmale Tischchen, auf denen Speisen bereitstanden, Krüge mit Getränken, ja sogar ein Schlangen- und ein Senetspiel* schienen nur auf ihre Benutzer zu warten. Auf den Fellteppichen lagen Musikinstrumente, Schreibgerät und Dinge des täglichen Gebrauchs wie Ton- und Steinkrüge, offene Schmuckkästchen, Salbgefäße, Schnabelkannen und emaillierte Duftfläschchen.

»Hier sind wir in der Welt der Lebenden, mit allem, was die Erde an Freuden bietet«, erklärte Cheops. »Aber wie ihr gesehen habt, kommt man nicht mühelos herein, auf

---

* Zum Schlangenspiel gehörten eine runde Scheibe und Steine, um die gewürfelt wurde. Beim Senet-Spiel wurden – wie bei unserem Dame- oder Schachspiel – die Steine auf vorgezeichneten Feldern verschoben. Die Spielregeln sind nicht bekannt, doch dürften beide Spiele ursprünglich auch einen sakralen, kultischen Hintergrund gehabt haben.

dem Weg hierher muß man den Kopf neigen, sich demütigen. Dieser Saal liegt fast genau über dem, aus dem wir kommen, doch eine dicke Erd- und Gesteinsschicht trennt sie voneinander. Der andere wurde tief hinein ins Erdreich verlegt, während dieser das Herzstück des Bauwerks bildet. Und jetzt gehen wir noch in den obersten Saal, der genau über diesem hier liegt und vor kurzem erst fertig wurde, den Saal des Himmels und der Sterne.«

Sie gingen zurück bis zu dem majestätischen Hauptgang, der nach oben führte und abermals vor einer hohen Wand mit einer niedrigen Tür endete. Durch sie gelangte man nur gebückt in einen zwar kurzen, doch ebenfalls niedrigen Gang, der allerdings oben vier beachtlich große Öffnungen hatte.

»Dort oben passen vier mächtige Steine hinein, die dank einer ausgeklügelten Vorrichtung herunterfallen können, wenn ein Verwegener sich anschicken sollte, das Geheimnis der Pyramide zu ergründen«, erklärte Cheops.

Gleich danach betraten sie den kürzlich erst fertiggestellten obersten Saal, der recht groß war und in dessen Mitte wieder ein steinerner Sarg stand, doch diesmal ohne Deckel. Er war zudem schmucklos und bar jeglicher Schriftzeichen.

»Hier befindet ihr euch nun im göttlichen Saal, in der Himmelskammer, wo man eingeweiht wird in die Geheimnisse des Gottes. Die oberste Deckenplatte wurde noch nicht eingefügt, und so könnt ihr dort oben noch eine Kammer von gleicher Größe wie diese hier sehen, deren Dachplatten wie Fischgräten ineinandergreifen. Noch zwei weitere werden darüber liegen. Durch diesen Dachaufbau, den Meine Majestät sich ausgedacht hat, wird verhindert, daß der Druck der Steine darüber bis hinauf zur Pyramidenspitze zu groß wird und das Dach über diesem Saal schließlich einstürzt. Und durch diese Öffnungen hier unten im Saal, die für einen Menschen zu eng sind, gelangt Frischluft herein.«

»Verzeih mein Erstaunen, Herr«, sagte nun Chufukaf, »aber wozu dienen diese Luftschächte, da doch von den Gängen schon Luft hereinströmt?«

»Nur solange diese Gänge nicht durch Türen verschlossen sind«, antwortete Cheops. »Von Benu, dem Priester, der mich in die Geheimnisse des Phönix einweihte, habe ich gelernt, daß durch Fackeln oder die Flammen von Öllampen die Luft in geschlossenen Räumen verzehrt wird und ein Mensch darin ersticken müßte. Warum das so ist, weiß ich nicht, aber die Erfahrung wurde gemacht.«

»Das wird schon so sein, da Deine Majestät es versichert«, räumte Chufukaf ein. »Aber ich glaubte verstanden zu haben, daß in diesem Saal, in diesem Sarg hier, die Mumie Deiner Majestät beigesetzt werden sollte. Und würde es dann etwas ausmachen, wenn durch Schließung der Türen keine Luft mehr hereinkäme? Ein Toter braucht doch keine Luft mehr zum Atmen, selbst wenn er durch die Mundöffnungsriten angeblich neuen Odem erlangt. Der ist doch nur für das Leben in der anderen Welt, in der Welt der Geister.«

»Hast du wirklich nicht begriffen, mein Sohn, daß meine sterbliche Hülle nicht hier, sondern im Palast auf der Insel des Feuers bestattet werden wird? In diesem Saal hier gedenke ich den geheimen Kult des Großen Gottes zu feiern, den Kult des Verborgenen Gottes, dessen ewiges Abbild die Sonne ist. Daher sind diese Luftschächte erforderlich. Die Flammen, die diese Mysterien erleuchten, sollen nicht erlöschen, und diejenigen, die diese Mysterien feiern, sollen doch nicht sterben, bevor ihre Stunde gekommen ist. Die Pyramiden, die für die Körper meines Vaters und unseres Ahns Djoser gebaut wurden, besaßen in der Tat nur eine Kammer und brauchten, da sie ja nur zur Beisetzung der Toten gedacht waren, keine Luftschächte. Doch dieser Bau hier ist etwas ganz anderes: Er ist nicht nur Grabstätte, sondern göttlicher Tempel. Er wird keinen Schmuck, keine Inschrift erhalten, selbst der Name Meiner Majestät wird verborgen bleiben. Der wird nur in den Nebenräumen zu lesen sein, die meine geschickten Handwerker in den nächsten Tagen fertigstellen werden. Seht her: Dieser Sarg hat keinen Deckel und keinerlei Zierat, während die Särge der Großen an den Außenwänden die Paläste zeigen, in denen sie gelebt haben unter der Sonne. Dieser Sarg soll nackt und bloß sein wie die Seele und wie der Körper, wenn er nur mehr eine Hülle ist. Und hätte Meine Majestät diesen Saal als Grabkammer erkoren, wäre der Zugang dann so niedrig und eng? Nicht einmal ein schlichter Holzsarg würde hindurchpassen! Und ruht der Körper eines Königs nicht in mehreren Särgen aus Edelholz und Gold? Wie sollte man diese durch eine so schmale Tür hereintragen? Dieser Gang symbolisiert den Zugang zur Duat, und wer da hinein will, der muß sich bücken, muß die Stirn neigen vor dem göttlichen Geheimnis, das ihm hier enthüllt werden wird.«

Sie schwiegen eine Weile, überließen sich ihren Gedanken in diesem schummrigen Saal. Dann sprach Cheops erneut: »Diesen Saal werdet ihr nie mehr sehen, es sei denn, ihr würdet in seine Geheimnisse eingeweiht. Doch vor dieser letzten Einweihung müßtet ihr erst Heliopolis, Hermopolis, Abydos und Dendera ergründet haben, wo Meine Majestät Hathor einen Tempel errichtet hat. Sie ist die lebenspendende Göttin, durch sie vermehrt sich alles auf Erden, sie verleiht Dingen und Menschen Anziehungskraft, sie weckt Liebe in den Herzen. Ihr, meine Söhne und Töchter, die ihr bei eurer Erziehung schon viel Klugheit und Weisheit erfahren habt, ihr müßt selbst entscheiden, ob ihr euch den Prüfungen dieser Einweihung unterziehen wollt, um zur Erkenntnis der Natur des Gottes zu gelangen. Doch macht euch klar, daß viel Verzicht von euch verlangt werden wird, ausdauerndes Bemühen, und daß der Weg voller Fallstricke sein wird. Wissen erreicht man nur durch langes Wachen, wenn der Wille auf immer tiefere Erkenntnis ausgerichtet ist, wenn man sich selbst und seine Umgebung erforscht, in die sichtbare und unsichtbare Welt einzudringen sucht und sich keine Rast vergönnt.«

Nach diesen Ermahnungen verließ er den Saal, der etwa dreißig Ellen über der Erde lag. Über Gänge und eine provisorische Holztreppe gelangten er und die königliche Familie ans Tageslicht, das die Augen blendete nach der langen Zeit im unterirdischen Dunkel. Am Fuß der Treppe standen Hemjunu und Chaesnofru, neben ihnen die Pyramidenpriester und ein paar Freunde des Königs. Sie warfen sich vor Seiner Majestät zu Boden, bevor der Wesir sagte: »Herr, die Arbeiter haben diesen Ruhetag, den Deine Majestät ihnen vergönnt hat, genutzt, um mir durch ihre Vorarbeiter ihre Klagen zu übermitteln, obwohl ich um ihren Kummer schon wußte und Deine Majestät ja auch schon mehrmals davon in Kenntnis gesetzt habe.«

»Meine Majestät kennt diese Klagen: Es fehlt an Korn, an Nahrung, und sie sind ermattet nach so vielen Jahren mühevoller Arbeit. Aber daß die drei letzten Überschwemmungen so mager ausfielen, so verheerend, daran ist Meine Majestät doch nicht schuld. Ihre Arbeit wurde dadurch nicht beeinträchtigt. Meine Majestät hat Vorausschau bewiesen und Kanäle und Talsperren anlegen lassen, wodurch wir die Wildwasser aus den Bergen einfangen und gerecht verteilen konnten. Jetzt ist dieser Wasservorrat zwar erschöpft, doch bisher hat er uns allen genützt. Ist es meine Schuld, wenn seit zwei Jahren kein Tropfen Wasser gefallen ist? Wenn das von uns angelegte Vorratsbecken nicht mehr gefüllt ist?«

»Das mag alles stimmen, Herr, aber daß das Volk leidet und das Murren zunimmt, ist eine Tatsache. Die Abgesandten der Arbeiter lassen Deiner Majestät durch meine Stimme sagen, daß sie die Arbeit nicht mehr aufnehmen werden, daß sie zu geschwächt sind, um so schwere Steine zu schleppen. Solange sie nichts zu essen haben, solange nahrhafte Kost ihnen nicht zu neuen Kräften verhilft, sehen sie sich nicht in der Lage, die Arbeit wiederaufzunehmen.«

»Öffnen wir also die letzten königlichen Kornspeicher, und verteilen wir die Nahrung!«

»Herr, wenn diese Speicher dann auch leer sind, gibt es kein Korn mehr, nicht einmal mehr für Deine Majestät und die Tische der Großen des Reiches.«

»Dann werden wir eben alle fasten. Zuvor aber schlachten wir noch Vieh aus den Tempeln und den königlichen Gütern. Auch die Jagd steht uns noch offen. Jagen wir doch in der Wüste für die Tafeln der Großen! Es ist auch Zeit, die königliche Schatzkammer zu öffnen. Und man lasse Ayinel rufen, den Kommandanten der Hochseeflotte. Ich werde ihm grünes Gold aus Nubien aushändigen, Malachit, Türkise und Kostbarkeiten aus der Schatzkammer der Südlichen Pyramide. Das kann er alles auf seine Schiffe verladen und in die Häfen von Qedem bringen, zu den Menschen von Charu, die ihm Korn dafür geben werden. Ich weiß durch meine Sendboten, daß sie gute Ernten hatten, sie werden uns Weizen und Gerste, Datteln, aber auch Schafe und Ziegen verkaufen. All diese nahrhaften Dinge wird Ayinel nach Ägypten zurückbringen, und dann können wir das ganze Volk ernähren bis zur nächsten Überschwemmung, die – dafür verbürgt sich Meine Majestät – diesmal üppig ausfallen wird. Das Land wird wiederaufleben, und wir werden die Speicher wieder füllen können für die Zukunft. Meine Majestät hat gesprochen. Man erfülle den Willen Meiner Majestät.«

VIERUNDZWANZIG

»Wie man sieht, hat der König den festen Willen, den Sohn der Fremden zu seinem Nachfolger auf dem Horusthron zu machen«, sagte Henutsen zu Meritites, nachdem Cheops, Nubet und deren Kinder das Boot verlassen hatten, welches jetzt wieder auf die königlichen Docks zulief. Sie hatte betont laut gesprochen, damit ihre beiden Kinder es hören konnten.

Meritites seufzte. »Ich fürchte vor allem, daß meine königliche Mutter einen Schlag bekommt, wenn sie erfährt, wie unser Gemahl unsere Kinder zu verheiraten gedenkt. Sie wollte meinen Kawab doch mit deiner Chamernebti und deinen Ältesten mit Meresanch verbinden, was ideal gewesen wäre.«

»Den Unsrigen wird dies alles nur zum Schaden gereichen!« Henutsen bohrte weiter: »Was sagst du denn dazu, Kawab? Dich geht es ja als ersten an, dir soll dein Erbe entzogen werden!«

»Mir geht es wie Djedefhor«, erwiderte Kawab, der sehr offen und freimütig war gegenüber der zweiten Gemahlin. »Ich weiß gar nicht, ob ich den Thron der Beiden Länder besteigen will. Es verletzt mich allerdings, daß ich zugunsten des Sohns dieser Fremden, den ich nicht mag und der mir als Bruder aufgezwungen wurde, enterbt werden soll. Warum ich ihn nicht mag, weiß ich nicht, denn ich kenne ihn ja kaum. Aber daß ich die kleine Tepi zur Frau bekommen soll, freut mich, denn ich finde sie schön wie einen

Sonnenstrahl. Schon beim ersten Blick gefiel sie mir so sehr, daß ich meinem Vater beinahe um den Hals gefallen wäre, um ihm für diese Entscheidung zu danken. Das soll dich nicht kränken, Meresanch, denn dich mag ich auch und liebe dich wie ein Bruder seine Schwester, aber wir kennen uns zu gut, um uns anders lieben zu können. Tepi hingegen ist für mich wie eine Fremde, und ihre Schönheit hat mich so tief berührt, daß ich um ihre Hand angehalten hätte, wenn unser Vater mir nicht zuvorgekommen wäre. Wenn ich sie bekomme, überlasse ich euch aus freien Stükken den Thron, dir, Baefre, wenn du ihn willst, oder euch, Chufukaf und Chephren.«

»Das Ergebnis dieser Begegnung mit Seiner Majestät ist doch folgendes«, setzte Chephren bitter hinzu: »Keiner von euch, weder du, Kawab, noch Baefre oder du, Chufukaf, ist bestimmt, den Horusthron zu besteigen. Und erst recht nicht Djedefhor, Minkaf oder ich, das hat unser Vater ja nur allzu deutlich gesagt. Aber wie du, Djedefhor, schon klug bemerktest, ist auch unser Vater, obgleich König und Gott, sterblich, und der Tag wird kommen, da er zu unseren Vorfahren Snofru, Huni und Djoser emporfährt, um, wie es heißt, im Reich der Toten zu weilen. Und welches Gewicht bringt der kleine Djedefre dann auf die Waagschale der Macht über die Beiden Länder? Wer wird die Rechte, die er sich anmaßt, für ihn verteidigen? Dann wird doch der rechtmäßige Erbe seinen Thron einfordern können, und niemand wird ihn ihm streitig machen.«

Waren die schwerwiegenden Entscheidungen, die Cheops ohne Beratung mit seiner Mutter getroffen hatte, daran schuld? War es vor allem der Plan, Djedefre seine älteste Tochter zur Frau zu geben, wodurch Nubets Sohn Anspruch erhielt auf den Horusthron? Tatsache war, daß Hetep-heres, schon wenige Tage nachdem sie von all dem erfahren hatte, ihre Seele in der Hand trug. Ihre beiden Töchter, ihr königlicher Sohn, Nubet und die Enkel umstanden ihr Bett, als sie emporflog zu ihrem Gemahl. Jeder beweinte sie, denn jeder hatte Grund gehabt, sie zu lieben und ihr ein möglichst langes Leben zu wünschen, vor allem Henutsen und Nubet, die sie stets wie Töchter behandelt hatte. Ihr Körper wurde einbalsamiert, in einen kostbaren Sarg gebettet und in großem Trauerzug, an dem die gesamte königliche Familie teilnahm, zu jenem Grab getragen, das sie sich in der Nähe der Nördlichen und Südlichen, den beiden Pyramiden ihres Gemahls, hatte vorbereiten lassen.

Am gleichen Tag sah man auf dem Nilkanal, parallel zu dem der Königin, einen zweiten Trauerzug, der aber nicht auf der Höhe der Südlichen Pyramide haltmachte, sondern noch weiter nach Süden zog und auch nur aus einem einzigen Schiff bestand, während fast ein Dutzend Boote die Königin begleiteten.

»Wer wird denn heute, am Tag der Beisetzung meiner Mutter, noch beerdigt?« fragte Cheops einen der Freunde in seinem Gefolge. »Und wieso fährt er nicht auf Sokaris' Totenstadt zu, sondern eindeutig weiter nach Süden? Und all diese Klageweiber! Man möchte meinen, sie zögen zur Totenstadt der Sonnenpyramide!?«

»So ist es«, bestätigte jemand. »Und Deine Majestät kennt den Mann, der heute beerdigt wird, recht gut: Es ist Abedu, der die eingestürzte Sonnenpyramide gebaut hat. Er wollte dort beerdigt werden. Der Gott Snofru hatte ihm die Grabstätte bewilligt, und selbst als er in Ungnade gefallen war, hat ihm niemand dieses Recht streitig gemacht.«

»Mir soll's recht sein«, sagte Cheops. Er sah plötzlich seine Jugend wieder vor sich, eine glückliche Zeit, wie ihm schien. Doch er trauerte ihr nicht nach, zumal sein Traum – in Stein verewigter und in den Himmel ragender Ruhm – nun fast schon Wirklichkeit war.

Die Krankheit der Königin und die anschließenden Beisetzungsfeierlichkeiten verschafften Kawab immer wieder

Gelegenheit, die junge Hetep-heres zu sehen, die der Vater ihm bestimmt hatte. Beim Totenmahl war es ihm sogar gelungen, mit ihr zu sprechen.

»Tepi, meine Schwester, meine Verlobte, mein Herz erfreut sich an deiner Schönheit. Doch es weiß nicht, was du für mich empfindest, ob auch dich die Wahl unseres Vaters beglückt.«

»Kawab, ich kenne dich noch so wenig, obwohl du mein großer Bruder bist. Doch ich glaube, daß du meine Zuneigung verdienst und ich dich wohl lieben könnte, denn du scheinst mir sanftmütig und voller Güte.«

»Du kannst sicher sein, Tepi, daß ich dich nicht enttäuschen, daß ich dich lieben werde, wie du es verdienst, wie du es dir nur wünschen kannst, wie du es auch erwarten darfst.«

Djedefre, der die beiden tuscheln sah, schäumte vor Zorn, und seine Augen funkelten, denn er liebte seine Schwester leidenschaftlich. Doch da er stolz und verschlossen war, behielt er dieses Geheimnis für sich, teilte es mit niemandem, nicht einmal mit ihr. Sie sahen sich ja auch nur selten. Die beiden Schwestern lebten bei der Mutter, wurden von Schreibern, ab und zu auch von Ibdadi unterrichtet, wie die anderen Prinzen in Memphis. Djedefre hingegen war schon mit sieben Jahren in die Schreiberschule geschickt worden, die zwar zum Palast gehörte, doch etwas abseits lag, in der Nähe des Isis-Tempels, den Cheops der »Herrin der Pyramiden« hatte errichten lassen, noch bevor man mit dem Bau seiner Pyramide begann. Und als Djedefre dann allmählich beide Schriften – die heilige und die der Schreiber – einigermaßen beherrschte, hatte Cheops ihn nach Hermopolis geschickt, dessen Priesterschaft nach wie vor Ibebi unterstand. Aus Hochachtung für den Großen der Fünf hatte er ihm die Erziehung dieses Prinzen, der sein Nachfolger auf dem Thron der Beiden Länder werden sollte, anvertraut. Doch Djedefre enttäuschte die Erwartungen seines Vaters, entpuppte sich als aufmüpfiger, hochmütiger, wenig lernwilliger Schüler. Allzu oft traf man ihn in den Schenken, wo der kaum Dreizehnjährige mit den Halbwüchsigen der Stadt über den Durst zu trinken pflegte. Die von Ibebi angeordneten Bestrafungen blieben fruchtlos, Djedefre wurde nur noch störrischer, noch abweisender, noch ungebärdiger in seinen Lastern. Cheops hatte ihn schließlich zurückrufen müssen, und so war er erst seit kurzem wieder bei der Familie, als Cheops sie alle einweihte in das Geheimnis seiner Pyramide und in seine Entscheidungen über die ehelichen Verbindungen seiner Kinder.

Djedefre hatte sich gleich bei seiner Mutter beschwert, man könne ihn doch wohl nicht zwingen, Meresanch zu heiraten: »Meresanch ist doch fast sechs Jahre älter als ich! Sie wird eine alte Frau sein, wenn ich gerade erst das beste Mannesalter erreicht haben werde! Außerdem finde ich sie häßlich, während meine beiden Schwestern schön sind, vor allem Hetep-heres, die dir ähnelt.«

»Mein Kind«, hatte seine Mutter geantwortet, »du mußt lernen, den Befehlen deines Vaters zu gehorchen. Erzürne ihn nur ja nicht durch unangebrachte Bemerkungen! Ich kann es nur gutheißen, daß du Meritites' Tochter heiratest; auf meinen Rat hin hat dein Vater sie dir übrigens bestimmt. Von ihr wirst du den rechtmäßigen Anspruch auf die Krone erlangen. Sie ist Meritites' einzige Tochter, die einzige, in der das Blut des Gottes fließt. Von Rechts wegen hätte sie Kawab zugestanden, doch durch diese Heirat ernennt dein Vater dich indirekt zum Kronprinzen, um einen Schwur, den ich ihm vor langer, langer Zeit abverlangte, nicht zu brechen. Wage nur ja nicht, durch irgendwelches alberne Gefühl seinen Zorn heraufzubeschwören! Wenn du erst einmal auf dem Horusthron sitzt, dann kannst du deine königliche Gemahlin nach Belieben links liegenlassen und dir irgendeine andere als Nebenfrau nehmen. Doch vorerst zeig dich von deiner besten Seite, zuvorkommend und gehorsam, freu dich über alles, was dein Vater dir schenkt, selbst wenn es dir im Innersten mißfällt. Außerdem ist diese kleine Meresanch gar nicht häßlich, ganz im Gegenteil, und gerade weil sie soviel älter ist als du, kann sie dir Freuden schenken, die ein zu junges, unerfahrenes Mädchen deines Alters dir gar nicht zu bereiten vermöchte.«

Djedefre hatte sich fügen und seinen Groll in sich verschließen müssen. Wenn er erst einmal der Herrscher Ägyptens wäre, würde er an diesen beiden, an Kawab und Djedefhor, schon Rache zu nehmen wissen. Und zwar mit Freuden!

Chentetenka nahm sich die Worte des Vaters zu Herzen, die Kinder sollten lieber heiraten, anstatt den Zwist der Mütter fortzuführen. Daher begab sie sich nach Memphis und machte in Henutsens Palast Besuch. Dort traf sie auf Chephren, der mit seiner Schwester Chamernebti in dem großen Becken badete. Sie bewunderte die Seerosen, die Dattelbäume und Sykomoren ringsum. Chentetenka war nicht blond und besaß auch nicht die kindliche Anmut ihrer Schwester Tepi, doch ihr üppiges kastanienbraunes Haar hatte seinen eigenen Reiz, und die hellen Augen betonten die Schönheit ihres sonnengebräunten Gesicht. Wie ihre Mutter machte sie, mit Pfeil und Bogen bewaffnet, regelmäßig Ausflüge in die Wüste, und wie ihre Mutter trug sie das in weichen Falten locker herabfallende Hemd, das die muskulösen, wohlgestalteten Beine freiließ.

Sie grüßte Bruder und Schwester und sagte dann ohne Umschweife: »Ich gehorche unserem Vater und komme euch besuchen. Ich hege keinerlei Vorbehalt gegenüber Henutsen und verstehe sehr gut, daß Seiner Majestät Verhalten ihr und euch gegenüber sie erbost, denn auch ich finde meinen Bruder Djedefre dumm und hochnäsig und mag ihn nicht. Außerdem gefällt mir die Entscheidung, die der König für mich getroffen hat, nicht so recht. Gut kenne ich euch beide nicht, weder dich, Chephren, noch deinen älteren Bruder, aber Chufukaf finde ich einfach zu geziert, zuwenig männlich. Ich bin wie meine Mutter, mir macht es Spaß, in der Wüste wie ein Mann nach Gazellen und Wildkatzen zu jagen, und ich kann mir kaum vorstellen, daß mein künftiger Gemahl diese Vorliebe mit mir teilt.«

Chephren lachte hell auf. »Das tut er bestimmt nicht, da kannst du ganz sicher sein! Doch solltest du an hübschen Knaben Gefallen finden, dann werdet ihr euch bestimmt gut verstehen, da diese Art Jagd auch ihm gefällt.«

»Ich verstehe nicht, was du meinst.« Das junge Mädchen stutzte.

»Wenn du es noch genauer wissen willst, dann mach dir jetzt schon klar, daß dein Gemahl dich vielleicht notgedrungen schwängern wird, du dir aber weiter nichts erwarten darfst, da er nur blutjunge und schöne Knaben liebt, kurz bevor sie die Kindheitslocke abgeschnitten bekommen. Das mußt du aber für dich behalten, denn unser Vater weiß nichts davon und dürfte nicht gerade entzückt sein, es zu erfahren.«

»Dann hätte er mich besser dir zur Frau geben sollen«, stellte Chentetenka offenherzig fest.

»Ich hätte nichts dagegen«, erwiderte Chephren, der jetzt aus dem Becken stieg, als wollte er seiner Halbschwester seinen nackten, wohlgestalteten Körper vorführen. Als er dann aber im Schatten einer Akazie saß, fuhr er fort: »Ich liebe meine Schwester Chamernebti, und wir haben auch nicht die Erlaubnis unseres Vaters abgewartet, um uns miteinander zu vergnügen, das kannst du mir glauben. Dennoch werde ich dich entschädigen können für die Schwächen deines künftigen Gemahls. Das alles muß aber unter uns bleiben, wie es sich gehört in einem Königshaus. Und Chamernebti dürfte das nicht mehr Kummer machen als der guten Meritites, die es ja auch hinnahm, daß Seine Majestät unserer Mutter seine Gunst erwies, wodurch es uns jetzt gibt. Hab ich nicht recht, meine Nebti?«

Ihr langes Haar auswringend, kam seine Schwester auf ihn zu. »Damit Frieden im Haus herrscht, auch in einem Königshaus, muß doch jeder nach eigenem Ermessen handeln und lieben dürfen, ohne Vorwürfe befürchten zu müssen«, erklärte sie, bevor sie sich auf eine Steinbank niederließ. »Eifersucht ist das häßlichste aller Laster, sie bereitet dem Eifersüchtigen Höllenqualen und schadet auch denen, die er mit seiner Eifersucht verfolgt.«

»Da magst du recht haben«, räumte Chentetenka ein, »aber du mußt doch auch zugeben, daß große Leidenschaft Eifersucht erzeugt.«

»Was redest du denn von Leidenschaft? Als hättest du so etwas schon erlebt! Dazu bist du noch viel zu jung«, gab Chephren erstaunt zurück.

»Dazu brauchte ich nur meine Mutter und meinen Vater zu beobachten. Unglaubliche Leidenschaft verbindet die beiden, und nur deswegen hat er eure Mutter und seine Schwester so vernachlässigt.«

»Und glaubst du, eine solche Leidenschaft sei ein löbliches Gefühl?« fragte Chamernebti.

»Ich weiß es nicht, aber mir macht sie angst, und so etwas möchte ich eigentlich nicht erleben.«

Das Gespräch wurde jäh unterbrochen, als Chufukaf und Minkaf erschienen.

»Sieh mal, Chufu«, rief Chephren ihm entgegen, »deine schöne Verlobte wollte dir einen Besuch abstatten!«

»Das schmeichelt mir«, erwiderte der junge Mann, während er sich zum Gruß verneigte und die Hände zu den Knien führte.

»Du benimmst dich gegenüber deiner Schwester und zukünftigen Gemahlin wie ein Schüler gegenüber seinem Lehrer«, sagte Chephren lachend. »Dabei müßtest du sie umarmen und den Duft ihrer Lippen atmen, deinen Atem mit dem ihren verschmelzen.«

»Dazu wird noch Zeit sein, wenn unser Vater uns erst einmal vermählt hat«, entgegnete Chufukaf. Er setzte sich neben die Schwester auf die Steinbank und fuhr fort: »Unsere Mutter wird auch gleich kommen. Sie hat uns zu ihrem Magier mitgenommen, der die Zukunft voraussagt. Nach den Entscheidungen unseres Vaters wollte sie seine Wahrsagung hören, weil sie sich fragt, wer von uns allen tatsächlich der Nachfolger sein wird. Und wißt ihr, was dieser Sabi geantwortet hat?«

»Wenn wir das wüßten, bräuchten wir weder ihn noch dich, um es uns zu erzählen«, warf Chephren ein.

»Also hört: Wie er sagt, wird gegen jede Erwartung unser kleiner Bruder Minkaf den Thron der Beiden Länder besteigen!«

»Minkaf? Der spinnt wohl. Er hat sich wohl nicht getraut, Djedefre zu sagen, aus Furcht, unsere Mutter zu verstimmen. Vielleicht wollte er ihr dadurch auch nur gefallen, denn er dürfte wissen, daß Minkaf ihrem Herzen nahesteht. Was sagst du denn dazu, Minkaf?«

»Ich weiß nicht, was ich sagen soll. Ich kann's ja auch nicht glauben, denn ich kann mir nicht einmal vorstellen, wie mein Vater mich ernennt und dabei nicht nur seinen Lieblingssohn Djedefre, sondern all meine älteren Brüder, euch als erste, in den Hintergrund drängt.«

Henutsen, die, wie angekündigt, kurz nach ihren Söhnen erschien, war erstaunt, als sie Chentetenka sah.

Chephren kam ihrer Frage zuvor: »Unsere Schwester wollte ihre Brüder und ihren zukünftigen Gatten einfach mal besuchen.«

»Sie sei uns willkommen«, meinte Henutsen, die keinerlei Vorbehalt hatte gegen das junge Mädchen.

»Henutsen«, begann nun Chentetenka, »unser Vater hat mich zu deiner Schwiegertochter bestimmt. Daher ersuche ich um deine Freundschaft und will dir auch gleich sagen, daß ich Seiner Majestät Entscheidung, meinen Bruder mit Meresanch zu verbinden, mißbillige. Wir wissen doch alle, daß er damit dem Hof zu verstehen gegeben hat, daß er eines Tages Djedefre zum Kronprinzen ausrufen wird. Ich aber kenne meinen Bruder und kann nur betonen, daß er des Horusthrons nicht würdig ist und unfähig wäre, das Volk des Schwarzen Landes mit Anstand zu regieren. Doch ich weiß auch, daß der König es meiner Mutter geschworen hat und sie auf seinem Wort besteht. Noch vor dem nächsten Mond werde ich gemäß dem Willen unseres Vaters mit deinem Sohn Chufukaf verbunden werden. Von diesem Tag an gehöre ich zu deiner Sippe und werde mich ihr auch innerlich verbinden, denn ich weiß, daß du die Seele dieser Sippe bist. Zähle auf mich, ich werde dir eine liebevolle und treue Tochter sein, denn meinen Bruder Djedefre kann ich nicht lieben, bei aller Hochachtung, die ich meiner Mutter schulde.«

»Sei nochmals willkommen, meine kleine Chenty«, antwortete Henutsen und schloß sie in die Arme. »Und laß auch mich dir gleich sagen, daß ich deine Liebe bestimmt erwidern werde. Wenn wir alle zusammenhalten, wird es uns ja vielleicht gelingen, den König von seinem wahnwitzigen Vorhaben abzubringen und Kawab Gerechtigkeit widerfahren zu lassen, oder einem meiner Söhne … warum nicht deinem Gemahl?«

»Oder gar Minkaf«, ergänzte Chufukaf, »da ja angeblich er eines Tages den Horusthron besteigen wird.«

FÜNFUNDZWANZIG

Cheops hatte auf seinem Thron im kleinen Audienzsaal Platz genommen, wo er sich mit seinen Ministern zu beraten, aber auch den täglichen Bericht seines Wesirs zu hören pflegte. Hemjunu trat vor ihn hin, hob zum Gruß die Hände und führte sie zu den Knien, ergriff aber erst das Wort, nachdem der König ihm bedeutet hatte, er sei ganz Ohr und der Wesir möge sprechen.

»Herr«, hub Hemjunu an, »Nefermaat, der Bruder Deiner Majestät, läßt Deiner Majestät mitteilen, daß seine Mutter Neithhotep, die Königliche Gemahlin des Gottes Snofru, diesem nachgefolgt ist ins Amenti. Ich erinnere Deine Majestät daran, daß sie mit Erlaubnis Deiner Majestät vor nun mehr als fünfzehn Jahren nach Elephantine übersiedelte, um in der Nähe ihres Sohnes zu sein. Der Prinz meldet dir diesen Todesfall, erinnert aber auch voller Hochachtung für Deine Majestät daran, daß er die ihm von Deiner Majestät übertragene Aufgabe, die Provinz zu regieren, gewissenhaft erfüllt hat, sich aber jetzt matt fühlt und Deine Majestät durch mich ersuchen läßt, an seiner Stelle einen anderen Prinzen zu ernennen. Du mögest ihm gestatten, seine Tage friedlich in der Gegend von Memphis zu beschließen, wo sein Onkel Nefermaat ihm nach seinem Heimgang zu Osiris und Horus ein großes Gut hinterlassen hat.«

»Wie du weißt, Hemjunu«, erwiderte Cheops, »ist der Bau meiner Pyramide für mich das Wichtigste, und meine einzige Angst besteht darin, noch vor ihrer Vollendung ins

Dunkel blicken zu müssen. Daher überlasse ich dir auch diese Entscheidung. Benenne du einen neuen Prinzen als Statthalter einer so wichtigen Provinz, und ruf du Neferu zurück. Meine Majestät hat keinen Grund zur Klage, er ist mir treu geblieben und hat stets richtig gehandelt. Ich werde ihm noch mehr Landbesitz zueignen.«

»Sofern Deine Majestät nichts einzuwenden hat, schlage ich vor, dem Prinzen Baefre, dem zweiten Sohn Deiner Majestät, die Provinz zu überantworten.«

»Und warum soll es gerade Baefre sein und nicht ein anderer, Kawab beispielsweise, sein älterer Bruder?«

»Herr, dein Diener fühlt sich auch nicht mehr jung, er weiß nicht, wie lange er das schwere Amt, das Deine Majestät ihm huldvoll übertragen hat, noch wird ausfüllen können. Daher sähe ich gerne Kawab als meinen Nachfolger. Ich erlaube mir heute schon, Deine Majestät zu bitten, ihn mir zur Seite zu stellen, damit ich ihn einweisen kann in die heiklen Aufgaben eines Wesirs, und ihn auf meine Nachfolge vorbereite. Auch über Chufukaf, den Ältesten der Königin Henutsen, hat dein Diener sich Gedanken gemacht. Er hat in der Schule der Handwerker gelernt und könnte Chaesnofru zur Hand gehen bei der Leitung der Baustelle der Großen Pyramide Deiner Majestät, denn er wurde in die Geheimnisse der Errichtung göttlicher Bauwerke eingeweiht.«

»Hemjunu, wir beide sind fast gleich alt, das Alter liegt doch noch fern!«, entgegnete Cheops.

»Deine Majestät ist in der Tat die Verkörperung des Lebens, der Gesundheit und der Kraft, doch das gilt nicht für deinen Diener. Sieh, du bist immer noch schlank und kräftig, ich aber bin füllig geworden und spüre die Last meiner Beleibtheit und der Jahre. Meine Gesundheit ist nicht mehr so stabil wie früher, und ich weiß nicht, wieviel Zeit mir der Gott noch unter dem Sonnenlicht gewähren wird. Kawab scheint mir das richtige Alter zu haben, um seinen Beruf als Prinz, wenn nicht gar König, zu erlernen. Daher schlage ich dir Baefre für das andere Amt vor. Ich weiß, daß Djedefhor seine Studien fortsetzen möchte und Chufukaf genau der Richtige ist, um am Lebenswerk Deiner Majestät mitzuarbeiten. Chephren ist, glaube ich, noch nicht reif genug für ein Verwaltungsamt. Er ist – mit Verlaub gesagt – zu unbekümmert, um einen guten Beamten abzugeben. Seine Leidenschaft gilt der Jagd in der Wüste, dem Fischfang in den Sümpfen. Er wäre häufiger in den Schenken anzutreffen als in der ihm zugewiesenen Amtsstube. Von allen Söhnen Deiner Majestät ist er der am wenigsten ernsthafte, der am wenigsten pflichtbewußte.«

»So befolge man also deine Vorschläge: Es möge Kawab dir beigeordnet, Chufukaf als Lehrling Chaesnofru unterstellt, Baefre zum Statthalter des Südens ernannt werden, und Chephren soll sich ruhig weiterhin in den Schenken herumtreiben. So wird keines dieser Kinder Meiner Majestät Entscheidungen anfechten können, denn wie du weißt, beabsichtige ich, das meiner Königin gegebene Versprechen zu halten und Djedefre als Meiner Majestät Nachfolger auf dem Thron der Beiden Länder zu bestimmen.«

»Selbst diejenigen, denen Deine Majestät es nicht deutlich zu verstehen gegeben hat, ahnen es bereits, da du Meresanch Djedefre zur Frau geben willst. Und im Augenblick hat Deine Majestät ja auch noch ein langes Leben vor sich, und Djedefre ist noch recht jung.«

»Du sprichst mit Maat auf der Zunge, Hemjunu.« Cheops lächelte anerkennend, da der Vetter keinen Einwand erhoben hatte gegen diese Wahl, die – das wußte Cheops sehr wohl – alle Großen des Landes wie auch die gesamte Familie empören mußte. »Was gibt es sonst noch Wichtiges?«

»Nur erfüllt von größter Furcht kann dein Diener dir einen bestimmten Vorgang melden«, fuhr Hemjunu vorsichtig fort.

»Sprich, du erstaunst mich, du beunruhigst mich. Worum geht es?«

»Gestatte mir, Herr, einen berufeneren Mund zu Deiner Majestät sprechen zu lassen.«

»Gestattet.«

Hemjunu wandte sich an einen Hofbeamten und hieß ihn, Neteraperef hereinzurufen.

Der oberste Priester des Totentempels von Snofru, dem die Nördliche und die Südliche Pyramide unterstanden, betrat den Saal und warf sich vor dem Thron zu Boden. Auf Geheiß des Königs richtete er den Oberkörper auf, verharrte auf den Knien, legte die Hände auf die Oberschenkel und sprach mit zitternder Greisenstimme, in der blankes Entsetzen mitschwang: »Herr, in der Pyramide des Südens, in der Pyramide, in der Deine Majestät seine Schätze hat verschließen lassen, hat sich uns etwas höchst Rätselhaftes offenbart.«

Cheops runzelte die Brauen. Diese Einleitung machte ihn ungeduldig: »Was willst du damit sagen? Was wirst du mir verkünden? So sprich schon!«

»So höre, Herr: Hemjunu, mein Herr, kam vor einiger Zeit zu mir und ersuchte mich, ihm größere Mengen Goldes und andere kostbare Dinge aus dem königlichen Schatz auszuhändigen, um damit im Lande Qedem und in Charu Getreide und Nahrung zu kaufen. Wie es sich gehört, führt der Diener Deiner Majestät gewissenhaft Buch über die in den Schatzkammern gelagerten Bestände. Nun hat Dein Diener aber schon seit geraumer Zeit das Verschwinden von Gegenständen und vor allem von Gold festgestellt und sofort danach die Wachen befragt, sie auspeitschen und durch andere ersetzen lassen. Doch keiner hat etwas gestanden. Dann wurden bei ihnen zu Hause Nachforschungen angestellt, in den Familien und bei den Nachbarn, doch niemand konnte etwas Belastendes vorbringen, niemand warf ihnen ein Leben auf großem Fuß vor oder auffällige Anschaffungen von Dingen im Austausch für Gold. Wir durchsuchten ihre armseligen Behausungen, fanden aber nichts. Da das Auswechseln der Wachen und strengste Sicherheitsmaßnahmen am Eingang zur Pyramide aber auch nichts änderten und immer wieder etwas geraubt wurde, entschloß sich Dein Diener trotz seines hohen Alters und trotz seiner geringen Kräfte, jede Nacht die Pyramide persönlich zu überwachen. Ich drehte meine Runden, verstärkte die Wachen durch *medjaj*, die unsere Sprache nicht verstehen und die man nicht bestechen kann. Aber das alles nützte nichts. Die Diebstähle wiederholten sich, und Dein Diener hat mit eigenen Augen gesehen, daß schon ein Gutteil Deines Schatzes geraubt ist. Ich meldete es Hemjunu, meinem Herrn, dem Wesir, woraufhin er andere, ihm ergebene Wachen schickte. Auch das zeitigte keinerlei Wirkung, es wurde weiter gestohlen, als wären die Diebe Dämonen, die im Inneren der Pyramide wohnen, jene geheimnisvollen Geister, die unter der Erde leben und mühelos auch die dicksten Mauern durchdringen.«

Cheops bezähmte seinen Zorn, denn der alte Priester hatte sicher alles getan, was in seiner Macht stand. Der Wesir bestätigte, auch er selbst habe sich den Thronschatz und die Schatzkammer genau angesehen.

»Herr, Du kennst die Örtlichkeiten. Im untersten Saal, wohin man nach der ersten Kammer gelangt, gibt es keinerlei Leiter. Niemand könnte unbemerkt mit einer langen Leiter in die Pyramide eindringen. Daß aber Gegenstände verschwinden, ist eine Tatsache.«

»Tatsache ist, Hemjunu, und das kann Meine Majestät dir versichern, daß es unter der Erde keine unsichtbaren Lebewesen gibt, die in die Schatzkammer einzudringen und Dinge zu entwenden vermöchten, ohne gewaltsam die Tür aufzubrechen. Und gäbe es solche Geister, was sollten sie mit Gold und schönen Schmuckstücken anfangen? Wir werden jetzt unverzüglich der Pyramide einen Besuch abstatten, damit Meine Majestät sich ein Bild machen kann.«

Chenu ließ den königlichen Baldachin holen, Cheops nahm Platz, und im Geleit von einigen Großen des Reiches, dem Priester und dem Wesir trug man ihn auf das große königliche Schiff, das am Steg vor dem Palast bereitlag. Die Ruderer schwenkten nach Süden, um in den Kanal zu gelangen, der sich am Fuße des Empfangstempels der Südlichen Pyramide entlangzog. Kaum angekommen, verzichtete Cheops auf die Baldachinsänfte, er war viel zu ungeduldig, das Ausmaß der Schäden selbst in Augenschein zu nehmen. Als erster sprang er an Land und lief schnellen Schrittes den mit Steinplatten belegten Weg zur Pyramide hinauf, wo er lange vor dem dicken Hemjunu und dem hochbetagten Priester ankam. Die Wachen hoben sofort den Verschlußstein zur Seite, zwei Fackelträger und Männer mit einer langen Leiter gingen Cheops, Hemjunu und Neteraperef voran durch den langen Gang zur unteren Kammer. Cheops nahm eine der Fackeln, sah sich alles genauestens an und mußte feststellen, daß es ohne Leiter unmöglich war, die Öffnung zu erklimmen, durch die man in die obere Kammer gelangte.

»Wie man ohne Leiter da hinaufkommt, ist mir rätselhaft, es sei denn, man wäre eine Fliege oder besäße ein langes Seil und genügend Geschick, um es an einem kräftigen Wurfspeer zu befestigen. Dann könnte man diesen durch die Öffnung schleudern, seinen Schaft durch geschickten Seilzug quer in der Öffnung verklemmen und am Seil hochklettern in den oberen Saal.«

»Herr«, unterbrach ihn Neteraperef, »das mag ja gehen, aber wie sollte der Dieb die schwere Verschlußplatte beiseite schieben und in den Gang gelangen, ohne von den Wachen bemerkt zu werden?«

Cheops dachte eine Weile nach und antwortete dann: »Da müssen Verschwörer am Werk sein, die du noch nicht enttarnt hast! Setzt die Nachforschungen fort – die Gegenstände können ja nicht davongeflogen sein. Laß auch prüfen, ob ehemalige Wachmänner oder Priester nicht mitsamt dem Diebesgut den Wohnort gewechselt haben. Auch die Häuser der Priester müssen durchsucht werden. Daß bei den Wächtern nichts gefunden wurde, beweist noch gar nichts. Die Verschwörerbande hat sicher damit gerechnet, daß der Diebstahl eines Tages entdeckt und die Häuser durchsucht würden, und das Diebesgut vorsorglich an einem geheimen Ort versteckt. Sie werden Zeit vergehen lassen, und wenn sie dann alt sind, in eine andere Stadt übersiedeln, um unbemerkt das Geraubte in den Handel zu bringen.«

Cheops ließ die Leiter ansetzen und stieg in den oberen Saal hinauf. Wie gewaltig der Schaden war, sah er schnell, auch ohne die Bestandslisten. Mehr als ein Viertel des Saals war leer, dabei hatte er ihn mit eigenen Augen ein paar Jahre zuvor randvoll gesehen.

Cheops war hin und her gerissen zwischen Wut und Bewunderung für das listige Vorgehen der Diebe. Es quälte ihn, daß er nicht begriff, wie so viele kostbare, häufig schwere und sperrige Gegenstände ebenso wie ganze Barren Gold diesen streng bewachten und schwer zugänglichen Ort hatten verlassen können. Das ging ihm den ganzen Tag über nicht mehr aus dem Kopf. Er mußte es Nubet erzählen! Und da alle drei Kinder es mitbekamen, gelangte diese mysteriöse Angelegenheit schon bald durch Chentetenka in den ehemaligen Familiensitz nach Memphis.

»Das ist wirklich ein Rätsel«, befand Meritites.

»Offenbar auch für Seine Majestät und seine Wachmannschaften«, bemerkte Djedefhor. »Aber da man unseres Wissens noch niemals Wesen gesehen hat, die unsichtbar durch steinerne Wände gehen können und stark genug sind, auf gleichem Wege schwere Gegenstände hinauszubefördern, muß es einen Schlüssel zu diesem Rätsel geben, den weder der Wesir noch unser Vater in Händen hält.«

Auch Henutsen hatte Chentetenka aufmerksam zugehört. Sie beschloß, mit Sabi darüber zu reden. »Du behauptest doch immer, ein großer Seher zu sein – selbst vor mir brüstest du dich damit!« Aufgrund der langjährigen Komplizenschaft konnte sie sich diesen angriffslustigen Ton leisten. »Vielleicht weißt du des Rätsels Lösung?«

»Es wäre nicht undenkbar«, antwortete er lächelnd. »Hab nur ein wenig Geduld. Es mag sein, daß ich deine Neugier befriedigen kann.«

Als er wieder allein war, nahm Sabi aus einer Schatulle den Goldarmreif, den Abedu ihm vor Jahren als Vorschuß für die Wunderkräuter gegeben hatte, die zum Ritus der Tonscherbe gehörten. Lange strich er mit der Hand über den Reif, dann rief er nach seinem Diener, dem Zwerg.

»Hör mir gut zu, Bes! Jeden Abend, sobald die Straßen sich leeren, wirst du unbemerkt Wache stehen vor Abedus Haus, wo seine beiden Söhne mit der Mutter noch heute leben. Ich bin überzeugt, daß in irgendeiner Nacht – wann, das weiß ich nicht – einer der Söhne oder gar beide sich verstohlen aus dem Haus schleichen werden. Du wirst ihnen folgen und alles beobachten, was sie tun. Aber laß dich ja nicht erwischen! Du bist zwar klein, aber nicht klein genug, als daß man dich nicht bemerken könnte. Ich rechne also auf dein Geschick.«

SECHSUNDZWANZIG

Knapp einen Monat später ließ Sabi Henutsen eine Botschaft zukommen – keine schriftliche –, nur eine Taube zeigte ihr an, sie möge ihn besuchen. Eines Tages hatte sie ihn eben doch beim Taubenschlag ertappt und ihm sein Geheimnis entlockt.

Wie üblich schlich sich Henutsen aus dem Palast, als ringsum alles schlief. Kaum war sie bei Sabi angelangt, ergriff er ihre Hand und tuschelte: »Still, keine Frage! Ich werde dir das Geheimnis der Südlichen Pyramide enthüllen.«

Er nahm einen dicken, kurzen Stab, der eine Fackel war, warf sich einen Lederbeutel um und ging ihr voran, hinaus aus dem Garten, in die stockfinstere Nacht. Nur der wolkenlose Himmel leuchtete schwach hoch oben. Sie kamen an den Kanal, nahmen ein Boot, fuhren an der Südlichen Pyramide vorbei und machten das Boot an einem Pfahl fest. Schweigend lenkten sie ihre Schritte in die Wüste hinein, Henutsen immer neben Sabi. Es war ihr nicht ganz geheuer, obwohl alle Welt zu schlafen schien und keine verdächtige Gestalt sich blicken ließ. In der Ferne erhob sich die Pyramide. Sie machten einen Umweg, um sie von Westen her zu erreichen. Der offizielle Eingang lag, wie bei allen anderen, auf der Nordseite. Henutsen blieb mucksmäuschenstill, wie Sabi es verlangt hatte. Sie wußte ja, daß in der Wüste jedes Geräusch weit trug. Wenn auch undeutlich, so hörten sie doch die Stimmen der Wachposten vor dem Nordeingang.

Die einzelnen Platten der Verkleidung waren schlecht verfugt und rauh, so daß sie mit bloßen Händen und Füßen die Schräge bis auf etwa zwanzig Ellen Höhe hinaufklettern konnten. Henutsen, die hinter Sabi kletterte, sah nicht, was er machte. Plötzlich drehte sich eine der Platten um sich selbst und gab den Zugang zu einem schmalen Gang frei. Sie krochen hinein, und Sabi machte die Tür hinter ihnen wieder zu, rieb zwei Feuersteine aneinander, bis Funken stoben und er nach mehrmaligen Versuchen die Fackel anzünden konnte. Das Harz knisterte, die Fackel flackerte, aber Sabi ging immer tiefer hinein in den dunklen Schlauch. Henutsen blieb ihm auf den Fersen. Unendlich schien es bergab zu gehen, bis sie unvermittelt vor einer Mauer standen. Mit beiden Händen drückte Sabi links gegen eine Platte, die kaum zu erkennen gewesen war, sich aber nun in einer Angel drehte. Ein horizontaler Gang lag vor ihnen. Sabi, der mit der Fackel voranging, blieb abrupt stehen. Vor ihm war im Boden ein großes Loch ausgespart.

»Siehst du, durch diesen Gang stehen die oberen und die unteren Säle in Verbindung. Priester und Wachleute erreichen die unteren durch einen ansteigenden Gang von der Nordseite her und müssen eine Leiter aufstellen, um hier heraufzugelangen. Gut fünfunddreißig Ellen muß sie schon lang sein. Ich habe ein Seil mitgebracht, wir können uns die unteren Räumlichkeiten nachher einmal ansehen. Aber jetzt komm erst einmal mit zur Schatzkammer, wo Seine Majestät kostbare Gefäße, Gold und Schmuck aufbewahrt.«

Der Gang führte direkt dorthin. Es gab zwar ein Fallgatter oberhalb des Eingangs, aber es war offen. Hinter Sabi betrat Henutsen den hohen Saal. Im Fackelschein türmten sich Kostbarkeiten und Säcke voller Gold.

»Da siehst du, womit Abedus Söhne nun schon seit Jahren ihren Lebensunterhalt bestreiten. Ihr Vater hat sie gleichsam zu Verwaltern des Kronschatzes gemacht.«

»Abedus Söhne?« fragte Henutsen verwundert.

»Diese Pyramide hat ihr Vater ja noch zum größten Teil gebaut, und als die Säle fertig waren, die ursprünglich König Snofrus Leichnam und die Grabbeigaben aufnehmen sollten, hat er diesen Geheimgang eingefügt. Wie du weißt, hat jede Pyramide nur einen Zugang zu den Grabkammern im Inneren, und der liegt immer auf der Nordseite. Abedus List bestand darin, diesen zweiten Zugang anzulegen, von dem König und Schreiber nichts wissen. Und Arbeiter führen ja nur Befehle aus, fragen nicht nach dem Warum. So blieb dieser Zugang selbst für Anchaf ein Geheimnis, listig verborgen hinter den Abdeckplatten, die man, wie du gesehen hast, aber aufklappen kann, wenn man nur weiß, wo man drücken muß.«

Während er redete, hatte Sabi ein langes Seil aus seinem Beutel gezogen, den er nun mit Goldstaub und willkürlich ergriffenen Kostbarkeiten füllte. Henutsen erhob keinen Einspruch.

»Wie bist du ihm denn auf die Schliche gekommen?«

»Ganz einfach: Erinnerst du dich noch an den schönen Goldarmreif, den ich dir vor Jahren schenkte und den du nicht mehr trägst?«

»Wie könnte ich ihn vergessen haben? Es ist mir nur zu lästig, ihn jedes Mal überzustreifen, wenn ich bei dir zu Besuch bin.«

»Abedu hatte ihn mir für bestimmte Dienste ausgehändigt, wie noch so manches andere kostbare Stück, das ich im Lauf der Jahre eingetauscht oder für Lebensmittel ausgegeben habe. Nur diesen Armreif habe ich aufbewahrt, weil er dir gehört. Als du mir neulich von den Plünderungen hier erzähltest, fiel mir ein, daß Abedu sich damals damit brüstete, er könne mich fürstlich entlohnen. Daraus schloß ich, daß er schon beim Bau der Pyramide, die ja nun königliche Schatzkammer geworden ist, einen Zugang eingeplant haben muß. Da aber, wie du erzähltest, immer noch gestohlen wird, obwohl er längst tot ist, ließ ich seine

Söhne durch Bes überwachen. Er erwischte sie, wie sie sich eines Nachts aus dem Haus schlichen, zur Pyramide liefen, in ihr verschwanden und mit zwei vollen Säcken wieder herauskamen. Da ich auf alles gefaßt sein mußte, nahm ich Tjazi mit, als ich ihnen tags darauf einen Besuch abstattete. Alles, was sie in der Nacht geraubt hatten, Gold und so mancherlei Kostbarkeiten, befand sich im Haus. Es war mir ein leichtes, sie in die Enge zu treiben und sie zu zwingen, mir bei einem nächtlichen Ausflug zu zeigen, wie sie in die Pyramide hineinschlüpften. ›Es dürfte für euch kein großer Verlust sein, mich zu beteiligen‹, sagte ich. ›Verrückt wäre es allerdings, mich in der Pyramide niederzuknüppeln, denn Bes würde euch sofort den *medjaj* verraten, und Tjazi, dessen Kräfte und Ungestüm euch bekannt sein dürften, würde mich zu rächen wissen.‹ Sie begriffen, daß es ratsamer war, mich zu beteiligen, anstatt mich verschwinden zu lassen. So lüfteten sie mir das Geheimnis, das du durch mich nun auch kennst. Jetzt bin ich reich und brauche mir von dir nichts mehr mitbringen zu lassen, um angemessen zu leben.«

»Das mag stimmen, Sabi, aber dabei bestiehlst du den König.«

»Ganz und gar nicht, ich nehme mir nur einen Vorschuß. Da du deinen Gemahl jetzt wieder häufiger siehst, ist es an der Zeit, daß du unseren kleinen Minkaf, der ja schon ein junger Mann geworden ist, dem König so oft wie möglich vor Augen führst. Wenn du es geschickt anstellst, wird er Zuneigung zu diesem Kind entwickeln und ihn eines Tages zum Kronprinzen ernennen. Und sobald Minkaf dann den Thron der Beiden Länder innehat, wird er selbstverständlich mir, seinem Vater, die Aufsicht über den Kronschatz übertragen, über all diese Kostbarkeiten hier, an deren Schönheit sich bisher nur die Finsternis erfreut.«

Henutsen nickte zwar wortlos, bestärkte Sabi aber nicht in seinen Hoffnungen. Sie wollte nicht zugeben, daß sie in Wirklichkeit keinerlei Einfluß mehr hatte auf ihren Gemahl, und daß dessen Entschluß, Djedefre, seinen Jüngsten, zum Thronfolger zu machen, festzustehen schien.

Er reichte ihr den Beutel, den sie sich um die Hüften schlang.

»Davon werde ich ein Jahr lang bequem leben können. Aber komm jetzt, wir wollen uns doch auch die unteren Räume ansehen, wo die Lebensmittel, die Säcke voller Korn für den Palast gehortet werden, außerdem Möbelstücke und andere Gegenstände von nicht ganz so großem Wert.«

»In diesen Räumen soll Weizen und Gerste gelagert sein? Sind denn die königlichen Kornspeicher nicht groß genug?«

»In diesen von der Außenwelt sorgfältig abgeschlossenen Räumen können sich weder Ratten noch Mäuse am Kornvorrat gütlich tun. Und in Zeiten der Hungersnot – die dem Volk Ägyptens übrigens bald wieder droht – kann man damit wenigstens die königliche Familie und die Freunde des Königs ernähren. Und da man Gold nicht essen kann, werde auch ich mir jetzt einen Sack voll Getreide holen, Weizen für Brot und Gerste für Bier.«

Geduckt gingen sie zurück bis zu der großen Öffnung, durch die man die unteren Räume sehen konnte. Sabi warf das Seil hinab und verknotete das Ende an einem Haken, der wohl eigens zu diesem Zweck im Gestein befestigt worden war.

»Leuchte mir mit der Fackel, und wenn ich unten angelangt bin, ziehst du das Seil herauf, bindest die Fackel daran und läßt sie zu mir herunter. Du brauchst nicht nachzukommen, denn du dürftest es nur mit Mühe schaffen, die über dreißig Ellen wieder hochzuklettern.«

Henutsen blickte ihm nach, wie er sich abseilte ins Dunkel. Mit der Fackel am ausgestreckten Arm versuchte sie ihm ein wenig zu helfen. Sie erkannte ihn nur noch schemenhaft. Doch nun pendelte das Seil: Er war unten angekommen.

»Ich bin unten!« rief er ihr zu. »Zieh das Seil hoch, und laß mir die Fackel herab!«

Henutsen legte die Fackel neben sich, um mit beiden Händen das Seil hochzuziehen. Als sie es oben hatte und gerade die Fackel festbinden wollte, gellte ein Schrei durch die Finsternis.

»Sabi, warst du das?« rief sie hinunter.

»Oje ... Oh, schon wieder ... Nein ...!«

»Sabi!« schrie jetzt auch Henutsen entsetzt. »Was ist los?«

»Ein Unglück ... Eine habe ich erwischt ... von den Schlangen ... von den Kobras ... Aber da sind so viele ... sie haben mich gebissen! Flieh, Henutsen, flieh! Binde das Seil los und rette dich!«

»Nein, Sabi, ich laß dir das Seil hinunter, ich komme dich holen!«

»Bloß nicht, das wäre Wahnsinn! Sie werden dich auch beißen! Ich hab schon wer weiß wieviel Bisse ... Ich bin ein toter Mann ... Mich kann nichts mehr retten ... Überall haben sie mich gebissen, erst an den Füßen, jetzt aber auch schon an den Armen, überall ... Selbst wenn ich es noch bis oben schaffen würde ... ich wäre tot, bevor wir nach draußen kämen!«

Weder Henutsen und Sabi, noch Anchi und Djati hätten ahnen können, was Cheops plötzlich eingefallen war. Er hatte niemandem etwas davon gesagt, außer Hemjunu: »Mein Wesir, laß einen dieser Libyer herbeischaffen, die von Kindheit an gelernt haben, wie man Schlangen fängt und zähmt, so daß sie sich vor ihren Bissen nicht zu fürchten brauchen. Er soll gleich drei oder vier in einen Korb packen und mitbringen. Die soll er dann im unteren Saal der Pyramide aussetzen. Nicht in der oberen Schatzkammer wohlgemerkt, denn sie könnten durch die Öffnung fallen und umkommen. Der Dieb kann ja nur von unten kommen, wird die Schlangen nicht sehen und – sofern der Gott uns gewogen ist – von ihnen gebissen werden und tot sein, bevor er wieder ins Freie gelangt.«

So war es geschehen, und mehrere Tage lang durfte niemand die Pyramide betreten. Wenn Cheops und die Priester hineinwollten, mußte der Mann erst die Schlangen einfangen.

Sabis Jammern hallte zu ihr empor: »Henutsen, ich habe dich wirklich geliebt, du hast mir so viel Schönes geschenkt, so viel Lust bereitet! Die Götter haben es nicht gewollt, daß ich unseren Sohn auf dem Horusthron sehe. Ich habe der Welt den Zauberer vorgespielt, der ich nicht war, aber ein schlechter Mensch war ich nicht. Ich habe aus Eigennutz gehandelt, aber niemandem wirklich Böses gewollt. Doch jetzt hat mich ein mir böse gesonnener Gott in Versuchung geführt und in diese Falle gelockt. Er hat Wadjet, die Schlange, die brennende Göttin, auf meinen Weg geschickt, um meinem Leben ein Ende zu setzen. Flieh jetzt, lauf schnell davon, denn ich werde bald meinem *ka* nachfolgen. Doch um einen Gefallen bitte ich dich noch: Such meine Diener auf, erzähl ihnen, was mir geschah, und gib ihnen den Beutel, den du um den Leib trägst. Sag ihnen, sie sollen mit all unserer Habe fliehen, denn sobald man mich hier gefunden hat, wird man zu meinem Haus eilen und meine Diener foltern, damit sie preisgeben, wo sie das Diebesgut versteckt haben. Sie werden aber nichts preisgeben können. Der eine ist stumm, und der andere hat nichts gestohlen. Aber deine nächtlichen Besuche könnten sie verraten, was dich belasten würde. Auch Abedus Söhnen Djati und Anchi bin ich nicht gram, sie haben mir ja schließlich das Geheimnis verraten und wußten bestimmt nichts von den Schlangen hier unten. Sie haben beteuert, daß sie niemals hinabgeklettert waren, da ihnen nur an kleinen, kostbaren Dingen gelegen war, die leicht fortzutragen waren. Ich war so dumm, noch mehr zu wollen, mich nicht zufriedenzugeben mit dem, was oben in Reichweite lag. Geh und laß sie warnen! Sie sollen nie mehr zurückkehren zu dieser verfluchten Pyramide, denn eines Tages würden auch sie den

Schlangen zum Opfer fallen. Wenn der König gewahr wird, daß weiterhin Gold und Kostbarkeiten verschwinden, wird er sicher auch in den oberen Raum Schlangen setzen lassen.«

Sabis Stimme wurde immer schwächer, und es fiel ihm zunehmend schwer, Worte zu bilden. Trotz des schmerzhaften Brennens der Bisse bemühte er sich, das Jammern zu unterdrücken. Er spürte, wie das Leben aus ihm wich, und schwieg schließlich. Da schrie Henutsen auf, rief nochmals nach ihm.

»Lauf weg, ich flehe dich an…«, keuchte Sabi. »So wie ich dich, mußt auch du mich verlassen. Drück fest mit beiden Händen gegen die Verschlußplatte… auf der rechten Seite… du wirst sehen, dann geht sie mühelos auf. Beeile dich, und lauf zu mir nach Hause, sprich mit meinen Dienern, und tu, was ich dir sagte.«

Obwohl Henutsens Treue zu Sabi inzwischen eher auf Gewohnheit als auf starkem Gefühl beruhte, brach sie in Tränen aus. Ein so grauenvolles Ende, und sie allein hier in dieser Pyramide, und dieser Mann, der ihr doch ein guter Gefährte gewesen war – und der Vater ihres jüngsten Sohnes! Sie rief abermals nach ihm, doch nur mehr ein Wimmern war die Antwort. Sie glaubte, ein letztes »Lauf doch, fort aus dieser Falle!« zu vernehmen. Dann gab es nur noch Stille, die über ihr zusammenschlug. Sie rang nach Atem, mußte zur Ruhe kommen, durfte nicht aufschreien. Sie trocknete ihre Tränen, wickelte das verfluchte Seil auf, stopfte es in den ohnehin schon prallen Beutel, richtete sich mühsam auf und ging auf den Verschlußstein am Ende des kurzen Ganges zu. Es war schwer, die Steinplatte in ihrer Angel zu drehen, doch als sie schon glaubte, sie schaffe es nicht, öffnete sich die Luke und gab den Fluchtweg frei. Trotz ihrer Verwirrung verschloß sie sie wieder hinter sich, ganz sorgfältig, schleppte sich den langen Gang hinauf, der so steil war und niemals zu enden schien, denn ihre Füße waren schwer wie Blei.

Aus Furcht vor einer Schlange mußte sie dabei auch noch den Boden ableuchten.

Sie tastete sich vorwärts bis zum nächsten Verschlußstein, auch er drehte sich in der Angel, und vor ihr lag die Freiheit. Sie löschte die Fackel, ließ sie aber innen am Eingang liegen, weil sie ihr auf der Flucht nur lästig werden würde.

Bevor sie sich an der rauhen Schräge der Außenwand hinabließ, atmete sie noch einmal kräftig durch. Sie war erleichtert und hätte beinahe aufgelacht bei dem Gedanken, die Wachen könnten sie, falls sie Streife gingen, hier überraschen, packen und festnehmen, sie, die Gemahlin von Cheops, und sie gar der Diebstähle anklagen, mit denen sie gar nichts zu tun hatte! Auf einmal machte ihr dieser Gedanke jedoch angst. Sie riß die Augen auf, schaute in die Nacht hinaus, spähte um sich, doch da war niemand. Auf dem Sandboden angekommen, lief sie los, den gleichen Weg zurück, damit auch die Priester, die ihre Behausungen auf der Nordseite hatten, sie nicht entdecken konnten. Als sie das Boot erreicht hatte, war ihr wohler. Sie warf den Beutel hinein, ergriff die Ruder, und obwohl sie sich matt fühlte und der Schweiß ihr von der Stirn rann, legte sie sich mächtig ins Zeug. Wachsam spähte sie auch jetzt um sich – ein Streifenboot der *medjaj* oder der Flußwachen war auch hier auf dem Kanal nicht auszuschließen.

Der Himmel im Osten hellte sich bereits auf, als sie in ihr Zimmer huschte, erschöpft, tieftraurig, aber auch befriedigt, da sie alles, worum Sabi sie gebeten, noch erledigt hatte.

Drei Tage lang blieb Henutsen im Bett. Alle hielten sie für krank und kamen sie besuchen, die Kinder, Meritites mit ihren Sprößlingen, ja sogar Chentetenka und Ibdadi. Sie war so blaß, wirkte fiebrig mit den vom Weinen geröteten Augen. Man ließ die Oberste der Palastärztinnen holen, die Tochter jener Pesechet, die Cheops' Familie so viele gute Dienste geleistet hatte und erst vor kurzem in der

Nähe der Großen Pyramide bestattet worden war. Cheops hatte ihr dort zum Dank für alles eine Grabstätte zugestanden. Die Tochter gleichen Namens hatte natürlich noch nicht soviel Erfahrung wie ihre Mutter und vermochte nicht mit Sicherheit zu sagen, welche Krankheit die Königin befallen hatte.

»Ein Gift ist in ihren Körper eingedrungen und hat das Fieber bewirkt.«

Sie drückte Henutsen Amulette in die Hand: Djedpfeiler, Henkelkreuz, Isisknoten. Dann sprach sie eine Formel: »Verflüchtige dich, Gift, komm heraus an Land! Isis spricht zu dir, Isis beschwört dich! Auch Isis wurde von diesem Übel befallen, verjagte es aber durch ihre Zauberkraft.«

Doch da Henutsen auch über Kopfschmerzen klagte, verordnete sie außerdem Therebinthe-Umschläge und zur Reinigung der Eingeweide einen Pflanzenabsud, den sie selbst zubereitete und dessen Zusammensetzung sie nicht verriet. Diese Arznei wirkte offensichtlich Wunder, denn bald schon erholte sich Henutsen. Ihr Kummer ließ nach, ihre Kräfte kehrten zurück nach soviel Schlaf und Beruhigungstee, bald schon konnte sie aufstehen und die Ängste der schrecklichen Nacht in der Pyramide in die Vergangenheit verbannen.

Als sie nach einigen Tagen mühsam ihr Gleichgewicht wiedergefunden hatte, erzählte ihr Ibdadi, der täglich zu ihr kam, in einem der unteren Räume der Südlichen Pyramide sei ein Mann gefunden worden, verquollen und aufgedunsen von unzähligen Schlangenbissen. Da hatte man nun zwar den Dieb, aber wie er hineingekommen war, blieb ein Rätsel. Die Wachposten hatten ihn nicht kommen sehen, das schworen sie. Aber da man in ihm einen berühmten Magier zu erkennen glaubte, fühlten die Wachen sich entlastet. Der brauchte doch nicht einzubrechen, der konnte sich Zugang verschaffen aufgrund seiner magischen Kräfte und unsichtbar an allen vorbeihuschen. Die *sau-peru* hatten sein Haus durchsucht, aber es war leer gewesen, verlassen. Auch keine Spur von den Dienern, die man im Viertel kannte.

Viel später erfuhr Henutsen, daß auch Abedus Familie Memphis verlassen und sich auf einem großen Landgut niedergelassen hatte, das Abedu noch kurz vor seinem Tod im Nildelta bei Buto erworben hatte.

SIEBENUNDZWANZIG

Als die Überschwemmungszeit zu Ende ging, wirkte Cheops fröhlich und sichtbar befriedigt: Die Götter meinten es gut mit ihm! Die unter Ayinels Oberbefehl nach Qedem gesandte Flotte hatte mit einem Teil der Schätze aus der Südlichen Pyramide Weizen und Gerste kaufen können, was eine Weile reichen dürfte für die Arbeiter an der Großen Pyramide. Und auch der Wasserstand war vielversprechend, nicht zu niedrig, nicht zu hoch. Außerdem war in der Schatzkammer kein Diebstahl mehr vorgekommen, seitdem man die Leiche des vermutlichen Räubers gefunden hatte. Die für die Expedition nach Qedem entnommenen Kostbarkeiten waren schon bald wieder ersetzt, zum einen durch den Tribut der Nubier und Libyer, zum anderen durch Schürfungen in den königlichen Gold-, Silber-, Malachit- und Türkisminen. So hatten auch die königlichen Goldschmiede wieder Arbeit, sie stellten Schmuck, Diademe, Pektorale und kostbare Gefäße her. Prunkvoll war die erste Hochzeit der Königskinder Kawab und Hetep-heres gefeiert worden, einen Monat vor Beginn der Überschwemmung, und noch bevor das Wasser wieder sank, hatte der frisch vermählte junge Mann seinem Vater melden können, seine Gemahlin sei schwanger. Bei der Planung der übrigen Geschwisterehen hatte Seine Majestät allerdings einige Änderungen hinnehmen müssen.

Die erste wurde ihm von Neferu empfohlen, der nach seiner Rückkehr aus Elephantine einen ausführlichen Bericht über sein Vorgehen und den Stand der nubischen Angelegenheiten geliefert hatte: »Herr, die nubischen Stämme sind zwar befriedet, doch die Bedrohung durch eine kriegerische Auseinandersetzung besteht nach wie vor. Der Grund könnte der Ehrgeiz von Stammesführern sein, aber auch eine Hungersnot, die das Wüstenvolk dazu triebe, sich aus Ägypten zu holen, was ihnen in der Heimat fehlt. Deinem Diener gelang es, enge Bande zum Stamm der Wawatju zu knüpfen. Er ist der mächtigste Stamm und stellt einen Puffer dar zwischen den anderen aus dem Süden, den Satu und Medja, und denen von der südlichen Grenze der Provinz Elephantine. Leicht könnten die Wawatju uns von den Goldminen abschneiden oder unsere Rosengranitbrüche besetzen, die unmittelbar an ihr Gebiet angrenzen. Ihr König gab mir zu verstehen, er sähe es nicht ungern, wenn einer deiner Söhne seine Tochter ehelichen würde. Wohlgemerkt, er hat keinen Sohn, und diese Tochter ist Alleinerbin seines Königreichs, sofern man die Gebiete dieses Stammes, deren Führer er ist, als Königreich bezeichnen will. Da Deine Majestät entschieden hat, mein Neffe Baefre werde mich als Statthalter der Provinz Elephantine ablösen, wäre es doch sinnvoll, ihn mit der Tochter des Wawatju-Häuptlings zu verbinden. Dann hätte Deine Majestät von dieser Seite nichts mehr zu befürchten, denn die Wawatju würden sich als treue Verbündete Ägyptens erweisen und vielleicht gar – wenn ihr König zu seinen Ahnen heimgeht – Baefre mit seiner nubischen Gemahlin oder dessen Sohn zum neuen König bestimmen.«

»Eine kluge Überlegung, Neferu. Meine Majestät beglückwünscht dich zu der Geschicklichkeit, mit der du unsere Geschäfte in jener Region geführt hast. Doch Baefre hatte ich mit Chamernebti, mit Henutsens Tochter, verheiraten wollen. Daher muß ich es mir noch gründlich überlegen, bevor ich eine andere Entscheidung treffe, denn es ist mir ein Herzensbedürfnis, meine Söhne mit meinen Töchtern zu vermählen.«

»Beim Leben von Satet, der Herrin von Elephantine! Wenn du Chamernebti nicht mit Baefre verheiratest, dann suchst du ihr eben einen anderen aus, seinen Bruder Chephren zum Beispiel.

Unter uns gesagt, die beiden hätten nichts dagegen.«

Nefermaat wußte, wovon er sprach, denn seit seiner Rückkehr nach Memphis hatte er den Familien von Meritites und Henutsen mehrfach Besuch abgestattet, und dabei war ihm aufgefallen, daß Chamernebti nicht das übliche schmale Kleid trug, sondern ihren gerundeten Bauch unter einem weiten Hemd zu verbergen suchte, das dem von Chentetenka ganz ähnlich und von Nubet geliefert worden war, die diese flatternden Gewänder in den königlichen Werkstätten weben und zuschneiden ließ. Als Nefermaat sie beglückwünscht und gefragt hatte, welchen Gemahl Seine Majestät ihr denn gegeben habe, hatte sie völlig zwanglos erwidert: »Noch keinen. Mein Vater gedenkt mich allerdings mit Baefre zu verheiraten. Aber Chephren ist es, der mir gefällt und der auch der Vater meines Kindes ist. Und wenn das Kind erst einmal da ist, wird der König gezwungen sein, uns zu vermählen.«

Belustigt sah Neferu das Erstaunen auf Cheops' Gesicht. Wenn er mit zunehmendem Alter auch weiser geworden war, den alten Groll begraben hatte und sogar eine gewisse Dankbarkeit gegenüber dem Bruder empfand, der ihn trotz allem mit Macht ausgestattet hatte, war es ihm dennoch nicht unlieb, ihn in Verlegenheit zu sehen oder zumindest überrascht, daß seine Kinder einen eigenen Willen haben konnten. »Mein lieber Bruder«, sagte er daher mit betont naivem Gesichtsausdruck, »sollte Deine Majestät wirklich nicht wissen, daß Chamernebti dich zum Großvater machen wird, vielleicht gar noch vor Hetep-heres?«

»Was sagst du da?« Cheops runzelte die Brauen.

»Herr, du besuchst deine ersten Gemahlinnen und deren Kinder ganz offensichtlich zu selten. Sonst hättest du den hübschen runden Bauch deiner Tochter Nebti doch längst bewundern können.«

Wenn Cheops verblüfft oder zornig war, so ließ er sich dies jedenfalls nicht anmerken. Er hatte schließlich Selbstbeherrschung gelernt auf dem Einweihungsweg zur großen Weisheit. Ruhig fragte er: »Weißt du auch, wer der Vater ist, Neferu?«

»Keine Angst, Bruderherz. Deine Tochter hat keinen Fehltritt getan. Der Vater ist einer deiner Söhne. Soweit ich verstanden habe, liebt sie Chephren, der diese Liebe erwidert, und sie haben sich vereint, ohne dein königliches Einverständnis abzuwarten. Und das trifft sich ja sehr gut, denn somit ist Baefre jeglicher Verpflichtung seiner Halbschwester gegenüber entledigt.«

Was Neferu als glückliche Fügung ansah, durchkreuzte eigentlich Cheops' Pläne. Doch da er nicht weniger Einsicht bekunden wollte als der Bruder, und damit die Freunde und Schreiber des Hofes nicht denken konnten, die Prinzen heirateten je nach Lust und Laune und setzten sich über die Entscheidungen des Königs einfach hinweg, verkündigte Seine Majestät schon sehr bald, laut königlichem Beschluß solle sein Sohn Chephren seine Tochter Chamernebti ehelichen. Es wurde eine Hochzeit im engsten Familienkreis, ganz anders als die von Kawab. Bald danach setzte sich Baefre auf einem königlichen Schiff mit hochgezogenem und reichverziertem Vordersteven an die Spitze einer kleinen Flotte, um seine Provinz in Besitz zu nehmen. Zuvor legte ihm der Vater noch nahe, die Tochter des Königs der Wawatju zur Frau zu nehmen, eine dunkelhäutige Schönheit, wie Neferu gerühmt hatte.

»Wenn du es geschickt anstellst, mein Sohn«, hatte der Vater gesagt, »dann kannst du eines Tages König der Wawatju und Herrscher über das Land Kusch werden, mit all seinen reichen Goldminen und dem prachtvollen Land, das fern im Süden von dem Fluß bewässert wird und zu einem zweiten Ägypten werden könnte.«

Das wußte Cheops zwar nur vom Hörensagen, denn er selbst hatte nie einen Fuß in dieses märchenhafte Land gesetzt, war nie weiter als bis Abydos gekommen.

Und damit die Liebeslaunen seiner Kinder nicht abermals seine Entscheidungen durchkreuzten, verheiratete er noch schleunigst Chufukaf mit Chentetenka und Djedefre mit Meresanch. Es wurden zwei unglückliche Ehen, die kinderlos bleiben sollten.

Die Pyramide wurde allmählich fertig, immer weniger Arbeiter wurden gebraucht und konnten nach und nach bei den anderen von Cheops geplanten Bauten eingesetzt werden. Drei kleinere Pyramiden, dicht an dicht, sollten an der Ostseite seiner Pyramide entstehen, und dann sollte Chaesnofru an der Südseite die Stelle bestimmen, wo die großen königlichen Schiffe in die Erde versenkt werden würden. Als letztes waren dann nur noch die Tempel zu errichten: der Eingangstempel gleich neben seiner Pyramide, seinem Kult gewidmet, und der Taltempel am anderen Ende des Zufahrtsweges, gleich bei der Landestelle.

Noch zwei, höchstens drei Überschwemmungsperioden, sagte er sich befriedigt, dann wird das Bauwerk, das ich seit meiner Jugend erträumt habe, vollendet sein. Dann werde ich die Geheimnisse des Großen Gottes, dessen Name verborgen ist, hier feiern, dessen, der in und außerhalb der Welt ist, dessen sichtbares Zeichen das Fleisch, und dessen unsichtbares Zeichen der Geist ist. Und mein in den geheimen Sälen der Pyramide eingeritzter Name wird erblühen und, obwohl niemand ihn in den allgemein zugänglichen Sälen wird lesen können, von Mund zu Mund, von Generation zu Generation, ewiglich, über alle Zeiten hinweg, weitergereicht werden.«

Doch es gab noch etwas, das mehr und mehr Gestalt annahm in seinem Geist. Dabei hatte er seine Regierungszeit schon fast ausschließlich diesen gewaltigen Bauvorhaben gewidmet, diesem Traum aus Stein, und dafür seine Familie schmählich vernachlässigt. Zu Füßen der Felsnase, auf der sich seine Große Pyramide in den Himmel reckte, war ihm, dort, wo das Gelände in östlicher Richtung sanft und allmählich zur Ebene hin abfiel, ein Felssporn aufgefallen, der ursprünglich abgetragen werden sollte. Eines Nachts jedoch war ihm wieder Philitis im Traum erschienen und hatte ihn daran erinnert, daß er, wenn auch unsichtbar, stets um ihn sei und ihm schon einmal gesagt habe, daß Cheops ihn immer brauchen würde.

»Es stimmt, Philitis, du fehlst mir«, hatte Cheops ihm geantwortet. »Ich hielt dich für tot, aber du bist lebendig, bist immer bei mir. Wenn du dich heute zeigst, hast du mir bestimmt etwas ganz Besonderes mitzuteilen oder mir zumindest einen Rat zu geben.«

»Da hast du recht«, hatte der Hirte geantwortet. »Du hast das größte Bauwerk der Menschheitsgeschichte errichtet, und Jahrtausende werden vergehen, bis noch gewaltigere Bauvorhaben Wirklichkeit werden. Dein Ruhm wird ewig sein und dein Name erblühen auf allen Lippen bis ans Ende der Zeiten. Vollende dieses einzigartige Werk! Deine Grabstätte sei gleichzeitig der geheime Tempel der Sonne, spürbarer und strahlender Widerschein des Lichtgottes, der das All beseelt, der alles mit seiner göttlichen Natur durchdringt, der aus seinem Fleisch den Grundstoff aller Dinge schuf und aus seinem Geist ihre Seele. Doch etwas fehlt noch, um es abzurunden, dieses Sinnbild allumfassender Harmonie, geschaffen in enger Verbindung mit dem Himmel und seinen Gestirnen. Der steinerne Hüter fehlt, das lebendige Abbild der Welt, aber auch Abbild der Sonne, wenn sie sich erhebt. Dieser unförmige Felssporn dort unten soll dank der Schöpfungskraft, die der Gott Chnum, der Weltenformer, dem Menschen verlieh, Gestalt annehmen, die Gestalt eines liegenden Löwen mit Menschenhaupt. Sein Kopf soll die Züge des Königs tragen, die Deiner Majestät, Inbegriff Deines ganzen Volkes, und der Löwenkörper wird das Leben versinnbildlichen, Inbegriff allen Lebens im All. Mach ihn zum Hüter der verbotenen

Schwellen, zum Wächter alles Vergangenen und alles Zukünftigen am Rand der Ewigkeit!«

Nach diesen Worten war Philitis' Gestalt verblaßt, und vor Cheops' Augen zeichnete sich ein liegender Löwe ab, der aber ein Löwenhaupt trug. Cheops erschrak und wachte auf. Er hatte nicht mehr erkennen können, wie der Menschenkopf der Sphinx aussehen sollte.

Ohne seine Kammerdiener abzuwarten, hatte er sich schleunigst seinen Schurz umgebunden und war an den verdutzten Wachen und Freunden vorbei aus dem Palast gelaufen, hatte den schmalen Kanal durchschwommen und war weitergerannt bis zu jenem Felsbrocken, dem er Gestalt geben sollte. Hemjunu und Chaesnofru waren ihm nachgehastet, und ihnen erzählte er seinen Traum und den bereits gefaßten Entschluß, den Fels zurichten und behauen zu lassen, bis er die Gestalt eines Löwen mit Menschenhaupt hatte. Dieser Wächter der ewigen Stadt würde, der Sonne zugewandt, jeden Morgen deren strahlenden Aufgang begrüßen, und zwar Tag um Tag, Monat um Monat, Jahr um Jahr, Jahrhundert um Jahrhundert, Jahrtausend um Jahrtausend, bis ans Ende aller Zeiten.

ACHTUNDZWANZIG

P*eret*, die Zeit, da das Korn reift, ging zu Ende, und es begannen die letzten vier Monate des ägyptischen Jahres mit seinen drei großen Jahreszeiten. Nun ging es auf *schemu*, die warme, die Erntezeit zu. In ihrer Heimat würde jetzt der Frühlingsanfang gefeiert, der Jahresbeginn, dachte Nubet versonnen. Hier, im Tal des Nils, begann das Jahr erst vier Monate später, wenn Sothis gleichzeitig mit der Sonne am Morgenhimmel erschien und das Steigen der Wasser ankündigte, diese wichtige dritte Jahreszeit, die *achet*, Überschwemmungszeit, genannt wurde.

Nubet nannte diese kühle, manchmal auch regnerische Jahreszeit nach wie vor Winter. Ihr war sie angenehm gewesen; es hatte oft geregnet, vor allem im Norden, im Delta, ganz ähnlich wie daheim in Byblos. Sie saß in einem Sessel im Saal neben ihrem Schlafgemach und blickte auf einen der Innengärten des großen Palastes hinaus. Bäume, Vögel, Düfte … Süß wehte es herein durch die Säulenhalle. Gerade hatte es noch geregnet, und jetzt war der Himmel schon wieder strahlend hell.

Nubet hielt einen Spiegel in der Hand, eine blankpolierte runde Kupferscheibe, mit einem goldgefaßten und aus Türkisen gearbeiteten Griff in Form eines Papyrusstengels. Nach der Morgentoilette hatte sie ihre Dienerinnen fortgeschickt. Sie wollte allein sein, sich ein wenig in die Vergangenheit zurückträumen. Lange betrachtete sie ihr Gesicht, das der Metallspiegel ihr zurückwarf. Es schimmerte golden. Vorsichtig betastete sie die Fältchen in den Augenwinkeln, auch um den Mund hatten sich welche eingegraben. Und sogar auf der Stirn waren ein paar Streifen. Schon gut zwanzig Jahre lag es zurück, daß sie sich in Cheops verliebt und er sie nach Ägypten mitgenommen hatte, um sie zu seiner Lieblingskönigin zu machen. Ihr langgehegter Traum hatte sich erfüllt, auch die Verheißung, die ihr schon in der Wiege zuteil geworden worden war. Aber war sie wirklich rundum glücklich? Was bedeutete Glück denn im Grund? Wann war man glücklich oder unglücklich? Ihr Leben lang hatte es ihr an nichts gefehlt, und ihrer beider Liebe war groß und leidenschaftlich gewesen. Ihr Mann war zum mächtigsten Herrscher der Welt aufgestiegen, aber bald schon hatte sie erkannt, daß seine wahre Leidenschaft nicht einer Frau – ihr oder Henutsen – galt, sondern der Verwirklichung seines Traums, der Pyramide mit all ihren Nebengebäuden. Noch immer war er wie besessen davon, und das dürfte noch lange so bleiben, denn sein Lebenswerk, die Krönung seiner Herrschaft, war ja noch nicht vollendet. Würde es je vollendet sein? Die Große Pyramide reckte ihre kühne Spitze gen Himmel, der weiße Kalkstein der Verkleidung funkelte in der Sonne und hatte ihr den Beinamen »Die Leuchtende« verliehen, obgleich der König sie *Achet Chufu*, »Cheops' Horizont«, hatte nennen wollen. Die Tempel waren fertig, alle unterirdischen Schächte in Kanäle und Seen verwandelt, und nun begann er doch glatt noch mit dem Bau einer riesigen liegenden Sphinx und von drei Pyramiden für seine Gemahlinnen!

Cheops würde sich nie mit dem Erreichten zufriedengeben, immer weiterbauen, womöglich den Komplex noch vergrößern. Hatte er nicht schon allen Freunden, allen Großen bei Hofe Grabstätten um seine Pyramide herum zugestanden? Die würden sicher ebenfalls großartig werden, denn sie sollten ja an der königlichen Unsterblichkeit teilhaben, aber auch von ihr künden und überstrahlt werden vom Sonnenkult, der im Herzen der »Leuchtenden« zelebriert werden würde.

Sie, Nubet, würde in all dieser Zeit einsam dahinwelken. Und sie war einsamer als die anderen Königinnen, die in Gemeinschaft und in der Nähe ihrer Kinder lebten, während ihre Kinder sie allein in ihrem Palast zurückgelassen hatten. Chentetenka war zwar offiziell Chufukafs Gemahlin, hielt sich aber mehr in Chephrens Residenz auf, und es war für niemanden ein Geheimnis, daß Chamernebti und sie sich den Geliebten teilten. Hetep-heres, die mit Kawab zusammenwohnte, lebte nur noch für das Kind, das sie ihm geschenkt hatte. Es war ein Mädchen, das den Namen seiner Tante und Urgroßtante, der Schwester des Gottes Huni, erhalten hatte: Meresanch. Um sie nicht mit Kawabs Schwester, die Djedefres Gemahlin und ihre Schwiegertochter war, zu verwechseln, wurde sie Meret gerufen. Auch Cheops würde, selbst nach Vollendung seiner Bauvorhaben, nicht zu ihr zurückkehren, das wußte Nubet. Man sah Seine Majestät ja jetzt schon immer häufiger in der Residenz seiner zweiten Gemahlin Henutsen, mit der er – wie man munkelte – wieder das Bett teilte. Das war nach Mykerinos' Geburt geschehen, Frucht der Liebe zwischen Chephren und seiner Schwester Chamernebti. Er war in dieser neuen Generation der erste männliche Erbe, der die Doppelkrone einmal würde tragen können. Das hatte Cheops von ihr fortgezogen! Kawab hatte nach dreijähriger Ehe mit Teti nur eine Tochter, und Baefres nubische Prinzessin hatte ihm noch immer keinen Erben geschenkt. Chufukaf war ebenfalls noch nicht Vater, da er, was Cheops aber nicht wußte, seine Gemahlin noch nie berührt hatte. Selbst Djedefre hatte ihn enttäuscht.

Hatte wirklich sein Enkelsohn Cheops zu Henutsen zurückgebracht? Oder eher die Tatsache, daß diese unglaubliche Frau, die mit etwas über vierzig Jahren jetzt Großmutter war, noch immer den Körper eines jungen Mädchens hatte und ein Gesicht, das mit den Jahren nur schöner zu werden schien, ohne jegliche Falte? Niemand wußte, welche Zauberkräfte sie einsetzte, um so jung zu bleiben. Ebenso wenig ahnte jemand, daß Sabi dahinterstecken könnte. Der war zwar kein großer Magier gewesen, in anderen, weniger zufallsbedingten Bereichen hatte er jedoch größte Geschicklichkeit bewiesen und in einigen Wissenschaften war er wirklich ein Gelehrter gewesen. Er hatte Henutsen die geheimen Rezepte gelehrt, um Salben und Pflanzenabsud herzustellen, die der Haut dieses jugendliche Aussehen verliehen. Tanz und tägliche Übungen, Körperpflege und Mäßigung beim Essen und Trinken hielten sie schlank und anmutig, worum ihre eigene Tochter Chamernebti sie beneidete. Selbst als Neferu nach seinen vielen Jahren in Nubien nach Memphis zurückgekehrt war, hatte er bei ihrem Anblick voller Staunen ausgerufen: »Henutsen, du scheinst wahrlich keinen Tag älter geworden zu sein!«

Sie hatte sich umarmen lassen und lachend erwidert: »Wohingegen du nicht dünner geworden bist! Jetzt siehst du wirklich aus wie ein behäbiger Schreiber auf dem Gipfel seiner Laufbahn. Rund wie ein Weinkrug! Wie gut, daß ich dich nicht geheiratet habe!«

»Magst du mollige Männer nicht?« hatte er scherzend gefragt. »Dabei heißt es doch, sie verstünden zu leben, wären echte Genießer und stürmische Liebhaber, von denen selbst Min noch etwas lernen könnte.«

»Mit Dicken habe ich keine Erfahrung, denn ich liebe nur die Schlanken.«

»Schlank wie dein Gemahl?«

Sie hatte genickt, aber an Sabi gedacht.

»Dabei erzählt man sich doch, er habe nur mehr Augen für die Schöne aus Byblos mit dem goldenen Haar und vernachlässige seine beiden Gemahlinnen.«

»Das scheint nur so«, hatte Henutsen erwidert. »In Wirklichkeit hat er immer nur sich selbst gesehen und seinen Traum aus Stein. Er will ein unsterblicher Gott werden, das ist eindeutig das Ergebnis jener Einweihungen, die er in den heiligsten Tempeln des Schwarzen Landes erfuhr.«

Cheops war aber nicht nur, zumindest zeitweise, zu seinen ersten Gemahlinnen zurückgekehrt. Vielmehr holte er sich ganz bewußt und immer häufiger Rat bei Henutsen, deren Klugheit und Entschlossenheit er auf einmal bewunderte. Wie kühn hatte sie einst ihre eigenen Nachforschungen angestellt, um herauszufinden, wer unter der Ibismaske des Thot all jene Verbrechen beging! Und sie hatte ihn entlarvt, gleichzeitig mit seiner eigenen Mutter.

Immer wieder, wenn Nubet so allein war, sagte sie sich, daß sie ihr Leben eigentlich nicht verfehlt hatte. In gewisser Weise war sie von den Göttern sogar verwöhnt worden mit einem Mann wie Cheops und ihrer Stellung als eine der drei Königinnen Ägyptens. Dennoch war sie nicht vollends glücklich, vor allem seit ihr Gemahl sie vernachlässigte. Bis vor kurzem hatte er sie immerhin noch auf ihren geliebten Streifzügen durch die Wüste begleitet, wo sie mit Pfeil und Bogen jagte, das geheimnisvolle und übermächtige Leben dieser riesigen Weiten genoß, sich von der Sonne streicheln und umhüllen ließ, oder einfach nur den von wilden Düften erfüllten Westwind in sich einsog. Nein, das letzte Mal war schon fast zwei Jahre her! Wenn er jetzt den Palast, die Audienz- und Ratssäle verließ, begab er sich gleich hinüber zur Baustelle, um die Arbeiten zu beobachten und zu überwachen. Seit Chaesnofrus und Hemjunus Tod waren Kawab und Chufukaf, die beiden Ältesten der ersten Gemahlinnen, sein Wesir und sein Bauleiter, denen er all seine Beobachtungen zu bedenken gab. Denn obwohl sie sich als sachkundig erwiesen, hatten sie nicht die Erfahrung der beiden Verstorbenen, um völlig selbständig zu handeln. Daher sah man Cheops jetzt noch häufiger als früher im Audienzsaal und auf der Baustelle.

Seufzend ließ Nubet den Spiegel sinken und erhob sich. Sie wollte, wie schon mehrmals, ebenfalls zur Baustelle gehen, um sich ein Bild zu machen vom Stand der Arbeiten. Jedes Mal hoffte sie – obwohl das völlig unwahrscheinlich war – das Ende der Bauwut erkennen zu können. In dem Moment wurde ihr der Besuch ihres Bruders Ayinel und ihres Sohnes Djedefre gemeldet.

»Laß sie herein!« befahl sie ihrer Kammerzofe. »Ich habe meinen Bruder schon so lange nicht mehr gesehen.«

Ayinel, der von Cheops zum Oberbefehlshaber des königlichen Flottenverbands ernannt worden war, trug wie immer nur den Schurz der Ägypter, und so war sein Körper braungebrannt von der Sonne und dem Wind auf der Großen Grünen. Ständig war er auf See, an der Spitze seiner Schiffe. Einmal lenkte er eine Handelsexpedition zu den Häfen Qedems, ein anderes Mal jagte er Seeräuber in der Nähe der Nilmündungen, dann wieder ließ er am Roten Meer Schiffe bauen, mit denen er jene fernen Ufer ansteuerte, die dieses Meer des Südens bespülte, und von wo er Kostbarkeiten holte, vor allem auch Weihrauch und Myrrhe. Djedefre war mittlerweile achtzehn Jahre alt und hatte ein scharfgeschnittenes dreieckiges Gesicht, aus dem der Blick hervorstach. Böse Zungen nannten ihn daher verschlagen.

Kaum merklich grüßte der junge Mann seine Mutter und erklärte: »Ich bat meinen Onkel, mich zu dir zu begleiten, damit wir uns absprechen.«

»Uns absprechen? Worüber?« fragte Nubet erstaunt.

»Was zu tun ist, damit mein Vater endlich eine Entscheidung trifft und mich zum Kronprinzen ernennt. Bald beginnen seine Jubiläumsfeierlichkeiten. Alle werden versammelt sein, das Volk, der Hof, die Provinzstatthalter, alle werden sie eigens nach Memphis kommen, um an diesem außergewöhnlichen Fest teilzunehmen. Ist das etwa nicht eine einmalige Gelegenheit, mich vor allen Großen des Reiches zu seinem offiziellen Nachfolger auf dem Thron der Beiden Länder zu ernennen?«

»Die Gelegenheit wäre zweifellos günstig, mein Sohn, doch erst einmal müßte dein Vater überzeugt werden, sie zu nutzen.«

»Sieh, Cherschet«, sagte nun Ayinel, »die Zukunft von uns dreien hängt ab von der Entscheidung deines Gemahls. Entschließt er sich nicht, Djedefre offiziell zum Nachfolger zu ernennen, wird Kawab oder einer seiner Brüder den Thron Ägyptens besteigen. Cheops ist zwar noch nicht alt, aber wir wissen alle nicht, wie lange wir Menschenkinder zu leben haben. Henutsen mag uns nicht, für sie sind wir immer noch Fremde und ist Djedefre jemand, der die Macht an sich reißen will. Sie hat großen Einfluß in der Sippschaft der beiden ersten Gemahlinnen. Ich weiß nicht, welches Gewicht es hat, daß Kawab und Chufukaf deine Töchter geheiratet haben. Aber ich fürchte, daß man dich, wenn einer von beiden den Thron der Beiden Länder besteigt, vom Hofe entfernen und womöglich in eine jener entlegenen königlichen Stiftungen verbannen wird. Auch mich könnte man meiner Ämter entheben, die vorerst aus mir einen der mächtigsten und reichsten Männer dieses Landes machen. Und was meinen Neffen anbetrifft, so könnte allein schon seine Existenz eine Gefahr darstellen in den Augen der beiden ersten Gemahlinnen. Daher ist unser aller Zukunft höchst ungewiß, solange er nicht vom König als Erbe ausgerufen ist.«

»Ich teile deine Meinung, Ayinel, aber was kann ich tun?« erwiderte Nubet. »Seine Majestät besucht mich nur noch flüchtig, und es ist schon lange, lange her, daß er das Lager mit mir teilte. Ich frage mich manchmal, ob ich überhaupt noch Einfluß auf seine Entscheidungen habe, seit unsere Seelenverwandtschaft immer mehr schwindet. Unser Nachteil ist, daß du, Djedefre, dem König noch keinen Enkel geschenkt hast, was Chephren hingegen gelungen ist.«

»Verzeih, Mutter, aber damit so etwas gelingt, muß man zu zweit sein.«

»Wie? Ich glaubte dich mit der ältesten Tochter des Königs vermählt?«

»Offiziell bin ich es. Aber diese Tochter Seths verabscheut mich. Das hat sie mir ohne Umschweife gesagt und hinzugefügt, nie im Leben würde sie sich mir hingeben, ich sei eine Mißgeburt. Sie schleuderte mir noch mehr Liebenswürdigkeiten dieser Art ins Gesicht, und seitdem schlafen wir weit entfernt von einander.«

»Was erzählst du mir da, Djedefre? Du hast noch nie mit deiner Gemahlin geschlafen?«

»Nein, noch nie.«

»Ja, aber … warum hast du mir das nie gesagt?«

»Aus Scham. Glaubst du vielleicht, es sei angenehm für einen Mann, zuzugeben, daß seine Frau ihn haßt, daß sie ihn wegstößt, sobald er nur in ihre Nähe kommt? Wenn ich mich entschlossen habe, es dir heute zu sagen, dann nur, weil Ayinel mich dazu gedrängt hat. Ihm hatte ich mich anvertraut.«

»Und deine ehelichen Rechte? Konntest du die nicht geltend machen?«

»Wie denn? Sollte ich sie schlagen? Ihr Gewalt antun? Ich habe daran gedacht, und sie selbst dürfte es auch befürchtet haben, denn eines Tages, als ich ein wenig heftiger wurde, schwor sie mir, ihre Brüder würden mich umbringen, wenn ich es wagen sollte, sie mit Gewalt zu nehmen, vor allem dieser Djedefhor, den sie abgöttisch, ja geradezu wahnsinnig zu lieben scheint.«

»Daß du so zaghaft bist, dich von so dummen Drohungen einschüchtern läßt!« sagte Nubet verärgert.

»Du weißt doch, Mutter, daß ich von Natur aus nicht gewalttätig bin. Natürlich hätte ich mich darüber hinwegsetzen können, aber es widerstrebt mir, in der Liebe solche Mittel einzusetzen. Meresanch liebt mich eindeutig nicht, und auch ich empfinde weder Begehren noch Zuneigung. Es gibt nur zwei Personen meines Alters, die ich liebe, das sind meine Schwestern, vor allem Tepi. Ich habe es ihr gesagt, sie weiß es, und ich glaube auch nicht, daß sie mich haßt, selbst wenn der Wille unseres Vaters uns getrennt hat. Sie gebe man mir als Gemahlin, mit ihr würde ich auch Kinder haben. Meresanch will ich gar nicht, selbst wenn sie einwilligte, sich mit mir zu vereinen.«

»Das alles nützt uns im Augenblick gar nichts.«

»Deswegen sind wir ja zu dir gekommen«, bekräftigte Ayinel.

»Habt ihr mit Ibdadi darüber gesprochen?«

»Das wollen wir lieber nicht tun. Ibdadi war der Erzieher sämtlicher Söhne beider Königinnen und zeigt seine Zuneigung zu Djedefhor ganz deutlich. Und seit seiner Heirat mit Neferkau ist er außerdem noch der Schwager des Königs und der Onkel der Prinzen.«

»Die Erklärung ist einfach«, setzte Djedefre hinzu. »Djedefhor schmeichelt ihm, läßt keine Gelegenheit aus, ihm Fragen zu stellen zu den Reisen, die er gemacht, zu den Völkern, die er kennengelernt hat. Ständig bekundet er ihm seine Bewunderung, jedem erklärt er, auch er wolle in die Welt hinaus fahren und die Völker der Erde kennenlernen.«

»Dann soll er doch!« unterbrach ihn Nubet. »Soll er doch durch die Welt ziehen und uns von seiner Gegenwart befreien. Die gefährlichen Mitbewerber aber sind Kawab und Chufukaf. Ihr Vater hat sie mit den höchsten Ämtern betraut, sie sind ständig um ihn. Baefre ist zu weit weg, er stellt keine Gefahr dar. Chephren ist ein Leichtfuß, der nur seinem Vergnügen nachjagt. Und Minkaf ist zu jung.«

»Du, meine Schwester, mußt den König an das Versprechen erinnern, das er dir damals in Byblos gab, das Versprechen, das du ihm, wie du uns sagtest, entrissen hast«, drängte nun Ayinel. »Bis zu den Feierlichkeiten mußt du ihn überzeugt haben, den Tag zu nutzen, um seinen Thronerben zu benennen.«

»Wenn Seine Majestät geruht, mir ein Gespräch zu gewähren, wenn der König mich vor den Feierlichkeiten noch besucht, so will ich versuchen, ihn zu überzeugen, aber versprechen kann ich euch nichts«, seufzte Nubet. »Die Zukunft liegt nicht mehr in meinen Händen.«

»Sie ist, so heißt es, ja ohnehin Sache der Götter«, gab Ayinel zu bedenken. »Aber es kommt auch auf uns an, auf unseren Willen, das selbstgesteckte Ziel zu erreichen. Du hast es doch selbst erlebt, Cherschet. Wenn du nicht entschlossen gewesen wärest, Cheops während seines Aufenthalts in Byblos zu deinem Mann zu machen, wenn du nicht absichtlich, um ihn zu treffen, in unsere Wälder hinaufgestiegen wärest, dann hättest du ihm gar nicht das Leben retten können, dann hätte dieser Ineki ihn wahrscheinlich umgebracht. Das Schicksal Ägyptens hätte dann völlig anders ausgesehen, Rahotep säße auf dem Thron der Beiden Länder, und wir wären immer noch in Byblos. Wir waren mittellos, verwaist, ohne Zukunft. Deine Entschlossenheit hat unser Geschick gewandelt, und zugleich das Schicksal dieses Landes, in dem wir außergewöhnliche Stellungen einnehmen. So müssen wir auch jetzt alles daransetzen, daß dein Sohn König wird und wir die Herren dieses Landes. Auf dich kommt es an, du mußt den König an sein Versprechen erinnern, an einen Schwur, den er, ohne sich des Meineids schuldig zu machen, schwerlich brechen kann. Solange er nicht entschlossen ist, diesen Schwur zu halten, dir Gerechtigkeit widerfahren zu lassen, deinen Sohn zum Erben des Horusthrons zu machen, mußt du es ihm tagtäglich von neuem in Erinnerung rufen.«

Djedefre hatte die Hände zu Fäusten geballt. Jetzt reckte er sich und erklärte: »Es wird für alle besser sein, vor allem für meine Halbbrüder, wenn der König sich schnell entschließt, mich als rechtmäßigen Erben einzusetzen. Andernfalls müßte ich zu Mitteln greifen, die keine Umkehr zulassen. Kawab ist sterblich, Chufukaf ebenso – es könnte ihnen etwas zustoßen, wie auch Baefre in seiner fernen Provinz.«

»Woran denkst du, Djedefre?« Nubet runzelte die Brauen.

»Wenn mein Vater sich nicht entschließen kann, sein Versprechen einzulösen, dann muß ich ihn eben dazu zwingen, indem ich die Zahl seiner Erben spürbar verringere.«

»Das wäre Wahnsinn, mein Sohn! Dein Onkel Rahotep hat es schon versucht. Mehrmals hat er Mordanschläge auf deinen Vater unternommen oder andere dafür gedungen. Sie sind alle fehlgeschlagen. Und das war recht so. Ich selbst habe damals dabei mitgewirkt, deinen Vater zu schützen, und meinem Eingreifen verdanken wir es, daß es uns bisher so gut ging.«

»Deine Mutter hat recht«, warf Ayinel ein. »Ich will dir nach Kräften helfen, daß du den Horusthron bekommst, aber wenn du zu solchen Mitteln greifen solltest, werde ich mich dir entschieden in den Weg stellen. Überlaß es den Göttern, über deine Zukunft zu befinden. Wenn es dir bestimmt ist, die Doppelkrone zu tragen, dann wirst du sie bekommen, ohne dir die Hände mit dem Blut deiner Brüder zu besudeln.«

»Sei vernünftig, mein Sohn«, beschwor ihn jetzt auch Nubet. »Bewahre Ayinels Worte in deinem Herzen und verscheuche jeden bösen Gedanken. Es darf nie heißen, dein Onkel und deine Mutter hätten derartige Verbrechen unterstützt. Unser Wunsch ist es, daß du eines Tages der Herr über dieses schöne Land bist, aber niemals um diesen Preis!«

NEUNUNDZWANZIG

Cheops wollte aus seinem Jubiläum, seinem *heb-sed*, ein einzigartiges Fest machen, die unvergleichliche Erhabenheit seiner Herrschaft sollte gefeiert werden. Der Ursprung des Sedfestes lag in grauer Vorzeit, als die Götter noch auf Erden herrschten, als die Welt erschaffen wurde, denn im Fest beging man das Wiederaufleben der Schöpfung, wobei auch der König, das lebendige Bild des Gottes, neue Jugend, neue Kraft erhielt. Seit der Zeit Djosers des Prächtigen war kein Anlaß mehr gewesen, dieses Fest zu feiern, das offiziell dreißig Jahre nach der Thronbesteigung stattfinden sollte. Cheops beherrschte den Thron der Beiden Länder erst seit zwanzig Jahren, doch man brach mit dem Brauch, da es des Königs Wille war. Die Kulthandlungen des Sedfestes standen eigentlich den Priestern des Ptah zu und hätten somit im Tempel des memphitischen Gottes stattfinden müssen. Doch hatte nicht Djoser schon die Regel gebrochen, als er im Bereich seines Grabestempels und seiner Stufenpyramide einen Sed-Hof anlegen ließ? Da der Tempel des Gottes der Handwerker geschlossen und seine Priesterschaft über das Land verstreut war, war es ohnehin ausgeschlossen, das Fest in diesem alten Heiligtum zu begehen. Aber selbst wenn der Tempel noch voller Leben gewesen wäre – Cheops hätte anders entschieden. In dieser Zeremonie, die mit der Einweihung seiner Pyramide und der dazugehörigen Tempelanlage zusammenfiel, sollte nicht nur das Bauwerk geweiht, sondern allen Ägyptern vor Augen geführt werden, daß dies der

Mittelpunkt der Welt sei. Die Zeremonie sollte nämlich auf dem *Tatenen* stattfinden, auf dem Urhügel, auf dem der Schöpfergott sich gezeigt hatte. So verlegte Cheops kurzerhand das Tatenen an den Ort, wo seine Große Pyramide stand, die die Achse der Welt und das Symbol des Alls war.

Dafür war der geheiligte Bereich der Pyramide mit Grenzsteinen, den *denbu*, abgesteckt worden, womit man schon bei den alten Königspalästen die Bahn der zum *hebsed* gehörenden rituellen Umläufe gekennzeichnet hatte. Auch Snofrus Palast hatte eine solche Bahn gehabt, aber Cheops hatte sie für seine Palastanlage abgelehnt. Sie sollte von seiner Leuchtenden Pyramide beherrscht werden, seinem eigenen Horizont, wie er sie genannt hatte. In dieser geheiligten Anlage war der Jubiläumspavillon errichtet worden, ein doppelter Thronsaal auf einem Podest, umgeben von schlanken Holzsäulen, darüber ein gewölbtes Dach aus Blattwerk und Palmen wie im Urtempel des Osiris in Abydos. Eine Säulenreihe trennte auch die beiden Saalhälften: Rücken an Rücken standen die beiden Throne, jeder zum Innenraum gewendet. Sie symbolisierten Ober- und Unterägypten, und die Vereinigung beider war das Königreich der Beiden Länder.

Dieses Fest bot auch Anlaß, die eigens für diese Pyramide eingesetzte Priesterschaft vorzustellen. Sie alle waren sorgfältig ausgewählt worden; die meisten stammten aus dem Heiligtum des Re in Heliopolis und die übrigen aus den verschiedenen Göttertempeln des Landes: aus Buto, Sais, Busiris, Athribis, Mendes, Bubastis, alle im Nildelta, aus Herakleopolis, Hermopolis, Lykopolis, Antaeopolis, Abydos, Dendera, Koptos, Hierakonpolis, Apollinopolis, Elephantine und Philae in Oberägypten.*

---

* Bei Apollinopolis handelt es sich um das heutige Edfu: Hauptgott war Horus, der hier »thronte«. Theben kommt nicht vor, es bestand damals noch nicht, auch nicht der Amun-Kult, obwohl man ihn aus den sogenannten »Pyramidentexten« vom Ende der V. Dynastie her kennt.

Schon vor Sonnenaufgang hatten die verschiedensten Gruppen von Festteilnehmern die ihnen von Soldaten und Schreibern zugewiesenen Standplätze eingenommen: Priester, königliche Schreiber, die Freunde des Königs, die Großen des Reiches, die Provinzstatthalter mitsamt Stellvertreter, das Volk von Memphis und all die Pilger aus den Nachbarstädten. Bald schon erfolgte der Einzug der weiblichen Mitglieder der Königsfamilie. Jede saß in einem Tragstuhl, und daneben liefen Frauen, die im rhythmischen Gleichklang Rahmentrommeln und Sistren schüttelten. Die erste war Meritites, die Große Königliche Gemahlin, seit dem Tod ihrer Mutter die Erste Dame im Reich. Hinter ihr kamen Henutsen und Nubet, die beiden anderen Königinnen, und Neferkau, die zweite Schwester des Königs. Hinter ihnen dann Meresanch, in der von der Mutter her das Blut von Osiris und Isis floß, darauf Chamernebti und zum Schluß die beiden Töchter von Nubet. Alle nahmen auf Stühlen mit Rückenlehne Platz und wurden auf ihrem Podest von einem großen bestickten Segel beschirmt, das über schmale, geschnitzte Holzsäulen gespannt war. Die einzelnen Gruppen waren über den langen steinernen Aufweg gekommen, der vom Tal zum Pyramidentempel führte und beidseitig von behauenen Steinplatten gesäumt war. Im Taltempel war der Zug der Königinnen und Prinzessinnen von der Priesterschaft der Pyramide begrüßt worden. Als er den Aufweg hinaufzog, verneigten sich zu beiden Seiten die Großen des Reichs in Ehrfurcht, die Hände auf den Knien.

In dem Augenblick, als die Sonne am östlichen Horizont emporstieg, setzte sich unten am Beginn des Weges der Königszug in Bewegung. Der König erschien gleichzeitig mit Re, dessen Verkörperung auf Erden Seine Majestät war. An der Spitze des Zuges schritten Priester mit den Standarten des Gottes Upuaut, des Schakals, dem der erste Platz zukam, war er doch der Herrscher des Westens, der »Wegeöffner«, und diese Wege waren sowohl die der Toten, die zum Königreich des Osiris zogen, als auch die der Sonne auf ihrer himmlischen Bahn in Richtung Westen. Gleich dahinter kamen Musikanten, die die Tänze der ihnen folgenden jungen Mädchen mit Flöten, Rahmentrommeln und Zimbeln begleiteten. Die Mädchen trugen nur einen vorne offenen engen Schurz, der von einem breiten Stoffgürtel gehalten war. Die Gürtelzipfel hüpften fröhlich auf ihrem Bauch, und um die Fußknöchel trugen sie breite Reifen als Schmuck. Ihr Haar war zu einem langen Zopf geflochten und mit einem Netz umwickelt, an dessen Ende eine Kugel aus Tonerde und Pflanzenfasern baumelte. Überaus anmutig bewegten sie sich tänzelnd und springend vorwärts, warfen abwechselnd die Beine gen Himmel und gerieten dennoch nicht aus dem Gleichgewicht, oder beugten gar den Oberkörper nach hinten und hoben die Arme parallel zum Bein. Und bei all diesen in völligem Einklang ausgeführten Bewegungen drehte sich die Kugel am Zopfende. Sie versinnbildlichte die Bahn der Sonne am Himmel, wie es hieß, aber auch die Bewegung der Sterne und Planeten in ihrer Harmonie.

Hinter den Tänzerinnen kamen dunkelhäutige, kleingewachsene Dang aus den entlegenen Gegenden am Oberlauf des Nils, verbündete Stämme der Wawatju aus Nubien, die mit Löwen- und Panthermasken und Fellen über dem Rükken an der Prozession teilnahmen. Sie gaben Baefre und seiner schwarzen Gemahlin das Geleit. Unter diesen Dang sah man auch ägyptische Zwerge, die *nemu* genannt wurden, und Narren mit der aus Schilf nachgebildeten weißen Krone Oberägyptens. Sie alle sprangen und tanzten wild durcheinander, denn sie stellten das Urchaos dar, die noch nicht geordnete Welt.

Gleich hinter ihnen kam Cheops als der künftige Ordner, der Schöpfergott vor dem Tatenen. Er saß auf einem von zwölf kräftigen Männern getragenen Baldachinthron. Die Hälfte von ihnen trugen eine Falken-, die anderen eine Schakalsmaske. Die ersten versinnbildlichten die Seelen von Pe und Dep, den zwei in Buto zusammengeschlossenen urtümlichen Stadtgründungen, die zweiten die Seelen von Hierakonpolis, der Königsstadt des Südens. Diese Seelen, von den Ägyptern *bau* genannt, waren die Verkörperung der Ahnen der beiden Ur-Städte aus dem Niltal. Cheops trug einen weißen Leinenmantel und auf dem Kopf den *nemes,* das quergestreifte Königskopftuch, abwechselnd weiß und rot, mit den breiten, dreieckigen Zipfeln zu beiden Seiten des Gesichts. Rechts und links von ihm schritten je drei Freunde Seiner Majestät, die ihre langen Straußenfederfächer zum König hin reckten. Hinter dem königlichen Baldachin folgten Tempeldiener und -dienerinnen, an ihren Masken oder Symbolen war zu erkennen, welche ägyptische Gottheit sie darstellten. An der Spitze gingen die acht Götter der Großen Neunheit von Heliopolis: Schu und Tefnut, Geb und Nut, Osiris, Isis, Seth und Nephthys. Der neunte, der Schöpfergott Re-Atum, aus dem die Welt entstanden war in den symbolischen Gestalten der Götter dieser Neunheit, wurde nicht dargestellt. Ihn konnte nur der König verkörpern, Sonnengott und Horus in einer Person.

Hinter den Gottheiten schritten Cheops' Söhne: Kawab und Chufukaf, der Wesir und der Bauleiter, hinter ihnen Baefre und Djedefre, obwohl dieser der vorletzte Sohn war. Mehr hatte Nubet bei Cheops nicht erreichen können. Ihre Bitte, das Jubiläum zu nutzen, um dem ganzen Volk Ägyptens ihren Sohn als Nachfolger vorzustellen, hatte er recht scharf zurückgewiesen: »Wisse, daß bei diesem Sedfest dem Volk Ägyptens Meiner Majestät Jugend, Kraft und Macht vor Augen geführt wird. Es wäre doch ein befremdlicher Widerspruch, gleichzeitig meinen Nachfolger vorzustellen, als sei es Meiner Majestät schon in Bälde bestimmt, zu seinem Vater Re in die Himmelsbarke emporzusteigen.«

Hinter dem Paar Djedefhor und Chephren kamen Minkaf und Ibdadi, der durch seine Heirat mit Neferkau auch

Prinz geworden war. Die nächste Gruppe bildeten die Großen des Reiches, die Freunde des Königs, die Palastschreiber, die Beamten der Hauptstadt, die Provinzstatthalter und die Obersten der verschiedenen Waffenverbände, die *sau-peru* von Memphis, die *medjaj* der Grenzregionen, der Wüsten, Dörfer und Städte, und die Wasser- und Schiffahrtswachen.

Dicht gedrängt stand das Volk entlang des Weges, in Schach gehalten von Soldaten, die mit den Schäften ihrer Waffen eine Absperrung bildeten. Als der königliche Baldachin auf ihrer Höhe anlangte, warf sich jedermann flach auf den Boden und stand erst wieder auf, wenn Seine Majestät vorüber war. Als der königliche Zug den Empfangstempel erreichte, ging die Sonne auf und beleuchtete den Himmel mit ihren auch jetzt schon glühenden Strahlen. Cheops stieg von seinem Thron und betrat den Tempel, wo ihn die höchsten Würdenträger der Pyramidenpriesterschaft erwarteten. Man nahm ihm den Mantel ab und wickelte ihn in ein enges Leichentuch, so daß er aussah wie ein Osiris-Standbild. Als Hüter der Geheimnisse der Pyramide sprach nun der Hohepriester die Anrufungen:

»Horus Medjedu, König von Unterägypten, König von Oberägypten, Chnum-Chufui, ewig lebend wie Re-Atum. Erstes *Sed*-Fest, damit er ewig lebe wie Re-Atum. Vollkommener Gott, Herr der Beiden Länder, Leben, Dauer und Herrscherglück, möge die Göttin Gat Leben und Herrscherglück verleihen, möge sie dem König ewige Dauer schenken, wie Re.«

Im Chor wiederholten die anderen Priester diese Worte, dann hub der Hohepriester erneut an:

»Möge die Göttin Menet Leben und Herrscherglück verleihen, möge sie dem König ewige Dauer schenken, wie Re.«

Abermals wiederholten die Priester, doch dann hieß es im Namen der beiden angerufenen Göttinnen:

»Wir gewähren dir eine Million *heb-sed* in Gesundheit und Freude, wie Re.«

Cheops verließ den Tempel und trat aus dem Halbdunkel des Heiligtums ins gleißende Sonnenlicht hinaus. Nun gaben nur noch die Priester ihm das Geleit, denn alle anderen hatten inzwischen die ihnen zugewiesenen Plätze eingenommen. Die Prinzen saßen unter einem Baldachin, den Königinnen und Prinzessinnen gegenüber, innerhalb des geheiligten Bereichs zu Füßen der strahlenden Pyramide, die mit ihren gewaltigen Ausmaßen, einem Lichtberg gleich, die Menschen überragte.

Der geheiligte Bereich mit dem Jubiläumspavillon, dem doppelten Thronsaal und den beiden Podesten von Königinnen und Prinzessinnen auf der einen und den Prinzen auf der anderen Seite wurde begrenzt von den Männern und Frauen, die die Gottheiten Ägyptens darstellten. Sie standen jeweils auf einem Postament. Rings um den Jubiläumspavillon hatten sich die Vertreter der Priesterschaften der Nil-Städte aufgereiht. Auf sie ging Cheops nun zu, majestätisch langsam, eingeschnürt in sein Leichentuch, begleitet von den Pyramidenpriestern. An einem der Eingänge des Pavillons, dem von Oberägypten, empfing ihn der Hohepriester der Nechbet, der Geiergöttin von Hierakonpolis, dem verehrungswürdigen religiösen Zentrum des Südens, Hauptstadt der weißen Krone. Der Hohepriester und die Priester aus dem Geleitzug warfen sich vor dem König nieder und baten ihn dann die Stufen herauf in den Pavillon, wo sie ihm das Leichentuch abnahmen, ihn Platz nehmen ließen auf dem Thron hinten im Saal, das *nemes*-Kopftuch durch die weiße Krone ersetzen und ihm den Zeremonialbart anlegten, bis er zum Abschluß aus den Händen des Hohepriesters die Königsinsignien Geißel und Krummstab erhielt.

Nun erhob sich Cheops. Zwei Priester nahmen ihm den Schurz ab, banden ihm einen einfachen Gürtel mit zwei Zipfeln um, damit er, zwar nackt, aber die Königsinsignien in Händen, wieder hinaustreten konnte auf den sonnenüberfluteten Vorplatz, auf dem völlige Stille herrschte. Er nahm Aufstellung am Beginn des breiten, mit Steinen gepflasterten Prozessionsweges, der um die Große Pyramide herumlief, und rannte dann los. Das versammelte Volk Ägyptens bewunderte den eleganten Körper seines Herrschers, seine harmonische Muskulatur, seine Behendigkeit, seine jugendliche Kraft. Und während er sein Bauwerk umrundete, hörte man keinen Ruf, kein anfeuerndes Geschrei. Alle schienen den Atem anzuhalten, denn dieser Lauf mußte beweisen, daß ihr König noch jung und kräftig war. Zeigte er Schwäche, wäre er nicht in der Lage, diesen Rituallauf zu Ende zu führen, müßte er das Zepter Ägyptens abgeben. In früheren Zeiten war der König sogar getötet worden, wenn er versagte, und sein von ihm selbst oder den Großen des Reiches bestimmter Nachfolger auf den Thron erhoben.

Doch für Cheops schien es keine sonderliche Anstrengung gewesen zu sein, seine Pyramide zu umrunden. Er kehrte in den Jubiläumspavillon zurück, übergab dem Priester die Krone und die Königsinsignien und legte seinen Schurz wieder an. Nachdem ein Diener ihm den Schweiß abgewischt und ein anderer ihm eine Schale Wasser gereicht hatte, die er in einem Zug leerte, wurde er erneut in das Leichentuch gewickelt, bevor er wieder hinaustrat, um sich am gegenüberliegenden Eingang vor dem Hohenpriester des Tempels der Wadjet, der Kobragöttin von Buto, einzufinden. Um ihn als König von Unterägypten zu bestätigen, nahm ihm der Wadjet-Priester abermals das Leichentuch und den *nemes* ab, setzte ihm die rote Krone des Südens auf, hieß ihn auf dem Thron Platz nehmen und überreichte ihm Krummstab und Geißel. Nachdem die Priester ihm gehuldigt hatten, erhob Cheops sich, damit man ihm den Schurz abnahm und den Gürtel umlegte, bevor er wieder hinaustrat und als Herr der roten Krone seinen zweiten Umlauf begann.

Beim ersten Umlauf war er zwar ein wenig außer Atem geraten, hatte aber keinerlei Müdigkeit verspürt, aber dieser zweite fiel ihm schwer. Er war schnell losgelaufen, zu schnell, und nach der Hälfte wurde das Atmen beschwerlich, er mußte sein Tempo verlangsamen, alle Kräfte bündeln, um bis zum Ende durchzuhalten. Es gelang. Man sah ihm die Erschöpfung nicht an, als er gemessenen Schrittes zum Pavillon zurückkehrte. Aber seine Lungen schmerzten, er mußte erst wieder zu Atem, zu neuen Kräften kommen. Er war schweißgebadet, die Diener rieben ihn trocken, doch vorsichtshalber wies er die Schale Wasser zurück. Bevor er einen neuen, breiten Schurz anlegte, atmete er erst einmal kräftig durch. Dann erhielt er den Brustschmuck mit den beiden Göttinnen, den Herrinnen des Südens und des Nordens, und aus den Händen Sendjemibs, der immer noch der Große Schauende im Tempel des Re in Heliopolis war, die Doppelkrone, die *pschent*.

Er trat hinaus auf das Podest des Pavillons, um sich den Männern und Frauen der Beiden Länder als Horussohn, als König und Gott Ägyptens zu zeigen. Das versammelte Volk, die Priester um ihn herum, seine Familie, die Darsteller der Gottheiten, die Freunde des Königs und Großen des Reiches, die außerhalb des geheiligten Bereichs standen, die Männer, Frauen und Kinder, die ein wogendes Meer bildeten – sie alle warfen sich vor dem Gott-König nieder und erhoben sich dann, um ihn zu bejubeln. Begeisterte Rufe aus Tausenden von Kehlen erschallten rings um ihn her, und eine ganze Weile genoß Cheops diesen Jubel. Dabei fiel ihm ein, was Suhor einst in Abydos zu ihm gesagt hatte: »Das Volk muß glauben, muß anbeten dürfen. Daher muß der König ihm wie ein Gott erscheinen. Er ist die Verkörperung der Gottheit, er ist des Volkes wahrer Gott und wahrer Herr ... Er besitzt die wahre Macht in der irdischen Welt.«

Als er sich endlich auf den Thron vor dem Pavillon setzen durfte, fiel es Cheops schwer, aufrecht, erhobenen Hauptes zu sitzen, denn er fühlte sich merkwürdig schwach, und noch immer klopfte das Herz heftig in seiner Brust.

Sein Körper wirkte zwar noch jugendlich, doch innerlich hatten die Jahre an ihm gezehrt, wie er sich jetzt eingestehen mußte. Mit zwanzig hätte er noch mehrmals um die Pyramide herumlaufen können und sich danach lange nicht so matt gefühlt wie jetzt. Während er über diese Schwäche nachdachte, zogen die hohen Würdenträger vor seinem Thron vorbei, um ihm zu huldigen, bevor die Schöpfung der Welt im Ritus dargestellt wurde.

Auf dem freien Platz zogen die Musiker auf, mit Harfen, Zimbeln, Trommeln und kupfernen Trompeten. Ein schneidender Trompetenton verkündete den Beginn der Zeremonie. Neun junge Mädchen traten auf, den engen, vorne offenen Schurz um die Hüften, wie die Tänzerinnen im Geleitzug des Königs vorhin. Ihr Haar jedoch war hochgebunden, fest umwickelt, und sie trugen auch keinerlei Schmuck. Auf den Fußspitzen schwebten sie herein, doch dann begann der *chebj,* ein akrobatischer Tanz: Körperdrehungen, Sprünge, vor und zurück, Pirouetten, gleich mehrfach, seitliches Radschlagen, Brücke, vor und zurück – alles überaus gefährlich auf diesem Steinboden, wo jeder Sturz ein Verhängnis gewesen wäre. Zu diesen wilden Bewegungen, die nicht abgestimmt, je nach Lust und Laune vorgeführt schienen, schmetterten die Trompeten und hämmerten die Trommeln. *Chebj* war ja auch kein Tanz, sondern die Darstellung des Ur-Tatenen, des Chaos in der Welt vor der Schöpfung, vor Maats Geburt, vor Re-Atums Erscheinen in der Lotosblüte, geboren aus dem göttlichen Ei, ausersehen, die Ur-Masse zu formen und harmonisch zusammenzufügen.

Der Zeremonienmeister stand neben dem Thron und hieß Cheops nun aufstehen und einen Schritt vorwärtstreten. Sofort brachen die Tänze ab, schienen die Tänzerinnen zu erstarren, nach vorne oder nach hinten gebeugt, mit erhobenen oder gesenkten Armen, wie versteinert, als sei die Zeit stehengeblieben. Und nun sprach Cheops die Ur-Worte, die magischen Worte – wie bei seiner Einweihung in das Königsamt:

»Ich bin der Stier des Himmels«, sagte er so laut wie möglich, damit jedermann ihn hören konnte. »Ich bin der einzige Eine, ich bin Atum, der jetzt aufgeht, der Einzige, der in Nun entstand. Ich bin Re, der bei Anbeginn der Welt erscheint, Fürst eigener Schöpfung.«

»Wer bist du?« fragte nun der Nechbet-Priester.

»Ich bin Re bei seinem Anbeginn, der in Herakleopolis aufgeht wie ein König, der sich morgens aus dem Bett erhebt; damals gab es noch nicht die Stützen Schus, hatte der Gott Geb und Nut, die Erde und den Himmel, noch nicht getrennt. Ich bin der Große Gott, aus sich selbst erstanden, dies ist Nun, der Schöpfer, mit dem Namen ›Gott der Ursprünge‹, als Gott.«

»Wer bist du?« fragte nun der Wadjet-Priester.

»Ich bin Re, der Schöpfer des Namens seiner Glieder. So entstanden die Formen der Götter in der Nachfolge des Re. Ich bin der, der aus dem Kreis der Götter nicht verstoßen werden kann.«

»Wer ist er also?« fragten nun beide Priester im Chor.

»Er ist Atum in seiner Scheibe. Er ist Re bei seinem Aufgang am östlichen Horizont des Himmels«, verkündeten nun alle Priester, die einen Kreis um Cheops gebildet hatten, im Chor. »Er ist der Ur-Gott, der Schöpfer aller Dinge, der Ordner der Welt, der Herr der Maat. Er ist der, der war, der ist und der sein wird in alle Ewigkeit. Er ist das Gestern und das Morgen, der, der im Ei und außerhalb des Eis ist. Der in stetem Werden ist und schon wurde. Er ist das Sein und das Nicht-Sein. Er ist der Gott, er ist der König, Cheops in alle Ewigkeit.«

Nun spuckte Cheops auf den Boden, ergriff einen Bogen, den ein Priester ihm gegeben hatte, und dann noch vier Pfeile, die aber keine Spitze hatten, nicht nur, um niemanden zu verwunden, sondern um die Waffe als Sinnbild des Friedens zu kennzeichnen. Einen der Pfeile schoß er gen Himmel, gen Norden, dann, in schneller Folge, die drei anderen in die anderen drei Himmelsrichtungen. Damit nahm der Gott gewordene König Ägyptens die Welt in Besitz. Als er sich wieder auf seinen Thron gesetzt hatte, erschallten die Trompeten, und gleich danach, ohne Übergang, fielen die Harfen und Flöten ein, so daß alles Wohlklang, Harmonie war.

Die erstarrten Tänzerinnen bewegten sich wieder, junge Mädchen mit offenem Haar gesellten sich zu ihnen mit Zimbeln und Handtrommeln, die Tänzerinnen vollführten keine Sprünge mehr, sondern zeigten eine harmonische Schrittfolge in vollkommener Übereinstimmung. Dies war die geschaffene Welt, die getanzte Sphärenmelodie, das harmonische All nach dem Eingriff der ordnenden Hand des Gottes. Die zweite Gruppe der Mädchen hatte, singend und sich um sich selber drehend, einen Kreis um die Akrobatinnen gebildet, und gemeinsam versinnbildlichten sie das Kreisen im All und das Gleichgewicht der Kräfte zwischen Planeten und Sternen.

DREISSIG

Erst einen Tag vor dem Jubiläum seines Vaters war Djedefhor aus Hermopolis zurückgekehrt, wo er eingeweiht worden war in die zweite Stufe der Erkenntnis auf dem Weg zu höchster Weisheit, den sein Vater fünfundzwanzig Jahre vor ihm gegangen war. Da die Vorbereitungen für das *hebsed* den König voll beansprucht hatten, konnte er seinen Sohn erst einen Tag nach Beendigung der Feierlichkeiten empfangen. Dafür wählte er einen der abgeschiedenen, geschlossenen Gärten innerhalb der Palastanlage, denn er wollte die Seele des Sohnes ausloten nach dieser Einweihung, nach all der Askese und Wissensvermittlung.

Ehrerbietig kniete der junge Prinz vor dem Vater nieder, doch da sie allein waren, erhob sich Cheops sofort von seinem Stuhl, reichte dem Sohn die Hand, zog ihn hoch und drückte ihn an sich.

»Hori, mein lieber Sohn, ich bin glücklich, dich zu sehen, glücklich und stolz! Von all meinen Söhnen bist du mir am nächsten, und du bist der einzige, der meinen Weg zur höchsten Erkenntnis geht. Doch du sollst noch weiter gehen als ich, sollst jene Erkenntnis erlangen, die ich nie erreicht habe. Als ich damals aus Abydos zurückkehrte und eingeweiht worden war in das Königtum, da sagte mir der weise Philitis, ich hätte zwar viele Pforten des Wissens durchschritten, aber da gäbe es noch mehrere, die zu öffnen wären. Und das habe ich nie geschafft.«

Cheops setzte sich wieder, hieß den Sohn neben sich Platz nehmen und fuhr fort: »Ich bedaure es allerdings nicht, denn ich hatte die Wahl zwischen der Suche nach besagter höchster Weisheit und dem Horusthron. Als Herrscher Beider Länder stand mir eine goße Aufgabe bevor, die zu erfüllen ich mir schuldig war. Sieh: Viele Könige verfolgen ehrgeizige Ziele, um ihre Macht zu erweitern, ganze Landstriche zu erobern, und diesem Ziel opfern sie zahllose Menschenleben. Ich hingegen wollte ein unsterbliches Werk hinterlassen, errichtet in Frieden und Gläubigkeit. Ist es richtig, wenn man munkelt, mein Volk habe leiden müssen wegen dieses gewaltigen Bauvorhabens? Es hat sich doch satt essen können während dieser zwanzig Jahre, die der Bau der Lichtpyramide in Anspruch nahm. Selbst wenn ein paar Arbeiter durch Krankheit oder Unfall zu Tode kamen, so dürften es doch unvergleichlich weniger gewesen sein als bei einem Eroberungskrieg. An unseren Grenzen hat dauerhafter Friede geherrscht, und wenn ich das von unseren Vätern übergebene Reich auch nicht vergrößert habe, so habe ich es doch auch nicht verkleinert. Ich weiß sogar, daß der Tag kommen wird, da Nubien, das der Gott Snofru, der Gerechtfertigte, unter die Tributpflichtigen eingereiht hat, sich auflehnen und für uns verloren sein wird. Selbst wenn wir durch die Heirat deines Bruders Baefre die Wawatju als Verbündete gewinnen konnten, so ist auch das nur ein vorübergehender Zustand von gefährdeter Beständigkeit. Doch Meine Majestät ist's zufrieden, denn es ist immer noch besser, durch Bündnisse und geschicktes Verhandeln die Freundschaft unserer Nachbarn zu erlangen, als durch Waffengewalt sie beherrschen zu wollen. Nubien werden wir also eines Tages verlieren, und vermutlich wird sogar der Tag kommen, da dieses schöne Königreich, das uns zufiel, sich in unabhängige Fürstentümer aufspalten wird, wie es ja auch hier bei uns war, bevor der Gott Narmer das Niltal unter seinem Zepter vereinte. Selbst Ägypten könnte verschwinden, aber was ewig Bestand haben wird, ist mein Werk. Meine Pyramide wurde entworfen, um der Zeit zu trotzen. Generationen werden vergehen, Reiche zerfallen, doch sie wird bestehen bleiben, als stummes Symbol der unendlichen und ewigen Erhabenheit des verborgenen, des ihr innewohnenden Gottes. Sieh, mein Sohn: Ich sage nicht ›als Symbol meines Ruhms‹, denn obwohl mein Name in den geheimen Räumen der Pyramide eingeritzt ist, wird niemand ihn lesen können, der nicht Zugang erhält. Sie wurde nicht zum Ruhm meiner Majestät erbaut, sondern ist Beweis für die Existenz des Seins, Symbol für die ewige Dauer des Alls.«

»Mein Vater, mein Herr«, erwiderte Djedefhor, »wir alle sind uns bewußt, welch erhabenes Werk Deine Majestät vollbracht hat, und wir bewundern deine Beharrlichkeit und Zielstrebigkeit. Es ist in der Tat besser, diesen Bau mit all seinen Nebengebäuden, gleichsam eine Königsbarke mit einer Vielzahl kleinerer Schiffe, errichtet zu haben, als Charu und die Städte Sumers erobert zu haben. Und ich habe volles Verständnis für dein Werk, da ich deinen Spuren auf dem Wege der Erkenntnis folge.«

»Genau darum wünscht Meine Majestät, daß du diese Suche weiter verfolgst, daß du einer jener Weisen wirst, die der Könige beste Ratgeber sind.«

»Ich bemühe mich darum, und weil ich mir dies zum Lebensziel gemacht habe, war ich auch nicht empört über die Entscheidungen Deiner Majestät. Ich vermochte die Weisheit zu ermessen, auf der sie fußten, selbst als du durch deine Entscheidungen über die Verheiratung deiner Kinder durchblicken ließest, daß Djedefre dein bevorzugter Nachfolger auf dem Horusthron ist.«

»Zieh keine voreiligen Schlüsse, mein Sohn! Bis heute habe ich noch keinen zum Nachfolger Meiner Majestät ernannt. Daß ich Kawab zum Wesir erkoren habe, dürfte sogar zu der Vermutung Anlaß geben, ich hätte eher nicht die Absicht, Djedefre seinen Brüdern vorzuziehen. Richtig ist allerdings, daß weder du noch deine Brüder Chephren und Minkaf bestimmt sind, die Beiden Länder zu regieren.

Diese beiden, weil sie hinter deinen älteren Brüdern und dir erst an vierter und fünfter Stelle stehen, und du, weil es mein Wunsch ist, daß du verwirklichst, was Meiner Majestät nicht vergönnt war, weil ich zu wählen hatte zwischen der höchsten Erkenntnis und meinem Traum aus Stein. Doch sobald du die oberste Stufe des Wissens erreicht hast, wirst du zum Hüter der Geheimnisse meiner Pyramide werden, und damit stehst du sogar über dem König. Deine jetzige Aufgabe wird sein, das große geheime Buch des Thot zu entdecken, nach dem ich vergeblich geforscht habe und von dem es heißt, es sei im Meer von Koptos verborgen. Noch niemand hat mir sagen können, was dieses Meer ist. Eine Zeitlang glaubte ich, es sei jener Teil des Nils, der die Ufer umspült, wo die Stadt Koptos emporragt. Doch man müßte schon ein großer Zauberer sein, um die Wasser zu trennen, die rechte Hälfte des Flusses über die linke zu klappen, um den Grund zu erforschen und umzupflügen, um die goldene Schatztruhe zu finden, in der dieses Schriftstück verschlossen ist.«

Djedefhor blickte seinen Vater an, öffnete den Mund und sagte: »Herr, während ich in Hermopolis weilte, bin ich einem Weisen begegnet, einem Greis, der in einem Haus am Rande der Wüste lebt. Sein Name ist Djedi. Er wirkt noch jung und frisch, trotz seines hohen Alters. Diener massieren ihm Körper und Füße, er badet jeden Tag und reinigt sich. Kaum hatte er mich gesehen, wußte er auch schon, wer ich war, denn er rief mir entgegen: ›Friede, Friede sei mit dir, geliebter Sohn seines königlichen Vaters. Möge es deinem *ka*, deinem zweiten Ich, gelingen, deine Feinde zu besiegen, dann wirst du die Wege erkennen, die zur Pforte Hebes-bagis führen.‹ Vater, ich weiß, wer dieser Hebes-bagi ist: Ist es nicht der Geist, der den Tod verbirgt? Einer der Wächter vor den Toren der Amenti?«

»Du hast recht, mein Sohn. Er ist eine Erscheinungsform des Osiris, des Herrn der Duat.«

»Dann wisse, Herr, daß Djedi, als wir einander besser kannten und ich sein Vertrauen gewonnen hatte, mir gegenüber beteuerte, dieser Hebes-bagi sei nicht, was man glaubte, und die Tür, die er bewache, sei nicht eine der Pforten zur Welt der Toten. Sie liege auch nicht irgendwo gen Westen, sondern vielmehr gen Osten. Und als ich zu ihm vom geheimen Buch des Thot sprach, beteuerte er ebenfalls, es sei sinnlos, es in einem Geheimversteck im Tempel von Hermopolis zu suchen. So wie dir damals wurden auch mir nur die zwei Bücher des Thot ausgehändigt mit dem Hinweis, ein drittes gebe es nicht im Tempel. Ich sprach Djedi auch auf das Meer von Koptos an, von dem Deine Majestät mir erzählt hatte, und seine Antwort war, das sei nur eine symbolische Bezeichnung. Dieses Meer von Koptos sei nicht jener Teil des Nils, der die Ufer der gleichnamigen Stadt umspült, es sei ein Meer in weiter Ferne. Man muß vielleicht von Koptos aus das Tal hinaufziehen, das zu den Gestaden des Südlichen Meeres führt, des Meeres von Punt. Vielleicht findet sich in diesem Meer, wenn nicht gar noch jenseits, der geheime Ort, wo das Buch des Thot verschlossen liegt. Es soll eine von Schlangen als Hüter des Buches bewohnte Insel sein, vielleicht auch ein hoher Berg, der wie eine Insel auf wogendem Meer über die Wolken emporragt.«

»Hori, was du mir da erzählst, überrascht meine Seele aufs angenehmste, denn ich sehe schon jetzt, daß es dir gelingen kann, meine Pläne zu vollenden. Doch vorerst könntest du Meiner Majestät eine Freude machen, wenn du diesen Weisen holtest und zu mir brächtest.«

»Herr, dein Wunsch sei mir Befehl. Ich werde Djedi persönlich holen und zu Deiner Majestät bringen. Doch... darf ich Deiner Majestät noch einen Wunsch vortragen?«

»Sprich, Hori, ich höre. Sei gewiß, daß dein Vater dir nichts verweigern kann, denn ich weiß, daß du nichts verlangen wirst, das nicht das Siegel der Weisheit trägt.«

»Herr, als Deine Majestät beschloß, deine Kinder zu verheiraten, da erklärtest du, dein Diener und seine Brüder, die nicht für den Horusthron bestimmt seien, hätten völlige Freiheit in der Wahl ihrer Gemahlinnen.«

»Das sagte ich und bestätige es nochmals.«

»Sieh, mein Vater: Beim Jubiläumsfest Deiner Majestät fiel mein Blick auf eine der Tänzerinnen, eine dieser Akrobatinnen, die all ihre Gefährtinnen übertraf durch die Anmut ihrer Bewegungen und die Kühnheit ihrer Sprünge. Ihr Körper ist von großer Schönheit, und ihr Gesicht nicht minder. Gib sie deinem Diener als Gemahlin, und er wird überglücklich sein und seinen Vater auf ewig preisen.«

»Wenn es weiter nichts ist, Hori, so sei deine Bitte erfüllt. Aber weißt du, wer dieses Mädchen ist? Denn wisse: Als ich so alt war wie du, sah auch ich bei meiner verehrten Mutter ein junges Mädchen im Kreise ihrer Gefährtinnen. Sie war schöner als alle anderen, voller Anmut, und tanzte und sang entzückend. Die Liebe der Goldenen, der himmlischen Hathor, zog in mein Herz ein. Sie war die Tochter eines Großen, eines Freundes meines Vaters Snofru, des Gerechtfertigten, doch selbst wenn sie die Tochter eines einfachen Bauern gewesen wäre, hätte ich sie nicht weniger geliebt und sie auch zu meiner Gemahlin gemacht. So wurde Henutsen zur Königin der Beiden Länder. Wie könnte ich dir also verweigern, was ich mir selbst gegönnt habe und mein Vater mir schenkte? Nenn mir ihren Namen, sag mir, wer sie ist.«

»Ich kenne ihren Namen nicht und weiß auch nicht, wer sie ist. Ich sah sie, doch am Ende der Zeremonie verschwand sie mit ihren Gefährtinnen. Ich hatte keine Möglichkeit, mit ihr zu sprechen, und weiß nicht einmal, ob sie mich bemerkt hat unter all den Prinzen, denn wir saßen ja recht weit entfernt, und ich hatte meinen Platz noch hinter meinen älteren Brüdern.«

»Gut, um so besser, mein Sohn. Höre also, was dein Vater dir rät. Dieses Mädchen kannst du leicht wiederfinden, denn diese Tänzerinnen erhalten ihre Ausbildung in den Nebengebäuden des Isis-Tempels. Der Tanzmeister sucht sie sich, wenn sie noch ganz jung sind, in allen gesellschaftlichen Schichten: bei Bauern, die die Kanäle graben und mit der Hacke das Land bestellen, bei Handwerkern, die in der Totenstadt arbeiten oder eigene Werkstätten in der Stadt haben, bei den Adeligen oder Freunden Meiner Majestät. Schau dich um in den Sälen, wo sie üben, du wirst sie schon entdecken und mit ihr sprechen können. Verabrede dich mit ihr, plaudere mit ihr, erforsche ihre Seele, lerne sie kennen. Du wirst bald wissen, wie sehr du sie begehrst und ob sie dir überhaupt wohlgesonnen ist. Erst wenn du ganz und gar von ihr eingenommen bist, wenn ihr euch gegenseitig ausgelotet habt, erst dann wirst du entscheiden können, ob sie dir bestimmt ist und ob du sie in dein Haus holen und ihr deine Güter anvertrauen kannst. Sie darf aber nicht erfahren, wer du bist, niemand darf ihr verraten, daß du Meiner Majestät Sohn bist. Sonst wird es ein falsches Spiel: Sie sähe in dir nicht den Mann, der du wirklich bist, sondern den Sohn des Königs, einen der königlichen Prinzen. Falls sie nicht von göttlicher Weisheit ist, würde sie dem äußeren Schein verfallen, und du könntest Gefahr laufen, an eine Liebe zu glauben, die von Hintergedanken gelenkt ist. Es wäre sogar ratsam, sie glauben zu machen, du seist ein einfacher Bauernsohn oder ein Sprößling niederer Herkunft. Wenn sie dennoch einwilligt, sich mit dir zu verbinden, wenn ihre Wahl ausschließlich von der Liebe bestimmt wird, die die Schönheit deiner Seele oder eure Seelenverwandtschaft in ihr geweckt hat, dann kannst du sicher sein, daß sie deiner würdig und ihre Liebe ohne Falsch ist. Dann kannst du sie ohne zu zögern zu deiner Gemahlin machen und ihr verraten, wer du wirklich bist.«

»Ich danke dir, Vater, für deine Zustimmung und deine weisen Ratschläge. So werde ich es machen. Doch der Tanzlehrer darf mich nicht abweisen, weil er nicht weiß, wer ich bin, mich ihr aber auch nicht verraten, wenn er in mir den Sohn Seiner Majestät erkennt.«

»Mach dir hierüber keine Sorgen, Hori. Ich werde den Tanzlehrer zu mir kommen lassen, ihn beglückwünschen zu den Leistungen seiner Schülerinnen, und bei der Gelegenheit werde ich ihn wissen lassen, daß du beabsichtigst, seiner Tanzschule einen Besuch abzustatten. Er wird dich empfangen wie einen Knaben, der in seine Schule aufgenommen werden möchte, um sich weiterzubilden in Musik und Tanz. Denn du bist ja kein ungeschickter Tänzer, und das Lautenspiel hast du doch bei Henutsen gelernt, oder irre ich mich da?«

»Das stimmt«, gab Djedefhor zu. »Es gelingt mir, die Saiten dieses Instruments zum Klingen zu bringen, doch von der Meisterschaft der zweiten Gemahlin Deiner Majestät bin ich noch weit entfernt.«

»Ein Grund mehr, die Tempelschule zu besuchen. Wenn mein Gedächtnis Meine Majestät nicht im Stich läßt, so glaube ich mich zu erinnern, daß der Tanzlehrer Sebekni heißt. Ich werde ihn gleich morgen zu einer Privataudienz empfangen. Du kannst unbesorgt sein, Hori. Doch schicke ein Boot los und laß diesen Djedi holen, ich möchte mich mit ihm unterhalten! Und jetzt, mein lieber Sohn, zieh dich zurück und gönne deinem Vater ein wenig Ruhe.«

»Herr, wie kannst du von Ruhe sprechen«, sagte der Prinz verwundert. »Du verkörperst doch die Lebenslust schlechthin, gönnst dir niemals Ruhe. Hast du nicht noch mit erstaunlicher Schnelligkeit die beiden Läufe um die Lichtpyramide bewältigt?«

»Ich fürchte, mein Sohn, daß dieser atemlose Lauf mir meine Schwäche enthüllt hat; meine Gliedmaßen und mein Herz sind ermüdet. Ich verspüre neuerdings eine mir unbekannte Mattigkeit, und manchmal einen schneidenden Schmerz in der Brust. Aber das wird wohl wieder vergehen, ich muß nur etwas vernünftiger sein und mich mehr um mich selbst kümmern.«

»Die Worte Deiner Majestät beruhigen mein Herz. Ja, Vater, du mußt deine Gesundheit pflegen, denn wir alle brauchen dich, und noch lange. Ich hoffe, Deiner Majestät das von deiner Seele so lang ersehnte Buch des Thot bringen zu können, und wage sogar zu behaupten, daß es mir gelingen wird, im Namen Deiner Majestät all das zu verwirklichen, was du gerne selbst vollbracht hättest, wenn dieses großartige und einzigartige Unterfangen, die Errichtung der Lichtpyramide, nicht vorrangig gewesen wäre.«

EINUNDDREISSIG

Der kleine Isistempel aus Rosengranit mit seiner zierlichen Säulenhalle stand westlich der Großen Pyramide, die der Volksmund »die Leuchtende« nannte, weil sie die Sonnenstrahlen einfing und vor allem der Tempel des Lichtgottes war. In ihrem Umkreis boten Gebäude aller Art den Priestern, den Schülern des Lebenshauses, den Tänzerinnen und Musikern ein Heim, aber es gab auch Geschäfte, wo man Opfergaben kaufen konnte. Lange Zeit war Djedefhor auf der riesigen Baustelle herumgestapft, wo die Arbeiter immer noch Steine schleppten, wenn es auch kleinere Blöcke waren, die jetzt noch eingepaßt werden mußten in die hübschen Pyramiden der königlichen Gemahlinnen. Eine Zeitlang hatte er die einem Berg ähnelnde Große Pyramide betrachtet. Sie schien aus sich selbst zu leuchten und nicht nur das Licht der Sonne zu reflektieren. Wie kurz das Leben doch war, sagte er sich, wie anfällig und wie gefährdet der Mensch! Es zerriß ihm das Herz, wenn er nur daran dachte, daß womöglich bald schon geliebte Menschen in diesen steinernen Denkmälern eingeschlossen sein würden für die Ewigkeit: seine eigene Mutter Meritites, aber auch Henutsen, die noch so jung wirkte, die er immer so bewundert, geliebt, ja fast schon begehrt hatte. Er hatte diese düsteren Gedanken abzuschütteln versucht und war entschlossenen Schrittes auf die Tanzschule zugegangen. Sein Herz klopfte heftig bei der Vorstellung, dieses junge Mädchen, dessen Anblick ihn so plötzlich gefesselt hatte, jetzt gleich wiederzusehen.

Und weil ihn dieses Gefühl verwirrte, hatte er diesen Augenblick hinausgezögert – dabei sehnte er sich nach nichts anderem. Trotz aller Ungeduld hatte er zehn Tage verstreichen lassen, bevor er den Tanzmeister aufsuchte, dem der König angekündigt hatte, sein Sohn werde gleich am nächsten Tag kommen. Als die Frist dann abgelaufen war, die er sich selbst gesetzt hatte, war er schließlich noch hier bei den Pyramiden herumgestreunt, bevor er sich entschloß, den Stier bei den Hörnern zu packen, wie das Volk zu sagen pflegte.

Sorgsam hatte er seinen Auftritt vorbereitet, war er sozusagen in eine neue Haut geschlüpft. Als erstes hatte er Henutsen eingeweiht und sie gebeten, sich als seine Mutter auszugeben. Henutsen, die schnell begriff, die alles Geheimnisvolle liebte, alles, was nach Abenteuer roch, war gleich einverstanden gewesen. In Sabis altem Haus, das sie insgeheim gekauft hatte, hatte sie Inkaf, dem Sohn des Tischlers Ptahmaau, ein Heim gegeben. Im Gegensatz zu seinem Bruder hatte er nie Geschmack gefunden am Handwerkerberuf, den sein Vater ihm hatte aufzwingen wollen. Daher war er von daheim ausgerissen, hatte eine Weile als Bettler gelebt und dann angeheuert auf einem jener Frachtkähne, die die Steine von Oberägypten nach Memphis beförderten. Jahrelang war er der großen Stadt des Nordens fern geblieben, hatte sich in allerlei Berufen versucht, sich in den Städten mit Diebstahl über Wasser gehalten, war mit einer Räuberbande über die Dörfer gezogen und schließlich nach Memphis heimgekehrt, als die Bande von Häschern gesprengt worden war. Dies alles hatte er Henutsen erzählt, als er sie eines Tages auf der Straße traf, wo er wieder zu betteln angefangen hatte und lieber im Elend lebte, als wie ein verlorener Sohn ins Vaterhaus zurückzukehren. Ptahmaau hätte ihm sicherlich vergeben, aber dann hätte er wieder in die Werkstatt gemußt, wie seine Brüder, und genau das wollte er nicht. War er nicht deswegen ausgerissen, weil ihm die Arbeit mit Holz zuwider war? Für

Henutsen eine willkommene Gelegenheit, einem Mann etwas Gutes zu tun, den sie schon als Kind gekannt, ja sogar auf Bitten des Vaters gehütet hatte, als sie selbst noch ein junges Mädchen war. Ein bißchen Eigennutz war allerdings auch dabei. Inkaf durfte in Sabis Haus ziehen, mußte es aber auch sauberhalten, den Garten pflegen und die Tauben füttern.

»Als Gegenleistung werde ich für alles aufkommen, was du brauchst«, hatte sie ihm gesagt. »Ich versorge dich mit Nahrung, mit Kleidung und schenke dir sogar Geld, damit du dir kaufen kannst, was dir gefällt.«

»Du bist wirklich ein himmlisches Geschöpf, Henutsen!« hatte Inkaf erwidert. »Ich bewundere dich. Du bist königliche Gemahlin und dennoch kein bißchen überheblich oder anmaßend. Mit Freude und Dankbarkeit trete ich in deine Dienste! Sagtest du nicht soeben, ich bekäme von dir alles, was ich brauche?«

»Das sagte ich.«

»Wenn das so ist, wirst du wohl häufig in dieses Haus kommen, das dir, da du es ja gekauft hast, zu gefallen scheint, wenn ich auch nicht weiß, warum.«

»Gewiß, daher liegt mir ja so viel daran, daß du es instand hältst, daß es immer sauber ist und mit Blumen geschmückt.«

»Wundert es dich eigentlich nicht, daß ich in meinem Alter keine Frau habe?«

»Weil du, wie mir schien, ein Schwerenöter bist, der lieber frei ist, um sich herumzutreiben, wenn es ihm gefällt.«

»Es stimmt zwar, daß ich keine Frau hätte haben mögen, die daheim das Haushaltsbuch führt, mich gezwungen hätte, nach der Arbeit den Abend mit ihr zu verbringen und mir verboten hätte, mit fröhlichen Gesellen dem Vergnügen nachzujagen. Wenn du aber bereit wärest, meine Freundin zu werden, dann hätte ich wirklich alles, was ich brauche. Denn seit meinen Knabenjahren, da mir deine

Schönheit und meine Neigung zu dir bewußt wurden, begehre ich dich.«

Henutsen war nicht beleidigt. »Inkaf, ich will gern weiterhin deine Freundin sein, aber nur so wie damals. Auch ich empfinde Freundschaft für dich, bin aber nicht in dich verliebt.«

Inkaf hatte begriffen, daß es sinnlos war, sie zu bedrängen, zumindest für den Augenblick. Er hatte ja schon so lange gewartet, da kam es auf ein paar Monate oder ein Jahr auch nicht mehr an. Bis dahin war er zufrieden, daß er bei ihr einen Stein im Brett hatte und sie jetzt von seiner geheimen Liebe wußte.

Eines Tages hatte sie Djedefhor mitgebracht und Inkaf erklärt, von nun an sei er dessen Vater, wie sie, Henutsen, dessen Mutter.

»So wirst du das Mädchen sogar in dein Elternhaus bringen und ihr vorgaukeln können, du seist der Sohn kleiner Leute.«

»Ich danke dir, Henutsen, und nehme deinen Vorschlag gerne an. Inkaf könnte aufgrund seines Aussehens tatsächlich als mein Vater durchgehen, aber für dich dürfte es schon schwieriger sein, dich würde man eher für meine Schwester halten.«

»Ich könnte doch leicht deine Mutter sein und fühle mich auch ein bißchen so«, hatte sie geantwortet, innerlich geschmeichelt von seinem unverhohlenen Kompliment. »Vergiß nicht, daß ich es war, die dich nach deiner Geburt in den Arm nahm, um dich deinem Vater vorzustellen. Und was den Beruf deines vermeintlichen Vaters anbetrifft, so kannst du jederzeit sagen, er sei als Gärtner beschäftigt in den Residenzen der Königinnen, und deine Mutter sei dort Dienerin.«

Nun hatte Djedefhor eine neue Familie und war bestens gerüstet, falls es ihm gelingen sollte, das junge Mädchen, dessen Namen er nicht einmal kannte, für sich zu gewinnen.

Als er sich bei den Tempelhütern als Hori meldete, was ja auch sein Kosename war, eilte Sebekni ihm entgegen und schickte den Pförtner, der ihm den Besuch gemeldet und ihn begleitet hatte, gleich wieder fort.

»Sei willkommen, Herr, in meiner Schule. Seine Majestät ließ ihren Diener bereits rufen, um ihm deinen Besuch anzukündigen.«

»Schon recht, Sebekni, aber behandle mich nur nicht wie den Sohn des Königs, sag niemals ›Herr‹, wie du es soeben getan hast. Für alle hier bin ich nichts weiter als ein junger Mann, Sohn eines Gärtners und einer Dienerin. Ich weiß nicht, was mein Vater dir gesagt hat ...«

»Seine Majestät ließ mich nur wissen, einer seiner Söhne werde sich unter den Namen Hori bei mir melden. Ich solle ihn willkommen heißen und in meine Schule aufnehmen, damit er sich in Tanz und Lautenspiel vervollkommne. Seine Majestät hat mir allerdings nicht erklärt, wieso einer der Prinzen mit die Ehre erweist, die Künste, die ich hier lehre, sich anzueignen, und zudem noch unter dem Siegel der Verschwiegenheit. Er könnte doch die besten Lehrmeister des Königreichs in seine Residenz kommen lassen.«

»Mir schien eben, du seist einer der besten von all den Lehrmeistern hier in Memphis. Ich verhehle dir aber nicht, daß es wegen einer deiner Schülerinnen ist, die ich kürzlich beim Jubiläumsfest tanzen sah, ein Mädchen von außergewöhnlicher Schönheit, in das ich mich verliebt habe. Es waren ja wohl deine Schülerinnen, die auf dem großen freien Platz vor der ›Leuchtenden‹ und vor Seiner Majestät getanzt haben und sich hier unter deiner Anleitung weiterbilden?«

»Das stimmt, und wie ich vermute, soll das Mädchen nicht wissen, wer du bist.«

»Du vermutest richtig. In ihren Augen will ich nur ein Schüler sein, der sich zum Tänzer und Musiker im Isistempel ausbilden läßt. Du mußt mich wie alle anderen behandeln und mich einfach Hori nennen.«

»Aber sag mir noch ... kennst du den Namen des Mädchens?«

»Ich weiß nichts von ihr. Weder ihren Namen, noch wer sie ist oder aus welcher Familie sie stammt. Aber wenn sie sich unter deinen Tänzerinnen befindet, muß ich sie kennenlernen, muß ich sie gewinnen. Sag du mir noch schnell, ob die Mädchen hier oder bei ihren Eltern wohnen.«

»Einige wohnen hier, die aus fernen Provinzen oder aus armen Bauernfamilien. Seine Majestät kommt für ihren Unterhalt auf, gewährt ihnen gar eine Mitgift. Die Akrobatinnen beispielsweise können ihren Beruf ja nur wenige Jahre ausüben. Dafür braucht man die ganze Kraft und Geschmeidigkeit der Jugend. Wenn sie erst einmal zwanzig oder gar fünfundzwanzig Jahre alt sind, gelingt es ihnen kaum noch. Diese akrobatischen Tänze mit all den gefährlichen Sprüngen könnten bei der geringsten Schwäche verhängnisvoll sein. Daher hole ich sie mir als Fünf- oder Sechsjährige, damit sie sechs oder sieben Jahre später beginnen können, für die Götter zu tanzen, denn so lange dauert es, bis sie gut genug sind. Diejenigen, die du auch gesehen hast, die den Reigen tanzten um die kleinen Akrobatinnen, waren alle über zwanzig. Die meisten finden bis dahin einen Gemahl, geben den Beruf auf und kümmern sich nur noch um ihre Familie.«

»Wohnen denn überhaupt welche bei ihren Eltern?«

»Ja, einige schon. Die Töchter von Schreibern oder Großen des Reiches, die in Memphis oder der Umgebung ihre Häuser haben. Für jede Familie ist es eine große Ehre und ein Glück, wenn die Tochter ausgewählt wurde, eines Tages Tänzerin des Gottes in einem Tempel zu werden, und ganz besonders, wenn sie im Tempel der Isis, der Herrin der Pyramide, tanzen darf. Da werden nur die besten zugelassen, und nur sie dürfen auch vor Seiner Majestät tanzen. Das bringt den Vätern der Mädchen aus reichen Häusern den Titel ›Einziger Freund des Königs‹ ein, wenn sie ihn nicht ohnehin schon tragen, und für die Armen bedeutet es, daß sie für die Tochter nicht mehr zu sorgen haben, vom König mit Gütern bedacht werden und sicher sein können, daß ihr Kind eines Tages eine Mitgift erhält, um einen Mann von Stand, zumindest einen Dorfschreiber, heiraten zu können.«

Als Djedefhor den großen Hof betrat, wo die Tänzerinnen ihre täglichen Übungen machten, beachtete kaum eine diesen barfüßigen Jungen des Schwarzen Landes mit dem engen Schurz um die Hüften, dem Wanderstock über der Schulter, an dem ein hölzernes Trinkgefäß baumelte, und den Papyrussandalen, die er, mit einem Strick zusammengebunden, um den Hals trug.

Tanzen galt bei den Ägyptern seit eh und je und über alle Zeiten hinweg als vorwiegend weibliche Tätigkeit. Frauen oder, besser gesagt, junge Mädchen tanzten in den Tempeln bei religiösen oder Bestattungszeremonien, aber auch im Alltag bei großen Festgelagen oder in den Schenken. Die Tanzbewegungen erforderten Anmut, und dazu war ihrer Meinung nach nur der strahlende Glanz junger Mädchen geeignet; dem Zuschauer sollte eine Augenweide geboten werden, und das konnten doch nur diese geschmeidigen, schön geformten Körper sein. Das galt auch für die Götter, denen die Tänze in erster Linie zugedacht waren. Auch Singen und Musizieren waren vorwiegend weibliche Tätigkeiten. Männer spielten die großen Harfen, manchmal auch Laute oder Klapper als Begleitung zu einzelnen Sprüngen oder manchen Tänzen bei Volksfesten wie zum Beispiel beim Erntefest, wenn die Königsstatuen vorbeigetragen wurden. Seltener kam es vor, daß sie auch bei religiösen Zeremonien spielten, etwa wenn die Mädchen als Akrobatinnen auftraten. Es wunderte Djedefhor daher nicht, daß ein Großteil von Sebeknis Schülern Mädchen waren.

Der Meister klatschte in die Hände, bat um kurze Aufmerksamkeit. Die Musikerinnen und Tänzerinnen hielten inne, und dann stellte er Djedefhor vor: »Dies ist Hori, er will sich bei uns in den Künsten der Musik und des Gesangs fortbilden. Ich ersuche euch im Namen von Isis, ihn mit Freude aufzunehmen.«

Die Mädchen klatschten in die Hände, und die Jungen traten vor den Neuankömmling, um ihn zu grüßen, die Hände auf den Knien. Djedefhor erwiderte jeden Gruß, während sein Blick den Hof absuchte nach jener, die der Anlaß seines Kommens war. Die ganze Umgebung und das Treiben hier waren neu für ihn, denn er kannte nur das Leben in königlichen Residenzen und in den Lebenshäusern der Tempel. Er war zutiefst enttäuscht, das Mädchen nicht zu entdecken.

Auf dem Weg zu seinem zellenähnlichen Zimmer fragte er Sebekni: »Habe ich alle Mädchen deiner Schule im Hof gesehen?«

»Sie waren alle da ... mit Ausnahme von einer.«

Das gab neue Hoffnung! Djedefhor legte seine Sandalen und sein Trinkgefäß auf die aus Schilf und Papyrus geflochtene Schlafmatte und bohrte beiläufig weiter: »Eine fehlte, sagtest du? Wenn alle deiner Schülerinnen beim Jubiläumsfest Seiner Majestät getanzt haben, dann kann die Fehlende nur die sein, die ich suche.«

»Vermutlich, denn sie waren alle meine Schülerinnen.«

»Dann sag mir, wer sie ist.«

»Ihr Name ist Persenti. Ihr Vater arbeitet in einer Tischlerwerkstatt in Memphis und ihre Mutter in den Spinnereien, die einst zum Ptah-Tempel gehörten und jetzt der Ersten Königlichen Gemahlin Meritites unterstehen. Die Königin zeigt sich dort allerdings nur selten, wenn sie für ihren eigenen Hausstand oder den der königlichen Kinder eine Bestellung aufgibt.«

»Wenn ich recht verstehe, entstammt sie einer ehrbaren Handwerkerfamilie und ist nicht Kind von Bauern, die im Lehm waten.«

»Wenn sie die Person ist, die du zu sehen hoffst, dann ist sie gewiß deiner würdig, Herr. Sie ist nicht nur eine hervorragende Tänzerin, wohl eine der besten aus meiner Schule, sondern hat wie alle unter meiner Leitung ausgebildeten Mädchen Lesen und Schreiben gelernt. Sie kennt Gedichte und Weisheitslehren, aber auch die heiligen Texte, die in den Tempeln vorgetragen und gesungen werden müssen. Sie spricht wie eine Tochter aus adeligem Haus und lernt schnell und beharrlich. Und um die für Tanz und Akrobatik notwendige Körperbeherrschung zu erreichen, muß ja auch das Herz voll sein vom Streben nach Schönheit.«

»Dieses Loblied, Sebekni, bestärkt mich in meinem Wunsch, ihr zu begegnen. Mögen die Götter geben, daß sie es ist, von der du sprichst und die sich meinem Geist so unauslöschlich eingeprägt hat.

»Es könnte kaum anders sein, Herr, denn bei diesem Fest ragte sie heraus wie die Lotosblüte unter lauter Seerosen. Mehr denn je fiel sie auf durch die Kühnheit ihrer Sprünge und die Anmut ihrer Schritte, so daß ich mich gezwungen sehe, dir zu sagen, daß du nicht der einzige warst, der ein Auge auf sie warf. Es haben schon mehrere bei mir nach ihr gefragt.«

»Was erzählst du mir da?« Djedefhor wurde unruhig. »Andere Männer? Kennst du sie?«

»Keinen, Herr! Es waren Boten, Dienstboten von irgendwelchen Großen, die sich nicht zu erkennen geben wollten.«

»Und hat sie sie getroffen?«

»Nein, denn sie ist gleich am Tag nach dem Fest ans Krankenbett ihrer Mutter geeilt.«

»Was hast du den Männern denn geantwortet?«

»Das gleiche wie dir. Ich habe doch keinen Grund, etwas zu verheimlichen, was dieses Mädchen betrifft. Ich kann dir nur versichern, daß ich ihnen nicht gesagt habe, wo ihre Eltern wohnen, weil ich es selbst nicht weiß. Dieses Mädchen ist sehr verschwiegen, mußt du wissen. Ein Diener der Königin Hetep-heres brachte sie vor rund zehn Jahren zu mir. Damals unterstanden ihr noch die Spinnereien des Ptah-Tempels. Erst nach ihrem Heimgang in die Amenti übernahm ihre Tochter diese Aufgabe.«

»Ihre Tochter, die meine Mutter ist«, ergänzte der Prinz.

»Richtig, Herr. Aufgrund dieser Empfehlung stellte ich keinerlei Fragen bezüglich dieses Kindes. Mir war nur klar, daß ihre Mutter noch ledig sein mußte. Erst später hat sie den Mann geheiratet, mit dem sie jetzt lebt, aber ich weiß nicht, ob er der Vater ist. Das Kind war damals etwa vier Jahre alt und lebte hier. Die Mutter besuchte es häufig, doch erst als sie verheiratet war und ein anständiges Haus besaß, holte sie die Tochter ab und zu für ein paar Stunden oder Tage zu sich. Ich vermute, daß sie vorher bei ihrem Vater lebte, oder in den Unterkünften der Werkstätten, und deshalb das Kind nicht bei sich behalten konnte. Und weil ich diese kleine Persenti so jung zur Ausbildung bekam, konnte ich eine so hervorragende Tänzerin aus ihr machen.«

»Alles, was du mir da sagst, Sebekni, macht sie mir nur um so kostbarer. Ich muß sie treffen! Schade, daß du nicht weißt, wo sie wohnt, sonst wäre ich gleich hingegangen.«

»Das, Herr, wäre wohl unklug. Wenn du dich nicht zu erkennen geben willst, dann ist es doch besser, sie sieht in dir erst einmal einen meiner neuen Schüler. Ich kenne sie gut genug. Sie ist stolz, in sich gekehrt, womöglich schüchtern, ganz gewiß aber scheu, was ein gewisses Ungestüm nicht ausschließt. Sie dürfte keinem Mann Beachtung schenken, der geradewegs auf sie losgeht, sie bedrängt, belästigt, bestürmt. Ihr kann man nur mit vollendetem Anstand und Feinfühligkeit begegnen, denn trotz ihrer bescheidenen Herkunft legt sie viel Wert auf Würde und Zurückhaltung.«

Der Prinz, der sehr umgänglich, offen und liebenswürdig war, galt unter Sebeknis Schülern, Mädchen wie Jungen, sehr bald schon als einer der ihren. Er lernte gewissenhaft und schien begabt, und da er schon Vorkenntnisse hatte in

Musik und Tanz, konnte er durchaus mithalten. Wenn es ihm auch schwerfiel, zwang Djedefhor sich all diese Tage, den Tempelbereich nicht zu verlassen und in seiner Zelle zu schlafen. Jeden Morgen erwartete er voller Ungeduld das Erscheinen derer, für die er dieses Spiel, das ihm mittlerweile zugegebenermaßen Spaß machte, begonnen hatte. Doch seine Hoffnung wurde immer wieder enttäuscht. Zehn Tage vergingen, und als er sich schon aufmachen wollte, um diese Persenti zu suchen, erschien ein Bote bei Sebekni und überreichte ihm ein Schreiben, in dem das junge Mädchen den Lehrer nach seinem Befinden fragte und ihm mitteilte, sie müsse noch ein wenig länger bei der kranken Mutter bleiben und könne so bald nicht in die Schule zurückkehren.

»Was?« rief Djedefhor empört, als Sebekni ihn davon in Kenntnis setzte. »Ist sie vielleicht Ärztin, daß sie sich verpflichtet fühlt, so lange am Krankenbett der Mutter auszuharren? Hat diese vielleicht keinen Mann, der sich um sie kümmern könnte?«

»Herr, ich kann dir nicht mehr sagen, als du schon weißt«, erwiderte Sebekni. »Sie hängt wohl sehr an ihrer Mutter, und der scheint es wirklich nicht gutzugehen. Aber ich glaube, ich muß dir jetzt sagen, daß in den letzten Tagen wiederholt ein Bote einer zweifellos hochgestellten Persönlichkeit bei mir vorstellig wurde, um sich nach Persenti zu erkundigen. Er gab vor, eine wichtige Botschaft seines Herrn für sie zu haben, die er ihr aushändigen solle. Ich fürchte, es ist einer jener Großen, der sie beim *heb-sed* sah und sie nun mit seiner Zudringlichkeit verfolgt. Offensichtlich weiß auch er nicht, wo sie wohnt, sonst würde er seinen Boten ja nicht hierher schicken, um Auskünfte zu erhalten.«

Diese Mitteilung beunruhigte Djedefhor. Da war also ein Rivale, hartnäckig und unbequem. Ein Großer des Reiches? Aus dem Umkreis des Hofes? Ach was… Er, der Sohn des Königs, stand dem Hofe immer noch näher als jeder andere!

Beharrlichkeit und Geduld sind die beiden ersten Tugenden des Weisen, das hatte er schließlich im Tempel von Heliopolis gelernt! Daran hielt er sich einen Monat lang, und es sollte sich bezahlt machen, denn eines Morgens war Persenti plötzlich wieder da. Djedefhor war wie geblendet, gefesselt vom unbeschreiblichen Liebreiz dieses jungen Mädchens, oder – wie er sich ausdrückte – aufgespießt wie ein Flußpferd Seths, dem ein geschickter Diener von Horus auf den Leib rückt. Sebekni stellte ihn ihr vor als neuen Schüler mit guten Anlagen und gutem Willen. Er grüßte sie, die Hände auf den Knien, und sie lächelte und hieß ihn willkommen. Vor solch einem Lächeln versagte all seine Weisheit. Doch sie schien ihn nicht sonderlich zu beachten. Mit Feuereifer machte sie sich an ihre Übungen, an Kühnheit und Geschicklichkeit übertraf sie die besten ihrer Gefährtinnen. Nur in den Pausen und bei den gemeinsamen Mahlzeiten konnte er das Wort an sie richten, aber auch da waren alle anderen um sie herum. Wie sollte er ihr bloß begreiflich machen, was er für sie empfand? In ihrer Gegenwart fühlte er sich so schwach, so merkwürdig eingeschüchtert, wie ein kleiner Junge, dabei war er doch viel älter als sie!

Persenti war erst seit ein paar Tagen wieder da, als während des Mittagessens unter hochstehender Sonne ein Diener Sebekni mitteilte, draußen sei ein Mann, der sich nach Persenti erkundigen und ihr eine Botschaft seines Herrn aushändigen wolle. Alle Schüler schwiegen gespannt, und als Sebekni Persenti fragte, ob sie mit dem Besucher sprechen wolle, erwiderte sie entschieden und leicht verärgert: »Das will ich nicht. Er soll gehen. Ich bitte dich, Meister, verjag ihn, sag ihm, ich sei nicht da… oder besser, ich wolle niemanden sehen.«

»Wie du wünschst.« Sebekni erhob sich.

Nach kurzer Zeit kam er zurück und händigte Persenti eine Papyrusrolle aus.

»Dieser Diener kommt zweifelsohne aus dem Großen Palast. Aber wer sein Herr ist, konnte ich nicht herausfinden. Er beharrte darauf, dich zu sehen. Als ich ihm wiederholte, du weigertest dich, ihn vorzulassen, bat er mich, dir dieses Schreiben auszuhändigen.«

Persenti nahm die Rolle, warf keinen Blick hinein, zerknüllte sie und schleuderte sie weit weg, in den Staub des nächsten Hofes, der an die schattige Säulenhalle, in der sie das Essen einnahmen, angrenzte. Die Gespräche wurden wieder aufgenommen, und niemand dachte daran, die Rolle aufzuheben. Niemand außer Djedefhor, der während des ganzen Essens fürchtete, jemand könnte sie an sich nehmen. Nach Beendigung der Mahlzeit trennte man sich für eine Ruhepause. In den Frühnachmittagsstunden der heißen Jahreszeit, wenn die Sonne am höchsten stand und ihre Glut auf die Erde sandte, durften sich die Schüler in ihre Zellen zurückziehen, um wieder frisch zu sein, wenn die Sonne am Horizont des Westens abwärts wanderte und die Übungen fortgesetzt wurden.

Djedefhor wartete, bis alle weg waren, sammelte heimlich die Papyrusrolle auf, nahm sie mit in sein Zimmer und öffnete sie in atemloser Hast. Da stand in der für handschriftliche Mitteilungen üblichen Schreibschrift:

»Seit dem Tag, da ich dich im strahlenden Glanz deiner Schönheit sah, gehört mein Herz dir. Fliehe mich nicht länger! Mein Begehren wird deine Furcht besiegen, und vergeblich wirst du versuchen, mir zu entkommen. Du bist eine Gazelle der Wüste, aber ich bin der Löwe, der Herrscher. Werde mein, es kann dir nur zu Glück und Ehre gereichen!«

Keine Unterschrift stand unter diesen Liebesschwüren, die mit Drohungen gespickt waren. Wer konnte dieses merkwürdige Schreiben nur geschickt haben? Kein Zweifel, eine hochgestellte Persönlichkeit. Auf jeden Fall ein geschickter Schreiber mit sicherer Handschrift. Kein Fehler war zu entdecken. Sollte er den Brief seinem Vater zeigen? Dann hätte man den geheimnisvollen Absender schnell gefunden. Er stand auf, band sich den Schurz um und wollte schon zum Palast laufen, als Persenti in seine Zelle trat. Ohne ihm Zeit zu lassen, sein Erstaunen zu bekunden, fuhr sie ihn an: »Gib mir zurück, was für mich bestimmt war. Warum hast du das Schreiben, das ich wegwarf, aufgehoben?«

Beschämt schwieg er einen Augenblick lang. Dann antwortete er: »Verzeih mir, Persenti. Aber ich muß dir jetzt sagen, daß du mir vorkamst wie Hathor im strahlenden Glanz ihrer Schönheit, wenn sie für Horus tanzt. Ich weiß, daß ich dir nichts bedeute, daß du mich verschmähst, vermutlich weil ich nur ein armer Schüler, Sohn eines Gärtners und einer Dienerin bin, aber dich zu lieben kannst du mir nicht verbieten.«

Erstaunt riß sie die Augen auf, blieb aber stumm. Die halbgeöffneten Lippen machten sie in Djedefhors Augen nur noch reizvoller.

»Schau, ich habe gelesen, was dieses Nilpferd dir schreibt. Er wagt es, dich zu bedrohen, und will dich gleichzeitig betören. Ich weiß zwar nicht, wer dieser Mann ist, aber ich hasse ihn schon jetzt und würde ihn am liebsten den Krokodilen zum Fraß vorwerfen, die man in Schedet im Fayum-See züchtet.«

Dieser Fluch war in seiner Unbeholfenheit wohlüberlegt. Das junge Mädchen erwiderte lächelnd: »So wisse also auch du, Hori, daß ich dich nicht daran hindern werde, denn ich glaube den Schreiber zu kennen. Er ist ein aufdringlicher Kerl, den ich verabscheue. Er hat mich abgepaßt und immer wieder belästigt, so daß ich zu meiner Mutter Zuflucht nahm, um seinen Zudringlichkeiten zu entkommen. Das ist der wahre Grund, warum ich so lange fort blieb. Er wußte nicht mehr, wo er mich finden konnte, und ließ mich daher in Frieden. Doch kaum bin ich wieder hier, schickt er auch schon wieder seinen Boten, um mir weiter auf die Nerven zu gehen.«

»Nenn mir den Namen dieses Draufgängers, ich werde ihn dir schon vom Hals schaffen!«

»Nein, den werde ich dir nicht nennen, denn du hast damit nichts zu tun. Er ist ein Großer dieses Landes, ein mächtiger Mann, gegen den du nichts vermagst. Aber wisse, ich bin erwachsen genug, um zu wissen, was ich zu tun habe und um mich zu verteidigen. Jetzt gib mir diesen Papyrus zurück, denn ich will nicht, daß auch noch andere dieses Zeug lesen. Ich will ihn vernichten.«

Im Grunde seines Herzens freute sich Djedefhor, daß die Huldigung eines Großen des Reiches sie nicht beeindruckte und auf ihre Gefühle keinen Einfluß hatte. Wie gut, daß er sich als junger Mann von unbedeutender Herkunft vorgestellt hatte, denn offensichtlich bedeuteten ihr Rang und Ansehen nichts. Im Gegenteil, sie schien eher zurückzuweichen, zu fliehen vor den Großen. Er hielt ihr den Papyrus hin. Sie warf keinen Blick darauf und zerriß ihn sofort in kleine Stücke. Djedefhor war erleichtert, denn insgeheim hatte er befürchtet, sie wollte ihn haben, um ihn zu lesen und womöglich zu beantworten. Ohne ein weiteres Wort kehrte Persenti ihm den Rücken und verließ den Raum.

ZWEIUNDDREISSIG

Eine Zeitlang fürchtete Djedefhor, Persenti könnte sich von ihm abwenden, ihm die kalte Schulter zeigen, ihn links liegenlassen, nachdem er ihr seine Liebe bekannt hatte. Erfreut stellte er fest, daß diese Befürchtung unbegründet war. Sie verhielt sich ihm gegenüber genauso wie früher, seit sie einander vorgestellt worden waren. Allerdings schien sie seine Liebe nicht wirklich zu erwidern, und er war klug genug, sie nicht zu bedrängen und nicht zu belästigen wie eine Fliege die Färse. Sie widmete sich eben voll und ganz ihrer Kunst, in der sie Wunder vollbrachte, und mußte wohl behutsam gezähmt werden wie ein scheues und freiheitsliebendes Jungtier. Er wappnete sich mit Geduld. Er würde die nötige Zeit schon aufbringen, um sie allmählich für sich zu gewinnen und zu erobern. Er hatte ja den Vorteil, sie durch seine Aufnahme in die Schule täglich zu sehen, sich in ihrer Gegenwart im Tanz zu üben, die Mahlzeiten in ihrer Nähe einzunehmen und jederzeit mit ihr sprechen, sich immer mal wieder ins rechte Licht rücken zu können, ohne dies allerdings auszunützen.

Sie schien ihm dankbar zu sein, daß er sie nicht bedrängte, sich als Gefährte, Freund oder gar Beschützer erwies, weil er wesentlich älter war als sie. Er benahm sich nicht wie ein Verliebter, ein Verzückter, ein schmachtender Jüngling, und so gelang es ihm allmählich, immer vertrauter mit ihr zu werden. Es kam sogar vor – leider allzu selten –, daß sie ihn als Tanzpartner wählte, und das waren himmlische Augenblicke für ihn. Sie übten ja fast völlig nackt, und da konnte er sie umfassen, herumwirbeln, wieder auffangen nach einem dieser halsbrecherischen Sprünge, bei denen sie nicht auf die Füße, sondern in seine Arme fiel. Er blieb völlig beherrscht, erlaubte sich keine unziemliche Handbewegung und tat nie etwas, was über die Übung hinausging.

Noch zweimal erbat der Bote des geheimnisvollen Bewerbers ein Gespräch mit Persenti. Zur größten Freude Djedefhors wies sie ihn jedesmal ab. Doch anscheinend war der hartnäckige Verehrer nun die ergebnislosen friedlichen Vorstöße leid und sann auf härtere, wirksamere Mittel. Es war gegen Ende der heißen Jahreszeit, wenn alles vor Hitze wie gelähmt ist und mit Ungeduld auf das Ansteigen der Wasser wartet, damit auch der ausgedörrte Boden wieder fruchtbar wird. Sebeknis Schüler begannen früh am Morgen mit dem Üben, damit sie in den heißesten Stunden des Tages eine lange Erholungspause einlegen konnten. Selbst im Schatten der Vordächer waren Kraftanstrengungen eine Qual, daher gab es später stundenweise Unterricht in Musik und Weisheitslehren der Alten. Nach dem Mittagessen hatten sie frei; die meisten schliefen, andere lasen oder vergnügten sich mit Gesellschaftsspielen.

Djedefhor lag auf seiner Matte, genoß die Kühle und träumte vor sich hin. War es richtig, so viel Zeit auf Tanz und Lautenspiel zu verwenden, da er sich doch in Abydos und Dendera noch einweihen lassen mußte? Folgte er hier nicht allzu nichtigen Launen? Ach was, diese Künste dienten doch auch der Vervollkommnung des Geistes und waren nicht sinnlos. Außerdem hatte Hathor selbst in seinem Herzen die lodernde Flamme der Liebe entfacht, und dem Geheiß der Göttin durfte er doch nicht zuwiderhandeln. Wie sollte er es denn auch ertragen, Persentis Schönheit nicht mehr vor Augen zu haben?

Schreie rissen ihn aus seiner Träumerei. Hier im Tempelbereich der Isis wurde niemals geschrien, hier wußte man, was Stille bedeutet, hier wollte man nur die harmonischen Töne der Stimmen hören, die Hymnen zum Ruhm der Göttin oder den Wohlklang der Musikinstrumente. Diese Schreie jedoch kamen von Persenti! Djedefhor stürzte aus dem Raum und erblickte gerade noch die zwei Männer, die das um Hilfe rufende, um sich schlagende junge Mädchen fortschleppen wollten. Wie ein heißer Wüstensturm jagte er auf die beiden los. Er war kräftig und hatte wie alle Prinzen in den Tempelschulen den Ringkampf, das Laufen und die Selbstverteidigung gelernt. Sie hatten ihn kaum wahrgenommen, da rannte er den einen auch schon mit gesenktem Kopf über den Haufen und bearbeitete den anderen mit Fausthieben und Fußtritten, so daß er Persenti loslassen mußte, um diesem unerwarteten Angriff zu entkommen. Als aufgrund des Getöses Sebekni und ein paar Schüler herbeieilten, ergriffen die von Djedefhor verprügelten und geschundenen Kerle die Flucht. Persenti warf sich ihrem Retter in die Arme und überschüttete ihn mit Dank und Lob.

»Hori, wie stark und mutig du bist! Wenn du nicht gewesen wärst, hätten diese Krokodile mich fortgeschleppt.« Bewunderung klang mit in ihrer Stimme.

»Wir müssen herausfinden, wer diese Kerle wohl geschickt hat, um dich zu entführen«, sagte Sebekni. »Als erstes werde ich mich bei den Torhütern beschweren, die diese Rüpel ja wohl hereingelassen haben.«

Im Grunde seines Herzens war Djedefhor den geheimnisvollen Räubern dankbar für die schöne Gelegenheit, vor den Augen derer zu glänzen, aus der er seine Lebensfreude schöpfte, wenn er es auch nicht durchblicken ließ. Es war jedoch zu befürchten, daß es diesem allzu zudringlichen Verehrer doch eines Tages gelingen könnte, Persenti zu entführen, wenn er, Djedefhor, einmal zufällig nicht da war oder sie den Tempelbezirk verließ. Da auch er an einen Großen aus dem Umkreis des Palastes glaubte, entschloß er sich – was er seit seiner Ankunft noch nie getan hatte –, den Tempel zu verlassen, um seinen Vater aufzusuchen und ihn zu bitten, Nachforschungen anzustellen, damit der Schuldige gefunden würde und Seine Majestät ihn zur Vernunft bringen könnte.

Gleich nach dem Mittagessen am ersten Tag des Überschwemmungsmonats machte er sich unter dem Vorwand, seine Eltern besuchen zu wollen – den ihm nicht einmal Maat verübeln konnte –, auf den Weg zum Palast, der ja ganz in der Nähe des Isis-Tempels lag. Die Wachen erkannten ihn und ließen ihn durch. Vor den Toren der Residenz seines Vaters saß der alte Chenu, der trotz seiner zweiundsiebzig Jahre noch rüstig und tätig war. Djedefhor schloß ihn in die Arme.

»Chenu, wenn ich einen Wunsch frei hätte bei dem Großen Gott, so würde ich ihn bitten, mich auch bis ins hohe Alter so blühend jung zu erhalten wie dich.«

»Herr, ich weiß nicht so recht, ob es eine Gnade ist, so alt zu werden, denn ich habe schon meine geliebte Niteti verloren und weiß auch, daß ich am Tag, da Seine Majestät uns verläßt, mit ihm gehen werde, falls ich dann noch von dieser Welt bin, denn Cheops ist für mich wie ein Sohn, der Mittelpunkt meines Lebens.«

»Dann wünschen wir uns doch, mein Vater möge noch lange leben und du ebenfalls! Ich bin gekommen, um den König zu sehen. Ob Seine Majestät mich empfängt – was meinst du?«

»Du weißt doch, daß du sein Lieblingssohn bist, in den er alle Hoffnungen seiner Seele setzt. Du bist sogar der einzige, den er jederzeit vorläßt und mit dem er in seinem Garten spricht, wo er deinen Besuch ungestört genießen und deinen Worten lauschen kann.«

Nach diesen Worten führte Chenu den Prinzen in den lauschigen Garten, wo Cheops im Schatten der Palmen ruhte.

»Welch Glück, dich zu sehen, mein Sohn«, rief Cheops ihm entgegen, als er den treuen Diener mit Djedefhor näher kommen sah. »Komm und setz dich! Sieh, deines Vaters Kräfte schwinden dahin. Ich verstehe zwar nicht, warum ich mich von Tag zu Tag schwächer fühle, denn beim Jubiläumsfest hätte ich doch neue Jugend, neue Kraft finden müssen, aber das Gegenteil ist der Fall.«

Djedefhor setzte sich auf den ihm vom König angewiesenen Sessel und sagte beruhigend: »Deine Majestät dürfte unter der schwülen Hitze leiden. Sie zehrt an den Kräften. Selbst wir jungen Leute fühlen uns matt.«

»Nein, nein, ich will mir nichts vormachen, ich halte mich auch noch nicht für alt, aber das Herz in meiner Brust beginnt zu flattern. Doch ich will dich nicht mit Klagen über meine Gesundheit belasten. Erzähl mir lieber von dir, sag mir, ob du endlich eine zukünftige Gemahlin gefunden hast, die deiner würdig ist und deinem Geschmack entspricht.«

»Daß sie meiner würdig ist und meinem Geschmack entspricht, daran besteht kein Zweifel. Aber ich weiß noch nicht, ob sie einwilligen wird, meine Gemahlin zu werden.«

»Was sagst du da? Hast du sie denn noch immer nicht verführt und auf dein Lager geholt? Jetzt bist du doch schon fast vier Monate in der Tanzschule!«

»Dieses Mädchen bekommt man nicht so leicht, sie gibt sich nicht dem Erstbesten hin. Sie ist noch Jungfrau, daran besteht kein Zweifel, aber ich weiß noch nicht, ob ihr Herz mich zu demjenigen erwählt hat, in dessen Haus sie einziehen möchte.«

»Schon recht, eigentlich ist es ja besser, daß sie so ist.«

»Ich habe Deine Majestät aufgesucht, um vor meinem Vater und Herrn Klage zu erheben.«

»Solltest du dich über Sebekni beklagen wollen?«

»O nein! Er ist nicht nur ein hervorragender Tanz- und Musiklehrer, sondern auch ein verschwiegener und zuverlässiger Mann. Doch Deine Majestät soll wissen, daß es da einen Mann gibt, der über Macht verfügt, vermutlich ein

Höfling, der Deiner Majestät nahesteht, aber mit allen Mitteln versucht, dieses unschuldige junge Mädchen, das ich liebe und deren Name Persenti ist, zu verführen. Schon seit Monaten bedrängt er sie, läßt ihr durch Diener Schreiben überbringen, die sie sofort zerreißt, aber er hört nicht auf, sie in dieser Weise zu verfolgen. Und gestern hetzte er ihr gar zwei seiner Schergen auf den Leib. Sie sollten sie entführen, aus dem heiligen Tempel der Isis heraustragen, in seinem Haus abliefern und sie ihm gefügig machen, auch wenn sie sich noch so sträubte. Ich konnte die zwei Räuber zwar in die Flucht schlagen, befürchte aber, daß dieser Mann aus Zorn über den Fehlschlag nun eine ganze Horde losschickt, die wir dann wohl kaum mehr davon abhalten könnten, das junge Mädchen zu entführen. Das spricht doch jedem Recht und jeder Gerechtigkeit Hohn!«

»Und was verlangst du von Meiner Majestät?«

»Daß du eine zuverlässige Person beauftragst, diesen rücksichtslosen Kerl zu suchen, zu finden und vor Deine Majestät zu bringen, damit du ihm weitere Belästigungen verbietest und ihm klarmachst, daß Persenti ihn verabscheut.«

»Was du von Meiner Majestät erbittest, soll geschehen, mein Sohn. Wir werden diesen Mann finden und zur Vernunft bringen. Mach dir darüber keine Sorgen mehr. Doch diese neue Leidenschaft, die deinen Geist beherrscht, hat dich völlig vergessen lassen, daß du Meiner Majestät diesen Djedi bringen solltest, den Weisen, der in der Nähe von Hermopolis lebt und von dem du mir soviel Gutes erzählt hast.«

»Du hast recht, mein Vater, das habe ich versäumt, und ich bitte Deine Majestät um Verzeihung. Gleich morgen nehme ich ein Schnellboot, um ihn herzuholen.«

»Nein, du darfst diese Reise ruhig noch aufschieben, nach der Überschwemmung ist auch noch Zeit. Jetzt denke erst einmal nur an dich und entferne dich nicht von derjenigen, die dein Herz gefangen hält. Man weiß ja nie – sie könnte dir entgehen, wenn du zu lange fort bist und ihr Herz noch nicht genügend geschmiedet hast.«

Djedefhor verließ den Großen Palast und nahm ein Boot nach Memphis, um noch schnell seine Mutter und Henutsen zu besuchen. Er hatte Meritites zwar nicht viel zu sagen, ging aber doch als erstes zu ihr. Sie befand sich in Gesellschaft ihrer Tochter Meresanch und ihrer Schwiegertochter Hetep-heres, die ihr täglich die kleine Meret brachte. Meritites liebte ihre Enkelin über alles.

»Nach mir und deiner Tante Meresanch bist du, mein Kleines, diejenige, in der göttliches Blut fließt. Du bist die einzige, die einem Prinzen das Recht verleihen könnte, den Horusthron zu beanspruchen. Laß diesem Kind all deine Fürsorge angedeihen, Tepi, denn nur durch sie wird unsere Dynastie weiterbestehen.«

Das wußte auch die junge Mutter, dennoch liebte sie ihr Kind aus einem ganz anderen Grund: Sie war Fleisch von ihrem Fleisch und hatte ihr Kawab noch enger verbunden, ihr den Gemahl noch kostbarer gemacht, ein Gefühl, das sie auch nicht verhehlte und worüber Meritites zutiefst befriedigt war.

»Ich habe keinen Zweifel mehr, daß mein Kawab eines Tages den Thron der Beiden Länder besteigt«, vertraute sie der Schwiegertochter an. »Und dann wirst du, meine Liebe, die Große Königliche Gemahlin und Herrscherin über dieses schöne Land.«

»Mag sein, Schwiegermutter«, erwiderte die junge Frau seufzend. »Aber was gewinne ich dadurch, im Vergleich zu jetzt? Bist nicht du selbst die Tochter des Gottes, der Horus und Seth schaut? Und ist nicht dein einziger Vorteil gegenüber jeder beliebigen Gemahlin eines der Großen des Reiches, daß du höheres Ansehen genießt als sie? Aber auch die anderen Gemahlinnen des Königs, meines Vaters, Henutsen oder meine Mutter Nubet, werden nicht weniger geachtet. Ich möchte mir vor allem die Liebe meines Gatten bewahren, wünsche mir, daß er nicht, wie unser

Herrscher – noch weitere Gemahlinnen nimmt, damit er ganz mir gehört und keiner anderen Frau. Ich sehe nur allzu deutlich, daß mein Vater keine seiner Gemahlinnen glücklich gemacht hat. Ich möchte euer Geschick nicht teilen.«

»Das liegt in erster Linie daran, daß Cheops' ganze Leidenschaft immer nur auf ein Ziel gerichtet war, nämlich der Nachwelt dieses Denkmal für die Ewigkeit zu hinterlassen, das jetzt endlich fertig ist. Und ich habe das Gefühl, daß er jetzt nicht mehr recht weiß, warum er weiterleben soll. Es sei denn, er träumte von einer weiteren Pyramide«, fügte sie lächelnd hinzu. »Schließlich hat unser Vater, der Gott Snofru, sich ja auch zwei bauen lassen, zusätzlich zu der von Huni, dem Gerechtfertigten, die er vollenden ließ.«

Als Djedefhor erschien, hob seine Mutter die Arme zum Gruß, während er vor ihr auf die Knie sank.

»Mein lieber Hori! Was treibst du? Woher kommst du? Seit vier Monaten haben wir dich schon nicht mehr gesehen! Wo warst du bloß? Kommst du jetzt erst aus Hermopolis? Ach nein, du warst ja zum Sedfest Seiner Majestät schon zurück. Solltest du in Abydos gewesen sein?«

»Verzeih mir, Mutter, daß ich dich so lange ohne Nachricht ließ. Dabei war ich gar nicht weit weg, ich lasse mich nur weiter ausbilden in Tanz und Musik, in einer Schule ...«

»Das ist doch bestimmt eine Idee deines Vaters! Musik und Tanz sind ja von den Göttern erfundene göttliche Künste.«

»Nein, ich habe es so gewollt. Aber ich will dir auch verraten, daß ich mich verliebt habe.«

»Verliebt?« Das klang teils erfreut, teils erstaunt.

»Ja, Mutter, verliebt in ein Mädchen, das die Verkörperung Hathors, der Goldenen mit den schönen Tänzen, ist.«

»Das erfreut mein Herz. Wann wirst du deiner Mutter und deinen Schwestern denn die Auserwählte deines Herzens vorstellen?«

»Im Augenblick noch nicht, denn sie weiß nicht einmal, wer ich bin, und ich will es ihr auch nicht sagen.«

»Ein absonderlicher Gedanke! Warum sagst du ihr nicht einfach, wer du bist? Dann würde sie doch auf dich fliegen!«

»Genau das möchte ich nicht. Sie soll mich um meiner selbst willen lieben, und nicht wegen meines Standes. Der ist ja ohnehin nichtig, da es mich nicht gelüstet, mit meinen Brüdern in Wettstreit zu treten um den Horusthron.«

»Das ist wahrlich ein weiser Entschluß, denn es ist schwerer, willentlich auf einen Thron zu verzichten, als den Ehrgeiz zu hegen, sich eines Tages auf den Thron zu schwingen. Allein schon der Gedanke, Macht zu haben und andere zu beherrschen, verwirrt auch den gesündesten Geist, bringt die Klügsten zum Straucheln. Man muß schon sehr viel Abstand und einen hohen Grad an Weisheit gewonnen haben, um diesen flüchtigen Ruhm, den königliche Autorität verleiht, zu verschmähen, diese göttlichen Kronen, die einen Mann in den Rang der Götter erheben, ohne ihm jedoch deren Unsterblichkeit zu verleihen. Ich habe das Gefühl, mein Sohn, daß dein Wissen, deine große Klugheit und diese Weisheit, die deine Krone sein wird, dir unendlich mehr Herzensfreude und Seelenfrieden bescheren wird, als Menschen durch Ruhm und Könige durch Macht, die ja auch nicht von ewiger Dauer ist, zu erreichen vermögen.«

Als Djedefhor sich zurückgezogen und nur noch kurz seine Schwester und seine Schwägerin begrüßt hatte, blickte diese Meritites erstaunt an und sagte: »Ich bewundere zwar, was du da eben zu Hori gesagt hast, aber steht es nicht im Gegensatz zu dem, was du mir immer wieder eingeschärft hast? Welche Freude es für dich sei, daß deinem Sohn Kawab die Königswürde bestimmt sei, die du Djedefhor gegenüber doch gerade abgewertet hast?«

»Ganz und gar nicht, mein Kind. Man braucht Weise, nicht zu viele, aber auch Könige, um ein Land zu regieren. Daher freue ich mich, unter meinen Söhnen einen zukünftigen König und einen zukünftigen Weisen zu haben. Jeder hat seine Bestimmung, jeder hat seinen Platz in unserer

Gesellschaftspyramide. Und du wirst zugeben müssen, daß es doch Irrsinn wäre, Kawab das zu sagen, was ich zu Djedefhor sagte, und umgekehrt.«

Vom Haus seiner Mutter ging Djedefhor zu Henutsen, wo er Chephren und Chamernebti antraf. Die beiden spielten Laute und Harfe, und Henutsen tanzte dazu. »In meinem Alter erhält Tanzen den Körper geschmeidig und schön und die Seele jung«, sagte sie, als bedürfe es einer Erklärung, wieso sie ihre Freizeit überwiegend dem Gesang, dem Tanz und der Musik widmete.

»Nun, wie steht's, Hori? Was macht deine große Liebe? Ich dachte, du würdest sie bald deiner neuen Familie vorstellen.«

»Wisse, Henutsen, daß die Eroberung dieses jungen Mädchens viel heikler, viel langwieriger und ungewisser ist als die der nubischen Wilden, die mein Großvater, der Gott Snofru, seinem Joch unterwarf.«

»Dann wird die Belagerung einer solchen Festung aus dir zumindest einen erfahrenen Heerführer machen.«

Die jungen Leute lachten bei dieser Bemerkung, doch dann bemerkte Chephren pikiert: »Ich bin offensichtlich nicht eingeweiht. Wenn ich recht verstanden habe, ist unser Bruder Hori in eine Person verliebt, die sich nicht so leicht einfangen läßt.«

Mit Djedefhors Erlaubnis erzählte Henutsen, was sie und Hori sich ausgedacht hatten, und auf allgemeinen Wunsch berichtete der Prinz dann über seine Annäherungsversuche in der Tanzschule und sang Persentis Lob.

»Beim Leben Hathors!« rief Chephren aus. »Ich kann's ja kaum glauben, Hori! Du bist ja wie geblendet von deiner Liebe und siehst das Mädchen verklärt von der Sonne deines Geistes.«

»Keineswegs – wenn du sie sähest, würdest du nicht mehr spotten und meine Vergleiche nicht für übertrieben halten.«

»Da meine Mutter in diesem Spiel auch deine geworden ist, könntest du mich ihr doch eigentlich als deinen Bruder vorstellen. Ich kann dir nämlich nur glauben, wenn ich dieses wundervolle Geschöpf mit eigenen Augen sehe, das ja offenbar einer Vereinigung von Horus und der Goldenen entstammt.«

Djedefhor blickte seinen Halbbruder leicht beunruhigt an, lachte dann aber und sagte: »Warum eigentlich nicht?«

Sofort packte Chephren die Gelegenheit beim Schopf: »Da ich es kaum erwarten kann, meine zukünftige Schwägerin kennenzulernen, werde ich mich gleich in den nächsten Tagen in deiner Schule einfinden und – was ja nicht gelogen ist – als dein Bruder dir ausrichten, unsere Eltern wünschten das *deni*-Fest, den siebten Tag des Monats, mit uns allen zu feiern. Da unser Vater ja angeblich Gärtner ist, wird es jedermann für natürlich halten, daß unsere Familie dieses Deichfest gebührend begeht. Das gibt dir Gelegenheit, das junge Mädchen dazu einzuladen und mitzubringen. Dann können wir sie bewundern, und sie sieht gleichzeitig das bescheidene Heim deiner Familie.«

DREIUNDDREISSIG

Ob es richtig gewesen war, daß er Chephrens Vorschlag angenommen hatte? fragte sich Djedefhor. Sein Halbbruder war doch ein bekannter Herzensbrecher, empfänglich für weibliche Schönheit – wie sollte ihn dann Persenti kaltlassen? Mußte er trotz brüderlicher Freundschaft und gemeinsamer Schulzeit im Lebenshaus von Heliopolis den Bruder nicht als Rivalen fürchten? Er hatte bei Persenti zwar mittlerweile einen Stein im Brett und war ja auch täglich um sie, doch was, wenn Chephren beschließen sollte, sie in sein Bett zu locken? Wenige Frauen hatten seinen Verführungskünsten bisher widerstanden. Djedefhor mußte auf der Hut sein! Nur er konnte sie von ihm fernhalten.

»Wie geht es deiner Familie?« fragte Persenti ihn nach seiner Rückkehr.

»Recht gut. Übrigens habe ich meiner Mutter von dir erzählt und ihr gesagt, du seist eine unvergleichliche Tänzerin. Auch sie hat in ihrer Jugend viel getanzt und tut es heute noch. Sie würde dich gerne kennenlernen! Irgendwann, wann es dir paßt, soll ich dich mitbringen.«

»Aber gern, Hori. Ich würde gern deine Mutter und auch deinen Vater kennenlernen.«

»Nur ... der ist nicht oft zu Hause. Er ist so beschäftigt ...«

Was hatte er da bloß gesagt? Er hatte vergessen, daß dieser Vater ja in dem von Henutsen erworbenen Haus wohnte. Warum sie wohl so an diesem Haus hing? Das hatte er Henutsen nie gefragt. Schreiber hatten es im Auftrag des Königs zum Kauf angeboten. Nach Sabis Tod war es erst einmal beschlagnahmt worden, dann aber sollte es einen Teil des Verlusts ausgleichen, der dem Hof durch die Raubzüge des ehemaligen Besitzers entstanden war.

Chephren hielt Wort: Am ersten Tag des zweiten Überschwemmungsmonats meldete er sich an der Pforte des Isistempels und ließ sich zur Tanzschule führen. Ein glücklicher Zufall! Es war gerade Pause, und wie so häufig in dieser heißen Jahreszeit badeten die Schüler im großen Wasserbecken in der Mitte des schattigen Hofs. Djedefhor saß auf einer Steinbank, und neben ihm ein junges Mädchen, das Chephren gleich auf den ersten Blick als diejenige erkannte, die sein Bruder anbetete. Da er Djedefhor aufrichtig liebte, wollte er sie lieber gar nicht sehen, um nicht ungewollt zum Rivalen seines Bruders zu werden. Mit Chentetenka und Chamernebti war er ja ohnehin verwöhnt und restlos befriedigt.

»Gesundheit, mein lieber Bruder!« sagte er zu Djedefhor, ohne das Mädchen zu beachten.

»Beglückt über deinen Besuch, Chafre«, erwiderte Djedefhor, der aus Anstand dem Bruder gegenüber aufstand. »Was gibt's Neues von daheim? Wie geht es unseren Eltern?«

»Gut, bestens. Sie haben mich geschickt, damit ich dich an das Deichfest erinnere. Da wollen wir dich doch bei uns haben.«

»Ich komme gern. Wie du siehst, Bruder, habe ich hier eine Freundin, eine Gefährtin, die meinem Herzen teuer ist. Persenti, dies ist mein Bruder Chafre, meine Eltern haben ihn geschickt.«

»Ich habe ihn gesehen und alles gehört«, erwiderte sie mit liebenswürdigem Lächeln.

»Du bist sicher die Tänzerin, von der Hori uns vorgeschwärmt hat.«

»Das weiß ich nicht.« Sie schlug die Augen nieder.

»Ja, das ist sie, die beste Tänzerin des ganzen Geliebten Landes, die Herrin der schönen Tänze und schönen Gesänge, die durch Anmut und Schönheit Augen und Herz bezaubert: Persenti.«

Bei diesem hymnischen Loblied errötete sie.

»Ich weiß nicht, ob du so gut tanzt, wie mein Bruder behauptet, aber was deine Schönheit betrifft, so könntest du mit Hathor wetteifern«, beteuerte jetzt auch Chephren. »Mein Bruder wird dich sicher zu unserem Familienfest einladen, es sei denn, du müßtest zu deinen Eltern gehen.«

»Ich muß nirgendwo hingehen. Aber wenn Hori mich einlädt, werde ich gerne mitkommen.«

Wie freimütig sie die Einladung angenommen hatte! Djedefhor war entzückt. Je häufiger sie mit ihm zusammen war, desto lieber wurde er ihrem Herzen, davon war er überzeugt. Es würde ihm schon gelingen, sie zu erobern, sie würde einwilligen, seine Frau und Herrin seiner Güter zu werden, daran zweifelte er jetzt nicht mehr.

Chephren setzte sich zu ihnen, aber nicht neben das Mädchen, sondern neben den Bruder, aus Rücksicht und Anstand. Und wie es seine Art war, plauderte er über dies und das, fragte Persenti nach ihrer Familie, nach ihren Vorlieben und welchen Beruf sie anstrebte.

»Was ich anstrebe? Mich in meiner Kunst soweit zu vervollkommnen, daß ich eines Tages die beste Tänzerin und Akrobatin der Beiden Länder bin.«

»Ein schöner Plan, aber das kann doch nicht dein Lebensziel sein. Sobald du diese Geschmeidigkeit und diese Geschwindigkeit in allen Bewegungen, die dich diese Vorrangstellung erhoffen lassen, nicht mehr besitzt, mußt du doch einen neuen Weg einschlagen.«

»Dann ist immer noch Zeit, mir einen Gemahl zu nehmen«, erwiderte sie knapp.

»Wie? Vorher nicht?« fragte Chephren verwundert.

»Ich glaube nicht. Ein Gemahl wäre mein Herr, er würde mir die Ausübung meiner Kunst wohl verbieten und mich zwingen, mich um sein Haus zu kümmern. Und vermutlich würde er mir auch Kinder machen, die meinen Bestrebungen ja auch sofort ein Ende setzen würden.«

»Eine kluge Überlegung«, gab Chephren zu. »Aber wenn du den richtigen wählst, dann wäre er nicht dein Herr, sondern dein Sklave, und dann würdest du die Entscheidungen treffen, sowohl für dich selbst als auch für deinen Hausstand.«

»Einen solchen Ehemann müßte man erst einmal finden.«

»Ich bin sicher, daß du mühelos einen solchen Mann findest, so selten ist das gar nicht.«

»Mag sein.« Sie wandte sich ab, obwohl sie vorher abwechselnd Chephren und Djedefhor angeblickt hatte, der zwischen ihnen saß.

Sebekni rief wieder zum Unterricht, was Chephrens Besuch ein Ende setzte. Djedefhor war froh darüber, denn obwohl sein Bruder sich rücksichtsvoll ferngehalten hatte, spürte er, daß auch Persenti für Chephrens Charme nicht unempfänglich war. Sie bestätigte ihm dies auch in aller Unschuld, als sie am Abend nach diesem harten Arbeitstag zu ihm sagte: »Dein Bruder ist wirklich ein liebenswürdiger Junge. Er ist blitzgescheit und ein höchst angenehmer Gesprächspartner.«

»Mein Bruder weiß seine Reize auszuspielen. Neben einer Ehefrau, die ihm einen Sohn geschenkt hat, besitzt er, weil ihm das nicht genug ist, auch noch eine Bettgespielin.«

Dies entsprach der Wahrheit, war aber in dem von Henutsen entworfenen Familienbild nicht vorgesehen. Doch – gab es ein besseres Mittel, Persenti von vorneherein davon abzubringen, ein Auge auf Chephren zu werfen? Er hatte richtig gehandelt, denn sie wiegte den Kopf und sagte: »Aha, auch so einer ... Kein Wunder, daß er schon verheiratet ist. Erstaunlicher ist, daß du es nicht bist, zwanzig dürftest du doch auch schon sein.«

Er war schon fünfundzwanzig, aber das sagte er nicht.

»Ich ... ich bin wie du. Ich habe ein anderes Ziel, ich bin auf der Suche nach Weisheit, in mir selbst und außerhalb.

Deshalb – aber das sagte ich dir bereits – habe ich noch keine Frau. Doch wenn ich dich ansehe, könnte ich ernsthaft daran denken.«

Sie lächelte – und ging.

»Du hast wirklich wundervolle Eltern, Hori! Deine Mutter vor allem, sie ist so schön und wirkt so jung, daß es schwerfällt, sie für deine Mutter zu halten. Und mit welcher Anmut sie tanzt, wie gelenkig sie noch ist!«

Sie waren auf dem Rückweg von Djedefhors vermeintlichem Elternhaus zum Isistempel. Persenti hatte das Deichfest mitgefeiert.

»Schade, daß dein Bruder Chafre seine Frau und seinen Sohn nicht mitgebracht hat. Warum sind sie nicht gekommen? Ich habe nicht gewagt, deine Mutter oder deinen Bruder danach zu fragen. Mag deine Mutter ihre Schwiegertochter nicht?«

»O doch, das ist es nicht.« Er war um eine Erklärung verlegen, weil er ja nicht sagen konnte, daß Chamernebti nicht eingeweiht war in das Spiel und Henutsens Tochter und Schwiegertochter war.

»Vielleicht wollte sie mich nicht sehen?«

»Unsinn! Wieso sollte sie dich nicht sehen wollen? Nein, ihr Vater hatte darauf bestanden, daß sie diesmal mit ihren Eltern feierte.«

»Dann werde ich sie hoffentlich ein andermal treffen. Es ist wirklich hübsch, das Haus deiner Eltern, und erst der Garten, mit all den Bäumen und Blumen. Und die vielen Tauben! Daß dein Vater Gärtner ist, das sieht man.«

»Ja, das sieht man wirklich. Es freut mich, daß das Haus dir gefällt, und ich kann dir nur wiederholen, was meine Mutter schon sagte: Du wirst immer gern gesehen sein, fühl dich wie daheim.«

»Ich war ganz gerührt, wie liebevoll deine Mutter mich aufgenommen hat, Hori, und ich danke dir für deine netten Worte. Weißt du, ich habe nie eine richtige Familie gehabt. Als ich noch klein war, hat meine Mutter mich alleine großgezogen – mein Vater hatte sie nämlich nicht geheiratet. Und dann steckte sie mich sehr bald schon in Sebeknis Schule. Er ist ein ehrenwerter und untadeliger Mann, aber doch sehr streng und unerbittlich. Einen Vater und eine Mutter kann er nicht ersetzen. Jetzt, da meine Mutter verheiratet ist, bleibe ich schon einmal ein paar Tage dort, so wie neulich, aber der eigentliche Grund war eher, daß ich diesem Unbekannten, der mir dauernd nachstellt, entfliehen wollte. Für gewöhnlich bleibe ich nie länger als einen Tag, und deswegen kennen meine Eltern mich eigentlich kaum. Es ist ja auch natürlich, daß meine kleine Schwester und mein kleiner Bruder, die sie nach ihrer Eheschließung bekamen, ihnen lieber sind. Daher fühlte ich mich heute bei deinen Eltern irgendwie wohler als bei meinen eigenen.«

»Du kannst dich bei mir wirklich zu Hause fühlen, Persenti, das weißt du doch jetzt. Und meine Mutter kann dir deine ersetzen.«

»Ich danke dir für diese Worte, Hori, aber wie ich dir und deinem Bruder neulich auch schon sagte, muß ich noch warten mit der Ehe. Ich bin Tänzerin für Isis und will es auch bleiben und die Götter mit meinen Tänzen und Sprüngen noch lange ehren.«

»Verheiratet zu sein wäre aber doch kein Hindernis.«

»Die Tänzerinnen sind alle unverheiratet, selbst wenn einige einen Liebsten haben oder – wie man munkelt – gar mehrere Liebhaber. Das sind eben Männer, die bereit sind, für Zärtlichkeiten zu bezahlen. Zu mir paßt so etwas nicht, ich will unabhängig sein. Siehst du, anstatt wie unsere Mitschüler die Ferien bei den Eltern zu verbringen, bleibe ich lieber allein im Tempel zurück. So bewahre ich mir meine Unabhängigkeit, so bleibe ich frei zu entscheiden, wann und wo ich sein will, ohne jemandem Rechenschaft zu schulden. Aber, keine Sorge, Hori, ich weiß, daß du mehr für mich empfindest als Freundschaft oder Bewunderung, und wenn ich mich eines Tages doch entschließen sollte, einen Mann zu wählen, dann wirst du derjenige sein, denn ich bin sicher, daß du mich lieben wirst, wie ich es mir nur wünschen kann, und daß du dich mir gegenüber nicht wie mein Herr aufspielen wirst.«

Während sie sprach, hatte sie nach seiner Hand gefaßt, und so schlenderten sie fröhlichen Herzens Hand in Hand durch die staubigen Straßen von Memphis.

Djedefhors Glück wurde jäh unterbrochen, als sie die Pforte des Isis-Tempels hinter sich hatten. Sebekni schien schon auf ihn gewartet zu haben: »Hori, ich muß mit dir sprechen – allein.«

Persenti, die sofort begriffen hatte, was das bedeutete, ließ seine Hand los und ging weiter, während Sebekni Djedefhor beiseite nahm: »Du mußt sofort zu Seiner Majestät. Ein großes Unglück ist geschehen.«

»Was für ein Unglück? Sollte Seiner Majestät etwas zugestoßen sein?«

»Nein, keine Sorge. Es geht um deinen Bruder, den hohen Herrn Chufukaf. Er hat die Gelegenheit des Festtags und den Stillstand der Bauarbeiten genutzt, um die Spitze der kleinen, bereits fertiggestellten Pyramide zu erklimmen, die eines Tages den Ewigkeitsleib der Königin Nubet aufnehmen soll. Niemand weiß, wie es geschehen ist: Vielleicht ist er abgerutscht, vielleicht hat sich aber auch ein Stein gelöst. Er lag unten vor der Pyramide mit zerschmettertem Schädel.«

»Was sagst du da?«

»Dein Bruder ist tot, Herr. Er ist bei seinem Vater Osiris.«

Djedefhor schoß ein Verdacht durch den Kopf. »War er allein?« fragte er. »Weiß man, wer ihn begleitet hat?«

»Man sagt, er sei allein gewesen. In der Umgebung waren ein paar Männer, Vorarbeiter, Wachen vor der Großen Leuchtenden. Alle, die den Bauleiter des Königs gesehen haben, beteuerten, er sei allein gewesen, er sei mit seinen

Meßgeräten die Pyramide hinaufgeklettert, als wolle er von oben herab nochmals Maß nehmen.«

Bei allem Kummer empfand Djedefhor Erleichterung, denn er hatte befürchtet, sein Bruder sei einem Verbrechen zum Opfer gefallen.

»Natürlich muß ich jetzt sofort zu meinem Vater. Wenn Persenti sich über meine Abwesenheit wundert, dann sag ihr die Wahrheit: Ich hätte vom Tod meines älteren Bruders erfahren und fortgemußt. Den Namen dieses Bruders darfst du aber nicht nennen.«

Trauer herrschte im Großen Palast. Henutsen und Chephren, die er gerade erst verlassen und mit denen er fröhlich gefeiert hatte, trafen gleichzeitig ein. Da ein solches Unglück völlig unerwartet gekommen war, blieb nur Verzweiflung und Wehklagen. Mehrere Tage lang scharte die Königsfamilie sich bangend um Cheops, der völlig niedergeschlagen war.

Als habe des Königs Glück sich plötzlich zum Bösen gewendet, wurde die Trauer um den Sohn noch verstärkt durch die Meldung, Räuber seien eingedrungen in die Grabstätte seiner Mutter Hetep-heres neben der Pyramide ihres königlichen Gemahls Snofru. Fast alle Grabbeigaben seien gestohlen. Die Wächter der Totenstadt hatten die unbekannten nächtlichen Diebe wohl in die Flucht geschlagen. Cheops faßte den Entschluß, ein Geheimgrab für seine Mutter und die noch übrigen Schätze bauen zu lassen, und zwar in der Nähe der Pyramiden seiner Königinnen, und dann würde die Mutter, die er so sehr geliebt und verehrt hatte, ganz nahe bei ihm liegen, im Schatten seiner großen Pyramide. Das war ihm ein gewisser Trost.

VIERUNDDREISSIG

»Hori, weißt du eigentlich, daß du mir gefehlt hast? Wie lange du fort geblieben bist! Ich dachte schon, du kämest nie mehr wieder und hättest mich vergessen. Schau, die Überschwemmungszeit ist beendet, der Fluß in sein Bett zurückgekehrt, also warst du fast drei Monate lang fern von mir. Es tut mit leid für deinen großen Bruder. Ich trauere mit dir …«

Dieser Empfang brachte wieder Freude in Djedefhors Herz, der schon befürchtet hatte, Persenti hätte ihn vergessen. Nach Chufukafs Tod und der Trauerfrist hatte er sich nämlich eingeschifft, um Djedi aus seiner Einsiedelei bei Hermopolis zu holen. Die Gegenwart dieses weisen alten Mannes sollte Cheops trösten, der nach dem Verlust des Sohnes so niedergeschlagen war, daß man befürchtete, er werde ernstlich krank. Mit sichtbarer Freude hieß er den Weisen willkommen, und der fand die richtigen Worte, um Seine Majestät zu trösten. Schon nach wenigen Tagen hielt der König wieder Audienzen ab und besuchte seine Pyramidenbaustellen. Kawab führte nun die Arbeiter, denn er kannte sich – abgesehen von seinem Vater – dort am besten aus. Der König selbst übernahm die Bauleitung, damit nichts geschah ohne seine Einwilligung.

Die Fahrt zu Djedi, zurück nach Memphis, die Betreuung des Vaters und so mancherlei Dinge, die zu erledigen waren – dies alles hatte Djedefhor drei Monate lang in Anspruch genommen.

»Dein Mitgefühl, Persenti, berührt mich zutiefst.« Er faßte nach ihrer Hand. »Ich mußte doch bei meinen Eltern bleiben und ihnen beistehen in diesem Unglück.«

»Das war mir klar, deswegen bin ich ja auch nicht gekommen. Ich wollte euch nicht belästigen, denn in solchen Fällen muß die Familie unter sich bleiben.«

Djedefhor war heilfroh über ihre Zurückhaltung, denn wenn sie zu Sabis Haus gelaufen wäre, hätte sie dort nur Inkaf angetroffen und der wäre höchst erstaunt gewesen über ihre Beileidsbekundungen zum Verlust eines Sohnes.

»Ich wußte gar nicht, Hori, daß du noch einen Bruder hattest«, sagte sie jetzt.

»Und hat Sebekni es dir gesagt?«

»Wer denn sonst?«

»Weißt du, ich bin die ganzen drei Monate im Tempel geblieben. Obwohl der Kerl, der mir nachstellt, sich seit damals, seit dem Entführungsversuch, nicht mehr gemeldet hat, lebe ich in der ständigen Angst, er könnte es nochmals versuchen.«

Ach ja, dieser Rivale … Djedefhor hatte ganz vergessen, seinen Vater zu fragen, was die Nachforschungen ergeben hatten und wie der Kerl heiße. Das mußte er beim nächsten Besuch aber wirklich tun.

Bald war alles wieder wie früher. Djedefhor nahm Persenti mehrmals mit »nach Haus«, ließ sie mehr und mehr Einblick gewinnen in sein Leben, verlangte aber nie mehr von ihr, als sie ihm zugestand. Chephren richtete es immer so ein, daß er bei diesen Besuchen auch anwesend war, und als er einmal allein mit ihm war, packte Djedefhor die Gelegenheit beim Schopf.

»Sag mal, Chefi, du hast doch eindeutig eine Schwäche für Persenti. Vergiß bitte nicht, daß ich sie liebe und zur Herrin meiner Güter machen will. Mit unserer Schwester hast du bereits eine Gemahlin und mit Chentetenka eine Bettgespielin, die sich schnell hinweggetröstet hat über den Tod eines Gatten, der ihr fremd geblieben war, obwohl er ihr Halbbruder war. Bitte, nimm mir nicht diejenige weg, die so kostbar für mich ist.«

»Du hast ja recht, Hori, meine Augen sind gefesselt von der Schönheit dieses Mädchens und der Anmut und Kühnheit ihrer Tänze. Aber sei beruhigt, ich werde nichts tun, um sie dir wegzunehmen. Ich komme zwar eigens, wenn du sie zu meiner Mutter bringst, aber nur, um mich an ihrem Anblick und ihrer Stimme zu erfreuen. Weitere Absichten hege ich nicht, das schwöre ich dir mit Maat auf der Zunge.«

Diese Antwort beruhigte Djedefhor und machte ihn glücklich, denn nun war er sicher, daß Persenti eines Tages seine Frau werden und er mit ihr den Lebensweg gehen würde.

Doch eines Tages sagte Persenti zu ihm: »Hori, ich habe heute morgen eine Mitteilung von meinem Vater bekommen. Ich solle morgen mal vorbeischauen, er hätte eine Überraschung für mich! Sein Bruder, den er aus den Augen verloren hatte, sei ihm rein zufällig über den Weg gelaufen. Jahrelang hatten sie einander nicht gesehen. Diesen Onkel, von dem ich gar nichts gewußt habe, solle ich kennenlernen. Komm doch mit mir, wenn du Lust hast, dann könnte ich dich auch gleich meinen Eltern vorstellen! Du wirst ihnen bestimmt gefallen. Aber sei nachsichtig, denn meine Mutter ist mit der deinen nicht zu vergleichen. Mein Vater allerdings ist ein geschickter Handwerker und in gewisser Weise dem deinen ähnlich. Es ist gut, wenn meine Eltern den Mann kennenlernen, der vielleicht eines Tages mein Gemahl sein wird, falls du genügend Beharrlichkeit aufbringst und meine Dickköpfigkeit erträgst.«

»Beim Leben der Isis! Du hast doch gesehen, daß meine Geduld unendlich ist wie meine Liebe zu dir.«

Sie lächelte bei dieser Antwort und fragte gleich wieder: »Dann kommst du also mit?«

»Du machst mir eine große Freude, wenn du mich mitnimmst zu deiner Familie wie ich dich zu meiner.«

Djedefhor band sich einen sauberen Schurz um und zog Sandalen an, um Persenti zu ihren Eltern zu begleiten. Sie nahmen die große Fähre, die zwischen dem Pyramidenhafen und dem von Memphis verkehrte. Da er aus Rücksicht auf Persentis Verschwiegenheit und auch aus Anstand nie Fragen gestellt hatte, wußte er recht wenig über ihre Familie. Jetzt erfuhr er, daß ihre Mutter Iu hieß und seit ihrer Verheiratung nicht mehr in den königlichen Spinnereien arbeitete, daß der Name ihres Vaters Chedi war, daß das neunjährige Schwesterchen Nikaanch und das zwei Jahre jüngere Brüderchen Rahertepi hieß, aber Iti gerufen wurde.

»Vielleicht sehen wir ja auch meinen Onkel, den Bruder meines Vaters, und meinen Großvater Ptahmaau. Seit dem Tod meiner Großmutter kommt er häufig zu uns, denn mein Vater ist der einzige Sohn, der ihm Enkel geschenkt hat. Er besitzt eine große Tischlerwerkstatt.«

Chedis Haus war zwar nicht groß, aber weiß gekalkt und gut gepflegt, was auf einen gewissen Wohlstand schließen ließ, der nicht unüblich war bei Handwerkern.

»Willkommen und Gesundheit, kommt herein, meine Kinder, möge Bes euch beschützen!« rief Chedi der Tochter und ihrem Gefährten entgegen. Im großen Wohnraum warteten schon Sohn, Tochter und Gemahlin. Djedefhor durfte auf einem schön geschnitzten Holzstuhl aus den eigenen Werkstätten Platz nehmen.

»Mein Bruder ist noch nicht da, wird aber sicher bald kommen«, beteuerte Chedi, während eine Dienerin dem Gast die Füße wusch und ein Hausdiener aus einem Tonkrug kühles Bier einschenkte.

»Titi«, sagte Nikaanch zu ihrer großen Schwester, »komm mal mit in mein Zimmer! Ich will dir die Puppe zeigen, die Papa mir gemacht hat. Sie ist aus Holz und kann alle Glieder bewegen – wie ein Mensch. Und Mama hat ihr ein Kleid gewebt und eine Perücke gemacht…«

Der kleine Bruder lief hinter den beiden Schwestern her. Der Vater nutzte die Gelegenheit und sagte zu dem Gast:

»Hori, meine Tochter hat mir viel Gutes von dir erzählt. Wenn sie mit Maat auf der Zunge gesprochen hat, dann hast du sie stets geachtet ...«

»Chedi«, warf Iu ein, »du weißt doch, daß unsere Titi nie lügt! Sie ist wahrhaftig eine Tochter der Maat.«

Djedefhor antwortete noch nicht, er wartete mit Neugier, was Chedi ihm sagen wollte. Dieser nickte zu den Worten seiner Frau und fuhr dann fort: »Für mich ist das der Beweis, daß du sie wirklich liebst und sie zur Herrin deines Hauses machen willst. Ein schöner Zug von dir, und ich möchte dich bitten, sie auch weiterhin anständig zu behandeln. Sie ist zwar im heiratsfähigen Alter, kann sich aber auch noch Zeit lassen. Mir ist das recht. Aber du bist älter als sie. Wirst du die Geduld aufbringen, abzuwarten, bis sie sich entschließt, dich zum Mann zu nehmen?«

»Ich glaube sie genug zu lieben, um noch warten zu können«, beteuerte Djedefhor.

»Das ist sehr, sehr gut. Sie kennt deinen Vater und deine Mutter, hat dein Haus gesehen und mir auch erzählt, du hättest zwei Brüder, das heißt ... jetzt nur noch einen, da dein älterer Bruder bereits ins Dunkel geblickt hat ... viel zu früh.«

Abermals begnügte Djedefhor sich mit einem Kopfnicken, um nicht zu lügen durch Worte der Zustimmung. Chedi schwieg ein Weilchen und fuhr dann fort: »Das Haus deiner Eltern soll ja recht hübsch und weiträumig sein. Aber ein Gärtner und eine Dienerin – glaubst du, daß du die Mittel besitzt, einen Hausstand zu gründen? Denn wenn ich recht verstehe, hast du keinen Beruf erlernt. Du tanzt ja wohl gut und spielst recht hübsch Laute. Meine Tochter tanzt ja auch sehr gut, und alles wäre bestens, solange ihr beide im Isis-Tempel wohnen könnt und auf Kosten Seiner Majestät ernährt werdet. Aber danach? Wovon wollt ihr dann leben? Den Tempeltänzerinnen steht ja kein Haus zu, sie haben kein Privatleben. Ihr bräuchtet also ein eigenes Haus oder müßtet bei deinen Eltern Unterschlupf finden. Hier bei uns ist kein Platz für ein junges Paar, denn wir beherbergen schon unsere zwei Bediensteten, und meine Werkstatt befindet sich ebenfalls im Haus. Wenn Titi über Nacht hier bleibt, schläft sie im Zimmer ihrer Schwester.«

Derartige Überlegungen hatte Djedefhor natürlich noch nie angestellt, daher war ihm jetzt ziemlich unbehaglich zumute. Chedi warf ihm einen fragenden Blick zu. Er mußte etwas sagen und stammelte: »Vaters Haus ist groß genug, da können wir auch wohnen. Später werde ich dann versuchen, für uns und unsere Familie ein Haus bauen zu lassen.«

»Ein schöner Plan, mein Sohn, aber mit welchen Mitteln? Denn du bekommst ja auch nicht mehr Lohn als Titi in ihrer Tanzschule.«

»Du mußt wissen, daß ich in einem Lebenshaus ausgebildet wurde und mich als Schreiber anstellen lassen kann. Da ich noch keinen eigenen Hausstand habe, wollte ich mich in Tanz und Musik weiterbilden, weil es mir Spaß macht.«

»Schreiber – das ist ein guter Beruf«, räumte Chedi ein. »Aber wo hoffst du angestellt zu werden? In einem Tempel? Im Haus eines Freundes Seiner Majestät? Auf einem Gut?«

»Darüber habe ich noch nicht nachgedacht.«

»Aber darüber mußt du nachdenken, mein Sohn, und zwar bald! Man muß die Zukunft planen! Bevor du an Heirat denkst, mußt du wissen, bei welchem Amt du anfangen kannst, um eines Tages befördert zu werden. Da du meine Tochter heiraten willst, sage ich dir jetzt schon, daß ich sie dir nur gebe, wenn du vor mich hintrittst und mir sagst: Sieh, Vater, ich bin Schreiber in diesem oder jenem Tempel oder diesem oder jenem Amt des Großen Palastes. Ich werde soundsoviel verdienen und für Persenti ein schönes Haus bauen können. Bis dahin werden meine Eltern für alles aufkommen.«

Diese Überlegungen, die jeder andere Prinz für Kleinkrämerei gehalten und als äußerst ärgerlich empfunden hätte, belustigten Djedefhor, der noch nach Antworten suchte, die den zukünftigen Schwiegervater zufriedenstellen könnten, als Persenti mit dem Schwesterchen hereinkam und Chedi sagte: »Titi, zeig doch Hori mal unser Haus.«

Sie nahm ihn bei der Hand, zeigte ihm die anderen Räume, dann die Zimmer im ersten Stock und die Dachterrasse mit der Schilflaube als Sonnenschutz.

»Was hat mein Vater zu dir gesagt?« fragte Persenti.

»Er hat mir alles aufgezählt, was ich als Bürgschaft vorlegen muß, bevor er einwilligt, mir seine Tochter zu geben.«

»Das dachte ich mir. Mir hat er auch schon ins Gewissen geredet. Findest du es nicht dreist, so über mich zu verfügen? Gerade er, der sich nie um mich gekümmert hat, der einverstanden war, daß meine Mutter mich im Isis-Tempel ablieferte, damit weder er noch sie für mich zu sorgen hätten?«

»Das kennt man doch. Wie oft bestehen Männer und Eltern vor allem auf ihren Rechten und vergessen ihre Pflichten.«

Stimmen hallten herauf. Der erwartete Bruder war wohl endlich da. Sie gingen hinunter zum Wohnraum, machten aber schon auf der Schwelle halt: Da saß ja Inkaf! Seinem Bruder gegenüber... Persenti und Djedefhor blickten einander an und prusteten vor Lachen. Auch Inkaf war verstummt und blickte die beiden verdutzt an. Jetzt mußte Djedefhor ganz schnell etwas sagen, bevor Inkaf alles verpatzte.

»Beim Leben! Du bist's, Vater? Wie das? Dann wäre Persenti ja meine Cousine, was ich nicht einmal wußte! Und du, Chedi, bist mein Onkel?«

Während er so sprach, war Djedefhor vor Inkaf getreten, hatte sich verneigt und die Hände auf die Knie gelegt.

»Dann warst du also einmal verheiratet«, sagte jetzt Chedi, »hattest Söhne und hast mir nichts davon erzählt?«

»Na ja... wir haben uns ja nur flüchtig gesehen... da habe ich vergessen, es dir zu sagen...«

Nun begrüßte auch Persenti den Onkel, freute sich über die glückliche Fügung und fragte dann: »Wie habt ihr euch eigentlich wiedergefunden? Wenn du so lange fort warst, Onkel, wieso bist du dann plötzlich wieder bei deinem Bruder aufgetaucht?«

»Reiner Zufall«, erwiderte Chedi. »Als ich neulich zur Werkstatt unseres Vaters ging, lief mir Inkaf über den Weg. Ich habe ihn sofort wiedererkannt, obwohl wir jahrelang getrennt waren, und habe ihn gleich zu unserem Vater Ptahmaau mitgenommen. Dabei erzählte er uns, daß er schon seit geraumer Zeit zurück sei von seinen Reisen, aber so beschäftigt sei, daß er noch keine Zeit gefunden habe, uns zu besuchen.«

»Das stimmt, er ist sehr beschäftigt«, sagte nun Persenti. »Er ist Gärtner in den königlichen Stadtresidenzen, und Horis Mutter arbeitet in einem der Häuser der Königinnen... In welchem, weiß ich gar nicht...«

Bei diesen Worten hatte sie sich zu Dejedefhor umgewandt, dem immer unbehaglicher wurde.

»Euh..., hm... ich glaube, in dem von... Königin Henutsen. Ja, dort arbeitet sie tagsüber.«

»Henutsen?« fragte nun Chedi verwundert. »Dann könnte ich ein Wort einlegen für deine Mutter. Henutsen, die kennen wir gut, nicht wahr, Inkaf? Die hat uns als Kinder gehütet und mit uns gespielt.«

»Nicht möglich!« Persenti wurde immer fröhlicher.

»Wenn ich es dir doch sage!« erwiderte der Vater beleidigt. Was war daran verwunderlich, daß er eine der königlichen Gemahlinnen kannte?

»Warum hast du deine Frau nicht mitgebracht, Inkaf?« fragte Persenti nun den Onkel. »Sie würde meinen Eltern bestimmt gefallen! Sie ist schön, reizvoll, liebenswürdig – kurz: Sie besitzt alle Eigenschaften, die man von einer Frau erwartet.«

»Euh … sie arbeitet ja tagsüber und war schon aus dem Haus«, antwortete Inkaf, der mehr und mehr in die Klemme geriet.

Er hätte doch besser daran getan, nicht im Handwerkerviertel herumzustreunen, um zu sehen, ob es die Werkstatt seines Vaters noch gab und ob Ptahmaau überhaupt noch lebte. Es hätte ihm schon gefallen, daß seine Nichte einen der Prinzen heiratete. Aber ob sie den überhaupt noch haben will und nicht zu verletzt sein wird, wenn sie das Spiel erst einmal durchschaut? Die gleiche Frage stellte sich auch Djedefhor.

In fröhlicher Stimmung setzte man sich zu Tisch, wobei Chedi seinen Wohlstand bekundete, da jeder Gast einen Stuhl aus eigener Werkstatt bekam und ein eigenes Tischchen, an dem er bedient wurde. Man war ja schließlich nicht bei armen Leuten oder in der Tanzschule, wo jeder sich auf eine Matte hockte und aus den in der Mitte des Kreises aufgestellten Schüsseln herausgriff, was ihm schmeckte.

»Unser Wiedersehen muß gefeiert werden, ich werde ein großes Fest geben!« erklärte Chedi. »Wir werden meinen Vater einladen, und du, Inkaf, mußt deine Frau und deine beiden Söhne mitbringen! Das wird ein schönes Fest werden, und dann können wir auch gleich die Heirat unserer Kinder besprechen. Was für ein wunderbarer Zufall! Mein Neffe verliebt sich in meine Tochter, ohne zu wissen, daß sie seine Cousine ist! Da dürfte der geheime Wunsch der Götter mitgewirkt haben, Isis vermutlich, denn in ihrem Tempel habt ihr euch ja getroffen. Die Göttin hat dich bei der Hand genommen und in diese Tanzschule geführt, Hori.«

»So wird's wohl gewesen sein.« Djedefhor bereute, auf Henutsens Spiel eingegangen zu sein.

Chedi wäre es bestimmt nicht unlieb, einen der Prinzen, den Sohn der Großen Königlichen Gemahlin, als Schwiegersohn zu bekommen. Aber wie würde Persenti reagieren? Daß ihr der Rang ihres zukünftigen Gemahls unwichtig war, das sah man deutlich. Aber sie war so stolz und auf ihre Würde bedacht. Würde sie es hinnehmen, daß man sie getäuscht hatte, auch wenn die besten Absichten dahintersteckten? Vielleicht doch ... Sie schien ja an ihm zu hängen und würde diese Liebe wohl kaum ihrem Stolz opfern. Aber so ganz sicher war sich Djedefhor nicht. Er beschloß daher, ihr erst die Wahrheit zu sagen, wenn sie noch vertrauter geworden waren. Er mußte sich mit ihr vereinen, und sie mußte schwanger werden, dann könnte sie ihn zwar mit Vorwürfen überhäufen und verstimmt sein, ihn aber nicht einfach wegschicken oder davonlaufen.

FÜNFUNDDREISSIG

All diese Sorgen wurden bald schon in den Hintergrund gedrängt durch zwei weitere Unglücksfälle innerhalb der königlichen Familie. Kawab, der allgemein als Kronprinz galt, da Cheops noch immer keinen Nachfolger benannt oder eine Vorliebe für einen der Söhne bekundet hatte, wurde plötzlich von einer unerklärlichen Magenerkrankung dahingerafft. Er aß ja mit Wonne, und seine Gemahlin bemängelte stets diese übermäßige Genußsucht, die ihn immer dicker werden ließ. Nach einer dieser üppigen Mahlzeiten befielen ihn Krämpfe, dann quoll sein Leib auf, nach wenigen Tagen stockte ihm plötzlich der Atem, und er hauchte seine Seele aus.

Obwohl Djedefhor zu seinen Halbbrüdern Chufukaf und Chephren engere Beziehungen hatte als zu Kawab, traf ihn der Verlust des ältesten Bruders doch zutiefst, und es kostete ihn viel Selbstbeherrschung, seinen Kummer vor Persenti geheimzuhalten. Doch er fand einen Vorwand, um sich für ein paar Tage zu entfernen, indem er Bezug nahm auf die ermahnenden Worte ihres Vaters: »Mein Bruder, der sich um meine Zukunft kümmert, hat das Notwendige unternommen. Ich habe gewisse Hoffnungen, als Schreiber im Tempel des Re angestellt zu werden. Der Große Schauende wünscht mich zu sehen, also muß ich hin und mich vorstellen. Dein Vater wird es gutheißen, er verlangt ja, daß ich erst einen richtigen Beruf vorweise, wenn ich den Anspruch erhebe, dich zur Herrin meiner Güter zu machen.«

»Das ist ja auch gut so. Aber wisse, Hori, daß ich dich auch lieben würde, wenn du arm und ohne Zukunft wärest. Denn daß du kein Dummkopf bist und ein Herz voller Weisheit besitzt, habe ich längst gemerkt. Daher gönne ich dir die Stellung im Tempel von Heliopolis, aber bleib nicht zu lange fort! Sieh: Du bist in mein Herz geflossen wie Wein, der trunken macht, und wenn du dich mir entziehst, fehlt mir etwas. Komm schnell zu mir zurück!«

Djedefhor verließ also den Isis-Tempel und ging zu seiner Mutter, die zutiefst bestürzt war über den Tod ihres Ältesten, der ihr Lieblingssohn gewesen war. Djedefhor war nie eifersüchtig gewesen, er fühlte sich ohnehin stärker im Einklang mit Henutsen und deren Söhnen als mit seiner Mutter und den beiden älteren Brüdern.

Dieser Aufenthalt im alten Palast von Memphis bot ihm gleichzeitig Gelegenheit, seine Tante Neferkau und vor allem Ibdadi wiederzusehen, der durch Heirat zu seinem Onkel geworden war. In dessen Gesellschaft fühlte er sich besonders wohl, und er hatte ihm auch in all den Monaten am meisten gefehlt, ihm konnte er ewig zuhören, denn von seinen Lippen schien der Honig der Weisheit zu fließen. Es ärgerte ihn, daß Ayinel bei ihm saß. Er hatte nichts gegen Nubets Bruder, aber er war lieber mit Ibdadi allein, um das Gespräch auf Dinge zu lenken, die ihm besonders am Herzen lagen, und teilzuhaben an all dem Wissen, das Ibdadi sich bei seinen Reisen zu fremden Ländern erworben hatte, von denen die meisten Ägypter gar nichts wußten.

»Sei mir willkommen, Hori!« rief Ibdadi ihm entgegen. »Wir haben uns ja schon lange nicht mehr gesehen. Was für traurige Umstände, die uns zusammenführen! Du bist mir gewiß der liebste von allen Kindern Seiner Majestät, aber ich mochte auch Kawab und Chufukaf. Was für ein Unglück ist da hereingebrochen über den König und seine Familie!«

»Auch ich, Hori«, begrüßte ihn Ayinel, »teile deinen Kummer und den Schmerz der königlichen Familie. Es ist schon sehr traurig, daß Seine Majestät seinen Ältesten verlor. Ich fürchte, daß er es kaum verwinden wird.«

»Ayinel kommt soeben von einer ausgedehnten Schiffsreise zurück«, erklärte Ibdadi. »Er war im Meer des Südens, in Richtung Punt, und wußte noch gar nichts von Chufukafs Tod. Und jetzt hörte er auch noch von Kawab.«

»Ayinel«, sagte Djedefhor, »reden wir nicht über diese Todesfälle. Für die Lebenden sind sie ein großes Unglück, doch für die Gerechtfertigten auf dem Weg zum Jenseits bedeutet der Tod gewiß Glück und Erleichterung, denn sie haben die Pforten der Ewigkeit durchschritten und sind zu unsterblichen *achu* geworden, die nun neben Re und Osiris sitzen. Mir wäre lieber, du erzähltest mir von jenem fernen und geheimnisumwobenen Land Punt, aus dem die göttlichen Harze, Gold und Elfenbein kommen. Und bei diesem Meer des Südens soll ja auch die Insel zu suchen sein, auf der das geheime Buch des Thot aufbewahrt wird, wie mir der weise Djedi, der früher bei Hermopolis lebte und jetzt bei Seiner Majestät im Palast wohnt, erzählte.«

»Ich weiß nicht, Djedefhor«, antwortete Ayinel, »ob es diese Insel gibt oder ob sie eine der vielen ist, die man entlang der von diesem Meer umspülten Küstenstreifen sieht. Ich kenne keine dieser Inseln, da man sie weiträumig umschifft und nie dort anlegt, weil sie sagenumwoben sind und es gefährlich scheint, sich einigen von ihnen überhaupt zu nähern. Das Land Punt ist gebirgig und dennoch sehr weiträumig, es hat viele Flüsse, die aber oft ausgetrocknet sind. Von den Bewohnern könnte ich dir viel erzählen. Sie sind sehr unterschiedlich, einige leben in Höhlen, andere bauen sich Hütten aus Ästen und Blattwerk, die auf stämmigen Pfählen ruhen, die sie in den Sand unter dem Wasserspiegel rammen. Zu Weihrauchharz und Myrrhe kann ich dir nichts sagen. Sie stammen angeblich von kleinen Bäumen im Landesinneren, das ziemlich unzugänglich ist. Wir waren nie dort, weil die Küstenbewohner uns die Waren bringen, die wir gegen unsere eintauschen.«

»Aber sag mir noch, ob es stimmt, daß das Meer des Südens nicht sehr breit ist, daß man in wenigen Tagesreisen die gegenüberliegenden Ufer erreicht, die ja zum Land des Gottes gehören. Erstrecken diese Küsten sich ins Unendliche?«

»Natürlich nicht. Man muß schon mehrmals zehn Tage lang fahren, bis der Augenblick kommt, da das Meer sich weit öffnet. Man kommt aus einer Enge heraus, in deren Mitte auch noch eine Insel liegt. Die haben wir immer vermieden, aber vielleicht ist es die, die du meinst. Sie soll von Schlangen bewohnt sein, die ihre Schätze bewachen. Deine Insel könnte aber auch weiter im Meer des Südens liegen, der aufgehenden Sonne entgegen, wenn man die Enge hinter sich hat, in der der Wind tost, daß es wie das Klagen von Riesen klingt.«

»Hori«, ergriff nun Ibdadi das Wort, »es ist vielleicht möglich, die Küsten des Landes des Gottes entlangzufahren, um zu dieser geheimnisvollen Insel zu gelangen. Ich kenne sie nicht, habe aber im Land Sumer von ihr gehört, man nennt sie dort Dilmun. Es muß ein wundervolles Land sein, wo die Götter vor der Schöpfung gelebt haben sollen, wie man sich in Uruk erzählt. Aber man muß viel, viel weiter gen Sonnenaufgang fahren, um das Land des Lebendigen zu finden, wo Ziusudra lebt, dieser Mann, der Unsterblichkeit erlangt hat, von dem ich deinem Vater und dir so manches Mal gesprochen habe. Meines Wissens ist aber kaum einer je bis dorthin gelangt.«

»Aber du weißt doch, daß ich dieses Land schon immer besuchen wollte«, erwiderte Djedefhor, obwohl er, wie er sich eingestehen mußte, gar nicht mehr daran gedacht hatte, seit er Persenti kannte. Aber vielleicht könnte er sie mitnehmen, sich mit ihr auf die Suche begeben, wenn es auch gefährlich war ...

»Du, Hori, weißt aber auch, daß ich dir nicht mehr darüber erzählen kann, als ich dir schon sagte. Du mußt dich in eine dieser Sumerer-Städte begeben, nach Ur oder Uruk, dort findest du vielleicht einen Weisen, der dir den Weg zeigen kann. Ihre Sprache beherrschst du meines Erachtens gut genug, um dich den Menschen dort verständlich zu machen. Wie du siehst, kann nicht einmal Ayinel, der doch so viele Strecken auf der Großen Grünen gefahren ist, dir genauere Auskünfte geben, er schließt es nur nicht aus, daß man über das Meer des Südens dorthin gelangt. Ich sage dir nochmals: Jetzt mußt du dich an die Völker des Sonnenaufgangs wenden! Alles, was ich wußte, habe ich dich gelehrt, du sprichst recht ordentlich die Sprache der Bewohner von Charu und auch die der Sumerer. Jetzt mußt du selbst losziehen. Das kann dir niemand abnehmen.«

Auch Henutsen stattete Djedefhor noch einen Besuch ab. Sie wußte schon durch Inkaf von seiner Verwandtschaft mit Persenti.

»Was sich da herausgestellt hat, ist lustig und zugleich peinlich«, sagte sie zu Djedefhor. »Chedi wird auf diesem Familienfest bestehen. Und wenn ich mich dort als deine Mutter ausgebe, wird er laut lachen, und dann fliegt alles auf. Wie ich Persenti einschätze, dürfte sie uns das Spiel verübeln. Bevor du es ihr verrätst und für ihre Empörung Verständnis zeigst, mußt du ganz genau wissen, daß sie einfach nicht mehr auf dich verzichten kann. Wir können ja jetzt nicht plötzlich behaupten, deine Mutter sei ihrem *ka* gefolgt. Doch vielleicht könntest du andeuten, die erste Gemahlin sei nach dem Verlust ihres Sohnes mit ihrer gesamten Dienerschaft – darunter auch deine Mutter – nach Abydos gereist, um Osiris um Gnade zu bitten. Das würde ja ein Weilchen dauern, ich würde während der Zeit untertauchen, und Chedi wäre gezwungen, dieses schöne Familienfest zu verschieben. In der Zeit mußt du Persenti aber verführen. Nimm dir etwas mehr Freiheiten heraus. Ich habe das Gefühl, daß sie dich nicht mehr wird missen wollen, wenn du die Kleine erst einmal in deinem Bett gehabt hast. Und selbst wenn sie dann erfährt, daß sie mit einem

Prinzen und nicht mit einem armseligen Tänzer geschlafen hat, wird sich ihre Empörung in Grenzen halten. Sie wird vielleicht ein paar Tage lang schmollen, aber du hast gewonnen.«

In seinem Entschluß bestärkt nach diesem Gespräch mit Henutsen, wollte Djedefhor schon in die Tanzschule zurückkehren, als eine neuerliche Unglücksbotschaft eintraf, die Cheops kaum mehr zu ertragen vermochte. Bei einem Aufstand der Irdjet-Nubier war Baefre getötet worden. Dieser mit den Wawatju verfeindete Stamm hatte deren Ländereien verwüstet, woraufhin der Wawat-König die Ägypter um Hilfe gebeten hatte. Baefre war an der Spitze seiner Soldaten ins Feld gezogen, hatte sie geschlagen, zurückgedrängt, zurückschaffen lassen in ihre Gebiete, und als er siegreich abziehen wollte, traf ihn eine Lanze, und er mußte ins Dunkel blicken. Die Ägypter zogen sich mit ihrem toten Heerführer zurück, und das nutzten die mit den Yam, einem anderen mächtigen Stamm Nubiens, verbündeten Irdjet, um einen neuen Krieg zu entfesseln. Wieder besiegten sie die Wawatju, und wie der Bote berichtet hatte, stürmten sie auch die Provinz Elephantine und bedrohten deren Hauptstadt, die ja nun keinen Statthalter mehr besaß.

Unverzüglich ließ Cheops Chephren, Djedefhor und Minkaf kommen. Als alle drei da waren und sich vor dem Thron niederwarfen, öffnete der König den Mund und sprach zu ihnen: »Chephren, du und Djedefhor, ihr seid jetzt meine ältesten Söhne. Dich, Chephren ernenne ich zum Statthalter der Provinz Elephantine und der angrenzenden Gebiete des Südens, anstelle deines gerechtfertigten Bruders. Beeile dich, den Befehlen Meiner Majestät Folge zu leisten. Laß mehrere Schiffe bereitstellen, eine schlagkräftige Truppe verladen, und dann fährst du an der Spitze deiner Männer hinauf bis zum südlichen Katarakt, nimmst deine Provinz in Besitz und verschaffst dir im Namen Meiner Majestät die Oberhand. Danach gehst du zu den Besiegten Nubiens, züchtigst die niederträchtigen Irdjet und die gemeinen Yam und rächst den Tod deines Bruders, meines geliebten Sohnes.«

»Herr, mein Vater, ich höre Deiner Majestät Worte und gehorche.«

»Du, Djedefhor, wirst die Leitung der Bauarbeiten Meiner Majestät übernehmen und Herr der Leuchtenden Pyramide sein. Die Richtlinien für die Zeit nach Meiner Majestät Gang in die Duat wirst du von mir noch erhalten. Du, Minkaf, wirst dich auf das Amt des Wesirs vorbereiten. Meine Majestät wird dich einweisen in die damit verbundenen Pflichten und deine ersten Schritte in diese herausragende Stellung leiten.«

»Mein Vater, mein Herr«, sagte nun Djedefhor, »auch ich werde den Worten der Weisheit, die von deiner Majestät Lippen fallen, Gehör schenken, doch bevor ich das Amt übernehme, das du mir anzuvertrauen geruhst, möchte ich dich bitten, mir noch ein wenig Zeit zu lassen, da ...«

»Wenn ich recht verstehe, mein Sohn, dann ist es dir noch immer nicht gelungen, die, die dein Herz liebt, zu erobern, und daher möchtest du noch länger an ihrer Seite in der Schule verweilen.«

»Deine Majestät irrt sich nicht.«

»Beeile dich, sie zu der deinen zu machen! Ich kann dir nur eine kurze Frist zugestehen, denn Meine Majestät verspürt allmählich große Mattigkeit, und ich weiß nicht, wieviel Zeit mir noch zum Leben bleibt. Nun geht, meine Söhne, und bereitet euch vor auf die Aufgaben, die eurer harren.«

Die drei zogen sich zurück und gestatteten sich keinen Gedanken an Djedefre. Sie wagten ihn auch nicht zu fragen, wieso er nicht dabeigewesen war und warum er offenbar kein Amt bekommen hatte.

Nubet allerdings war bei dem König vorstellig geworden. Ohne das geringste Mitgefühl über den Verlust der drei Söhne hatte sie gesagt: »Herr, mein Geliebter, ein Gott verlangt offenbar, daß du den Eid hältst, den du mir schworst. Sieh: Du hast dich nicht entschließen können, unseren Sohn Djedefre als den Nachfolger auszurufen, den Deine Majestät und die Götter für den Horusthron erkoren hatten. Wie man sieht, haben die Götter dich nun der drei ältesten Söhne beraubt, die von Rechts wegen Anspruch gehabt hätten auf die Doppelkrone. Willst du alle Söhne dem Richtspruch der für Eide zuständigen Gottheit opfern? Es war doch der Wille der Götter, daß sie deine Ältesten durch Unfall, Krankheit und Kampf umkommen ließen. Verschone die übrigen, ich flehe Deine Majestät an! Ich bin sicher, daß es genügen würde, wenn du Djedefre zum rechtmäßigen Kronprinzen ernennst, dann wird die rächende Gottheit befriedigt sein. Bedenke die Gefahr, der dein Sohn Chephren ausgesetzt ist, wenn du ihn in den Krieg gegen die niederträchtigen Nubier schickst. Denk auch an Djedefhor in dem Amt, das du ihm aufbürden willst, denn Chufukaf, der Gerechtfertigte, mußte ja in Ausübung dieses Amtes als königlicher Bauleiter ins Dunkel blicken.«

Cheops war innerlich überzeugt, daß seine dritte Gemahlin der Wahrheit sehr nahe kam, daß Maat selbst ihr diese Worte eingegeben hatte, daher machte er keine Einwände, wehrte sich nicht länger, beugte sich der Vernunft. Er war gezwungen, sein Versprechen einzulösen.

»Ich werde anordnen, eine Zeremonie vorzubereiten, bei der Meine Majestät deinen Sohn Djedefre zum Thronfolger ausrufen wird.«

Von diesem Beschluß, bereits vor der Zusammenkunft mit seinen drei anderen Söhnen gefaßt, hatte er ihnen nichts gesagt, weil er ihre Empörung und Vorwürfe fürchtete. Chephren sollte erst fort sein mitsamt Flotte und Truppe, weit weg in südlichen Gefilden, Djedefhor wieder in der Schule, bei seiner Liebsten, und Minkaf, der ohnehin handsamer, gefügiger und leichter zu lenken war, sollte erst einmal sein neues Amt übernommen haben, bevor der Vater den Tag der Zeremonie festlegte, bei der er seine Ältesten zugunsten des Letztgeborenen ihrer Rechte berauben würde. Als Kronprinz sollte Djedefre auch gleichzeitig den Oberbefehl über die *medjaj* und die gesamten königlichen Streitkräfte erhalten, was jeden denkbaren Aufruhr der Großen und Freunde im Keime ersticken würde. Cheops mußte schließlich befürchten, daß diese Entscheidung nach seinem Tod einen richtigen Bürgerkrieg auslösen könnte. Ausführlich hatte er mit Nubet darüber gesprochen. Sie mußte mäßigend einwirken auf ihren Sohn und die beiden anderen Königinnen mit ihren Kindern, und vor allem Djedefre daran hindern, sich an der Macht zu berauschen.

SECHSUNDDREISSIG

Seit knapp zehn Tagen war Djedefhor wieder im Isis-Tempel, als er von Sebekni erfuhr, der König habe Djedefre zum Oberbefehlshaber der königlichen Streitkräfte ernannt. Wenige Tage danach scharte Sebekni all seine Schüler um sich und teilte ihnen mit, Seine Majestät habe beschlossen, zur Einweihung seiner Pyramide und der gesamten Totenstadt eine große Zeremonie zu veranstalten. Die Arbeiten waren so gut wie abgeschlossen, wenn auch der Sphinx, der Wächter der Totenstadt, noch nicht ganz fertig war. Doch der König wolle nicht mehr länger warten mit den ersten Kulthandlungen in der Großen Leuchtenden und während dieser Zeremonie vor dem Volk und den Großen des Reiches den Erben der Doppelkrone benennen, mit anderen Worten den Prinzen Djedefre, was ja zu erwarten gewesen war. Auch Djedefhor wunderte sich nicht, und er nahm es seinem Vater nicht übel, daß er offenbar nicht neben seinen Schwestern und Minkaf am Festzug teilnehmen sollte.

Sebekni hatte ihn beiseite genommen und gesagt: »Seine Majestät läßt dir ausrichten, daß du nicht als Tänzer meiner Schule an den Zeremonien teilnehmen kannst. Die Freunde des Königs und die Großen dürfen dich in dieser Rolle nicht sehen. Und wenn du in Persentis Augen weiterhin der sein willst, den sie kennt, dann darfst du ja ohnehin nicht plötzlich neben Seiner Majestät, den Gemahlinnen und den beiden anderen Söhnen erscheinen. Daher ist es auch meines Erachtens ratsamer, wenn du hierbleibst und man dich bei der Zeremonie nicht sieht. Außerdem läßt Königin Henutsen dir ausrichten, sie werde nicht neben Seiner Majestät erscheinen und würde dir deine Teilnahme sogar verübeln, denn es sei ja eine Schande, wenn du damit indirekt die Wahl des Königs guthießest, während dieser dich im Verlauf der Zeremonie doch deiner Erbrechte beraube. Es stimmt ja, Herr, daß aufgrund der Unglücksfälle du jetzt der Älteste der Prinzen bist und dir die Doppelkrone zukäme.«

»Das weiß ich auch, Sebekni, aber auf Macht bin ich nicht aus«, erwiderte Djedefhor ohne Verbitterung. »Ich habe meinem Leben andere Ziele gesetzt, und auf die will ich mein Sinnen und Trachten richten.«

Ein ganzer Monat wurde nun dem Einüben von Tänzen und Gesängen gewidmet, was Djedefhor nur freuen konnte, weil keiner der Schüler in dieser Zeit den Tempel verlassen durfte. Damit wurde auch das von Chedi geplante Familientreffen auf unbestimmte Zeit verschoben! Djedefhor konnte sich noch immer nicht entschließen, Persenti die Wahrheit zu enthüllen, und schob es immer wieder auf, weil er ihre Reaktion fürchtete und die Folgen nicht einschätzen konnte.

Für vertrauliche Gespräche zwischen Djedefhor und Persenti war zudem gar keine Zeit, sie mußte üben und üben, da sie wirklich die beste war und bei der Zeremonie die Göttin Isis darstellen sollte. Nach diesen anstrengenden Tagen waren die Tänzer so müde, daß sie schon beim Abendessen nur mehr ans Schlafen dachten.

Als der Tag der Zeremonie gekommen war, rechtfertigte Sebekni Djedefhors Fehlen unter den Tänzern mit der Feststellung, er beherrsche seine Kunst noch nicht hinreichend, um aufzutreten vor Seiner Majestät, die ja höchste Ansprüche an die Kunst stelle.

»Ich weiß, daß ich nicht gut genug bin«, erklärte Djedefhor seinen Mitschülern. »Selbst wenn Sebekni gewollt hätte, daß ich mitmache, hätte ich mich geweigert. Das gibt mir

Gelegenheit, meine Eltern zu besuchen, die ich schon lange nicht mehr gesehen habe.«

Ein schöner Vorwand, um am Triumph von Nubets Sohn nicht teilzunehmen. Während Tänzerinnen und Tänzer sich fertigmachten, verließ er die Schule und ging zu Henutsen, womit er deutlich zu erkennen gab, daß er die Entscheidung des Königs, Djedefre auf den Thron zu heben, mißbilligte. Durch den Tanzlehrer hatte sein Vater ihm nämlich sogar noch Befehl erteilt, während der Zeremonie im Isis-Tempel zu bleiben. Wenn er nun genau in diesem Augenblick zu Henutsen ging, dann mußte seinem Vater klar sein, daß er mit dessen Entscheidung nicht einverstanden war.

»Hori«, begrüßte ihn Henutsen, »du und ich, wir sind die einzigen, die es gewagt haben, dem König die Stirn zu bieten. Ich danke dir, daß du zu mir gekommen bist. Nicht einmal Meritites, deine Mutter, hat es gewagt, sich dem Willen ihres Bruders zu widersetzen. Neferkau auch nicht. Ihr kann man es notfalls verzeihen, denn Ibdadi ist hin und her gerissen zwischen seiner alten Freundschaft zu Nubet und unserer Familie, in die er eingeheiratet hat. Und Minkaf ist ein Schwächling, er ist so stolz und glücklich über sein neues Amt als Wesir, daß er viel zuviel Angst hat, Cheops' Zorn heraufzubeschwören und es gleich wieder zu verlieren. Ich glaube sogar, daß er sich hinter Djedefre stellen wird, der ihm geschworen haben soll, ihn als Wesir zu behalten, wenn er seinen Anspruch auf den Horusthron unterstützt.«

»Henutsen«, erwiderte Djedefhor, »ich bin zwar hergekommen, um deutlich zu machen, daß ich mit der Wahl meines Vaters nicht einverstanden bin, aber nicht, um mein Recht auf die Doppelkrone einzufordern. Und wenn ich keinen Anspruch auf die Krone erhebe, so ist das keine Wichtigtuerei, ich finde einfach keinen Geschmack an der Macht. Meinen Bruder Chephren würde ich gern auf dem Thron der beiden Länder sehen, ihn halte ich für den Geeignetsten, eine solch große und schwere Verantwortung zu übernehmen.«

»Ein Glück, daß der in seinen Provinzen inzwischen Fuß gefaßt hat und über eine gute Truppe verfügt, die ihm bestimmt treu ergeben ist. Denn ich fürchte, daß dieser Sohn Seths, dieser Djedefre, wenn er erst einmal auf dem Horusthron sitzt, nichts anderes im Sinn haben wird, als auch ihn verschwinden zu lassen. Und das gleiche gilt für dich, denn ihr beiden seid die einzigen, die ihn in den Schatten stellen könnten. Wenn es euch nicht mehr gibt, hat er nicht mehr den geringsten Widerstand zu fürchten, denn dann ist er der rechtmäßige Thronerbe neben einem Minkaf, den er knechten kann. Ich nehme das meinem Jüngsten nicht übel, denn dadurch rettet er sich Amt und Leben.«

»Henutsen, glaubst du wirklich, Djedefre könnte so schamlos sein, Chephren und mir nach dem Leben zu trachten?«

»Das glaube ich nicht nur – davon bin ich überzeugt! Und dir droht die größte Gefahr! Djedefre verübelt es dir, daß du ihm nur zu oft die Stirn geboten hast, und dazu kommt noch etwas, was dein Vater dir verheimlicht hat: Erinnerst du dich, daß kurz nach deinem Eintritt in die Tempelschule ein Mann versucht hat, Persenti zu entführen? Und wie ich aus dem Munde deines Vaters weiß, war dieser Mann niemand anders als Djedefre.«

»Was sagst du da? Mein Bruder wäre der Mann, der Persenti nachstellt? Ach ja, sie sagte ja, er sei sehr mächtig und gefährlich …«

»Er ist es, er hat sich, genau wie du, in sie verliebt, als er sie tanzen sah. Du müßtest ihn eigentlich verstehen, denn auch du warst ja wie gebannt bei ihrem Anblick. Dieses Mädchen ist nun mal unvergleichlich schön und eine ungemein begabte Tänzerin! Wer würde ihr nicht verfallen? Selbst dein Bruder Chephren war nicht unempfänglich für ihre Reize. Doch er würde niemals wagen, mit dir um ihre Gunst zu wetteifern. Darauf kannst du dich verlassen, denn ich würde ihn sofort zurückpfeifen. Djedefre hat eines Tages aufgehört, Persenti zu bedrängen, aber nur weil dein Vater, nachdem du dich beklagt hattest, ihn kommen ließ und ihm das Versprechen abnahm, ein Mädchen, das für einen anderen bestimmt sei, nicht weiterhin so ungestüm zu bedrängen. Cheops wußte von Djedefres wilder Leidenschaft! Er hat ihm, als er darauf beharrte, den Namen des Auserwählten zu erfahren, dann auch noch verraten, daß du es bist. Du kannst dir also denken, daß Djedefre, wenn er erst einmal auf seinem Thron sitzt, das Versprechen, das er dem Vater gab, schleunigst vergessen wird. Ich weiß, daß er immer noch an sie denkt und sich geschworen hat, sie in sein Bett zu locken. Seine Freunde wissen das, und so erfuhr ich es von Ayinel, wenn dieser das Benehmen seines Neffen auch mißbilligt.«

Djedefhor dachte eine Weile nach, erklärte aber dann: »Ich kann einfach nicht glauben, daß Djedefre die Götter schmähen und seinen Eid brechen wird, um mir Persenti wegzunehmen. Jetzt bekommt er ja den Horusthron, und damit wird er erst einmal zufrieden sein.«

»Du darfst die anderen nicht an deinem Maßstab messen, Djedefhor. Ich sage es nochmals: Hüte dich vor Djedefre!«

Am Spätnachmittag, als Tänzer und Musiker schon wieder zurück waren, erschien auch Djedefhor im Isis-Tempel. Fröhlich lief ihm Persenti entgegen. »Hori, wo warst du? Hast du dich unter die Menge gemischt, um am Fest teilzunehmen?«

»Nein, ich habe meine Eltern besucht. Aber erzähl mir, wie war's? Persenti, die funkelnde Sonne inmitten von Sternen?«

»Wisse, daß Seine Majestät mit meiner Vorführung so zufrieden war, daß nach Beendigung der Zeremonien ein Diener erschien, um mich zum König zu bringen. Dieser beglückwünschte mich, sagte, ich sei wirklich sehr schön und anmutig, und versprach mir dann sogar eine Mitgift, die meiner und meiner Talente würdig sei.«

»Großartig! Jetzt brauchst du nur noch einen Gatten zu finden!«

»Hab ich den nicht schon gefunden?« Sie lächelte ihn an.

»Die Wahl ist vielleicht getroffen, aber das Wesentliche fehlt noch.« Er schloß sie in die Arme.

»Hori, ich glaube, daß ich nicht noch jahrelang warten kann, bevor ich die deine werde.«

»Glaubst du, daß ich es noch lange aushalten würde? Deine tägliche Gegenwart, der tägliche Anblick deiner Schönheit, verschaffen meiner Seele zwar ein Gleichmaß an Freude, aber vollends glücklich werde ich erst sein, wenn du die Herrin meiner Güter geworden bist und wir auch das Lager teilen. Du sollst wissen, daß du, auch wenn du die meine geworden bist, deine Kunst weiterhin ausüben kannst, denn du hast mich ja nicht nur mit deiner Schönheit und Liebenswürdigkeit betört, sondern in gleichem Maße durch die Anmut deiner Tänze und die Kühnheit deiner Sprünge.«

»Wenn das so ist, Hori ... müssen wir dann noch warten, bis unsere Eltern uns verheiratet und Geschenke ausgetauscht haben, bevor wir das tun, was Eheleute für gewöhnlich tun?«

»Gewiß nicht.« Das war ihm aus dem Herzen gesprochen.

Und da jedes weitere Wort überflüssig geworden war, nahm sie ihn bei der Hand und zog ihn in ihr Zimmer, das er noch nie betreten hatte.

Tags darauf ließ Sebekni ihn wissen, sein Vater habe einen Boten geschickt mit dem Befehl, Djedefhor solle unverzüglich bei Seiner Majestät vorsprechen.

Als sie allein in des Königs Garten saßen, begann Cheops: »Wie ich erfuhr, bist du, mein Sohn, gestern nicht im Isis-Tempel geblieben. Du hast es also offenbar für richtig befunden, den Tag mit Henutsen zu verbringen, um deutlich zu machen, daß du meine Entscheidung mißbilligst, wie ja auch meine zweite Gemahlin es abgelehnt hat, an meiner Seite zu erscheinen.«

»Herr, du kennst meine Meinung – ich habe sie dir bereits in aller Offenheit dargelegt. Und wenn nach Ansicht Deiner Majestät Offenheit in den Augen eines Königs nicht immer willkommen ist, dann hätte Deine Majestät mich nicht in die Tempel schicken dürfen, wo auch Deine Majestät göttliche Weisheit gelehrt wurde.«

»Eine großartige und unanfechtbare Verteidigung!« Cheops mußte lächeln. Er bewunderte insgeheim die Offenheit seines Sohnes, die in so krassem Gegensatz stand zur Heuchelei, die er in den Lobhudeleien und Schmeicheleien seiner Höflinge spürte und womit er tagtäglich überschüttet wurde.

»Herr, ich spreche nicht für mich, denn ich bin überzeugt, daß du mir etwas anbieten wirst, das weit wertvoller ist als ein Thron. Aber von allen dir verbliebenen Kindern ist mein Bruder Chephren des Horusthrons am ehesten würdig. Er ist der einzige, der über genügend Anstand und Sachkenntnis verfügt, um die schwierige Aufgabe der Menschenführung als Nachfolger Deiner Majestät zu übernehmen. Djedefre ist nachtragend, anmaßend und unfähig. Ich fürchte, daß er unser Land in den Untergang führt.«

Cheops empörte sich nicht, sondern erwiderte völlig gelassen: »Das ist ein zu strenges Urteil, Djedefhor. Auch ich kenne die Fehler deines jüngeren Bruders, bin aber nicht so sicher wie du, daß Chephren so sachkundig ist, wie du beteuerst. Er hat keinerlei Einweihung bekommen, selbst wenn er sich im Lebenshaus des Phönix als guter Schüler erwies. Er liebt das Vergnügen, hat keinerlei Vorurteile, man sah ihn nur allzu oft in den Schenken, wo er nächtelang Laute spielte und die Freuden des Lebens besang. Das ist nicht das Betragen eines Königs.«

»Und war Djedefre nicht schon als Schüler bockig und unverschämt seinen Lehrern gegenüber?«

»Das reicht nicht, um ihn zu verurteilen. Außerdem ist meine Entscheidung gefallen, und zurücknehmen kann ich sie nicht. Wie du weißt, traf ich sie, um einen Eid einzulösen, den ich seiner Mutter schwor. Das war vielleicht ein wenig voreilig, in einem Augenblick der Selbstvergessenheit, aber so war es nun einmal. Ich habe die Befürchtung, daß gerade aufgrund meines Bemühens, diesen Eid zu vergessen, eine Rachegottheit ihn mir wieder in Erinnerung bringen wollte, indem sie mir drei meiner Söhne nahm.«

»Vater! Wie kannst du nur denken, daß die Götter – falls sie sich überhaupt eingehend mit uns und unseren Handlungen befassen – einen noch nicht eingelösten Eid so grausam bestrafen, dessen Wert in den Augen der Maat ja noch nicht einmal erwiesen ist?«

»Was geschehen ist, ist geschehen, Djedefhor. Für mich ist die Sache erledigt. Und nicht deswegen hatte ich dich herbestellt. Ich sagte dir bereits, Meine Majestät ernennt dich zum obersten Leiter der königlichen Baustellen, zum Hüter der königlichen Totenstadt, zum Oberhirten der Leuchtenden Pyramide. In dieser Eigenschaft mußt du für die Kulthandlungen sorgen, die Meiner Majestät zustehen, und mußt die geheimen Riten leiten, die ich mit den Priestern des Re im Inneren des Bauwerks abzuhalten gedenke. Es wird Zeit, daß du dich entschließt, den Isis-Tempel zu verlassen, wo du nun fast schon ein Jahr lang weilst. Hast du diese Tänzerin überzeugen können, dich zu heiraten? Deinetwegen ließ ich sie gestern zu Meiner Majestät bringen, beglückwünschte sie zur Kühnheit und Schönheit ihrer Tanzdarbietungen und ließ durchblicken, daß ich geneigt sei, ihr eine Mitgift zukommen zu lassen.«

»Sie hat es mir erzählt, Herr, und ich danke dir. Wisse, daß wir beabsichtigen, sehr bald schon zu heiraten und sie mir ihre Liebe bereits hinreichend bewiesen hat.«

»Das freut Meine Majestät. Beeile dich, diese Angelegenheit zu einem glücklichen Ende zu führen, denn es ist Zeit, daß du deine neuen Ämter übernimmst.«

»Ich glaube, Vater, daß das von Deiner Majestät gewünschte Ende nicht mehr lange auf sich warten lassen wird.«

»Gut. Und jetzt hör mir bitte ganz besonders aufmerksam zu, damit du die Verfügungen kennst, die Meine Majestät getroffen hat für den Tag, da ich Wohnstatt nehme auf der Insel des Feuers und meine Fahrt in der Sonnenbarke beginne.«

SIEBENUNDDREISSIG

Djedefre, der Kronprinz, hatte sich mit eigenem Hofstaat in einem neugebauten Flügel des großen Palastes eingerichtet, der ein paar Tage vor der Anerkennungszeremonie fertig geworden war. Cheops hatte ihn eigens als Residenz für den Kronprinz entworfen. Hier nun fühlte Djedefre sich bereits als König und regierte wie ein Herrscher. Auch er hatte einen abgeschiedenen Garten, wo er seine Sendboten empfing und aus dem kein Wort nach außen drang. Heute empfing er hier ein junges Mädchen namens Iaset, das unverkennbar eine der Tänzerinnen aus dem Isis-Tempel war und dessen Anmut ihm bei der Gelegenheit, da er sich Persenti auserkor, ebenfalls aufgefallen war. Nach all den mißglückten Verführungsversuchen hätte er längst von Persenti abgelassen, wenn er nicht von seinem Vater, der ihm verboten hatte, das junge Mädchen weiterhin zu bedrängen, gleichzeitig erfahren hätte, daß sein Gegenspieler niemand anders war als sein eigener Bruder Djedefhor. Da war ihm diese Iaset wieder eingefallen. Er hatte sie belauern lassen und Gelegenheit gefunden, an einem Tag, als sie Ausgang hatte, mit ihr zu sprechen. Als sie den Prinzen erkannte, war sie geschmeichelt gewesen und hatte eingewilligt, ihm Auge und Ohr in der Tanzschule zu sein. Er hatte ihr aufgetragen, Persenti und den sogenannten Hori zu überwachen, was sie um so lieber tat, da sie insgeheim eifersüchtig war auf Persenti, die einhellig als Stern unter den Tänzerinnen galt. So hatte Djedefre von den immer enger werdenden Beziehungen zwischen seinem Bruder und dem Mädchen erfahren. Da er aber zudem zwei Schergen auf Djedefhor und Persenti angesetzt hatte, die den beiden auf der Spur blieben, hatte er im Lauf der Zeit herausgefunden, wer die Familie des Mädchens war und wo sie wohnte, aber auch, daß Djedefhor ein Haus weit hinten im Handwerkerviertel als sein Elternhaus ausgab und Henutsen sogar mitspielte, indem sie vorgab, seine Mutter zu sein.

Iaset verneigte sich vor Djedefre, der ihr ein Kissen neben sich anwies, sie zu streicheln begann und nach den Begebenheiten im Tempel ausfragte.

»Herr, der Grund meines Besuches bei dir ist die Tatsache, daß die Liebe zwischen deinem Bruder und Persenti ihre Vollendung gefunden hat.«

»Was soll ich darunter verstehen? Haben sie sich getrennt?«

»Ganz im Gegenteil, Herr. Nach so vielen Monaten der langsamen Annäherung und des Austauschs zärtlicher Worte haben sie sich nun vereint, als seien sie Mann und Frau. Das geschah letzte Nacht. Und wie ich dem Strahlen ihrer Gesichter entnehmen konnte, sind beide darüber glücklich und befriedigt.«

Djedefre schien nicht sonderlich berührt. Ohne weiter darauf einzugehen, entkleidete er das junge Mädchen und verschaffte ihm das erwartete Vergnügen. Dann brachte ein junger Diener Getränke und Datteln. Erst nachdem sie gegessen und getrunken hatten, ergriff er wieder das Wort: »Und jetzt höre, was ich von dir erwarte, Iaset. Wenn ich richtig verstanden habe, stehst du ja nicht schlecht mit dieser Persenti?«

»Nein, gar nicht. Wir sind gute Freundinnen.«

»Bestens. Also höre, was du zu tun hast!«

Iaset sollte warten, bis Djedefhor den Tempel verließ, um einer in Wirklichkeit von Djedefre stammenden Einladung seines Vaters Folge zu leisten, und eines Morgens verließ Djedefhor tatsächlich die Schule, nachdem er Persenti erklärt hatte, er müsse zu seinen Eltern, um gewisse Familienangelegenheiten zu regeln.

Iaset wartete, bis Persenti allein war, setzte eine Unschuldsmiene auf und sprach sie an: »Persenti! Ich habe den Eindruck, daß Hori Fortschritte bei dir gemacht hat. Hast du dich also doch einwickeln lassen?«

Persenti warf der Freundin einen Blick zu, in dem sich Erstaunen, aber auch eine Spur von Besorgnis widerspiegelten.

»Was meinst du damit, Iaset? Deine Worte klingen irgendwie unangenehm …«

»Ich meine, daß dieser Hori dich schön an der Nase herumgeführt hat.«

»Ich verstehe immer noch nicht.«

»Geschickt hat er's ja angestellt, daß muß man ihm lassen, aber viel Geduld hat er auch aufbringen müssen, um die Wette, die er mit seinem Bruder abgeschlossen hatte, zu gewinnen.«

Die Mädchen saßen Seite an Seite auf einem Mäuerchen, ließen die Beine baumeln und stützten sich mit den Händen ab. Persenti bewegte die Beine jetzt auffallend langsamer, hörte dann ganz auf und blickte die andere unter gerunzelten Brauen hervor an.

»Ich verstehe dich immer noch nicht so recht«, sagte sie tonlos. »Drück dich deutlicher aus.«

»Es ist wohl besser, daß du es weißt, sonst trifft es dich zu hart. Also: Du erinnerst dich doch noch, daß Djedefre, der jetzige Kronprinz, sich in dich verliebt hatte und es dich ja auch auf jede erdenkliche Weise wissen ließ.«

»Auf abstoßende Weise!«

»Du übertreibst. Er hat dich wissen lassen, daß er dich leidenschaftlich liebte, und dann versucht, dich zu entführen. Was soll's? Dann trat sein Bruder auf den Plan, der Prinz Djedefhor.«

»Sein Bruder?« fragte Persenti verwundert.

»Ja, der angebliche Tänzer, den du Hori nennst. Das ist übrigens sein Kosename.«

»Was redest du da?« Persenti wurde immer unruhiger.

»Ich fürchte, das wird eine recht betrübliche Geschichte. Dieser Djedefhor versteht sich mit seinem Bruder sehr gut, und als er dessen Mißerfolge sah, wollte er ihn trösten. Djedefre wisse eben nicht mit Frauen umzugehen, setze die falschen Mittel ein und so weiter. Als Djedefre böse wurde und sagte, er könne es bestimmt auch nicht besser, du seist eben unempfänglich für Liebe, und der Mann, der dich verführen könnte, sei noch nicht geboren, da schlug Djedefhor seinem Bruder eine Wette vor: Er würde es schaffen, dich zu verführen und in sein Bett zu locken! Und wie ich sehe, ist ihm das ja auch gelungen.«

»Nein …«, stammelte Persenti. »Du redest Unsinn, vor lauter Eifersucht …«

»Eifersucht? Auf wen sollte ich wohl eifersüchtig sein? Ich hänge es zwar nicht an die große Glocke, aber wisse, daß ich die Geliebte der beiden Prinzen bin. Daher kann ich ja auch so frei und offen mit dir reden. Du mußt auch noch wissen, daß Königin Henutsen mit im Spiel ist. Denn Horis angebliches Elternhaus ist ein Haus, das sie einmal gekauft hat, ich weiß nicht, warum, und in dem Horis angeblicher Vater, dieser Inkaf, wohnt, der allerdings tatsächlich dein Onkel ist. Dieser Onkel, den du nicht kanntest und von dem du mir ausführlich erzählt hast, hat seinen Bruder übrigens wirklich durch reinen Zufall wiedergefunden.«

»Was? Du behauptest also, Hori sei einer der Prinzen und habe die Tanzschule und das Leben hier mit uns nur als Vorwand genutzt, um eine Wette zu gewinnen?«

»So ist es leider. Weißt du, dieser Königssohn hat nichts anderes zu tun, als sich mit Mädchen die Zeit zu vertreiben, wobei es ihm auf deren Herkunft nicht ankommt. Hat es dich denn nicht gewundert, daß Sebekni, der sich seine Schüler doch immer unter den Kindern sucht, die er auch noch formen kann, einen Mann dieses Alters aufnahm?«

»Das stimmt, aber ich habe nicht weiter darüber nachgedacht. Es hätte doch sein können, daß er einem begabten Jungen einen Gefallen tun wollte ...«

»Unsinn. Seine Majestät höchstpersönlich hatte Sebekni befohlen, seinen Sohn unter dem Namen Hori aufzunehmen.«

»Was? Selbst der König soll mit im Spiel sein?«

»Um seinem heißgeliebten Sohn einen Gefallen zu tun. Aber sag bloß kein Wort zu Sebekni, sonst wirft er mich von der Schule!«

»Ich werde nichts sagen –«, beteuerte Persenti mit brüchiger Stimme.

»Du scheinst mir immer noch nicht zu glauben. Lauf doch einfach hin zu seiner Mutter, wo er jetzt angeblich ist! Du wirst ihn dort nicht finden. Solltest du aber jetzt zur Pyramidenbaustelle gehen, dann dürftest du dort deinen Hori, Seine Majestät und den Kronprinzen antreffen. Und daß er seine Wette gewonnen hat, befriedigt Hori sicher ungemein.«

»Ja, aber ... wird er mich verlassen?«

»Das weiß ich nicht, aber Mädchen wie uns wird ein Sohn Seiner Majestät doch bestimmt nicht heiraten. Mir ist das gleichgültig, sie gefallen mir beide, aber deswegen liebe ich sie doch nicht. Ich bekomme Geschenke und mein Vergnügen. Was kann man mehr erwarten? Vor allem von königlichen Prinzen. Wenn du bereit bist, mit ihnen zu machen, was ich tue, dann werden sie dich bestimmt genauso behandeln. Aber daß Hori dich heiratet? Darauf solltest du dich besser nicht verlassen.«

Persenti hatte genug gehört. Sie stieß einen gellenden Schrei aus, sprang auf die Füße, rannte ohne ein weiteres Wort aus dem Tempel, hastete zum Hafen, wo immer Schiffe bereitlagen, und bat den Fährmann, sie nach Memphis überzusetzen. Und wie um ihrem entflohenen Glück noch einen weiteren Tritt zu versetzen, sagte dieser auch noch: »Ich kenne dich! Du bist eine der Tänzerinnen aus dem Isis-Tempel. Schade, daß du nicht früher gekommen bist. Seine Majestät kam vorhin mit großem Gefolge und seinen beiden Söhnen, dem Kronprinzen und dem Prinzen Djedefhor, den Seine Majestät angeblich heute offiziell in sein neues Amt einweisen wird, als Leiter der königlichen Baustellen und Herr der Großen Pyramide, der Leuchtenden!«

Persenti biß die Zähne zusammen, am liebsten hätte sie losgeheult, denn diese Bemerkung bestätigte, was Iaset ihr erzählt hatte. Der Fährmann, dessen Worte schweigend aufgenommen worden waren, blieb nun ebenfalls stumm und beeilte sich, das Mädchen im Hafen Peru-nefer schnell wieder loszuwerden. Schnurstracks lief sie zu Sabis ehemaligem Haus, wo sie Inkaf antraf.

»Persenti!« rief er, als das junge Mädchen ins Haus stürmte. »Was suchst du denn hier? Es ist niemand da …«

Sie stieß ihn zurück, pflanzte sich vor ihm auf und schien so entschlossen, daß er keine Ausflüchte wagte.

»Sag mir die Wahrheit, Onkel: Ist Hori dein Sohn, und diejenige, die sich als seine Mutter ausgibt, deine Frau? Sie heißt doch Henutsen und ist die zweite königliche Gemahlin, und Hori ist Djedefhor, der Sohn des Königs, oder etwa nicht?«

»Beim Leben! Warum fragst du mich, wenn du es weißt?«

»Du sollst es mir bestätigen. Also habt ihr mich alle zum Narren gehalten! Ich verabscheue dich und will dich nie mehr sehen!«

»Persenti! … Kind! … So warte doch und hör mich an …«

Sie stieß ihn wieder zurück und rannte davon.

Als Djedefhor in den Tempel zurückkehrte und Persenti nicht vorfand, wunderte er sich sehr. Er fragte herum und erfuhr von den Mitschülern, sie sei im Laufe des Nachmittags fortgelaufen, ohne jemandem Bescheid zu geben. Niemand wußte, warum und wohin sie gegangen war.

Djedefhor, der ja keine Ahnung hatte, was wirklich vorgefallen war, sorgte sich nicht weiter, zumal Iaset ihn aufsuchte, um ihm zu sagen, Persenti ließe ihm ausrichten, sie sei bald wieder zurück und er solle sich in Geduld üben und auf sie warten.

»Sonst hat sie nichts gesagt?« fragte er, doch irgendwie beunruhigt.

»Nein, sonst nichts«, beteuerte sie. »Aber wenn du meine Meinung hören willst, hatte ich den Eindruck, daß überraschend eingetreten war, was Frauen bestimmt ist, und sie diese Tage der Unreinheit lieber bei ihrer Mutter verbringen wollte, um dich nicht damit zu belasten.«

Da konnte er ja eigentlich erst recht beruhigt sein! Vielleicht würde sie die Gelegenheit sogar nutzen, um ihren Eltern von ihrem neuen Glück und der bevorstehenden Heirat zu erzählen. Diese Überlegungen veranlaßten ihn, tatsächlich geduldig zu warten.

Doch mehrere Tage vergingen, und Persenti kehrte nicht zurück. Nun machte Djedefhor sich aber wirklich Sorgen. Nach zehn Tagen entschloß er sich, Chedi aufzusuchen. Er fand ihn in seiner Werkstatt. Und als der Tischler ihn da plötzlich durch die Tür treten sah, stand er zwar auf und legte ehrfurchtsvoll die Hände auf die Knie, fragte aber sogleich: »Warum kommst du, Herr? So hättest du meine Tochter nicht behandeln dürfen. Sie ist doch so sensibel!«

»Ich verstehe nicht, Chedi ... Was ist geschehen?«

»Herr, mach dich nicht noch länger über uns lustig, wir sind nur arme Handwerker. Persenti weiß alles. Sie weiß, wer du bist, und wie du mit ihrer Gutgläubigkeit, ja sogar mit ihr selbst Schindluder getrieben hast. Jetzt aber geh bitte wieder, denn obwohl du Prinz bist, ist dies hier mein Haus, in dem du nicht willkommen bist.«

»Wie bitte, Chedi? Was habe ich denn getan? Es stimmt zwar, daß ich der Prinz Djedefhor bin, aber deswegen liebe ich deine Tochter doch nicht minder. Sag mir, wo sie ist, sie soll zu mir kommen, ich will ihr alles erklären! Wegen solch einer Lappalie kann sie mir doch nicht aus dem Weg gehen.«

»Für sie ist es keine Lappalie. Und sehen kannst du sie schon gar nicht. Sie ist mit ihrer Mutter zur Großmutter gefahren, und das ist weit weg von Memphis. Sie erklärte, sie wolle nie mehr mit dir sprechen und dich nie mehr wiedersehen. Jetzt geh also bitte und laß mich arbeiten ...«

Das klang verbittert und gleichzeitig so hilflos, daß Djedefhor nachgeben mußte. Chedi würde ihm ohnehin nicht verraten, wo Persenti Zuflucht genommen hatte. Er würde gehen, sie aber suchen. Schnurstracks begab er sich zu Henutsen.

»Wie hat sie das bloß erfahren können?« Henutsen konnte kaum glauben, was Djedefhor ihr da erzählte und vorjammerte.

»Ich weiß es nicht, aber es ist so. Sebekni kann es nicht gewesen sein. Daher verdächtige ich meinen Bruder, jemanden zu ihr geschickt zu haben, um ihr, noch bevor ich es selbst tun konnte, die Wahrheit zu enthüllen. Dennoch begreife ich nicht, wie ihre Liebe in Haß umschlagen konnte, wegen eines harmlosen Spiels, das wir uns doch nur ausgedacht haben, um sie nicht gleich abzuschrekken. Ist es denn so schlimm, von einem Prinzen geliebt zu werden, anstatt von einem armen Schreiber, der gerne tanzt?«

»Da steckt mehr dahinter. Wenn man bloß wüßte, was ... Zu dumm, daß wir es ihr nicht selbst sagen konnten! Geh heim in deine Residenz und erhole dich erst einmal. Ich werde gleich morgen Chedi aufsuchen. Vielleicht verrät er mir etwas. Ich werde Persenti schon finden, darauf kannst du dich verlassen, und sie von deiner Liebe überzeugen.«

Henutsens Selbstsicherheit gab auch Djedefhor neue Hoffnung, daher befolgte er ihren Rat.

Doch Henutsen konnte ihren Entschluß nicht wie geplant gleich am nächsten Tag in die Tat umsetzen.

Ihr wurde gemeldet, der König habe in der Nacht einen merkwürdigen Schmerz verspürt, während er in seinem Garten auf seinem Lieblingsstuhl saß, da er wegen der schwülen Luft keinen Schlaf finden konnte.

Und so saß er auch noch am Morgen, steif und unbeweglich, die Hände auf den Knien, die Augen geöffnet, erstarrt in seiner Ewigkeit.

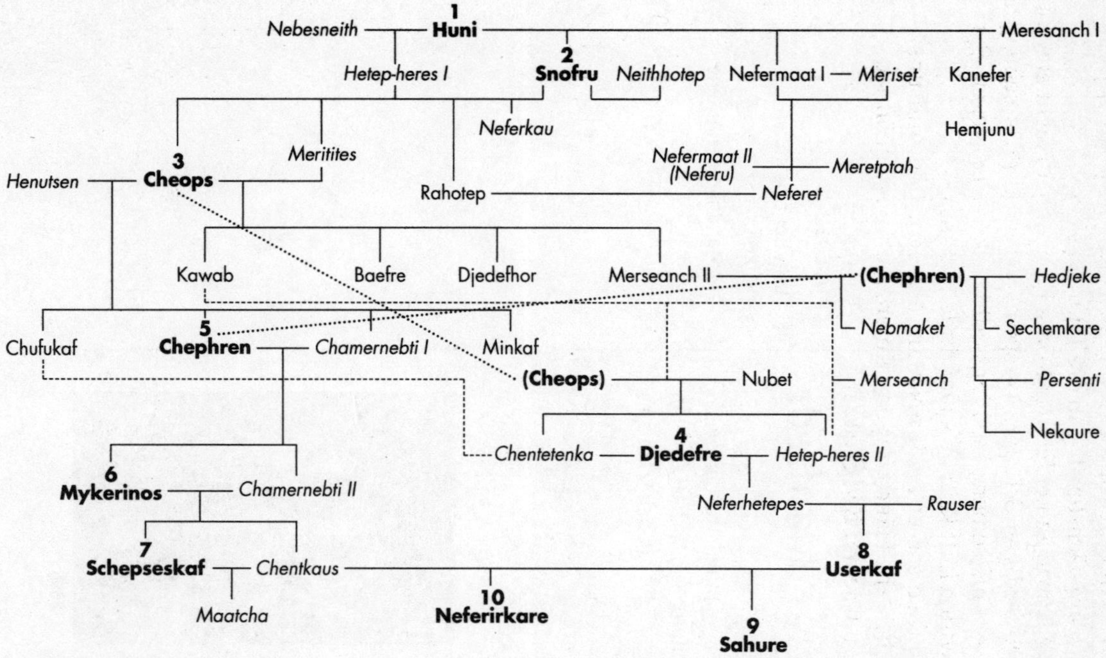

STAMMBAUM DER IV. DYNASTIE